"See that there is no one to fight, only an illusion to see through."
-Bruce Lee

"Verstehe, dass es niemanden zu bekämpfen gibt, nur eine Illusion, die man durchschauen muss."

Dieses Buch ist meinem Mann gewidmet ... und seinem Kindheitsidol.

Weitere Bücher auf Deutsch von Grace Callaway

GAME OF DUKES – GEFÄHRLICHES SPIEL

Der Undercover-Herzog

Der verlorene Schatz des Herzogs

Die Rache des Herzogs (Kommt bald)

DETEKTIVE AUS LEIDENSCHAFT

Der Herzog, der zu viel wusste

M wie Marquess

Die Lady, die aus der Kälte kam

Der Vicomte klopft immer zweimal

Sag niemals nie zu einem Grafen

Der Kavalier, der mich liebte

MIEDER IN MAYFAIR

Lehrling der Lust

Ihre waghalsige Wette

Ihr begieriger Beschützer

Ihre lasterhafte Leidenschaft

Einbandgestaltung: EDH Graphics

Buchdesign: KM Graphics

Fotonachweis: Period Images

Der VERLORENE SCHATZ des HERZOGS

GAME of DUKES

GEFÄHRLICHES SPIEL

BUCH 2

USA TODAY BESTSELLING AUTHOR

Aus dem Englischen von
ANNIKA MIRWALD

Prolog

Dorset, 1829

„Das hier ist kein geeigneter Ort für ein junges Ding wie Sie, Miss Goode", sagte Paul Foley.

Stirnrunzelnd ließ er den Blick durch die Hafenkneipe schweifen, die trotz der rauchverhangenen Luft und spärlichen Beleuchtung unschwer als üble Spelunke auszumachen war. Die Gäste waren ungehobelt, die Getränke billig, und der Geruch von gebratenem Fleisch vermischte sich mit dem Gestank von Schweiß und ungewaschenen Körpern.

Mit ihren zarten achtzehn Jahren hatte Maggie Goode bereits in weitaus schlimmeren Etablissements gearbeitet. Sie wischte den klebrigen Tresen an der Stelle ab, an der ihr Freund saß, und schenkte ihm ein aufmunterndes Lächeln.

„Ich bin dankbar für die Anstellung, Mr Foley", sagte sie. „Im Crown and Anchor verdiene ich ganze zwei Schilling mehr als bei Mr Harper."

„Das erklärt natürlich, warum Sie seine Fleischerei verlassen haben", erwiderte er mit einem sorgenschweren Seufzer.

Es war keineswegs ihre Wahl gewesen, ihre vorherige Stelle zu verlassen, aber das wollte sie Mr Foley nicht auf die Nase binden.

„Das Blut und die Gedärme vermisse ich jedenfalls nicht", behauptete sie heiter.

In diesem Augenblick übergab sich einer der Gäste unter dem brüllenden Gelächter seiner Kumpanen, die hastig aus dem Weg sprangen, inmitten der Kneipe auf den Boden.

Mr Foley hob die grau melierten Brauen und warf ihr über den Rand seiner Brille einen Blick zu.

„Wenigstens ist es kein Blut", sagte sie schulterzuckend.

Ihren Job im Crown and Anchor hatte sie vor zwei Wochen begonnen, und da sie seit ihrem dreizehnten Lebensjahr arbeitete (und zuvor ihrer verstorbenen Mutter, einer Wäscherin im Hafenviertel, bei deren Tätigkeit geholfen hatte), fiel es ihr nicht schwer, sich in ihrer neuen Umgebung zurechtzufinden. An Freitagabenden wie diesem ging es für gewöhnlich turbulent und laut zu, da die einheimischen Männer sowie die Matrosen auf der Durchreise die Löhne der vergangenen Woche in jede Menge alkoholischer Getränke umsetzten.

„Das hier ist wirklich kein Ort für eine junge Dame", beharrte Mr Foley.

Die Tatsache, dass er sie als „Dame" erachtete, war nur einer der Gründe, warum sie ihn mochte.

Sie hatte ihn vor nicht allzu langer Zeit kennengelernt, als er eines Tages zufällig in Mr Harpers Fleischerei spazierte. Mit seiner Brille und der zerknitterten Kleidung erweckte er den Eindruck eines gelehrten Gentlemans. In geschliffenem Akzent hatte er ihr gestanden, dass es ihn nach einem ordentlichen Braten zum Dinner gelüste, er jedoch keine Ahnung habe, welche Art von Fleisch sich am besten dazu eigne oder wie man dieses überhaupt zubereite. Bevor Mrs Harper, die Frau des Metzgers, sich einmischen und ihm ein teures Rindersteak aufschwatzen konnte, das er zweifellos ruinieren würde, hatte Maggie ihm den Namen eines Kochs aus der Gegend verraten, der nach einer Anstellung suchte.

Die Erleichterung in seinen blassblauen Augen war die scharfe Zurechtweisung wert gewesen, die sie hinterher über sich hatte ergehen lassen müssen.

Zu ihrer Überraschung war Mr Foley ein paar Tage später zurückgekehrt, diesmal mit einer Einkaufsliste seines neuen Kochs. Seine Besuche wurden zu einer wöchentlichen Gewohnheit, während der Maggie immer mehr über den schrulligen Mann herausfand. Er war ein Junggeselle in seinen Fünfzigern, der sich hier im Dorf niedergelassen hatte, um Fossilien zu erforschen, von denen es an der Küste Dorsets mehr als genug gab. Ihr wäre beinahe die Kinnlade heruntergeklappt, als er ihr eröffnete, wie viel seine Sammlerfreunde für ein paar alte Knochen zu zahlen gewillt waren.

Manche Menschen hatten mehr Geld als Verstand, wie ihre Ma stets zu sagen pflegte.

Leider stammte Maggie aus einer Familie, die dafür berüchtigt war, weder das eine noch das andere zu besitzen.

Das war wieder einer von diesen No-Goodes, hörte man regelmäßig als missbilligenden Refrain in ihrem Heimatdorf. Die Goodes hatten den Ruf weg, hitzköpfige Nichtsnutze zu sein. Maggies Vater war gestorben, als sie noch klein war, indem er sich während einem Ausritt in betrunkenem Zustand das Genick brach. Ihre älteren Brüder führten die Tradition mit ihren Kneipenschlägereien und zwielichtigen Geschäften fort. Delilah, ihre ältere Schwester, ließ sich mit einem ehrlosen Rüpel nach dem anderen ein.

Kümmere dich um deine Geschwister, Maggie. Du bist die Vernünftigste von ihnen, hatte Ma sie auf dem Sterbebett mit schwacher Stimme, aber eindringlich glühendem Blick gebeten. *Und lass dich keinesfalls von dem Fluch, der auf unserm Blut liegt, in Versuchung führen. Sei nicht so töricht wie Delilah und ich, die stets darauf warteten, von einem edlen Prinzen gerettet zu werden. Für uns Goodes gibt es kein märchenhaftes Ende mit Geigenmusik, Blumen und ewigem Glück. Aber wenn du hart arbeitest und anständig bleibst, erlangst du vielleicht eines Tages die Achtbarkeit, die uns verwehrt blieb.*

Achtbarkeit war die eine Sache, die Maggie sich mehr als alles andere wünschte.

Sie träumte davon, eines Tages ein Blumengeschäft ihr Eigen zu nennen. Ma hatte stets einen grünen Daumen besessen und ihre Liebe für Pflanzen an ihre Tochter weitervererbt. Maggie konnte sich nichts Schöneres vorstellen, als von frischen Blumen und Blattwerk umgeben zu sein und bei der Arbeit den Duft ihrer Lieblingsrosen einzuatmen. Als erfolgreiche Geschäftsfrau würde sie sich stets in adrette Ensembles aus blütenreinem Bombasin kleiden und sich gewählt ausdrücken (Mr Foley half ihr bereits dabei, an ihrem Akzent zu feilen).

Dann würden die Leute nicht länger verächtlich auf sie herabsehen. Sie würde ihnen beweisen, dass eine Goode dazu imstande war, etwas aus sich zu machen. Es war ihr größter Wunsch, ein eigenes Vermächtnis zu erschaffen, das sie voller Stolz an ihre Kinder weitergeben konnte ...

„Hey, ich bezahl dich nicht dafür, rumzustehen und in die Gegend zu glotzen!"

Bei diesen scharfen Worten zerstoben ihre Tagträume wie die zarten Schirmchen einer Pusteblume. Mr Marsh, der Eigentümer der Taverne, war ein kleiner, reizbarer Mann, der ihr einen finsteren Blick zuwarf, während er mehrere Krüge mit Bier befüllte. „Siehst du nicht diese Kotzpfütze auf dem Boden? Hör auf zu schwatzen und wisch die Sauerei weg!"

„Jawohl, Sir", erwiderte Maggie schnell. Um ihren Traum verwirklichen zu können, brauchte sie diesen Job. Sie wandte sich Mr Foley zu. „Kann ich Ihnen noch ein Bier bringen, bevor ich mich darum kümmere?"

„Danke, nein. Es ist schon spät, und ich sollte mich langsam auf den Heimweg machen." Mr Foley erhob sich und legte ein großzügiges Trinkgeld auf den Tresen. „Bis nächste Woche dann."

Nachdem er gegangen war, schnappte Maggie sich Mopp und Eimer, um die Sauerei zu beseitigen.

Anschließend flitzte sie durch den Schankraum, um Getränke nachzufüllen, Gerichte zu servieren, Tische abzuwischen und leere Teller einzusammeln, stets darauf bedacht, den grapschenden Händen grölender Gäste auszuweichen. Zu guter Letzt blieb nur noch ein Tisch übrig, versteckt in einer Nische neben der Hintertür.

Widerwillig näherte sie sich den beiden Rohlingen, die dort saßen und offensichtlich stark angetrunken waren. Ihren aufgesprungenen Händen und dem Cockney-Akzent nach zu urteilen, mussten sie Matrosen auf der Durchreise sein. Das anzügliche Grinsen auf ihren stark geröteten Gesichtern verhieß nichts Gutes.

Sie holte tief Luft und zwang sich zu einem Lächeln. „Guten Abend, die Herren. Was darf's sein?"

„Was hast du denn anzubieten, Täubchen?", fragte der rotblonde Kerl, der auf dem rechten Platz saß. Sie erschauderte, als sein schweinsäugiger Blick über ihren Körper wanderte und unverfroren an ihrem Busen haften blieb. Der andere Rüpel, der ein gestreiftes Halstuch umgebunden hatte, musterte sie ebenfalls lüstern und leckte sich die Lippen, als er ihren Hintern betrachtete.

Nicht zum ersten Mal verfluchte sie ihr Erscheinungsbild. Warum konnte sie nicht wie eine normale, achtbare Frau aussehen … schlank, blond, blauäugig und mit Unschuldsblick? Aber nein, stattdessen waren sämtliche Frauen ihrer Familie mit dem Fluch feuerroter Locken, grüner Augen und üppiger Rundungen gestraft, eine Kombination, die Lustmolche magisch anzuziehen schien.

Sie bemühte sich, freundlich zu bleiben. „Das Bier und die Fleischpasteten hier sind landesweit berühmt."

„Du hast einem Mann doch bestimmt noch mehr zu bieten", sagte der Halstuch-Halunke mit einem Zwinkern.

„Ich serviere Essen und Trinken, nichts weiter", erwiderte sie nachdrücklich. „Wenn Sie noch ein wenig Zeit brauchen, um sich zu entscheiden ..."

Blitzschnell streckte er die Hand aus und griff nach einer widerspenstigen Strähne, die sich aus ihrem Haarknoten gelöst hatte. Als sie versuchte, sich zu befreien, vergrub er die Finger in ihren Locken und zog sie mit einem Ruck zu sich heran. Ein stechender Schmerz durchfuhr sie.

„Was ich brauche, ist ein ordentlicher Fick", brummte er, wobei sein heißer Atem ihre Wange streifte. „Und du siehst aus wie eine, die es mir richtig besorgen kann."

Ihr Magen krampfte sich zusammen und sie zischte: „Lass mich los, du Ekel!"

„Wir sind aber ganz schön aufsässig, was? Umso besser, ich steh auf Herausforderungen." Er deutete mit dem Kinn hinüber zu der Tür, die in eine Gasse hinter der Taverne führte. „Geh'n wir doch nach draußen und lernen einander besser kennen."

In Gedanken ging Maggie ihre Optionen durch. Sie war beileibe kein hilfloses Mauerblümchen, und in jeder anderen Situation hätte sie dem Mistkerl eine saftige Ohrfeige verpasst. Ihre Mutter und Brüder hatten ihr beigebracht, sich zu verteidigen: Sie wusste eine Bratpfanne als Waffe einzusetzen und verstand sich darauf, einen aufdringlichen Kerl mit einem zielsicheren Knie im Schritt außer Gefecht zu setzen.

Aber sie traute sich nicht, eine Szene zu machen. Nicht hier. Mr Marsh hatte ihr unmissverständlich zu verstehen gegeben, dass aufmüpfige Kellnerinnen fristlos gefeuert wurden, eine Drohung, deren Umsetzung sie bereits zweimal Zeugin geworden war.

Nach dem Debakel in der Fleischerei konnte sie es sich nicht leisten, diesen Job zu verlieren, den sie trotz des Rufes ihrer Familie ergattert hatte. Wenn Mr Marsh sie ebenfalls feuerte, würde sie womöglich nie wieder eine andere Anstellung im Dorf finden. Und dann wäre ihr Traum von einem eigenen Blumengeschäft für immer zunichte.

Als der Bastard mit dem Halstuch erneut an ihren Haaren zerrte, japste sie: „Also gut, ich komme mit. Aber nur, wenn du mich loslässt."

Ich renne einfach in Richtung Tresen. Die Mistkerle werden mich ja wohl kaum in aller Öffentlichkeit vergewaltigen.

Sobald sein Griff sich lockerte, riss sie sich los und wich zurück, bereit zur Flucht. Doch ihr Rücken prallte gegen eine breite, muskulöse Brust. Der schweinsäugige Schuft hatte sich unbemerkt von hinten an sie herangeschlichen! Bevor sie aufschreien konnte, hatte er eine dicke, fleischige Hand über ihren Mund gepresst.

„Kein Grund, so geziert zu tun, Täubchen", zischte er ihr ins Ohr. „Jeder kann seh'n, dass du dir dein Geld auf dem Rücken liegend verdienst. Komm mit uns nach draußen, dann machen wir uns 'ne schöne Zeit."

Panik machte sich in Maggie breit, als er einen Arm um ihre Taille legte und sie in Richtung Hintertür zog. Ihr blieb keine Wahl, sie musste sich wehren, auch wenn es sie den Job kosten würde ...

„Verzeihung", ertönte eine tiefe, vornehme Stimme. „Ich muss Sie bitten, die Dame loszulassen."

Trotz der Zwangslage, in der sie sich befand, kam sie nicht umhin, den Gentleman, der sich ihnen in den Weg gestellt hatte, mit offenem Mund anzustarren. Er war der faszinierendste Mann, dem sie je begegnet war. Über seinen mandelförmigen, haselnussbraunen Augen saßen dunkle, buschige Brauen. Die Krempe seines eleganten Huts warf Schatten über sein markantes Gesicht, und seine goldbraune Haut stand in starkem Kontrast zu seinem schneeweißen Krawattentuch. Er war von großer, schlanker Statur, und seine schlichte, aber hochwertige Garderobe sowie sein herrschaftliches Gebaren zeugten von blaublütiger Herkunft.

„Aus dem Weg!", raunzte der Kerl, der Maggie festhielt.

„Bedaure, das ist leider nicht möglich. Sie sind im Begriff, mit der Kellnerin zu verschwinden, aber ich möchte ein Bier bestellen ... oder zumindest das, was in diesem Etablissement als Bier durchgeht", fügte er mit einem ironischen Lächeln hinzu. „Wie dem auch sei, da ich beabsichtige, meinen Durst damit zu stillen, muss ich darauf bestehen, dass Sie sie loslassen."

Schweinsauge stotterte verwirrt eine Antwort, wobei er die Hand von Maggies Mund sinken ließ, sie jedoch nach wie vor an sich gedrückt hielt. Sie war sich nicht sicher, was sie von ihrem Möchtegernretter halten sollte, hinter dessen geselligem Tonfall eine unterschwellige Drohung zu vernehmen war. Seine geschliffene Fassade verströmte eine virile Macht, die ein seltsames Kribbeln in ihrer Magengrube auslöste.

Schlagartig wurde ihr bewusst, dass nur ein Narr sich diesem Mann widersetzen würde.

Wie aufs Stichwort ging der Mistkerl mit dem Halstuch auf ihn los. „Du kannst dir dein schnöseliges Getue sonst wohin stecken!"

Ein absoluter Narr ...

Mit angehaltenem Atem beobachtete sie, wie der Halunke zum Schlag ausholte. Der Gentleman wich dem Angriff geschickt aus, packte seinen Gegner am Arm und drehte ihn dem Mann auf den Rücken. Blitzschnell nutzte er das Überraschungsmoment, um den Schurken zu Fall zu bringen und ihm einen seiner polierten Stiefel in den Rücken zu rammen.

Streifentuch stöhnte vor Schmerz auf und versuchte erfolglos, sich zu befreien.

Schweinsauge stieß Maggie beiseite, um seinem Kumpan zu Hilfe zu eilen.

„Ich an Ihrer Stelle würde es mir anders überlegen." Mit seiner freien Hand zog der Unbekannte eine Pistole hervor und entsicherte sie. „Normalerweise besitze ich ein ausgeprägtes Taktgefühl, aber wenn die Situation es erfordert, kann ich meine Moralvorstellungen über Bord werfen. Und glücklicherweise versteht sich mein Kammerdiener darauf, Blutflecken aus Kleidung zu entfernen."

Schweinsauge starrte ihn mit offenem Mund an. Während er zweifellos die Hälfte der Worte, die der Gentleman verwendet hatte, nicht verstand (bei manchen war sich Maggie der Bedeutung selbst nicht sicher), wusste er doch, was eine geladene Waffe anzurichten vermochte.

„Ich w-will keinen Ärger", stammelte er mit erhobenen Händen.

„Entschuldigen Sie sich bei der Dame. Und zwar ein bisschen flott", befahl der Unbekannte ihm in scharfem Tonfall.

„T-tut mir leid, Miss." Schweinsauge fuhr sich nervös mit der Zunge über die Lippen. „War nur 'n Missverständnis, nichts weiter."

Aus dem Augenwinkel bemerkte Maggie, wie Mr Marsh auf sie zugestürmt kam.

„Schwamm drüber", beeilte sie sich zu sagen, als eine erneute Welle der Panik sie erfasste.

„Und Sie?", wandte der Gentleman sich nun an den Kerl, der noch immer unter seinem Stiefel gefangen war. „Möchten Sie sich auch entschuldigen, oder soll ich Sie mir noch einmal vorknöpfen?"

„Hab's nicht böse gemeint", keuchte Streifentuch.

Sein Bezwinger ließ ihn los. „Verschwinden Sie."

Die beiden Rohlinge folgten seinem Befehl und stolperten in Windeseile durch die Hintertür nach draußen.

Kaum war diese hinter ihnen ins Schloss gefallen, als Mr Marsh sie erreichte.

„Was ist hier los?", donnerte er und deutete vorwurfsvoll mit dem Finger auf Maggie. „Bist du für dieses Theater verantwortlich?"

Das Herz hämmerte ihr wie wild in der Brust. „N-nein Sir, ich hab nichts ..."

„Ich hätte es besser wissen müssen, als eine Goode einzustellen", knurrte der Kneipenbesitzer. „Ihr seid nichts als ein Haufen Säufer, Flittchen und Taugenichtse!"

Maggie bemühte sich, die aufsteigenden Tränen zurückzuhalten. Nicht genug damit, dass ihr Traum von einer besseren Zukunft wie ein Kartenhaus in sich zusammenfiel, wurde der Name ihrer Familie nun auch noch vor dem Gentleman durch den Dreck gezogen, der ihr so heldenhaft zu Hilfe geeilt war.

Sie brachte es nicht über sich, dem Unbekannten in die Augen zu sehen, die doch nur eine allzu vertraute Verachtung widerspiegeln würden.

„Sind Sie der Eigentümer dieses Etablissements?", fiel der Gentleman Mr Marsh ins Wort, welcher einen Augenblick lang sichtlich herumdruckste, bevor er erwiderte: „In der Tat, Sir. Und ich versichere Ihnen, dass dieses Flittchen Sie nicht länger belästigen wird ..."

„Sie hat mich nicht belästigt. Ganz im Gegenteil, sie kam mir zu Hilfe."

Seine Worte ließen Maggie aufhorchen.

Mr Marsh kniff misstrauisch die Augen zusammen. Offensichtlich war er von der Behauptung seines vornehmen Gastes nicht überzeugt, wollte ihn aber auch nicht verärgern. „Wobei?"

„Ich wollte den Tisch in dieser Nische für mich beanspruchen und bot den beiden Herren, die dort saßen, an, ihnen im Gegenzug für ihren Platz einen Drink zu spendieren. Doch sie nahmen Anstoß an meinem Vorschlag." Er zuckte mit den breiten Schultern. „Ihre Angestellte hier ... Miss Goode, wenn ich das richtig verstanden habe?"

Sein unerwartet sanfter Tonfall wirkte beruhigend auf Maggies aufgewühltes Gemüt.

„Ja, Sir", erwiderte sie leise.

„Rhys Jones, zu Ihren Diensten", stellte er sich mit einem höflichen Nicken vor.

Maggie knickste ein wenig unbeholfen.

„Miss Goode bekam mit, was sich abspielte, und versuchte zu vermitteln. Doch die beiden Rohlinge ließen sich nicht beschwichtigen, und so blieb mir keine andere Wahl, als entsprechend aggressiv zu reagieren. Jetzt, da die Angelegenheit geregelt ist, hätte ich gerne eine Flasche Ihres besten Kognaks sowie eine leichte Mahlzeit." Mr Jones' gebieterischer Tonfall gab dem Kneipenbesitzer zu verstehen, dass er keine weitere Diskussion diesbezüglich duldete. „Und ich spendiere eine Runde für alle. Unverzüglich!"

„Natürlich Sir, vielen Dank, Sir", erwiderte Mr Marsh hastig, bevor er, an Maggie gewandt, unwirsch hinzufügte: „Was stehst du so unnütz rum? Los, bring dem Herrn seine Bestellung!"

Sie eilte davon in Richtung Küche, wo sie ein paar zusätzliche Scheiben Schinken auf den Teller schmuggelte, während der Koch gerade nicht aufpasste. Es war kaum der Rede wert, aber zumindest eine gut gemeinte Geste, um ihre Dankbarkeit auszudrücken.

Als sie an den Tisch in der Nische zurückkehrte, hatte Mr Jones bereits Platz genommen, seinen Hut abgelegt und die Handschuhe abgestreift. Im Kerzenlicht glänzte sein dichtes, schwarzbraunes Haar wie ein luxuriöser Pelz. Er trug es etwas länger, als es für Männer seines Standes üblich war, und die seidigen Locken umrahmten verspielt seine adligen Züge. Abermals fiel ihr auf, dass seine hellbraunen Augen und sein goldener Teint ihm ein leicht exotisches Aussehen verliehen.

Woher er wohl stammen mochte? In einer Hafenstadt wie dieser hatte sie bereits Matrosen aus allen Teilen der Welt gesehen, aber nie einen Mann, der so einzigartig und auffallend attraktiv war wie er.

Allerdings spürte sie hinter seinem weltgewandten, vornehmen Auftreten auch etwas Wildes, Ruheloses. Als sie bemerkte, wie seine Finger abwesend über das Leder seiner Handschuhe strichen, begann ihre Haut auf seltsame Weise zu kribbeln. Unvermittelt musste sie an eine Geschichte denken, die ihre Mutter ihr früher stets zu erzählen pflegte, über einen schneidigen Piratenprinzen, der über die Weltmeere herrschte, sich Königen widersetzte und Jungfrauen in Not rettete. Wenn sie die Augen schloss und sich diesen verwegenen Prinzen vorstellte, würde sie zweifellos das Bild dieses Mannes vor sich sehen.

„Ah, da sind Sie ja wieder. Das ging aber schnell."

Sein freundlicher Tonfall brachte sie in Verlegenheit, und sie senkte schüchtern den Kopf, woraufhin ihr eine lose Strähne in die Stirn fiel. Sie wünschte, sie hätte sich ein wenig zurechtgemacht, bevor sie zurückkehrte. Nicht, dass es viel gebracht hätte. Sie war nichts weiter als eine ungepflegte, einfältige Kellnerin, er hingegen der Inbegriff von Perfektion, wie er dort auf seinem Stuhl saß, als sei er ein Thron. Er war ihr in jeder Hinsicht überlegen und hatte ihr wahrscheinlich nur deshalb geholfen, weil er in jedem Sinne des Wortes ein wahrer Gentleman war.

Den Blick gesenkt haltend, hob sie Teller und Glas von ihrem Tablett und stellte sie vor ihm ab. „Ich wollte Ihnen für

Ihre Hilfe danken, Sir", flüsterte sie. „Bitte glauben Sie mir, ich hatte nicht ..."

„Sie sind nicht für das Verhalten dieser Rohlinge verantwortlich", unterbrach er sie mit Nachdruck. „Ebenso wenig wie für die Taten Ihrer Familie, ungeachtet dessen, was Ihr hirnrissiger Arbeitgeber denken mag."

Überrascht musterte sie ihn, konnte jedoch keine Spur von Spott auf seinen attraktiven Zügen erkennen.

„Sie sind der Erste, der je so etwas zu mir gesagt hat, Sir", murmelte sie aufrichtig.

Der Einzige, der mich je so gesehen hat, wie ich bin. Einfach nur mich.

„Ich habe Erfahrung damit, was es bedeutet, sich von der eigenen Familie zu distanzieren." Bevor sie hinter die Bedeutung seiner Worte kommen konnte, hob er sein Glas und nahm einen Schluck von dem Kognak. „Erstklassig. Ist es nicht erstaunlich, dass sich solch exquisite französische Importe in einem verschlafenen Küstendorf wie diesem finden lassen?"

Sie war sich ziemlich sicher, dass er damit auf das Schmuggeln von Gütern anspielte, das in Gegenden wie dieser keine Seltenheit war, aber sie konnte wohl schlecht zugeben, dass das Crown and Anchor unrechtmäßig erworbene Ware anbot. Oder dass ihre Brüder in dem illegalen Geschäft mitmischten.

Während sie an ihrer Unterlippe nagte und überlegte, was sie darauf erwidern sollte, vernahm sie plötzlich sein Lachen. Es klang tief und herzlich und wärmte sie von innen heraus, wie ein Glas heiße Milch mit Honig.

„Sie sind ziemlich diskret, was?", fragte er mit einem Schmunzeln. „Da haben wir wohl etwas gemeinsam."

Dass dieser elegante Edelmann glaubte, etwas mit ihr gemein zu haben, verschlug ihr die Sprache. Ein heißes, prickelndes Gefühl breitete sich in ihr aus, als hätte sie ebenfalls einen Schluck von dem geschmuggelten Kognak genommen.

Verlegen streckte sie die Hand aus, um den Teller auf dem Tisch geradezurücken.

Er schien den gleichen Gedanken gehabt zu haben, denn auf halbem Weg berührten sich ihre Finger. Die Luft zwischen ihnen knisterte vor Anspannung, und ein elektrisierender Schock jagte ihr durch den Körper. Erschrocken zog sie die Hand zurück.

Er blinzelte langsam, und unter dem Schatten seiner dichten, schwarzen Wimpern bemerkte sie zum ersten Mal grüne Flecken in seinen goldbraunen Augen, wie kleine Smaragde, die sich zwischen dem Goldschatz eines Piraten verbargen. Etwas Undefinierbares loderte in seinem Blick auf, das ihr den Atem raubte, wie damals, als sie von den Klippen aus einen mächtigen, tosenden Sturm beobachtet hatte.

Gemächlich zog er die Hand zurück und legte sie um sein Glas, in dem die bernsteinfarbene Flüssigkeit hin- und herschwappte.

„Verzeihung, Miss Goode", sagte er.

Seine tadellosen Manieren, gepaart mit seinem rauen Charme, weckten ein heißes, pulsierendes Verlangen in ihr. Als sie sich nervös mit der Zunge über die Lippen fuhr, verfolgte er mit den Augen die Bewegung.

„Für gewöhnlich nennen die Leute mich Maggie, Sir", murmelte sie schüchtern.

„Also dann ... Maggie." Wenn sie nicht längst davon überzeugt gewesen wäre, dass er der schönste Mann war, den sie je zu Gesicht bekommen hatte, hätte das strahlende Lächeln, mit dem er sie bedachte, jeglichen Zweifel zerstreut. „Nennen Sie mich Rhys."

Kapitel Eins

Dorset, 1838

„Willkommen zurück, Euer Gnaden", brummte Quince.

Trotz seiner üblen Laune musste Edward Rhys Hugo Jones Cavendish, der fünfte Herzog von Ranelagh und Somerville, über die säuerliche Begrüßung des Butlers schmunzeln. Seit seinem letzten Besuch auf dem Landsitz seines Onkels Horatio in Dorset waren mehr als neun Jahre vergangen, doch Quince hatte sich in all der Zeit kein bisschen verändert. Im Gegensatz zu einem guten Wein wurde der notorische Griesgram jedoch nicht besser, sondern nur älter und unleidlicher.

Als Rhys dem gebückten, grauhaarigen Diener seinen Hut zuwarf, fing dieser ihn mit einem Geschick aus der Luft, das seine Vergangenheit als Jongleur im berühmten Astley's Amphitheater verriet. Rhys' kürzlich verstorbener Onkel war ein Abenteurer und Forscher gewesen und hatte sich stets mit Personen umgeben, die ebenso schräg und exzentrisch waren wie er selbst.

„Ich habe das Schlafgemach des Hausherrn für Sie vorbereitet", verkündete Quince mit einer solchen Feierlichkeit, dass man meinen konnte, er hätte eine wahre Herkulestat vollbracht. „Ihr Kammerdiener kann Ihr Gepäck hinaufbringen."

„Ich bin allein angereist", erwiderte Rhys und deutete auf die beiden Reisetaschen, die neben ihm auf dem Boden standen. „Das ist alles, was ich dabeihabe."

Quince musterte ihn aus wässrigen Augen. Sein Blick wanderte von Rhys' polierten Stiefeln über seine lederfarbene Hose und seinen weinroten Gehrock zu seinem sorgfältig getrimmten Bart und Schnurrbart. Diesen verwegenen neuen Trend der Gesichtsbehaarung hatte er sich auf dem Festland abgeschaut, wo er ihn, dem abfälligen Ausdruck des alten Butlers nach zu urteilen, besser hätte zurücklassen sollen. Obwohl das Verhalten des Angestellten äußerst dreist war, machte Rhys sich nicht die Mühe, ihn zurechtzuweisen. Er war es gewohnt, angestarrt zu werden.

Aufgrund seiner gemischten Blutlinien – er war der Sohn eines englischen Adeligen und der Tochter eines chinesischen Kaufmannes – war er seit jeher den neugierigen Blicken anderer ausgesetzt gewesen. Als kleiner Junge und Heranwachsender war er von Gleichaltrigen wegen seiner Andersartigkeit gehänselt und abgelehnt worden. Nun, als erwachsener Mann, verlieh sein „exotisches" Aussehen ihm einen unwiderstehlichen Charme, was wohl von der Faszination der Engländer für alles Orientalische herrührte.

Vor fünf Jahren, als er mit sechsundzwanzig den Herzogtitel geerbt hatte, war seine Popularität ins Unermessliche gestiegen. Die Mitglieder des *ton* hatten ihm den Spitznamen „Ransom" verpasst – eine Kontraktion seiner Titel –, und stellten ihn als romantischen Wüstling dar, der die Herzen der Damen im Sturm eroberte. Dabei könnte nichts ferner von der Wahrheit sein, denn das Herz war der einzige Teil der weiblichen Anatomie, den er tunlichst vermied.

Wie dem auch sei, nach allem, was er durchgemacht hatte, war ihm egal, was die Öffentlichkeit über ihn dachte. Immerhin sahen sie nicht *ihn*, sondern nur die schillernde Fassade des charmanten, weltgewandten Wüstlings, die er ihnen präsentierte. Mittlerweile sah er selbst nichts anderes, wenn er in den Spiegel blickte.

„Wer sorgt dafür, dass Sie gepflegt auftreten?", fragte Quince misstrauisch.

Rhys warf einen hämischen Blick auf die zerknitterte, fleckige Uniform des Butlers. „Darum kümmere ich mich selbst."

Auch wenn das so nicht geplant gewesen war. Kein Gentleman kümmerte sich *freiwillig* um sein eigenes Erscheinungsbild. Aber Not machte erfinderisch, wie es so schön hieß, und da er auf der Flucht vor skrupellosen Geldverleihern war, hatte er sich seines Einfallsreichtums ein ums andere Mal bedienen müssen. In der Tat war er in der Lage, sein Krawattentuch zu binden und sich den Bart zu trimmen. Demütigend, aber wahr.

Zum Teil hatte er seine Probleme von seinem Vater geerbt, denn als dieser vor fünf Jahren starb, hinterließ er seinem Sohn nicht nur den Titel, sondern auch Berge von Schulden. Phillip Cavendish hatte nicht viel von Finanzverwaltung gehalten, ein Konzept, das er stets als „vulgär" erachtete. Gepaart mit seiner Vorliebe für einen extravaganten Lebensstil, hatten sein Besitz und Nachlass irreparable Schäden davongetragen.

Seine letzten Worte, die er auf dem Sterbebett an seinen Sohn gerichtet hatte, waren ebenso boshaft gewesen wie er selbst: *Seit dem Tag deiner Geburt bist du nichts als eine Enttäuschung gewesen ... ein schwacher, nichtsnutziger Mischling. Du und deine Mutter, ihr habt die Blutlinie verunreinigt. Wozu den Brunnen bewahren, wenn das Wasser vergiftet ist?*

Seitdem war Rhys fest entschlossen gewesen, sein Vermächtnis zu retten, wenn auch nur, um der Welt und denjenigen, die derselben Meinung waren wie sein Vater, das Gegenteil zu beweisen. Er hatte sich für äußerst clever gehalten, als er den Plan schmiedete, seinen Besitz durch gezielte Investitionen zu sichern. Mit dem bescheidenen Erbe seiner Mutter war es ihm gelungen, einen hübschen Gewinn zu erzielen. Von seinem Erfolg angespornt, hatte er immer mehr riskiert, bis er schließlich dazu überging, Geld zu borgen, um Geld anzuhäufen. Wie jeder Spieler glaubte er, dass das Glück ihm hold sei ... bis es ihm die kalte Schulter zeigte.

Und ehe er sichs versah, war er wieder ganz unten angelangt.

Nun hielten Sweeney und Garrity, zwei der berüchtigtsten Wucherer Londons, seine Schuldscheine in ihren blutverschmierten Händen. Aufgrund ihrer horrenden Zinssätze waren seine Schulden ins Astronomische gestiegen. Er hatte bei beiden Geldverleihern eine Summe von jeweils fünfzigtausend Pfund zu begleichen.

Manch einer mochte glauben, dass ein Herzog sich mit derartigen Problemen nicht herumzuschlagen brauchte, aber Rhys hatte am eigenen Leib erfahren müssen, dass Männern wie Garrity und Sweeney sein Titel herzlich egal war. Macht gehörte den Reichen, und er war mittellos. Sein Vater hatte alles verkauft, was nicht niet- und nagelfest war, und die Ländereien seiner Familie waren so heruntergewirtschaftet, dass es Jahre dauern würde, bis sie ihm wieder Erträge einbrächten ... Zeit, die er nicht hatte.

Ein anderer Herzog hätte vielleicht auf einflussreiche Verbindungen zurückgreifen können, aber Rhys musste schnell feststellen, wie treulos seine angeblichen Freunde in Zeiten der Not doch waren. Das Einzige, was die Mitglieder des *ton* noch mehr liebten als einen aufsteigenden Stern, war ein gefallener.

Die Gentlemen, die ihm seine Beliebtheit beim weiblichen Geschlecht neideten, waren die ersten, die ihn aus ihren Kreisen ausschlossen. Nach und nach verwehrten ihm dann sämtliche Herrenklubs den Zutritt.

Er hätte sich nicht darüber wundern dürfen. Seine Popularität war ebenso kurzlebig wie die Begeisterung der Engländer für die Kunst der Chinoiserie. Sobald der Trend vorüber war, landeten die einst angesagten Objekte im Müll. In den Augen seiner Freunde war er ebenso wenig wert wie eine orientalische Vase oder ein Teppich ... wahrscheinlich sogar noch weniger.

Akzeptanz war eine Illusion. In Wahrheit war er schon immer ein Außenseiter gewesen.

Der Titel selbst war insofern wertvoll, als dass er ihn im Gegenzug für eine Mitgift anbieten konnte. Allerdings müsste es sich um eine enorme Mitgift handeln, und zudem musste Rhys gewillt sein, sich die Fesseln der Ehe anlegen zu lassen. Doch allein die Erinnerung an die Verbindung seiner Eltern ließ ihn erschaudern.

Das Letzte, was er wollte, war eine Zweckehe.

Aber verzweifelte Situationen erforderten nun einmal verzweifelte Maßnahmen, und so hatte er sich dazu durchgerungen, einer reichen Erbin den Hof zu machen. Nachdem seine Werbeversuche in einem Desaster endeten, hatte er seine hoffnungslose Lage eingesehen und den letzten Ausweg ergriffen: Er war aus London geflohen.

Natürlich wusste er, dass er nicht ewig würde davonlaufen können. Aus diesem Grund hatte er seinem Rechtsanwalt und allgemeinem Verwalter aufgetragen, Ausschau nach weiteren geeigneten Partien zu halten. In der Zwischenzeit hatte sich eine Gelegenheit aufgetan, die ihn zum Anwesen seines Onkels führte, welches dieser „Journey's End" getauft hatte.

Vor zwei Wochen hatte er ein Schreiben erhalten, in dem er darüber informiert wurde, dass Horatio gestorben sei und dass dessen Erbe Rhys in Dorset erwarte. Als er sich jedoch in dem heruntergekommenen Vorraum der Privatgemächer umsah, bezweifelte er, dass der Nachlass seines exzentrischen Onkels ausreichen würde, um seine Schulden zu decken. Aber vielleicht könnte er das Geld zumindest als Zuschuss für die Zeit verwenden, in der er unterzutauchen gedachte. Realistisch gesehen wusste er, dass er eine Heirat nicht ewig würde hinauszögern können, aber, bei Gott, er würde es so lange wie möglich versuchen.

„Ich nehme an, Sie wünschen ein Abendessen einzunehmen?", fragte Quince mürrisch.

„Später." Es nützte nichts, um den heißen Brei herumzureden. „Wenn ich das richtig verstanden habe, hat mein Onkel Anweisungen für mich hinterlassen?"

Der Butler schnaubte pikiert. „Im Arbeitszimmer liegt ein an Sie adressierter Brief."

„Hervorragend. Ich kenne den Weg."

Es war geradezu unmöglich, sich in dem überschaubaren Herrenhaus, bestehend aus Salon, Esszimmer und Arbeitszimmer im Untergeschoss sowie ein paar Schlafgemächern in der oberen Etage, zu verlaufen. Zielstrebig schritt Rhys über die knarrenden Holzdielen. Den Korridor, der zum Arbeitszimmer seines Onkels führte, zierten mehrere Vitrinen, die zum Bersten gefüllt waren mit Artefakten, die Horatio von seinen Erkundungsreisen mitgebracht hatte. Neben glasiertem Porzellan aus China entdeckte er ägyptische Totenmasken, und die Regale waren vollgestopft mit allem nur erdenklich Vorstellbaren, von indischer Seide über karibische Muscheln bis hin zu Elfenbeinschnitzereien aus Afrika.

Rhys hatte seinen Onkel zu dessen Lebzeiten nur zweimal besucht. Einmal als zwölfjähriger Knabe, zu einer Zeit, als ihm der Anblick dieser Kuriositäten Trost und Zuflucht spendete. Und dann noch einmal als Zweiundzwanzigjähriger, als ihn derartiges Gerümpel nur noch langweilte ... oder besser gesagt, als er von anderen Dingen abgelenkt war.

Die Erinnerung an eine junge Kellnerin mit rötlichem Haar brachte sein Blut in Wallung. Ah, Maggie. Sie war ein Anblick für die Götter gewesen, mit ihren großen, grünen Augen, den vollen Brüsten und ihren perfekten, kirschroten Brustwarzen. Obwohl er von Natur aus ein heißblütiger Mensch war, hatte ihn nie zuvor eine so brennende Leidenschaft erfasst wie mit ihr. Die Begierde, die sie ineinander ausgelöst hatten, war unverhofft und überraschend gewesen. Tatsächlich hatten sie es kaum bis ins Zimmer seiner Unterkunft geschafft, während der ersten Runde hatte er sie gegen die Tür gepresst genommen.

Ob sie wohl noch immer in dem kleinen, nahe gelegenen Dorf wohnte? Selbst wenn, war sie inzwischen wahrscheinlich mit einem Bauern verheiratet und hatte eine Schar Kinder in die Welt gesetzt. Besser war es, an der Maggie aus seiner Fantasie festzuhalten, die ihn, wie er freimütig zuzugeben gewillt war, selbst jetzt noch des Öfteren in Stimmung brachte, wenn er nachts allein im Bett lag.

Als er das Arbeitszimmer am Ende des Korridors erreichte, stieg ihm der Geruch von Staub und exotischem Weihrauch in die Nase und erweckte ein unbehagliches Gefühl aus Nostalgie und Sehnsucht in ihm. Er erinnerte sich an das erste Mal, als er diesen heiligen Rückzugsort seines Onkels betreten hatte. Damals, als Zwölfjähriger, war er hergeschickt worden, um den Sommer bei dem jüngeren Bruder seines Vaters zu verbringen.

Horatio hatte vor den gekuppelten Fenstern gestanden, eingehüllt vom gleißenden Licht der Sonne, und auf den jungen Rhys überlebensgroß gewirkt. Zwar war er ebenso breit gebaut und stattlich gewesen wie sein älterer Bruder, Phillip, aber abgesehen davon und einer ähnlich markanten Nase, hatten die beiden Männer nicht viel gemein. Rhys konnte sich noch gut daran erinnern, wie schockiert er gewesen war, als Horatio ihn mit einer stürmischen Umarmung begrüßt hatte.

Sein Vater hatte ihn nie berührt. Schon gar nicht, um seine Zuneigung zu bekunden.

Im Unterschied zu Phillip machte sein jüngerer Bruder sich nicht viel aus gesellschaftlichen Konventionen und zog es vor, unter dem weniger bekannten Familiennamen „Jones" zu leben. Seine Welt war ein buntes Kaleidoskop aus Abenteuern, Erkundungsreisen und Lebenslust gewesen. In jenem magischen Sommer hatte er Rhys eine Kostprobe dieses Glücks gegeben ... bevor er für die nächsten zehn Jahre sang- und klanglos verschwand.

Mit dir konnte man immer Spaß haben, alter Knabe, aber verlässlich warst du gewiss nicht.

Kopfschüttelnd goss Rhys sich aus einer verstaubten Karaffe ein Glas Kognak ein und schlenderte langsam an den hohen Fenstern vorbei, die den Garten überblickten. Das weitläufige Heckenlabyrinth war einst Horatios ganzer Stolz gewesen. Jetzt, im verblassenden Licht der untergehenden Herbstsonne, bot es einen traurigen, verwahrlosten Anblick, mit seinen von Unkraut und totem Laub überwucherten Pfaden.

Er ließ sich auf Horatios Sessel hinter dem Schreibtisch nieder und betrachtete dessen unaufgeräumte Oberfläche mit einem Anflug bittersüßer Wehmut. Auch hier spiegelte sich der Eklektizismus seines Onkels wider: Es wimmelte nur so von exotischen Schreibutensilien, einem herzförmigen Tintenfass und einer japanischen Holzschatulle. Er durchforstete den Papierwust auf der Suche nach dem Brief, der an ihn adressiert war. Als er schließlich fündig wurde, öffnete er das Schreiben und überflog die Zeilen, die in Horatios kantiger Schrift verfasst worden waren:

Mein lieber Rhys,

wenn Du diese Worte liest, bin ich zu meinem letzten großen Abenteuer aufgebrochen. Ich habe mein Leben voll ausgekostet und sehe dieser endgültigen Reise ohne Reue oder Bedauern entgegen ... mit einer Ausnahme: Du, mein geliebter Neffe. Ich war nicht da für Dich, als Du mich am meisten brauchtest, und als unsere Wege sich Jahre später erneut kreuzten, war es zu spät. Die Kluft zwischen uns war unüberwindbar geworden.

Die Worte seines Onkels versetzten ihm einen Stich ins Herz. Nach seinem Sommer in Journey's End war Rhys nach Hause zurückgekehrt, nur um feststellen zu müssen, dass seine Mutter gestorben war und ihn ein Einzelfahrschein nach Eton erwartete. Während seiner turbulenten Jahre auf dem Internat hatte er zahlreiche Briefe an Horatio verfasst, jedoch auf keinen einzigen eine Antwort erhalten. Als sein Onkel ihn nach einer gefühlten Ewigkeit endlich wieder kontaktierte, war Rhys volljährig und nicht länger auf die Hilfe seines abwesenden Verwandten angewiesen.

Er las weiter:

In Wahrheit hattest Du bereits den Pfad beschritten, der Dich zu dem Mann werden ließ, der Du heute bist. Ein Mann, der die Freuden von Abenteuern und Entdeckungen vergessen hat, der nicht länger die Wunder bestaunt, die ihn umgeben. Ein Mann, dessen Geist abgestumpft ist durch Zynismus, Pflichten und Banalität.

Ein Mann wie Dein Vater.

Rhys presste die Lippen zusammen. *Fahr zur Hölle, Horatio!*

Sein Onkel wusste ganz genau, wie angespannt seine Beziehung zu Phillip gewesen war ... wie sehr er seinen Vater gehasst hatte. Rhys hatte alles in seiner Macht Stehende getan, um sich von dem Bastard zu distanzieren, sich seinen Befehlen und Anforderungen bei jeder sich bietenden Gelegenheit zu widersetzen.

Seine Gnaden wünschte sich einen pflichtbewussten Erben, dessen Moralvorstellungen über jede Kritik erhaben waren?

Prompt begab Rhys sich auf eine Tour durch Kontinentaleuropa, die mehrere *Jahre* statt Monate dauerte. Seine frühen Zwanziger verbrachte er damit, sich auf dem Festland mit Alkohol, Duellen und einer Vielzahl an Bettgespielinnen zu vergnügen, tunlichst darum bemüht, sich von seinem Vater und dessen fanatischem Konservatismus fernzuhalten.

Was fiel Horatio überhaupt ein, ihn zu verurteilen, wo er selbst nichts anderes getan hatte, als sorglos in der Weltgeschichte herumzutollen? Wenigstens hatte Rhys nach Phillips Tod versucht, die Verantwortung für das insolvente Herzogtum zu übernehmen ... auch wenn sämtliche seiner Bemühungen kläglich gescheitert waren.

Er zwang sich, weiterzulesen.

Wahrscheinlich hältst Du mich für einen Heuchler, und das zu Recht, mein Junge. Verantwortung war noch nie meine Stärke. Ich habe nie irgendwem oder irgendetwas anderem gegenüber Rechenschaft ablegen müssen ... außer meinem eigenen Gewissen. Und dieses hat mich zu Dir geführt. Ich weiß, dass ich Dir kein guter Onkel war, Rhys, aber ich hoffe, dass zumindest das Erbe, das ich Dir hinterlasse, meine Unzulänglichkeiten in gewisser Weise ausgleicht.

Unwillkürlich richtete Rhys sich in seinem Sessel auf. Es irritierte ihn, dass sein Puls vor Verzweiflung und vorfreudiger Erwartung zu rasen begann.

Allem voran gehört Journey's End nun Dir. Leider ist es nicht allzu viel wert ... Ich bezweifle, dass Du überhaupt einen Käufer finden wirst. Dennoch besitzt es einen sentimentalen Wert, und ich hoffe, Du entschließt Dich, diesen Rückzugsort zu behalten, an dem wir gemeinsam schöne Stunden erlebt haben.

Er würde sofort mit der Suche nach einem Käufer beginnen. Sentimentalität würde weder seine Schulden begleichen noch die Halsabschneider besänftigen.

Nun aber zu Deinem eigentlichen Nachlass.

Während meiner Reisen durch die Karibik entdeckte ich eines Tages am Strand eine angeschwemmte Truhe voller Juwelen: Smaragde, Saphire und Diamanten, die eines Königs würdig waren. (In der Tat überzeugten mich die Abzeichen auf der Truhe davon, dass sie für Ludwig XIV. bestimmt gewesen sein mussten, vermutlich, um seine Armee während des Spanischen Erbfolgekriegs zu finanzieren.) Ich ließ die Juwelen schätzen ... Ihr Wert beläuft sich auf über eine halbe Million Pfund.

Ein wahrlich schwindelerregender Betrag. Damit ließen sich seine Schulden gleich fünfmal begleichen. Mit hämmerndem Herzen las er weiter, überzeugt, dass es einen Haken geben musste ...

Diese Juwelen hinterlasse ich Dir, mein lieber Neffe – vorausgesetzt, du findest sie.

... Und da war er.

Kurz gesagt, Dein Erbe ist eine Schatzsuche. Folge den Hinweisen, um die Edelsteine aufzuspüren. Und denk immer daran: Für alles Lohnenswerte im Leben muss man hart arbeiten. Ich hoffe sehr, dass Du am Ende nicht nur die Juwelen findest, sondern auch Deinen Weg.

In Liebe
Dein Onkel Horatio

PS: Den ersten Hinweis findest Du in der japanischen Rätselschatulle auf dem Schreibtisch.

Rhys knallte den Brief mit einer solchen Wucht auf die Schreibunterlage, dass sämtliche Gegenstände auf dem Tisch wackelten. Er war *so nah* dran gewesen ... nur um doch wieder im Stich gelassen zu werden. Sein Onkel hatte aus der lebensbedrohlichen Situation, in der er sich befand, ein verdammtes Spiel gemacht.

Hast du ernsthaft geglaubt, jemand würde sich endlich mal auf deine Seite schlagen?, höhnte eine Stimme in seinem Kopf. *Du solltest doch mittlerweile gelernt haben, dass du dich auf niemanden verlassen kannst, außer auf dich selbst.*

Das war bei Weitem kein tröstlicher Gedanke, denn leider hatte er sich selbst ebenfalls schon viel zu oft enttäuscht.

Er ballte die Hände zu Fäusten und saß einen Augenblick lang unschlüssig da, bevor er sich die Trickbox schnappte und sie grimmig von allen Seiten betrachtete. Sie war aus lackiertem Holz und schien kein sichtbares Schlüsselloch oder irgendeine andere Öffnung zu besitzen. Kurz überkam ihn das Bedürfnis, sie auf dem Boden zu zerschmettern ... doch plötzlich durchfuhr ihn eine Erinnerung.

Als sein Besuch bei Horatio sich in jenem Sommer dem Ende neigte, hatte sein Onkel ihm zum Abschied eine identische Schatulle geschenkt. „Damit kannst du dir auf der Rückfahrt nach Northumberland die Zeit vertreiben, mein Junge."

„Ich will nicht nach Hause", hatte Rhys verzweifelt geflüstert.

Er war voller Geheimnisse und Scham gewesen, die er nicht in Worte zu fassen vermochte. Ebenso wenig wusste er, wie er die Angst bezwingen sollte, die sich wie eine giftige Schlange durch sein Innerstes wand.

Also hatte er nur schwer geschluckt und gebettelt: „Lass mich bei dir bleiben, Onkel. *Bitte!* Ich mache dir auch ganz bestimmt keinen Ärger. Nimm mich mit auf Reisen, dann kann ich dir als Lehrling zur Hand gehen ...."

„Du musst dich dem Willen deines Vaters beugen", hatte Horatio erwidert und ihm liebevoll übers Haar gestrichen. „Der einzige Erbe eines Herzogs kann nicht einfach durch die Weltgeschichte tollen. Dieses Privileg obliegt den jüngeren Söhnen."

„Aber ich will kein Erbe sein!"

„Dir bleibt keine Wahl."

Die bisher ungekannte Strenge in Horatios Stimme brachte Gefühle in Rhys zum Vorschein, die er tief in sich vergraben geglaubt hatte.

„Du willst mich nicht. Du bist keinen Deut besser als der Herzog. Ich hasse euch beide!", hatte er geschrien und die kleine Rätselkiste mit aller Kraft auf den Boden geschleudert. Als sie auf dem Kies aufprallte, hörte er etwas im Inneren zerbrechen.

„Sieh dich vor, Junge", erwiderte sein Onkel ruhig. „Rätsel dieser Art können nicht gewaltsam gelöst werden, denn so zerstört man, was sich darin verbirgt."

Die Erinnerung verblasste, und Rhys starrte angestrengt auf die Schatulle in seinen Händen. Sie mit einem Hammer aufzuschlagen, kam nicht in Frage. Was immer sich darin befand, war höchstwahrscheinlich fragil und würde zu Bruch gehen, sobald eine äußere Kraft darauf einwirkte. Leise vor sich hin fluchend, untersuchte er erneut jede Seite des Gegenstands. Jeweils vier nahtlose Paneele auf jeder von ihnen. Um die Box zu öffnen, würde er sie in einer bestimmten Reihenfolge aufschieben müssen ... wofür es über tausend mögliche Kombinationen gab.

Entweder ich schaffe es, dieses verdammte Ding aufzubekommen ... oder ich heirate eine reiche Erbin. Eine andere Option gibt es nicht.

Mit einem frustrierten Stöhnen leerte er sein Kognakglas und machte sich an die Arbeit.

Kapitel Zwei

erdammt noch mal!"

„V Kaum hatten die Worte ihre Lippen verlassen, bereute Maggie Foley sie auch schon. Ihre Stimme hallte von den mit Fossilien und alten Knochen vollgestopften Regalen wider, aber glücklicherweise war niemand da, der sie hätte hören können. Das lag daran, dass in Foleys Emporium für Wunder der Natur gähnende Leere herrschte. In letzter Zeit verirrte sich kaum noch Kundschaft in das Geschäft. Dennoch sollte sie sich nicht zu alten Angewohnheiten hinreißen lassen.

Eine Dame flucht nicht, egal, unter welchen Umständen, spukte ihr der sanfte Tadel ihres verstorbenen Gemahls durch den Kopf.

Nun fühlte sie sich noch schlechter, denn immerhin hatte sie Paul Foley alles zu verdanken. Er hatte ihr und ihrer Tochter Gloriana seinen Namen gegeben, ein komfortables Leben ermöglicht und ein unschätzbares Geschenk vermacht: Achtbarkeit.

Ihre Ehe basierte auf platonischem Respekt. Es war eine Verbindung des Geistes gewesen, nicht ihrer Körper. So hatte

Paul es gewollt, und sie war ihm so dankbar gewesen, dass sie seinen Antrag unter jedweden Bedingungen angenommen hätte. Mit seiner Hilfe war sie von einer verrufenen Kellnerin zu einer angesehenen Hausmutter avanciert.

Doch nun stand sie hier und enttäuschte ihn ... Und das nicht nur wegen des Fluchens.

„Stimmt etwas nicht, Maggie?", fragte Pauls Schwester, Hypatia Foley, und steckte den Kopf durch die grünen Vorhänge, die den hinteren Bereich vom Rest des Geschäfts abtrennten.

Hypatia war eine hübsche Jungfer Anfang vierzig, die vor fünf Jahren bei Paul und Maggie eingezogen war, nachdem sie ihre letzte Anstellung als Gouvernante gekündigt hatte. Die beiden Frauen waren schnell enge Freundinnen geworden. Patty, wie sie liebevoll von ihnen genannt wurde, war ebenso schlank und schmalgesichtig wie ihr Bruder, allerdings war das Blau ihrer Augen wesentlich dunkler als das von Paul und ihr Blick nicht so verträumt wie seiner, sondern vielmehr wachsam und scharfsinnig. Sie trug eine kleine, vergoldete Brille, und erste silberne Strähnen durchzogen ihr kastanienbraunes Haar. Alles in allem besaß sie das nüchterne, intellektuelle Auftreten eines eingefleischten Blaustrumpfs.

Bevor sie ihrer Schwägerin antwortete, zählte Maggie langsam bis zehn. Diesen Trick hatte Paul ihr beigebracht, um ihr „impulsives Naturell", wie er es nannte, beherrschen zu lernen. Neben Unterricht in Aussprache und Benimmregeln hatte er sie gelehrt, wie sie den Leichtsinn bezwingen konnte, der ihr im Blut lag ... die niederen Triebe, die beinahe ihren Ruin bedeutet hätten.

Die Erinnerung an ihren größten Fehler drängte sich ihr auf, doch mit langjähriger Geübtheit schob sie sie ebenso schnell wieder beiseite. Sie war nicht länger das unwissende, einfältige Ding von damals, das sich leichtfertig von den Annäherungsversuchen eines Wüstlings beeindrucken ließ. Dank ihrer reformatorischen Bemühungen hatte sie die Kontrolle über ihre Impulse gewonnen ... zumindest größtenteils.

Während ihrer Ehe gab es hin und wieder Momente, in denen die Impulse, die ihrer Familie angeboren waren, die Überhand zu gewinnen drohten. In denen sie sich nach mehr sehnte als nur einem keuschen Kuss auf die Wange oder einem höflichen Sich-Gute-Nacht-Wünschen, bevor ihr Gemahl das Licht löschte. Über die Jahre hatte sie heimliche, schmachvolle Wege gefunden, ihre Bedürfnisse zu befriedigen. Sie schämte sich dieser unkontrollierbaren Lüsternheit zutiefst, war sie doch eine kontinuierliche Erinnerung daran, dass sie niemals das Zeug zu einer echten Dame haben würde.

Energisch schob sie auch den Gedanken an diese schmähliche Tatsache beiseite und zwang sich zu einem Lächeln, das mehr einer Grimasse glich, aber dennoch besser war als ihrem ursprünglichen Wunsch nachzugeben, frustriert aufzuschreien. Sie atmete tief durch und strich den Brief auf dem Tresen glatt, den sie vor Wut zusammengeknüllt hatte.

„Ich habe schon wieder ein Schreiben von unseren Gläubigern erhalten", sagte sie.

Patty hob die Brauen. „Wie schlimm ist es?"

Eine respektable Dame lässt sich niemals zu übermäßigen Gefühlsausbrüchen verleiten.

„Sagen wir, es sind keine sonderlich erfreulichen Neuigkeiten", erwiderte sie ausweichend.

Patty kam um den Tresen herum und trat neben sie. Sie war dabei gewesen, das Hinterzimmer auszuräumen, in dem Paul über die Jahre allen möglichen Krimskrams angesammelt hatte. Ursprünglich hatte Maggie gehofft, ein paar Wertsachen aus dem Gerümpel zu bergen, mit deren Verkauf sich der Laden über Wasser halten könnte. Dem rostigen Schwert und undefinierbaren Schädel (*War es der eines Affen?* Sie konnte es beim besten Willen nicht sagen) nach zu urteilen, mit dem ihre Schwägerin nach vorne gekommen war, schien das Emporium jedoch dem Untergang geweiht zu sein.

Patty ließ die wertlosen Gegenstände auf den Tresen fallen. „Haben sie dir eine Frist gesetzt?"

Maggie nagte an ihrer Unterlippe. „Ich habe bis Ende des Monats, um die Schulden zu begleichen."

Schulden, von denen sie überhaupt nichts gewusst hatte, bis nach Pauls Tod plötzlich die Gläubiger vor der Tür standen. Ihr Gemahl hatte Foleys Emporium heimlich als Fremdkapital eingesetzt, um in ein Bergbauprojekt zu investieren. Unglücklicherweise war dieses gescheitert, und nun musste sie fünfhundert Pfund bezahlen, andernfalls würde sie das Geschäft verlieren ... und somit die einzige Einnahmequelle für sich und ihre Familie.

Sie versuchte, die aufsteigende Panik zu unterdrücken.

„Mein Bruder hat dir ein ziemliches Chaos hinterlassen, nicht wahr?", murmelte Patty.

Insgeheim stimmte Maggie ihr zu ... und verspürte sofort Gewissensbisse. Wie konnte sie nur so treulos sein? Wäre Paul nicht gewesen, hätte sie als unverheiratete Mutter mit ihrem unehelichen Kind ein Leben in Schande gefristet. Davor hatte er sie bewahrt, nein, mehr als das, er hatte ihr eine Welt eröffnet, die sie sich niemals hätte erträumen können. Sie war zu Mrs Hippolytus Foley geworden, der Witwe eines Edelmannes, und ihre Tochter, Glory, war zu einem gebildeten jungen Mädchen herangewachsen.

Das alles hatte sie Paul und seiner Großzügigkeit zu verdanken. Aus diesem Grund *musste* sie einfach dafür sorgen, dass Foleys Emporium, sein ganzer Stolz und sein Lebenswerk, unter ihrer Leitung zu einem Erfolg wurde. Nicht auch zuletzt deshalb, weil sie die Einnahmen brauchte, um ihre Familie zu versorgen.

„Wir werden das schon irgendwie schaffen", sagte sie voller Entschlossenheit.

„Ein Motto, nach dem Frauen seit Anbeginn der Zeit leben", merkte Patty trocken an. „Es wäre um so vieles einfacher, wenn dieser Tunichtgut Bill Bancroft uns nicht die Kunden wegschnappen würde. Er ist schlimmer als ein Dieb, der nachts auf Streifzug geht."

Dem konnte Maggie nur zustimmen. Bancroft, der Besitzer eines konkurrierenden Geschäfts, hatte versucht, Foleys Emporium aufzukaufen, kaum, dass Paul unter der Erde lag. Nachdem sie sein armseliges Angebot abgelehnt hatte, war Bill dazu übergegangen, ihr Unternehmen bei den Kunden schlechtzureden. Er setzte Gerüchte in die Welt, die besagten, dass das Foleys ohne Paul nicht länger in der Lage sein würde, die Forschungsexpeditionen zum Aufspüren von Fossilien durchzuführen, für die es bekannt und geschätzt war.

Natürlich war das völliger Blödsinn. Aufgrund seines schlechter werdenden Gesundheitszustands war Paul bereits seit Jahren nicht mehr dazu fähig gewesen, die Höhlen an der Küste abzusuchen. Stattdessen hatte er Maggie beigebracht, worauf es bei der Fossilienjagd ankam, und sie hatte den mühseligen Part dieses Geschäfts übernommen. Sie war es auch gewesen, die das vollständig erhaltene Skelett eines Plesiosauriers entdeckt hatte, welches dem Emporium die Aufmerksamkeit und Anerkennung adeliger Sammler einbrachte.

Zwar hatte sie den Erfolg ihrem Ehemann zugesprochen, aber Bancroft kannte die Wahrheit, denn er hatte sie oft dabei beobachtet, wie sie die Höhlen auf eigene Faust erkundete. Nichtsdestotrotz fuhr er fort, seine hinterhältigen Lügen über sie zu verbreiten. Und da Maggie eine Frau war, schenkte die Kundschaft ihm bereitwillig Glauben. Wie panische Ratten begannen sie, das vermeintlich sinkende Schiff zu verlassen ... und mit ihnen verschwand das Geld.

Soll dieser Bastard Bancroft doch in der Hölle schmoren.

Mist ... Schon wieder geflucht. Das zweite Mal innerhalb weniger Minuten.

Sie versuchte, sich zu beruhigen, indem sie sich mit dem Blumenstrauß auf dem Tresen beschäftigte. Seit Jahren hatte sie den eintönigen Laden mit ihren bunten Gestecken aufleben lassen. Die fröhlichen, kleinen Sträuße bestanden aus den Pflanzen, die in ihrem Garten wuchsen, gepaart mit Wildblumen, die sie auf den Feldern zu sammeln pflegte. Paul war stets der Ansicht gewesen, dass es Geldverschwendung sei, Schnittblumen zu kaufen.

Seit seinem Tod hatte Maggie keine Zeit mehr gehabt, sich um ihren Garten zu kümmern. Dennoch war es ihr gelungen, gelben Stechginster, Wintergeißblatt und ein paar Zweige duftender Bergminze auf den Feldern nahe ihres Häuschens aufzuspüren. Abgerundet hatte sie das Bouquet mit grünen Blättern und einem alten Schleifenband, das sie um einen Glaskrug wickelte, der ihr als Vase diente.

Auch wenn es nichts Besonderes war, beruhigte sie die schlichte Schönheit der Blumen.

„Sobald unsere Kunden erkennen, dass Bancroft ein Fossil nicht von einem Felsbrocken unterscheiden kann, werden sie zu uns zurückkommen", sagte sie überzeugt. „Außerdem haben wir längst nicht alle von ihnen verloren. Vergiss nicht, dass unser treuester Stammkunde uns nächste Woche einen Besuch abstatten möchte."

„Ich wünschte, ich *könnte* es vergessen", seufzte Hypatia. „Warum ist uns ausgerechnet dieser Pfennigfuchser erhalten geblieben?"

„Mr Pickering-Parks ist ein hochgeschätzter Gast unseres Emporiums", erwiderte Maggie steif.

„Ja, weil er der *Einzige* ist."

Als die Glocke über der Eingangstür klingelte, schoss ihr Puls erwartungsvoll in die Höhe. *Kundschaft!*

Mit einem breiten Lächeln drehte sie sich um ... und vermochte kaum ein Stöhnen zu unterdrücken, als sie ihre Schwester erblickte, die zielstrebig auf sie zusteuerte. Ein Besuch von Delilah war nun wirklich das *Letzte*, was sie gebrauchen konnte, vor allem in Pattys Gegenwart. Ihre Schwägerin und ihre Schwester waren erbitterte Feindinnen.

„Hier versteckst du dich also, Maggie." Delilah, die ein tief ausgeschnittenes Satinkleid trug, das angemessener für eine Dirne wäre als für die Witwe eines erfolgreichen Fischhändlers, warf Patty ein spöttisches Grinsen zu. „Oh, hallo, Hypatia. Hab dich gar nicht gesehen. Du bist fast nicht von diesen alten Knochen hier drin zu unterscheiden."

„Du hingegen fällst auf wie ein bunter Hund", erwiderte Patty pikiert und kräuselte demonstrativ die Nase. „Hm, findet ihr nicht auch, dass irgendetwas – oder irgendwer – nach Fisch stinkt?"

Delilah stieß einen ungehaltenen Laut aus.

Maggies Schläfen begannen, schmerzhaft zu pochen. „Ich habe mich nicht versteckt, ich war die ganze Zeit über hier und habe gearbeitet."

Als ihre Schwester sich ihr zuwandte, musste sie wieder einmal feststellen, wie sehr sie einander doch ähnelten, nicht nur von der Größe her, sondern auch aufgrund ihres rötlichen Haars und der grünen Augen. Allerdings waren Delilahs Gesichtszüge härter und markanter, und um ihre Augen und ihren Mund zeichneten sich deutlich sichtbare Falten ab. Seit Maggie denken konnte, wirkte ihre ältere Schwester über irgendetwas verärgert ... Und irgendwie war es immer etwas, an dem Maggie schuld war.

„Offensichtlich nicht an deinem Aussehen", merkte Delilah an und musterte sie geringschätzig. „Warum trägst du immer noch diese Trauerfetzen? Dein Mann hat noch vor meinem den Löffel abgegeben, aber ich renn längst nicht mehr in so 'nem trostlosen Aufzug durch die Gegend."

In der Tat hätte Maggie ihre Trauerkleidung mittlerweile ablegen können. Der Grund, warum sie sie weiterhin trug, war eher wirtschaftlicher als sentimentaler Natur: Nach Pauls Tod hatte sie versucht, Geld zu sparen, indem sie ihre alten Kleider schwarz färbte, anstatt neue zu kaufen. Nur hatte sie jetzt keine farbenfrohen Alternativen mehr.

Da sie sich sicher war, dass ihre Schwester nicht hergekommen war, um über Mode zu reden, fragte sie unverblümt: „Kann ich dir irgendwie helfen?"

Delilah kniff die Augen zusammen. „Du kannst zunächst mal das Chaos beseitigen, das du angerichtet hast!"

„Welches Chaos?", fragte Maggie seufzend.

„Na, das mit unseren lieben Brüdern, Jeremy, Jacob und Jimmy. Die hängen mir ständig am Rockzipfel, seit du ihnen den Geldhahn zugedreht hast."

Einer der wenigen Streitpunkte, die es zwischen Maggie und Paul gegeben hatte, war ihre Familie gewesen. Ihr Gemahl hatte nicht viel von den Goodes gehalten und sich geweigert, mit ihnen zu verkehren. Sie jedoch hatte es nicht übers Herz gebracht, sich völlig von ihnen abzuwenden, und so hatte sie das geringfügige Nadelgeld, das sie erwirtschaftete, ihren Brüdern gegeben, die immerwährend knapp bei Kasse waren. Nachdem sie allerdings von den horrenden Schulden erfahren hatte, die Paul ihr hinterließ, konnte sie nichts mehr von ihren kaum nennenswerten Ersparnissen entbehren.

„Ich habe dir doch gesagt, dass es keine gute Idee ist, deinen Brüdern Geld zu geben", murmelte Patty.

Wie auch Paul war sie stets dagegen gewesen, dass Maggie Kontakt mit den Goodes hielt.

Das Pochen in ihren Schläfen verstärkte sich. „Patty, wärst du so lieb und würdest uns kurz allein lassen?"

„Genau. Immerhin geht's hier um die *Familie*", fügte Delilah gehässig hinzu.

Pikiert schnaubend drehte ihre Schwägerin sich um und marschierte zurück ins Hinterzimmer. Maggie wusste, dass sie die aufgebrachte Frau später würde besänftigen müssen. *Immer schön eine Krise nach der anderen in Angriff nehmen.*

„Ich würde ihnen ja gerne weiterhin etwas geben, Delilah", wandte sie sich wieder an ihre Schwester, „aber ich habe kein Geld mehr. Das Geschäft läuft nicht sonderlich gut, weißt du?"

„Geschieht dir ganz recht. Du dachtest ja schon immer, du seist was Besseres, und dann hast du auch noch diesen schnöseligen Knochensammler geheiratet. Hättest dir besser 'nen gescheiten Kerl angeln sollen, einen wie meinen Wilson. Er mag sein Leben lang nach Fisch gestunken haben, aber immerhin hat er ordentlich Knete nach Hause gebracht."

In der Tat hatte Wilson seiner Frau eine ansehnliche Summe sowie ein hübsches, stattliches Haus hinterlassen. „Wenn dem so ist, warum hilfst *du* unseren Brüdern dann nicht?"

Sie bereute die Frage, kaum, dass sie ihr entwichen war.

Delilah lief puterrot an. „Warum sollte ich ihnen was abgeben, hm? Im Gegensatz zu diesen wertlosen Nichtsnutzen hab ich mein Leben lang hart gearbeitet!"

Und zwar auf dem Rücken liegend und mit jedem, der ihr über den Weg lief ... Maggie schüttelte den Kopf und behielt diesen äußerst unchristlichen Gedanken lieber für sich.

„Dann lass es bleiben", erwiderte sie stattdessen. „Aber gib mir nicht die Schuld dafür, dass ich im Augenblick nicht über die nötigen Mittel verfüge, um sie zu unterstützen."

„Natürlich ist das deine Schuld!", keifte ihre Schwester. „Du hältst dich für was Besseres, mit deiner feinen Aussprache und deinem piekfeinen Leben. Dabei hast du dein Lebtag noch nie wirklich 'nen Finger gerührt."

Diese ungerechte Anschuldigung brachte das Fass zum Überlaufen.

„Ich arbeite, seit ich *dreizehn* bin! Ich habe unserer Mutter stets bei ihrer Wäschereiarbeit geholfen, als sie noch am Leben war. Nach ihrem Tod nahm ich die Stelle in der Metzgerei an, um die Familie zu ernähren ... Aber *du* musstest ja eine Affäre mit dem Fleischer anfangen, weswegen man mich gefeuert hat!"

Ihre Wangen brannten noch immer vor Scham, wenn sie daran dachte, wie die Frau des Metzgers sie angeschrien und als Schwester einer Hure beschimpft hatte. Anschließend hatte man sie sang- und klanglos entlassen ... ohne Abfindung oder Empfehlungsschreiben.

„Was kann ich dafür, wenn der alte Harper sich gern mal ein wenig amüsieren wollte, hm? Seine Trockenpflaume von einer Frau hat ihn ja nie rangelassen", erwiderte Delilah und stemmte eine Hand in die Hüfte. „Wir können nicht alle so perfekte Engel sein wie du."

Wenn du nur wüsstest, wie sehr du dich damit irrst, dachte Maggie schwermütig. *Ich bin wirklich der letzte Mensch auf Erden, der es sich herausnehmen sollte, über andere zu urteilen.*

So schnell wie ihre Wut entbrannt war, verflog sie auch wieder. „Lass uns nicht mehr streiten", seufzte sie. „Wenn unsere Brüder dich weiterhin nerven, schick sie zu mir. Ich werde mit ihnen reden und sehen, was ich tun kann."

„Das hättest du wohl gerne, was? Schön die Retterin spielen und mich wie die Dumme dastehen lassen."

Mit diesen Worten wirbelte Delilah herum und stolzierte aus dem Laden, wobei sie absichtlich einen Korb voller Fossilien umstieß.

Maggie atmete tief durch, bevor sie hinüberging, um die Unordnung zu beseitigen. Sie kniete nieder und begann, die spiralförmigen Versteinerungen aufzusammeln, die sie und Glory an der nahe gelegenen Küste Charmouths gefunden hatten. Fossilien dieser Art waren bei Touristen besonders beliebt, da sie sich hervorragend als Souvenir eigneten.

Wenn doch nur jemand hereinkäme und welche kaufen würde ...

Als die Türglocke erneut läutete, blickte sie hoffnungsvoll auf.

Das Herz rutschte ihr in die Hose, als sie Mr Snelling, den Schulmeister ihres Dorfes, auf sich zumarschieren sah. Da auch sie und ihre Geschwister einst von Mr Snelling (oder „Old Smelly", wie Jeremy ihn zu rufen pflegte) unterrichtet wurden, war sie mit dem wutentbrannten Ausdruck auf seinem mondförmigen Gesicht bestens vertraut. Er hatte nie viel von den Goodes gehalten. In seinen Augen waren sie allesamt Störenfriede gewesen, und leider hatte er auch Glory in diese Schublade gesteckt.

Als sie sich erhob, kam sie nicht umhin zu bemerken, dass er an diesem Tag irgendwie anders wirkte. Sein Kopf schien im Verhältnis zu seinem kleinen, kräftigen Körper viel größer zu sein als sonst.

„Guten Tag, Mr Snelling", begrüßte sie ihn mit einem aufgesetzten Lächeln. „Was kann ich für Sie tun?"

„Es geht um Glory", erwiderte er streng.

O weh. „Hat sie etwas, äh, angestellt?"

„Sie hinterfragt Tatsachen, kann keine Sekunde lang still sitzen und streitet sich ständig mit den anderen Kindern", erklärte er mit vor Entrüstung zitternder Stimme. „Und das ist nur die Spitze des Eisbergs!"

Diese Beschwerden hörte Maggie nicht zum ersten Mal. „Es tut mir wirklich leid, Mr Snelling, aber wie Sie wissen, hatte Glory es nicht leicht seit dem Tod ihres Vaters ..."

„Das verstehe ich durchaus. Aber diesmal ist sie wirklich zu weit gegangen", donnerte der Schulmeister.

„Was hat meine Nichte denn diesmal angeblich ausgefressen, Sir?", mischte Hypatia sich ein, die aus dem Hinterzimmer nach vorne gekommen war. Als ehemalige Gouvernante hatte sie eine eindeutige Meinung zur Erziehung und Ausbildung von Kindern, und Mr Snellings Methoden waren ihr entschieden zu „rückständig". Wie sie Maggie bereits mehrfach erklärt hatte, war Glory ein außergewöhnlich aufgewecktes Kind, das sich schnell langweilte, wenn es nicht ausreichend gefördert wurde. Und Langeweile führte zu Dummheiten.

Als Paul noch am Leben war, hatte Patty Glory unterrichtet, aber seit seinem Tod brauchte Maggie sie als Unterstützung im Laden, und das Mädchen hatte in die Dorfschule zurückkehren müssen. Die Eingewöhnung war nicht ohne Schwierigkeiten verlaufen.

„Glory hat meine Autorität infrage gestellt", empörte sich Mr Snelling. „Sie besaß doch tatsächlich die Frechheit, meinen Unterricht über die Schöpfungsgeschichte zu unterbrechen, um zu argumentieren, dass die Lebewesen auf unserer Erde nicht von Gott erschaffen wurden, sondern sich über die Jahre hinweg weiterentwickelt und den Umständen ihrer Umgebung angepasst haben. Nur der Einfluss des Teufels würde ein Kind dazu veranlassen, etwas so Ketzerisches von sich zu geben!"

„Oder der Einfluss Jean-Baptiste de Lamarcks", erwiderte Hypatia kühl.

„Und wer bitte soll das sein?", verlangte der Schulleiter zu wissen.

„Ein französischer Botaniker und Autor des Werkes *Philosophie Zoologique*. Ich brachte Glory einige seiner Thesen näher."

„Da haben wir es ja", brummte Snelling. „Dieser Mann ist noch schlimmer als der Teufel ... Er ist Franzose!"

Patty warf Maggie einen Blick zu und verdrehte die Augen.

„Da wir die Fossilien untersuchten, die Glory gefunden hat, erschien es mir richtig, mit ihr über Lamarcks Theorien zu diskutieren."

„Es tut mir leid, wenn meine Tochter Sie mit ihrem Verhalten gekränkt hat, Sir", fügte Maggie hinzu. „Sie kann mitunter sehr temperamentvoll sein, aber ich versichere Ihnen, dass sie nichts Böses im Sinn hatte ..."

„Nichts Böses im Sinn?", wiederholte der Schulmeister in schrillem Tonfall. „Das verdammte Gör hat meine *Perücke* gestohlen!"

Plötzlich fiel es ihr wie Schuppen von den Augen. *Deshalb* sah er so anders aus: Das kleine Haarteil auf seinem Kopf fehlte. Zu ihrem Entsetzen spürte, sie, wie ein Kichern in ihr aufstieg.

Gerade noch rechtzeitig schlug sie die Hand vor den Mund. Hoffentlich wirkte sie eher schockiert als belustigt. „E-es tut mir s-so leid ..."

„Nach dem Unterricht ließ ich sie mit der Eselskappe in der Ecke sitzen, um über ihr sündhaftes Verhalten nachzudenken. Ich muss kurz eingedöst sein, denn als ich wieder erwachte, war sie – mitsamt meiner Perücke – verschwunden."

„Eselskappe?", rief Hypatia entrüstet. „Also wirklich, von allen altmodischen, unzuträglichen Methoden ..."

„Wir werden Ihre Perücke finden, Mr Snelling", unterbrach Maggie ihre Schwägerin. Zwar teilte sie deren Ansichten über die fragwürdigen Lehrmethoden des Schulleiters, wollte diesen ihrer Tochter zuliebe aber keinesfalls noch weiter provozieren. „Glory wird sie Ihnen gleich morgen früh zurückbringen und sich bei Ihnen entschuldigen."

„Das will ich doch stark hoffen. Ansonsten kann das Gör sich nach einer anderen Schule umsehen." Mit diesen Worten stürmte er davon und schlug die Tür geräuschvoll hinter sich zu.

Maggie rieb sich erschöpft übers Gesicht. „Sag jetzt bloß nichts, Hypatia. Es spielt keine Rolle, dass er ein Narr ist und

Glory im Recht. Sie kann nicht einfach wahllos Leute beleidigen und deren Perücken stehlen."

„Eigentlich wollte ich dir anbieten, nach ihr zu suchen", erwiderte Patty mit finsterer Miene. „Mit Sicherheit wird sie sich nach diesem Vorfall nicht hier blicken lassen."

„Ich weiß genau, wohin sie sich zurückgezogen hat."

Es gab nur einen Ort, an dem man Glory ohne Ausnahme finden würde.

„Zu den Klippen", stimmte Patty zu. „Ich begleite dich."

„Jemand muss auf den Laden aufpassen."

„Um die Horden an Kunden im Zaum zu halten?", fragte ihre Schwägerin trocken und gestikulierte durch den Raum. „Bislang hat sich niemand hier reinverirrt außer deiner Schwester und Snelling. Mich schaudert allein schon bei dem Gedanken, wer als Nächstes auftauchen könnte."

Damit hatte sie zweifellos recht. Außerdem wusste Maggie, dass es nicht leicht werden würde, ihre Tochter zu bändigen. Glory war ebenso eigensinnig wie klug, und seit Pauls Tod geriet sie immer mehr außer Rand und Band.

Wie gesagt, immer eine Krise nach der anderen.

„Ich könnte durchaus Unterstützung gebrauchen", sagte sie dankbar. „Gehen wir."

Kapitel Drei

„Verflucht noch mal, Horatio! War das denn wirklich notwendig?"

Rhys' frustrierter Ausruf hallte von den steinernen Wänden wider. Das Licht seiner Laterne flackerte bedrohlich, und die Dunkelheit der Höhle schien von allen Seiten auf ihn einzudringen. Er beschleunigte seine Schritte, auch deshalb, weil er wusste, dass die Flut bald einsetzen würde.

Salzige Meeresluft stieg ihm beißend in die Nase, während er sich seinen Weg durch die gewundenen Gänge bahnte. Ungebetene Erinnerungen an das düstere, stickige Wasserklosett in Eton übermannten ihn, die aufsteigende Panik, das Gelächter seiner Peiniger ... Die erdrückende Finsternis im Inneren eines Kleiderschranks, in dem er nicht sein sollte, die eiskalte Angst, die tosende Wut seines Vaters, die verzweifelten Schluchzer seiner Mutter ...

Auch jetzt noch hasste er es, sich in beengten, geschlossenen Räumen aufzuhalten. Ob sein Onkel sich dessen bewusst gewesen war? Womöglich war das hier nur ein weiterer Test, um zu prüfen, ob er des vermeintlichen Vermögens würdig war, das Horatio ihm hinterlassen hatte.

Die Mühe hättest du dir sparen können, alter Knabe, dachte Rhys verbittert. *Ich weiß auch so, dass ich durch und durch ein Versager bin.*

Nichtsdestotrotz marschierte er weiter. Er hatte zwei Tage – und beträchtliche Mengen Kognak – gebraucht, um die japanische Trickbox zu öffnen. Im Inneren hatte sich ein Stück hauchdünnen Porzellans befunden, das bei Gewalteinwirkung zweifellos in tausend winzige Scherben zerbrochen wäre.

Auf dem empfindlichen Bruchstück stand der nächste Hinweis geschrieben:

Im Herzen von Journey's End.

Nachdem Rhys sich daran erinnert hatte, dass sein Onkel diese Klippen stets als „Herz" seines an der Küste gelegenen Anwesens zu bezeichnen pflegte, war er an den Kiesstrand hinuntergestapft, um die Felsformationen aus goldenem Sandstein genauer in Augenschein zu nehmen. Im Verlauf des vergangenen Tages war er irgendwann zufällig auf den Eingang zu der geheimen Höhle gestoßen, in der er sich nun befand.

„Von wegen Herz. Ich würde es eher als verschlungene Eingeweide bezeichnen", brummte er.

Die Dunkelheit legte sich wie ein schwerer, schwüler Mantel um ihn. Selbst mithilfe der Laterne konnte er kaum einen Meter weit sehen. Der steinige Durchgang wurde mit jedem Schritt enger. Schweißperlen bildeten sich auf seiner Stirn, als er mit den Schultern zu beiden Seiten gegen den harten Fels streifte. Ein Luftzug kam wie aus dem Nichts durch den Gang gejagt und löschte wie von Geisterhand das Licht.

Verdammt. Hektisch wühlte er in seiner Tasche nach der Schachtel Zündhölzer, die er vorsorglich eingesteckt hatte. Aufgrund seiner fahrigen Bewegungen schaffte er es irgendwie, sich mit den Schultern zwischen den steinernen Wänden zu verkeilen. Abermals fluchte er und versuchte verzweifelt, sich aus dem Klammergriff des Höhlengemäuers zu befreien. Gleichzeitig zwang er sich, ruhig zu bleiben, sich nicht von der Panik überwältigen zu lassen. Langsam drehte er den Oberkörper ein wenig in Richtung Uhrzeigersinn, und spürte, wie der Druck auf einer Seite etwas nachließ. Er drehte sich weiter, und dann noch ein Stück ... bis er sich schließlich losreißen konnte.

Juwelen hin oder her, keinesfalls würde er noch eine Sekunde länger in diesem felsigen Grab verweilen!

Er machte auf dem Absatz kehrt und stolperte den Weg zurück, den er gekommen war. Es schien eine Ewigkeit zu dauern, bis er endlich wieder Sonnenlicht auf dem Gesicht spürte. Auf zitternden Beinen taumelte er über den Strand, bis er nach einigen Metern stehen blieb, sich mit den Händen auf den Oberschenkeln abstützte und begierig die frische Meeresluft einatmete.

„Du siehst aus, als hättest du einen Geist gesehen!"

Die helle Kinderstimme verursachte ihm Gänsehaut. Als er sich umdrehte, erblickte er ein schlaksiges, sommersprossiges Mädchen, das in einiger Entfernung zu ihm stand und ihn ungeniert musterte. Sie musste um die acht oder neun Jahre alt sein und trug keine Haube, dafür aber einen Weidenkorb in der Hand. Ihre rotbraunen Zöpfe hüpften auf und nieder, als sie auf ihn zulief. Der Saum ihres schlichten Kleids war mit Sand und Schmutz verkrustet.

„Warst du da drin in der Höhle?", fragte sie.

„Äh, ja", hörte er sich antworten.

Ihre Augen waren von einem ungewöhnlichen Goldgrün und von dichten Wimpern umrandet. Der Rest ihres Gesichts jedoch war schmal und nichtssagend. Sie bedachte ihn mit einem wissenden Blick. „Du hattest Angst, stimmt's?"

Er versteifte sich. „Hatte ich nicht."

„Doch, hattest du", erwiderte sie fröhlich. „Das ist mir gleich aufgefallen. Ich bin gut darin, Leute einzuschätzen."

Wollte das kleine Gör etwa andeuten, dass er log? Dass er ein *Feigling* war?

Irritiert runzelte er die Stirn. „Jetzt hör mal zu ..."

„*Ich* habe keine Angst vor der Höhle", fuhr sie unbeirrt fort. „Ich bin ständig da drin. Dunkelheit macht mir nichts aus, und auch sonst nichts. Mama sagt, ich bin furchtlos."

Respektlos trifft es eher, dachte er finster.

Als er sie genauer in Augenschein nahm, stellte er fest, dass ihr Kleid zwar abgetragen, aber ordentlich verarbeitet war. Ihre Ausdrucksweise zeugte von einer anständigen Ausbildung. Alles an ihr strahlte eine schäbige Eleganz aus. Vermutlich war sie die Tochter eines Geistlichen.

Wer auch immer ihr Vater sein mochte, er täte gut daran, diesen Wildfang besser zu züchtigen.

„Du befindest dich widerrechtlich auf privatem Gelände", sagte er in seinem strengsten, herzoglichsten Tonfall.

„Der vorherige Eigentümer erlaubte meinem Vater, die Klippen zu erforschen, wann immer er wollte. Papa ist nämlich ein berühmter Gelehrter für Fossilien ... oder besser gesagt, er war es." Niedergeschlagen senkte sie den Blick. „Er ist gestorben."

Seine Verärgerung löste sich in Luft auf. Nun kam er sich wie ein unsensibler Rüpel vor.

Verlegen suchte er nach einer angemessenen Antwort. Für gewöhnlich mied er Kinder und Haustiere wie die Pest, da sie in seinen Augen zur Kategorie „schmutzig und lästig" gehörten. Kurz flackerte die Erinnerung an sein eigenes Kindheitshaustier auf ... doch er verdrängte sie umgehend. Es hatte keinen Sinn, über die Vergangenheit nachzudenken.

Er war ein anspruchsvoller Gentleman, der für Schmutz und Unordnung nichts übrig hatte. Insbesondere Kinder schafften es irgendwie immer, verschmiert und klebrig zu sein ... wie ein Bonbon, der einem hartnäckig an der Schuhsohle klebte.

Den Wunsch, Vater zu sein, hatte er nie verstanden. Er für seinen Teil hatte nicht die Absicht, einer zu werden, und schon gar nicht einer von der Sorte, wie sein eigener es gewesen war. Da er jedoch dem Zeugungsakt höchst zugetan war, hatte er schnell gelernt, entsprechende Sicherheitsvorkehrungen zu treffen. Die einzige Ausnahme war Maggie, die junge Kellnerin, gewesen – seltsam, dass er in so kurzer Zeit nun zum zweiten Mal an sie denken musste –, was er ihrer beider Ungeduld in jener Nacht zuschrieb.

Ein Präservativ überzustreifen, war ihm gar nicht in den Sinn gekommen, so beschäftigt war er damit gewesen, ihr die Kleider vom Leib zu reißen und sie im Stehen gegen die Tür zu nehmen. Glücklicherweise hatten sie nur diese eine leidenschaftliche Nacht miteinander verbracht. Die erfahrenen Frauen, mit denen er sich normalerweise vergnügte, trafen ihre eigenen Vorkehrungen, was Verhütung anbelangte.

Stirnrunzelnd betrachtete er den gesenkten Kopf vor sich und realisierte, dass er irgendetwas sagen musste.

„Mein herzliches Beileid", murmelte er. „Ich bin mir sicher, ein solcher Verlust muss ... schwierig sein."

Ruckartig sah das Mädchen zu ihm auf. „Woher weißt du das? Hast du deinen Vater ebenfalls verloren?"

Unter ihrem scharfsinnigen Blick fühlte er sich gezwungen zu erwidern: „Beide meiner Eltern, um genau zu sein."

„Wie alt warst du, als dein Papa starb?"

„Sechsundzwanzig."

„Ich bin achtdreiviertel", verkündete sie und legte den Kopf schief. „Vermisst du ihn sehr?"

Er zögerte. Noch nie hatte ihm jemand diese Frage gestellt. „Nein, nicht sonderlich."

Überrascht riss sie die Augen auf. „Warum nicht?"

„Er ... Wir haben uns nicht immer gut verstanden."

Das war die Untertreibung des Jahrhunderts. Phillip Cavendish hatte seinen einzigen Sohn und Erben gehasst, wofür es unzählige Gründe gegeben haben mochte. Womöglich lag es daran, dass er gezwungen war, Rhys' Mutter, Yu-Yan, zu heiraten, nachdem deren Vater ihm das Leben gerettet hatte. Oder daran, dass Rhys als schmächtiges, kleines Kind seiner chinesischen Mutter zu sehr ähnelte – ein „schwacher Mischling" in den Augen seines Vaters.

Oder vielleicht rührte Phillips Hass auch einfach daher, dass er ein grausamer, verbitterter Bastard gewesen war, der sich nie um jemand anderen gekümmert hatte als sich selbst.

„Warst du ein böser Junge?", fragte die Kleine mit ernster Stimme.

Du bist ein Schandfleck auf dem makellosen Stammbaum unserer Familie. Eine Blamage durch und durch. Du wirst es nie zu etwas bringen.

Ein humorloses Lächeln umspielte seine Lippen. „In den Augen meines Vaters war ich das wohl."

„Es ist nicht einfach, immer nur anständig zu sein", erwiderte sie in wissendem Tonfall. „Ich bemühe mich ja, aber ungezogen zu sein, macht viel mehr Spaß, nicht wahr?"

Dem konnte er nicht widersprechen, obwohl das in Gegenwart eines Kindes zwingend erforderlich wäre.

„Damit hast du leider recht", sagte er schließlich.

„Um ehrlich zu sein, habe ich etwas wirklich Schlimmes angestellt."

Das bezweifelte er. Was schlimme Taten anbelangte, kannte er sich bestens aus.

„Kannst du ein Geheimnis für dich behalten?", fragte sie.

„Ich glaube nicht."

„Ich habe die Perücke des Schulleiters gestohlen", fuhr sie

unbeirrt fort. „Aber nur, weil er ein Dummkopf ist! Er kannte nicht einmal Lamarcks Theorie der Evolution."

„Oh, na dann muss er ja wirklich dumm sein", erwiderte Rhys.

Er hatte ebenfalls noch nie etwas von dieser Theorie gehört und hoffte, dass dem auch so bleiben würde. Schon seit seiner Kindheit hatte er sich mehr für Sport als für die Wissenschaft begeistern können und frönte regelmäßig dem Boxen, Reiten und anderen weltmännischen Betätigungen.

Sie nickte und fügte empört hinzu: „Und dann bestand er darauf, dass *ich* die Eselskappe aufsetze!"

Ein Anflug von Mitgefühl überkam ihn. Mit Dummköpfen und Spotthüten kannte er sich bestens aus. „Leider wirst du feststellen müssen, dass es weitaus mehr hirnlose Tölpel auf der Welt gibt als Menschen mit gesundem Verstand."

Einen Augenblick lang starrte sie ihn an ... und begann zu kichern. „Du bist witzig!"

„Ich bemühe mich, für Unterhaltung zu sorgen. Wenn du mich jetzt entschuldigen würdest ..."

„Ich muss mich auch beeilen. Wenn die Flut kommt, ist der Zugang zu den Höhlen versperrt."

Er sah sie fassungslos an. „Moment mal, du willst doch nicht ernsthaft allein da reingehen, oder?"

„Doch, natürlich. Ich bin Fossiliensammlerin." Sie öffnete den Deckel ihres Korbs und zeigte ihm den Inhalt. Er konnte eine Auswahl verschiedener Versteinerungen in ungewöhnlichen Farben und Formen ausmachen. „Gerade habe ich diese Ammoniten und Bezoarsteine gefunden. Die verkaufen sich in unserem Laden für ein paar Schillinge."

Das wird ja immer kurioser. „Deine Familie besitzt ein Geschäft?"

Stolz reckte sie die Brust heraus. „Foleys Emporium ist eine der berühmtesten Fossilienhandlungen in Dorset! Na ja, neben

Mrs Annings Geschäft. Ihres mag berühmter sein, aber unseres bietet ein besseres Preis-Leistungs-Verhältnis." Sie klang wie eine Zeitungsannonce. „Gentlemen, von denen einige hoch angesehene *Lords* sind, reisen aus London an, um unsere Ware zu kaufen. Die wohlhabendsten von ihnen heuern Papa regelmäßig an, für sie auf Expeditionen zu gehen und Fossilien zu finden ..." Sie hielt inne und runzelte die Stirn. „Oder zumindest war es so, bis er starb."

Die Idee, die sich in seinem Kopf zu formen begonnen hatte, wurde im Keim erstickt. Ach ja, richtig, der Mann war tot. Also würde Rhys sich dessen Erfahrung bei der Höhlenforschung nicht zunutze machen können. *Mist.* Aber vielleicht gab es andere Einheimische, die gewillt wären, ihm ihre Dienste anzubieten. Ja, das war ein hervorragender Plan! Warum sollte er sich selbst damit abmühen, wenn er jemanden anheuern konnte, die Drecksarbeit zu erledigen?

„Ich soll eigentlich gar nicht wissen, dass der Laden in Schwierigkeiten steckt, aber natürlich bekomme ich so einiges mit. Tante Patty sagt immer, kleine Pötte haben lange Ohren. Aber wie können Pötte Ohren haben? Das Sprichwort habe ich nie verstanden. Wie dem auch sei, Mama wird das Geschäft schon irgendwie retten", fuhr sie munter fort. „Und ich werde ihr dabei helfen."

„Mhm, hervorragend", murmelte Rhys, der nur mit halbem Ohr zuhörte, da er viel zu sehr mit seinem eigenen Plan beschäftigt war. „Sag mal, könntest du mir noch andere seriöse Fossiliensammler empfehlen, die hier in der Gegend ansässig sind?"

„Wie ich schon sagte, Mrs Anning in Lyme Regis ist die berühmteste von ihnen", erwiderte das Mädchen, hielt dann jedoch inne und musterte ihn scharf. „Aber meine Mutter, Margaret Foley, besitzt ebenso viel Erfahrung und Geschick.

Und sie bietet ihre Dienste für einen wesentlich besseren Preis an."

„Du empfiehlst mir ja nur weibliche Professionelle auf dem Gebiet."

„Na und? *Ich* bin weiblich, und ich finde viele Fossilien." Sie deutete nachdrücklich auf ihren Korb.

„Ich verstehe." Er machte sich nicht die Mühe, seine Skepsis zu verbergen.

Die Kleine schnaubte ungehalten. Dann ließ sie den Korb fallen, rannte auf die nächstgelegene Klippe zu ... und begann, daran hochzuklettern! Ihre Behändigkeit war ebenso beeindruckend wie erschreckend. Nachdem er einige Augenblicke starr vor Schock dagestanden hatte, rannte er ihr hinterher.

„Komm sofort da runter!", brüllte er. Ja, er musste die Stimme erheben, denn sie war bereits so weit oben, dass sie ihn andernfalls kaum noch gehört hätte. Verdammt, was, wenn sie das Gleichgewicht verlor und in die Tiefe stürzte ...?

Ebenso flink, wie sie hinaufgeklettert war, kam sie wieder herunter. Anstatt sich jedoch in seine ausgestreckten Arme fallen zu lassen, sprang sie von dem untersten Felsvorsprung und landete leichtfüßig auf dem Boden.

„Was hast du dir nur dabei gedacht?", presste er hervor und versuchte, sein wild pochendes Herz zu ignorieren. „Du hättest dir den Hals brechen können ..."

„Nur, wenn ich *abgestürzt* wäre", erwiderte sie mit einem selbstgefälligen Grinsen. „Aber das passiert nie, weil ich eine ausgezeichnete Kletterin bin. Einmal hat Billy Pinkleton mich zu einem Wettbewerb im Bäumeklettern herausgefordert, und ich habe gewonnen ... obwohl er schon zehn ist! Darüber war er gar nicht erfreut." Ein seltsames Funkeln trat in ihre Augen, doch dann schüttelte sie den Kopf und reckte das Kinn vor. „Egal, was kümmert es mich, was Billy denkt? Er ist ein hirnloser Tölpel, wie du schon sagtest. Ich habe ihm gezeigt, dass Mädchen ebenso gut klettern können wie Jungs. Mama sagt immer, Frauen mögen zierlicher sein als Männer, aber dafür sind sie auch flinker und gewandter. Perfekte Voraussetzungen für die Fossilienjagd.“

Rhys musterte sie mit finsterer Miene ... obwohl er zugeben musste, dass sie damit nicht unrecht hatte. Da Horatio den zweiten Hinweis vermutlich irgendwo tief in der Höhle versteckt hatte, würden ihm diese Eigenschaften nur zugutekommen. Und wenn die Mutter der Kleinen auch nur annähernd so geschickt wäre wie ihre Tochter ...

„Wo kann ich deine Mutter denn am besten antreffen?“, fragte er.

Abermals bedachte das Mädchen ihn mit einem abwägenden Blick. Er konnte förmlich hören, wie die Münzen in ihrem Kopf klingelten, während sie seinen maßgeschneiderten Anzug musterte. Wider Willen musste er über ihren hinterhältigen Scharfsinn schmunzeln. In gewisser Weise war sie ihm recht ähnlich.

„Mama ist eine vielbeschäftigte Frau, da jeder sich darum reißt, ihre Dienste in Anspruch zu nehmen“, erklärte sie und tippte sich nachdenklich ans Kinn. „Aber da ich dich ihr persönlich vorstellen werde, bin ich mir sicher, dass sie dich zu einem fairen Preis auf eine Expedition mitnehmen würde. Sagen wir, hundert Pfund?“

Er musste ihr ihre Unverfrorenheit hoch anrechnen. Bevor er untergetaucht war, hatte er den Großteil seines persönlichen Besitzes verkauft und gut tausend Pfund dafür erhalten. Eigentlich hatte er vorgehabt, so lange wie möglich von diesem Geld zu leben. Die Tatsache, dass er nun zögerte, hundert Pfund auszugeben – ein läppischer Betrag, den er früher achtlos beim Kartenspiel eingesetzt hatte –, war einfach nur erbärmlich.

Wenn du die Juwelen findest, wirst du wie ein König leben. Aber dafür musst du auch bereit sein, ein gewisses Risiko einzu-

gehen. Und wer weiß, diese Mrs Foley könnte ihr Gewicht in Gold wert sein.

Er versuchte, sich eine ältere Version des Mädchens vorzustellen, eine schlanke, unscheinbare, zähe Frau, die sich nichts bieten ließ und keine Bedenken hätte, für ihn in diese Höhle zu klettern, um den nächsten Hinweis zu finden.

„Abgemacht", sagte er schließlich.

Die Kleine atmete sichtlich erleichtert aus und strahlte über das ganze Gesicht. Überrascht stellte er fest, dass sich hinter ihrem Lächeln und den sympathischen Grübchen eine unterschwellige Schönheit verbarg, die ihm seltsam vertraut vorkam.

„Du wirst es nicht bereuen!"

„Das will ich doch hoffen", murmelte er. „Also, wo kann ich Mrs Foley finden?"

„Du musst dich nur umdrehen." Das Mädchen deutete auf zwei Frauen, die mit wehenden, schwarzen Mänteln und Röcken auf sie zumarschiert kamen. „Da kommt sie schon!"

„Gloriana Foley, ich will sofort mit dir sprechen!"

Die angenehm rauchige Stimme brachte sein Blut in Wallung. Gleichzeitig rief sie etwas in ihm wach, das er nicht zu deuten vermochte. Eindringlich starrte er den beiden Frauen entgegen. Eine von ihnen war groß und hager, die andere kleiner und kurviger. Ihre Gesichter konnte er nicht erkennen, da sie von den Krempen ihrer Hauben verdeckt wurden.

„Jetzt kriege ich bestimmt Ärger", murmelte das Mädchen – Gloriana – zerknirscht.

„Kopf hoch", ermunterte er sie. „Überlasse mir das Reden."

Sobald die beiden Frauen sie erreicht hatten, setzte er sein gewinnendstes Lächeln auf, das bereits die Herzen unzähliger Damen zum Schmelzen gebracht hatte (und, wie er hörte, höchst unsittliche Reaktionen in anderen Körperteilen hervorrief). Mrs Foley mochte eine hackenschwingende Höhlenforscherin sein, aber sie war auch eine Vertreterin des weiblichen

Geschlechts, von daher konnte es nichts schaden, seinen Charme spielen zu lassen.

„Guten Tag, meine Damen ...“ Er verstummte schlagartig, als er realisierte, wer da vor ihm stand.

Rötliche Locken und smaragdgrüne Augen lugten unter der schwarzen Haube hervor. Sein Blick fiel auf den üppigen Busen, der sich unter dem dünnen Stoff ihres Mantels abzeichnete, und ein elektrisierender Schock durchfuhr ihn, noch bevor er imstande war, ein Wort herauszubringen.

„Maggie?“, presste er schließlich hervor. „Was tust du denn hier?“

Kapitel Vier

Maggie schlug das Herz bis zum Hals.

Gütiger Himmel ... Das kann doch nicht wahr sein!

Sie blickte geradewegs in die strahlenden, löwenartigen Augen, die sie so gut wie in jedem ihrer Träume und Albträume heimgesucht hatten. Offensichtlich hatten die vielen Jahre, die verstrichen waren, Rhys Jones' Attraktivität keinen Abbruch getan. Sein jungenhafter Charme war der virilen Perfektion eines Gentlemans in den besten Jahren gewichen.

Sein Gesicht war schmaler, und seine hohen Wangenknochen bildeten einen markanten Kontrast zu seiner samtiggoldenen Haut. Sein dichtes, schwarzbraunes Haar war immer noch ein wenig länger, als Männer seines Standes es üblicherweise trugen. Die Erinnerung an das seidige Gefühl seiner Locken zwischen ihren Fingern ließ sie erschaudern. Mittlerweile trug er einen Schnurrbart und ein präzise gestutztes Bärtchen am Kinn, was die Aufmerksamkeit auf seine sinnlichen Lippen lenkte und ihm mehr denn je ein piratenhaftes Aussehen verlieh.

Er wirkte muskulöser und drahtiger als damals. Unter

seinem tabakfarbenen Gehrock konnte sie breite Schultern ausmachen, und seine langen, athletischen Beine steckten in einer enganliegenden Hose, die in auf Hochglanz polierte Stiefel mündete.

Nach wie vor war er der ansehnlichste Mann, der ihr je begegnet war. Der Teufel in Menschengestalt.

„Kennst du etwa meine Mama?"

Die unschuldige Frage ihrer Tochter riss Maggie aus ihren Gedanken und brachte sie unsanft auf den Boden der Tatsachen zurück. Gleichzeitig wurde sie von einer Welle verschiedenster Emotionen überrollt: Verwirrung, Sehnsucht, Demütigung. Ihr stockte der Atem, als ihr eine panische Erkenntnis durch den Kopf spukte: *Gütiger Himmel ... Glory. Ich muss sie beschützen. Er darf auf keinen Fall die Wahrheit erfahren.*

Rhys starrte sie noch immer an, dann jedoch wanderte sein Blick zu Gloriana, und er runzelte die Stirn. Sah sie da eine Ahnung in seinen goldbraunen Augen aufflackern?

Die Angst schärfte ihre Sinne und erinnerte sie daran, wer er war ... und wer *sie* war. Oder, besser gesagt: Wer sie *damals* gewesen war.

Das aufsteigende Schamgefühl ignorierend, redete sie sich ein, dass sie nicht länger die einfältige Närrin von früher war, die junge Frau, die sich von einem attraktiven Gentleman hatte blenden lassen und ihm, ohne an die Konsequenzen zu denken, ihre Jungfräulichkeit schenkte. Die dadurch jedem bewiesen hatte, dass sie tatsächlich ein Flittchen war, eine waschechte Goode. Die am folgenden Morgen verwirrt im Zimmer eines Gasthauses aufgewacht war, allein ... Und auf dem Tisch eine Fünfzig-Pfund-Note vorfand. Für geleistete Dienste.

Die Erinnerung an diese Demütigung war wie ein Schlag ins Gesicht. Es gab niemanden außer ihr selbst, dem sie die Schuld für ihre Entscheidungen zuschreiben konnte. Aber sie hatte den Preis für ihre Leichtsinnigkeit gezahlt und sich durch Verbissenheit und harte Arbeit ein anständiges, respektables Leben aufgebaut. Sie würde unter keinen Umständen zulassen, dass Glory aufgrund ihrer früheren Fehler leiden musste.

Als sie den erwartungsvollen Blick ihrer Tochter (und die Neugier im Gesicht ihrer Schwägerin) bemerkte, wusste sie, dass sie die Situation schnell unter Kontrolle bringen musste. Entschlossen schob sie das Gefühlschaos in ihrem Inneren beiseite und setzte eine gleichgültige Miene auf.

„Ich glaube, der Herr hier hat irgendwann mal unser Geschäft besucht", erklärte sie in möglichst professionellem Tonfall. „Mister ... Johnson, meine ich?"

„Jones", erwiderte er mit undurchschaubarer Miene. „Rhys Jones."

„Wenn du schon mal im Foleys warst, warum hast du das dann vorhin nicht erwähnt?", fragte Glory stirnrunzelnd.

Maggie hielt gebannt den Atem an, aber Rhys antwortete leichthin: „Weil es schon einige Jahre her ist. Es muss mir entfallen sein."

Gott sei Dank schien er ein guter Lügner zu sein, was sie nicht sonderlich überraschte. Ein Wüstling wie er lief bestimmt oft unbeabsichtigt Frauen über den Weg, mit denen er das Bett geteilt hatte. Wer wusste schon, wie viele uneheliche Kinder er entlang der englischen Küste gezeugt hatte?

Und du warst dumm genug, eine seiner unzähligen Eroberungen zu werden.

Die Selbstverachtung, die ihr die Luft abschnürte, war erdrückender als jedes Korsett. „Es tut mir leid, Sir", sagte sie schroff, „aber im Laden wartet Kundschaft auf mich. Komm, Gloriana ..."

„Warte, Mama!", platzte Glory heraus. „Mr Jones ist auch ein Kunde. Er will unsere Dienste in Anspruch nehmen und uns *hundert Pfund* dafür bezahlen, dass wir Fossilien für ihn finden. So ist es doch, nicht wahr, Sir?"

Er verneigte sich knapp. „Sie verstehen sich wirklich aufs Verhandeln, Miss Foley."

„Das würde dem Laden doch helfen, oder, Mama?"

Das triumphierende Lächeln ihrer Tochter versetzte Maggie einen Stich ins Herz. So grausam konnte Gott doch unmöglich sein.

Sie hatte sich nichts sehnlicher gewünscht, als der Kleinen eine Kindheit zu schenken, die besser war als ihre eigene, eine, der es nicht an Achtbarkeit und Sicherheit mangelte. Dank Paul hatte Glory einen guten Namen erhalten und ein anständiges Leben führen können. Nach seinem Tod hatte Maggie versucht, die finanziellen Schwierigkeiten vor ihrer Tochter zu verbergen, da sie sich nicht mit den Problemen Erwachsener herumschlagen sollte. Leider schien sie auf ganzer Linie versagt zu haben, denn Glory wusste nicht nur, wie es um das Geschäft stand, sie hatte auch noch die Geistesgegenwärtigkeit besessen, einen Auftrag für hundert Pfund auszuhandeln.

Sprachlos beobachtete sie, wie ihre Tochter Rhys Jones ein strahlendes Lächeln schenkte. Dem Mann, der Maggie wie eine Dirne behandelt, sich eine Nacht lang mit ihr vergnügt und sie dann einfach sitzen gelassen hatte ... mit einem unehelichen Kind.

Während sie erneut von einer Welle der Panik erfasst wurde, versuchte sie, sich einzureden, dass Glory und Rhys außer der Farbe ihrer Augen kaum Ähnlichkeiten verbanden. Niemand würde je hinter die schmachvolle Wahrheit kommen, die sie mit ins Grab zu nehmen gedachte. Obwohl sie Paul von den Umständen berichtet hatte, unter denen sie schwanger geworden war, hatte sie ihm nie die Identität des leiblichen Vaters verraten. Und da Paul ein waschechter Gentleman gewesen war, hatte er sie auch nie darauf gedrängt. Nach der Geburt war sie erleichtert zu sehen, dass ihre Tochter vom Aussehen her stark nach ihr kam ... größtenteils.

Die goldenen Flecken in Glorys Augen hatten sie seit jeher nervös gemacht. Glücklicherweise war auch das für die Goodes kennzeichnende Grün vertreten, sodass niemand Verdacht schöpfte. Niemand hatte je in Frage gestellt, ob Paul der Vater war ... Und das war er dem Mädchen auf jede nur erdenkliche Weise gewesen.

Ich werde nicht zulassen, dass irgendwer ihr das nimmt, schwor Maggie sich. *Weder ihr noch Paul.*

Selbst wenn Rhys die richtigen Schlüsse ziehen sollte, wäre es ihm wahrscheinlich völlig egal. Wie schon gesagt, vermutete sie, dass Glory nicht sein einziges uneheliches Kind war.

„Ist das wahr, Sir?", fragte Hypatia hoffnungsvoll und zog Maggies Aufmerksamkeit damit auf sich. „Sie wollen tatsächlich unsere Dienste in Anspruch nehmen?"

„Gewiss, nachdem die junge Miss Foley hier die Vorzüge Ihres Geschäfts so reizvoll angepriesen hat", entgegnete Rhys.

Er sprühte förmlich vor Charme. Die Grübchen, die ihr damals völlig den Verstand geraubt hatten, zeichneten sich auch jetzt in seinen Mundwinkeln ab. Mehr noch als sein attraktives Aussehen war es sein Auftreten, das einen magisch in seinen Bann zog: Selbst an einem windigen Strand, mit sandverkrusteten Stiefeln, strahlte er Selbstbewusstsein und Autorität aus.

Damals hatte Maggie dieses fürstliche Auftreten unwiderstehlich gefunden, nun jedoch verärgerte es sie.

„Mit wem habe ich eigentlich das Vergnügen?", fragte er.

„Du meine Güte, wo sind nur meine Manieren geblieben?", rief Patty verlegen aus. „Ich bin Miss Hypatia Foley. Mrs Foley war mit meinem Bruder verheiratet."

„*Enchanté*, Ma'am."

Patty errötete wie eine Debütantin.

Unterbinde diesen Unsinn. Du musst Glory beschützen, sie von diesem Mann fernhalten – und zwar schnell!

„Leider stehen unsere Dienste momentan nicht zur Verfügung", sagte sie barsch. „Im Herbst sind wir völlig ausgebucht. Sie müssen sich jemand anderen suchen."

Rhys hob die Augenbrauen.

„Mir wurde gesagt, Sie seien die beste Fossilienjägerin hier in der Gegend." Sie ließ sich von seinem gelassenen Tonfall nicht täuschen. Hinter seiner charmanten Fassade verbarg sich etwas Berechnendes, Gefährliches. „Und ich möchte die Beste der Besten für meine Zwecke anheuern."

„Außerdem sind wir doch gar nicht ausgebucht, Mama", mischte Glory sich ein. „Ich hörte dich und Tante Patty darüber reden, dass wir mehr Kunden brauchen. Und ich habe einen perfekten gefunden ..."

„Ich werde keinesfalls für einen wie ihn arbeiten."

Sofort bereute sie ihre unbedachten Worte. Sie sah, wie Rhys' Kiefermuskeln sich anspannten, und versuchte verzweifelt, die Fassung wiederzuerlangen, an der sie all die Jahre über so hart gearbeitet hatte. Warum nur fühlte sie sich in Gegenwart dieses Mannes wieder wie eine wollüstige, einfältige Kellnerin ... eine vermaledeite *No-Goode?*

Hypatia räusperte sich diskret und bohrte Maggie einen Ellbogen in die Rippen. „Ich bin mir sicher, Mrs Foley würde sich über die Kundschaft eines so ehrenwerten Gentlemans wie Ihnen freuen", sagte sie beschwichtigend. „Ist es nicht so, Margaret?"

Verzweifelt suchte sie in Gedanken nach einer geeigneten Ausrede, mit der sie sich Rhys Jones vom Hals schaffen könnte, ohne weiter Verdacht zu erregen. Irgendwie musste sie die Katastrophe abwenden, die wie eine führerlose Kutsche ungehindert auf sie zuraste.

„Prinzipiell ja", begann sie, fieberhaft nach den richtigen

Worten suchend. „Aber leider habe ich meine Dienste bereits einem anderen Klienten zugesagt. Tatsächlich wird er noch diese Woche anreisen."

„Du meinst doch hoffentlich nicht Mr Pickering-Parks", murmelte Patty. „Es ist fragwürdig, ob er überhaupt auftaucht, und wenn, kauft er nie etwas für mehr als fünfzig Pfund. Und selbst dann feilscht er noch um jeden Cent. Du wirst trotzdem genug Zeit haben, um Mr Jones zu helfen."

Verdammt noch mal.

„Ich kann nicht einfach jedem Dahergelaufenen meine Dienste anbieten", stammelte sie.

„Langsam verstehe ich, wo das Problem liegt", erwiderte Rhys.

Ihr gefiel weder sein spöttischer Tonfall noch das gefähr-liche Funkeln in seinen Augen.

„Danke für Ihr Verständnis. Dann werden wir uns mal auf den Heimweg ..."

„Wie viel?"

Sie blinzelte verwirrt. „Wie bitte?"

„Wie viel verlangen Sie für Ihre ... *Dienste?*"

Seine plumpe Anspielung raubte ihr auch das letzte biss-chen Selbstbeherrschung, an das sie sich geklammert hatte. *Wie kann dieser Mistkerl es wagen, die Vergangenheit ins Spiel zu bringen? Mich abermals zu demütigen?*

Herausfordernd hob sie das Kinn. „Das könnten Sie sich ohnehin nicht leisten, Sir."

„Wollen wir wetten?" Nun klang er eindeutig gereizt.

„Also wirklich, Margaret ...", setzte Hypatia an.

Sie hob die Hand, um ihre Schwägerin zum Schweigen zu bringen. „Entgegen der allgemeinen Auffassung kann man mit Geld nicht alles kaufen. Ich leite ein achtbares Geschäft und arbeite daher auch nur mit *achtbaren* Gentlemen zusammen. Guten Tag, Sir."

Sie wusste, dass sie zu weit gegangen war, als sie das Feuer sah, das in Rhys' Augen aufflackerte. Sein Kiefer verspannte sich. Sein ganzer Körper schien vor kaum zu bändigender Energie zu zittern, wie der eines kraftstrotzenden Hengstes in der Startbox.

Hoch erhobenen Hauptes marschierte sie an ihm vorbei und ergriff die Hand ihrer Tochter. „Wir gehen, Glory."

„Aber, Mama ..."

„*Sofort*", zischte sie. „Tu gefälligst ein einziges Mal, was man dir sagt."

Glory verzog schmollend den Mund und wandte säuerlich den Kopf ab.

Mit den verletzten Gefühlen ihrer Tochter würde sie sich später auseinandersetzen. Energisch zog sie Glory mit sich den Strand entlang, während Patty ihnen auf dem Fuß folgte. Ohne sich umzudrehen, spürte Maggie noch immer Rhys' drohende Präsenz hinter sich, obwohl er sich keinen Schritt rührte.

Ein Schauer jagte ihr über den Rücken, und ihr Herz begann, wie wild zu pochen, als sie sich einer unumstößlichen Tatsache bewusst wurde: Diesen Kampf mochte sie gewonnen haben ... aber die Schlacht hatte gerade erst begonnen.

Kapitel Fünf

Zwei Tage später hielt Maggie vor der Tür des besten Gästezimmers inne, das das Flag and Mast zu bieten hatte. Argwöhnisch sah sie sich nach allen Seiten um. Sie hatte sich einen Kapuzenumhang übergeworfen, um ihre Identität zu verbergen, aber außer ihr befand sich niemand in dem düsteren Korridor und sie war auch niemandem begegnet, als sie die Hintertreppe in den privaten Flügel des Gasthauses hinaufstieg.

Erinnerungen an den schmachvollen Morgen vor zehn Jahren, an dem sie die Taverne auf eben diesem Weg verlassen hatte, übermannten sie.

Reiß dich zusammen und tu, weshalb du gekommen bist.

Trotz ihres eigenen Zuspruchs zögerte sie. Seit sie an diesem Morgen die gebieterische Vorladung erhalten hatte, war sie sich unschlüssig gewesen, was sie tun sollte. Die Nachricht war knapp und auf den Punkt:

Ich warte an dem Ort auf Dich, an dem unser letztes Treffen stattfand. Um Mitternacht. Sei pünktlich.

Erst war sie versucht gewesen, einfach nicht zu erscheinen, seinen Befehl zu ignorieren. Aber so wie sie Rhys einschätzte, würde er die Sache nicht auf sich beruhen lassen, bis sie ihn angehört hatte, und ein weiteres öffentliches Zusammentreffen wollte sie um jeden Preis vermeiden. Also würde sie ihm an diesem Abend ein für alle Mal begreiflich machen, dass sie nichts mit ihm zu tun haben wollte und sich ihre Wege nach dieser Unterredung endgültig trennen würden.

Bevor sie vollends den Mut verlor, klopfte sie an die Tür.

Das Herz schlug ihr bis zum Hals, während sie wartete. Nach einer gefühlten Ewigkeit öffnete er und erschien im Türrahmen. Er hatte seinen Gehrock abgelegt, und sein seidenes Krawattentuch war zu einem losen Knoten gebunden, den sein Kammerdiener zuvor wahrscheinlich mühsam perfektioniert hatte. Seine waldgrüne Weste mit dezentem Paisleymuster schmiegte sich wie eine zweite Haut an seinen schlanken Oberkörper, und die eng anliegende Hose betonte die definierten Muskel seiner langen Beine.

Als ihr sein frischer, herber Duft, begleitet von einer würzigen Sandelholznote, in die Nase stieg, durchfuhr sie ein elektrisierender Schock. Verzweifelt um Selbstbeherrschung bemüht, straffte sie die Schultern und hob das Kinn.

Er verneigte sich knapp und trat beiseite. „Ich war mir nicht sicher, ob du kommen würdest."

„Du hast mir ja wohl kaum eine Wahl gelassen." Sie rauschte an ihm vorbei, erleichtert, dass er nicht sehen konnte, wie sehr ihre Knie zitterten. Erst, nachdem er die Tür geschlossen hatte, streifte sie die Kapuze ab.

Ohne auf ihre schnippische Bemerkung einzugehen, bedachte er sie mit einem gewinnenden Lächeln. „Mach es dir doch bequem."

Er deutete auf die gemütliche Sitzecke vor dem Kamin, wo zwei gestreifte Sessel sowie ein gedeckter Tisch auf einem flauschigen Wollteppich standen. Offenbar hatte er ein wahres Festmahl kredenzen lassen.

Sie rührte sich nicht vom Fleck. „Nicht nötig. Was auch immer du mir zu sagen hast, sollte nicht allzu viel Zeit in Anspruch nehmen."

Er musterte sie einen Augenblick lang, bevor er gedehnt erwiderte: „Wenn ich mich recht erinnere, haben wir es beim letzten Mal auch nicht von der Tür weggeschafft."

Die Erinnerung an jene Nacht durchfuhr sie wie ein Blitz: seine heißen Lippen auf den ihren, das tiefe, verzweifelte Verlangen in ihrer Magengrube. Überall, wo er sie berührte, hinterließ er eine brennende Spur der Lust. Er hatte sie an den Hüften gepackt, sie hochgehoben und gegen die Tür gepresst. Dann hatte sie plötzlich seinen harten, pulsierenden Schaft an ihrer intimsten Stelle gespürt, und mit einem einzigen, gezielten Stoß war er in sie eingedrungen, hatte ihr mit seinen kreisenden, immer schneller werdenden Bewegungen den Atem geraubt, bis sie sich, halb von Sinnen, in den Wogen ihrer Ekstase verlor ...

Seine Schritte auf den knarrenden Holzdielen rissen sie jäh aus ihren Gedanken, und sie bemerkte, dass er an den Tisch getreten war, um ihnen Wein einzuschenken. Sie schnaubte irritiert und folgte ihm widerwillig.

Er reichte ihr ein Glas.

„Nicht für mich", lehnte sie ab. „Ich muss wirklich darauf bestehen, dass du zur Sache kommst."

Er nippte genüsslich an seinem Wein, bevor er fragte: „Ist Gloriana mein Kind?"

Obwohl sie sich auf diese Eventualität gefasst gemacht hatte, überrumpelte seine Direktheit sie dennoch. Glücklicherweise hatte sie in den letzten Jahren viel Zeit gehabt, um ihre beherrschte Fassade zu perfektionieren.

„Wie kannst du es wagen?", erwiderte sie kühl und hoffte, er würde das Zittern in ihrer Stimme als Zeichen ihrer Empörung auffassen. „Gloriana ist die Tochter meines Mannes. Das Kind eines Gentlemans. Etwas anderes zu behaupten, ist eine bodenlose Beleidigung."

Er musterte sie schweigend. Sie hielt seinem Blick stand. Langsam kehrte die rosige Farbe in seine Wangen zurück und ein Ausdruck der Erleichterung trat in seine goldbraunen Augen.

„Verzeihung. Ich wollte dir nicht zu nahe treten", murmelte er und trank einen weiteren Schluck von seinem Wein.

„Die Tatsache, dass du mich hierherbestellt hast, nur um meine Ehre zu beschmutzen, sehe ich durchaus als Beleidigung an." *Gut so! Mach ihn glauben, dass er sich geirrt hat, und dann nichts wie raus hier.*

„Ich fragte nicht aus böser Absicht, sondern aus Notwendigkeit, wenn man gewisse chronologische Fakten in Betracht zieht." Er zuckte die Schultern auf eine, wie sie fand, irritierend lässige und elegante Weise. „Es freut mich zu hören, dass meine Sorge unbegründet war."

Das glaube ich dir nur zu gerne. Eigentlich sollte sie ebenfalls erleichtert sein, dass er nicht weiter nachbohrte, aber aus irgendeinem Grund war sie enttäuscht.

„Ich vertraue darauf, dass du die Angelegenheit auf sich beruhen lässt", sagte sie in dem erhabensten Tonfall, den sie im Sprachunterricht erlernt hatte.

„Darauf gebe ich dir mein Wort", erwiderte er mit Nachdruck.

„Ich muss dich ebenfalls darum bitten, unsere frühere Verbindung in keiner Weise zu erwähnen", fuhr sie fort und fügte, an Pauls Ratschläge denkend, hinzu: „Der Ruf einer Dame ist ihr wertvollstes Gut."

Sie wusste, dass sie mit ihrem aufgesetzten Hochmut übertrieben haben musste, als er spöttisch die Brauen hob.

„Ach, wirklich? Dabei hast du dich auch ohne ganz gut

durchgeschlagen. Oder besser gesagt, trotz des Rufes, der dir dank deiner Familie anhaftete."

Eine vertraute Welle der Scham überrollte sie. Seine abfällige Bemerkung über ihre niedere Herkunft war zutiefst demütigend. In der gemeinsam verbrachten Nacht fragte er sie in einer Pause ihres Liebesspiels nach ihrer Familie und warum der Gastwirt die Goodes so schlechtgemacht hatte. Sein aufrichtiges Interesse und seine Anteilnahme hatten sie dazu bewogen, ihm die Wahrheit zu erzählen.

Sie hatte ihm sogar ihren Traum verraten, eines Tages ein eigenes Blumengeschäft zu besitzen. Während der darauffolgenden Jahre hatte sie sich unablässig für ihre Naivität getadelt, dafür, dass sie sich von dem erstbesten charmanten Kerl, der ihr ein wenig Beachtung schenkte, verführen ließ. Dafür, dass sie ihm ihre Jungfräulichkeit geschenkt und ihre intimsten Hoffnungen anvertraut hatte ... nur, um feststellen zu müssen, dass er sich im Morgengrauen aus dem Staub gemacht hatte, ohne sich zu verabschieden.

Aber im Nachhinein betrachtet, konnte sie ihm daraus nicht einmal einen Vorwurf machen. Er hatte ihr nichts versprochen. Sie allein trug die Verantwortung dafür, dass sie sich von einem Wüstling hatte blenden lassen. In ihren dunkelsten Stunden war sie sogar überzeugt gewesen, die auf dem Tisch vorgefundene Entlohnung verdient zu haben. Immerhin hatte sie sich wie ein billiges Flittchen verhalten.

Sie schluckte schwer. „Es ist nicht sehr galant von dir, mir meine Familiengeschichte unter die Nase zu reiben."

„Damit wollte ich nur ausdrücken, dass deine Behauptung falsch war. Dein Ruf ist nicht dein wertvollstes Gut. Vielmehr liegt deine Stärke darin, dass du Entschlossenheit und eine unerschütterliche Arbeitsmoral besitzt. Wenn du dir etwas in den Kopf setzt, ziehst du es durch."

Sie blinzelte verwirrt. War das gerade ein *Kompliment* gewesen?

„Glaube mir, als ein Mann, dem es an beidem mangelt, weiß ich diese Vorzüge in anderen durchaus zu schätzen", fügte er in selbstironischem Tonfall hinzu.

Das meint er doch wohl nicht ernst. Macht er sich etwa über mich lustig? Hält er mich nach wie vor für eine einfältige Kellnerin, die seinen Humor nicht versteht?

„Während der letzten beiden Tage habe ich einige Informationen über dich eingeholt", fuhr er fort.

Sie versteifte sich. „Dazu hattest du *kein* Recht ..."

„Entspann dich, Maggie", fiel er ihr gelassen ins Wort. „Mein Interesse war rein geschäftlicher Natur, nicht persönlicher."

„Wenn das so ist, sollten wir einander zukünftig wohl formeller anreden. Ich muss darauf bestehen, dass Sie mich Mrs Foley nennen, Sir." *Im Zweifelsfall immer auf höfliches Benehmen zurückgreifen.* „Es passt mir nicht, Gegenstand Ihres Interesses zu sein."

„Und mir passt es nicht, mich zweimal täglich rasieren zu müssen. Aber wir kriegen eben nicht immer das, was wir wollen."

Als sie das belustigte Zucken um seine Mundwinkel bemerkte, kniff sie die Augen zusammen. Der Mistkerl nahm sie definitiv nicht ernst.

„Also gut, *Mrs Foley*", fuhr er fort. „Ich möchte Ihnen ein Angebot unterbreiten."

Seine bodenlose Dreistigkeit brachte ihr Blut in Wallung. Vergessen waren Professionalität und höfliche Distanz. „Hör zu, du kannst dir dein Angebot sonst wohin stecken ..."

„Ein rein *geschäftliches* Angebot", stellte er klar. „Ich möchte jemanden damit beauftragen, eine Höhle für mich zu erforschen, und du hast Erfahrung auf diesem Gebiet.

Außerdem könntest du das Geld gut gebrauchen. Ein Gewinn für beide Seiten."

„Wie ich schon sagte, werde ich keinesfalls mit einem Kerl wie dir zusammenarbeiten!"

„Was genau meinst du mit ,einem Kerl wie dir'? Das würde mich wirklich interessieren." Lässig schnappte er sich eine Mandel aus einem der Schälchen auf dem Tisch und steckte sie sich in den Mund, als wäre er der sorgloseste Mann auf Erden.

„Du bist ein Wüstling", erwiderte sie tonlos. „Und du besitzt keinerlei Prinzipien. Abgesehen von deinem Vergnügen ist dir alles egal."

Er bedachte sie mit einem Blick, den sie nicht zu deuten vermochte. „Zumindest mit zwei deiner Anschuldigungen liegst du richtig. Ich stürze mich gerne ins Vergnügen, weil es für mich nichts Schlimmeres gibt als Langeweile. Und wenn mich der Genuss irdischer Freuden zu einem Wüstling macht, dann soll es so sein. Aber was meine Prinzipien anbelangt, liegst du falsch. Ich lebe nach ihnen. Drei hauptsächlichen, um genau zu sein."

„Ach, tatsächlich?", fragte sie verächtlich.

Er hob eine Hand und begann, sie an den Fingern abzuzählen. „Loyalität, Ehrlichkeit, und ... Hm, na gut, die dritte ist mir gerade entfallen, aber ich bin sicher, irgendwann kommt sie mir wieder in den Sinn."

Etwas in seinem Tonfall machte sie argwöhnisch. „Findest du das etwa lustig?"

„Zumindest langweile ich mich nicht." Abermals zuckten seine Mundwinkel amüsiert.

„Oh, du unausstehlicher Flegel ...!"

„Bevor du dich in wüsten Beschimpfungen verlierst, möchte ich darauf hinweisen, dass *du* dieses Treffen kurz halten wolltest. Meine zahlreichen Charakterschwächen aufzuzählen, würde viel zu lange dauern und unser geschäftliches Abkommen nur unnötig hinauszögern."

„Es gibt kein Abkommen!"

„Da sind wir unterschiedlicher Ansicht. Du hast etwas, das ich will, und ich habe etwas, das du brauchst."

„Du hast rein gar nichts, was ich brauchen könnte", konterte sie schnippisch.

„Ich habe fünfhundert Pfund. Wenn ich mich nicht täusche, ist das der Betrag, den du der Rotherby's Bank schuldest."

Einen Augenblick lang starrte sie ihn ungläubig an. „W-woher weißt du das?"

„Ich weiß auch, dass dein verstorbener Ehemann euer Geschäft als Kreditsicherheit eingesetzt hat", fuhr er fort, ohne auf ihre Frage einzugehen. „Und dass du bis Ende des Monats Zeit hast, um die Schulden zu begleichen. Andernfalls geht das Foleys in den Besitz der Bank über."

„Du kannst doch nicht ... Das ist eine Verletzung meiner Privatsphäre!"

„Ich würde es eher als gründliche Recherche bezeichnen." Abwesend betrachtete er seine Fingernägel und polierte sie an seiner Weste. „Der springende Punkt ist, dass wir einander helfen können."

Obwohl sie vor Wut kochte, konnte sie nicht bestreiten, dass er recht hatte. Zumindest, was ihre Situation betraf. Fünfhundert Pfund würden es ihr ermöglichen, das Emporium zu behalten, für ihre Familie zu sorgen und Pauls Traum weiterzuführen. Sie zwang sich, tief durchzuatmen, und dann noch einmal, bevor sie gefasst genug war, um das Wort zu ergreifen.

„Was müsste ich für das Geld tun?", fragte sie unverblümt.

„Gesprochen wie eine wahre Geschäftsfrau. Nein, reg dich nicht schon wieder auf, das sollte ein Kompliment sein", fügte er hastig hinzu, als er ihre finstere Miene bemerkte. „Kurz gesagt: Mein Onkel Horatio Jones hat mir nach seinem Tod etwas hinterlassen. Sein Anwesen und … noch etwas anderes."

Überrascht starrte sie ihn an. Horatio Jones war ein exzentrischer Gentleman hier in der Gegend gewesen, der angeblich auf der ganzen Welt herumgereist war. Niemand im Dorf wusste allzu viel über ihn, da er oftmals für lange Zeit abwesend war. Wann immer er nach Hause zurückkehrte, lebten er und sein Personal sehr zurückgezogen. Da Paul die Erlaubnis erhalten hatte, die Höhlen auf dem Grundstück von Journey's End zu erforschen, war auch Maggie des Öfteren an den Klippen gewesen, hatte den Landbesitzer jedoch nie zu Gesicht bekommen.

Ihr war nicht bewusst gewesen, dass Mr Jones Familie hatte. Und Rhys hatte während ihrer letzten Begegnung auch kein Wort darüber verloren. Aber warum hätte er einer einfachen Kellnerin, mit der er sich für ein paar Stunden vergnügte, auch private Informationen anvertrauen sollen?

Sie zwang sich, nicht vom Thema abzuschweifen. „Du bietest mir also fünfhundert Pfund dafür, in den Höhlen von Journey's End nach Fossilien zu suchen? Ich war schon öfter dort und kann dir versichern, dass es nichts von so hohem Wert darin gibt."

„Ich bin nicht an alten Knochen interessiert."

„Wonach soll ich dann suchen?"

Rhys musterte sie abwägend. „Ich brauche eine Fossilienjägerin, der ich vertrauen kann, bevor ich ins Detail gehe. Also, haben wir eine Abmachung?"

Er streckte ihr eine große, elegante Hand entgegen. Ihre Haut kribbelte, als sie sich an die sündhaften Berührungen seiner geschickten Finger erinnerte. An das Gefühl, seinen schweißnassen Körper an den ihren gepresst zu spüren …

Ihr stockte der Atem. Seine Anziehungskraft war unwiderstehlich, raubte ihr jegliche Vernunft.

Aber sie war nicht länger die einfältige Närrin wie vor knapp zehn Jahren. Damals hatte sie ihren Leichtsinn mit Unwissenheit und jugendlicher Impulsivität entschuldigen können. Würde sie sich jetzt, da sie sein wahres Gesicht kannte, erneut auf ihn einlassen, gäbe es nichts außer ihrem verwerflichen Charakter, ihrem verdorbenen Blut, dem sie die Schuld zuschreiben konnte.

Auch wenn ihr Urteilsvermögen im Hinblick auf Männer unzulänglich sein mochte, besaß sie immerhin einen untrüglichen Geschäftssinn. Und dieser sagte ihr, dass an Rhys' Angebot etwas faul war. Warum sollte jemand fünfhundert Pfund dafür bieten, um eine Höhle zu erkunden? So verlockend die Aussicht auf das Geld auch war, wäre dies ein Pakt mit dem Teufel. Sie müsste eng mit diesem Mann zusammenarbeiten, der zu viel über ihre Vergangenheit wusste ... und der Glorys Zukunft zerstören könnte, wenn er sie als Bastard entlarvte.

Dieses Risiko durfte sie keinesfalls eingehen.

„Du musst dir jemand anderen suchen."

„Ich habe sämtliche Möglichkeiten abgeklappert", erwiderte er mit einem Anflug von Ungeduld. „Mrs Anning ist auf einer Expedition und daher nicht verfügbar. Gestern traf ich mich mit deinem Hauptkonkurrenten, Bill Bancroft."

„Und?", fragte sie, nicht in der Lage, ihre Neugier zurückzuhalten.

„Er ist ein schmieriger Kerl. Ich traue ihm nicht über den Weg."

Sie konnte sich der Genugtuung nicht erwehren, die in ihr aufstieg, als sie diese äußerst zutreffende Einschätzung ihres Rivalen hörte.

„Mr Bancroft würde ich dir ebenfalls nicht empfehlen",

stimmte sie zu. „Allerdings leistet Mr Shelley in Axmouth hervorragende Arbeit. Viel Glück mit deinem Bestreben."

Sie machte auf dem Absatz kehrt und griff nach dem Türknauf. Gerade, als sie ihn drehen wollte, sah sie aus dem Augenwinkel, wie seine Hand neben ihrem Kopf gegen das Holz schlug. Erschrocken wirbelte sie herum ... und stellte fest, dass er ihr *viel* zu nahe war.

Das Herz schlug ihr bis zum Hals. Seine Nähe vernebelte ihr völlig die Sinne.

„Dieses Geschäft würde uns beiden zugutekommen", beharrte er. „Warum weigerst du dich so vehement dagegen?"

Sie versuchte zurückzuweichen, wodurch ihr Rücken nur noch stärker gegen das harte Holz gepresst wurde. Ein großer Fehler – denn ihr Körper wurde von Erinnerungen an das letzte Mal überwältigt, als sie sich in einer ähnlichen Position befand. Nur dass ihre Beine in der Luft hingen und sie gefangen war zwischen Rhys und der Tür, während er rhythmisch in sie stieß, jeden einzelnen ihrer Nerven mit seinen sinnlichen Bewegungen stimulierte, bis sie ...

„Weil ich nichts mit dir zu tun haben will", presste sie hervor.

„Das war nicht immer so." Er war ihr so nah, dass sie die grünen Sprenkel in seinen goldbraunen Augen erkennen konnte. „Ich weiß, du willst nicht, dass ich unsere Vergangenheit anspreche, aber du lässt mir keine Wahl. Wir haben uns damals doch blendend verstanden, und ich war stets der Ansicht, wir wären im Guten auseinandergegangen. Jetzt jedoch habe ich den Eindruck, dass du wütend auf mich bist."

„Ich bin nicht wütend." Keinesfalls würde sie ihm die Genugtuung geben, zu denken, er hätte auch nur den geringsten Einfluss auf sie.

„Gut, denn dazu gibt es keinen Grund. Was zwischen uns

geschehen ist, war einvernehmlich. Du wolltest mich ebenso sehr wie ich dich."

Hätte er verärgert oder frustriert reagiert, wäre sie hinter ihre Schutzmauern zurückgekrochen und in die Defensive gegangen. Aber seine unverblümte Ehrlichkeit nahm ihr völlig den Wind aus den Segeln. Sie mochte weder sonderlich klug, kultiviert noch schön sein, doch eines ließ sie sich nicht nehmen: Sie war immer gerecht.

Der schützende Mantel ihrer Wut fiel von ihr ab und hinterließ nichts als eine eisige Welle der Scham.

„Du hast recht", gab sie zu. „Dich trifft keine Schuld an dem, was geschehen ist. Du hast mich nicht dazu gezwungen, das Bett mit dir zu teilen. Diese Entscheidung habe ich für mich getroffen, und damit muss ich leben."

Er legte eine Hand an ihre Wange, und die zärtliche Berührung schnürte ihr die Kehle zu. Sie sollte ihn von sich schieben, sich möglichst weit von ihm entfernen ... aber das konnte sie nicht. Es war viel zu lange her, seit sie auf diese Weise berührt worden war. Und zwar hier, von ihm. Egal, wie viel auch dagegen sprach, die Wärme seines Körpers linderte den Schmerz der Einsamkeit in ihrem Herzen und ließ die Flamme der Leidenschaft, die sie nie hatte vergessen können, erneut auflodern.

„Maggie, du scheinst dich wegen dem, was zwischen uns geschehen ist, zu grämen, während ich nichts als schöne Erinnerungen daran habe. Nein, ‚schön' ist nicht ganz das richtige Wort." Zärtlich strich er mit dem Daumen über ihre Wange, und ein Schauer durchfuhr sie. „Wann immer ich an dich denken musste, was zugegebenermaßen häufiger vorkam, als mir lieb war, kamen mir vor allen Dingen deine Sanftheit, Güte und Leidenschaft in den Sinn."

Er hat an mich gedacht ... und das sogar mehr als nur einmal?

Sein glühender Blick schien sich bis in ihr Innerstes zu bohren und dort die versteckte Flamme zu nähren, die selbst eine Zweckehe, basierend auf gemeinsamen Interessen und gegenseitigem Respekt, niemals ganz zu löschen vermochte. Ihr Puls begann zu rasen, als sein Daumen von ihrem Kiefer über ihr Kinn bis zu ihrem Hals hinunterwanderte. Das durfte sie nicht zulassen. Es war falsch, so falsch ... Und dennoch. Unwillkürlich fuhr sie sich mit der Zunge über die Lippen.

Langsam senkte er den Kopf zu ihr hinunter, und sie schloss erwartungsvoll die Augen.

Kaum, dass seine Lippen die ihren streiften, war es um ihren Verstand geschehen. Es war kaum mehr als eine flüchtige Berührung, welche jedoch die Ketten sprengte, die ihre Bedürfnisse unter Verschluss hielten. Je fordernder er sie küsste, desto mehr entglitt ihr die Kontrolle. Sie fühlte sich wie eine Drogenabhängige, die nach Jahren der Abstinenz zum ersten Mal wieder einen Rausch erlebte. Er schmeckte nach Sünde und Versuchung, ein schwindelerregendes Aroma, das sie umgehend erneut süchtig machte.

Sie stieß ein kehliges Stöhnen aus, und er nutzte die Gelegenheit, um seine Zunge zwischen ihre Lippen gleiten zu lassen. Mit jeder weiteren Liebkosung verlor sie sich mehr in dem Strudel aus Lust und Begierde, der in ihrem Inneren wütete. Nichts war mehr von Bedeutung außer dem Gefühl seiner glühenden Lippen auf den ihren. Sie presste sich an ihn, verzweifelt bemüht, den Kuss noch weiter zu vertiefen.

Er stöhnte ebenfalls laut auf und knabberte an ihrer geschwollenen Unterlippe, bevor er seine Zunge erneut mit der ihren verschmelzen ließ. Halb von Sinnen vor Verlangen gab sie sich ihm hin, begegnete jedem seiner fordernden Küsse mit ebenbürtigem Eifer. Sie vergrub die Finger in seinem dichten, seidigen Haar und rieb ihre vor Erregung schmerzenden Brüste an seinem harten, muskulösen Oberkörper. Egal, wie sehr sie sich auch an ihn presste, es war einfach nicht genug.

Seine Hände umfassten ihre Hüften, zogen sie an sich, bis sie seine harte, heiße Erregung durch die Lagen ihrer Kleidung spürte. Ein elektrisierender Schock durchfuhr sie, und sie registrierte, wie ihre intimste Stelle feucht wurde. Gütiger Himmel, ihr war so heiß, jede Faser ihres Körpers schien in Flammen zu stehen, und sie wollte mehr, immer mehr ...

„Gott, du bist so betörend", stöhnte er gegen ihre Lippen. „Viel betörender, als ich dich in Erinnerung hatte. Ich kann es kaum erwarten, dich zu nehmen, mich in dir zu vergraben."

Seine Worte brachten sie unsanft auf den Boden der Tatsachen zurück. Ein stechender Schmerz durchfuhr sie. Was er sagte, war schmutzig, verdorben, es war die Art von Ausdrucksweise, die ein Gentleman niemals einer Dame gegenüber verwenden würde, die er respektierte. Damals hatte er ihr ähnlich verruchte Dinge ins Ohr geflüstert und sie hatte es als erregend empfunden, weil sie es nicht besser wusste. Aber nun tat sie es.

Die Art, wie er mit dir spricht, zeigt, was er wirklich von dir hält. In seinen Augen bist du nichts weiter als ein billiges Flittchen.

Entsetzt stellte sie fest, dass sie sich in genau der gleichen Position befand, in der er sie schon damals gedemütigt und wie eine Dirne benutzt hatte. Rhys Jones hätte beinahe ihr Leben ruiniert, und er wäre durchaus in der Lage, das ihrer Tochter ebenfalls zu ruinieren, wenn sie ihn zu nah an sich heranließe. Wenn er anfinge, Fragen zu stellen.

Was um alles in der Welt habe ich mir nur dabei gedacht?

Panisch umklammerte sie seine Schultern und schob ihn von sich. „Lass mich los!"

„Was hast du denn auf einmal ...?"

„Du sollst mich *loslassen*." Verzweifelt trommelte sie gegen seine Schultern, und nach einem schier endlosen Augenblick trat er einen Schritt zurück.

Obwohl sein Gesicht vor Erregung gerötet war, ruhte sein Blick kühl und berechnend auf ihr. „Was soll das, Maggie? Habe ich etwas falsch gemacht? Habe ich die Situation irgendwie missverstanden ...?"

„Ich bin kein billiges Flittchen, mit dem du dich vergnügen kannst, wann immer dir der Sinn danach steht!" Trotz des Schamgefühls, das sie zu übermannen drohte, reckte sie stolz das Kinn in die Höhe. „Ich bin eine achtbare Witwe, und ich verdiene Respekt."

Fassungslos starrte er sie an, bevor er sich frustriert mit den Fingern durchs Haar fuhr. „Ich respektiere dich doch."

„Wenn dem so ist, beweise es, indem du dich von mir fernhältst. Ich will nichts mehr mit dir zu tun haben. Gute Nacht."

Mit zitternden Fingern tastete sie hinter sich nach dem Türknauf. Beinahe erwartete sie, dass er sie erneut aufhalten würde, aber er stand einfach nur da, die Hände in die Hüften gestemmt, und musterte sie mit undurchdringlicher Miene.

Hastig wirbelte sie herum, riss die Tür auf, und ergriff die Flucht.

Solange sie dazu noch in der Lage war.

Kapitel Sechs

In den frühen Morgenstunden lag Rhys schlaflos im Bett, die Arme hinter dem Kopf verschränkt, und starrte hinauf in die Dunkelheit. Er trug keine Schlafkleidung, sondern lag nackt unter der dünnen Bettdecke, die er bis zur Hüfte hinuntergeschoben hatte. In der frühmorgendlichen Stille ließ er seinen Gedanken freien Lauf, und sie drifteten ab in eine Fantasiewelt, in der die Begegnung mit Maggie sich in eine völlig andere Richtung entwickelte.

Nachdem sie sich geküsst hatten, lehnte sie sich vor seinem geistigen Auge lasziv gegen die Tür und hauchte: „Nimm mich, Rhys.“

Ihre kirschroten, geschwollenen Lippen und ihr einladender Schlafzimmerblick zogen ihn magisch an. Er wollte sie erneut küssen, sich in ihrem sinnlichen, berauschenden Aroma verlieren, aber gleichzeitig sehnte er sich nach mehr. Langsam zog er ihr eine Haarnadel nach der anderen aus der Frisur, bis ihre seidigen, zimtfarbigen Locken ihr in losen Wellen über die Schultern fielen.

Andächtig ließ er seine Finger durch die nach Rosen und frischen Gewürzen duftenden Strähnen gleiten.

Er spürte, wie er hart wurde, und versiegelte abermals ihre Lippen mit den seinen. Sie erwiderte jeden seiner fordernden Küsse mit ebenbürtigem Enthusiasmus, leckte und saugte an seiner Zunge, bis er sich kaum noch beherrschen konnte. Gottverdammt, sie weckte seine Begierde, gab ihm das Gefühl, als hätte er seit Jahren nicht mehr mit einer Frau geschlafen ... was in gewisser Weise stimmte, denn keine andere hatte ihr auch nur annähernd das Wasser reichen können.

Ungeduldig löste er den Verschluss ihres billigen Samtumhangs und streifte ihn ihr von den Schultern. Er fiel zu Boden, wo innerhalb kürzester Zeit auch der Rest ihrer Kleidung landete. Nun stand sie nur noch in ihrer Chemise vor ihm, deren dünner Stoff kaum etwas der Fantasie überließ. Ihre Brüste waren prall und rund, und ihre kleinen, festen Knospen zeichneten sich deutlich unter dem Leinenstoff ab, reckten sich ihm erwartungsvoll entgegen.

Er senkte den Kopf und begann, durch den Stoff an einer ihrer Brustwarzen zu saugen. Sie stieß einen kehligen Laut der Verzückung aus, der ihm einen elektrisierenden Schock durch den Körper jagte und seinen Schwanz pulsieren ließ. Während er ihre Nippel mit Mund und Zunge verwöhnte und dabei ihre schweren, vollen Brüste knetete, vergrub sie die Finger in seinem Haar und zerrte ihn zu sich heran, als wollte sie verhindern, dass er aufhörte.

„Bitte, Rhys ... beeil dich. Ich kann nicht mehr warten!"

Ihre flehenden Worte klangen in seinen Ohren wie der Ruf einer Sirene. Wie konnte er da widerstehen? Eilig schob er den Saum ihrer Chemise nach oben, bis er einen Blick auf ihre langen, schlanken Beine und ihre Scham erhaschen konnte. Verdammt, der Anblick ließ seine Erektion so schmerzhaft anschwellen, dass er fürchtete, seine Hose würde jeden Moment aufspringen. Er legte eine Hand auf ihren blassen, samtigen Oberschenkel, nur wenige Zentimeter entfernt von ihrer Pussy.

Das seidige Haar, das ihren Venushügel bedeckte, war etwas heller als ihre zimtbraunen Locken und bildete einen ansprechenden Kontrast zu der zartrosa Haut ihrer Schamlippen. Genüsslich ließ er einen Finger über ihre Spalte gleiten und konnte kaum noch an sich halten, als er bemerkte, wie heiß und feucht sie für ihn war. Als er mit dem Daumen über ihre Perle rieb, hob sie ihm stöhnend ihre Hüften entgegen.

„Was willst du, Maggie?", flüsterte er mit heiserer Stimme. „Sag es mir."

Sie fuhr sich mit der Zunge über die immer noch vom Küssen geschwollenen Lippen. „Ich will dich in mir spüren."

Als die Maggie in seiner Fantasie diese Worte aussprach, war es um Rhys' Selbstbeherrschung geschehen. Verzweifelt umschloss er seinen stahlharten Schwanz und ließ seine Faust daran auf und ab gleiten, verteilte mit jeder Bewegung die Lusttropfen, die unablässig aus seiner glänzenden, dunkelroten Eichel perlten. Dabei stellte er sich vor, wie er wieder und wieder in Maggies enge, feuchte Pussy stieß, die nur darauf wartete, ihn tief in sich aufzunehmen. Von einigen Dorfbewohnern hatte er erfahren, dass ihr verstorbener Mann ein älterer Gelehrter gewesen war, daher war sie in den letzten Jahren wohl kaum auf ihre Kosten gekommen.

Er runzelte die Stirn. Auch, wenn der alte Spießer ihr gewiss nicht viel hatte bieten können, gefiel es Rhys nicht, sie sich mit einem anderen vorzustellen.

Also konzentrierte er sich lieber wieder auf seine erotischen Fantasien, in denen er sie um die Hüfte packte und gegen die Tür presste, während er langsam in sie hineinglitt. Er stellte sich vor, wie sie vor Wonne stöhnte, wie ihre Scheidenmuskeln sich um ihn zusammenzogen, als wollten sie ihn nie wieder loslassen. Mit jedem rhythmischen Stoß bebten ihre vollen Brüste, und sie spornte ihn mit ihren flehenden Worten an.

„Nimm mich, Rhys. Härter. Ich will dich!"

Seine Hoden zogen sich zusammen, und er fuhr immer schneller mit der Faust über seine pulsierende Erektion, bis er sich mit einem lauten Stöhnen über seine Hand und seine Bauchmuskeln ergoss.

Nachdem er sich gesäubert hatte, ließ er sich in die Kissen zurücksinken. Er fühlte sich entspannt ... aber nicht wirklich befriedigt. Bald schon war das Hochgefühl seiner Ekstase abgeklungen und die gewohnte Rastlosigkeit kehrte zurück. Nur war es diesmal nicht aus Langeweile – im Gegenteil. Seine Gedanken waren völlig eingenommen von Maggie, die, wie er zugeben musste, seine Aufmerksamkeit fesselte wie keine andere Frau zuvor oder nach ihr.

Von Anfang an hatte er sich sexuell zu ihr hingezogen gefühlt. Die stürmische Nacht, die sie miteinander verbrachten, hatte noch Jahre später seine Fantasie beflügelt, und auch der heiße Kuss vor zwei Tagen war einmal mehr der Beweis dafür gewesen, dass die leidenschaftliche Alchemie zwischen ihnen potenter war als alles andere, was er bisher erlebt hatte. Und an Erfahrung mangelte es ihm wahrlich nicht.

Er hatte in seinem Leben schon viele Liebhaberinnen und auch Mätressen gehabt, besonders, als er noch über ein ansehnliches Vermögen verfügte. Bezahlte Abkommen waren ihm ohnehin am liebsten gewesen. Von Expertinnen auf dem Gebiet der Fleischeslust konnte er Professionalität erwarten, ohne komplizierte Emotionen oder Bedingungen riskieren zu müssen. Sobald eine seiner Geliebten verlauten ließ, dass sie mehr von ihm wollte, schickte er sie mit einem großzügigen Abschiedsgeschenk ihres Weges.

Auch wenn er nicht viele Prinzipien besaß, war ihm

Ehrlichkeit wichtig: Er versprach nie etwas, das er nicht zu halten gewillt war. Eine Frau, die in ihm ihren Helden, ihren Retter oder, Gott bewahre, gar ihre große Liebe zu finden erwartete, würde bitterlich enttäuscht werden.

Es war ihm nicht gelungen, diejenigen, die er liebte, zu beschützen, und diejenigen, denen er vertraut hatte, hatten ihn im Stich gelassen. Liebe beschwor Erwartungen herauf, die zu nichts als Schmerz und Ernüchterung führten, und damit wollte er nichts zu tun haben.

Keine seiner früheren Liebhaberinnen hatte sich je darüber beschwert, dass er ihnen nur einen Teil von sich gab. Sie waren zufrieden damit, sein Bett zu teilen und an seinem Arm gesehen zu werden. Seine Beliebtheit bei den Frauen hatte ihm einen gewissen Ruf innerhalb des *ton* beschert. Auf Kaffeekränzchen und in Skandalblättern diskutierte man begeistert über die jüngsten Eroberungen des „ruchlosen Ransom", dem beeindruckende Ausdauer im Bett sowie ein unerreichbares Herz nachgesagt wurden.

Es amüsierte ihn zu sehen, wie viel Aufhebens man um seine zwanglosen Affären machte.

Mit Maggie verhielt sich die Situation jedoch anders. Obwohl er zunächst hauptsächlich sexuelles Interesse an ihr hatte, fand er sich nun nicht nur körperlich, sondern auch emotional zu ihr hingezogen. Alles an ihr faszinierte ihn, insbesondere die ungeschliffenen Seiten ihres Charakters. Früher hatte ihn ihre liebliche Schüchternheit gereizt, nun waren es vielmehr ihre scharfe Zunge und ihr übermäßig sittsames Benehmen.

Er wollte wissen, warum sie sich wie eine Nonne kleidete und verhielt. Warum sie einen so heftigen Groll gegen ihn hegte, obwohl er ihr nichts getan hatte. Er war außerordentlich erleichtert gewesen zu erfahren, dass das Kind nicht von ihm war. Die Liste seiner Sünden war auch so schon lang genug. Trotz all seiner Fehler war er jedoch ein Mann, der Verantwortung für das übernahm, was er getan hatte, wie es sich für einen wahren Gentleman gehörte. Allerdings begriff er nicht, warum sie ihm vorgeworfen hatte, er würde sie nicht respektieren, denn das stimmte nicht.

Verflucht, immerhin vertraute er ihr genug, um sie anheuern zu wollen. Nachdem er noch mit einigen ihrer Konkurrenten gesprochen hatte, war er zu der Erkenntnis gelangt, dass Maggie jedem von ihnen haushoch überlegen war. Selbst Mr Shelley, der Fossilienforscher aus Axmouth, hatte freimütig zugegeben, dass sie eine Integrität besaß, die in ihrer Branche seinesgleichen suchte.

Dennoch musste Rhys sich eingestehen, dass sein Interesse an ihr nicht rein geschäftlicher Natur war. Er wollte die körperliche Anziehungskraft zwischen ihnen weiter erforschen, auch wenn das im Augenblick kaum der richtige Zeitpunkt war. Genau genommen war es sogar der denkbar schlechteste, denn Maggie Foley stellte eine Ablenkung dar, die er sich nicht leisten konnte.

Auch wenn sein Schwanz da ganz anderer Meinung war.

Es musste sich doch ein Kompromiss finden lassen. Solange er ihr klar und deutlich vermittelte, was er ihr anzubieten gewillt war – ein paar vergnügliche gemeinsame Stunden, ohne Erwartungen oder Versprechungen –, sollte es doch möglich sein, ein wenig Spaß miteinander zu haben, oder nicht? Immerhin war ihnen das schon einmal gelungen.

Doch ihrem Verhalten nach zu urteilen, würde es nicht leicht werden, sie davon zu überzeugen.

Unvermittelt kamen ihm die Zeilen aus dem Brief seines Onkels in den Sinn: *Für alles Lohnenswerte im Leben muss man hart arbeiten.* Gewiss hatte er sich damit nicht auf das

Verführen von Frauen bezogen ... aber Maggie war es definitiv wert.

Erschöpft von seinem Orgasmus und dem Gedankenchaos, das in ihm wütete, schloss er die Augen. Es dauerte nicht lange, bis er eingeschlafen war und, wie erwartet, von ihr träumte.

Kapitel Sieben

Maggie verspürte ein schmerzhaftes Pochen in den Schläfen, während sie verzweifelt versuchte, sich auf die monotone Stimme ihres geschätzten Stammkunden, Mr Nigel Pickering-Parks, zu konzentrieren. Er war klein und korpulent, zwei nicht gerade schmeichelhafte Eigenschaften, die durch seine orangerote Weste unvorteilhaft betont wurden. Obwohl sie bei Weitem keine Expertin in Sachen Mode war, schien sein Schneider sich noch weniger damit auszukennen, denn der Rest von ihm steckte in orange-braun gestreiftem Kammgarn. Alles in allem sah er aus, als hätte der personifizierte Herbst sich auf ihn übergeben.

Ununterbrochen wischte er sich mit einem Taschentuch die Schweißperlen von der fliehenden Stirn, seit er vor gut einer Viertelstunde den Laden betreten hatte. Für Maggie fühlte es sich an, als sei er bereits eine Ewigkeit hier gewesen. Immer wieder hatte sie diskret versucht, das Gespräch auf den neuen Auftrag zu lenken, den er ihr versprochen hatte, aber wie ein sturer Esel folgte er nur seinen eigenen Gedankengängen und ihr blieb nichts anderes übrig, als sich ihrem Schicksal zu fügen.

Ihr knurrte der Magen. Vor lauter Nervosität aufgrund der

bevorstehenden Tortur mit Pickering-Parks, hatte sie beim Frühstück keinen Bissen heruntergebracht. Verstohlen warf sie einen Blick auf die große Standuhr in einer der Ecken. Es war halb eins. Hypatia hatte sich auf den Weg zum Schulhaus gemacht, um Glory abzuholen, und die beiden würden hoffentlich bald zurückkehren.

Auf Maggies Drängen hin hatte Gloriana sich bei Mr Snelling für ihren Streich entschuldigt und zur Strafe zusätzliche Arbeiten zu Hause übernommen. Um den Gehorsam ihrer Tochter zu belohnen, hatte Maggie ihr versprochen, sie an diesem Nachmittag mit auf den Markt zu nehmen. Seit Pauls Tod war sie so mit dem Laden beschäftigt gewesen, dass sie es kaum erwarten konnte, ein paar unbeschwerte Stunden mit Glory zu verbringen.

Es war die richtige Entscheidung gewesen, sie vor Rhys zu beschützen. Wenn sie nur besser auf sich selbst achtgegeben hätte ... Die Erinnerung an seine heißen Küsse durchflutete sie, und sie würde sich am liebsten selbst einen Tritt verpassen, weil sie so unvorsichtig gewesen war. Weil sie sich wie das Flittchen von damals benommen hatte.

„Hallo? Hören Sie mir überhaupt zu?"

Die pikierte Stimme ihres Stammkunden riss sie unsanft aus ihren Gedanken.

„Selbstverständlich, Sir", beeilte sie sich zu sagen. „Sie sprachen gerade von einem, äh, gewissen Fossiliensatz?"

Die Chancen standen gut, dass sie damit richtiglag, da er kaum über etwas anderes redete.

„In der Tat." Er rümpfte hochmütig die Nase. „Wie ich schon sagte, wurde mir vor einigen Jahren ein prächtiges Ichthyosaurier-Skelett entwendet. Ein vollständig erhaltenes! Es war ein seltenes Juwel in meiner Sammlung und ist mir einfach durch die Finger geglitten. Sie können sich bestimmt vorstellen, wie erschüttert ich war."

Das konnte sie nur zu gut, denn diese Geschichte gab er während jedes Besuchs *mindestens* einmal zum Besten.

Maggie bemühte sich, ihre Ungeduld zu unterdrücken. „Ihr Verlust tut mir furchtbar leid", erwiderte sie mit einer Ernsthaftigkeit, als hätte er einen geliebten Verwandten verloren. „Aber ich möchte Ihnen versichern, dass Sie bei uns in besten Händen sind, sollten Sie sich entschließen, uns für eine Ihrer Expeditionen anzuheuern. Ich kenne eine hervorragende Stätte hier in der Gegend, an der sich bereits mehrere bestens erhaltene Fossilien haben finden lassen ..."

„Sie haben mir doch nicht richtig zugehört", unterbrach Pickering-Parks sie. „Was ich Ihnen zu sagen versuche, ist, dass ich Ihnen meinen Ruf als Sammler nicht länger anvertrauen kann."

Maggies Hoffnung sank wie ein Stein in die Tiefe. *Verdammt, ich kann es mir nicht leisten, auch noch diesen Tölpel als Kunden zu verlieren.*

„Sie haben uns doch früher vertraut", gab sie zu bedenken. „Erinnern Sie sich noch an das Flugsaurier-Skelett, das wir Ihnen vor zwei Jahren beschafft haben?"

„Das *Mr* Foley für mich beschafft hat. Ihr Ehemann war ein Gentleman von Format und zudem ein bekannter Fossilienexperte, der meiner Kundschaft würdig war." Pickering-Parks hielt inne und musterte sie von oben herab ... was nicht den gewünschten Effekt erzielte, da er kaum größer war als sie selbst. „Aber wie unschwer zu erkennen ist, haben die Dinge sich geändert."

Eine Dame verliert niemals die Beherrschung. Reiß dich zusammen.

Es bedurfte eines übermenschlichen Maßes an Willenskraft, sich zu einem Lächeln zu zwingen, anstatt diesem herablassenden Trottel, der sein Lebtag noch keinen Finger gerührt hatte, entgegenzuschleudern, dass *sie* das vermaledeite Skelett gefunden hatte, welches er ihrem Mann abkaufte. Wochenlang war sie zwischen den nahe gelegenen Klippen herumgeklettert, die allgemein als die „Spittles" bezeichnet wurden, und hatte klatschnass vom Regen und überzogen von Schlamm nach Fossilien gesucht. Mehr als einmal war sie nur knapp einem Erdrutsch entkommen. Glücklicherweise hatte einer von ihnen die perfekt erhaltenen Überreste des Pterosauriers freigelegt.

Nur mit Mühe schluckte sie die barschen Worte hinunter, die ihr auf der Zunge lagen. Zum einen würde sie niemals Pauls Ruf beflecken wollen, zum anderen würde Pickering-Parks ihr ohnehin nicht glauben. Und zum Dritten brauchte sie diesen Auftrag und konnte es sich nicht leisten, den Kerl zu beleidigen.

Also atmete sie tief durch, bevor sie fragte: „Was wäre, wenn Sie einen Nachlass erhielten?"

Seine kleinen, weit auseinanderstehenden Augen funkelten gierig. „Von wie viel sprechen wir?"

Gütiger Himmel, wenn es eines gab, was seine Begeisterung für Fossilien noch übertrumpfte, war es seine Pfennigfuchserei.

„Zwanzig Prozent Rabatt auf unser übliches Honorar."

Für gewöhnlich verlangten sie hundert Pfund für eine nach persönlichen Wünschen durchgeführte Expedition, deren Funde gänzlich dem Kunden überlassen wurden. Selbst ohne den Preisnachlass hätte Maggie nicht genug verdient, um ihre Schulden am Ende des Monats abzuzahlen. Aber sollte sich herumsprechen, dass das Foleys nun wieder von Gentlemen des *ton* frequentiert wurde, könnte sie dadurch womöglich weitere Aufträge an Land ziehen.

Etwas Geld war besser als gar keines, und vielleicht gelänge es ihr, die Rotherby's Bank zu überreden, eine Anzahlung zu akzeptieren, insbesondere, wenn sie beweisen konnte, dass sie bereits für weitere Expeditionen engagiert worden war. Die Chancen standen gering, aber welche Alternativen blieben ihr?

Unwillkürlich musste sie an Rhys denken, an seine Nähe,

seine heißen Küsse ... Sofort schob sie die ungebetenen Gedanken beiseite. Nein, sie konnte unmöglich mit ihm zusammenarbeiten. Er verstand sich zu gut auf die teuflische Kunst, ihr Verlangen zu schüren, ihr Blut in Wallung zu bringen. Nur eine sinnliche Berührung seiner Lippen hatte dazu geführt, dass sie beinahe dazu bereit gewesen wäre, ihre hart erkämpfte Achtbarkeit über Bord zu werfen und sich ihrer dunklen, zügellosen Lust hinzugeben.

Da sie ihrem Willen in seiner Gegenwart nicht trauen konnte, gab es nur eine Möglichkeit: Sie musste sich so weit wie möglich von ihm fernhalten.

„Ich bezahle die Hälfte des Honorars", verkündete Pickering-Parks. „Und keinen Penny mehr."

Warum musste das Leben ihr immer wieder aufs Neue ein Bein stellen?

„Seien Sie doch bitte vernünftig, Sir." Maggie bemühte sich, die Verzweiflung in ihrer Stimme zu unterdrücken. „Damit würde ich keinen Gewinn machen."

„Das ist nicht mein Problem. Und wenn Sie mich als Kundschaft nicht wollen, gehe ich eben zu Mr Bancroft. Er hat mich heute Morgen extra in meiner Unterkunft besucht und mir mitgeteilt, dass Ihr Geschäft sich kaum noch über Wasser halten könne. Bancroft ist wirklich ein achtbarer Gentleman ... Einer, der gewillt ist, seinen Kunden einen ordentlichen Nachlass zu gewähren."

Pickering-Parks' selbstgefälliges Grinsen und die Erwähnung ihres größten Rivalen zerrten an ihrer Selbstbeherrschung. Verbissen ballte sie die Hände zu Fäusten. Gerade, als sie überzeugt war, dass die Lage nicht viel schlimmer werden konnte, läutete die Türglocke und kündigte einen weiteren Besucher an. Als sie das rotbraune Haar und das breite Lächeln des Neuankömmlings erkannte, stöhnte sie innerlich auf.

Was zum Teufel hat Jeremy hier zu suchen?

Ihr jüngster Bruder ließ sich so gut wie nie bei ihr blicken, es sei denn, er wollte etwas von ihr. Und dieses Etwas bedeutete selten Gutes. Sie zwang sich, ruhig zu bleiben, während er auf den Tresen zuschlenderte und sich direkt vor Pickering-Parks drängte, ohne den Mann eines Blickes zu würdigen (wenn sie sich diesen Luxus doch nur ebenfalls leisten könnte …).

„Hallöchen, Maggie", begrüßte Jeremy sie mit einem gewinnenden Lächeln. „Ich muss dringend was mit dir bequatschen."

„Wie du siehst, bin ich gerade mitten in einem Kundengespräch", entgegnete sie spitz, auch wenn sie wusste, dass jeglicher Widerspruch vergeblich war.

„Es macht Ihnen doch sicher nichts aus, sich mal eben die Beine zu vertreten, was, alter Knabe?", fragte Jeremy und zwinkerte Pickering-Parks zu, der vor Empörung geiferte. „Ich hab was extrem Wichtiges mit meiner Schwester zu klären."

„Das muss warten, Jeremy. Komm später wieder und …"

„Geht nicht, ich hab nur jetzt Zeit." Bevor sie ihren Bruder aufhalten konnte, umrundete er den Tresen und packte sie am Arm. Wie alle Goode-Männer war auch er groß, stark und starrköpfig. Es war ein Ding der Unmöglichkeit, sich ihm zu widersetzen. „Dauert nur eine Minute, versprochen. Du bist gleich wieder zurück bei dem feinen Herrn hier", versicherte er ihr, während er sie mit sich in Richtung Hinterzimmer zog.

Da sie nichts gegen ihn ausrichten konnte und vor Pickering-Parks nicht noch unprofessioneller erscheinen wollte, warf sie einen verzweifelten Blick über die Schulter und rief: „Bitte entschuldigen Sie mich einen Augenblick, Sir. Ich bin gleich wieder da, sehen Sie sich doch einstweilen ein wenig im Laden um!"

Dann schüttelte sie die Hand ihres Bruders ab und marschierte ihm voraus durch den Vorhang, den sie energisch hinter ihnen zuzog. Patty war mit dem Ausmisten gut vorangekommen, an den Wänden stapelten sich einige ordentlich beschriftete Kartons. Um den Anschein der Autorität zu wahren, baute Maggie sich neben Pauls Schreibtisch auf, verschränkte die Arme vor der Brust und fragte unwirsch: „Was willst du, Jeremy?"

„Ist das eine Art, seinen eigenen Bruder zu begrüßen?" Missbilligend schüttelte er den Kopf. „Hast wohl vergessen, dass es Mas letzter Wunsch war, dass du dich um uns kümmerst. Daran ist dein toter Mann schuld, der hat nämlich immer auf uns Goodes herabgeschaut und dich dann ebenfalls gegen uns aufgehetzt."

Damit lag er nicht falsch: Paul hatte ihre Familie in der Tat gehasst und sich geweigert, etwas mit ihnen zu tun zu haben. Obwohl er Maggie geraten hatte, sich ebenfalls von ihnen abzuwenden, konnte sie sich nicht dazu durchringen, den Kontakt völlig abzubrechen, trotz der Machenschaften ihrer Brüder und der nervenaufreibenden Theatralik ihrer Schwester. Somit fühlte sie sich stets zwischen ihrer Verwandtschaft und ihrem Ehemann hin- und hergerissen.

Sie seufzte tief. „Was willst du?", fragte sie erneut.

„Es geht nicht darum, was *ich* will, Maggie, sondern was ich *dir* anzubieten hab."

Er wollte etwas. Und wie immer war dieses Etwas nichts Gutes.

„Hör zu, die Sache ist folgende", fuhr er mit gedämpfter Stimme fort. „Jacob, Jimmy und ich erwarten Freitag um Mitternacht eine besondere Lieferung, und wir brauchen jemanden, der Schmiere steht. Ist ganz einfach, du musst nur Ausschau halten nach ungebetenen Besuchern, die währenddessen aufkreuzen könnten. Da dein feiner Herr Gemahl dir nichts als 'nen riesigen Schuldenberg hinterlassen hat, dachten wir, wir tun dir 'nen kleinen Gefallen und bieten dir die Aufgabe an."

„Einen Gefallen?", wiederholte sie, vor Wut kochend. „Vergiss es, ich will nichts mit eurem dreckigen Schmugglergeschäft zu tun haben! Und wenn ihr auch nur einen Funken Verstand besäßet, würdet ihr ebenfalls die Finger davon lassen."

„Nicht so laut, verdammt", zischte er und warf einen Blick in Richtung Vorhang. „Willst du uns die Zöllner auf den Hals hetzen?"

„Ich will, dass ihr endlich vernünftig werdet und euer Hirn einsetzt", erwiderte sie und schlug verzweifelt die Hände über dem Kopf zusammen. „Ma hat diese schmierigen Geschäfte immer verabscheut, ganz gleich, ob Pa sie abgezogen hat oder ihr. Außerdem war es nicht nur ihr letzter Wunsch, dass ich auf euch aufpassen soll. Willst du wissen, was sie mir am Sterbebett noch anvertraut hat, Jeremy?"

„Was?", fragte er argwöhnisch.

„Dass ihr sie mit euren Flausen dort hingebracht habt!"

Einen Augenblick lang wirkte ihr Bruder zutiefst beschämt, wie damals, als Mr Snelling ihn gezwungen hatte, die Eselskappe zu tragen, weil er ein Wort nicht richtig buchstabieren konnte. Und für den Bruchteil einer Sekunde hoffte sie, dass sie vielleicht zu ihm durchgedrungen sein mochte.

Doch dann verhärtete seine Miene sich. Er trat ein paar Schritte auf sie zu, und sie wich instinktiv zurück, bis sie gegen den Schreibtisch stieß. Keiner ihrer Brüder hatte sie je verletzt, aber sie alle waren große, kräftige Männer, die äußerst einschüchternd wirken konnten, wenn sie wütend oder betrunken waren.

„Falls du doch noch vorhast, von deinem hohen Ross runterzusteigen und deiner Familie endlich mal zu helfen, findest du uns Freitagnacht an der Crip's Cove", sagte er mit gefährlich leiser Stimme und lehnte sich so dicht an sie heran, dass sie sich unwillkürlich so weit es ging nach hinten bog. „Aber wenn du lieber so eingebildet und hochnäsig bleiben willst, kümmern wir uns selbst um unsere Angelegenheiten."

Bevor sie ihm sagen konnte, dass er sich schleunigst verziehen solle, schallte eine tiefe, eisige Stimme durch den Raum.

„Entfernen Sie sich augenblicklich von der Dame."

Als sie den Kopf in Richtung Vorhang drehte, sah sie Rhys dort stehen, einen Unheil verkündenden Ausdruck im Gesicht.

Jeremy wirbelte herum und starrte ihn an. „Wer zum Teufel sind Sie denn?"

„Ich bin derjenige, der Ihnen eine Lektion erteilen wird, wenn Sie Mrs Foley nicht sofort in Ruhe lassen", erwiderte Rhys in bedrohlich leisem Tonfall. Er hatte die Hände zu Fäusten geballt und wirkte sichtlich angespannt.

„Ach, ja? Sie und welche Armee?", höhnte ihr Bruder.

In diesem Moment kam Maggie wieder zur Besinnung, zwängte sich an ihm vorbei und baute sich zwischen den beiden Männern auf. „Schluss damit! Ich dulde keine Schlägereien in meinem Geschäft."

„Kennst du diesen Bastard etwa, Maggie?", fragte Jeremy misstrauisch.

„Er ist ein Kunde", erwiderte sie und fügte dann, nachdem sie tief durchgeatmet hatte, hinzu: „Wenn du mich jetzt entschuldigen würdest, ich habe zu tun ..."

„Keine Sorge, ich werd dir nichts mehr von deiner kostbaren Zeit stehlen", erwiderte ihr Bruder abfällig. „Hab schon kapiert, dass dir deine alten Knochen wichtiger sind als deine eigene Familie."

Mit diesen Worten stürmte er in Richtung Ausgang, der ihm aber nach wie vor von Rhys versperrt wurde. Dieser blieb einen Augenblick länger als nötig unbewegt stehen, bevor er einen Schritt zur Seite trat. Jeremy zerrte den Vorhang mit solchem Schwung auf, dass sie ein reißendes Geräusch vernahm (na wunderbar, noch eine Sache, die es zu reparieren galt).

Sekunden später wurde die Eingangstür mit ebensolcher Wucht zugeschlagen, dass die Wände wackelten.

„Verflucht noch mal", murmelte sie und rieb sich die pochenden Schläfen.

„Dein Bruder ist ein wahrer Sonnenschein, was?", merkte Rhys an.

„Er steht in letzter Zeit einfach ziemlich unter Stress", erwiderte sie, ohne zu wissen, warum sie Jeremy überhaupt in Schutz nahm. Wahrscheinlich, weil sie vor Hunger ganz benommen war.

„Deswegen hat er noch lange nicht das Recht, dich so zu behandeln. Geht es dir gut?"

Seine Worte und der besorgte Ausdruck in seinen Augen machten sie stutzig.

„Jeremy würde mir nie etwas antun." Schützend verschränkte sie die Arme vor der Brust. „Warum bist du hier? Ich dachte, ich hätte mich bei unserem letzten Treffen klar ausgedrückt."

„Hast du auch, und genau deshalb bin ich gekommen. Ich will mich entschuldigen."

Ihr Herz setzte einen Schlag aus. „Wofür?"

„Dafür, dir nicht den Respekt entgegengebracht zu haben, den du verdienst. Denn ich respektiere dich wirklich, auch wenn du einen anderen Eindruck hattest."

Er schien es aufrichtig zu meinen. Sie wusste nicht, wie sie darauf reagieren sollte, was sie gegen das warme Gefühl tun konnte, das sie durchströmte. In diesem Augenblick schlug die Eingangstür ein zweites Mal zu und brachte sie unsanft auf den Boden der Tatsachen zurück.

„*Verdammt!*" Hastig rauschte sie an Rhys vorbei durch den Vorhang.

Der Laden war leer ... ebenso wie ihre Zukunft.

Pickering-Parks war ihre letzte Hoffnung gewesen, und sie hatte es vermasselt.

„Was ist denn los, Maggie?", fragte Rhys, der hinter sie getreten war.

„Mein letzter noch verbleibender Kunde ist soeben gegangen", sagte sie mit zitternder Stimme. „Dieser Bastard Bancroft hat ihn mir abgeworben."

Verzweiflung schnürte ihr die Kehle zu. Mit Pickering-Parks war auch ihre Chance auf einen sicheren Lebensunterhalt verschwunden. Ihr Bruder war wütend auf sie. Und ihr ehemaliger Liebhaber, von dem sie sich um jeden Preis fernhalten musste, stand direkt hinter ihr. Die ganze Situation kam ihr seltsam unwirklich vor. Einen irrsinnigen Augenblick lang wusste sie nicht, ob sie lachen oder weinen sollte.

Zumindest kann es jetzt nicht mehr viel schlimmer werden.

In dem Moment öffnete sich die Tür und Glory kam hereingehüpft, begleitet von Hypatia.

„Hallo!", rief die Kleine erfreut aus, als sie Rhys erblickte. „Ich hatte gehofft, dich wiederzusehen!"

Wie betäubt beobachtete Maggie, wie ihre Tochter an ihr vorbeistürmte und vor ihm stehen blieb. Als er sich höflich vor ihr verbeugte, strahlte sie ihn an und knickste zur Begrüßung so eindrucksvoll wie noch nie zuvor.

„Guten Tag, die Damen", sagte Rhys mit einem charmanten Lächeln.

„Es ist wirklich ein guter Tag! Mama und Tante Patty nehmen mich mit zum Markt", verkündete Glory mit vor Aufregung funkelnden Augen. „Möchtest du uns begleiten?"

Rhys warf Maggie einen Blick zu, dessen Intensität ihr Herz höherschlagen ließ. Für den Bruchteil einer Sekunde fiel die Maske des sorglosen Wüstlings von ihm ab und erlaubte ihr, die glühende Leidenschaft zu sehen, die sich dahinter verbarg. Eine

Leidenschaft, die sie mit Angst erfüllte ... aber auch mit einem seltsamen Gefühl der Sehnsucht.

„Vielen Dank für das Angebot", erwiderte er, an Glory gewandt. „Ich schließe mich gerne an."

„Juhu!", rief diese und klatschte erfreut in die Hände. „Wir werden so viel Spaß haben!"

Zwar teilte Maggie die Begeisterung ihrer Tochter nicht, konnte Rhys jedoch unmöglich wieder ausladen, ohne Verdacht zu erregen. Also musste sie wohl oder übel den Nachmittag mit ihrem ehemaligen Liebhaber und ihrem gemeinsamen Kind verbringen und hoffen, dass niemand hinter die Wahrheit kommen würde.

Das Schwindelgefühl, das der Hunger in ihr ausgelöst hatte, wurde von der aufsteigenden Panik nur noch verstärkt. Gleichzeitig spürte sie ein seltsames, unwillkommenes Flattern in der Brust ... die Flügelschläge eines längst begraben geglaubten Traums.

Kapitel Acht

Der Marktplatz war nur einen kurzen Spaziergang von Foleys Emporium entfernt. Als Rhys in Begleitung von Maggie, Glory und Hypatia dort eintraf, war die Veranstaltung bereits in vollem Gang. Auf beiden Seiten der Broad Street waren Verkaufsstände aufgebaut, deren Händler die Besucher mit Kostproben ihrer Speisen oder Demonstrationen ihrer Gebrauchsgegenstände anzulocken versuchten. Papiergirlanden flatterten fröhlich in der Meeresbrise, und ein Geiger spielte eine lebhafte Volksweise, während Scharen von Kindern um ihn herumtanzten.

Trotz der heiteren Stimmung herrschte bei Ankunft ihrer kleinen Gruppe umgehend Anspannung. Glory hatte einen Händler entdeckt, der braungefleckte Welpen verkaufte, und versuchte hartnäckig, ihre Mutter durch Schmeicheleien, Betteln und Gejammer zu überreden, einen haben zu dürfen. Rhys bewunderte Maggies Geduld, während sie ihrer Tochter mehrmals sanft, aber streng erklärte, dass ein Hund zu viel Geld und Zeit koste.

Hilfesuchend wandte die Kleine sich an Rhys. „Du magst Hunde doch bestimmt auch, oder?"

Unwillkürlich musste er an Bailey denken, den kleinen Jagdhund, der ihm als Kind ein treuer Freund gewesen war ... bis sein Vater ihn vor seinen Augen erschossen hatte. Schnell und mit geübter Leichtigkeit verdrängte er die dunklen Erinnerungen und Emotionen, die in ihm aufstiegen.

„Leider nein", erwiderte er.

Glory runzelte die Stirn. „Aber *jeder* mag Hunde. Bis auf Mama", sagte sie vorwurfsvoll.

„Ich habe grundsätzlich nichts gegen Haustiere, aber die Aufmerksamkeit und Pflege, die sie erfordern, ist mir zu umständlich", erklärte er. *Außerdem ist der Schmerz, sie zu verlieren, zu groß.* „Meine Freiheit ist mir wichtiger als alles andere."

„Gesprochen wie ein wahrer Junggeselle", merkte Hypatia trocken an.

„Aber *mir* ist der Aufwand nicht zu viel", behauptete Glory.

„Deiner Mutter schon. Und an ihr wird die meiste Arbeit hängen bleiben", erwiderte er unverblümt. Er hatte nie verstanden, warum manche Menschen die Wahrheit Kindern gegenüber beschönigten und mit ihnen sprachen, als seien sie dumm, denn das war Glory ganz gewiss nicht. „Sie muss nicht nur ein Geschäft, sondern auch den Haushalt führen, und zudem ein kleines Mädchen großziehen. Findest du nicht, dass das schon anstrengend genug ist, ohne auch noch die Verantwortung für ein Haustier zu übernehmen?"

Sofort verschwand das trotzige Funkeln aus Glorys Augen und sie senkte beschämt den Blick. Wie er bereits bei ihrer ersten Begegnung vermutet hatte, war sie ein wenig eigensinnig und verwöhnt, aber dennoch ein aufgewecktes Kind, das vernünftig mit sich reden ließ. Im Herzen schien sie ein liebes, loyales Mädchen zu sein. Das hatte sie auch neulich am Strand bewiesen, als sie ihn zu einem Honorar von hundert Pfund überredete, um ihrer Familie zu helfen.

„Ich brauche keinen Welpen, Mama", sagte sie zerknirscht. „Darf ich mich mal beim Käsehändler umsehen?"

„Ich begleite sie", bot Hypatia an.

Wie ein Goldfisch flitzte Glory durch die Menschenmenge, dicht gefolgt von ihrer Tante. Rhys und Maggie setzten ihren Weg in gemächlicherem Tempo fort, wobei ihm jedoch auffiel, wie angespannt sie wirkte. Sie hatte die Schultern hochgezogen und den Mund zu einem dünnen Strich zusammengepresst. Und wer konnte es ihr verübeln?

Als er daran dachte, wie ungehobelt Jeremy sie behandelt hatte, bereute er es, dem Mistkerl nicht doch eine verpasst zu haben. Außerdem hatte die miese Schlange Bancroft ihr auch noch den letzten Kunden abgeworben. Ganz zu schweigen von den Schulden, die das Überleben ihrer Familie bedrohten. Trotz all dieser Sorgen schaffte sie es, hoch erhobenen Hauptes neben ihm herzuschreiten, bemüht, sich ihre Angst nicht anmerken zu lassen.

Ein tiefes Gefühl von Respekt durchflutete ihn ... begleitet von einem Bedürfnis, dem er keinesfalls nachgeben durfte.

Du hast kein Recht darauf, sie beschützen zu wollen, ermahnte er sich. *Du weißt genau, wohin das führen würde.*

Vor seinem geistigen Auge tauchte das Bild seiner Mutter auf, hässliche, dunkle Flecken auf ihrer blassen Porzellanhaut, die Augen vom Weinen gerötet. *Geh, Rhys, bitte geh ...*

Dann sah er sich selbst neben Bailey kauern, nicht in der Lage, die Blutung zu stoppen oder den winselnden Hund zu retten. *Es tut mir so leid, mein Junge,* hatte er geschluchzt. *Das ist alles meine Schuld ...*

Die schrecklichen Erinnerungen schnürten ihm die Kehle zu. Nein, er durfte sich auf keinen Fall einmischen, nicht nur seinetwillen, sondern auch um Maggies willen. Er hatte es nicht geschafft, diejenigen, die er liebte, zu beschützen ... und dafür mussten sie mit dem Leben bezahlen. Es war sinnlos, Beziehungen aufzubauen, andere in sein Herz zu lassen. Verbissen schob er die hoffnungslosen Gedanken beiseite.

Lieber schlüpfte er in die Rolle des ruchlosen Ransom, des charmanten, sorglosen Wüstlings.

„Du hättest nicht mitkommen müssen. Ein einfacher Markt auf dem Dorf ist wohl kaum nach deinem Geschmack."

Maggies leise Stimme holte ihn zurück in die Gegenwart. Sie musste den Ausdruck in seinem Gesicht bemerkt und falsch interpretiert haben.

„Ich wäre nirgendwo lieber als hier", erwiderte er lässig.

Er redete sich ein, dass es völlig in Ordnung sei, sich zu ihr hingezogen zu fühlen, solange er dabei einen kühlen Kopf bewahrte. Grenzen und Erwartungen mussten deutlich kommuniziert werden, und unter keinen Umständen durften sich tiefere Gefühle entwickeln. Irgendwie musste er sie davon überzeugen, dass es zu ihrer beider Vorteil wäre, wenn sie zusammenarbeiteten ... und miteinander schliefen. Angesichts ihres Misstrauens ihm gegenüber dürfte das keine einfache Aufgabe werden, aber er war entschlossen, es zu versuchen.

Ihre abgetragenen, schwarzen Halbstiefel trugen sie stetig voran, während sie den Blick fest auf Glory und Hypatia gerichtet hielt, die sich die Kostproben des Käsehändlers schmecken ließen.

„Ich bin mir sicher, du hast Besseres zu tun", murmelte sie. Es war schwer, ihre Miene unter dem Schatten ihrer schwarzen Haube auszumachen.

„Ich genieße Miss Glorys Gesellschaft", erwiderte er leichthin. Tatsächlich musste er zugeben, dass er das Mädchen gut leiden konnte. Ihm gefiel ihre aufgeweckte, unabhängige Art. „Und die ihrer Mutter natürlich auch."

„Deine Schmeicheleien kannst du dir sparen", konterte Maggie und beschleunigte ihre Schritte.

„Wie wäre es stattdessen mit meinem Geschäftsvorschlag?", fragte er, nachdem er mühelos zu ihr aufgeschlossen hatte. „Da du offenbar deinen letzten Kunden verloren hast, bin ich ja wohl deine einzige Hoffnung."

„Das würde dir so gefallen, nicht wahr? Du bist genauso hinterhältig wie Bancroft und der ganze Rest. Nur darauf wartend, eine Frau auszunutzen, die keinen anderen Ausweg mehr hat."

Ihre heftige Reaktion überraschte ihn. Instinktiv griff er nach ihrem Ellbogen, sodass sie stehen bleiben musste.

Mit erhobenem Haupt wandte sie sich ihm zu, doch er konnte sehen, wie ihre grünen Augen unter der Krempe ihrer Haube glänzten. Sie war eindeutig den Tränen nahe. Der Anblick traf ihn wie ein Schlag in die Magengrube.

„Alles geht den Bach hinunter, und das Letzte, was ich brauche, ist zusätzlicher Ärger von dir." Ihre Stimme zitterte vor unterdrückten Emotionen. „Warum lässt du mich nicht einfach in Ruhe?"

Das wäre zweifellos das Klügste. Aber er konnte es einfach nicht.

„Warte kurz hier", bat er sie.

Sie musste wirklich schlecht drauf sein, da sie nur die Lippen aufeinanderpresste, ohne etwas zu erwidern. Entschlossen steuerte er auf Glory und Hypatia zu.

„Rhys!", rief das Mädchen mit vollem Mund und deutete auf einen mit Blau durchzogenen Käse auf dem Probiertablett. „Den musst du unbedingt kosten. Das ist mein Favorit!"

„Die junge Dame hat einen ausgezeichneten Geschmack", lobte der Käsehändler. „Unser Blue Vinney ist der beste im ganzen Land. Nehmen Sie sich ruhig ein Stück, Sir."

„Nein danke", erwiderte er und reichte dem Verkäufer ein paar Münzen. „Packen Sie ihr alles ein, was sie sich aussucht."

Glory riss die Augen auf und begann sofort damit, sämtliche andere Sorten zu verköstigen, während der Händler ihr die jeweiligen Eigenschaften beschrieb.

Hypatia musterte Rhys stirnrunzelnd. „Sir, das ist wirklich nicht nötig ..."

„Mrs Foley fühlt sich nicht sonderlich gut", erklärte er ihr mit gedämpfter Stimme. „Ich werde ihr in dem Teeladen dort drüben eine kleine Stärkung besorgen. Bitte gesellen Sie sich mit Miss Glory zu uns, sobald Sie hier fertig sind."

Patty bedachte ihn mit einem scharfen Blick. „Sie ist also nicht mit Pickering-Parks ins Geschäft gekommen?"

„Nein, leider nicht", sagte Rhys. „Zudem erhielt Mrs Foley auch noch Besuch von ihrem Bruder Jeremy."

„Ein Ärgernis kommt selten allein", murmelte Hypatia. Dann nickte sie und sagte: „Lassen Sie sich ruhig Zeit. Glory und ich sehen uns noch den Rest der Stände an, bevor wir zu Ihnen stoßen."

Maggie konnte sich beim besten Willen nicht erklären, wie es dazu gekommen war, dass sie mit Rhys beim Tee saß. In der einen Minute hatte sie mitten auf der Straße die Kontrolle über ihre Emotionen verloren, und in der nächsten schob er sie durch die Tür von Gibson's Teeladen. Drinnen kannte sie so gut wie jeden anderen Gast, und alle waren erpicht darauf zu erfahren, wer ihr attraktiver Begleiter war, allen voran Mrs Mulligan, die Klatschtante des Dorfes.

Als spürte er ihre Erschöpfung, hatte Rhys die Führung übernommen und sich mit seinem üblichen Charme vorgestellt. Er erklärte Mrs Mulligan, dass er ein Verwandter von Horatio

Jones sei und dessen Residenz in Journey's End bezogen habe. Außerdem stellte er klar, dass er und Maggie rein geschäftlich miteinander zu tun hatten, da er mit ihrer Hilfe die Höhlen auf dem Anwesen seines Onkels erforschen wollte.

Nun saßen sie zurückgezogen in einer stillen Nische der Teestube. Rhys hatte eine überwältigende Auswahl an Köstlichkeiten bestellt, obwohl Maggie nicht glaubte, dass sie auch nur einen Bissen herunterbekäme. Mr Gibson servierte zunächst den Tee und stellte die dampfende Kanne zwischen ihnen auf der geblümten Tischdecke ab, bevor er sich diskret zurückzog.

Das Problem war, dass Maggie sich einfach nicht beruhigen konnte. In ihr herrschte ein einziges Gedanken- und Gefühlschaos. So sehr sie sich auch bemühte, gelang es ihr trotz der Tricks, die Paul ihr beigebracht hatte, einfach nicht, die Fassung wiederzuerlangen.

„Maggie." Rhys' leise Stimme lenkte ihre Aufmerksamkeit auf ihn. Seine goldbraunen Augen strahlten Wärme und Entschlossenheit aus. „Sag mir, was in deinem Kopf vor sich geht."

„Das willst du nicht wissen." Sie wandte sich ab und nahm einen Schluck von ihrem Tee, in der Hoffnung, dass dieser ihre Nerven beruhigen würde.

„Ich würde nicht fragen, wenn ich es nicht wissen wollte. Verrate mir bitte, warum du mich mit diesem Bastard Bancroft über einen Kamm geschert hast."

Das also steckt hinter seinem angeblichen Mitgefühl. Er kommt sich ungerecht behandelt vor.

„Es tut mir leid", sagte sie schnell. „Ich war überwältigt und habe mich zu einer unpassenden Bemerkung hinreißen lassen."

„Was genau überwältigt dich?"

Gott, sie wünschte, er würde sie auffordern, sich zusammenzureißen, wie Paul es stets getan hatte. Oder ihren aufgewühlten Zustand einfach ignorieren, so wie der Rest ihrer

Familie es zu tun pflegte. Stattdessen zeigte er *Verständnis* ... Eine Reaktion, mit der sie nicht vertraut war und daher nicht umzugehen wusste.

Sie konzentrierte sich darauf, Zucker in ihre Tasse zu häufen. „Nichts, womit ich nicht fertigwerden könnte."

„Wie etwa mit deinem Bruder Jeremy? Verzeih meine Direktheit, aber es kam mir nicht so vor, als wäre dir das vorhin gelungen. Was wollte er von dir?"

Er wollte, dass ich für ihn Schmiere stehe, während er und der Rest meiner Brüder ihren Schmugglergeschäften nachgehen. Dass ich für sie den Kopf hinhalte, damit sie ihren nicht riskieren müssen.

Sie rührte mit einem Löffel in ihrem Tee herum. „Er bat mich um einen Gefallen, nichts weiter."

„Du sollst etwas für ihn tun, was dir widerstrebt. Und er hat versucht, dir ein schlechtes Gewissen einzureden, damit du dich seinem Willen beugst."

Er hatte den Nagel voll auf den Kopf getroffen. Ihre Hand zitterte so stark, dass der Löffel gegen das Porzellan klirrte.

„Es geht um eine Familienangelegenheit", sagte sie und hob das Kinn. „Die Sache ist kompliziert."

„Ich nehme an, das Gleiche gilt für die Angelegenheit mit Bancroft?"

„Nein, *das* lässt sich ganz einfach erklären", erwiderte sie mit blitzenden Augen. „Bancroft ist eine hinterhältige Schlange, die mir meine Kunden abwirbt und versucht, mich durch ihre Lügen aus dem Markt zu drängen. Und meine Klienten sind hirnlose Narren, die ihn beim Wort nehmen, nur weil er ein Mann ist und ich ..."

„Eine Frau?"

„Genau!", rief sie. „Das ist so ungerecht!"

„Sehe ich auch so."

Überrascht starrte sie ihn an. „Ach, wirklich?"

„Jeder Mensch, der auch nur einen Funken Verstand besitzt, sieht sofort, dass man Bancroft nicht über den Weg trauen kann", sagte Rhys. „Du bist um Längen besser als sämtliche deiner Konkurrenten."

„Ich habe das Plesiosaurier-Skelett gefunden!", platzte sie heraus.

„Wie bitte?"

„Die Überreste eines prähistorischen Reptils aus dem Meer. *Ich* habe sie gefunden." In ihr schien ein Damm gebrochen zu sein, denn die nächsten Worte sprudelten nur so aus ihr heraus. „Jeder glaubte, Mr Foley habe die Expeditionen durchgeführt, und obwohl es stimmt, dass er mir alles über diesen Beruf beigebracht hat, war ich diejenige, die während der letzten fünf Jahre die ganze Arbeit leistete. Er konnte es wegen seiner Erkrankung nicht mehr."

Rhys musterte sie scharf. „Er war krank?"

Sag jetzt bloß nichts weiter über Pauls körperliche Beschwerden. Was du verraten hast, war schon zu viel.

Sie schluckte schwer und fuhr fort: „Der springende Punkt ist, jeder denkt, dass das Emporium ohne ihn keine Zukunft hat, aber das stimmt nicht. Ich habe seit Jahren erfolgreich Fossilien aufgespürt, und das werde ich auch weiterhin tun. Ich wünschte nur, die Sammler würden mir eine Chance geben."

„Doch das geschieht nicht, weil Bancroft Lügen über dich verbreitet hat."

„Genau." Sie lehnte sich nach vorne, ohne darauf zu achten, dass sie ihre Ellbogen wenig damenhaft auf dem Tisch aufstützte. „Dabei weiß er ganz genau, dass ich eine hervorragende Fossilienjägerin bin. Er hat mit eigenen Augen gesehen, wie ich ganz allein durch die Höhlen gekrochen und geklettert bin!"

Rhys runzelte die Stirn und schien etwas erwidern zu wollen, doch in diesem Augenblick erschien Mr Gibson mit einer Auswahl an herzhaftem und süßem Gebäck. Bei diesem Anblick begann Maggies Magen, laut zu knurren. Ihre letzte richtige Mahlzeit war das Abendessen am Tag zuvor gewesen.

Rhys reichte ihr einen vollen Teller, über den sie sich wie ein ausgehungertes Tier hermachte. Das Essen schmeckte vorzüglich. Genüsslich verdrückte sie einen Mince Pie, einige Cracker mit Käse sowie die Hälfte eines Biskuitkuchens, gefüllt mit Marmelade und Sahne, bevor ihr auffiel, dass er seinen eigenen Teller noch gar nicht angerührt hatte.

Stattessen saß er, in seinem Stuhl zurückgelehnt, entspannt da und beobachtete sie mit einem Schmunzeln, bei dem seine Grübchen hervortraten.

„Hungrig?", fragte er.

Mit einem Anflug von Verlegenheit schluckte sie den letzten Bissen ihres Kuchens hinunter. „Ich habe heute noch nichts gegessen."

„Fühlst du dich denn jetzt besser?"

Das tat sie wirklich. Aber nicht nur wegen der Stärkung.

Sie holte tief Luft. „Warum tust du das?"

„Was meinst du?"

„Das hier." Sie gestikulierte vage über den Tisch und ihn. „Warum isst du mit mir und hörst dir meine Probleme an?"

„Weil ich deine Gesellschaft genieße."

Etwas im Magen zu haben, hatte ihre Sinne geschärft. Sie fühlte sich stärker und beherrschter. Nachdem sie sich in der Teestube umgeschaut hatte, um sicherzugehen, dass niemand in Hörweite war, sagte sie: „Ich werde nicht wieder mit dir ins Bett gehen."

Er hob eine Braue. „Du redest wirklich nicht um den heißen Brei herum, was?"

„Das ist mein Ernst. Wenn du nur deswegen nett zu mir bist, weil du hoffst, dass ich erneut deinem Charme erliege, hast du dich gewaltig getäuscht." Sie hielt kurz inne, bevor sie mit gedämpfter Stimme hinzufügte: „Auch wenn du dieser Ansicht sein magst, bin ich keine Dirne, mit der du dich vergnügen kannst, wann immer dir der Sinn danach steht.“

„Das denke ich überhaupt nicht“, erwiderte er mit einem Anflug von Ungeduld. „Aber ich würde zu gerne erfahren, warum du davon überzeugt bist.“

„Ist das nicht offensichtlich? Wir haben in der Nacht, in der wir uns kennenlernten, miteinander geschlafen.“ Trotz der Hitze, die ihr vor Scham in die Wangen stieg, zwang sie sich fortzufahren. „Am nächsten Morgen warst du verschwunden und hast mir fünfzig Pfund auf dem Tisch hinterlassen ... für meine Dienste.“

Seine Augen weiteten sich, und zu ihrer Überraschung errötete er ebenfalls.

„Das sollte ein Geschenk sein, keine Bezahlung“, murmelte er. „Ich hatte leider kein angemessenes Zeichen meiner Wertschätzung dabei – ein Schmuckstück oder ähnliches –, das ich stattdessen hätte dalassen können.“ Er fuhr sich mit der Hand durchs Haar, was seinen dichten, dunklen Locken ein sinnlich zerzaustes Aussehen verlieh. „Normalerweise bin ich nicht so unvorbereitet und stümperhaft. Ich hatte in jener Nacht einfach nicht mit einem Rendezvous gerechnet. Solltest du das als Beleidigung aufgefasst haben, tut es mir aufrichtig leid.“

Seine offensichtliche Betretenheit und die Erklärung halfen zwar, ihren verletzten Stolz zu besänftigen, dennoch änderten sie nichts an den Konsequenzen ihrer intimen Vereinigung und der lebensverändernden Entscheidung, die sie infolgedessen getroffen hatte.

„Wie dem auch sei ... Ich bin nicht die Frau, für die du mich hältst“, beharrte sie.

„Wofür genau halte ich dich denn, deiner Meinung nach?“

Da es sich befreiend anfühlte, nach so langer Zeit offen

auszusprechen, was sie bedrückt hatte, sagte sie unumwunden: „Für ein ungebildetes Flittchen. Schlampig ... und dumm.“

Eine Goode durch und durch, wie meine Mutter und Schwester.

Er starrte sie an. „*Ich* soll so etwas über dich denken?“

Sie nickte steif.

Ihm entfuhr ein höchst unanständiger Fluch.

„Das gestaltet sich um einiges schwieriger, als ich angenommen hatte“, murmelte er grimmig.

„Was meinst du?“

„Dich zu überreden, für mich zu arbeiten, weil es für uns beide von Vorteil wäre.“ Er hielt inne und trommelte mit den Fingern auf den Tisch, bevor er hinzufügte: „Und dich aus demselben Grund zu überzeugen, mit mir ins Bett zu gehen.“

Seine Worte brachten ihren Puls zum Rasen. „Ich habe dir doch schon gesagt, dass ich nicht die Sorte Frau bin ...“

„Ich weiß genau, welche Sorte Frau du bist“, unterbrach er sie. „Du bist leidenschaftlich, ehrlich und fleißig. Und du fühlst dich verpflichtet, für alles und jeden die Verantwortung zu übernehmen.“

Sie starrte ihn mit offenem Mund an.

„Was ich nicht verstehe, ist, warum du zulässt, dass das Verhalten deiner Familie deine Meinung über dich selbst negativ beeinflusst“, fuhr er fort. „Warum du die Dinge so unnötig verkompliziert hast, dass es eines Wunders bedarf, um den Gordischen Knoten deiner Gedankengänge zu entwirren.“

Sie hatte keine Ahnung, was ein Gordischer Knoten war, aber es hörte sich nicht nach einem Kompliment an.

„Wenn ich so unnötig kompliziert bin, warum lässt du mich dann nicht in Ruhe?“

„Das kann ich nicht.“ Bevor sie sich mit der Hoffnung auseinandersetzen konnte, die in ihr aufkeimte, fügte er hinzu: „Ich brauche dich für die Erforschung meiner Höhlen.“ Er hielt kurz inne, während sie erneut mit dem Gefühlschaos kämpfte, das in ihr wütete. „Am besten widmen wir uns einem Problem nach dem anderen", sagte er schließlich. „Erst das Geschäftliche, dann das Vergnügen."

Unglaublich, wie arrogant dieser Kerl war! „Jetzt hör mal gut zu ..."

„Du willst dich nicht in die Ecke getrieben fühlen, glauben, dass du meinen Auftrag annehmen musst, weil dir keine Wahl bleibt. Das kann ich nachvollziehen. Wir müssen uns etwas einfallen lassen, um dir verschiedene Möglichkeiten zu bieten", sagte er unbeirrt.

„Und wie sollen wir das anstellen?", fragte sie, unfähig, den Sarkasmus in ihrer Stimme zurückzuhalten. „Ich versuche seit Monaten, das Geschäft anzukurbeln, aber ohne Erfolg. Die Leute wollen keine Frau für ihre Expeditionen anheuern."

„Überlass das mir."

Sie atmete tief durch und versuchte, nicht die Geduld zu verlieren. „Du kannst nicht einfach anderen befehlen, meine Dienste in Anspruch zu nehmen. In deiner Welt magst du vielleicht der Schlossherr sein, dessen Willen sich jeder beugen muss, aber die Realität sieht anders aus, Rhys."

Bevor er etwas darauf erwidern konnte, das ihre Gemüter noch weiter erhitzte, flog die Tür auf und Glory stürmte in die Teestube, dicht gefolgt von Hypatia.

„Was für ein herrlicher Tag!", juchzte die Kleine und ließ sich auf den Stuhl neben Rhys fallen. „Danke für den Käse, ich habe von *jeder* Sorte etwas genommen!"

Maggie warf ihm einen ungehaltenen Blick zu. „Sie hätten ihr kein Geld geben müssen. Ich hätte ihr alles gekauft, was nötig gewesen wäre."

„Ich habe Miss Glory kein Geld gegeben", erwiderte er unschuldig.

„Hat er wirklich nicht, Mama", fügte ihre Tochter ebenso unschuldig dreinblickend hinzu.

„Er hat es dem Käsehändler gegeben", merkte Hypatia an, die sich neben Maggie niedergelassen hatte.

Schlagartig wurde dieser klar, dass es nicht nur Rhys' verwegener Charme oder sein gutes Aussehen gewesen waren, von denen sie sich damals den Kopf hatte verdrehen lassen. Es hatte auch an seiner unerwarteten Güte gelegen und an seiner Fähigkeit, ihr das Gefühl zu geben, etwas Besonderes zu sein ... wahrgenommen zu werden.

Gleichzeitig hatte die Vergangenheit ihr gezeigt, dass er imstande war, sie zu verletzen. Mit nur einem Kuss vermochte er ihre hart erkämpfte Achtbarkeit zu zerstören und den schlummernden Dämon der Lüsternheit in ihr zu entfesseln.

Konnte sie darauf vertrauen, dass er ihr dabei helfen würde, die Zukunft ihrer Familie zu sichern?

Und was noch viel wichtiger war: Konnte sie sich selbst trauen?

Kapitel Neun

„**W**enn du mir einen Hund kaufen würdest, würde ich mich ganz allein um ihn kümmern, Mama. Du müsstest gar nichts tun", sagte Glory in beharrlichem Tonfall. „Ich würde ihn füttern und erziehen und bei mir schlafen lassen."

Maggie, die auf der Bettkante saß, strich ihrer Tochter eine rotbraune Locke aus der Stirn und legte ihr anschließend eine Hand an die sommersprossige Wange. Es hatte nicht lange gedauert, bis Glory erneut dazu übergegangen war, um ein Haustier zu betteln.

„Du kennst meine Antwort, Liebes", erwiderte sie. „Schluss mit der Diskussion. Es ist Zeit fürs Bett."

Gloriana rümpfte missmutig die Nase. „Ich bin noch gar nicht müde."

„Das ändert sich, sobald du die Augen schließt."

Wenn ihre Tochter keine vollen acht Stunden durchschlief, war sie am nächsten Morgen unausstehlich, und Maggie konnte wahrlich keinen erneuten Besuch des Schulmeisters gebrauchen.

Wenn wir es uns doch nur leisten könnten, dass Patty Glory zu Hause unterrichtet. Wenn ich ihr doch nur den Hund schenken könnte, den sie sich wünscht. Wenn ... Ja, wenn.

„Aber ich bin schon achtdreiviertel. Jenny Pinkleton ist erst acht, und ihre Mama erlaubt ihr, so lange aufzubleiben, wie sie will."

Da sie mit den Verhandlungstaktiken ihrer Tochter bestens vertraut war, erwiderte sie mit fester Stimme: „Was Mrs Pinkleton in ihrem Heim sagt und tut, ist ihre Sache. In unserem gelten meine Regeln."

„Papa hat mich stets so lange aufbleiben lassen, wie ich wollte. Ich wünschte, er wäre hier", schmollte Glory.

Ihre Worte versetzten Maggie einen Stich ins Herz. Die Kleine hatte seit Pauls Tod kaum über ihn gesprochen. Sie hatten sich auf ihre eigene Weise nahegestanden. Aufgrund seines fortgeschrittenen Alters und seiner Gebrechen war Paul nicht in der Lage gewesen, körperlich mit Glory mitzuhalten, und wenn er in seinem Arbeitszimmer über seinen Versteinerungen brütete, pflegte er alles andere um sich herum zu vergessen. Aber wann immer die beiden Zeit miteinander verbrachten, war er ihr stets ein liebevoller, geduldiger Vater gewesen.

Maggie war ihm für seine Güte und Großzügigkeit ihrer Tochter gegenüber unendlich dankbar gewesen, obwohl sie manchmal insgeheim fand, dass er ihr zu viel durchgehen ließ. Es war nicht immer einfach gewesen, der strenge Elternteil zu sein, der für Disziplin sorgen musste. Sie dankte Gott jeden Tag für ihre Schwägerin, die sich vom ersten Tag an auf Maggies Seite geschlagen und ihr geholfen hatte, die Willenskämpfe zwischen ihr und Glory auszufechten.

Unwillkürlich musste sie daran denken, wie Rhys am Tag zuvor auf dem Markt mit Gloriana umgegangen war. Seine natürliche Leichtigkeit und die Art und Weise, wie sie auf seine Autorität reagiert hatte, erfüllten Maggie gleichermaßen mit

Bewunderung und Unruhe ... und einem Anflug von Schuldgefühlen.

War es wirklich richtig gewesen, Glorys wahre Abstammung geheim zu halten? Aber was blieb ihr anderes übrig? Sie wollte nicht riskieren, dass ihre Tochter als uneheliches Kind abgestempelt wurde.

Und wenn Rhys schon nicht gewillt ist, seine Freiheit durch ein Haustier einschränken zu lassen, was würde er dann erst mit einem Kind anfangen?

Durch diesen Gedanken bestärkt, schob sie ihre Zweifel beiseite und konzentrierte sich wieder auf Glory. Sie wollte, dass die Kleine offen über ihre Trauer sprechen konnte und den Schmerz über den Verlust ihres Vaters nicht in sich hineinfraß.

„Vermisst du deinen Papa, mein Schatz?", fragte sie leise.

„Ja", erwiderte Glory und schob die Unterlippe vor. „Er hat mir immer alles erlaubt. *Er* hat mich geliebt."

Ein weiterer Stich mitten ins Herz. „Dein Vater wacht nun vom Himmel aus über dich", sagte sie sanft. „Er würde wollen, dass du ein braves Mädchen bist, das auf seine Mutter hört und sich schlafen legt."

Gloriana schnaubte nur und rollte sich auf die Seite.

„Du musst erholt und ausgeschlafen für den Unterricht morgen sein", versuchte Maggie es erneut.

„Nicht nötig, ich kenne den Stoff schon", erwiderte ihre Tochter mürrisch. „Der Unterricht ist für doofe Kindergartenkinder. Ich hasse ihn. Ich hasse die Schule."

Maggie wusste, dass es sinnlos war, weiter mit ihr zu diskutieren. Also unterdrückte sie ein Seufzen und legte Glory eine Hand auf die Schulter. „Schlaf gut, mein Schatz."

Kaum hatte sie die Tür erreicht, hörte sie auch schon ein leises Schnarchen.

Sie ging vorbei an den beiden anderen Schlafzimmern und stieg die Treppe des kleinen Landhauses hinunter. Im Erdgeschoss befanden sich die Küche, Pauls Arbeitszimmer sowie der Salon, der gleichzeitig als Wohn- und Essbereich diente. Dort fand Maggie nun auch ihre Schwägerin vor.

Patty saß auf dem Sofa und las. Ihre kastanienbraunen Locken fielen ihr lose über die Schultern, und sie hatte ihren Morgenmantel aus Baumwolle fest um sich gewickelt. Vor ihr auf dem Tisch standen eine Teekanne sowie zwei Tassen.

„Endlich im Bett?", fragte sie und sah von ihrem Buch auf.

„*Endlich* ist das richtige Wort", erwiderte Maggie seufzend.

Sie ließ sich in den Sessel neben der Couch fallen, der protestierend ächzte. Wie so ziemlich alles in dem kleinen Haus musste auch er dringend hergerichtet werden, aber für Reparaturen schien es nie genug Zeit oder Geld zu geben, selbst, als Paul noch am Leben war. Als sie den Blick über die verblasste Blumentapete, die zerschrammten Möbel und den abgenutzten Teppich schweifen ließ, musste sie sich eingestehen, dass der Einrichtung eine verblichene Eleganz anhaftete ... was immer noch besser war als die Umstände, in denen sie hatte aufwachsen müssen.

Die Gedanken an ihre Familie, die sie in den letzten Tagen so oft heimgesucht hatten, bereiteten ihr ein ungutes Gefühl in der Magengegend. Unwillkürlich warf sie einen Blick auf die verbeulte Kaminuhr.

Neun Uhr. Nur noch drei Stunden, bis ihre Brüder die Lieferung erhielten.

Und ich weiß immer noch nicht, was ich tun soll.

„Was ist los mit dir, Maggie? Du wirkst schon den ganzen Tag über zerstreut", sagte Hypatia und musterte sie über den Rand ihrer Brille hinweg. „Man sollte meinen, du wärst erfreut darüber, dass Pickering-Parks sich doch noch zu einer Zusammenarbeit entschlossen hat."

„Ich bin ja auch erleichtert", beeilte sie sich zu sagen.

Als Nigel Pickering-Parks an diesem Nachmittag im Foleys

erschienen war und eine Suchaktion für hundert Pfund in Auftrag gegeben hatte, konnte sie ihren Schock kaum verbergen. Sie hatte sich gerade so weit gefangen, um sich überschwänglich bei ihm zu bedanken. Obwohl man einem geschenkten Gaul nicht ins Maul schauen sollte, kam sie nicht umhin, sich zu erkundigen, weshalb er seine Meinung geändert hatte.

„Mir wurde von einem angesehenen Gentleman versichert, dass Ihre Dienste stark gefragt seien", hatte der korpulente, kleine Mann verkündet. „Er nannte Sie die Crème de la Crème unter den Fossilienjägern und erzählte mir, er habe Ihnen fünfhundert Pfund für eine Expedition angeboten, aber Sie hätten abgelehnt. Nun, ich erwarte, dass Sie unser ursprüngliches Abkommen einhalten, denn ich zahle keinesfalls mehr als einhundert Pfund."

Da wusste sie, was hinter seinem plötzlichen Sinneswandel steckte: Rhys.

Du willst dich nicht in die Ecke getrieben fühlen, glauben, dass du meinen Auftrag annehmen musst, weil dir keine Wahl bleibt. Das kann ich nachvollziehen. Wir müssen uns etwas einfallen lassen, um dir verschiedene Möglichkeiten zu bieten.

Sie hatte ihn nicht ernst genommen, aber nun musste sie feststellen, dass er für ihren unverhofften Glücksfall verantwortlich war. Er hatte einen Kunden für sie angeworben ... um ihr eine Wahl zu geben.

Mit Pickering-Parks' Geld konnte sie eine Anzahlung bei der Bank leisten, und zudem wäre es einfacher, weitere Aufträge an Land zu ziehen, wenn sich herumsprach, dass sie für einen angesehenen Sammler arbeitete. So musste sie Rhys' Angebot nicht aus Verzweiflung annehmen.

Er hatte ihr diese Entscheidungsfreiheit verschafft, obwohl sie seiner eigenen Sache abträglich war.

Mehr noch, er hatte sie „leidenschaftlich", „ehrlich" und „fleißig" genannt.

Und obendrein musste sie seine Beweggründe nicht in Frage stellen, da er ihr klar und deutlich zu verstehen gegeben hatte, worauf er aus war: *Erst das Geschäftliche, dann das Vergnügen.*

In der Nacht zuvor hatte sie sich schlaflos im Bett herumgewälzt, überwältigt von erotischen Erinnerungen an die Lust, die Rhys ihr bereitet und die sie erst wieder verspürt hatte, als er sie neulich in seinem Zimmer küsste. Ihr über die Jahre aufgestautes Verlangen brach wie eine Flutwelle über sie herein und füllte jeden Zentimeter ihres Körpers mit prickelnder Erregung. Instinktiv waren ihre Hände zu ihren Brüsten gewandert, ihre Finger hatten ihre steifen Knospen liebkost und sich schließlich ihren Weg nach unten gebahnt, bis zu ihrer intimsten Stelle ...

„Du schweifst ja schon wieder ab."

Pattys vorwurfsvolle Worte rissen sie unsanft aus ihren Gedanken.

„Tut mir leid", murmelte sie. „Mir geht nur so vieles durch den Kopf."

Ein ehemaliger Liebhaber, Brüder, die in Schmugglergeschäfte verwickelt sind, ein intelligentes, aber ebenso eigensinniges Kind und dann noch der nervigste Kunde der Welt ... Es ist ein Wunder, dass ich nicht völlig durchdrehe.

„Hat es mit Mr Jones zu tun?"

Maggie spürte, wie ihr die Hitze in die Wangen schoss. „Wie kommst du darauf?"

„Ich bitte dich. Ich mag eine alternde Jungfer sein, aber ich bin nicht blöd." Patty legte ihr Buch beiseite und griff nach ihrer Tasse. „Die Art, wie er dich ansieht, verrät deutlich, dass er nicht nur geschäftlich an dir interessiert ist."

Ein Gefühl tiefer Scham schnürte ihr die Kehle zu. „Es tut mir leid", flüsterte sie.

„Warum entschuldigst du dich dafür?", fragte ihre Schwägerin stirnrunzelnd.

„Weil es ... ungehörig ist." *Du bist ein Flittchen, eine No-Goode.* „Ich bin eine Witwe."

„Ganz genau. Du bist verwitwet, nicht tot", erwiderte Patty unverblümt. „Paul ist vor einem Jahr gestorben. Es ist an der Zeit, dass du die Trauerkleidung ablegst."

Maggie vergrub die Finger in den Lagen ihres schwarzen Rocks. „Ich weiß nicht, ob ich schon bereit dazu bin."

„Wie du meinst." Mit dem wallenden Haar und den Beinen unter den Körper gezogen, wirkte ihre Schwägerin eher wie ein spitzbübisches Schulmädchen statt wie eine alte Jungfer. „Aber wenn mir ein großer, attraktiver Gentleman, der wie ein Piratenprinz aussieht, schöne Augen machen würde, hätte ich meine Trauerkleidung schneller abgelegt, als du schauen könntest. Und meine Unterwäsche gleich dazu."

„*Hypatia!*", rief Maggie schockiert aus und musste gegen ihren Willen kichern.

„Ach, komm, sei doch nicht so prüde. Du kannst nicht leugnen, dass Mr Jones dieses gewisse Etwas hat." Patty hielt inne und machte eine träge Geste. „Und du weißt, wie sehr ich meinen Bruder geliebt habe, aber trotz allem war er ein schrecklicher Pedant, nicht wahr? Jetzt, da nur noch wir beide hier sind, will ich nicht länger ein Blatt vor den Mund nehmen müssen. Auszusprechen, was man denkt, hat etwas unglaublich Befreiendes an sich, findest du nicht?"

Maggie musste daran denken, wie gut es sich angefühlt hatte, ihre Sorgen mit Rhys zu teilen. Sie nickte langsam, bevor sie nach der Kanne griff und sich ebenfalls eine Tasse einschenkte. „Möchtest du auch noch ein wenig Tee?"

„Gerne, aber das da ist kein Tee. Oder zumindest nicht nur."

Sie hob die Tasse an ihre Nase und schnupperte. Als sie die

berauschenden Dämpfe einatmete, tränten ihr die Augen. „Du hast *Kognak* hineingekippt?"

„Ich habe eine Karaffe gefunden, als ich in Pauls Arbeitszimmer nach einem Buch suchte", erklärte Patty und wackelte mit den Brauen. „Ebenso wie einige Zigarren."

Lachend stellte Maggie ihre Tasse ab. „Du bist einfach unverbesserlich."

„Und du, meine Liebe, brauchst dringend etwas Spaß."

„Patty ...", begann sie zögerlich. „Wünschst du dir je, du hättest geheiratet?"

„Nein, denn ich bin nie dem richtigen Mann begegnet", erwiderte ihre Schwägerin nüchtern. „Es gibt nur einen Grund, aus dem ich heiraten würde."

„Und der wäre?"

Patty hob die Brauen. „Liebe natürlich."

Wie immer respektierte und bewunderte Maggie die unverblümte Offenheit ihrer Schwägerin. Gleichzeitig versetzten deren Worte ihr einen Stich ins Herz. So schmerzlich die Wahrheit auch sein mochte, musste sie zugeben, dass sie Paul trotz größter Bemühungen nie wirklich geliebt hatte. Zumindest nicht auf die Art, auf die eine Frau ihren Ehemann lieben sollte. Sie hatte ihn respektiert und geschätzt und versucht, ihm eine treue Gefährtin zu sein ... aber das war nicht dasselbe wie Liebe.

Allerdings schien Paul mit diesem Arrangement vollauf zufrieden gewesen zu sein. Er hatte nie mehr von ihr verlangt, ihr im Gegenzug aber auch nie mehr geboten. Ihm war es wichtig, eine Beziehung zu führen, die auf ebenbürtigem Intellekt basierte, und Maggie war ihm so dankbar gewesen, dass sie sich zu allem bereit erklärt hätte.

Zum ersten Mal fragte sie sich, ob sie in ihrer Ehe wirklich glücklich gewesen war ... und wurde sofort von Schuldgefühlen übermannt.

Du hast kein Recht, so zu denken. Paul hat dich und Glory gerettet. Wenn er nicht gewesen wäre, wärst du womöglich im Armenhaus gelandet ... oder noch schlimmer! Aus Glory wäre wahrscheinlich eine No-Goode geworden ...

Bei dem Gedanken an ihre Familie warf sie erneut einen besorgten Blick auf die Uhr. Es war kurz vor zehn. Ihre Brüder mussten inzwischen an der Crip's Cove eingetroffen sein und sich auf die Lieferung vorbereiten. Maggie wusste, dass sie sich wie immer mit einem halbfertigen Plan und maßloser Selbstüberschätzung in die Sache gestürzt hatten, und deshalb würden sie unweigerlich in Schwierigkeiten geraten.

Kümmere dich um deine Geschwister, Maggie, spukte ihr die Stimme ihrer Mutter durch den Kopf.

„Du bist zappeliger als ein Kind im Klassenzimmer. Was ist denn nur los mit dir?", fragte Patty kopfschüttelnd.

Kurz war Maggie versucht, ihr die Wahrheit anzuvertrauen, aber was ihre Familie anbelangte, war ihre Schwägerin stets einer Meinung mit Paul gewesen. Hypatia verachtete die Goodes und bestand darauf, Glory von ihrem schlechten Einfluss fernzuhalten. Obwohl Maggie durchaus Verständnis dafür hatte, liebte sie ihre Geschwister, so missraten und hohlköpfig sie auch sein mochten. In ihrem Fall war Blut wirklich dicker als Wasser.

Und genau deswegen durfte sie nicht zulassen, dass ihre Brüder im Gefängnis landeten.

Wenn ich zeitig aufbreche, erreiche ich Crip's Cove noch rechtzeitig, um Jeremy und die anderen von ihrem haarsträubenden Plan abzubringen. Irgendwie muss ich sie davon überzeugen, dass es einen besseren Weg gibt.

„Es war einfach ein langer Tag", sagte sie. *Und er ist noch lange nicht vorbei.*

„Stimmt, ich bin auch ziemlich erschöpft." Patty gähnte

und erhob sich. „Ich denke, ich werde noch ein wenig im Bett weiterlesen. Kommst du mit nach oben?"

„Noch nicht", erwiderte sie mit einem erzwungenen Lächeln. „Ich habe noch etwas zu erledigen."

~

Rhys konnte sich beim besten Willen nicht erklären, warum er in dieser sternenklaren Nacht zum Landhaus der Foleys ritt. Eine Art von Eingebung hatte ihn dazu bewegt, obwohl es bereits viel zu spät für einen anständigen Besuch war. Insgeheim hatte er gehofft, dass Maggie ihn aufsuchen würde, nachdem sie von Pickering-Parks' Sinneswandel erfuhr, aber dem war nicht so gewesen. Wie ein liebestoller Narr hatte er nicht aufhören können, an sie zu denken ... Und so hatte er sein Pferd gesattelt und war losgeritten.

Die Idee war völlig schwachsinnig. Er sollte auf dem Absatz kehrt machen und am folgenden Morgen in ihrem Geschäft vorbeischauen, wie ein normaler Mensch.

Gerade, als er umkehren wollte, konnte er im Schatten vor sich eine Bewegung ausmachen. Ein Reiter auf einem alten Gaul war eben aus einer der Einfahrten aufgetaucht. Instinktiv hielt Rhys inne und führte seinen Hengst hinter ein paar Büsche am Wegrand. Der Reiter – nein, die Reiterin – zog sich die Kapuze ihres Umhangs übers Haar, welches im Mondlicht verräterisch rötlich glänzte. Nach einem flüchtigen Blick über die Schulter, gab sie ihrem Pferd die Sporen, welches schwerfällig lostrabte.

Was zum Teufel hat Maggie um diese Zeit hier draußen verloren? Er verstärkte den Griff um seine Zügel, während ihm unzählige Möglichkeiten durch den Kopf schossen, eine schlimmer als die andere. Wenn es einen Liebhaber gab, warum hatte sie ihm nichts davon erzählt? Und wenn nicht, war ihr dann nicht klar, wie gefährlich es für eine Frau war, allein durch die Dunkelheit zu reiten?

Mit einem unguten Gefühl in der Magengrube folgte er ihr, darauf bedacht, genügend Abstand zu halten. Dank der Finsternis und des überwucherten Gebüschs am Straßenrand fiel es ihm nicht sonderlich schwer, unbemerkt zu bleiben. Was auch immer sie vorhatte, schien ihre Gedanken so einzunehmen, dass sie sich nicht ein einziges Mal umdrehte. Das anschwellende Tosen der Brandung verriet ihm, dass sie sich dem Meer näherten. Maggie ritt gut eine Viertelstunde in Richtung Osten weiter, bis sie an einen abgelegenen Küstenstrich gelangten.

Am Strand angekommen, stieg sie ab und führte ihren Gaul in eine Bucht, die außerhalb seines Blickfelds lag. Als sie wieder herauskam, war sie allein und setzte ihren Weg zu Fuß fort, im schwachen Licht einer Laterne, die sie nun bei sich trug. Er wartete, bis sie hinter einer Biegung verschwunden war, bevor er ebenfalls die kleine Bai betrat. Dort fand er ihr Pferd an einen angeschwemmten Baumstamm angebunden vor. Nachdem er die Zügel seines Hengstes ebenfalls an einem Ast befestigt hatte, folgte er ihrem Pfad in Richtung Norden. Allerdings sah er davon ab, seine eigene Laterne anzuzünden, da er nicht entdeckt werden wollte. Stattdessen bahnte er sich seinen Weg im silbernen Licht des Mondes.

Er hielt sich dicht an den hervorstehenden Klippen, deren bedrohliche Schatten ihn zu einem raschen Tempo antrieben. Der Strand verengte sich zu einem immer schmaler werdenden Streifen, bis das Meerwasser über die Spitzen seiner Stiefel schwappte. Mit jedem Schritt wuchs seine Anspannung.

Verflucht noch mal, was hat sie hier zu suchen? Dies war kein Ort für ein nächtliches Stelldichein, aber an die andere, wesentlich unheilvollere Erklärung wollte er erst recht nicht denken.

In einiger Entfernung sah er nun züngelnde, orangefarbene

Flammen auflodern – ein Lagerfeuer! Er hielt hinter einem Felsvorsprung inne und beobachtete, wie Maggie sich einem Muskelprotz näherte, der neben dem Feuer stand.

„Ich glaub's ja nicht! Maggie, meine Beste, du bist eben doch 'ne waschechte Goode", rief der Mann triumphierend aus, und Rhys erkannte, dass es sich um ihren Bruder Jeremy handelte.

„Bist gerade rechtzeitig gekommen. Jimmy und Jacob bringen jeden Moment die Lieferung ans Ufer, und dann musst du für uns Schmiere stehen, während wir die Ware verladen."

Verdammt noch mal. Grimmig ballte Rhys die Hände zu Fäusten. Die Mistkerle waren Schmuggler und verlangten von ihrer Schwester, dass sie ihnen bei ihrem schmutzigen Geschäft half?

„Ich bin nicht hier, um zu helfen", zischte Maggie, „sondern um euch von eurem hanebüchenen Plan abzubringen. Die Zöllner haben ihre Patrouillen entlang der Küste verstärkt. Ihr drei sitzt hier praktisch auf dem Präsentierteller. Wenn ihr euch jetzt aus dem Staub macht ..."

„Quatsch keinen Blödsinn", fiel Jeremy ihr ungehalten ins Wort. „Wir haben 'nen Haufen Kohle in die Sache investiert und gehen hier nicht eher weg, bevor wir unseren Kognak haben."

„Keine Summe ist es wert, für sie ins Gefängnis zu wandern", argumentierte sie.

„Ich hab keine Zeit, mich mit dir zu streiten. Entweder hilfst du uns ... oder du verschwindest."

Bevor sie etwas erwidern konnte, ertönten Rufe vom Meer her. Rhys erspähte ein geankertes Boot sowie zwei Männer, die durch das knietiefe Wasser wateten und mehrere aneinandergebundene Fässer an einem Seil hinter sich herzogen.

Als Jeremy ihnen entgegenlief, um ihnen zu helfen, bemerkte Rhys aus dem Augenwinkel eine Bewegung weiter draußen am Horizont. War da etwas, oder waren es nur die Wellen? Er kniff die Augen zusammen und versuchte, etwas Genaueres auszumachen. Plötzlich brach der Mond durch die Wolken und tauchte das Wasser in blasses, silbriges Licht ... ebenso wie alles, was sich darauf befand.

Was er gesehen hatte, war eine Schute, die mit bedrohlicher Geschwindigkeit auf die Schmuggler zusteuerte.

Verdammt, verdammt, verdammt!

Panisch rannte Rhys los und brüllte: „Zöllner! Sie kommen!"

Kapitel Zehn

Maggie fuhr erschrocken zusammen, als sie Rhys' vertraute Stimme vernahm und ihn auf sich zurennen sah.

Es dauerte einen Augenblick, bis die Bedeutung seiner Worte eingesunken war.

Verfluchter Mist ...

„Lauft!", brüllte Jeremy durch die Dunkelheit.

Starr vor Schreck beobachtete sie, wie ihre Brüder sich von ihrer Ware befreiten, auf den Strand stolperten und davonjagten. Währenddessen kam die Schute immer näher. Sie sah das Licht mehrerer Laternen und hörte die Befehle der Beamten über das Wasser hallen: „Stehen bleiben! Im Namen Ihrer Majestät, der Königin, verhaften wir Sie wegen der illegalen Einfuhr von Gütern!"

Rhys griff nach ihrer Hand. „Wir müssen hier weg!"

Die Berührung riss sie aus ihrem Stupor.

„Folge mir", sagte sie dringlich. „Ich kenne ein gutes Versteck."

Er nickte knapp, und sie rannte los in die entgegengesetzte Richtung ihrer Brüder, den Weg zurück, den sie gekommen war. Sie wusste nicht, ob das Hämmern in ihren Ohren von ihrem eigenen Herzen kam, ob es die Schritte der Zöllner waren, die sie verfolgten, oder das Tosen der Brandung, aber sie wagte es nicht, einen Blick über die Schulter zu werfen. Rhys war direkt hinter ihr, das spürte sie. Als sie auf einem glitschigen Fels ausrutschte und rückwärts stolperte, fing er sie auf.

„Lauf weiter", flüsterte er ihr eindringlich ins Ohr.

Sie eilte voran und hielt erst an, als sie die Höhle gefunden hatte, nach der sie suchte. Selbst in völliger Dunkelheit kannte sie diesen Ort wie ihre Westentasche, da sie auf der Jagd nach Fossilien so viele Stunden hier verbracht hatte. Gerade, als sie auf den Eingang zusteuern wollte, packte Rhys sie am Ellbogen.

„Sie werden uns da drin nicht finden", flüsterte sie. „Der Eingang ist gut versteckt, und die Tunnel im Inneren sind tief und verwinkelt."

Er zögerte kurz, dann nickte er.

Sie führte ihn hinein ins Grabesdunkel. Da sie sich nicht traute, eine Kerze zu entzünden, bis sie tiefer in die Höhle vorgedrungen waren, tastete sie sich an den vertrauten Felswänden entlang, immer dem Tunnel folgend, der sie in Sicherheit bringen würde.

An manchen Stellen, an denen der Gang sich verengte, hörte sie Rhys scharf einatmen.

„Alles in Ordnung?", raunte sie.

„Alles bestens", lautete die knappe Antwort.

Wenige Minuten später mündete der Tunnel in eine Grotte, und sie zog eine Kerze sowie eine Schachtel Streichhölzer aus der Tasche ihres Umhangs, um das Licht zu entfachen. Im flackernden Schein der Flamme tanzten unheimliche Schatten über die hohen Felswände.

„Wir können hier warten, bis die Beamten sich zurückgezogen haben. Die Flut kommt nicht bis hier hinter ..." Sie verstummte, als sie Rhys' wütenden Blick bemerkte.

„Bist du völlig übergeschnappt?", presste er hervor. „Was zum Teufel hast du dir dabei gedacht, dich an einer solchen Schmuggelaktion zu beteiligen?"

„Ich war nicht daran beteiligt, sondern wollte meine Brüder von ihrem Vorhaben abbringen." Selbst in ihren Ohren klang diese Erklärung fadenscheinig. „Als Jeremy mir von dem Plan erzählte, konnte ich nicht einfach untätig zu Hause herumsitzen …"

„Doch, konntest du. Wenn jemand vorhat, von einer Brücke zu springen, springst du auch nicht einfach blindlings mit. Du riskierst nicht Kopf und Kragen, um dessen Haut zu retten." Rhys stemmte die Hände in die Hüften und funkelte sie ungehalten an. „Du bleibst zu Hause, wo du in Sicherheit bist!"

Sie wusste, dass er recht hatte. Ihr Plan war nicht gerade brillant gewesen, das musste sie zugeben. Sie hatte sich von ihrem Bauchgefühl leiten lassen, nicht von ihrem Verstand.

„Wir sind Goodes", murmelte sie mit einem resignierten Seufzer. „Wir halten zusammen."

Rhys starrte sie einen Augenblick lang wortlos an.

Dann atmete er tief durch und stellte leise fest: „Du zitterst ja."

Stimmt, das war ihr vorher gar nicht aufgefallen. Jetzt, da die Adrenalinwirkung der Verfolgungsjagd nachließ, spürte sie, wie die eisige Kälte ihrer feuchten Kleidung in ihre Knochen eindrang. Unwillkürlich begann sie, mit den Zähnen zu klappern.

Rhys bückte sich und streifte seine Stiefel ab.

„W-was tust du da?", fragte sie.

„Meine nassen Sachen ausziehen", erwiderte er tonlos. „Und du solltest besser dasselbe tun, wenn du nicht an Unterkühlung sterben willst. Um Wärme zu bewahren, legen wir uns auf deinen Umhang und nehmen meinen Mantel als Decke.

Mit etwas Glück schaffen wir es durch die Nacht, ohne uns eine tödliche Lungenentzündung zu holen."

~

Nie im Leben hätte Maggie sich vorstellen können, dass sie nach dem fehlgeschlagenen Schmuggelabenteuer ausgerechnet in dieser Situation enden würde: auf dem Boden einer stockdunklen Höhle in den Armen ihres ehemaligen Liebhabers.

Zunächst hatte sie steif wie ein Brett neben Rhys gelegen, verzweifelt darum bemüht, ihn nicht zu berühren. Gleichzeitig versuchte sie, ihren Körper daran zu hindern, wie Espenlaub zu zittern. Eine Minute später hatte er den Arm um ihre Schultern gelegt und sie an sich gezogen.

Bevor sie protestieren konnte, hatte er gebrummt: „Herrgott nochmal, ich werde schon nicht über dich herfallen! Ich will dich nur warm halten. Jetzt mach die Augen zu und versuche zu schlafen."

Nun lag sie also hier, nur in Chemise und Unterhose, gegen seine Seite gepresst. Ihr Kopf ruhte auf seiner warmen, muskulösen Brust, und sein regelmäßiger, rhythmischer Herzschlag versetzte sie in einen Zustand tiefer Entspannung. Zumindest in einer Hinsicht hatte seine Taktik bestens funktioniert: Ihr war nicht länger kalt, im Gegenteil. Eine glühende Hitze breitete sich in ihrem Körper aus.

An Schlaf war allerdings nicht zu denken. Seine Nähe brachte ihr Blut in Wallung und wirkte sich berauschend auf ihre Sinne aus. Nur der dünne Stoff seines Leinenhemdes trennte ihre Wange von seiner Haut, und sie spürte seinen harten Oberschenkel durch seine Hose an ihrem bestrumpften Bein. Seine Hand ruhte auf ihrer Hüfte, und mit jedem Atemzug stieg ihr sein würziger Duft in die Nase.

Gefährliche Gedanken gingen ihr durch den Kopf, Gedanken, denen sie keinesfalls nachgeben sollte.

Doch je mehr sie versuchte, die Erinnerungen zu unterdrücken, desto hartnäckiger drängten sie sich in ihr Bewusstsein: seine angespannten Schultermuskeln unter ihren Händen. Der elektrisierende Schock, als er in sie eindrang, sie mit jedem Stoß seiner Hüften näher an den Rand der Ekstase brachte. Die nicht enden wollenden Wogen der Lust, die sie überrollten, als sie den Höhepunkt erreichte, begleitet von den erotischen Lauten seiner eigenen Erlösung ...

Verflucht noch mal, benimm dich nicht wie ein Flittchen, schalt sie sich. *Geh endlich schlafen.*

Rhys für seinen Teil schien damit keine Probleme zu haben. Sein Brustkorb hob und senkte sich unter ihrer Hand in tiefen, regelmäßigen Zügen. Im Gegensatz zu ihr schienen ihn keine lüsternen Fantasien wachzuhalten.

Abgesehen von ihm war sie noch nie einem Mann so nahe gewesen. Zwischen ihr und Paul hatte es keine körperliche Intimität gegeben. Die Dunkelheit legte sich wie ein Kokon um ihre Sinne, schottete sie von jeglicher Logik und gesundem Menschenverstand ab. Sie fühlte sich wie eine Schlafwandlerin, die sich in einer Traumwelt verloren hatte. Die Sehnsucht in ihr wuchs und wuchs ... bis sie auch den letzten Rest ihrer Beherrschung sprengte.

Langsam fuhr sie in der stockfinsteren Stille mit den Fingern über sein Schlüsselbein, das unter seinem Hemdkragen hervorspitzte, hinauf über die kräftigen Sehnen seines Halses bis zu seinem stoppeligen Kinn.

Das angenehme Kratzen verursachte ihr Gänsehaut. Verwegen zeichnete sie den sorgfältig getrimmten Bart um seinen Mund nach. Bei ihrer ersten Begegnung war er glatt rasiert gewesen, weshalb sie nicht umhin kam, sich zu fragen, wie seine Gesichtsbehaarung sich wohl auf ihrer Haut anfühlen mochte ...

„Amüsierst du dich?"

Seine Stimme und der warme Hauch seines Atems an ihren Fingern rissen sie jäh aus ihren Fantasien. Hastig zog sie die Hand zurück, doch er war schneller, packte sie am Handgelenk und rollte sich in einer einzigen, eleganten Bewegung über sie.

Es war zu dunkel, um sein Gesicht ausmachen zu können, aber sie spürte, wie seine starke, sinnliche Präsenz sie umhüllte und ein gleißendes Feuer der Begierde in ihr entfachte.

Nicht. Verzweifelt kämpfte ihr Verstand gegen das pulsierende Verlangen ihres Körpers an. *Benimm dich nicht wie ein Flittchen!*

„Du hast es versprochen", presste sie hervor. „Du hast gesagt, du würdest nicht ... über mich herfallen."

„Werde ich auch nicht. Die Entscheidung liegt ganz bei dir." Seine Stimme war tief und samtig, ein heiseres Raunen, das sie noch mehr in Versuchung führte. „Sag mir, dass ich aufhören soll, und ich tue es."

Erst jetzt realisierte sie, dass er sich über ihr abstützte, ohne ihren Körper zu berühren. Eine seiner Hände lag lose über der ihren, sodass sie sich jederzeit zurückziehen konnte, wenn sie es wünschte. Sie konnte ihn aufhalten ... Wenn sie es wollte.

Ich will nicht, dass es aufhört.

„Ich bin kein Flittchen!", platzte sie heraus.

„Nein, bist du nicht. Und ich verstehe nach wie vor nicht, warum du das denkst." Zärtlich legte er ihr eine Hand an die Wange. „Du bist eine wunderschöne, fleißige, leidenschaftliche Frau, Maggie. Ich respektiere dich sehr."

Sie wünschte, sie könnte den Ausdruck in seinen Augen sehen, um festzustellen, ob darin ebenso viel Aufrichtigkeit lag wie in seinem Tonfall. „Wirklich?"

„Wirklich." Er fuhr mit dem Daumen über ihre Unterlippe. „Und weil ich dich respektiere, will ich ganz offen sein mit meinen Bedürfnissen und dem, was ich dir zu bieten vermag. Was ich von dir will, und was ich dir im Gegenzug zugestehen kann, ist die Leidenschaft des Augenblicks. Nicht mehr und nicht weniger."

Die Leidenschaft des Augenblicks. Gott, wie sehr sie sich danach *sehnte*, mit jeder Faser ihres Seins ... Aber sie durfte denselben Fehler nicht noch einmal begehen.

Endlich kehrte ihr gesunder Menschenverstand zurück. „Es darf keine ungewollten Konsequenzen geben ..."

„Ah, dafür gibt es eine einfache Lösung."

Sie konnte sich die Grübchen in seinen Wangen bildlich vorstellen, als er das sagte.

„Leider habe ich im Moment nichts bei mir, aber es gibt viele verschieden Arten, sich miteinander zu vergnügen, Maggie, ohne dass ich mich am Ende in dich ergieße."

Seine unverblümten Worte jagten ihr einen Schauer über den Rücken. Gleichzeitig wurde ihr bei der Vorstellung ganz heiß.

„Was sagst du, Liebling?", murmelte er. „Gestattest du mir, dir unbeschreibliche Lust zu bescheren, die keine Konsequenzen nach sich zieht?"

Konnte sie ihm vertrauen? Ehrlicherweise musste sie zugeben, dass er ihr damals kein Versprechen gegeben und daher auch keines gebrochen hatte. Seit seiner Rückkehr war er stets um sie bemüht gewesen, hatte sie vor ihrem Bruder in Schutz genommen, sich auf dem Markt gut um sie gekümmert und ihr sogar einen Kunden zurückgebracht. Und in dieser Nacht hatte er Kopf und Kragen riskiert, um sie und ihre Brüder vor den Zöllnern zu warnen.

Nun bot er ihr auch noch an, sich um ihre körperlichen Bedürfnisse zu kümmern, ohne Bedingungen, ohne Konsequenzen. Niemand würde je davon erfahren. Außerdem konnte er sie diesmal nicht verletzen, da sie keine unschuldige Närrin mehr war, sondern genau wusste, worauf sie sich einließ.

Auf eine Nacht unvergesslicher Leidenschaft.

Sie wollte ihn. Sie wollte ihn so sehr, dass es schmerzte. Jahrelang hatte sie sich jegliche Erfüllung ihrer Wünsche versagt.

Warum also sollte sie sein Angebot nun nicht annehmen, ihr die Befriedigung zu verschaffen, die ihr all die Jahre verwehrt geblieben war?

In der Dunkelheit war es nicht schwer, sich der Versuchung hinzugeben.

„Ja", hauchte sie.

Im nächsten Augenblick spürte sie seine heißen, fordernden Lippen auf den ihren, und stöhnte, als sie sein berauschendes Aroma kostete, nach dem sie sich seit ihrem letzten Kuss verzehrt hatte. Ein unbändiges Verlangen übermannte sie, und sie öffnete die Lippen, um seiner Zunge Einlass zu gewähren, sie mit ihrer eigenen verschmelzen zu lassen. Er stieß einen kehligen Laut aus, und sie vergrub die Finger in seinem dichten Haar, um ihn noch näher an sich heranzuziehen.

Er löste den Kuss und begann, an ihrem Ohrläppchen zu knabbern, bevor er ihren Hals mit Küssen bedeckte. Sie erschauderte, als die borstigen Stoppeln seines Bartes über ihre empfindliche Haut rieben, warf den Kopf zurück und keuchte auf, als er seinen Weg fortsetzte und erst ihr Schlüsselbein und dann die Stelle zwischen ihren Brüsten durch den Stoff ihrer Chemise küsste. Ihre steifen Brustwarzen reckten sich ihm entgegen, flehten förmlich darum, aus dem Unterkleid befreit zu werden.

Er ließ einen Finger über ihre Lippen und ihren Hals bis hinunter zum Saum ihres Dekolletés gleiten. Kurz verharrte er dort, dann hörte sie ein Ratschen und spürte, wie der Stoff riss. Bevor sie ihn dafür rügen konnte, ein funktionstüchtiges Kleidungsstück zerstört zu haben, umschloss er ihre entblößten Brüste mit seinen großen, kräftigen Händen und begann, sie zu kneten. Abermals warf sie den Kopf zurück und wimmerte vor Lust.

„Gott, ich liebe deine Titten", murmelte er mit belegter Stimme. „Sie sind wie gemacht für meine Hände."

Eigentlich hatte sie ihre Oberweite immer als zu üppig empfunden, aber nun musste sie zugeben, dass sie tatsächlich die perfekte Größe zu haben schien. Als wäre ihr gesamter Körper wie geschaffen für seine Liebkosungen. Sie stöhnte genüsslich auf, als er begann, ihre Knospen zu reiben und zu kneifen. Ein elektrisierender Schock durchfuhr sie, und eine feuchte Hitze breitete sich zwischen ihren Schenkeln aus.

„Deine Reaktionen sind so erotisch. So lieblich", lobte er sie mit heiserer Stimme. „Darf ich deine Titten küssen?"

„Ja", hauchte sie. Ein anderes Wort schien in ihrem Sprachschatz nicht mehr zu existieren.

Als seine Zunge über eine ihrer Brustwarzen glitt, keuchte sie vor Wonne auf und hob sich ihm entgegen. Dann schloss er die Lippen um die empfindliche Knospe und begann, daran zu saugen, und sie vergaß alles um sich herum. Empfindungen verdrängten Bedenken, Begehren ihre übliche Vorsicht. Alles, was zählte, war die unglaubliche Lust, die er ihr bescherte, die Leidenschaft, die sich wie flüssige Lava durch ihre Adern ausbreitete.

Er verwöhnte erst eine ihrer Brüste, dann die andere. Das quälende Verlangen in ihr wütete wie ein Sturm, baute sich zu einem unerträglichen Druck an ihrer intimsten Stelle auf. Plötzlich schob er seinen harten, muskulösen Oberschenkel zwischen ihre zitternden Beine und begann, ihn gegen ihre bedeckte Scham zu reiben, immer eindringlicher und schneller ...

Sie stöhnte laut auf, als das Feuerwerk der Ekstase in ihr

explodierte und sie mit nicht enden wollenden Wellen der Befriedigung überrollte.

„Bist du gerade gekommen?", fragte er, ebenso überrascht wie selbstgefällig klingend. „Allein dadurch, dass ich an deinen Brüsten gesaugt habe?"

„Äh ..." Sie errötete heftig und wusste nicht, was sie darauf antworten sollte, ohne wie ein wollüstiges Flittchen zu klingen. „Es ist schon eine Weile her, seit ich ... Ich meine, ich habe lange nicht ... Du weißt schon ..."

„Gott, ist das großartig!"

Ihre Wangen glühten nun regelrecht. „Du brauchst gar nicht so selbstgefällig zu klingen."

„Ich bin nicht selbstgefällig. Das hebe ich mir für die nächste Runde auf."

„Was passiert denn als Nächstes?", fragte sie neugierig.

„Ich dachte schon, du würdest nie fragen!"

Bevor sie etwas erwidern konnte, hatte er ihr die Unterhose ausgezogen und tauchte mit der Zunge spielerisch in ihren Bauchnabel ein. Als er die Hände auf ihre Oberschenkel legte und sie auseinanderdrückte, erstarrte sie.

Er hatte doch wohl nicht vor ... sie *dort unten* zu küssen?

Selbst in der Dunkelheit fühlte sie sich in dieser Position entblößt und verletzlich. „Rhys, was hast du ...?"

„Letztes Mal war ich nicht sehr einfallsreich während unseres Liebesspiels, nicht wahr?", murmelte er. „Ein bedauerlicher Umstand, den ich diesmal wettzumachen gedenke."

Als sie seine Zunge über ihre Scham gleiten spürte, stieß sie einen überraschten Schrei aus. Das durfte doch nicht ... Das *musste* eine Sünde sein! Aber, bei Gott, sie brachte es nicht über sich, ihn aufzuhalten. Seine großen, starken Hände auf ihren Schenkeln und seine glühenden Küsse auf ihrer intimsten Stelle ließen ihren Widerstand dahinschmelzen wie Schnee in der Sonne. Sie warf den Kopf zurück und vergrub die Finger in dem dünnen Stoff ihres Umhangs, während er sie mit seinen Lippen und seiner teuflischen Zunge verwöhnte.

„Gott, du schmeckst so unglaublich süß", murmelte er gegen ihre heiße, feuchte Haut. „Wie ein reifer Pfirsich. Noch viel köstlicher, als ich es mir vorgestellt hatte."

Er hatte sich vorgestellt, etwas derart Sündhaftes mit ihr zu tun?

„Ich will dich verwöhnen, bis du kommst, und dann jeden Tropfen deines Nektars auflecken", stöhnte er.

Sie wusste nicht, was sie erotischer fand, seine unanständigen Worte oder die berauschende Art, auf die sein geschickter Mund sie befriedigte. Seine Zunge begann, ihre Perle zu umkreisen und zu reizen, brachte sie mit jeder Berührung einer Bewusstseinsebene näher, in der Sinn und Verstand völlig von einer tiefen, brennenden Leidenschaft beherrscht wurden. Als er schließlich die Lippen um ihren empfindlichen Lustknoten schloss und hart daran saugte, gab sie sich mit einem lauten, lüsternen Schrei abermals ihrer Ekstase hin.

„Gott, du bist einfach fantastisch", knurrte er mit kehliger Stimme.

Einen Augenblick lang entfernte er sich von ihr, und sie hörte, wie er den Rest seiner Kleidung abstreifte. Bevor sie sich über die mangelnde Wärme und Nähe beschweren konnte, war er wieder zurück, und das Gefühl seiner samtigen Haut auf der ihren brachte den Funken ihrer Erregung abermals zum Glühen. Seine harten Muskeln bildeten einen erotischen Kontrast zu ihren weichen Rundungen. Sein drahtiges Brusthaar rieb mit jeder noch so kleinen Bewegung gegen ihre steifen Nippel, und sie konnte seine heiße, pulsierende Männlichkeit an ihrem Oberschenkel spüren.

„Ah, du fühlst dich so gut an, Maggie", presste er hervor.

„Du dich auch", flüsterte sie mit belegter Stimme.

„Schauen wir mal, ob dir das hier gefällt."

Er änderte leicht seine Position, und sie keuchte überrascht auf, als er begann, seinen riesigen, harten Schaft gegen ihre Scham zu reiben. Immer wieder schob er seine massive Erektion an ihrer Spalte auf und ab, ohne dabei in sie einzudringen. Der Nektar ihrer vorherigen Ekstase benetzte ihre Schamlippen und ließ ihn noch schneller und einfacher über sie gleiten. Sein Atem ging immer heftiger und schneller, während er sie beide auf diese Weise befriedigte, und als die heiße, geschwollene Spitze seines Glieds gegen ihre Perle stieß, spürte sie, wie ein Schwall weiterer Feuchtigkeit sich über seinen Schaft und ihre Schenkel verteilte.

„So ist es gut, Liebling, reib deine feuchte Pussy gegen meinen Schwanz", knurrte er. „Mach mich schön nass, während ich deine Perle verwöhne."

Seine sündhaften Worte und die unablässigen Stöße seiner Hüften ließen sie Sterne in der Dunkelheit sehen. *„Rhys ..."*

„Ich bin hier, Liebling. Komm für mich ... Komm mit mir!"

Sie spürte seinen heißen Atem auf ihrer Brust, bevor er seine Lippen um ihre steife Knospe schloss und daran zu saugen begann. Seine Zunge und sein Schaft fanden einen Rhythmus, der sie schier um den Verstand brachte. Verzweifelt vergrub sie die Finger in seinen seidigen Locken, als sich zu ihrem Staunen ein dritter Höhepunkt anbahnte. Jeder Muskel ihres Körpers spannte sich an, als sie ihre Ekstase ein weiteres Mal herausschrie.

„Verdammt, ja", stöhnte er. „Komm für mich, Maggie."

Er rieb seinen Schwanz noch ein, zwei Mal über ihre pulsierende Pussy, bevor er innehielt und erschauderte. Im nächsten Augenblick spürte sie seinen heißen Samen über ihren Bauch spritzen und an ihren Seiten hinunterlaufen. Der Duft seiner Befriedigung hing schwer und salzig in der Luft.

Nachdem er sie behutsam gesäubert hatte, zog er sie in seine

Arme und vergrub sich mit ihr unter seinem Mantel. Seine Lippen streiften zärtlich über ihre Schläfe.

Umhüllt von seiner Kraft und Wärme, schloss sie die Augen und lauschte dem stetigen Schlag seines Herzens. Und dem ihres eigenen. Und noch bevor sie über die Konsequenzen ihrer Tat nachgrübeln konnte, sank sie in einen tiefen, erholsamen Schlaf.

Kapitel Elf

Rhys blinzelte in die Dunkelheit. Seine anfängliche Verwirrtheit wich einer tiefen Genugtuung, als ihm wieder einfiel, wo er war und in wessen Begleitung er sich befand. Sofort regte sich seine morgendliche Erektion. Dann jedoch runzelte er die Stirn, als er realisierte, dass die warme, kurvige Frau, an die er gedacht hatte, nicht mehr in seinen Armen lag.

Der Platz neben ihm war verlassen. Kalt.

Hastig setzte er sich auf, wobei ihm sein Mantel vom Oberkörper rutschte. „Maggie?"

Als er in die Finsternis lauschte, hörte er sich nähernde Schritte. Im nächsten Augenblick wurde die Grotte von schwachem Licht erhellt und Maggie stand vor ihm, vollständig bekleidet und eine Laterne in der Hand haltend. Selbst nach den sinnlichen Anstrengungen der vergangenen Nacht sah sie zum Anbeißen aus. Das zimtbraune Haar fiel ihr in losen, seidigen Wellen bis zur Taille. Ihre Augen strahlten im Schein der Kerze, jedoch lag ein wachsamer Ausdruck darin.

„Du bist wach", stellte sie fest.

In ihrer Stimme schwang kein koketter oder anzüglicher

Unterton mit. Trotz der glühenden Leidenschaft und Intimität, die sie nur wenige Stunden zuvor geteilt hatten, gab sie sich steif und würdevoll wie eine Gouvernante. Aus irgendeinem Grund brachte ihre Geziertheit ihn zum Schmunzeln ... und animierte ihn dazu, unaussprechliche Dinge mit ihr anstellen zu wollen.

„Allerdings, und auch ein anderer Teil von mir ist munter", erwiderte er und sah demonstrativ hinunter auf seinen Schoß, wo sich sein harter Schwanz deutlich unter dem wollenen Mantel abzeichnete. „Das sollten wir besser ausnutzen, findest du nicht?"

Selbst im Halbdunkel konnte er sehen, wie sie errötete.

„Wir müssen uns beeilen", sagte sie knapp. „Gerade herrscht Ebbe, also können wir die Höhle ungehindert verlassen. Ich habe mich draußen umgesehen und konnte keine Zöllner entdecken."

Ach ja, richtig. Gut, dass zumindest einer von ihnen mit dem Kopf dachte, statt mit ... einem anderen Körperteil. Er erhob sich und verzog gequält das Gesicht, als er in seine Hose schlüpfte und sie über seiner pulsierenden Erektion zuknöpfte. Nachdem er auch den Rest seiner Kleidung angelegt hatte, machten sie sich auf den Weg zum Ausgang. Dank Maggies Vertrautheit mit dem Terrain waren sie schon bald zurück an der frischen Luft.

Es dauerte einen Moment, bis seine Augen sich an das gleißende Sonnenlicht gewöhnt hatten. Eine kühle Brise wehte über das Meer und trug die Schreie der Möwen mit sich. Rhys streckte sich und atmete tief ein.

„Ich habe keine Fußspuren auf dem Pfad gesehen, der zu der Stelle führt, wo ich mein Pferd angebunden habe", sagte sie und setzte sich in Bewegung. „Die Beamten müssen sich zurückgezogen haben, nachdem sie die Ware gesichert hatten. Es sei denn, sie sind meinen Brüdern hinterhergejagt ..."

Als er das Zittern in ihrer Stimme vernahm, schloss er zu ihr auf. „Darüber würde ich mir keine Sorgen machen. Deine Brüder sind beim ersten Anzeichen von Ärger wie die Kaninchen davongestoben."

Und haben dich zurückgelassen. Bei dem Gedanken verkrampfte sich sein Magen vor Wut. Was für Männer waren das, die ihre eigene Schwester in ihre Machenschaften verwickelten und sie dann sich selbst überließen?

„Sie haben Panik bekommen", beeilte sie sich, die drei zu verteidigen. „Bestimmt haben sie einfach nicht richtig nachgedacht."

„Ich glaube, sie haben überhaupt nicht gedacht, wenn man in Betracht zieht, was sie vorhatten. Und du ebenso wenig."

Sie blieb abrupt stehen und funkelte ihn wütend an. Ihr Umhang blähte sich in der steifen Brise, und ihre Haare fielen ihr wild und zerzaust um das blasse Gesicht. Sie sah aus wie eine heidnische Göttin. „Du bist nicht mein Lord und Meister. Ich muss vor dir keine Rechenschaft ablegen."

„O doch, das musst du."

Er wusste nicht, wer von ihnen überraschter war von seinen Worten. Dennoch konnte und wollte er seinen verdammten Beschützerinstinkt ihr gegenüber nicht zurückschrauben. Seit sie sich vor neun Tagen wiederbegegnet waren, hatte sie einen Schlag nach dem anderen einstecken müssen. Ihre kriminellen Brüder hatten sie im Stich gelassen, ihre Kunden und Rivalen hatten sie wie den letzten Dreck behandelt. Gleichzeitig musste sie sich um ihr Geschäft und den Haushalt kümmern.

Jede andere Frau, die er kannte – und auch die meisten Männer, wenn er ehrlich war –, wäre längst unter dem Druck zusammengebrochen oder hätte sich dem Alkohol und anderen Lastern zugewandt, so wie er selbst, als sein unbeschwertes, privilegiertes Leben den Bach hinunterging.

Aber Maggie war anders. Sie ließ sich nicht in die Knie

zwingen, dazu war sie viel zu verantwortungsbewusst, loyal und stur.

Und genau deshalb brauchte sie jemanden, der sie beschützte ... nicht zuletzt vor sich selbst.

Du bist nicht gerade ein Held, meldete sich seine innere Stimme stichelnd zu Wort.

Dem konnte er nicht widersprechen, denn immerhin wer er nicht in der Lage gewesen, seine Mutter oder seinen Hund vor dem Zorn seines Vaters zu retten.

Auch die Bemühungen um seine ehemalige Verlobte, Miss Tessa Todd, hatten in einem Desaster geendet. Sie war mit einem Kerl namens Harry Kent durchgebrannt, der sich als ihr Leibwächter ausgab und direkt unter Rhys' Nase mit seinem Schützling anbandelte. Rhys jedoch wollte sich nicht so einfach geschlagen geben. Deshalb spürte er die beiden auf, um Kent vor Tessa als Polizeibeamten zu entlarven, der verdeckt gegen ihren Großvater, einen einflussreichen Kriminellen der Londoner Unterwelt, ermittelte. Zugegebenermaßen hatte er mehr aus Gewinnsucht gehandelt als aufgrund seiner Gefühle für sie – er war lediglich an ihrer Mitgift interessiert gewesen –, aber zumindest hatte er sie nicht angelogen ... im Gegensatz zu dem Bastard Kent.

Nichtsdestotrotz hatte Tessa sich gegen *ihn* gerichtet, die Verlobung gelöst und ihn als den Schurken hingestellt. Mittlerweile waren sie und Kent glücklich verheiratet. Seiner Meinung nach hatten die beiden liebestollen Narren einander verdient.

Das Leben hatte ihn ein ums andere Mal gelehrt, dass emotionale Verbundenheit zu nichts als Kummer und Schmerz führte. Es war immer die gleiche Geschichte: Man verletzte diejenigen, die man liebte, und wurde im Gegenzug von ihnen verletzt. Ob nun vorsätzlich oder nicht, spielte dabei keine Rolle, das Endergebnis war immer dasselbe. Also musste er sich unbedingt gegen diese seltsame, törichte Sehnsucht wappnen, die Maggie in ihm wachrief. Eine Sehnsucht nach etwas, das er nie gekannt hatte und auch niemals kennenlernen würde.

Andererseits bedeutete das jedoch nicht, dass er nicht auf sie aufpassen konnte. Immerhin wäre das die ehrenhafte Art eines Gentlemans. Außerdem waren sie beide vernünftige Erwachsene, denen es doch wohl möglich sein müsste, zusammenzuarbeiten und miteinander zu schlafen, ohne eine übermäßig emotionale Bindung zueinander aufzubauen. Solange sie sich darauf einigten, dass es sich um eine zeitlich begrenzte, lockere Affäre handelte, würde niemand verletzt werden.

Mit einem Anflug von Zuversicht redete er sich ein, dass dieses Arrangement für sie beide von Vorteil wäre, sowohl in professioneller Hinsicht als auch in persönlicher.

Leider schien Maggie bislang nicht zu derselben Einsicht gelangt zu sein. Die Hände in die Hüften gestemmt, verkündete sie: „Du hast kein Recht, dich in mein Leben einzumischen! Was letzte Nacht geschehen ist, ändert nichts zwischen uns."

„Da bin ich anderer Ansicht", erwiderte er gedehnt, nur darauf wartend, dass sie anbiss, damit er die Falle zuschnappen lassen konnte.

„Deine Ansichten kannst du dir sonst wohin stecken!" Aufgebracht setzte sie sich wieder in Bewegung, und er fand die Art, wie sie durch den Sand stapfte, auf bizarre Weise niedlich. „Du hast selbst gesagt, dass es nur ein Augenblick der Leidenschaft war. Ohne Bedingungen oder Konsequenzen."

„Du musst dich nicht vor mir rechtfertigen, weil wir miteinander geschlafen haben", sagte er und hielt der Theatralik wegen inne. „Sondern weil ich dein Arbeitgeber bin."

Sie wirbelte zu ihm herum und starrte ihn ungläubig an. „Ich habe nie gesagt, dass ich für dich arbeiten würde!"

„Aber das wirst du."

„Ach ja? Und weshalb bist du dir da so sicher?" Ihre smaragdgrünen Augen sprühten Funken.

Wenn er eines über sie wusste, dann, dass sie eine stolze Frau war, die es niemals versäumen würde, ihre Schulden zu begleichen.

Mit kühler Berechnung spielte er seinen Trumpf aus. „Weil du mir etwas schuldig bist, Maggie."

~

Seine Worte sprengten die Mauern ihrer Verteidigung, zerteilten den Mantel ihrer Wut wie eine haarscharfe Klinge und konfrontierten sie mit der unumstößlichen Wahrheit.

Sie schuldete ihm tatsächlich etwas. Dafür, dass er ihr Pickering-Parks zurückgebracht hatte. Dafür, dass er zur Stelle gewesen war, um ihre Brüder zu retten ... Um *sie* zu retten.

Letzte Nacht war es so einfach gewesen, sich der Leidenschaft hinzugeben, sich im Schutz der Dunkelheit verführen zu lassen. Doch im Licht des Tages wurde ihr einmal mehr bewusst, wie riskant es gewesen war, ihn wieder in ihr Leben zu lassen, und sei es nur als zwanglosen Liebhaber.

Beschämt dachte sie daran, wie schnell sie seinem Charme erlegen war. Wie willig sie auf seine Berührungen und verruchten Worte reagiert, ihre Prinzipien über Bord geworfen und sich wie ein lüsternes Flittchen verhalten hatte ... Und nun musste sie die Zeche bezahlen und für diesen verfluchten Mann arbeiten!

Stünde ich nicht in seiner Schuld, würde ich ihm eine kräftige Ohrfeige verpassen, dachte sie, während ihr die Schamesröte ins Gesicht stieg.

Er legte einen Finger unter ihr Kinn und hob es an, zwang sie, ihm in die Augen zu sehen. „Warum wirst du so rot?"

„Werde ich nicht!", erwiderte sie unwirsch und schlug seine Hand weg.

„Dein Gesicht ist rosiger als der Morgenhimmel. Du denkst an letzte Nacht, nicht wahr?"

„Was geschehen ist, war ein Fehler."

„Nein, es war absolut perfekt." Er trat an sie heran und stützte sich mit den Händen zu beiden Seiten ihres Kopfes an der Felswand ab. Seine Augen funkelten wie Golddublonen. „Der Fehler ist das, was dir gerade durch den hübschen Kopf geht."

Ihr verräterisches Herz setzte einen Schlag aus, als er sie „hübsch" nannte.

„Du weißt überhaupt nicht, was ich gerade denke", erwiderte sie schnippisch.

„Du bereust unsere Liebesnacht. Du glaubst, weil du dich mir hingegeben hast, bist du weniger achtbar." Er hielt kurz inne und sah ihr tief in die Augen. „Und du bist versucht, mir eine reinzuhauen."

Sie starrte ihn ungläubig an. „Ach, kannst du jetzt auch noch Gedanken lesen?"

„Deine zumindest. Verflucht, was braucht es noch, um dir begreiflich zu machen, dass aufrichtige Leidenschaft zwischen zwei einwilligenden Partnern nichts Verwerfliches ist?"

„Du hast sündhafte Dinge zu mir gesagt", platzte sie anklagend heraus. „Dinge, die du niemals zu einer Dame sagen würdest, die du respektierst."

Er runzelte die Stirn. „Was habe ich denn gesagt?"

„Das werde *ich* ganz sicher nicht wiederholen!"

Plötzlich schien ihm ein Licht aufzugehen, und seine Mundwinkel zuckten amüsiert.

„Was ist daran so lustig?" Wäre sie nicht so eingeengt, würde sie die Arme vor der Brust verschränken. Aber so musste sie sich mit einem wütenden Blick zufriedengeben.

Leider brachte ihn das nur noch mehr zum Lächeln. Ein

verschmitztes Lächeln, das seine attraktiven Grübchen zum Vorschein brachte.

„War es das Wort *Pussy*, an dem du Anstoß nimmst?", fragte er unschuldig. „Oder die Tatsache, dass ich es genossen habe, dich zu lecken und meinen Schwanz an deiner süßen, kleinen Perle zu reiben?"

„*Sei still!*" Obwohl sie wusste, dass niemand sonst in der Nähe war, sah sie sich hastig nach allen Seiten um. „So etwas Verruchtes kannst du nicht in der Öffentlichkeit sagen."

„Tue ich für gewöhnlich auch nicht. Und ich sage diese Dinge auch nicht aus Respektlosigkeit zu einer Dame, sondern hebe sie mir für Partnerinnen auf, deren aufrichtige Leidenschaft in intimen Momenten ich schätze und respektiere."

Dieser Schuft hatte auch wirklich auf alles eine passende Antwort parat! Dennoch konnte sie nicht leugnen, dass seine Ehrlichkeit sie ein wenig besänftigte. Nun gab es allerdings eine andere Frage, die ihr auf der Zunge brannte: „Zu wie vielen Damen hast du derartige Dinge schon gesagt?"

Er warf den Kopf zurück und lachte lauthals auf.

Irritiert versuchte sie, ihn an den Schultern von sich zu schieben, doch es war sinnlos. Seine Muskeln waren so hart wie der Fels hinter ihr. Im nächsten Augenblick zog er sie an sich und küsste sie, bis ihr die Luft wegblieb. Ihr wurde schwindelig, und ihre Knie drohten nachzugeben. Nur seine Arme und die Steinwand hielten sie aufrecht.

„Meine süße Maggie", murmelte er. „Du bist einfach hinreißend, insbesondere, wenn du eifersüchtig bist."

„Das bin ich nicht", log sie. „Warum sollte es mich kümmern, was du zu anderen Liebhaberinnen sagst?"

„Gute Frage. Eines möchte ich jedoch klarstellen: Es wird keine anderen Liebhaber geben, während wir ein Verhältnis miteinander haben. Weder für dich noch für mich."

Sein scharfer Tonfall überraschte sie ebenso sehr wie die Worte selbst.

„Wir haben kein Verhältnis", protestierte sie.

„Ich habe dich gerade geküsst, bis uns beiden die Luft wegblieb", gab er zu bedenken. „Ich bin steinhart und möchte wetten, dass auch deine, äh, unaussprechlichen Körperregionen ähnlich reagiert haben."

Als sie das amüsierte Funkeln in seinen Augen bemerkte, runzelte sie irritiert die Stirn. „Warum führen wir diese Diskussion überhaupt? Du willst doch gar keine Beziehung. Um Himmels willen, du findest allein den Gedanken an ein *Haustier* unerträglich!"

„Für dich würde ich eine Ausnahme machen", erwiderte er, nach wie vor sichtlich erheitert. „Aber um auf den eigentlichen Punkt zu kommen: Wir verstehen uns doch, oder nicht? Wir sind erwachsene Menschen, die dazu in der Lage sind, die Leidenschaft des Augenblicks auszukosten, solange dieser andauert. Dabei müssen wir uns nicht den lästigen Konventionen traditioneller Beziehungen unterwerfen."

„Wir schlafen also miteinander, bis einer von uns des anderen überdrüssig ist", fasste sie in trockenem Tonfall zusammen. „Verstehe ich das richtig?"

„Vergiss nicht den Aspekt der Monogamie."

„Warum ist dir das so wichtig, wenn es dir eh nur um das Körperliche geht?", fragte sie verzweifelt.

Er runzelte leicht die Stirn. „Ich habe nie gesagt, dass es mir nur darum ginge."

„Was soll ,*Leidenschaft des Augenblicks*' denn sonst bedeuten?", fragte sie spitz.

„Ich will nicht leugnen, dass es für mich der Gipfel der Leidenschaft ist, mit dir zu schlafen. Aber deine Gesellschaft bringt auch andere Vorzüge mit sich."

Sie bemühte sich nicht, ihre Skepsis zu verbergen. „Ach ja? Und welche?"

„Ich genieße es, mich mit dir zu unterhalten. Ich bewundere deine Intelligenz und Entschlossenheit, die Tatsache, dass du dich von niemandem einschüchtern oder in die Knie zwingen lässt. Mir gefällt, wie vernünftig und praktisch veranlagt du im Allgemeinen bist." Er hielt kurz inne und fügte dann mit leicht belegter Stimme hinzu: „Und die prüde Art, auf die du dich kleidest, macht mich scharf, weil ich genau weiß, welche glühende, großzügige Hingabe sich dahinter verbirgt."

Seine Worte brachten ihren Puls zum Rasen, und einen Moment lang konnte sie ihn nur wortlos anstarren. Niemand hatte jemals etwas Ähnliches zu ihr gesagt. Niemand hatte diese Eigenschaften jemals an ihr *bemerkt*, dessen war sie sich sicher.

„Hat es dir die Sprache verschlagen, Liebling?", murmelte er und fuhr sanft mit dem Daumen über ihre Unterlippe. „Darf ich dein Schweigen als Zustimmung werten, dass wir in der Tat ein Verhältnis haben?"

Widerspreche ihm. Sag ihm, dass es nur diese eine Nacht war, ein Fehler, nichts weiter.

Doch ihre Sinne waren völlig berauscht von der Erinnerung an ihr Liebesspiel. Sie fühlte sich erfrischt, gestärkt und entspannt. Ein Verhältnis mit ihm würde endlich die fleischlichen Gelüste befriedigen, derer sie sich nicht länger erwehren konnte. Zudem nahm seine Nähe ihr die Angst, dass ihre Bedürfnisse falsch, lüstern oder anstößig sein könnten.

Mit ihm fühlte sie sich ... schön. Begehrenswert.

Und genau darin lag die Gefahr.

„Ich ... ich muss darüber nachdenken." Bevor sie ihren Entschluss bereuen konnte, wandte sie sich ab und marschierte weiter.

„In Ordnung. Wir lassen es langsam angehen, lernen uns

Tag für Tag besser kennen." Er schloss mühelos zu ihr auf. „Wo wir schon beim Thema sind, würde mich eines interessieren: Warum hegst du eine solche Abneigung gegen intime Worte? Hat dein Mann sie denn nie benutzt, wenn ihr euch geliebt habt?"

Die Frage traf sie völlig unvorbereitet. Allein die Vorstellung, dass Paul auf verbale – oder körperliche – Weise Intimität ausgedrückt haben könnte, war völlig absurd. Undenkbar. Er war einfach nicht diese Art von Mann gewesen.

Aber eher würde sie sterben, als Rhys die Wahrheit anzuvertrauen.

„Meine Ehe geht dich nichts an", erwiderte sie daher.

„Diskretion ist eine deiner vielen bewundernswerten Tugenden", sagte er leichthin. „Und wie es der Zufall will, bin ich auf der Suche nach einer Fossilienjägerin, der ich vertrauen kann. Eine, die imstande ist, die Einzelheiten über mein Vorhaben für sich zu behalten."

Verflucht sei dieser Mann! Sein Charme war geschmeidiger und verlockender als eine Tasse heiße Schokolade.

Sie seufzte resigniert auf, bevor sie fragte: „Worum genau geht es bei diesem Auftrag?"

„Nimmst du ihn an?"

In Gedanken wägte sie ihre Optionen ab, obwohl sie tief im Inneren bereits wusste, wie ihre Antwort lauten würde. Immerhin schuldete sie ihm tatsächlich etwas. Und das Honorar, das er ihr zahlen wollte, würde zumindest ihr dringendstes Problem aus der Welt schaffen.

„Du wirst mir fünfhundert Pfund dafür zahlen, wie versprochen?", fragte sie und musterte ihn forschend. „Wenn ich diesen Auftrag annehme, werde ich meine Arbeit für Mr Pickering-Parks aufschieben müssen, und wie ich ihn kenne, wird er sich das nicht gefallen lassen, also verliere ich einen langjährigen Kunden."

Was für eine Erleichterung es wäre, mich nicht mehr bei diesem knauserigen Hohlkopf einschleimen zu müssen.

„Fünfhundert Pfund im Voraus", bestätigte Rhys. „Wenn du mich zurück zum Anwesen meines Onkels begleitest, kannst ich dir das Geld direkt heute noch geben."

Endlich, *endlich* war die finanzielle Absicherung ihrer Familie in greifbare Nähe gerückt.

Nach und nach lösten sich sämtliche Gegenargumente in Luft auf. Ihre anfängliche Wut auf ihn war verflogen. Wenn sie ehrlich war, musste sie zugeben, dass sie in erster Linie wütend auf sich selbst gewesen war. Was Glory anbelangte, hatte er ihr geglaubt, als sie seine Vaterschaft verneinte, und schien ihre Antwort weder zu hinterfragen noch den Verdacht zu hegen, dass das Mädchen doch von ihm sein könnte. Und selbst wenn, würde er diesbezüglich wahrscheinlich nichts weiter unternehmen.

Ein Kind anzuerkennen, würde ihn in seiner Freiheit einschränken, die ihm ach-so-wichtig war. Außerdem wusste sie, dass sich hinter seinem verwegenen Auftreten ein edelmütiges Herz verbarg. Ihre Intuition sagte ihr, dass ein Mann, der ihr mehrfach zu Hilfe geeilt war und sie vor ernsthafter Gefahr bewahrt hatte, nicht so grausam sein würde, ein kleines Mädchen als unehelich zu enttarnen und es dem damit verbundenen Kummer und Leid auszusetzen.

Maggie war ehrlich genug, sich einzugestehen, dass sie hauptsächlich um ihr eigenes Wohl besorgt war. Zeit mit Rhys zu verbringen, würde in ihr die Sehnsucht nach Dingen wecken, die sie nicht haben konnte. Wenn sie sich auf eine Zusammenarbeit und ein Verhältnis mit ihm einließ, musste sie ihre Gefühle um jeden Preis beschützen.

Auf keinen Fall durfte sie Hoffnung aufkeimen lassen oder seine Güte und Leidenschaft mit Liebe verwechseln.

Ich schaffe das. Wenigstens einmal im Leben will ich mir etwas gönnen, den Augenblick genießen.

Sie hielt inne und holte tief Luft, bevor sie ihm die Hand entgegenstreckte. „Also gut, ich nehme den Auftrag an."

„Hervorragend." Mit einem Lächeln schüttelte er ihr die Hand, bevor er sie an seine Lippen führte. „Und ich kann mich auf deine Diskretion verlassen?"

„Darauf gebe ich dir mein Wort." Hastig löste sie sich aus seinem Griff und versuchte zu ignorieren, wie sehr ihre Knöchel kribbelten. „Also, was genau soll ich für dich tun?"

Sich gegen den zartrosa Morgenhimmel abhebend, mit seinem vom Wind zerzausten, dunklen Haar und dem spitzbübischen Funkeln in den Augen, wirkte er mehr denn je wie ein gesetzloser Gentleman. Elegant und skrupellos. Fähig, nicht nur Schätze zu stehlen, sondern auch das Herz einer Frau.

Eine prickelnde Gänsehaut überzog ihren Körper, als er ihr ein verwegenes Lächeln schenkte. „Nun, Maggie ... Warst du schon jemals auf einer richtigen Schatzsuche?"

Kapitel Zwölf

Als Rhys sich am darauffolgenden Nachmittag in sein Arbeitszimmer begeben wollte, wurde er von Quince abgefangen.

„Das ist gerade für Sie eingetroffen", sagte der Butler mit seiner üblichen Trauermiene.

Rhys nahm den Brief entgegen, den der alte Mann ihm auf einem Silbertablett präsentierte. Er runzelte die Stirn, als er die Handschrift seines Verwalters erkannte. „Danke. Übrigens erwarte ich heute Besuch. Führen Sie Mrs Foley bitte in den Salon, wenn sie eintrifft."

„Sehr wohl, Euer Gnaden."

„Was das anbelangt ... Wie bereits erwähnt, möchte ich während meines Aufenthalts inkognito bleiben. Bitte sehen Sie in Mrs Foleys Gegenwart daher von der förmlichen Anrede ab. Für die Dame bin ich nämlich einfach nur Rhys Jones."

Falls der Butler sich über diese Anweisung wunderte, zeigte er es nicht, sondern verneigte sich nur und schlurfte davon. Allerdings hatte der vorherige Hausherr sich ebenfalls bewusst von seinem glorreichen Familienstammbaum abgeschottet. Während Rhys seinen Weg in Richtung Arbeitszimmer fortsetzte, konnte er sich der aufkeimenden Gewissensbisse nicht erwehren. Aber er log Maggie ja nicht an, denn immerhin war er Mr Rhys Jones.

Er war nur noch nicht bereit zuzugeben, dass er auch den Titel des Herzogs von Ranelagh und Somerville trug. Zunächst einmal deswegen, weil ihm nach wie vor die Halsabschneider auf den Fersen waren, und je weniger Menschen seine wahre Identität kannten, desto besser. Zweitens hegte er den Verdacht, dass Maggie auf den Standesunterschied zwischen ihnen nicht sonderlich positiv reagieren würde. Je mehr Zeit er mit ihr verbrachte, desto besser verstand er ihre Zweifel und Unsicherheiten. Immer wieder war sie zu der Überzeugung gelangt, dass er sie nicht respektierte und keine vollwertige Dame in ihr sah, was der Wahrheit nicht ferner liegen könnte.

Er kannte Gräfinnen, die ihr in Sachen Würde weitaus unterlegen waren, und Herzoginnen, die ihrem Stolz bei Weitem nicht das Wasser reichen konnten.

Vielleicht hatte er es deshalb auch versäumt zu erwähnen, dass er bis zum Hals in Schulden steckte und auf der Flucht war. Er schämte sich seiner Vergangenheit. Keinesfalls wollte er seine Schwächen vor Maggie offenbaren und ihr einen schlechten Eindruck von sich vermitteln.

Hör auf, dich wie ein einfältiger Schwächling zu benehmen, schalt er sich. *Sie wird schon noch erfahren, was sie wissen muss, wenn die Zeit gekommen ist.*

In seinem Arbeitszimmer angekommen, steuerte er direkt auf den Schreibtisch zu, schnappte sich den Brieföffner und öffnete Newtons Schreiben.

Euer Gnaden,

Wie Sie mir vor Ihrer Abreise aus London auftrugen, habe ich mich in Ihrem Namen umgehört und möchte Sie nun darüber informieren, dass ich eine mögliche Kandidatin gefunden habe, die Ihren Anforderungen entspricht: Miss Gretchen Sharpe, einzige Tochter und Erbin von Mr Thomas Sharpe, einem Unternehmer aus New York.

Die Sharpes zeigen sich mit Ihren Forderungen einverstanden und freuen sich darauf, Sie persönlich kennenzulernen und eine Abmachung zu verhandeln, die beiden Partien zugutekommt.

Bitte teilen Sie mir mit, wie Sie weiter vorzugehen gedenken.

Ihr ergebenster Diener
Arthur Newton

Teufel noch eins. Das hatte er beinahe völlig vergessen. Bevor er untergetaucht war, hatte er Newton aufgetragen, nach einer Erbin Ausschau zu halten, deren Vermögen ausreichen würde, um seine Schulden abzudecken. Allerdings versprach er sich nicht allzu viel davon, weil er glaubte, dass ein allgemeiner Mangel an Damen mit üppiger Mitgift herrsche.

Offensichtlich hatte er die Zahl heiratsfähiger Erbinnen sowie die Gewissenhaftigkeit seines Verwalters gehörig unterschätzt. Letzteres war töricht gewesen, immerhin war Arthur Newton ein Mann von höchster Loyalität und Zuverlässigkeit. Seit Rhys ihm einmal einen Gefallen getan hatte, bemühte er sich, ihm seine Großzügigkeit zurückzuzahlen. Und nun hatte Newton allem Anschein nach die Lösung für sein Schuldenproblem gefunden.

Der Nachteil war nur, dass er dafür einen Höllenkreis gegen den nächsten austauschen musste.

Ich habe meinen Teil der Abmachung erfüllt, indem ich dich geheiratet habe, du orientalisches Miststück!

Die grausamen Worte seines Vaters ereilten ihn und zerrten

ihn zurück in die stickige Dunkelheit im Kleiderschrank seiner Mutter, ein Versteck, das er in seiner Panik notgedrungen aufgesucht hatte. Eigentlich durfte er gar nicht dort sein, denn der Herzog hatte ihm mehrmals eingeschärft, dass Rhys der Zutritt zu den Privatgemächern seiner Mutter nicht gestattet war.

Als er zwölf Jahre alt war, hatte er jedoch genug von der unbarmherzigen, herrischen Manier seines Vaters. Am Tag zuvor hatte der Herzog Miss Yardley, Rhys' aktuelle Gouvernante, gefeuert, und als er dagegen protestierte, musste er bitterlich dafür bezahlen.

Du bist auch so schon schwächlich genug, Junge, hatte Seine Gnaden gezischt. *Ich lasse nicht zu, dass du vollkommen verweichlichst. Lass dir das eine Lehre sein: Ein wahrer Mann ist nicht auf andere angewiesen.*

Diese Lektion hatte er bereits ein ums andere Mal über sich ergehen lassen müssen, aber diesmal hatte Rhys sich gegen seinen Vater aufgelehnt und, einem Instinkt folgend, seine Mutter aufgesucht. In den wenigen Momenten, die er mit ihr verbringen durfte, redete sie nie mit ihm, zumindest nicht in einer Sprache, die er verstand. Manchmal lächelte sie ihn jedoch an, und er bewunderte die Schönheit ihrer langen, schwarzen Haare und strahlenden, bernsteinfarbenen Augen.

Er wusste nicht einmal genau, warum er zu ihr gekommen war, warum er geglaubt hatte, sie zu sehen, würde alles besser machen.

Jetzt wirst du gefälligst dein Versprechen einhalten und mir einen richtigen Erben liefern, hatte der Herzog gebrüllt.

Das herzzerreißende Schluchzen seiner Mama war durch die Schranktüren zu ihm hereingedrungen, und dann hatte sie einen furchtbaren Laut ausgestoßen, der ihm das Blut in den Adern gefrieren ließ ... der Schrei eines tödlich verwundeten Tieres, wie Bailey damals kurz vor seinem Tod.

Mach die Beine breit, du dreckige Schlampe!, hatte sein Vater wütend angeordnet. *Noch weiter auseinander, na los ...*

Rhys drängte die Erinnerung zurück in die Tiefen seines Bewusstseins. Er wusste genau, wie die Szene endete.

Die Vorstellung eines häuslichen Alltags – oder irgendjemanden an sich heranzulassen – ängstigte ihn. Nichtsdestotrotz hatte er sich damit abgefunden, dass ihm wahrscheinlich nichts anderes übrig blieb, als für Geld zu heiraten. Sollte es dazu kommen, hatte er sich geschworen, keinesfalls ein solcher Ehemann und Vater zu werden, wie sein eigener es gewesen war.

Nun jedoch bot sich ihm noch ein anderer Ausweg. Sein Onkel hatte ihm einen verborgenen Schatz hinterlassen ... und mit Maggies Hilfe schien dieser zum Greifen nahe. Und obwohl ihr Verhältnis rein zwangloser Natur war, schaffte sie es, ihn von seinen Sorgen abzulenken. Tatsächlich genoss er ihre Gesellschaft ebenso sehr wie die Vorzüge ihres sinnlichen Körpers.

In ihrer Nähe fühlte er sich nicht mehr so ... einsam.

Am liebsten hätte er Newton angewiesen, die Brautsuche auf sich beruhen zu lassen, aber er wusste, dass das nicht möglich war. Immerhin bestand das Risiko, dass er den Schatz doch nicht fand. Oder dass dieser nicht so beeindruckend war, wie Horatio es behauptete. In dem Fall wäre Miss Sharpes Mitgift weiterhin seine letzte Hoffnung, das Einzige, was ihn vor den mörderischen Absichten zweier skrupelloser Geldverleiher bewahren würde.

Rhys war stets darauf aus, auf Nummer sicher zu gehen. Vor allem, wenn er gegen sich selbst wettete.

Also entschied er sich für einen Kompromiss: In seiner Antwort wies er Newton an, die Sharpes noch zwei Wochen lang hinzuhalten. Sollte er in dieser Zeit keine Fortschritte bei seiner Schatzsuche erzielt haben, standen die Chancen schlecht, dass er ihn jemals finden würde. Nach Ablauf dieser Schonfrist würde er seine Situation noch einmal überdenken und seine nächsten Schritte planen.

Zwei Wochen Freiheit. Zwei Wochen, um einen legendären Juwelenschatz zu finden.

Zwei Wochen, die er mit Maggie verbringen konnte.

Gerade, als er dem Brief sein Siegel aufdrückte, hörte er Stimmen im Korridor. Erwartungsvoll erhob er sich, und im nächsten Augenblick betrat Quince den Raum, gefolgt von Maggie, wie ein strahlender Frühlingsmorgen, der nach einer grauen Winternacht Einzug hielt. Obwohl ihr Haar wie gewohnt zu einem strengen Knoten zusammengefasst war und sie nach wie vor ihre trostlose Trauerkleidung trug, gepaart mit einer abgenutzten Ledertasche über der Schulter, raubte ihre natürliche Sinnlichkeit ihm den Atem.

Bei Gott, es war gerade mal einen Tag her, seit er sie das letzte Mal gesehen hatte, und dennoch verzehrte er sich nach ihr, wollte sie am liebsten an Ort und Stelle nehmen.

Nachdem er sich für seinen Mangel an Selbstbeherrschung gerügt sowie Quince fortgeschickt hatte, wandte er sich ihr zu und verneigte sich. „Du siehst absolut bezaubernd aus."

Sie errötete und trat unbehaglich von einem Fuß auf den anderen. Offensichtlich war sie es nicht gewohnt, dass man ihr schmeichelte. Sofort verspürte er das Bedürfnis, sie mit Komplimenten und Liebesgeflüster zu überhäufen, eine Geste der Zuneigung, die viele Damen der Gesellschaft als selbstverständlich erachteten. Erst da wurde ihm bewusst, dass er Maggie noch nie etwas geschenkt hatte ... mit Ausnahme der unglücklichen Fünfzig-Pfund-Note, die er ihr nach der ersten gemeinsamen Nacht unbedacht hinterließ.

Allein die Erinnerung ließ ihn innerlich erschaudern. Gleichzeitig musste er sich jedoch auch eingestehen, dass er gegenwärtig finanziell nicht in der Lage war, ihr Diamantcolliers zu kaufen oder unbeschränkte Besuche bei der Modistin zu ermöglichen, wie er es bei früheren Liebhaberinnen getan hatte. Nichtsdestotrotz wollte er ihr ein kleines Zeichen seiner Wertschätzung zukommen lassen, selbst wenn es nur ein Kleinod von geringem Wert war.

„Vielen Dank", erwiderte sie mit einem schüchternen Lächeln und legte ihre Tasche auf einem der Stühle vor dem Schreibtisch ab. „Dein Heim ist wirklich beeindruckend."

Diese alte Bruchbude sollte beeindruckend sein? Von wegen! Er musste an seinen Familiensitz in Northumberland denken, ein weitläufiges Anwesen, umgeben von mehreren Hundert Morgen Land. Allerdings hatte sein Vater das Grundstück völlig verwahrlosen lassen, und Rhys besaß nicht die nötigen Mittel, um ihm wieder zu seinem einstigen Glanz zu verhelfen.

Unvermittelt tauchte ein ungebetenes Bild vor seinem geistigen Auge auf: Maggie inmitten des blühenden Gartens seines prunkvoll renovierten Landsitzes, gekleidet in ein edles Gewand. Um den Hals und an den Ohren trug sie die exotischen Juwelen der ehemaligen Herzogin, das einzige Andenken, das ihm von seiner Mutter geblieben war. Obwohl er sich selbst dafür verachtete, brachte er es einfach nicht übers Herz, den Schmuck zu verkaufen. Jedenfalls weckte diese Fantasie ein seltsames, intensives Verlangen in ihm, das er ebenso energisch unterdrückte.

„Von wegen! Onkel Horatio hatte mit häuslichen Angelegenheiten nie viel am Hut", sagte er ausweichend. „Das liegt wohl in der Familie."

Neugierig legte sie den Kopf schief. „Heißt das, du besitzt ein eigenes Anwesen?"

Er bewegte sich auf dünnem Eis, das wusste er, aber er wollte sie nicht anlügen. „Es gibt einen Landsitz in Northumberland. Meine Eltern lebten dort bis zu ihrem Tod."

„Glory erwähnte, dass sie verstorben sind. Das tut mir leid."

„Muss es nicht. Mein Vater war ein Bastard. Wir haben uns nie verstanden", erwiderte er tonlos.

Ihr mitfühlender Blick ruhte unverwandt auf ihm. „Und deine Mutter? Standest du ihr nahe?"

Grundsätzlich sprach er nie über seine Mutter, aber aus irgendeinem Grund drängte Maggies aufrichtige Neugier ihn dazu, sich ihr gegenüber zu öffnen.

„Nicht wirklich", sagte er knapp. „Sie war Chinesin, die Tochter eines Kaufmanns, mit dem mein Vater geschäftlich zu tun hatte. Da sie kein Englisch sprach, war unsere Kommunikation eingeschränkt. Sie war oft krank und ich habe sie kaum zu Gesicht bekommen. Sie starb, als ich zwölf war."

Angespannt wartete er auf Maggies Reaktion. Würde die Tatsache, dass er ein Mischling war, sie anwidern? Sie faszinieren? Mit beidem war er bestens vertraut.

„Meine Mama starb, als ich dreizehn war", sagte sie leise. Das sanfte Mitgefühl, das ihre laubgrünen Augen nach wie vor erstrahlen ließ, schnürte ihm die Brust ab. „Ich vermisse sie immer noch sehr."

„Wie stark man den Verlust empfindet, ist wohl davon abhängig, wie nahe man der Person gestanden hat." Ein weiterer Grund, tiefgehende Beziehungen zu vermeiden. Sie waren unnötig kompliziert und endeten in Trauer und Schmerz.

Sie nickte und zögerte kurz, bevor sie fragte: „War es schwer?"

„Wie ich schon sagte, ich kannte sie kaum."

„Nein, ich meinte nicht das, sondern das ... anders sein."

Ihr Scharfsinn glitt wie ein Skalpell durch die knorpeligen Vernarbungen seiner Vergangenheit und legte die zarte, verletzliche Haut darunter frei. Ein seltsamer, bittersüßer Schmerz durchfuhr ihn, und er runzelte unwillkürlich die Stirn.

„Ich wollte nicht aufdringlich sein", beeilte sie sich zu sagen. „Es ist nur ... Als eine Goode weiß ich, wie es sich anfühlt, für etwas verurteilt zu werden, über das man keine Kontrolle hat."

In ihren klaren Augen sah er ein Spiegelbild seiner selbst, das er nie zuvor erblickt hatte. Er fühlte sich ungeschützt, entblößt, und das gefiel ihm überhaupt nicht.

Um sie von dem Thema abzulenken, streckte er eine Hand aus und strich ihr eine lose Strähne hinters Ohr. Anschließend ließ er seine Finger bedächtig über ihre Wange und an ihrem Hals hinuntergleiten, bis zu dem flatternden Pulspunkt über dem hochgeschlossenen Kragen ihres biederen Kleids. Abermals errötete sie.

„Ich habe festgestellt, dass es durchaus seine Vorzüge hat, andersartig zu sein", sagte er leichthin. „Angebotsknappheit erhöht die Nachfrage."

„Das mag auf dich zutreffen", erwiderte sie mit leicht verklärtem Blick. „Aber wir können nicht alle aussehen wie Piratenprinzen."

Er blinzelte überrascht. „Du findest, ich sehe aus wie ein *Pirat?*"

„Nun ja, gesetzloser Gentleman trifft es wohl eher." Verlegen wandte sie den Kopf ab. „Mit deinem Hautton, den stechenden Augen und deinem Bart wirkst du gleichzeitig kultiviert und schurkisch. Als wärst du dazu fähig, in einem Moment verwegene Missetaten zu begehen und im nächsten eine Jungfrau in Nöten zu retten ..."

Sprachlos starrte er sie an. Wieder einmal hatte sie es geschafft, ihn völlig zu überrumpeln.

Mit hochroten Wangen schnappte sie sich ihre Tasche und murmelte: „Wir sollten uns auf den Weg machen, bevor die Flut einsetzt."

„Darf ich?", fragte er und nahm ihr die Ledertasche ab, die

unerwartet schwer war. „Gütiger Himmel, bleiben wir etwa eine ganze Woche in der Höhle? Was um alles in der Welt hast du da drin?“

„Nur ein paar Ausgrabungswerkzeuge“, erklärte sie. „Es zahlt sich aus, auf alles vorbereitet zu sein.“

Ächzend schlang er sich die Tasche über die Schulter, wobei er sich fragte, wie sie das zentnerschwere Ding allein hierhergeschafft hatte. „Mit dem, was du eingepackt hast, könnten wir zweifellos die nächste Pest aussitzen.“

Während Maggie Rhys durch die gewundenen Tunnel der Höhle führte, realisierte sie, dass sie sich zum ersten Mal seit Jahren wieder so richtig lebendig fühlte.

Teilweise lag es daran, dass sie endlich ihre Schulden abbezahlen konnte. An diesem Morgen war sie geradewegs zur Bank marschiert und hatte die fünfhundert Pfund, die sie vorab von Rhys erhalten hatte, auf den Tresen geknallt. Nun würde ihr niemand mehr das Foleys wegnehmen können. Der Lebensunterhalt ihrer Familie war gesichert.

Zu der neu gefundenen Freiheit gesellte sich jedoch noch ein anderes Gefühl. Seit ihrer leidenschaftlichen Liebesnacht mit Rhys war sie von einer sprudelnden Lebensfreude erfüllt, fühlte sich wie eine Schlafwandlerin, die endlich aus tiefem Schlummer erwacht war. Jeder ihrer Sinne war geschärft und sog gierig ein, was sie in ihrem tranceartigen Zustand versäumt hatte, allem voran seinen würzigen Duft und die prickelnde Wärme seiner Nähe.

Was hatte sie sich nur dabei gedacht, ihm zu sagen, dass er wie ein Pirat aussah? Glücklicherweise schien er mehr amüsiert als beleidigt gewesen zu sein.

Mit jedem weiteren Gespräch, das sie führten, lernte sie

eine neue Seite an ihm kennen. Er hatte zum ersten Mal etwas über seine Familie preisgegeben, und sie kam nicht umhin, Mitleid mit dem kleinen Jungen zu empfinden, der eine so angespannte Beziehung zu seinem Vater und eine nicht-vorhandene zu seiner Mutter gehabt hatte.

Je mehr sie über ihn erfuhr, desto weniger passte er in das Bild des sorglosen Wüstlings. Hinter seiner charmanten, gut gelaunten Fassade verbarg sich etwas Dunkles. Sie kannte diese Schatten der Einsamkeit nur zu gut, denn es waren dieselben, die auch sie heimsuchten.

Lass dich nicht von deinen Gefühlen leiten, ermahnte sie sich. *Konzentriere dich auf die Aufgabe, für die du bezahlt wirst.*

Da sie diese Höhlen schon öfter erkundet hatte, wusste sie, dass der unterirdische Tunnel, in dem sie sich gerade befanden, drei verschiedene Grotten miteinander verband. Die ersten beiden hatten sie bereits erfolglos durchsucht, nun waren sie auf dem Weg zur dritten. Kurz, bevor sie ihr Ziel erreichten, wurde der Felsengang jedoch am schmalsten.

„Du wirst dich wahrscheinlich ducken und seitwärts weitergehen müssen, um diesen Abschnitt passieren zu können", sagte sie zu Rhys. „Bis zur letzten Grotte ist es aber nicht mehr weit."

„Wunderbar."

Etwas an seinem Tonfall alarmierte sie, und sie warf ihm einen forschenden Blick zu. Im flackernden Licht der Laterne konnte sie deutlich den Schweiß sehen, der ihm auf der Stirn stand. Sein Gesicht war fahl und er wirkte, als sei ihm ... übel?

„Ist alles in Ordnung?", fragte sie.

„Alles bestens", murmelte er. „Lass uns weitergehen."

„Wenn du dich unwohl fühlst, können wir auch umkehren ..."

„Auf keinen Fall", presste er hervor. „Noch einmal werde ich mich nicht durch diesen verdammten Tunnel zwängen."

Plötzlich ging ihr ein Licht auf. „Hast du etwa Angst vor beengten Räumen?"

„Ich halte mich zumindest nicht gerne in ihnen auf." Sichtlich unbehaglich runzelte er die Stirn.

Sie musste an ihre waghalsige Flucht vor den Zöllnern zurückdenken. „Es schien dir nichts auszumachen, die Nacht neulich in einer Höhle zu verbringen."

„Da hatte ich auch keine Zeit, um über meine Umgebung nachzudenken. Wir rannten um unser Leben durch diese Tunnel. Und die Grotte selbst störte mich nicht, weil sie so hohe Decken hatte. Außerdem hast du mich bestens abgelenkt", fügte er hinzu und wackelte mit den Brauen. „Vielleicht sollten wir das wiederholen."

Sie verspürte ein Flattern in der Magengrube, nicht nur wegen seiner anzüglichen Bemerkung, sondern vor allem aufgrund der Tatsache, dass dieser selbstbewusste, starke Mann tatsächlich eine Schwäche besaß. Irgendwie war es liebenswert, dass er versuchte, sein Unbehagen hinter einer unbekümmerten Fassade zu verbergen.

Dennoch konnte sie nicht widerstehen, ihn ein wenig aufzuziehen. „Wir *könnten* uns natürlich hier und jetzt vergnügen, aber dann laufen wir Gefahr, dass uns die Luft ausgeht. Und zu stürmische Bewegungen könnten eine Steinlawine verursachen, was ungünstig wäre. Unter Felsen begraben zu liegen, wäre kein schöner Abgang."

Er schluckte schwer und brummte: „Sehr witzig."

Maggie musste sich ein Grinsen verkneifen und griff impulsiv nach seiner Hand.

„Komm, mein Schatz", sagte sie in einem Tonfall, mit dem man ein verängstigtes Kind beruhigen würde. „Ich lasse nicht zu, dass dir etwas zustößt, versprochen."

Er nahm ihre Hand fest in die seine und drückte sie. „Mach

dich nur über mich lustig, Fräulein. Aber du solltest wissen, dass ich nach dem Motto *Quidproquo* lebe."

Sie setzte sich in Bewegung und zog ihn mit sich. „Quidprowas?", fragte sie, um ihn abzulenken.

„Das bedeutet Gleiches mit Gleichem vergelten."

„Mit beengten Räumen kannst du mir keine Angst einjagen." Sie drehte sich seitwärts, um sich durch den nächsten Abschnitt zu zwängen, und er schnitt eine Grimasse, bevor er es ihr gleichtat. „Ich habe viel zu viel Zeit an Orten wie diesem verbracht."

„Was für eine ungewöhnliche Leidenschaft du doch hast", sagte er, und sie spürte, wie sein Griff um ihre Hand sich verstärkte.

„Das ist keine Leidenschaft, sondern mein Lebensunterhalt."

„Also macht es dir keinen Spaß, Fossilien zu sammeln?"

„Es ist nicht so, dass ich es *hasse*. Glaub mir, es gibt wesentlich schlimmere Tätigkeiten. Die Fossilienjagd hat durchaus ihre Vorzüge. Aber würde ich behaupten, dass es mein größter Traum ist, nach alten Knochen und versteinerten Fäkalien zu suchen?" Sie hielt inne, als sie an eine besonders enge Stelle kamen, an der ihre Schultern gegen den schroffen Fels schrammten. „Nicht wirklich."

„Wenn du es so formulierst", erwiderte er mit einem Anflug von Belustigung. „Was ist dann deine große Leidenschaft?"

Unwillkürlich musste sie an ihr Liebesspiel denken und biss sich auf die Unterlippe.

Sein heiseres Lachen hallte durch den Tunnel. „Abgesehen *davon*, du unersättliches Luder! Nein, ich meinte, wenn du die Freiheit hättest zu wählen, was würdest du dann am liebsten tun?"

Sie warf ihm einen flüchtigen Blick zu. „Ich würde ein Blumengeschäft eröffnen."

„Ah, richtig … Das erwähntest du an jenem Abend, als wir uns kennenlernten."

Er hat mir damals also zugehört und kann sich selbst jetzt noch daran erinnern?

Mit dem, was er als Nächstes sagte, überraschte er sie erneut. „Sind die Gestecke im Foleys von dir?"

Sie konnte nicht glauben, dass ihm die Blumensträuße aufgefallen waren. „Ja. Ich wollte dem Laden ein wenig Leben einhauchen. Leider kann ich mir keine Gewächshauspflanzen leisten, daher arbeite ich hauptsächlich mit Wildblumen …"

„Sie sehen wundervoll aus. Du hast wirklich ein Händchen dafür, Maggie."

Seine Anerkennung erfüllte sie von Kopf bis Fuß mit einer kribbelnden Wärme. „Den Umgang mit Pflanzen habe ich von meiner Mutter gelernt. Nach dem Tod meines Vaters hatte sie es nicht leicht als alleinerziehende Witwe von fünf Kindern. Aber sie sagte stets zu mir: *Maggie, mein Schatz, vergiss nicht, hin und wieder innezuhalten und an den Blumen zu riechen.*"

„Pragmatisch mit einem Hauch von Romantik." Er musterte sie, als wäre ihm in diesem Moment etwas Wichtiges klar geworden. Dann wanderte sein Blick über ihre Schulter, und er seufzte erleichtert. „Na endlich!"

Sie hatten das Ende des Tunnels erreicht, der in die letzte der drei Grotten mündete. Maggie hob die Laterne etwas höher, um die zerklüfteten, braunen Felswände und die kuppelförmige Decke, welche die Natur auf wundersame Weise geschaffen hatte, in Augenschein zu nehmen.

„Das ist die letzte Höhle", sagte sie. „Am besten, wir teilen uns auf."

Rhys nickte, und sie bewegten sich in entgegengesetzte Richtungen, um den steinernen Hohlraum zu durchsuchen. Maggie hielt die Laterne nah an die Wände und tastete mit den Fingern über die raue Oberfläche, während sie sich wieder einmal darüber wunderte, warum Horatio das Erbe seines Neffen ausgerechnet in einer Höhle versteckt hatte. Wohlhabende Menschen hatten anscheinend wirklich mehr Geld als Verstand.

„Maggie ... Ich habe etwas gefunden!"

Schnell eilte sie zu Rhys hinüber, der die Werkzeugtasche abgelegt hatte und dabei war, mit den bloßen Händen lose Felsbrocken aus der Wand herauszubrechen.

„Der Abschnitt hier sah anders aus als der Rest", erklärte er angestrengt. „Ich glaube, jemand hat diese Stelle absichtlich zugemauert."

Sie bückte sich und zog eine kleine Spitzhacke aus ihrer Tasche. „Hier, versuch es damit."

Nachdem er mehrmals auf die Wand eingeschlagen hatte, lösten sich die ersten Brocken. Nach dem zweiten Versuch rieselte eine beachtliche Menge Stein zu Boden. Und beim dritten Mal rief er aufgeregt aus: „Ich glaube, ich bin auf etwas gestoßen!"

„Vorsichtig, nicht dass du es beschädigst, was immer es auch sein mag." Sie holte eine Bürste aus steifem Pferdehaar aus der Tasche. „Hier, lass mich mal probieren."

Mit geübten Bewegungen begann sie, Geröll und Staub beiseitezufegen, wie sie es von Ausgrabungen empfindlicher Knochenüberreste gewohnt war. Nach wenigen Minuten hatte sie einen Gegenstand aus geschnitztem Mahagoniholz freigelegt.

„Eine Truhe!", stellte sie mit wachsender Aufregung fest. „Noch dazu eine ziemlich große."

„Darf ich?"

Sie trat beiseite, um Rhys Platz zu machen. Er legte die Hände um beide Seiten der Truhe und zerrte sie mit einem heftigen Ruck aus der Felsnische, wobei er eine riesige Staubwolke aufwirbelte. Die Kiste war so breit wie sein Oberkörper und beinahe ebenso lang. Vorsichtig setzte er sie auf dem Boden ab, und sie knieten andächtig davor nieder.

„Sie ist schwer", sagte er. Seine freudige Erwartung war spürbar. „Dann wollen wir mal einen Blick hineinwerfen."

Mit angehaltenem Atem beobachtete sie, wie er den Messingverschluss öffnete und den Deckel aufklappte.

In einem Bett aus rotem Satin lag ein gefalteter Zettel.

Rhys runzelte irritiert die Stirn, holte ihn heraus und entfaltete ihn. „Verdammt noch mal."

„Was ist?"

„Es ist nur ein weiterer Hinweis."

Neugierig beugte sie sich zu ihm und las die Zeile laut vor: *„Sieh mit dem Herzen, nicht mit den Augen."* Sie runzelte ebenfalls die Stirn. „Was soll das bedeuten?"

„Ich habe nicht die leiseste Ahnung." Frustriert riss er das Satinfutter heraus. Seine Miene verfinsterte sich noch mehr, als er nichts außer den Holzwänden der Truhe dahinter fand. „Horatio und seine vermaledeiten Spielchen. Wahrscheinlich lacht er sich dort oben kaputt … Es sei denn, er wurde in heißere Gefilde hinabgeschickt. Geschähe ihm recht."

Neben seiner Frustration konnte Maggie noch ein anderes Gefühl spüren, das in ihm schwelte. Ein Gefühl, mit dem sie nur allzu vertraut war: Verzweiflung.

„Dieses Erbe ist sehr wichtig für dich, nicht wahr?", fragte sie leise.

Er warf ihr einen flüchtigen Blick zu, bevor er das Gesicht ebenso schnell wieder abwendete. Dennoch hatte sie den Ausdruck verletzten Stolzes in seinen Augen erkennen können.

„Ich habe Schulden. Ziemlich hohe." Er konzentrierte sich darauf, den Zettel so klein wie möglich zu falten, während er sprach. „In diese Lage habe ich mich selbst gebracht und hoffte, in dieser Höhle einen Ausweg zu finden." Nach einer kurzen Pause fügte er mit vor Selbstverachtung triefender

Stimme hinzu: „Aber ich habe wieder einmal auf ganzer Linie versagt.“

Ihr Herz quoll über vor Mitgefühl. Sie wusste nur zu gut, wie hilflos man sich fühlte, wenn man nicht genug Geld hatte und um das eigene Überleben bangen musste.

„Du hast nicht versagt.“ Sanft berührte sie ihn am Arm. „Du hast den nächsten Hinweis gefunden, wie dein Onkel es erwartet hat, oder nicht? Immerhin ist das hier eine Schatzsuche. Es geht darum, nicht aufzugeben, einen Hinweis nach dem anderen aufzuspüren ... bis du den Preis in Händen hältst. Und das wirst du auch, wenn du dich nicht entmutigen lässt.“

Er warf ihr einen grübelnden Blick zu. „Glaubst du das wirklich?“

„Ja, das tue ich. Und du musst dich dieser Aufgabe auch nicht allein stellen. Ich helfe dir.“

„Unsere Abmachung war, dass du die Höhle mit mir erforschst. Du hast deine Pflicht erfüllt“, erwiderte er kurz angebunden. „Ich kann es mir nicht leisten, dir noch mehr zu bezahlen.“

„Unsere Abmachung sowie der Originalpreis beziehen sich auch auf meine fortlaufenden Dienste.“

Er runzelte die Stirn. „Warum solltest du das tun?“

Offensichtlich war er es nicht gewohnt, Hilfe zu erhalten. Obwohl sie das Angebot spontan ausgesprochen hatte, wusste sie, dass es der richtige Weg war. Er wirkte so alleingelassen mit seinen Problemen, und sie wollte nicht, dass er die Hoffnung verlor. Insbesondere, nachdem er ihr auf so großzügige Weise geholfen hatte, ihre eigenen finanziellen Sorgen zu bewältigen.

„Vier Augen sehen mehr als zwei“, erwiderte sie sachlich, da sein Stolz jegliche Spur von Mitleid gewiss nicht verkraften würde. „Wenn wir beim Foleys Emporium einen neuen Auftrag annehmen, führen wir ihn bis zum Ende durch, egal, in welche Richtung er sich entwickelt.“

„Professionell wie immer." Der intensive Blick, mit dem er sie bedachte, jagte ihr einen Schauer über den Rücken. „Dennoch kann ich deine Almosen nicht annehmen."

„Das sind keine Almosen ..."

„Du wirst einen Anteil des Schatzes erhalten", unterbrach er sie mit entschlossener Miene. „Fünf Prozent von dem, was auch immer wir finden mögen."

Erleichtert, dass er nun doch gewillt war, ihre Hilfe zu akzeptieren, nickte sie. „Abgemacht. Jetzt sollten wir aber zusehen, dass wir hier rauskommen. Die Flut wird bald einsetzen."

Er erhob sich und half ihr auf die Füße. Statt ihre Hand loszulassen, führte er sie jedoch an seine Lippen und küsste sanft ihre Knöchel. Das Prickeln seiner Bartstoppeln auf ihrer Haut und das Staunen in seinen goldglühenden Augen raubten ihr den Atem.

„Dann nichts wie los, mein Schatz", sagte er mit heiserer Stimme. „Wir haben noch einen langen Weg vor uns."

Kapitel Dreizehn

Es dämmerte bereits, als sie zum Herrenhaus zurückkehrten. Nachdem Rhys die nutzlose Truhe im Arbeitszimmer abgestellt hatte, lud er Maggie ein, zum Essen zu bleiben.

„Das würde ich gerne", sagte sie mit sichtlichem Bedauern. „Aber Glory und Hypatia erwarten mich."

„Gut, dann lass uns gehen."

„Warte ... Du willst mich begleiten?"

Angesichts ihrer Verwunderung runzelte er die Stirn. „Ich lasse eine Dame nicht einfach allein durch die Gegend reiten. Schon gar nicht bei Dunkelheit."

„Ich bin oft allein unterwegs."

Die Vorstellung fand er alles andere als beruhigend. „Als Witwe lässt sich das wohl nicht immer vermeiden."

„Ich habe es auch getan, als mein Mann noch lebte", erwiderte sie.

Gütiger Himmel, hatte denn nie jemand auf diese Frau aufgepasst? Der verstorbene Mr Foley sank immer weiter in Rhys' Achtung. Obwohl er selbst kaum einen Preis für Ritterlichkeit gewinnen würde, konnte und wollte er sie nicht einem so unnötigen Risiko aussetzen.

„Er ist nicht hier, aber ich schon", sagte er. „Daher wirst du mit meiner Gesellschaft vorliebnehmen müssen."

Um jeglichen Protest im Keim zu ersticken, nahm er ihr Gesicht in beide Hände und küsste sie, etwas, das er hatte tun wollen, seit sie ihm auf so liebreizende Art ihre Hilfe angeboten hatte.

Als sie überrascht den Mund öffnete, nutzte er die Gelegenheit, um den Kuss zu vertiefen und ihre Zunge mit der seinen zu liebkosen. Das süße Aroma ihrer Lippen war berauschend. Ihre Wärme und Großzügigkeit durchfluteten jeden noch so dunklen Teil seines Körpers.

Sie seufzte tief, schmiegte sich an ihn und legte den Kopf in den Nacken, um ihm besseren Zugang zu gewähren.

Nach einer Weile löste er sich widerwillig von ihr, fuhr mit dem Daumen über ihre geschwollene Unterlippe und murmelte: „Wir sollten aufbrechen."

Ihr Blick war völlig verklärt, und es schien einen Moment zu dauern, bis sie wieder zu sich selbst fand. Ihm gefiel, wie vollständig sie sich in ihrer Leidenschaft verlor, wie bereitwillig ihre Reserviertheit glühender Sinnlichkeit wich. Die zarte Röte ihrer Wangen ließ jeden noch so beeindruckenden Sonnenaufgang erblassen. Sie trat einen Schritt zurück, richtete ihre Frisur und strich sich die Röcke glatt.

„Du hast recht", murmelte sie, und er meinte, einen Anflug von Enttäuschung in ihrer Stimme zu hören. „Wir sollten besser ..."

„Maggie." Er legte einen Finger unter ihr Kinn und zwang sie, ihm in die Augen zu sehen. „Wenn es nach mir ginge, würde ich dich nach oben in mein Schlafgemach bringen und dich die ganze Nacht hindurch lieben. Allein die Berührung deiner

Lippen hat mich hart werden lassen. Aber deine Familie wartet auf dich, und ich will nicht, dass sie sich Sorgen machen."

Ihr Blick fiel auf seinen Schritt, dessen prominente Ausbeulung selbst der bestgeschneiderte Anzug nicht zu kaschieren vermochte. Er war so scharf, dass er spürte, wie die ersten Lusttropfen seine Unterwäsche benetzten. Verdammt, und das alles wegen eines harmlosen Kusses.

Als sie sich mit der Zunge über die Unterlippe fuhr, pulsierte sein Schwanz noch heftiger. Bevor er jedoch etwas unternehmen konnte, schenkte sie ihm ein strahlendes Lächeln, das ihm den Atem stocken ließ.

„Du hast recht, wir sollten jetzt wirklich gehen", wiederholte sie leise.

Er küsste sie auf die Nasenspitze, griff nach ihrer Hand und führte sie hinaus.

Kaum hatten sie wenig später das kleine Landhaus der Foleys erreicht, flog die Haustür auf und Glory kam ihnen entgegengestürzt.

„Hallo, Rhys!", rief sie atemlos, bevor sie sich ihrer Mutter zuwandte. „Mama, da bist du ja endlich! Tante Delilah ist zu Besuch." Sie verzog das Gesicht, als laute Stimmen zu ihnen herausdrangen. „Tante Patty ist nicht sonderlich erfreut."

„Gütiger Himmel", murmelte Maggie. „Wie lange geht das schon so?"

„Tante Delilah ist erst vor ein paar Minuten aufgetaucht, und sie war ziemlich aufgebracht", erklärte Glory.

„Das ist sie doch immer", erwiderte ihre Mutter seufzend, bevor sie sich Rhys zuwandte. „Danke fürs Heimbringen. Wenn Sie mich jetzt entschuldigen würden, ich muss mich um meine Schwester kümmern ..."

Bevor sie ihren Satz beenden konnte, trat eine ihm unbekannte Frau aus dem Haus, die ebenso groß und rothaarig war wie Maggie. Allerdings waren ihre Gesichtszüge, soweit er im fahlen Licht der Abenddämmerung erkennen konnte, wesentlich gröber, und ihre grünen Augen strahlten nicht dieselbe Wärme und Würde aus. Man hätte sie dennoch als attraktiv bezeichnen können, wenn nicht ihre Miene ihren Charakter widerspiegeln würde.

Verbitterung hatte tiefe Furchen um ihren Mund gegraben, die sich auch von der vielen Schminke, die sie trug, nicht kaschieren ließen, und in ihrem Blick lag etwas Verschlagenes. Ihr auffallend rosafarbenes Kleid war am Dekolleté schockierend tief ausgeschnitten, während der untere Teil überhäuft war von Rüschen, Bändern und Plissees. Ihre Aufmachung stand in starkem Kontrast zu Maggies biederer Trauerkleidung.

Als sie Rhys entdeckte, änderte sich ihre Haltung schlagartig. Ihre verdrossene Miene wich einem koketten Lächeln, was ihr, wie er leider zugeben musste, auch nicht mehr Anmut verlieh.

„Hab mich schon gefragt, was dich so lange aufgehalten hat, Maggie. Wie's scheint, hattest du ja 'nen triftigen Grund", trällerte sie und hielt Rhys die Hand zum Gruß hin. „Ich glaub nicht, dass wir schon das Vergnügen miteinander hatten?"

Er schüttelte sie knapp und ließ sie sofort wieder los. „Rhys Jones, Ma'am. Ich bin ein Kunde des Emporiums."

„Delilah Wilson, zu Ihren Diensten." Sie knickste und beugte sich ein wenig vorwärts, sodass ihr üppiger Busen beim Aufrichten „versehentlich" gegen seinen Arm streifte. „Ich bin Maggies Schwester ... und verwitwet."

Gütiger Himmel, die Frau schien wirklich nichts anbrennen zu lassen.

Er sah zu Maggie hinüber, die vor Scham knallrot angelaufen war und seinen Blick mied.

„Was willst du hier, Delilah?", fragte sie leise.

Deren kokettes Gehabe fiel schneller von ihr ab, als man sich's versah.

„Ich will, dass du mir das Problem vom Hals schaffst, mit dem ich mich deinetwegen rumschlagen darf!", ging sie auf ihre Schwester los.

„Ich habe doch gar nichts getan."

„Ach, nein?" Delilah schnaubte und stemmte die Hände in die Hüften. „Warum hat Jeremy sich dann bei mir eingenistet und behauptet, er brauche 'nen Unterschlupf, weil seine Lieferung neulich Abend nicht angekommen ist?"

Maggie atmete tief durch, offensichtlich darum bemüht, nicht die Beherrschung zu verlieren. „Das ist nicht meine Schuld. Ich habe versucht, ihm zu helfen ..."

„Ganz offensichtlich ist dir das nicht gelungen, denn der faule Arsch lümmelt jetzt den ganzen Tag bei mir auf dem Sofa rum! Ich hab keinen Platz für diesen Nichtsnutz!"

Rhys verzog das Gesicht. Delilahs Stimme hatte den kreischenden Klang eines Stücks Kreide, das über eine Schiefertafel kratzte.

„Bitte sei doch vernünftig", erwiderte Maggie ruhig. „Jetzt, da Mr Wilson fort ist, hast du das ganze Haus für dich allein ..."

„Das bedeutet nicht, dass ich unseren missratenen Bruder bei mir aufnehmen muss!"

„Ich würde ihn ja vorübergehend hier wohnen lassen, aber alle unsere Zimmer sind belegt ..."

„Warum teilst du dir dann nicht eins mit deiner Tochter, hm? Oder ist sie zu verwöhnt dafür?"

Als Rhys sah, wie Glory angesichts des giftigen Tonfalls ihrer Tante zusammenzuckte, wurde er wütend. *Was bildet diese Gewitterziege sich eigentlich ein? Wie kann sie es wagen, ein junges Mädchen so einzuschüchtern?* Energisch marschierte er zu Glory hinüber und stellte sich schützend vor sie. Im nächsten Augenblick spürte er, wie sie ihre kleine Hand in die seine schob.

„Das Kind könnte ebenso gut bei dir oder dieser hochnäsigen alten Jungfer schlafen", fuhr Maggies Schwester mit ihrer Tirade fort.

„Besser eine alte Jungfer als ein verkommenes Fischerweib", ertönte Hypatias Stimme, die eben auf der Türschwelle erschienen war und ihren ungebetenen Gast über den Rand ihrer Brille hinweg gehässig anfunkelte.

Delilah wirbelte zu ihr herum und musterte sie abschätzig. Einen Augenblick lang starrten die beiden Frauen einander schweigend an, und Rhys befürchtete schon, einen Faustkampf zwischen ihnen schlichten zu müssen, doch dann wandte Delilah sich wieder Maggie zu. „Lässt du zu, dass sie so mit mir redet?"

„Die Sache hat nichts mit Hypatia oder Glory zu tun", erwiderte diese. „Der springende Punkt ist, dass du zwei freie Schlafzimmer hast ..."

„Du bist also *doch* auf ihrer Seite!", keifte ihre Schwester. „Das überrascht mich nicht. Die kleine Miss Hochnäsig hat den Rest von uns ja schon immer von oben herab behandelt."

„Ich habe euch nie von oben herab behandelt", erwiderte Maggie mit zitternder Stimme. „Oder sonst irgendjemanden."

„Oh, bitte, du hast dich schon immer für was Besseres gehalten. Du warst das unschuldige Nesthäkchen und Mas Liebling", höhnte Delilah. „Und was hast du jetzt von deinen piekfeinen Manieren und deiner vornehmen Sprache, hm? Von denen kommt kein Essen auf den Tisch. Hättest besser 'nen richtigen Kerl heiraten sollen, einen wie meinen Wilson. Er mag nur ein Fischhändler gewesen sein, aber wenigstens wusste er, wie man 'ne Frau bei Laune hält. Der Mann konnte Rammeln wie ein Hengst, das sag ich dir, und trotzdem am nächsten Morgen in aller Herrgottsfrühe bei der Arbeit erscheinen. Hat nie 'nen Tag versäumt, und deshalb hat er mir auch ein hübsches Sümmchen hinterlassen, von dem ich gut leben kann. Warum sollte ich dir auch nur einen Penny davon abgeben, hm?"

„Ich habe dich nie um Geld gebeten. Oder um sonst irgendetwas", flüsterte Maggie. „*Du* bist zu mir gekommen und hast verlangt, dass ich dir Jeremy vom Hals schaffe."

„Ma hat immer gesagt, du seist die Anständige. Die Verantwortungsbewusste", fuhr Delilah erzürnt fort, als hätte sie ihre Schwester überhaupt nicht gehört. „Tja, aber wie's aussieht, bist du gar nicht so perfekt."

Rhys war langsam mit seiner Geduld am Ende. „Ich muss Sie auffordern, sich zu mäßigen, Ma'am. Und zwar augenblicklich."

Mit blitzenden Augen wirbelte Delilah zu ihm herum. „Wer sind Sie, dass Sie sich einbilden, mir irgendwas vorschreiben zu können?"

„Ich bin der Mann, der sich gezwungen sieht zu handeln, wenn Sie sich nicht umgehend entfernen."

Sie blinzelte mehrmals schockiert, bevor ein höhnischer Ausdruck in ihre Augen trat. „Von wegen ein Kunde des Emporiums ... Sie treiben's mit meiner frommen, kleinen Schwester, was? Hat Sie und Ihren Schwanz wohl mit ihrem scheinheiligen, jungfräulichen Getue verzaubert?"

Maggie schnappte schockiert nach Luft. Sofort ließ Glory seine Hand los und rannte zu ihrer Mutter hinüber, um sich tröstend an ihre Seite zu schmiegen.

Grimmig marschierte Rhys auf Delilah zu. Es war ihm egal, dass ihm seine Emotionen mehr als deutlich ins Gesicht geschrieben standen. Er hielt mit seinem Unmut nicht länger hinterm Berg und baute sich bedrohlich vor der keifenden Frau auf, sodass diese unwillkürlich einen Schritt zurückwich.

„Verschwinden Sie", sagte er. „Sie blamieren sich mit diesem Theater, und zudem bereiten Sie Ihrer Schwester und Ihrer Nichte Unbehagen."

„Warum ergreift jeder immer für Maggie Partei? Was ist mit mir?", jammerte Delilah, deren Streitlust mit einem Mal wie weggeblasen schien. „Warum muss ausgerechnet ich mich mit Jeremy rumschlagen ...?"

„Was Sie hinsichtlich Ihres Bruders unternehmen, ist mir egal. Schmeißen Sie ihn raus, wenn Sie möchten. Er ist ein erwachsener Mann, der sein Leben selbst regeln muss. Was Sie jedoch *nicht* noch einmal tun werden, ist, hierherzukommen und Ihre Schwester auf derart respektlose Weise zu behandeln. Schon gar nicht in Gegenwart ihrer Tochter. Habe ich mich klar ausgedrückt?"

Delilah öffnete protestierend den Mund, schloss ihn jedoch sogleich wieder.

„Sie können jetzt gehen", befahl er ihr in seinem herzoglichsten Tonfall.

Nachdem sie einen letzten gehässigen Blick auf ihre Schwester geworfen hatte, eilte Delilah davon.

Rhys sah ihr nach, bevor er sich Maggie zuwandte. Mittlerweile war auch Hypatia an ihre Seite getreten, und die zwei Frauen und Glory starrten ihn mit großen Augen an.

„Wie haben Sie das gemacht?", flüsterte Maggie.

Fragend hob er die Brauen. „Was?"

Sie gestikulierte in die Richtung, in die ihre Schwester verschwunden war. „Sie dazu gebracht, dass sie ..."

„Aufhört, sich wie ein ungehobeltes Flittchen zu benehmen", vollendete Patty ihren Satz.

„Tante Delilah hört sonst nie auf jemanden", erklärte Glory. „Und sie kommt nur vorbei, wenn sie was zu meckern hat, die alte Gewitterziege."

„Gloriana!", rief Maggie empört.

„Aber es stimmt doch! Tante Delilah lässt sich nur blicken, wenn sie wegen irgendetwas aufgebracht ist und ihre Wut an jemandem auslassen will."

Rhys warf Maggie einen stirnrunzelnden Blick zu. „Hat Ihr

Ehemann etwa zugelassen, dass sie so mit Ihnen redet? Hier, auf seinem Grundstück?"

Maggie biss sich auf die Unterlippe und schielte zu Patty hinüber. „Paul ist, äh, Delilah möglichst aus dem Weg gegangen."

Was zum Teufel stimmte mit diesem Kerl nicht? Rhys würde niemals zulassen, dass man seine Frau und sein Kind so respektlos behandelte ... nicht, dass Maggie und Glory seine Familie waren, rief er sich hastig ins Gedächtnis.

„Kann man es ihm verübeln?", fragte Hypatia grimmig. „Die Frau ist eine Schande."

„Sie ist meine Schwester", protestierte Maggie leise. Der Schmerz in ihrer Stimme war nicht zu überhören.

Manchmal war ihre Loyalität anderen gegenüber mehr Last als Tugend. Rhys hatte noch nie eine Frau getroffen, die so verantwortungsbewusst war wie sie, und er konnte nicht umhin, sie dafür zu bewundern.

„Haben Sie bereits zu Abend gegessen, Mr Jones?"

Hypatias Frage riss ihn aus seinen Gedanken. „Äh, nein, Miss Foley, habe ich nicht."

„In dem Fall sind Sie herzlich eingeladen", sagte die ältere Dame freundlich.

„Oh, bitte bleib doch!", bettelte Glory. „Wir feiern die Abzahlung der Schulden. Tante Patty hat ihren berühmten Hammeleintopf gemacht, und zum Nachtisch gibt es Mamas Apfelkuchen."

Bei der Erwähnung der Gerichte begann sein Magen zu knurren. Erst jetzt fiel ihm auf, dass es Stunden her war, seit er zuletzt etwas gegessen hatte. Aber als Maggies zwangloser Liebhaber war er sich nicht sicher, ob sie ihn in ihrem Heim bei ihrer Familie haben wollte. Fragend sah er zu ihr hinüber.

„Sie dürfen sich uns gerne anschließen, wenn Sie möchten." Ihr Lächeln weckte eine Sehnsucht in ihm, die weit über die

Aussicht auf ein gutes Abendmahl hinausging. Eine Sehnsucht nach etwas, das er nie zuvor gehabt hatte. Nach etwas, dem er nicht widerstehen konnte, auch wenn es klüger wäre.

„Wenn es Ihnen wirklich keine Umstände macht", sagte er.

„Juhu!" Glory hüpfte freudig auf ihn zu und griff nach seiner Hand.

Irgendwie fühlte sich das alles seltsam richtig an.

Instinktiv hielt er Maggie den anderen Arm hin, und gemeinsam betraten sie das warme, gemütliche Haus.

Kapitel Vierzehn

„ **G**uten Tag, Quince", begrüßte Maggie den alten Butler am darauffolgenden Nachmittag mit einem Lächeln. „Ich glaube, Mr Jones erwartet mich bereits."

„In der Tat, Mrs Foley", brummte Quince und bat sie herein. „Seit Stunden tigert er ungeduldig durch die Gegend."

Sie war froh, dass der alte Mann vor ihr herging und nicht sehen konnte, wie heftig sie errötete. Insgeheim war sie glücklich darüber, dass Rhys es ebenso wenig erwarten konnte, sie wiederzusehen, wie sie ihn. Sie konnte immer noch nicht glauben, was er am Abend zuvor zu Delilah gesagt hatte. Noch nie war Maggie auf diese Weise in Schutz genommen worden.

Und dann, während des Abendessens, hatte sich auch noch herausgestellt, dass er sich wie ein fehlendes Puzzleteil perfekt in ihre kleine Familie einzufügen schien. Sie hatten sich ungezwungen miteinander unterhalten und viel gelacht. Obwohl sie anfangs besorgt gewesen war, dass ihm die einfache Hausmannskost nicht zusagen könnte, hatte er den Hammeleintopf und auch den Apfelkuchen in den höchsten Tönen gelobt und sich von allem einen Nachschlag genommen.

Zudem hatte Glory sich von ihrer besten Seite gezeigt. Sie bestand darauf, am Tisch neben ihm zu sitzen und hatte ihm während des gesamten Mahls ein Ohr abgekaut. Er jedoch hatte den Irrungen und Wirrungen des Alltags eines achtjährigen Mädchens aufmerksam zugehört. Als die Kleine ihm schließlich gestand, dass sie regelmäßig von einem älteren Jungen namens Billy Pinkleton gehänselt wurde – etwas, wovon nicht einmal Maggie oder Patty etwas wussten –, war er sehr einfühlsam gewesen und hatte ihr hilfreiche Ratschläge erteilt.

Und Glory hatte seinen Rat tatsächlich *angenommen*. Vielleicht lag es an der direkten, respektvollen Art, auf die er mit ihr sprach. Nachdem er gegangen war, merkte selbst Patty an, wie blendend Rhys und Gloriana sich zu verstehen schienen.

Maggie kam nicht umhin, sich zu fragen, ob es daran lag, dass sie Vater und Tochter waren. Ihr wurde zunehmend unbehaglicher dabei, das Geheimnis für sich zu behalten, doch sie versuchte, sich einzureden, dass es das Beste sei. Rhys würde irgendwann wieder aus ihrem Leben verschwinden. Sie durfte sich nicht an seine Ritterlichkeit und Unterstützung gewöhnen. Vielmehr sollte sie die wenigen Augenblicke genießen, die sie miteinander hatten ... und dabei nicht auf mehr hoffen.

Als sie sein Arbeitszimmer betrat, waren ihre Grübeleien wie weggeblasen. Es war schier unmöglich, in seiner Gegenwart einen klaren Gedanken zu fassen oder gar zu atmen.

Sein seidiges, dunkles Haar fiel ihm verwegen in die Stirn, und er hatte seinen Gehrock abgelegt. Sein Krawattentuch aus bronzefarbener Seide war zu einem perfekten Knoten gebunden und schmeichelte seinem Hautton sowie seinem präzise getrimmten Bart. Die dunkelblaue Weste schmiegte sich wie eine zweite Haut an seinen schlanken Körper, und seine eng anliegende, beigefarbene Hose betonte äußerst vorteilhaft die Muskeln seiner langen, kräftigen Beine.

Wie Quince gesagt hatte, tigerte er ungeduldig, einem gefangenen Tier gleich, vor dem Kamin auf und ab.

Kaum hatte der Butler sich zurückgezogen und die Tür hinter sich geschlossen, kam Rhys auf sie zugestürmt und küsste sie zur Begrüßung stürmisch. Sie erwiderte den Kuss mit ebenbürtigem Enthusiasmus und verlor sich in dem sinnlichen Tanz ihrer Zungen, der ihr einen elektrisierenden Schock nach dem anderen durch den Körper jagte. Es war, als kochte das Verlangen, das seit ihrer Nacht in der Höhle zwischen ihnen gesimmert hatte, nun mit voller Wucht über.

Nach einer Weile lösten sie sich widerwillig voneinander, um Luft zu holen.

Rhys fuhr mit dem Daumen über ihre geschwollene Unterlippe und flüsterte: „Verdammt, das habe ich gebraucht."

„Ich auch", platzte sie heraus.

Ein neckisches Funkeln trat in seine Augen. „Ah, Maggie, du weißt, wie man einem Mann schmeichelt."

Trotz ihres wachsenden Begehrens prustete sie amüsiert. „Als ob du Schmeicheleien nötig hättest."

„Da irrst du dich, meine Liebe. Jeder Mann lässt sich gerne ab und zu das Ego streicheln."

„Wozu brauchst du mich? Leg selbst Hand an", konterte sie.

Belustigt hob er die Brauen.

Als sie sich der Doppeldeutigkeit ihrer Worte bewusst wurde, errötete sie bis zu den Haarwurzeln.

Rhys lachte heiser. „Das wäre eine völlig neue Stufe der Eigenliebe. Ich für meinen Teil ziehe es vor, diese Aufgabe anderen zu überlassen. Aber ich bin ja auch bei Weitem nicht so beeindruckend wie du."

Sie war hin- und hergerissen zwischen seinem anzüglichen Tonfall und seiner wohlwollenden Bemerkung. „Ich soll beeindruckend sein?"

Spielerisch wickelte er sich eine lose Strähne um den

Finger, die sich aus ihrem Haarknoten gelöst hatte. „Du, mein Schatz, bist eine Naturgewalt. Du leitest ein Geschäft, erkundest gefährliche Höhlen und ziehst ein Kind groß. Und nebenher findest du auch noch irgendwie die Zeit, den besten Apfelkuchen zu backen, den ich je genießen durfte. Im Vergleich zu dir bin ich ein fauler Nichtsnutz."

Sie war sich nicht sicher, ob er es ernst meinte oder sie aufziehen wollte.

„Ich tue nur, was getan werden muss. Außerdem hast du viele andere Vorzüge", erwiderte sie.

„Tatsächlich? Und welche?"

„Du bist ehrenhaft und gütig, um nur ein paar zu nennen."

„Das sind nicht gerade Eigenschaften, mit denen man mich für gewöhnlich beschreiben würde", erwiderte er trocken.

„Du warst es zumindest mir und Glory gegenüber." Maggie hielt inne und schluckte schwer, als sie einen Kloß in ihrem Hals spürte. „Danke, dass du ihr gestern Abend so aufmerksam zugehört hast. Ich wusste überhaupt nicht, dass dieser Billy Pinkleton so gemein zu ihr ist."

Während des Abendessens war ihre Tochter über die Beleidigungen ins Detail gegangen, mit denen der Junge sie beschimpfte, seit sie ihn beim Bäumeklettern geschlagen hatte. Obwohl Maggie sie wegen ihres ungestümen Benehmens gerügt hatte, galt ihre Sorge vielmehr der Tatsache, dass Glory die Hänseleien ihr gegenüber nicht erwähnte. Und dass Snelling die Angelegenheit geflissentlich ignoriert zu haben schien.

Wie konnte es sein, dass Maggie nichts davon aufgefallen war? Wie hatte sie ihre Mutterpflichten derart vernachlässigen können?

„Mach dir keine Vorwürfe." Wieder einmal schien Rhys ihre Gedanken lesen zu können. „Glory ist ein blitzgescheites Mädchen. Sie findet Mittel und Wege, Dinge vor dir geheim zu halten, die du nicht erfahren sollst."

Verblüfft starrte sie ihn an. *Wie kommt es, dass er sich so gut in Glory hineinversetzen kann?*

Er hatte der Kleinen wirklich gute Ratschläge erteilt, wie man mit unerwünschter Aufmerksamkeit umgehen sollte. Ob er aus eigener Erfahrung sprach? Als sie ihn neulich gefragt hatte, ob es ihn belastete, aufgrund seiner Mischlingsherkunft anders zu sein, war er nicht weiter auf das Thema eingegangen. Doch sie wusste, wie grausam Kinder sein konnten. War es möglich, dass dieser attraktive, selbstbewusste Mann früher unter Ausgrenzung und Unbeliebtheit zu leiden hatte?

„Glory bewundert dich", sagte sie. „Für sie bist du der Held, der unseren Laden gerettet hat."

„Ich bin kein Held." Es überraschte sie, wie verbittert er klang. Er ging zu seinem Schreibtisch hinüber und begann, einen Stapel Unterlagen zu durchwühlen. „Ich bin nur ein Mann, noch dazu kein besonders guter."

Sie folgte ihm und baute sich vor der anderen Seite des Tisches auf. „Seit deiner Rückkehr hast du mir nichts als Güte und Großzügigkeit entgegengebracht. Du warst stets ehrlich und hast dein Wort gehalten."

„Maggie ... Es gibt da etwas, das ich dir sagen muss."

Die Wachsamkeit in seinem Blick beunruhigte sie. „Worum geht es?", fragte sie, auf das Schlimmste gefasst.

„Vielleicht solltest du dich lieber setzen." Er deutete auf den Stuhl hinter ihr.

Misstrauisch folgte sie seiner Aufforderung.

Er räusperte sich. „Ich wollte es dir schon länger beichten, allerdings hatte ich meine Gründe dafür, diese Information vorerst für mich zu behalten. Auch diesmal möchte ich dich um deine Diskretion bitten."

„Also gut." Nervös verschränkte sie die Finger in ihrem Schoß. „Was ist es?"

Er kam um den Schreibtisch herum und lehnte sich gegen

die Kante. „Ich war nicht ganz ehrlich zu dir, was meine Identität betrifft."

Ein eisiger Schauer jagte ihr über den Rücken. „Was soll das heißen? Bist du etwa nicht Rhys Jones?"

„Doch, bin ich. Aber das ist nur einer meiner Namen", erklärte er zögerlich.

Einer seiner Namen? Hatte er etwa mehrere *Pseudonyme*? Sie konnte sich nur einen Grund denken, aus dem ein Mann mehr als eine Identität brauchte: Er hatte Ärger mit dem Gesetz. Verflucht, selbst ihre Brüder benutzten entlang der Küste Decknamen, um der Gerichtsbarkeit zu entgehen!

Eine eisige Hand umklammerte ihr Herz. Wie schlimm war der Ärger, in dem Rhys steckte?

„Es gibt gute Gründe, warum ich dir nicht gesagt habe, wer ich bin", wiederholte er.

„Was hast du verbrochen?", platzte sie heraus.

Er blinzelte verwirrt. „Wie bitte?"

„Deswegen versteckst du dich hier, oder nicht? Um der Gerichtsbarkeit zu entgehen ..." Sie verstummte, als sie seine schockierte Miene bemerkte.

„Verdammt, ich bin doch kein Verbrecher!", rief er, offensichtlich gekränkt.

„Oh." Erleichtert atmete sie aus. „Da bin ich ja beruhigt."

„Ich bin ein Herzog."

Nun war es an ihr, ihn völlig verdattert anzustarren. „Ein ... was?"

„Mein voller Name lautet Edward Rhys Hugo Jones Cavendish, fünfter Herzog von Ranelagh und Somerville, Graf von Somerville, Vicomte Lorne und so weiter und so fort. Zu Ihren Diensten, Mylady."

Er verneigte sich elegant vor ihr. Elegant wie ein wahrer Edelmann.

Eine Welle des Schocks erfasste sie. Wie betäubt erhob sie

sich, doch bevor sie einen Schritt machen konnte, hatte er sie um die Taille gefasst.

„Lass mich los", flüsterte sie mit zitternder Stimme.

„Nicht, ehe du mir sagst, aus welchem Grund du gehen willst. Mein Titel ändert nichts."

„Wie kannst du das behaupten?" Ihr Schock wandelte sich zu Wut. „Du hast mich angelogen!"

Machte er sich etwa einen Spaß daraus, mit einer Frau ihres Standes anzubandeln? Unwillkürlich musste sie an die Demütigung denken, die sie damals verspürt hatte, als sie die Fünfzig-Pfund-Note auf dem Nachttisch fand. Ein Teil von ihr hatte immer gewusst, dass er ihr überlegen war ... nur hätte sie sich niemals träumen lassen, wie sehr.

Ihre Schläfen begannen zu pochen. *Ein Herzog ... Er ist ein verdammter Herzog!*

„Ich würde es eher als Unterlassungssünde bezeichnen ... Aber nein, du hast ganz recht", beeilte er sich zu sagen, als sie ihm einen vernichtenden Blick zuwarf. „Maggie, glaub mir, es war nötig, dass ich meine Identität geheim hielt. Wie du weißt, habe ich hohe Schulden, aber nicht bei irgendwem, sondern ausgerechnet bei den beiden berüchtigtsten Halsabschneidern Londons. Es handelt sich um eine Summe von jeweils fünfzigtausend Pfund."

Auch diese Offenbarung verschlug ihr völlig die Sprache. Gütiger Himmel, er hatte Schulden in Höhe von *einhunderttausend Pfund?* Jeremy hatte einmal ein bescheidenes Darlehen von einem zwielichtigen Geldverleiher erhalten, und sie erinnerte sich noch gut an die blauen Flecken in seinem Gesicht, nachdem er die erste Rückzahlung versäumte. Noch nie hatte ihr nutzloser Bruder seine Schulden so schnell beglichen wie in jenem Fall.

„Jetzt trachten sie mir nach dem Leben", fuhr Rhys fort und ließ sie los, um sich mit der Hand durchs Haar zu fahren. „Deshalb habe ich London verlassen und bin hier unter dem Namen Rhys Jones untergetaucht."

„Aber du bist ein *Herzog*. Kannst du nicht einfach einen Teil deiner Ländereien oder Juwelen oder Pferde verkaufen …?"

Sie zählte nur wenige Dinge dessen auf, was sich ihrer Vorstellung nach im Besitz eines Mannes von Rang und Namen befinden musste.

„Ich habe bereits alles verkauft und gepfändet, was nicht niet- und nagelfest oder unveräußerlich ist", erwiderte er tonlos. „Außerdem habe ich den Großteil der Schulden von meinem Vater, dem ehemaligen Herzog, geerbt. Er lebte weit über seine Verhältnisse und wirtschaftete unsere Anwesen herunter. Mir war nicht klar, wie schlimm es um den Besitz stand, bis er mir das ruinierte Herzogtum auf dem Sterbebett vermachte." Er hielt inne und schnitt eine Grimasse. „Ich glaube, er hat diesen Moment genossen. Seine letzten Worte an mich waren, dass ich bekäme, was ich verdiente. Dass ein Schwächling wie ich das Herzogtum ohnehin zugrunde gerichtet hätte."

„Wie konnte er nur so etwas Schreckliches sagen?", rief Maggie empört aus.

Kein Wunder, dass Rhys seinen Vater als Bastard bezeichnet hatte.

„Ganz unrecht hatte er damit nicht", fuhr er in nüchternem Tonfall fort. „Er mag die Schulden verursacht haben, aber ich habe sie durch meine törichten Investitionen verschlimmert." Ein Ausdruck der Selbstverachtung trat in seine Augen. „Ich steckte das Erbe meiner Mutter in Kapitalanlagen, die mir lukrativ erschienen, und zunächst verzeichnete ich damit Erfolge. Bald schon konnte ich die Schulden um einiges reduzieren und weiterhin dem Lebensstil frönen, den ich gewohnt war. Mit der Zeit begannen meine Investitionen jedoch fehlzuschlagen. Eine schlechte Entscheidung nach der anderen zog mich tiefer und tiefer in den Strudel des Ruins. Irgendwann geriet die Situation völlig außer Kontrolle und ich verlor den Kopf, flüchtete mich in den Alkohol, ins Glücksspiel, in Schlägereien und in … Hurerei."

Er senkte den Kopf und warf ihr von unten herauf einen Blick zu, als wartete er – hoffte sogar – auf ihre Verurteilung. Doch sie sagte nichts, denn er schien sich selbst stärker zu verachten, als irgendwer sonst es könnte.

„Aus Verzweiflung beging ich schließlich den größten aller Fehler", fuhr er mit düsterer Miene fort. „Ich wandte mich an die Geldverleiher, überzeugt, dass ich meine Verluste mit deren Darlehen würde wettmachen und das geliehene Geld zurückzahlen können."

Sie schluckte schwer. Den Ausgang dieser Idee kannte sie ja bereits.

„Am Ende verlor ich alles und noch mehr. Und leider hatte mein Versagen nicht nur für mich Konsequenzen. Ich musste einen Großteil meiner Angestellten entlassen, von denen viele seit Jahrzehnten auf dem Familienanwesen gearbeitet haben. Als ich meine Stadthäuser in London und Paris verkaufte, verlor das Personal dieser beiden Residenzen seinen Lebensunterhalt. Durch meine Arroganz und Dummheit habe ich unzählige Leben zerstört."

Der schonungslose Selbsthass in seiner Stimme brach ihr das Herz. Instinktiv trat sie auf ihn zu und legte ihm eine Hand auf den Arm, spürte seinen Muskel unter ihren Fingern zucken.

„Du darfst dich nicht für den Versuch verurteilen, dass du das Beste aus einer schlimmen Situation machen wolltest", sagte sie leise.

Er schüttelte den Kopf. „Aber durch meine Taten habe ich die Situation noch um ein Vielfaches verschlimmert."

„Im Nachhinein betrachtet mag das stimmen", erwiderte sie. „Aber hinterher ist man eben immer klüger. Wüssten wir vorab, was uns erwartet, wäre das Leben so viel einfacher, nicht wahr? Wir alle machen Fehler. Was zählt, ist, wie wir mit ihnen umgehen. Natürlich kannst du dich weiterhin für das, was geschehen ist, niedermachen, aber wozu führt das?"

Nachdenklich blickte er über ihre Schulter in die Ferne.

„Jetzt bist du bereit, eine andere Wahl zu treffen. Eine bessere", fuhr sie fort, in der Hoffnung, ihn überzeugen zu können. „Sobald du den Schatz deines Onkels gefunden hast, wirst du die Dinge gerade biegen, denjenigen, die von dir abhängig sind, ihren Lebensunterhalt zurückgeben. Du darfst nur nicht die Hoffnung verlieren."

Plötzlich streckte er die Arme aus und zog sie an sich. Ihr Herz pochte wie verrückt, während sie sich an seine harte Brust schmiegte und spürte, wie er das Kinn auf ihrem Schopf ablegte. Einen Augenblick lang standen sie einfach nur eng umschlungen da.

„Danke", murmelte er schließlich.

„Wofür?", fragte sie mit heiserer Stimme.

„Dafür, dass du bist, wie du bist. Eine außergewöhnliche Frau."

Diese Behauptung konnte sie nicht akzeptieren. Sie legte den Kopf in den Nacken, um ihm in die Augen sehen zu können. „Ich bin vollkommen gewöhnlich."

Seine Mundwinkel zuckten amüsiert. „Nichts an dir ist gewöhnlich, Maggie. Allein, dass du so über dich denkst, ist außergewöhnlich."

„Aber alles, was ich eben gesagt habe, basiert auf gesundem Menschenverstand, mehr nicht."

„Genau daran mangelt es den Mitgliedern des *ton*. Oder vielleicht haben sie es auch einfach genossen, meinen Niedergang mitzuverfolgen." Er hielt inne und runzelte die Stirn. „In Eton war ich aufgrund meiner Herkunft ein Außenseiter und musste früh lernen, mit Rüpeln und Schikane fertigzuwerden. Je älter ich wurde, desto beliebter machte mich mein ‚exotisches' Aussehen. Aber als das Glück mich zu verlassen begann, wendeten meine sogenannten Freunde sich von mir ab. Nicht einer von ihnen bot an, mir zu helfen. Sobald ich die Fassade des sorglosen Wüstlings nicht länger aufrechterhalten konnte, verloren sie das Interesse an mir."

Nun, da sie den Grund kannte, weshalb er ihr seine wahre Identität verschwiegen hatte, verflog ihre Wut. Stattdessen empfand sie tiefes Mitgefühl für diesen Mann, der so viel Ablehnung hatte erfahren müssen, unaussprechliche Grausamkeiten für etwas, auf das er keinen Einfluss nehmen konnte. Dieses Gefühl der Hilflosigkeit kannte sie nur zu gut.

Gleichzeitig machte sich eine niederschmetternde Enttäuschung in ihr breit. Obwohl sie immer geahnt hatte, dass ihr Verhältnis nur von kurzer Dauer sein würde, war diese Tatsache nun unumstößlich. Für einen Herzog und eine ehemalige Kellnerin konnte es kein glückliches Ende geben.

„Was geht dir gerade durch den Kopf?", fragte Rhys und hob ihr Kinn mit einem Finger an. „Bereust du deine Entscheidung, einem Versager wie mir zu helfen? Ich würde es dir nicht verübeln. Immerhin ist das nicht gerade ein attraktiver Charakterzug, nicht wahr?"

Trotz seines sarkastischen Tonfalls vermochte er den verletzlichen Ausdruck in seinen Augen nicht zu verbergen. Er durfte keinesfalls denken, dass sie ihn nun verachtete, ihn weniger anziehend fand. Im Gegenteil, seine Unzulänglichkeiten machten ihn in ihren Augen menschlicher und noch unwiderstehlicher als zuvor.

Denk nicht an die Zukunft. Genieße das, was ihr habt, solange es anhält ... Denn mehr wird dir mit ihm nicht vergönnt sein.

Sie atmete tief durch und sagte nachdrücklich: „Du bist kein Versager. Und in Selbstmitleid zu versinken, hilft dir auch nicht weiter."

„Seltsam ... Genau das Gleiche hat auch Horatio vor einem Jahr zu mir gesagt", erwiderte er mit einem Anflug von Wehmut. „Er kam zu mir und versuchte, mich von dem Pfad abzubringen, den ich eingeschlagen hatte. Aber es war bereits zu spät. Ich weigerte mich, seinen Rat anzunehmen, denn ich war wütend auf mich selbst ... und ließ es an ihm aus."

„Bestimmt wusste er, dass du es nicht so gemeint hast", sagte sie sanft. „Immerhin hat er dir ein Erbe hinterlassen. Du musst ihm wirklich wichtig gewesen sein."

„Als ich zwölf war, verbrachte ich einen Sommer bei ihm. Das waren die besten Monate meines Lebens. Kurze Zeit später starb meine Mutter, und mein Vater schob mich nach Eton ab. Ich schrieb Horatio unzählige Briefe aus dem Internat, erhielt jedoch nie eine Antwort. Als leidenschaftlicher Forscher war er immer unterwegs, auf zum nächsten Abenteuer, und das verstehe ich aus heutiger Sicht natürlich, aber damals ..." Er hielt inne und zuckte mit den Schultern. „Damals hatte ich noch nicht gelernt, dass man sich auf niemanden verlassen sollte außer sich selbst."

Maggies Herz brach für den kleinen, mutterlosen Jungen, der von seinem gleichgültigen Vater fortgeschickt worden war und verzweifelt auf die Briefe seines Onkels wartete. Briefe, die niemals eintrafen. Gleichzeitig ermahnte ihr pragmatischer Verstand sie, dass es zu spät für Mitleid oder Bedauern war. Was Rhys in erster Linie brauchte, war Unterstützung.

„Jetzt bist du nicht mehr allein. Du hast mich", verkündete sie. „Und wir müssen uns darauf konzentrieren, einen Schatz zu finden. Du hältst mich für außergewöhnlich, aber in Wahrheit bin ich einfach nur hartnäckig. Wenn ich einen Fehler mache, was häufig vorkommt, reiße ich mich zusammen und versuche es erneut. Und du schaffst das ebenfalls. Ich glaube an dich."

„Gütiger Himmel ... Was habe ich getan, um einen Engel wie dich zu verdienen?"

Sein ehrfürchtiger Tonfall jagte ihr einen wohligen Schauer über den Rücken. „Du hast mir fünfhundert Pfund gezahlt."

Er blinzelte ... Dann warf er den Kopf in den Nacken und lachte laut auf. „Stimmt, das hätte ich beinahe vergessen. Du verstehst dich wirklich aufs Verhandeln, Maggie Foley."

„Guter Service ist eben schwer zu finden ... Euer Gnaden." Sollte sie nicht dazu übergehen, ihn mit seinem Titel anzureden, jetzt, wo sie wusste, wer er war?

„So respektvoll kenne ich dich ja gar nicht", erwiderte er schmunzelnd, bevor er ernst wurde und sie mit einem intensiven Blick bedachte. „Für dich bin ich einfach nur Rhys, Maggie."

Um ihre Verlegenheit und ihr Verlangen zu überspielen, wandte sie sich einem Stück Papier auf seinem Schreibtisch zu. Es war der Zettel, den sie in der Höhle gefunden hatten.

„Soll ich dir mit meinen unschätzbaren Fachkenntnissen dabei helfen, den Hinweis zu entschlüsseln?", fragte sie leichthin.

„Das kann warten."

Neugierig warf sie ihm einen Blick zu. „Gibt es etwas Dringlicheres, um das wir uns kümmern müssen?"

Ein träges, sinnliches Lächeln, das ihr den Atem raubte, breitete sich über sein Gesicht aus.

Nimm, was du kriegen kannst ... solange dir noch Zeit bleibt, flüsterte ihr verräterisches Herz.

Er legte ihr die Hände an die Wangen und neigte den Kopf, bis seine Lippen nur noch wenige Millimeter von den ihren entfernt waren. Sie erschauderte, als sein heißer Atem ihre Haut streifte. „Etwas *viel* Dringlicheres."

Kapitel Fünfzehn

Sie zu küssen, war wie der Funke eines Streichholzes, der das Feuer seiner Begierde entfachte. Egal, wie sehr er sich auch bemühte, langsam und andächtig vorzugehen, um ihr zu zeigen, wie außergewöhnlich und kostbar er sie fand, brachte allein die Berührung ihrer Lippen ihn um jegliche Selbstbeherrschung. Er wurde von einem Verlangen übermannt, das über das Körperliche hinausging und nie gekannte Gefühle in ihm weckte.

Blitzschnell wirbelte er sie herum und setzte sie auf der Tischplatte ab. Mehrere Gegenstände flogen wahllos durch die Gegend, aber darauf achtete er gar nicht. Alles, was zählte, war Maggie.

Maggie, die ihm verziehen hatte, dass er erst jetzt mit der Wahrheit über seinen Titel herausgerückt war. Die ihn getröstet und ihm auf ihre pragmatische Weise Rat erteilt hatte. Die ihn glauben machte, er könnte mehr sein als die Summe seiner Fehler.

Verdammt, er musste sie haben. Auf der Stelle.

Er trat zwischen ihre Beine und küsste sie erneut. Sie schmeckte nach einer berauschenden Mischung aus süßem Tee, herber Zitrone und ... Maggie. Gott, dieses Aroma würde ihn für jede andere Frau ruinieren, dessen war er sich sicher.

Ihre Zungen umspielten einander, während er dazu überging, die Knöpfe an der Rückseite ihres Kleides zu öffnen. Als er ihr das Gewand von den Schultern streifte und bis zur Taille hinunterschob, zuckte sie zusammen und löste sich von ihm.

„Warte, wir können das nicht hier tun!", protestierte sie.

„Sollen wir lieber nach oben gehen?", fragte er schmunzelnd, bevor er damit begann, ihren Hals und ihr Schlüsselbein, das unter ihrer Chemise hervorlugte, zu küssen. Dabei atmete er tief ihren Duft ein. Wer hätte gedacht, dass die Kombination aus Rose und Stärke so erregend sein konnte?

„Nicht um diese Uhrzeit", erwiderte sie atemlos, und der kehlige Ton ihrer Stimme ließ seinen Schwanz pulsieren. „Jeder würde genau wissen, was wir vorhaben."

„Dann bleiben wir am besten hier, mein Schatz." Auch wenn es nicht ideal war, weil das Präservativ, das er zu benutzen gedachte, sich in seinem Schlafgemach befand, würde er sich schon irgendwie zu behelfen wissen. Er konnte einfach nicht länger warten.

Sanft küsste er ihre entblößte Schulter. Ihre Haut war zarter als die Federn eines jungen Schwans, weitaus seidiger als der billige Leinenstoff ihrer Unterwäsche. Es war ein Verbrechen, ihren göttlichen Körper etwas so Rauem, Kratzigem auszusetzen.

„Aber Quince könnte hereinkommen ..."

„Er kommt nur, wenn ich ihn rufe. Und selbst dann erscheint er nicht immer", murmelte er, während er mit geschickten Fingern die Schnürung ihres Korsetts löste. Was sollte er sagen? Er hatte eben Erfahrung. Und diese gedachte er einzusetzen, um die unglaubliche Frau vor ihm zu verwöhnen.

Die einzige Frau, die ihm etwas bedeutete.

Achtlos warf er das Mieder beiseite. „Arme hoch, Liebling."

Sie biss sich nervös auf die Unterlippe, folgte jedoch seiner Aufforderung.

Im Gegensatz zu den meisten modebewussten Damen des *ton* trug sie nur einen Unterrock, was ihm die Arbeit enorm erleichterte. Mit geübten Handgriffen entledigte er sie ihrer Lagen, bis sie nur noch in geflickten, weißen Strümpfen und schlichten Strumpfhaltern vor ihm saß. Behutsam zog er ihr eine Haarnadel nach der anderen aus der Frisur und bewunderte anschließend ihre im Sonnenlicht glänzenden, rötlichen Locken, die ihr bis zur Taille fielen. Wie sie so vor ihm auf der Tischkante saß, die Hände schützend über die Brüste gelegt und die Beine verschränkt, gab sie ein verführerisch widersprüchliches Bild ab: eine schüchterne und zugleich sinnliche Göttin.

„Meine Güte, du bist wirklich ein göttlicher Anblick", flüsterte er mit heiserer Stimme.

Ihr Blick wanderte zu den Fenstern hinüber, die den Garten überblickten. „Was, wenn jemand draußen vorbeigeht und hereinschaut?"

So aufregend ihre gemeinsame Nacht in der stockfinsteren Höhle auch gewesen war, konnte er es kaum erwarten, ihren Körper und ihr Gesicht im Tageslicht zu beobachten, wenn sie sich den süßen Qualen der Leidenschaft hingab.

„Das ist der einzige Vorteil daran, verarmt zu sein: weniger neugieriges Personal. Hier ist niemand, der uns zusehen könnte, mein Schatz." Sanft, aber bestimmt löste er ihre Hände von ihren Brüsten, und der Anblick brachte ihn beinahe um den Verstand. „Gott, habe ich dir je gesagt, wie perfekt ich deine Titten finde?"

„Deine Ausdrucksweise ..." Trotz ihres tadelnden Tonfalls entging ihm nicht, wie ihre Brustwarzen hart wurden.

„Besser, du gewöhnst dich dran. Du bringst meine teuflische Seite zum Vorschein." Übermütig knabberte er an ihrem

Hals, und sein Schwanz pulsierte ungeduldig, als er spürte, wie sie erschauderte. „Ich hatte mir ein kleines Spiel überlegt."

Argwöhnisch runzelte sie die Stirn. „Was für ein Spiel?"

„Genau genommen hat mich das ganze Gerede über Ausdauer und Selbstverbesserung darauf gebracht." Langsam ließ er eine Hand an ihrer Seite hinabgleiten, bis er ihre Hüfte erreichte. Gott, ihre Figur war einfach anbetungswürdig. „Wie oft bist du beim letzten Mal gekommen?"

Sie errötete bis zu den Haarwurzeln. „Das ist wohl kaum eine angebrachte Frage."

„Mehr als einmal?"

Einen Augenblick lang herrschte Schweigen, bevor sie leise erwiderte: „Dreimal."

Er liebte ihre Aufrichtigkeit. „Ein Ergebnis, das es zu übertreffen gilt."

„Übertreffen?", fragte sie schockiert. „Das ist wohl kaum möglich."

„O ihr Kleingläubigen!"

Bevor sie etwas erwidern konnte, drückte er sie rücklings auf den Tisch und küsste sie fordernd. Ihr Haar bildete einen feurigen Kontrast zu dem dunklen Mahagoniholz, und ihre Haut strahlte wie Alabaster. Gierig schloss er den Mund um eine ihrer Brustwarzen und begann, daran zu saugen, während er die andere zwischen Daumen und Zeigefinger rieb. Ihr lautes Stöhnen spornte ihn an, ihre vollen Brüste mit Zunge, Zähnen und Händen zu verwöhnen, bis sie sich ihm mit einem Aufschrei der Ekstase entgegenwölbte.

Das war der erste von vier. Ungeniert labte er sich am Anblick ihrer feucht glänzenden Brüste, als ihm plötzlich eine gerötete Stelle auffiel, wo sein Bart sie gereizt haben musste. Behutsam fuhr er mit den Fingern darüber.

„Deine Haut ist ziemlich empfindlich. Habe ich dich verletzt?", fragte er besorgt.

Es dauerte einen Augenblick, bis seine Worte durch den Nebel ihrer Lust drangen.

„Nein, es kitzelt nur", erwiderte sie mit einem ebenso schüchternen wie lasziven Lächeln. „Und fühlt sich gut an."

Eine Welle der Erregung übermannte ihn. „Wenn das so ist ..."

Abermals schloss er den Mund um einen ihrer steifen, kirschroten Nippel, während er eine Hand zwischen ihre samtigen Schenkel gleiten ließ. Sein Schwanz pulsierte vor Genugtuung, als er bemerkte, wie feucht sie für ihn war. Ohne von ihren Brüsten abzulassen, begann er, ihre Perle zu reizen und zu liebkosen, bis sie vor Wonne am ganzen Körper zu zittern begann. Plötzlich presste sie die Beine um seine Hand zusammen und erreichte mit einem verzücken Seufzer ihren zweiten Höhepunkt.

Er richtete sich auf, wartete, bis ihr Blick sich auf ihn fokussierte und hob dann die Hand zum Mund, um ihren Nektar von seinen Fingern zu lecken. Ihr salziges Aroma jagte ihm einen elektrisierenden Schock durch den Körper und ließ seine Erektion anschwellen, bis er fürchtete, sich jeden Augenblick wie ein unerfahrener Grünschnabel in seine Unterhose zu ergießen.

„Bereit für die nächste Runde?", fragte er atemlos.

Gott, er hoffte, sie war es, denn er wusste nicht, wie lange er bei diesem Spiel noch durchhalten würde.

Trotz ihrer beiden unbeschreiblichen Höhepunkte fühlte Maggie sich noch längst nicht befriedigt. Das glühende Verlangen in Rhys' Blick hatte eine Begierde in ihr entfesselt, die sie viel zu lange unterdrücken musste. Zu sehen, wie sehr er es genoss, sie zu verwöhnen, befreite sie von jeglichen

Hemmungen und ermutigte sie dazu, den Gefallen erwidern zu wollen.

Er gab ihr das Gefühl, schön zu sein, begehrt zu werden.

Es fühlte sich richtig an. Hier zu sein, mit ihm, in diesem Moment.

„Ich bin bereit", erwiderte sie mit heiserer Stimme. „Aber ..."

„Aber was, Liebling?" Er musterte sie forschend. „Sag mir, was du brauchst."

„Ich will, dass du dich ausziehst", entfuhr es ihr. „Wenn du nichts dagegen hast."

Er schenkte ihr ein träges, sinnliches Lächeln. „Ich kann mir nichts Besseres vorstellen."

Sie richtete sich auf, um genauer beobachten zu können, wie er seine Weste aufknöpfte. Achtlos warf er das Kleidungsstück aus hochwertiger, dunkelblauer Seide zu Boden, ebenso wie sein Krawattentuch und sein Hemd. Beim Anblick seines entblößten Oberkörpers stockte ihr der Atem. Seit sie ihn das letzte Mal unbekleidet gesehen hatte, war er noch muskulöser und kräftiger geworden. Sein goldener Teint erinnerte sie an das majestätisch glänzende Fell eines Löwen. Jeder seiner wohlgeformten Muskeln spannte sich an, als er sich bückte, um seine Stiefel abzustreifen.

Anschließend richtete er sich wieder auf und griff nach dem Bund seiner Hose.

Gebannt sah sie zu, wie er sie öffnete und über seine Hüften nach unten schob. Trotz ihres jüngsten Orgasmus begann ihre Pussy zu pulsieren, als sie sich im Licht der Sonne mit seiner kraftvollen, männlichen Pracht konfrontiert sah.

Sein Schwanz war groß und lang und wie eine harte Lanze auf sie gerichtet. Zitternd vor Lust ließ sie den Blick an seinem breiten Schaft entlangwandern, bis er an seinen schweren, dunkelroten Hoden hängen blieb, eingebettet in ein Nest aus dunklem Haar. Als er seine Erektion mit einer Hand umschloss, atmete sie scharf ein.

Unwillkürlich fuhr sie sich mit der Zunge über die Lippen, und er stöhnte leise, während ein Lusttropfen aus seinem Schlitz quoll und langsam an seinem Glied entlangperlte.

„Gefällt dir, was du siehst?", fragte er.

Sein selbstgefälliger Blick verriet ihr, dass er die Antwort bereits kannte.

„Du bist umwerfend. Ich kann nicht glauben, dass du ...“

„Dass ich was?", hakte er nach.

„Dass du hier bist. Mit mir", sagte sie aufrichtig.

Er musterte sie mit glühenden Augen. „Meine bezaubernde Maggie, es gibt keinen Ort, an dem ich gerade lieber wäre.“

Dann küsste er sie, und sie schlang die Arme um seinen Hals, genoss das Gefühl seiner Wärme und Nähe. Während er ihre Zunge mit der seinen liebkoste, ließ sie ihre Finger über seine muskulöse Brust nach unten zu seinem harten, flachen Bauch wandern. Als sie unbeabsichtigt über die breite Spitze seines Schwanzes streifte, stieß er einen kehligen Laut aus.

Sie errötete heftig und zog ihre Hand zurück. Bislang hatte sie ihn noch nie von sich aus berührt. War sie zu forsch gewesen?

Bevor sie eine Entschuldigung stammeln konnte, griff er nach ihrem Handgelenk und führte ihre Finger zurück zu seiner Erektion. „Ich will, dass du mich auf diese Weise verwöhnst, Maggie.“

Mit seiner Hand über der ihren steuerte er ihre Bewegungen, und sie war erstaunt, wie viel Druck er dabei ausübte, weitaus mehr, als sie es ohne seine Anleitung gewagt hätte. Sein Schwanz war eine Studie berauschender Widersprüche, samtige Haut gepaart mit stahlharter Hitze. Benommen vor Lust spürte sie, wie er unter ihren Fingern pulsierte.

„Ist es so gut?", fragte sie unsicher.

„Viel zu gut", presste er hervor. „Ich fürchte, ich komme gleich in deine Hand wie ein verdammter Grünschnabel."

Der Gedanke jagte ihr einen wohligen Schauer über den Rücken. „Ich will spüren, wie du kommst ... So, wie du es bei mir gespürt hast."

Er stöhnte laut und küsste sie fordernd, während er sie anspornte, ihn immer schneller und härter zu befriedigen. Als sie an seiner Zunge saugte, erschauderte er, und seine Erektion schwoll noch weiter an, sodass sie beide Hände benutzen musste, um ihn umschließen zu können. Die Laute, die er ausstieß, trieben ihre Bewegungen an, und halb vor Sinnen vor Lust beobachtete sie, wie er plötzlich erstarrte und sich dann zitternd über ihre Finger ergoss, während er ihren Namen wie ein Gebet vor sich hinmurmelte.

Zufrieden lehnte sie sich zurück, um ihm ein Lächeln schenken zu können ... doch in dem Moment legte er eine Hand auf ihren Brustkorb und drückte sie hinunter auf den Tisch. Anschließend sank er vor ihr auf die Knie, und bevor sie wusste, wie ihr geschah, hatte er ihre Beine über seine Schultern gelegt.

„Jetzt bin ich wieder an der Reihe", sagte er mit heiserer Stimme.

Dann vergrub er das Gesicht zwischen ihren Schenkeln und ging dazu über, sie mit seinem teuflischen Mund zu verwöhnen. Sie seufzte und stöhnte seinen Namen, während er seine Zunge über ihre Spalte gleiten ließ, bis er ihre empfindliche Perle fand und daran zu saugen begann. Halb von Sinnen vor Lust wand sie sich auf dem Tisch und keuchte überrascht auf, als sie spürte, wie die Spitze seiner heißen Zunge in sie eindrang.

„Rhys!"

„Gott, du schmeckst köstlich", murmelte er mit belegter Stimme. „Ich bekomme einfach nicht genug von dir."

Immer wieder stieß er in sie, bis sie zu ihrem Erstaunen eine weitere Welle der Ekstase aufkommen spürte. Diesmal war ihr Orgasmus jedoch sanfter, langgezogener, wie ein naturgewaltiges Spiel aus Ebbe und Flut.

„Letzte Runde."

Selig auf den Wolken der eben erlebten Wonne dahinschwebend, dauerte es einen Augenblick, bis sie seine Worte registrierte, doch bevor sie reagieren konnte, hatte er sie auf den Bauch gedreht. Ihre empfindlichen Brüste und Handflächen waren nun gegen die harte Tischplatte gepresst, und ihre Zehen berührten kaum den Boden.

Abermals begann er, ihre geschwollene Scham zu streicheln.

„So eine hübsche, feuchte Pussy." Sein tiefes, kehliges Flüstern jagte ihr einen elektrisierenden Schock durch den Körper und schürte die glimmenden Kohlen ihrer Erregung ein weiteres Mal. „Du wirst noch einmal für mich kommen, nicht wahr, Liebling?"

„Ich weiß nicht, ob das möglich ist", keuchte sie.

„Nicht einmal, wenn ich das hier tue?"

Langsam ließ er einen Finger in sie gleiten. Ihn in sich zu spüren, war ein unbeschreibliches Gefühl, als füllte er eine Leere in ihr, die sich viel zu lange nach ihm gesehnt hatte.

„Gott, du bist so heiß und eng, ich kann spüren, wie du dich um mich herum dehnst", presste er hervor. „Bist du bereit für mehr?"

„Ja, ich will mehr", hauchte sie atemlos.

Das obszöne, schmatzende Geräusch seiner Finger, die sich in ihr bewegten, entfachte ihre Lust, weniger verzweifelt und dringend als zuvor, sondern mehr wie ein süßer, stetiger Druck, der sich in ihrem Innersten aufbaute. Ihre Finger versuchten, auf der glatten Tischoberfläche Halt zu finden, während seine Handfläche immer schneller und heftiger gegen ihre triefenden Schamlippen klatschte. Seine Berührungen waren geschickt und bemessen, darauf ausgelegt, sie an den Rand der Ekstase zu treiben, bis sie völlig den Verstand verlor. Sie stand so kurz davor, brauchte nur ein wenig mehr Reibung ...

„Fehlt dir etwas, mein Schatz? Braucht deine süße, kleine Perle noch mehr Aufmerksamkeit?"

Gott, er war sündhaft. Völlig verrucht. Aber sie war es auch.

„Ja", seufzte sie.

„Dann mach es dir selbst", befahl er. „Ich will, dass du dich berührst, während ich es dir mit meinen Fingern besorge."

Völlig berauscht vor Lust gehorchte sie ihm, schob eine Hand zwischen ihren Körper und den Tisch und begann, sich im Rhythmus seiner Stöße zu befriedigen.

„Verdammt, du bist so feucht, dein Nektar durchnässt die Schreibunterlage", knurrte er. Seine kehlige Stimme war wie ein Aphrodisiakum, setzte ihre Nervenenden in Brand und breitete sich wie flüssige Lava durch ihre Adern aus. „Ich habe mittlerweile drei Finger in dir. Spürst du, wie gierig deine enge, kleine Pussy, sie in sich aufnimmt? Gott, ich kann es kaum erwarten, dich endlich richtig nehmen zu können, meinen harten Schwanz in dir zu vergraben."

Der Druck in ihrem Zentrum löste sich und strömte in heißen, pulsierenden Wellen durch ihren Körper. Ihr Orgasmus war so intensiv und überwältigend, dass sie es kaum aushielt. Bevor sie sich erholen konnte, hatte er sie zurück auf den Rücken gedreht und trat zwischen ihre zitternden Beine.

Sein Glied ragte abermals hart und stolz hervor. Mit angehaltenem Atem stützte sie sich auf die Ellbogen und beobachtete, wie er eine Faust um seinen mächtigen, dunkelroten Schaft schloss und begann, sich zu befriedigen. Mit jeder Bewegung quollen mehr und mehr Lusttropfen aus seiner geschwollenen Eichel.

Als er den Kopf hob, trafen sich ihre Blicke, und ein Schauer durchfuhr sie.

„Willst du meinen heißen Samen auf deiner Haut spüren?", flüsterte er mit rauer Stimme.

Atemlos nickte sie. Seine Hand bewegte sich immer schneller und heftiger. Sein Bizeps spannte sich an, die Sehnen an seinem Hals traten hervor ... und dann explodierte er, verteilte seine männliche Essenz über ihre Brüste, ihren Bauch und ihre Schenkel. Der salzige Geruch und das warme Gefühl seiner Ekstase auf ihrer Haut erfüllten sie mit einer tiefen, sinnlichen Zufriedenheit.

Einen Augenblick lang verharrten sie in ihren Positionen und starrten einander schweigend an.

Dann beugte er sich nach vorne und lehnte seine Stirn an die ihre.

„Siehst du?", murmelte sie. „Ich habe immer gewusst, dass du jeder Herausforderung gewachsen bist."

Er hob den Kopf und wackelte mit den Brauen. „Und das sogar *zweimal*."

Sie lachten beide, doch dann verstummte er abrupt, als sein Blick auf etwas hinter ihr fiel. Verwirrte drehte sie sich um, um sehen zu können, was seine Aufmerksamkeit erregt hatte. Erst jetzt bemerkte sie das Chaos, das sie während ihres leidenschaftlichen Liebesspiels angerichtet hatten: Dokumente lagen überall auf dem Boden verstreut, sämtliche Gegenstände auf dem Tisch waren umgestoßen. Es dauerte einen Augenblick, bis sie realisierte, worauf er fixiert war.

Ein rotes, herzförmiges Tintenfass war umgefallen und hatte seinen Inhalt über die Schreibunterlage verteilt, einschließlich des Zettels, der den Hinweis enthielt. Seltsamerweise waren unter der ursprünglichen Zeile nun *weitere Worte* erschienen.

Aufgeregt schnappte Rhys sich das Stück Papier. „*Sieh mit dem Herzen* ... Das hat mein Onkel also wortwörtlich gemeint! Er hat etwas mit unsichtbarer Tinte geschrieben, was durch das Zeug in dem herzförmigen Fläschchen sichtbar wurde.“

„Was steht da?“, fragte sie neugierig und lehnte sich näher heran.

„Ich kehrte heim nach Dorset, aber mein Herz blieb zurück auf den Bermudas. Schon wieder eines seiner verdammten Rätsel.“

Während Rhys frustriert den Kopf schüttelte, durchfuhr Maggie die Erkenntnis wie ein Blitz.

„Ich hab's!“, verkündete sie mit großen Augen. „Ich weiß, wo wir den nächsten Hinweis finden!“

Kapitel Sechzehn

In Anbetracht der Tatsache, dass sich der nächste Hinweis in dem nahe gelegenen Dorf Whitchurch Canonicorum befand und Maggie dringend zu ihrer Familie zurückmusste, stimmte Rhys zu, die Fahrt auf den nächsten Morgen zu verschieben. Pünktlich um neun Uhr früh traf er vor ihrem Landhaus ein. Es war eine unchristliche Zeit, wie er fand, aber nichtsdestotrotz hatte er auf dem Weg bereits beim hiesigen Blumengeschäft haltgemacht.

Immerhin war er am Abend zuvor früh zu Bett gegangen, das nachmittägliche Schäferstündchen mit Maggie hatte ihn völlig ausgelaugt.

Die Erinnerung an ihre vier Höhepunkte brachte sein Blut in Wallung. Gott, sie war wirklich ein unersättliches Ding, ebenso zügellos und leidenschaftlich wie er selbst. Irgendwann würde er sie mit in sein Bett nehmen und ihrer beider Grenzen austesten. Vermutlich würden sie vor Wonne umkommen.

Auch nicht die schlechteste Art zu sterben.

„Ruhig, Kleiner“, murmelte er seinem Schritt zu, wo ein bestimmter Teil seiner Anatomie sich bei dem Gedanken an einen tödlichen Liebesmarathon mit Maggie interessiert aufrichtete.

Eine morgendliche Erektion war für ihn nichts Ungewöhnliches, dass sein erster Gedanke dabei Maggie galt allerdings schon. Keine andere Frau hatte je einen vergleichbaren Einfluss auf ihn gehabt, seine Gedanken und Gefühle auf so tiefschürfende Weise eingenommen, auch wenn sie gar nicht bei ihm war. Die seine Lust zu entfachen vermochte und es gleichzeitig schaffte, dass er sich einfach ... gut fühlte. Leichter.

Glücklich.

Die Erkenntnis traf ihn wie ein Blitz. Verdammt, er war *Ransom*, ein abgestumpfter, weltgewandter Wüstling, nicht irgendein liebestoller Narr. Glück war etwas so ... Spießbürgerliches.

Dennoch ließ sich nicht leugnen, dass mit Maggie einfach alles anders war. *Sie* war anders. Er konnte nicht sagen, was sie mehr schockiert hatte: die fälschliche Annahme, dass er ein Krimineller sei oder die Wahrheit über seinen Herzogtitel. So oder so hatte sie ihn für das akzeptiert, was er war.

Rhys. Er war einfach nur *Rhys*.

Ihre Akzeptanz rief ein Gefühl von Demut in ihm hervor, ebenso wie den Wunsch, ihr mehr geben zu wollen. Zumindest mehr als die zwei Wochen, die er sich als Frist gesetzt hatte. Wenn es ihnen tatsächlich gelingen sollte, den Schatz zu finden (und wenn dieser auch wirklich so wertvoll war, wie Horatio versprochen hatte), wäre Rhys ein freier Mann. Vergessen wären die Schulden und die deprimierende Aussicht auf eine Zweckehe.

Maggie und er könnten zusammen sein, so lange sie wollten. Er könnte sie mit nach London nehmen, ihr die Sehenswürdigkeiten zeigen, ihr ein Stadthaus kaufen, eine anständige Garderobe, Juwelen ...

Sie ist eine achtbare Witwe, du Narr, keine Mätresse, die sich aushalten lässt, schalt er sich. *Und was ist mit Glory? Sie wird wohl kaum ihre Tochter zurücklassen, um sich mit dir zu vergnügen.*

Eine der Eigenschaften, die er am meisten an Maggie schätzte, war ihr unerschütterliches Pflichtbewusstsein ihrer Familie gegenüber, die aufrichtige Liebe, die sie ihnen entgegenbrachte. Und er musste zugeben, dass Glory auch ihm ans Herz gewachsen war. Obwohl er normalerweise nicht viel für Kinder übrighatte, fand er die widersprüchliche Natur aus Unverblümtheit und Verletzlichkeit des Mädchens irgendwie bezaubernd. Tatsächlich hätte er nichts dagegen, noch ein paar gemütliche Abendessen mit Maggie und ihrer Familie zu verbringen ...

Teufel noch eins, war das gerade ein ... häuslicher Gedanke?

Schaudernd verdrängte er jegliche Fantasien dieser Art. Aus Erfahrung wusste er, dass Heim und Herd nichts für ihn waren. Er sollte sich lieber darauf konzentrieren, was er alles mit Maggie anstellen würde, sobald er seine Schulden zurückgezahlt hatte.

Nachdem er den Einspänner zum Stehen gebracht hatte, stieg er aus, schnappte sich den Blumenstrauß, den er für Maggie gekauft hatte, und klopfte an ihre Tür. Es dauerte keine zwei Sekunden, bis diese aufflog und Glory auf der Schwelle erschien. Sie schien für einen Ausflug gekleidet zu sein, inklusive Strohhut und ordentlich geflochtenen Zöpfen.

„Hallo, Rhys! Rate mal, was passiert ist? Ich habe mir in den Finger geschnitten!", verkündete sie.

Angesichts ihrer theatralischen Offenbarung musste er ein Schmunzeln unterdrücken. „Ich hoffe, die Verletzung ist nicht allzu schlimm."

„Ich habe eine Tasse fallen lassen und mich an einer der Scherben geschnitten." Zum Beweis hielt sie ihren Zeigefinger hoch, der mit einem dünnen Streifen Leinenstoff verbunden war. Glücklicherweise schien die Wunde nicht sonderlich groß zu sein. „Mama hat den Schnitt gesäubert und verbunden. Sie sagt, ich werd's schon überleben. Sind die Blumen etwa für sie?"

„Ja. Denkst du, sie werden ihr gefallen?"

„Rosen mag sie am liebsten. Und das sind die *größten*, die ich je gesehen habe!" Bevor er etwas erwidern konnte, lugte sie neugierig an ihm vorbei. „Ist das deine Kutsche?"

„Sie gehörte meinem Onkel."

Die Antwort hätte er sich sparen können, denn das Mädchen war längst um ihn herumgeflitzt, um den sportlichen, offenen Einspänner in Augenschein zu nehmen. Ohne zu zögern, öffnete sie die Tür und kletterte hinein. Während Horatio seinem Anwesen wenig Aufmerksamkeit geschenkt hatte, war er vernarrt gewesen in seine Fuhrwerke. Sowohl der Kutschbock als auch die Passagiersitze waren mit Samt überzogen, und das lackierte Holz glänzte in der Sonne.

„Deine Kutsche ist wirklich bequem!", rief Glory ihm vom Rücksitz aus zu.

„Du meine Güte, das tut mir schrecklich leid", sagte Maggie, die eben im Türrahmen aufgetaucht war und sich eine schwarze Haube umband. „Hypatia hat heute Morgen eine Migräne ereilt, und ich konnte auf die Schnelle niemanden finden, der auf Glory aufpasst. Wenn ich sie hierlasse, wird sie ihrer armen Tante nur auf die Nerven gehen, aber Patty braucht dringend Ruhe ..."

„Das verstehe ich vollkommen", versicherte er ihr. „Ich würde mich freuen, wenn Glory uns begleitet."

„Sie wird auch keinen Ärger machen. Ich habe ein Buch für sie eingepackt, und sie kann sich in der Regel gut allein beschäftigen. Außerdem habe ich ihr den wahren Grund für unseren Besuch in Whitchurch Canonicorum natürlich nicht verraten.

Sie glaubt, ich wolle dir nur die Sehenswürdigkeiten hier in der Gegend zeigen ...“

„Beruhige dich, Maggie.“ Am liebsten würde er die Sorgenfalte zwischen ihren Brauen wegküssen. Und sich dann anderen Körperstellen zuwenden ... Aber angesichts ihres Publikums besann er sich und reichte ihr stattdessen den Blumenstrauß, den sie in ihrer Aufregung noch gar nicht bemerkt hatte. „Die sind für dich.“

Als sie das kunstvolle Gesteck aus cremefarbenen, zartrosa und tiefroten Rosen sah, riss sie verblüfft die Augen auf. Die Floristin hatte alles mit grünem Laub abgerundet und mit einem hübschen Seidenband zusammengebunden.

„Wie unglaublich schön“, hauchte sie. „Aber die müssen ja ein *Vermögen* gekostet haben. Mit deinen Schulden solltest du wirklich nicht so viel Geld für Belanglosigkeiten ausgeben.“

„Du bist für mich nicht belanglos.“

Sie errötete leicht. „Das meinte ich damit nicht.“

„Ich weiß, was du damit sagen wolltest. Und während ich deine Sorge zu schätzen weiß, werden mich ein paar Rosen schon nicht noch weiter in den Ruin treiben“, erwiderte er. „Solange sie dir gefallen, erachte ich sie als lohnenswerte Investition.“

„Es ist der schönste Strauß, den ich je gesehen habe“, beeilte sie sich zu sagen. „Vielen Dank. Ich stelle ihn nur schnell in eine Vase und bin gleich wieder da.“

Sie schenkte ihm ein solch liebliches Lächeln, dass es ihm die Brust abschnürte. Als er zusah, wie sie die Rosen behutsam ins Haus hineintrug, konnte er nicht umhin, an die teuren Geschenke zu denken, die er anderen Frauen gemacht hatte. Seine Liebhaberinnen hatten sich nie gescheut, ihm dezente Hinweise bezüglich der Dinge zu geben, die sie von ihm erwarteten.

Maggie deutete nie etwas an und erwartete auch nichts.

Gott, sie hatte sich wie verrückt über einen Strauß Blumen gefreut ... und sich gleichzeitig Gedanken darüber gemacht, dass er Geld für sie ausgegeben hatte. Er spürte ein seltsames Gefühl in sich aufsteigen, das er nicht zu benennen vermochte.

Nachdem sie zurückgekehrt war, ging es los nach Whitchurch Canonicorum. Die Straße wand sich durch die malerische Landschaft des Marshwood Vale, ein tief liegendes Tal gesäumt von Wäldchen und Hecken, zwischen denen vereinzelte Bauernhöfe standen. Vor dieser idyllischen Kulisse wirkte Maggie mehr denn je wie eine würdevolle heidnische Göttin, mit ihren sattgrünen Augen, die den Weiden Konkurrenz machten, und dem feurigen Haar, das in der Sonne glänzte.

Während der Fahrt war sie recht schweigsam, ein Wesenszug, den er ebenfalls an ihr schätzte. Im Gegensatz zu anderen Frauen tendierte sie nicht dazu, die Zeit mit belanglosem Geschwätz zu füllen. Glory hingegen zierte sich nicht, das Gespräch an sich zu reißen.

„Weißt du noch, was du mir neulich beim Abendessen geraten hast, Rhys?", fragte sie von ihrem Platz auf dem Rücksitz aus. „Darüber, wie ich mit Jungs umgehen soll, die mich piesacken?"

„Natürlich. Du solltest ihnen nicht die Genugtuung geben, dass du dich provozieren lässt, sondern sie so weit wie möglich ignorieren", erwiderte er. „Und sollte es nicht anders gehen, die Konfrontation suchen."

„Ich habe deine Strategie ausprobiert, und es hat geklappt!", verkündete sie begeistert. „Du hättest Billy Pinkletons Gesicht sehen sollen, als er mich beleidigt hat und ich so tat, als wäre er Luft. Als er es nach dem Unterricht noch einmal versuchte, sagte ich ihm, dass nur ein Feigling sich über andere lustig mache."

Rhys warf ihr einen Blick über die Schulter zu. „Wie hat er darauf reagiert?"

„Er ist knallrot angelaufen!", sagte sie mit einem zufriedenen Grinsen. „Und beharrte darauf, dass er kein Feigling sei, also forderte ich ihn zu einem zweiten Kletterwettbewerb heraus. Diesmal vor allen anderen."

„Glory, das ist doch nicht dein Ernst!" Maggie drehte sich nun ebenfalls um und bedachte ihre Tochter mit einem tadelnden Blick.

„Doch, und ich habe ihn schon *wieder* geschlagen", erwiderte die Kleine triumphierend. „Im Gegensatz zum letzten Mal waren diesmal lauter Zeugen dabei, die gesehen haben, wie ich gewann. Jetzt kann Billy mich nicht mehr hänseln, sonst halten ihn alle für einen schlechten Verlierer."

Rhys verspürte einen seltsamen Anflug von Stolz. „Gut gemacht, Kleines."

Nun warf Maggie ihm einen missbilligenden Blick zu. War es verwerflich von ihm, dass ihre strenge Schulleiterin-Miene sein Blut in Wallung brachte?

„Glory sollte nicht auf Bäumen herumklettern, egal, aus welchen Gründen."

„Du kletterst an den Klippen herum", gab ihre Tochter zu bedenken. Ein triftiger Einwand, wie Rhys fand.

„Aber nur, weil mein Beruf es von mir verlangt. Für dich besteht kein Grund, deinen Ruf zu riskieren ..."

„Die anderen Kinder finden es klasse, dass ich Billy Pinkleton geschlagen habe", erwiderte Glory ein wenig angriffslustig. „Warum sollte ich etwas nicht tun, obwohl ich es gut kann?"

Das würde ihn auch interessieren. Allerdings hütete er sich angesichts Maggies offensichtlicher Frustration davor, sich in das Gespräch einzumischen.

„Weil du eine Goode bist", erklärte diese. „Du musst deinen Leichtsinn bremsen, andernfalls wird er dir zum Verhängnis."

„Aber ich habe doch nichts falsch gemacht. Rhys hat gesagt, ich solle für mich selbst einstehen. Stimmt's nicht, Rhys?"

Maggies scharfen Blick auf sich spürend, zuckte er mit den Schultern. „Ich kann nur aus eigener Erfahrung sprechen."

„Soll das heißen, du wurdest auch gehänselt?", fragte Glory ungläubig und steckte den Kopf nach vorne, um ihn direkt ansehen zu können. „Aber du bist so groß und stark! Und ein richtiger Gentleman. Wer würde es wagen, sich über dich lustig zu machen?"

„Ich war nicht immer groß und stark", erwiderte er. „Schon gar nicht als Zwölfjähriger, der nach Eton geschickt wurde. Die älteren Schüler ,begrüßten' die Neuankömmlinge mit gemeinen Ritualen ... insbesondere die, die anders waren."

„Warum warst du anders?", hakte Glory nach.

„Wegen meines Aussehens zum Beispiel. Damals sah ich meiner Mutter noch wesentlich ähnlicher." Als die Kleine ihn fragend anstarrte, fügte er erklärend hinzu: „Sie war chinesischer Abstammung."

Glory machte große Augen. „Du meinst ... wie Tee?"

„Achte gefälligst auf deine Manieren", wies Maggie sie scharf zurecht.

„Ist schon in Ordnung", sagte Rhys, dem die aufrichtige Neugier des Mädchens nichts ausmachte. „Genau, meine Mutter kam ursprünglich aus China, wo auch Tee angebaut wird. Mein Vater war Engländer, und aufgrund meiner gemischten Herkunft wurde ich auf dem Internat gehänselt, aber ich verschaffte meinen Peinigern nicht die Genugtuung, indem ich auf ihre Angriffe mit Rückzug reagierte. Ich lernte, mich zu wehren. Obwohl ich anfangs überwiegend verlor, gab ich nicht auf. Irgendwann war ich dann derjenige, der als Sieger hervorging, und die anderen Jungen lernten, mich in Ruhe zu lassen."

„Genau *das* ist auch mit Billy passiert", rief Glory aus. „Jetzt, da ich ihn zum zweiten Mal geschlagen habe, hält er sich von mir fern. Und sollte ein anderer an seine Stelle treten, werde ich mich an deinen Rat halten und mir nicht anmerken lassen, wie sehr die Gemeinheiten mich verletzen."

Er musste über den Eifer in der Stimme des Mädchens lächeln.

„Man kann nicht kontrollieren, was andere über einen denken. Das, was man über sich selbst denkt, allerdings schon", sagte Maggie mit einem Anflug von Schwermut. „Einer von Hypatias Lieblingssprüchen."

Rhys ahnte, dass sie sich damit nicht nur auf Glorys Situation bezog. Aufgrund ihrer Familiengeschichte wusste sie, wie es sich anfühlte, wegen Faktoren geächtet und ausgeschlossen zu werden, auf die man keinen Einfluss hatte.

„Manchmal ist der härteste Kampf, den man austragen muss, der mit sich selbst", fügte er hinzu.

Noch während er die Worte aussprach, wurde er sich der Wahrheit hinter ihnen bewusst. Trotz seiner Bemühungen, die Meinungen anderer zu ignorieren, hatten sie sein Selbstbild stark geprägt. *Mischling, Schwächling, Wüstling* ... Seine Identität war ein Spiegellabyrinth, dem er nicht zu entrinnen vermochte.

„So ist es", pflichtete Maggie ihm wohlwollend bei.

„Du bist wirklich klug, Rhys", stellte Glory bewundernd fest.

Als er den beiden einen flüchtigen Blick zuwarf, setzte sein Herz einen Schlag aus. In ihren strahlenden Gesichtern sah er eine Version seiner selbst, die sich von allem unterschied, was er bisher gekannt hatte. Und er wusste nicht, ob diese Version ihn glücklich stimmte ... oder verängstigte.

Kapitel Siebzehn

Nach einer Stunde hatten sie ihr Ziel erreicht: die Gemeindekirche St. Candida and Holy Cross am nördlichen Ende von Whitchurch Canonicorum. Maggies Mutter hatte sie früher gelegentlich hierhin mitgenommen, und die Kapelle war noch genau so, wie sie es in Erinnerung hatte: stolz und bescheiden zugleich, dem Zahn der Zeit trotzend. Das weizengelbe, von Patina überzogene Quadergestein hob sich malerisch gegen die umliegenden Hügel und Grünflächen ab. Über dem Eingang ragte ein imposanter Glockenturm auf.

Rhys sprang aus der Kutsche und half anschließend Maggie und Glory beim Absteigen. Kaum war die Kleine davongestürmt, um sich die Grabsteine auf dem Friedhof anzusehen, murmelte Rhys Maggie zu: „Und du bist dir ganz sicher, dass der nächste Hinweis sich hier befindet?"

„Ja", erwiderte sie. „Ich glaube, Horatios letztes Rätsel spielte auf Sir George Somers an, einen Forscher aus dieser Gegend, der die Inselkolonie Bermuda gründete. Vor seinem Tod ordnete er an, dass man sein Herz auf den Bermudas begraben möge, während seine verbleibenden sterblichen Überreste an seinen Geburtsort zurückgebracht werden sollten. Sein Leichnam ruht unter der Sakristei dieser Kirche."

Sir Somers war eine berühmte Figur in Dorset: Alle Schulkinder nahmen ihn im Unterricht durch, und er hatte sogar als Inspiration für eines von Shakespeares Stücken gedient.

„Was würde ich nur ohne dich tun, Maggie?"

Ihr Herz schlug schneller, als sie den intensiven Blick bemerkte, mit dem Rhys sie bedachte. Je mehr er von sich preisgab, desto stärker fühlte sie sich zu ihm hingezogen. Seine Offenheit während der Kutschfahrt war wie ein Geschenk gewesen ... ebenso außerordentlich wie die wunderschönen Rosen, die er ihr mitgebracht hatte. Obwohl sie sich von Anfang an ermahnt hatte, ihr Herz außen vor zu lassen, war es bereits zu spät: Sie hatte Gefühle für ihn entwickelt.

Und wider besseren Wissens bereute sie es nicht.

Um ihre Emotionen zu überspielen, erwiderte sie leichthin: „Dank der fünfhundert Pfund und den fünf Prozent Gewinnanteil, die du mir versprochen hast, wirst du das nicht herausfinden müssen."

Er lächelte sie verschmitzt an. „Eine Frau nach meinem Geschmack. Gott segne deinen Geschäftssinn."

„Na dann, stürzen wir uns in die Schatzsuche."

Das Kirchenschiff im Innern des Gebäudes war leer. Maggie delegierte Glory zu einer der Bänke und drückte ihr ein Buch in die Hand.

„Versprich mir, dass du schön hier sitzen bleibst und nichts anstellen wirst, während ich Mr Jones herumführe", sagte sie.

„Ich bin doch kein kleines Kind mehr", meckerte Glory und verdrehte die Augen, widmete sich dann jedoch brav ihrem Buch.

Maggie führte Rhys den Gang hinunter und durch den von Buntglasfenstern erhellten Altarraum in die Sakristei, einen kleinen, spartanisch eingerichteten Raum, dessen Wände mehrere Holzvitrinen säumten.

„Da Sir Somers' sterbliche Überreste unter diesem Zimmer begraben sind, scheint es mir der richtige Ort zu sein, um nach dem nächsten Hinweis zu suchen", erklärte sie.

Eifrig machten sie sich daran, jeden Zentimeter des kleinen Raumes zu durchkämmen. In den Schränken fanden sie abgesehen von liturgischen Gewändern und Gegenständen für den Kirchengebrauch jedoch nichts Außergewöhnliches.

„Der Hinweis ist nicht hier", stellte Rhys fest und fuhr sich mit der Hand durchs Haar. „Wo sollen wir als Nächstes suchen?"

„Wir könnten uns das Kirchenschiff vornehmen ..."

„Guten Tag, ich bin Mr Peters, der Pfarrer von St. Candida. Kann ich Ihnen irgendwie behilflich sein?"

Als Maggie herumwirbelte, erblickte sie einen beleibten, blonden Mann mit funkelnden, blauen Augen. Unvermittelt ereilten sie Erinnerungen an frühere Kirchenbesuche, und ein beklemmendes Gefühl machte sich in ihr breit. Die Goodes waren regelmäßig das Ziel belehrender Predigten von der Kanzel aus sowie strafender Blicke aus den umliegenden Bankreihen gewesen.

Und Maggie selbst war bei Weitem keine Heilige. Sie hatte ein uneheliches Kind zur Welt gebracht und nun ein Verhältnis mit dem leiblichen Vater ihrer Tochter, den sie nebenbei auch noch bezüglich der Vaterschaft täuschte. Keinesfalls wollte sie noch tiefer in Sünde verfallen, indem sie einen Geistlichen anlog.

„Wir, äh, wollten nur ...", stammelte sie nervös.

„Wir haben uns verirrt", mischte Rhys sich ein. „Ich bin zum ersten Mal hier und kenne mich daher noch nicht aus, wissen Sie? Mein Onkel sprach jedoch stets in den höchsten

Tönen von Ihrer Kirche, weshalb ich sie mir unbedingt einmal ansehen wollte."

„Tatsächlich?" Die Augen des Pfarrers funkelten neugierig. „Wer ist Ihr Onkel, wenn ich fragen darf, Sir?"

„Horatio Jones. Er ist kürzlich verstorben."

„Ob wir nun leben oder sterben, wir gehören dem Herrn", murmelte der Geistliche. „Mein herzliches Beileid. Mr Jones war ein außergewöhnlicher Gentleman und großzügiger Wohltäter unserer Kirche."

„Sie kannten meinen Onkel?"

„In den letzten Monaten kam er öfter hierher. Wir sprachen über das Leben, das er führte und seine Liebe für das Reisen. Er wirkte mit sich selbst im Reinen, bereit für sein letztes, großes Abenteuer. Übrigens erwähnte er, dass Sie uns eines Tages einen Besuch abstatten könnten."

„Wirklich?", fragte Rhys mit wachsamer Miene.

„O ja. Er sagte, er habe einen Neffen, der nach ihm käme und seinen Sinn für Abenteuer teilte", erklärte Mr Peters freundlich. „Und er bat mich, Ihnen auszurichten, sich unbedingt seinen Lieblingsort hier in der Kirche anzusehen, den Schrein von St. Wite. Es wäre mir eine Freude, Sie hinzuführen, Mr und Mrs ...?"

„Rhys Jones, zu Ihren Diensten."

„Wenn Sie mir bitte folgen würden, Mr und Mrs Jones. Der Schrein befindet sich im nördlichen Kreuzschiff." Mit diesen Worten schritt der Pfarrer ihnen voraus.

Maggie errötete heftig und wartete, bis er außer Hörweite war, bevor sie flüsterte: „Rhys, er hält uns für ..."

„Spielen wir einfach mit", murmelte er zurück. „Besser, als die wahren Umstände unseres Besuchs zu erklären."

Galant hielt er ihr den Arm hin und führte sie hinaus aus der Sakristei, dem mitteilsamen Mr Peters hinterher.

„Während der Reformation wurden viele Reliquien

zerstört“, erklärte dieser gerade. „St. Candida ist eine der wenigen Kirchen, deren heilige Überreste verschont blieben. Es sind die unserer Schutzpatronin, St. Wite.“

„Mit dieser Heiligen bin ich nicht vertraut“, sagte Rhys stirnrunzelnd.

„War sie nicht eine angelsächsische Frau, die unter Einsatz ihres Lebens bei Sturm an den Klippen stand und Seeleuten mit ihrer Laterne den Weg leuchtete?“, fragte Maggie, die sich an die Geschichten ihrer Mutter erinnerte.

„Obwohl es viele Legenden um die wahre Identität von St. Wite gibt, zog Mr Horatio Jones diejenige vor, die Sie eben erwähnten“, erwiderte der Geistliche mit einem gutmütigen Lächeln. „Er sagte, ihm gefiele die Vorstellung, dass eine Frau ein Licht für ihn anließ.“

„Das klingt ganz nach meinem Onkel“, murmelte Rhys.

„Mama, mir ist langweilig“, wurden sie von Glory unterbrochen, die in den Gang des Hauptschiffs trat und ihren Strohhut an den Bändern durch die Gegend schwang. „Wie lange dauert das hier noch?“

Bevor sie etwas erwidern konnte, rief Mr Peters in herzlichem Tonfall: „Guten Tag, junge Dame! Möchtest du deine Eltern zum Schrein unserer Schutzpatronin begleiten?“

Als sie sah, wie Glory die Stirn runzelte, griff Maggie schnell nach ihrer Hand und sagte: „Das wäre wunderbar, vielen Dank.“

„Es ist mir ein Vergnügen.“ Der Pfarrer setzte seinen Weg fort, Rhys an seiner Seite. „Was für eine bezaubernde Familie Sie haben, Sir. Ihre Tochter kommt ganz nach Ihnen beiden.“

Gütiger Himmel. Maggie schlug das Herz bis zum Hals. Bildete sie es sich nur ein, oder verspannten sich Rhys‘ Schultern kurzzeitig?

„Ich kann mich in der Tat glücklich schätzen“, erwiderte er tonlos.

Er klingt ruhig. Er spielt nur mit. Er weiß nichts.

„Mama, warum glaubt der Mann, dass Rhys mein Vater ist?", flüsterte Glory ihr zu.

„Das ist nur ein Missverständnis", erwiderte sie leise, verzweifelt bemüht, die aufsteigende Panik zu unterdrücken. „Spiel einfach mit, ja? Es würde zu lange dauern, die Situation aufzuklären, und du willst doch nicht noch mehr Zeit hier verbringen als nötig, oder?"

Ihre Tochter zuckte nur mit den Achseln. „Ist gut."

Erleichtert atmete sie aus und führte Glory in das Kreuzschiff, wo die beiden Männer bereits auf sie warteten. Glücklicherweise schien Rhys von den Erklärungen des Geistlichen abgelenkt zu sein, er wirkte weder schockiert noch empört oder wütend.

Er schöpft keinen Verdacht. Trotz ihrer Erleichterung plagten sie auch Gewissensbisse.

„Man vermutet, dass der Schrein vor dem dreizehnten Jahrhundert erbaut wurde", sagte Mr Peters und deutete auf ein steinernes Altargrab an der gegenüberliegenden Wand. Zu beiden Seiten ragten schmale Säulen auf, und über der flachen Gedenkstätte, auf der ein Kerzenständer mit flackernden Kerzen thronte, erstreckten sich drei hohe Spitzbogenfenster. „Der Grabdeckel ist aus Purbeck-Marmor, der Rest des Schreins aus Kalkstein."

„Wofür sind die Löcher da?", fragte Glory und deutete auf drei ovale Öffnungen im Sockel des Altargrabs.

Der Pfarrer wandte sich ihr zu. „Die Pilger glauben, dass die Reliquien heilende Kräfte besitzen und dass sie, um geheilt zu werden, lediglich ihre betroffenen Körperteile oder persönlichen Gegenstände dort hineinstecken müssen."

Staunend riss das Mädchen die Augen auf und hielt seinen verbundenen Finger hoch. „Heißt das, wenn ich meinen Finger in das Loch schiebe, verschwindet die Wunde?"

„Du kannst es versuchen", sagte der Geistliche und zwinkerte ihr verschmitzt zu. „Und wenn du schon dabei bist, sag am besten ein Gebet dazu auf."

Ehrfürchtig ließ Glory sich vor dem Altar nieder, legte ihre Hand in die erste der drei Öffnungen, schloss die Augen und bewegte lautlos die Lippen.

„Hätten Sie etwas dagegen, wenn wir ein wenig Zeit an diesem Ort verbrächten, den mein Onkel so sehr geschätzt hat?", fragte Rhys.

„Lassen Sie sich so viel Zeit, wie Sie möchten", erwiderte Mr Peters und zog sich diskret zurück.

Rhys warf Maggie einen Blick zu, bei dem ihr der Atem stockte.

„Horatio hat Peters ausdrücklich angewiesen, mir diesen Schrein zu zeigen", sagte er in leisem, aber dringlichem Tonfall. „Das bedeutet, was auch immer wir suchen, könnte sich hier befinden."

Ach ja, richtig ... der Schatz. Darüber ist er so aufgeregt. Nicht über Glorys Abstammung.

„Wonach sucht ihr denn?", fragte diese wie aufs Stichwort, während sie den Leinenverband um ihren Finger abwickelte und enttäuscht die immer noch sichtbare Schnittwunde begutachtete. „Die Reliquie hat nicht geholfen."

„Vielleicht hast du es nicht lange genug probiert", schlug Rhys scherzhaft vor.

„Oder vielleicht ist diese Legende über magische Heilkräfte auch einfach Schwindelei", erwiderte Glory mit einem Prusten. „Egal. Also, wonach haltet ihr Ausschau? Kann ich euch helfen?"

Maggie sah fragend zu Rhys. Es war seine Angelegenheit, und daher oblag es ihm zu entscheiden, was – wenn überhaupt – er dem Mädchen anvertrauen wollte.

„Kannst du ein Geheimnis für dich behalten?", fragte er nach einem kurzen Moment des Zögerns.

„Natürlich." Eifrig hielt Glory ihm den ausgestreckten kleinen Finger entgegen. „Ich schwöre, es keiner Menschenseele zu verraten."

Rhys' Mundwinkel zuckten belustigt. „Dein Wort reicht mir völlig. Die Wahrheit ist, dass deine Mutter mir nicht dabei hilft, nach Fossilien zu suchen ... sondern nach einem Schatz."

„Ein Schatz? Du meinst, so etwas wie Piratengold?", hauchte Glory.

Er ließ seine behandschuhten Finger über den Marmordeckel gleiten. „Sieh dich einfach nach irgendetwas Ungewöhnlichem um."

Zu dritt machten sie sich an die Arbeit. Rhys nahm sich die Oberfläche des Grabmals vor, Maggie die Seiten und Glory den Sockel. Vorsichtig tastete Maggie den abgenutzten Sandstein auf versteckte Risse oder Spalten ab, in denen sich etwas verbergen könnte. Die Aufgabe lenkte sie glücklicherweise von ihren Grübeleien ab.

„Ich glaube, ich habe etwas gefunden!", rief Glory plötzlich aus.

Sie war in die enge Lücke zwischen dem Schrein und der Säule daneben gekrabbelt. Rhys und Maggie eilten zu ihr hinüber.

„Da hinten, neben der Wand", ertönte die gedämpfte Stimme des Mädchens. „Ich glaube, einer der Steine ist lose. Er hat sich bewegt, als ich ihn berührte."

„Gut gemacht, Kleines", lobte Rhys sie. „Soll ich mal einen Blick darauf werfen?"

„Nein, ich habe den Stein herausbekommen. Dahinter ist etwas ..."

Wenige Sekunden später kroch sie wieder aus der Nische heraus und richtete sich auf. Auf ihrer Nase prangte ein

Schmutzfleck, und ein triumphierendes Grinsen erhellte ihr schmales Gesicht, als sie einen kleinen Lederbeutel hochhielt.

Maggies Herz machte einen Satz, als Rhys, statt das Säckchen zu nehmen, ein Taschentuch herauszog und den Fleck von Glorys Nase wischte. Die Geste war so unerwartet liebevoll, fürsorglich ... väterlich.

Ein Strudel aus Panik und Sehnsucht erfasste sie, als sie Rhys und ihre gemeinsame Tochter so vertraut miteinander umgehen sah, und ein Wunsch keimte in ihr auf, der sich jedoch niemals würde erfüllen lassen. Der unerreichbare Wunsch nach Geigenmusik, Blumengirlanden ... und einem märchenhaften „Auf immer und ewig".

„Öffne du es", forderte Rhys Glory auf.

Aufgeregt löste sie die Kordel und kippte den Inhalt des Beutels auf ihre geöffnete Handfläche. Als sie begriff, was sie da hielt, stieß sie einen verzückten Laut aus. Maggie hielt gebannt den Atem an. Noch nie hatte sie etwas annähernd so Schönes gesehen wie den Edelstein, der funkelnd in der kleinen Hand ihrer Tochter lag.

„Gütiger Himmel ..." Selbst Rhys klang völlig überrumpelt.

Der Diamant war von der Größe eines Taubeneis und strahlte in dem Sonnenlicht, das durch die Fenster hereinfiel und Millionen regenbogenfarbener Prismen an die umliegenden Wände zauberte. Maggie entdeckte einen winzigen Zettel unter dem Juwel und zog ihn heraus.

„Was steht darauf?", fragte Rhys mit heiserer Stimme.

„*Glückwunsch, mein Junge*", las sie laut vor. „*Hier hast Du einen ersten Vorgeschmack darauf, wofür es sich zu kämpfen lohnt. Der Rest des Festmahls erwartet Dich in der DEATHLESS VEIN.*"

Kapitel Achtzehn

Nachdem Rhys Maggie und Glory nach Hause gebracht und ihnen versichert hatte, am nächsten Morgen vorbeizuschauen, kehrte er nach Journey's End zurück. Der Tag neigte sich dem Ende zu, als er seinen Einspänner vor dem Haus parkte und abstieg. Statt jedoch hineinzugehen, führten seine Schritte ihn in den Garten. Er brauchte einen Augenblick für sich. Der Diamant wog schwer in seiner inneren Jackentasche, eine Erinnerung an ihren heutigen Erfolg, doch seine Gedanken waren mit etwas ganz anderem beschäftigt.

Ihre Tochter kommt ganz nach Ihnen beiden.

Völlig von seinen Emotionen eingenommen, betrat er das überwucherte Heckenlabyrinth. Ihm wurde klar, dass er auch schon vor der unschuldigen Bemerkung des Pfarrers seine Zweifel gehabt hatte. Seit seiner ersten Begegnung mit Glory hatte er eine seltsame, aber unleugbare Verbindung zwischen ihnen gespürt.

Ich habe Maggie doch danach gefragt, dachte er zum wiederholten Mal. *Wenn Glory tatsächlich von mir ist, warum sollte sie mich deswegen anlügen? Warum mir mein eigen Fleisch und Blut verwehren?*

Er ballte die Hände zu Fäusten und stapfte über den knirschenden Kies. Nun, da er allein war, ließ er der Wut, die sich in ihm aufgestaut hatte, freien Lauf. Am liebsten würde er irgendetwas oder irgendjemanden kurz und klein schlagen. Oder sich bis zur Besinnungslosigkeit betrinken. Oder sich in Glücksspiel und Hurerei verlieren.

Aber er tat es nicht.

Denn diesen Pfad hatte er schon einmal beschritten. Ein derart leichtsinniges Verhalten hatte ihm damals nicht geholfen, als er sein Vermögen verlor, und es würde ihn auch jetzt nicht weiterbringen. Stattdessen zwang er sich, tief durchzuatmen und die Gefühle zu analysieren, die sich hinter dem glühenden Zorn verbargen. Und was ihn dort erwartete, war noch viel schmerzhafter als erwartet.

Es war die Einsicht.

Wenn er Maggie damals wirklich geschwängert hatte, wie sehr musste sie dann während der letzten Jahre gelitten haben? Er wusste mittlerweile, aus welchem Holz ihre Familie geschnitzt war. Von ihren Geschwistern hatte sie gewiss keine Unterstützung erhalten, was bedeutete, dass sie sich allein durchschlagen musste, eine junge Kellnerin mit einem unehelichem Kind unterm Herzen, die keine Möglichkeit hatte, den Vater ausfindig zu machen. Mit absolut nichts in der Tasche ...

Nichts außer der Fünfzig-Pfund-Note, die er achtlos auf dem Tisch zurückgelassen hatte.

Reue übermannte ihn mit einer Wucht, die ihm den Atem raubte. Hätte er die Wahrheit gewusst, hätte er Verantwortung übernommen ... selbst damals, als er noch wesentlich wilder und unreifer war. Er hätte für Maggie und das Kind gesorgt – zumindest in finanzieller Hinsicht.

Im Zentrum des Irrgartens angekommen, ließ er sich auf

einer brüchigen Steinbank nieder und starrte mit leerem Blick auf den versiegten, von Moos überzogenen Springbrunnen, in dessen Becken sich trockenes Laub sammelte. Nach einer Weile stützte er die Ellbogen auf die Knie und vergrub das Gesicht in den Händen. Für gewöhnlich vermied er es, in sich zu gehen und seine Gefühle zu analysieren, denn in ihm sah es ebenso überwuchert und verwahrlost aus wie in diesem Garten.

Du bist so ein selbstsüchtiger Bastard. Frustriert fuhr er sich mit der Hand durchs Haar. *Du hast Maggie nicht wieder gutzumachenden Schaden zugefügt. Verdammt, wie bringt sie es nur fertig, dir ins Gesicht zu sehen, geschweige denn, dir zu helfen, nach allem, was du ihr angetan hast?*

Aber so war sie nun einmal. Über die Maßen gütig und großzügig.

Sie verdiente etwas so viel Besseres als ihn. Eine Frau wie sie brauchte jemanden, der wusste, was es bedeutete, ein guter Ehemann und Vater zu sein. Der in der Lage war, ihr und Glory das häusliche Glück und die Sicherheit zu bieten, die ihnen zustand. Kurzum jemanden, mit dem er sich weder identifizieren konnte noch selbst je Erfahrung gemacht hatte. Der Gedanke an seinen eigenen Vater erfüllte ihn wie immer mit ohnmächtiger Wut.

Vielleicht hatte er Maggies Antwort hinsichtlich Glorys Abstammung deshalb so bereitwillig akzeptiert. Nicht nur, um sich der Verantwortung und Scham zu entziehen, sondern vor allem auch deshalb, weil er Angst hatte. Konnte jemand wie er, dessen Leben von Fehlern und Versagen bestimmt war, sich dieser kleinen Familie gegenüber würdig erweisen?

Verdammt, Maggie, wie soll ich das nur je wiedergutmachen?

Gar nicht, lautete die Antwort. Nicht einmal, wenn er hundert Jahre alt werden sollte, bliebe ihm genug Zeit, um sie angemessen zu entschädigen ... Was ohnehin höchst unwahrscheinlich war, wenn man bedachte, dass ihm zwei blutrünstige Halsabschneider nach dem Leben trachteten.

Nicht einmal jetzt konnte er irgendetwas für sie tun, da er aufgrund seiner Schulden womöglich immer noch gezwungen war, eine reiche Erbin zu heiraten. Der Gedanke an die potenzielle Zweckehe mit Miss Sharpe verursachte ihm zusätzlich Übelkeit.

Dennoch gab es einen winzigen Hoffnungsschimmer in der erdrückenden Finsternis: den Schatz. Sollte er ihn finden und damit tatsächlich alle Schulden begleichen können, wäre er ein freier Mann ... und könnte Maggie einen ehrenhaften Antrag machen.

Vor nicht allzu langer Zeit hätte der Gedanke an Heirat ihn abgeschreckt – und in gewisser Weise tat er das auch immer noch, wenn er dabei eine andere Frau in Betracht ziehen musste. Aber mit Maggie war es schon immer anders gewesen. In Wahrheit hatte er bereits über eine gemeinsame Zukunft mit ihr nachgedacht, bevor er wusste, dass er Glorys Vater war. Auf Dauer wäre ein Verhältnis nichts gewesen. Sie war zu achtbar, zu *gut*, um seine Mätresse zu sein.

Aber sie würde eine perfekte Herzogin abgeben.

Je länger er darüber nachgrübelte, desto besser gefiel ihm die Idee. Solange sie ihre Emotionen unter Kontrolle hielten, sah er keinen Grund, warum eine Ehe zwischen ihnen nicht funktionieren sollte. *Liebe* war das, was Kummer und Leid verursachte. Derartige Verstrickungen mussten sie einfach vermeiden. Ohne unnötige Gefühle wäre es doch gewiss möglich, eine Beziehung auf gegenseitigem Respekt und Leidenschaft aufzubauen.

Sie kamen gut miteinander aus, sowohl im Schlafgemach als auch außerhalb. Weshalb sollte sich nach einer Heirat etwas daran ändern?

Wichtig war, realistische Erwartungen aneinander zu stellen. Zweifellos würde er niemals der perfekte Gemahl oder Vater sein, aber zumindest wollte er sein Bestes tun, um nicht in die Fußstapfen seines Erzeugers zu treten. Er wollte treu und umsichtig sein und seine Familie nach Kräften beschützen. Gleichzeitig würde er darauf achten, die Grenzen seiner emotionalen Nähe nicht zu überschreiten, damit niemand verletzt wurde.

Es gab so viele Gründe, die für eine Vermählung sprachen. Zum einen war da natürlich der regelmäßige Liebesakt, aber das war längst nicht alles. Mit Maggie an seiner Seite fühlte er sich stärker, weniger allein. Gemeinsam kamen sie bei der Schatzsuche gut voran. Er hatte bereits einen der Edelsteine in seinem Besitz, einen lupenreinen Diamanten, der gut zehntausend Pfund wert sein müsste.

Ein winziger Tropfen im Ozean seiner Schulden, aber besser als nichts.

Du bist kein Versager, kamen ihm Maggies sanfte, aber bestimmte Worte in den Sinn. *Wenn ich einen Fehler mache, was häufig vorkommt, reiße ich mich zusammen und versuche es erneut. Und du schaffst das ebenfalls. Ich glaube an dich.*

Verdammt, er hatte ihr Vertrauen nicht verdient. Hatte *sie* nicht verdient. Aber er würde sie und ihre gemeinsame Tochter nicht kampflos aufgeben. Er musste die „DEATHLESS VEIN" finden – was auch immer das sein mochte – und den Rest der Juwelen aufspüren, koste es, was es wolle.

Obwohl er Maggie gegenwärtig weder seinen Namen noch Titel anbieten konnte, würde er sie wie die Königin behandeln, die sie war. Nach einigem Hin- und Herüberlegen kam er zu dem Entschluss, dass er sie wegen Glory vorerst nicht zur Rede stellen würde. Dazu hatte er kein Recht, nach allem, was sie seinetwegen hatte durchmachen müssen.

Stattdessen würde er ihr *zeigen*, dass er ihres Vertrauens würdig war, ihr beweisen, dass er es verdient hatte, Teil ihres

Lebens zu sein. Er wollte sich die Wahrheit auf ehrliche Weise erarbeiten.

Schwere Schritte rissen ihn aus seinen Gedanken. Als er aufblickte, sah er Quince schnaubend und gehetzt wirkend um die Ecke biegen.

„Euer Gnaden, ich sah Ihre Kutsche vor der Tür, wusste aber nicht, wo Sie steckten, sonst wäre ich früher gekommen", sagte der Butler, bevor er innehielt, um nach Atem zu ringen. „Ihr Verwalter ist kurz vor Ihnen eingetroffen."

Rhys runzelte die Stirn. Er hatte keinen persönlichen Besuch von Newton erwartet. Gab es womöglich wichtige Neuigkeiten über die Situation mit den Sharpes?

Ein ungutes Gefühl beschlich ihn. „Wirkte die Angelegenheit dringlich?"

„Wie es aussieht, wurde Mr Newton zusammengeschlagen, Euer Gnaden", erwiderte Quince mit grimmiger Miene. „Man hat ihn übel zugerichtet."

„Es sieht schlimmer aus, als es ist, Euer Gnaden", beteuerte Arthur Newton von seinem Sessel aus.

Rhys, der vor dem Kamin auf und ab getigert war, hielt inne und warf seinem Verwalter einen finsteren Blick zu. Newton war ein schlaksiger Mann in seinen Vierzigern, dessen struppiges, blondes Haar und Brille ihm ein gelehrtes Aussehen verliehen. Gegenwärtig allerdings wirkte er dank des Veilchens und der übrigen Blutergüsse im Gesicht mehr wie ein übel zugerichteter Boxer als ein Professor.

„Den Spruch bringen Sie für gewöhnlich, wenn es um meine Finanzen geht", erwiderte Rhys und fuhr sich mit der Hand durchs Haar. „In beiden Fällen wirkt er alles andere als beruhigend. Wer hat Ihnen das angetan?"

„Garritys Männer", seufzte Newton und nippte an seinem Kognak. „Eigentlich bin ich selbst schuld. Ich hätte besser aufpassen müssen, als ich so spät nachts noch unterwegs war. Sie umzingelten mich in einer dunklen Gasse und verlangten zu wissen, wo Sie sich aufhielten." Er zuckte mit den Schultern, schnitt eine Grimasse und legte eine Hand auf seine Rippen. „Ich behauptete, ich wisse es nicht."

„Verflucht, Arthur, Sie hätten es ihnen sagen sollen."

Trotz seiner Zurechtweisung überraschte ihn die Loyalität seines Verwalters nicht. Immerhin hatte er den Mann genau deswegen vor vier Jahren eingestellt. Damals war er, trunken von der Erfolgswelle, auf der er ritt, nach einer vergnüglichen Nacht auf dem Heimweg gewesen, als er auf Arthur stieß ... im wahrsten Sinne des Wortes: Seine Kutsche hätte den armen Kerl beinahe über den Haufen gefahren.

Glücklicherweise hatte Newton keine Verletzungen davongetragen, und trotz seiner abgetragenen Kleidung und abgemagerten Erscheinung wollte er als Entschädigung kein Geld annehmen. Schließlich konnte Rhys in dazu überreden, sich zu einem Abendessen in einer nahe gelegenen Taverne einladen zu lassen. Bei Bier und Pasteten erzählte Arthur ihm stockend seine Geschichte. Als jüngster Sohn eines Vicomtes war er enterbt worden, weil er eine Frau geheiratet hatte, die nicht den Vorstellungen seiner Familie entsprach. Fortan hatte er sich mühsam als Anwalt durchgeschlagen, ein Beruf, der sich offensichtlich nur schwer mit gutmütigem Fleiß und Ehrlichkeit vereinbaren ließ.

Eines Tages war er nach der Arbeit heimgekehrt, um Geldverleiher vor seiner Tür vorzufinden. Anscheinend hatte seine Frau Schulden in Höhe von mehreren hundert Pfund in seinem Namen angehäuft und war anschließend mit einem anderen Mann durchgebrannt. Allerdings hatte sie einen hohen Preis für ihre Untreue bezahlen müssen, denn schon bald darauf starb sie an einer schweren Krankheit.

Ehrbar wie Newton nun einmal war, hatte er die Verantwortung für ihre Schulden übernommen, allerdings waren seine wackeren Bemühungen aufgrund der Aufzinsung vergebens gewesen. Niedergeschlagen hatte er Rhys anvertraut, dass er sich sogar mit dem Gedanken trüge, sich das Leben zu nehmen … Und mehr hatte dieser nicht hören müssen, um einen Entschluss zu fassen. Direkt am nächsten Morgen beglich er die Schulden des unglücklichen Anwalts.

Newton war so dankbar gewesen, dass er geschworen hatte, den Betrag abzuarbeiten, obwohl Rhys immer wieder beteuerte, dass das Geld ein Geschenk gewesen sei. Mit seiner Gewissenhaftigkeit, Loyalität und seinem kultivierten Benehmen entpuppte Arthur sich als hervorragender Verwalter. Er war stets mit gutem Rat zur Stelle, als Rhys' Investitionen den Bach hinuntergingen … und selbst dann noch, als dieser jeglichen Rat ignorierte. Nachdem er ganz unten angelangt war und sämtliche seiner vermeintlichen Freunde ihm den Rücken gekehrt hatten, war Newton der Einzige gewesen, der noch zu ihm hielt.

Aus diesem Grund sah Rhys in ihm nicht nur einen Angestellten, sondern auch einen Freund, und deshalb war er umso wütender darüber, dass der arme Mann seinetwegen angegriffen worden war.

„Es war wirklich nicht so schlimm. Sie haben sich ziemlich zurückgehalten, als sie merkten, dass ich mich nicht wehrte." Aufgrund der Schwellungen in seinem Gesicht war Arthurs Grinsen noch schiefer als üblich. „Pazifist zu sein, hat seine Vorteile."

„Sie hätten nicht den Kopf für mich hinhalten sollen", erwiderte Rhys grimmig.

„Und Sie hätten nicht meine Schulden für mich begleichen müssen, Euer Gnaden. Aber das tut nun nichts weiter zur

Sache." Er hielt inne und rückte sich die Brille zurecht. „Ich bin hergekommen, weil die Situation sich zugespitzt hat. Garrity will sich nicht länger hinhalten lassen ... Sweeney ebenso wenig. Als Ihr Anwalt rate ich Ihnen, umgehend eine Entscheidung bezüglich der Vermählung zu treffen. Die Sharpes sind bereit, den Vertrag zu unterzeichnen."

Es wäre ein Leichtes gewesen, den einfachen Ausweg zu wählen. Und für den Bruchteil einer Sekunde dachte Rhys ernsthaft darüber nach.

Dann jedoch meldete sich ein anderer Teil seines Bewusstseins zu Wort. „Es gibt noch eine andere Option."

Knapp fasste er zusammen, was sich seit seiner Ankunft in Dorset zugetragen hatte. Dabei ließ er sein persönliches Interesse an Maggie nicht außen vor, denn er wusste, dass er Newton vertrauen konnte ... und außerdem wollte er, dass dieser entsprechende Vorkehrungen für sie und Glory traf, da er trotz seiner ungewissen Zukunft unbedingt für die beiden sorgen wollte.

Er teilte seinem Verwalter mit, dass er vorhatte, Horatios Anwesen auf Maggie übertragen zu lassen. Zwar war das nicht viel, aber zumindest hätten sie und Glory somit immer eine Bleibe. Sobald er den Diamanten verkauft hatte, würde er ihr eine jährliche Rente einrichten, damit sie sich nie wieder Sorgen um Geld machen musste.

Er rechnete es Newton hoch an, dass dieser sämtliche Anweisungen kommentarlos hinnahm.

„Offensichtlich waren Sie schwer beschäftigt, Euer Gnaden", sagte sein Verwalter, während er sich eifrig Notizen machte. „Und Sie glauben, die Schatzsuche geht gut voran?"

Rhys holte den Diamanten aus seiner Innentasche. „Das hier ist der Beweis."

„Meine Güte, das ist ja ein hübscher Klunker", merkte Newton an und stieß ein beeindrucktes Pfeifen aus. „Ein Stein von solcher Größe müsste um die zehntausend Pfund einbringen.“

„Das war auch meine Schätzung. Ich möchte, dass Sie ihn mit nach London nehmen und ihn dort verkaufen.“

Arthur nickte. „Wollen Sie mit dem Geld eine Anzahlung bei Garrity und Sweeney leisten?“

„Zu diesem Zeitpunkt werden die beiden sich mit ein paar tausend Pfund nicht mehr abspeisen lassen. Sie wollen den Gesamtbetrag auf einmal zurückgezahlt haben. Daher verwende ich den Erlös lieber auf die Jagd nach dem Schatz. Wo wir gerade davon sprechen ... Das hier ist der nächste Hinweis.“ Rhys zeigte Newton den Zettel, der sich neben dem Diamanten in dem Beutel befunden hatte. „Irgendeine Idee, was ‚DEATHLESS VEIN‘ bedeuten könnte?“

Sein Verwalter runzelte die Stirn und kratzte sich am Kopf. „Nein, leider nicht.“

„Ich habe für morgen ein Treffen bei Mrs Foley arrangiert, um gemeinsam nach einer Lösung zu suchen“, erklärte Rhys. „Ihre Schwägerin ist ein Blaustrumpf und scheint ein Talent für knifflige Rätsel zu besitzen.“

„Wenn Sie möchten, kann ich Sie begleiten“, bot Newton an. „Dann würde ich übermorgen nach London zurückkehren.“

„Ich bin für jede Hilfe dankbar.“

Seinen Stolz hatte er längst an den Nagel gehängt. Er würde alles tun, was nötig war, um sein Erbe zu erhalten. Um seine Freiheit zu sichern ... und Maggie zu der Seinen zu machen.

Kapitel Neunzehn

„ S ie haben versäumt zu erwähnen, wie bezaubernd sie ist", murmelte Newton ihm zu.

Rhys runzelte die Stirn. Sie standen vor dem Fenster in Maggies Wohnstube, durch das die warmen Strahlen der Nachmittagssonne hereinfielen. Nach der Begrüßung waren Maggie und Hypatia in die Küche verschwunden, um Erfrischungen zu holen. Glory war zu Besuch bei einer Freundin, bei der sie praktischerweise auch übernachten würde.

Obwohl Rhys es seinem Verwalter nicht verübeln konnte, von Maggies Schönheit Notiz zu nehmen – er wusste besser als jeder andere, wie unwiderstehlich sie war –, nahm er dennoch Anstoß an dessen Taktlosigkeit. Insbesondere, da er dem Mann sein persönliches Interesse an ihr gestanden hatte.

Diese besitzergreifende Seite kannte er sonst gar nicht von sich. Zwar war er noch nie ein Mann gewesen, der gerne teilte, aber das Bedürfnis, eine Frau ganz für sich zu beanspruchen, war ihm neu. Allerdings war Maggie ja nicht irgendeine beliebige Dame, sondern seine zukünftige Herzogin.

„Mrs Foley ist tabu", erwiderte er forsch.

„Mrs Foley?", wiederholte Newton und starrte ihn verwirrt

an, bevor ihm ein Licht aufzugehen schien. Verlegen rückte er sich die Brille zurecht. „O nein, sie meinte ich nicht. *Miss* Foley ist diejenige, die meine Aufmerksamkeit erregt hat.“

„Hypatia?“ Nun war es an Rhys, die Brauen hochzuziehen.

„Ihr Verstand ist bemerkenswert. Wussten Sie, dass sie mehrere altgriechische Werke ins Englische übersetzt hat?“

„Das wusste ich nicht.“

„Und ihre Augen sind so unbeschreiblich blau. Wie ein Stück Himmel hintern den Fenstern ihrer Brillengläser“, fuhr Newton versonnen fort. Offensichtlich war an ihm kein Poet verloren gegangen. „Sie ist anders als alle Frauen, die ich kenne.“

Insgeheim glaubte Rhys nicht, dass sein Freund allzu viele weibliche Bekanntschaften hatte. Der Mann lebte wie ein Mönch. Was nicht weiter verwunderlich war, nach der Hölle, die er wegen seiner verstorbenen Gemahlin hatte durchmachen müssen.

Und doch wirkte er wie ein eifriger Welpe, als Hypatia mit einem Tablett in Händen ins Zimmer zurückkehrte. Hätte er einen Schwanz gehabt, würde dieser aufgeregt hin und her wedeln. Beinahe hätte Rhys laut gelacht ... doch dann kam Maggie herein, und ihr Anblick verschlug ihm den Atem.

Er hatte ihr einen kleinen Strauß Veilchen mitgebracht, von dem nun eines an ihrer Brust prangte. Die Wärme in ihren Augen ließ ihn alles um sich herum vergessen. Ein glühendes Verlangen wälzte sich wie Lava durch seine Adern, und er musste dem Drang widerstehen, sie sich über die Schulter zu werfen und wie ein Höhlenmensch in seinen Unterschlupf zu verschleppen ...

„Möchten Sie sich nicht setzen, Euer Gnaden?“, riss Hypatias Stimme ihn aus seinen Fantasien.

Da sie ihnen bei der Auflösung des Rätsels behilflich sein würde, hatte Rhys keinen Sinn darin gesehen, seine wahre

Identität länger vor ihr geheim zu halten. Außerdem hatte Maggie ihm versichert, dass er auf die Diskretion ihrer Schwägerin bauen könne.

„Lassen wir diese Förmlichkeit doch hinter uns", sagte er. „Meine Freunde nennen mich Ransom."

Maggie und er ließen sich auf einem ziemlich durchgesessenen Sofa nieder, während Patty und Newton auf zwei nebeneinanderstehenden Sesseln Platz nahmen. Getränke wurden herumgereicht, und Rhys musste feststellen, dass er es genoss, sich von Maggie Tee servieren zu lassen. Sie widmete sich der Aufgabe mit der gleichen Hingabe, mit der sie alles anging, und bereitete das dunkle Gebräu genau so zu, wie er es am liebsten trank.

Als er ihr einen Teller Kekse abnahm, berührten sich ihre Finger flüchtig, und seine Haut begann zu prickeln. An ihrem Blick erkannte er, dass es ihr ähnlich erging.

„Wir sollten uns unverzüglich dem Rätsel widmen", sagte Hypatia.

Rhys bemerkte, wie Newton bei ihrem forschen Tonfall förmlich dahinschmolz. Er konnte es dem armen Kerl nicht verübeln, immerhin brachte Maggies Pragmatismus regelmäßig sein eigenes Blut in Wallung.

„Haben Sie den Hinweis dabei, ... Ransom?", fragte diese nun.

Es schien ihr nach wie vor schwerzufallen, ihn mit seinem Titel anzusprechen. Er selbst zog es zwar auch vor, wenn sie ihn Rhys nannte, aber das hoben sie sich besser für intimere Momente auf.

„Hier ist er." Er zog den Zettel aus seiner Tasche und legte ihn auf den Kaffeetisch.

Hypatia schürzte nachdenklich die Lippen. „Haben Sie eine Ahnung, worauf dieses ‚DEATHLESS VEIN' sich beziehen könnte, Euer Gnaden? Hat Ihr Onkel jemals etwas erwähnt, das sich als Hinweis verstehen ließe?"

Darüber hatte Rhys sich bereits zur Genüge den Kopf zerbrochen. „Horatio war kurzzeitig an allem interessiert, was aus Ägypten stammte. Daher dachte ich, dass es vielleicht etwas mit der ägyptischen Jenseitsvorstellung zu tun haben könnte. Aber in seiner Kuriositätensammlung konnte ich nichts finden."

„Trotzdem ein guter Einfall", sagte Maggie.

Er schenkte ihr ein flüchtiges Lächeln.

„Wir könnten eine Liste der Dinge erstellen, die wir mit dem Begriff assoziieren", schlug sie vor. „Vielleicht stoßen wir so auf etwas, das uns weiterbringt."

„Hervorragende Idee, Mrs Foley", sagte Newton.

Nachdem Hypatia Papier und Stifte für sie alle geholt hatte, machten sie sich ans Werk. Ihre gemeinsame Aufzählung enthielt Vorschläge wie Grabsteine, Quellen oder Brunnen. Sie gingen einen nach dem anderen durch und diskutierten, ob sich ein spezifischer Ort damit in Verbindung bringen ließe, an dem der Schatz oder der nächste Hinweis zu finden sei. Leider brachte keine der Ideen etwas Vielversprechendes hervor.

Als sie mit der Liste durch waren, wurde es langsam dunkel. Maggie zündete die Lampen an und verkündete, dass sie am Verhungern sei und ihnen einen Imbiss zubereiten würde.

Hypatia wollte sich gerade ebenfalls erheben, doch Rhys kam ihr zuvor. „Ich helfe Mrs Foley. Bleiben Sie ruhig sitzen, Miss Hypatia, und widmen Sie sich mit Newton weiter der Aufstellung."

Ihm entging weder der dankbare Blick seines Verwalters noch die bereitwillige Art, auf die Patty sich wieder in den Sessel sinken ließ. Eifrig beugten sie und Newton sich über ihre Aufzeichnungen. Mit den konzentrierten Mienen und den im Kerzenlicht glänzenden Brillen gaben sie wirklich ein perfektes Paar ab.

Kopfschüttelnd wandte er sich ab und folgte Maggie, die bereits vorausgegangen war, in die Küche. Kaum war die Tür hinter ihm zugefallen, umfasste er ihre Hüften und hob sie auf den schrammigen Tresen. Ihre Lippen schmeckten nach Tee und Honig, und der überraschte Laut, den sie ausstieß, brachte sein Blut in Wallung. Während er den Kuss vertiefte, wünschte er sich nichts sehnlicher, als ihr so nah wie möglich zu sein ... auf die erdenklich intimste Art.

Als sie sich voneinander lösten, um Luft zu holen, bemerkte er, dass sie die Finger in seinem Revers vergraben hatte und ihre Pupillen vor Lust geweitet waren.

„Ich habe dich vermisst", murmelte er.

„Du hast mich doch erst gestern gesehen."

„Und seitdem habe ich jede Minute verabscheut, die wir voneinander getrennt waren." Sanft strich er ihr eine lose Strähne hinters Ohr.

Sie legte den Kopf schief. „Du wirkst irgendwie anders."

„Inwiefern?"

„Ich weiß es nicht genau." Sie hielt inne und runzelte die Stirn. „Du bist so ... charmant."

„Offensichtlich war ich viel zu nachlässig, wenn mein Charme dich überrascht."

„Das meinte ich damit nicht. Du bist generell der größte Charmeur, dem ich je begegnet bin", erwiderte sie und verdrehte leicht die Augen. „Es ist nur ... Nach den ganzen Sackgassen, in die wir uns eben verrannt haben, hätte ich weniger Optimismus erwartet."

„Du dachtest, ich wäre ein Sauertopf?"

Ihre Lippen zuckten amüsiert. „Ich dachte, du wärst frustriert."

„Willst du wissen, warum ich es nicht bin?"

Sie nickte.

„Wegen dir."

„Mir?"

„Ja." Sanft legte er ihr einen Finger unters Kinn. „Mit dir an meiner Seite fühle ich mich, als könnte ich alles schaffen."

„Oh", flüsterte sie und atmete zitternd ein.

Während sie einander tief in die Augen sahen, spürte er, dass der richtige Moment gekommen war. „Da ist noch etwas anderes, das ich dir sagen möchte."

„Was denn?", hauchte sie.

„Obwohl diese Sache zwischen uns als zwanglose Affäre begann, sollst du wissen, dass du ... mir wichtig bist."

„Oh, Rhys ..."

„Ich bin nicht in der Position, Versprechungen zu machen. Noch nicht. Aber wenn ich es wäre, würde ich es tun." Der Anblick ihrer glänzenden, grünen Augen erfüllte ihn mit einer qualvollen Sehnsucht. „Verdammt, ich wünschte, ich könnte dir schon jetzt mehr zugestehen als das. Mehr als nur Worte. Etwas Bedeutsameres, Beständigeres ..."

Ihre Augen weiteten sich. „*Heiliger Strohsack* ... Das ist es!"

Er blinzelte verwirrt. Das war nun nicht gerade die Reaktion, die er erwartet hatte. „Äh ... was?"

„Worte sind eben *nicht* beständig", erklärte sie aufgeregt.

„Ja, ich weiß. Aber mehr vermag ich dir im Moment nicht zu bieten ..."

„Nein, damit meinte ich den Hinweis. Was, wenn ,DEATHLESS VEIN' kein Ort an sich ist, sondern eine Reihe untereinander austauschbarer Buchstaben?"

„Teufel noch eins ... ein *Anagramm*!" Die Erkenntnis traf ihn wie ein Blitz. „Das ist genau die Art von Rätsel, mit der Horatio sich gerne beschäftigt hat."

„Patty liebt sie ebenfalls." Eilig sprang sie vom Tresen hinunter und stürmte zurück ins Wohnzimmer.

Alarmiert wandten Hypatia und Newton sich ihnen zu.

„DEATHLESS VEIN ist ein Anagramm!", platzte Maggie heraus.

Ihre Schwägerin sprang auf die Füße. „Natürlich!", rief sie aus und verschwand aus dem Salon.

Newton erhob sich ebenfalls. „Wo ist sie denn hin?"

„Ihre Buchstabenkacheln holen", erklärte Maggie.

Und tatsächlich kehrte Hypatia wenige Augenblicke später mit einer kleinen Schachtel zurück, deren Inhalt sie auf den Esstisch kippte. Die anderen versammelten sich um sie, während sie die Holzplättchen sortierte, auf denen jeweils ein Buchstabe des Alphabets aufgemalt war. Sie suchte sich einige von ihnen heraus und legte die Worte DEATHLESS VEIN.

Dann ordnete sie sie neu an, sodass sie SHETLAND SIEVE ergaben.

„Klingelt da etwas bei Ihnen?", fragte sie Rhys.

Er schüttelte den Kopf. „Versuchen Sie eine andere Kombination."

Diesmal legte sie HEAVIEST LENDS.

„Das ergibt keinen Sinn", murmelte sie.

„Wie wäre es mit EVIDENT LASHES?", schlug Newton vor.

„Worauf sollte sich das denn bitte beziehen?", fragte Maggie.

Hypatia trommelte ungeduldig mit den Fingern auf den Tisch. „Die Lösung des Anagramms muss einen Ort ergeben, den Ransom kennt. Bisher haben wir noch nicht die richtige Kombination gefunden."

Nach ein paar weiteren Versuchen hatte sie die Worte SEVENTH AS LIED geschaffen.

„Wieder nichts", murmelte sie frustriert.

„Darf ich mal?", fragte Rhys.

Er ließ sich auf ihrem Platz nieder und entfernte das „TH" von „SEVENTH". *Seven* … Sein Bauchgefühl sagte ihm, dass er auf dem richtigen Weg war. Langsam legte er das Wort „THE" vor „SEVEN" und betrachtete das Resultat: THE SEVEN ASLID.

Einen Augenblick lang herrschte angespanntes Schweigen.

Dann traf ihn die Erkenntnis wie ein Faustschlag ins Gesicht.

In der gleichen Sekunde rief Hypatia triumphierend: „*The Seven Dials*! Der berüchtigte Knotenpunkt in London ... Dort hat Ihr Onkel den Schatz versteckt!"

Kapitel Zwanzig

Als sich später an diesem Abend die Tür zu ihrem Schlafzimmer öffnete, war Maggie nicht sonderlich überrascht. Sie hatte eine Kerze auf dem Nachttisch brennen lassen, in der Hoffnung, dass er zu ihr käme.

„Rhys?", flüsterte sie.

„Hast du etwa jemand anderen erwartet?" Nachdem er leise die Tür hinter sich geschlossen hatte, trat er aus den Schatten und kam zu ihr herüber. Er hatte das Krawattentuch abgelegt und die Ärmel seines Hemds hochgerollt, sodass sein eleganter Hals und seine kräftigen Unterarme zu sehen waren. Auf dem Weg zum Bett knöpfte er seine Weste auf und hängte sie über einen Stuhl.

Ihn so leger gekleidet zu sehen, ließ ihr Herz höherschlagen, und sie beobachtete in freudiger Erwartung, wie er am Fußende des Bettes stehen blieb.

„Wir müssen leise sein", flüsterte sie. „Hypatia und Mr Newton sind noch unten."

Nachdem sie erfolgreich das Anagramm entschlüsselt hatten, war Patty in Pauls ehemaliges Arbeitszimmer verschwunden und mit einer weiteren Flasche Kognak zurückgekehrt, um ihren Sieg gebührend zu feiern. Ehe sie sich versahen, war die Flasche leer und die Uhr schlug Mitternacht.

Da es so spät geworden war und sie alle gehörig einen sitzen hatten, schlug Hypatia vor, dass Rhys und Mr Newton die Nacht bei ihnen verbringen sollten. Letzterer war ohnehin bereits auf dem Sofa eingedöst. Solange die Männer am nächsten Morgen frühzeitig aufbrachen, würde niemand etwas davon mitbekommen.

„Ich glaube kaum, dass wir uns um die beiden Gedanken machen müssen", antwortete Rhys mit einem Anflug von Erheiterung. „Vermutlich sind sie viel zu sehr miteinander beschäftigt."

Maggie klappte die Kinnlade herunter. Obwohl ihr das gegenseitige Interesse zwischen Mr Newton und ihrer Schwägerin nicht entgangen war, war die Vorstellung, dass Hypatia sich mit einem gewissermaßen Fremden zu etwas Unzüchtigem hinreißen ließe, mehr als schockierend.

„Du meinst doch nicht ... Sie würden doch wohl nicht ..."

„Warum nicht?" Schmunzelnd gesellte Rhys sich zu ihr aufs Bett und legte einen Arm um ihre Schultern. „Wir tun es doch auch."

Seine Nähe machte es ihr schwer, sich auf das Gespräch zu konzentrieren. „Das ist etwas völlig anderes. Wir beide kennen uns schon wesentlich länger. Außerdem bin ich eine Witwe, während Patty nie verheiratet war."

„Hypatia wirkt auf mich wie eine Frau, die weiß, was sie will. Und ich kann dir versichern, dass Arthur Newton einer der anständigsten Männer ist, die ich kenne. Er würde sich einer Dame gegenüber niemals unehrenhaft verhalten. Vermutlich sind sie gerade leidenschaftlich dabei ... über Plato zu diskutieren", fügte er mit einem Grinsen hinzu.

„Ich mag Mr Newton", sagte sie und nagte an ihrer Unterlippe. „Ich will nur nicht, dass Patty verletzt wird. Dass sie etwas tut, was sie später bereuen könnte."

„So wie du?" Obwohl er leise sprach, loderte etwas Eindringliches in seinem Blick.

Zwar hatte sie sich mit ihrer Aussage nicht auf ihre Vergangenheit bezogen, aber nun, da er es erwähnte, ließ sich nicht leugnen, dass sie gewisse Dinge bereute. Hauptsächlich die Tatsache, dass sie ihn bezüglich Glory angelogen hatte.

Mit jedem Augenblick, der verging, lastete diese Entscheidung schwerer auf ihr. Und nun würde er sie schon bald verlassen. Während sie den nächsten Schritt der Schatzsuche besprachen, hatte er darauf bestanden, dass sie in Dorset bleiben sollte. Trotz ihrer Einwände weigerte er sich, sie mit nach London zu nehmen und sie dort der Bedrohung auszusetzen, die seine Schuldeneintreiber darstellten.

Sie hatte ihn nie zuvor so ernst erlebt. Der sorglose Wüstling, den sie kannte, war verschwunden. An seine Stelle war ein Mann getreten, dessen Autorität und Beschützerinstinkt ihr einen wohligen Schauer über den Rücken jagten.

Zudem hatte er ihr vorhin in der Küche gestanden, dass sie ihm wichtig war. So sehr sie sich auch darüber freute, konnte sie ihre Zweifel jedoch nicht ablegen, denn gleichzeitig hatte er gesagt, dass er nicht in der Lage sei, ihr etwas zu versprechen. Wie würde er reagieren, wenn er erfuhr, dass er in Wahrheit doch Glorys Vater war?

„Maggie, hast du etwas auf dem Herzen?", fragte Rhys und musterte sie forschend. Ihr stockte der Atem. Es war, als wüsste er bereits, was sie vor ihm verbarg.

Du kannst ihn nicht gehen lassen, ohne ihm die Wahrheit zu sagen. Er hat ein Recht darauf, es zu erfahren. Was ist das Schlimmste, das passieren könnte?

Er könnte wütend werden, weil sie ihn angelogen hatte. Er, ein waschechter Herzog, könnte nichts mit dem unehelichen Kind zu tun haben wollen, das er mit einer einfachen Kellnerin gezeugt hatte. Oder, was am wahrscheinlichsten wäre: Er würde sich aufgrund seiner Ehre als Gentleman dazu verpflichtet sehen, für sie und Glory zu sorgen.

Letztere Möglichkeit fand sie persönlich am schlimmsten. Lieber ließe sie seinen Zorn über sich ergehen, als ihm zur Last zu fallen. Bislang war sie auch gut ohne ihn zurechtgekommen, sie führte ein Geschäft, mit dem sie sich und ihre Familie ernähren konnte. Sie war weder auf sein Geld noch das eines anderen Mannes angewiesen. Das Einzige, was sie von ihm wollte, war ...

Etwas, das du nicht haben kannst. Euch verbindet nichts weiter als ein ungezwungenes Verhältnis. Nur, weil du ihm ‚wichtig' bist, ist das keine Garantie dafür, dass er zu dir zurückkehrt, nachdem er den Schatz gefunden hat.

Er hob ihr Kinn an und zwang sie, ihn anzusehen. „Woran denkst du, Liebling?"

„Lass mich mit dir nach London reisen." Sie hasste, wie flehentlich sie klang. „Bislang war ich dir eine große Hilfe. Ich bin mir sicher, ich kann dir auch beim nächsten Schritt von Nutzen sein ..."

„Das haben wir doch bereits besprochen." Obwohl sein Tonfall sanft war, konnte sie die Anspannung in seinem Kiefer sehen. „Ich werde nicht dein Leben riskieren, um meines zu retten. Dazu bist du mir viel zu wichtig."

Ihr Herz machte einen Satz. Dennoch waren es eben nur ... Worte. Keine Versprechen.

Er ist nun mal ein Herzog, erinnerte ihre innere Stimme sie. *Männer wie er heiraten keine Kellnerinnen. Wie Mama stets zu sagen pflegte: Glückliche Märchenenden gibt es nicht.*

„Maggie, du weißt, dass ich gegenwärtig nicht in der Lage bin, dir irgendetwas zuzusichern. Nicht, solange mir meine

Schulden wie ein Galgenstrick um den Hals liegen. Aber wenn ich es könnte, würde ich ...“

„Du musst dich nicht rechtfertigen“, unterbrach sie ihn mit einem tapferen Lächeln. „Immerhin hast du von Anfang an klargestellt, dass für dich lediglich die Leidenschaft des Augenblicks zählt. Glaube mir, ich erwarte weder Rosen noch Geigenmusik noch ein Glücklich-bis-an-ihr-Lebensende.“

Er musterte sie einen Moment lang, bevor er sich mit der Hand durchs Haar fuhr. „Das zwischen uns mag als zwangloses Verhältnis begonnen haben, aber wir beide wissen, dass sich weitaus mehr daraus entwickelt hat. Bis ich jedoch diesen Schatz finde, kann ich dir keine Zugeständnisse bezüglich der Zukunft machen.“

Sie redete sich ein, dass es ihr völlig ausreichte, mehr für ihn zu sein als eine gewöhnliche Geliebte. „Es ist sehr großzügig von dir, das zu sagen. Vor allem zu einer Frau wie mir.“

„Verdammt, Maggie, ich habe das doch nicht aus Großzügigkeit gesagt“, erwiderte er mit offensichtlicher Frustration. „Eine Frau wie du verdient alles und noch mehr. Verstehst du nicht, dass *ich* das Problem bin?“

Plötzlich war die Luft zwischen ihnen von einer seltsamen Anspannung erfüllt. Sie konnte sich des Gefühls nicht erwehren, dass sie kurz vor einem ausgewachsenen Streit standen.

Wenn man nichts Nettes zu sagen hat, sollte man gar nichts sagen. So schreiben es die Regeln der Höflichkeit vor, hallten Pauls Worte in ihrem Kopf wider.

„Es bringt nichts, noch weiter darüber zu diskutieren“, sagte sie daher und täuschte ein Gähnen vor. „Es ist schon spät und ich bin müde. Völlig erschöpft, um genau zu sein.“

Er runzelte die Stirn und wirkte, als wollte er protestieren.

„Gute Nacht“, fügte sie spitz hinzu, für den Fall, dass er den Wink mit dem Zaunpfahl nicht verstanden haben sollte.

Das Kerzenlicht warf einen Schatten auf sein Gesicht, und

von einer Sekunde zur nächsten hatte seine stürmische Miene sich geglättet.

„Wie schade", erwiderte er und wickelte sich eine ihrer Locken um den Finger. „Jetzt, da uns endlich ein Bett zur Verfügung steht, hatte ich gehofft, es für andere Aktivitäten zu nutzen ... Aber dein Wohlbefinden geht natürlich vor."

Seine Bemerkung erregte und irritierte sie gleichermaßen. Zweifellos wäre ein Schäferstündchen genau das Richtige, um ihre aufgestaute Energie abzubauen. Und sollte sie sich die Vorzüge dieser kurzlebigen Affäre nicht so lange es ging zunutze machen? Aber wie sollte sie zugeben, dass sie von seiner Idee angetan war, nachdem sie sich beinahe gestritten hätten und sie verkündet hatte, wie müde sie doch sei? Das würde ihr Stolz niemals zulassen.

Rhys, der Schuft, schüttelte mit übertriebener Sorgfalt ihr Kissen auf, bevor er sie sanft in die weichen Daunen drückte. Dann küsste er sie auf die Stirn, und der warme Druck seiner Lippen jagte ihr einen elektrisierenden Schock durch den Körper.

„Ist es so bequem, mein Schatz?", fragte er fürsorglich.

„Ja, danke." *Elende Nervensäge.*

„Dann schließ jetzt deine armen, erschöpften Äuglein."

Verflucht noch mal. Sie wusste, dass sie in dieser Nacht keinen Schlaf finden würde. Aber ihr blieb nichts anderes übrig, als sich seiner Aufforderung zu fügen. *Wie man sich bettet, so liegt man.*

Nach wenigen Augenblicken registrierte sie, wie er aus dem Bett stieg. Dann hörte sie, wie seine Stiefel einer nach dem anderen zu Boden fielen, und anschließend das Rascheln seiner Kleidung. Sie versuchte, nicht an seinen nackten Körper zu denken. An seine muskulöse Brust und seinen flachen, definierten Bauch. Das spitz zulaufende V zwischen seinen Hüften, das ihr Augenmerk hinunterlenkte auf seinen ...

Sie spürte, wie die Matratze unter seinem Gewicht nachgab. Glühendes Verlangen machte sich in ihr breit. Gott, wie gerne würde sie sich ihm zuwenden, ihn berühren ...

Als er begann, ihr Nachtgewand nach oben zu schieben, riss sie überrascht die Augen auf.

Rhys kniete neben ihr in all seiner nackten, glorreichen Pracht und grinste sie spitzbübisch an, während seine Finger an ihrem Oberschenkel entlangwanderten.

„Ich dachte, du wolltest mich ruhen lassen", platzte sie heraus.

„Das tue ich doch", erwiderte er unschuldig. „Lehn du dich entspannt zurück und überlass mir die Arbeit."

„Wie soll ich mich bitte ... *Oh!*" Instinktiv hob sie ihm die Hüften entgegen, als seine Finger ihre Scham erreichten und an ihrer feuchten Spalte entlangfuhren.

„Arme, kleine Pussy, so feucht und vernachlässigt", murmelte er mit einem verschmitzten Funkeln in den Augen. „Keine Sorge, ich werde mich gut um dich kümmern."

Er begann, mit dem Daumen über ihre Perle zu reiben, und mit jeder kreisenden Bewegung jagte er eine Woge der Lust durch ihren Körper. Mit der anderen Hand schob er ihr Nachtgewand noch weiter nach oben, bis sie es sich ungeduldig über den Kopf zerrte. Ein leises, kehliges Lachen entwich ihm angesichts ihres offensichtlichen Eifers, aber das war ihr egal. Ihr Stolz war dahingeschmolzen wie Butter in der Sonne, was zählte, war allein ihr glühendes Verlangen nach ihm.

Nachdem er das Nachthemd achtlos beiseite geworfen hatte, widmete er sich mit der freien Hand ihrer rechten Brust, knetete sie und reizte ihre steife Knospe, während er die Finger der anderen in ihre feuchte Hitze gleiten ließ. Sie stöhnte auf und spürte, wie ihre Scheidenmuskeln sich instinktiv um ihn zusammenzogen.

„So ist es gut", murmelte er. „Du sehnst dich nach mehr,

nicht wahr? Deine enge, kleine Pussy will meine Finger gar nicht mehr loslassen, meine Maggie."

Es waren nicht seine verruchten Worte, die ihr den Atem raubten, sondern der zärtliche Kosename. Gütiger Himmel, es stimmte ... Sie war *die Seine*. Die Art, wie er sich um sie kümmerte, wie liebevoll er mit ihrer Tochter umging, wie lebendig sie sich mit ihm fühlte – das alles war die Erfüllung eines lang gehegten Traums. Ein Traum, aus dem sie zweifellos irgendwann erwachen würde, aber dennoch ließ sich die unumstößliche Wahrheit nicht länger leugnen.

Ihr Herz gehörte diesem Mann. Es hatte immer ihm gehört.

Die Erkenntnis schürte die Flammen ihrer Begierde. Sein glühender Blick nahm von ihr Besitz, ebenso wie seine sündhaften Berührungen. Mit jeder Bewegung seiner Finger in ihr klatschte seine Handfläche gegen ihre triefenden Schamlippen. Er kniff und reizte ihre Brustwarze, während er eine Stelle in ihr massierte, die sie nie zuvor gekannt hatte. Es fühlte sich an, als jagten elektrische Stöße durch ihren Körper, als würden ihre Nervenenden in Brand gesetzt.

Sie konnte sich nicht länger zurückhalten und gab sich unter dem geschmolzenen Gold seiner Augen ihrer erderschütternden Ekstase hin.

Schwer atmend führte Rhys die Finger an den Mund und leckte genüsslich den Beweis der Lust ab, die er Maggie beschert hatte. Nie war sie schöner als in den Augenblicken nach ihrem Höhepunkt.

Wenn sie vergaß, sich stolz und sittsam zu geben. Wenn ihre blasse Haut gerötet war und sie eine zufriedene Sinnlichkeit ausstrahlte. Wenn ihr Blick träge wurde ... und sie sich nicht hinter ihren Mauern verschanzte.

Vorhin hatte er kurzzeitig geglaubt, sie würde ihm ihr Geheimnis verraten. Gott, wie sehr er sich wünschte, dass dem so wäre. Es hatte ihn all seine Willenskraft gekostet, nicht damit herauszuplatzen, dass er um Glorys wahre Herkunft wusste. Nach allem, was er ihr angetan hatte, wusste er, dass er ihr Vertrauen nicht so einfach verdiente, aber dennoch würde er alles tun, um es sich zu erarbeiten.

Sie hingegen schien ihn absichtlich missverstehen zu wollen. Es kränkte ihn zutiefst, dass sie sein Bedürfnis, sie zu beschützen, mit Überheblichkeit gleichsetzte. Dass sie glaubte, nicht gut genug für ihn zu sein, weil er einen Titel trug. Dabei war ihm völlig egal, was die Gesellschaft über ihre Beziehung denken mochte. Maggie Foley war die großartigste Frau, der er je begegnet war.

Tatsächlich war sie *viel* zu gut für ihn.

Allerdings konnte er angesichts des üblen Rufes ihrer Familie nachvollziehen, weshalb sie sich als minderwertig erachtete. Was ihn am meisten frustrierte, war, dass er ihr gegenwärtig nichts zu bieten hatte. Weder Versprechen für die Zukunft noch Taten, mit denen er ihr beweisen konnte, dass er zu ihr zurückkehren würde ... solange ihm dies als freier Mann gelänge.

Nein, das stimmte so nicht ganz. Eine Sache hatte er ihr zu bieten. Im Bett funktionierte die Kommunikation zwischen ihnen reibungslos. Auf körperlicher Ebene schien sie ihm vollkommen zu vertrauen. Wenn er ihr auf diese Weise seine Gefühle verdeutlichen könnte, würde sie ihm womöglich eines Tages auch Vertrauen in anderen Bereichen entgegenbringen.

So viele Jahre lang hatte er sich aus Furcht vor zu engen Bindungen und der damit einhergehenden Verantwortung gedrückt. Aber für Maggie wollte er ein besserer Mann werden. Ein Mann, der ihrer als Ehepartner würdig war.

Er lehnte sich über sie und küsste sie sanft. Bereitwillig öffnete sie die Lippen, und als ihre Zunge die seine berührte, jagte ihm ein wohliger Schauer über den Rücken. Er sah ihr tief in die Augen und ließ seine Hände besitzergreifend über ihren göttlichen Körper wandern, prägte sich jeden Zentimeter ihrer samtigen Haut ein, um die süßen Erinnerungen in dunklen Stunden aufrufen zu können.

Anschließend vergrub er das Gesicht in ihrer Halsbeuge und atmete tief ihren berauschenden, rosigen Duft ein. Er presste einen Kuss zwischen ihre vollen Brüste, während er diese gleichzeitig zu kneten begann. Nachdem er beide ihrer Knospen mit seiner Zunge liebkost hatte, wanderte er weiter nach unten, bedeckte ihren Bauch, ihre Schenkel, Knie und Zehen mit Küssen. Sie wand sich kichernd unter seinen forschenden Lippen und kitzelnden Bartstoppeln.

Andächtig kniete er sich zwischen ihre Beine, drückte ihre Oberschenkel weiter auseinander, beugte sich vor und blies sanft gegen ihre feucht glänzende Scham. Ihre Hüften zuckten unwillkürlich, und eine tiefe Genugtuung überkam ihn. Seine Maggie war so empfindlich. Ihre Reaktionen allein brachten sein Blut in Wallung.

Mit den Daumen spreizte er ihre Schamlippen und fuhr mit der Zunge dazwischen. Ihr Aroma war schwer und würzig wie warmer Glühwein.

„Gott, bist du köstlich, meine Maggie", stöhnte er. Schon als er den Kosenamen das erste Mal ausgesprochen hatte, wusste er, dass es keinen treffenderen für sie gab. „Ich könnte mich den ganzen Tag an dir laben."

Sein Name kam ihr flehend über die Lippen. Wer konnte schon dem Ruf einer Sirene widerstehen?

Eifrig begann er, sie mit Mund und Zunge zu verwöhnen, an ihrer empfindlichen Perle zu saugen, bis sie sich verspannte und instinktiv versuchte, die Schenkel zusammenzupressen, doch er hielt sie auseinandergedrückt.

„Komm für mich", spornte er sie an. „Ich will deinen süßen Nektar kosten."

Seine Worte hatten den gewünschten Effekt. Sie vergrub die Finger in seinen Schultern und gab sich mit einem verzückten Keuchen ihrer Ekstase hin. Gottverdammt, sie war so hemmungslos und berauschend, dass er nicht genug von ihrer Essenz bekam. Gierig ließ er seine Zunge so tief es ging in ihre pulsierende Hitze gleiten, bis er auch den letzten Tropfen ihrer Befriedigung aufgeleckt hatte.

Dann hob er den Kopf und presste mit heiserer Stimme hervor: „Ich will in dir sein, meine Maggie."

„Und ich will dich in mir spüren", erwiderte sie, biss sich dann jedoch auf die Unterlippe und errötete. „Aber die Konsequenzen ..."

„Ich habe ein Präservativ dabei."

Verwirrt runzelte sie die Stirn. „Ein was?"

„Eine Maßnahme zur Empfängnisverhütung. Warte, ich bin gleich zurück." Nachdem er einen Kuss auf die Innenseite ihres Schenkels gedrückt hatte, erhob er sich, um eben jenes Verhütungsmittel zu holen, ohne das er sich fortan nie mehr in ihrer Nähe aufhalten wollte.

Zurück auf dem Bett hielt er die weiße Tube, an deren offenem Ende rote Schnüre hingen, hoch, um sie ihr zu zeigen. „Es ist eine Schutzhülse aus Schafsdarm. Wenn ich komme, sammelt sich mein Samen darin, damit er sich nicht in dir einnisten kann."

Fasziniert betrachtete sie das Präservativ. „Warum hast du diese Erfindung nicht schon früher erwähnt?"

Er musste ein Lachen unterdrücken. „Liebling, dazu gab es wohl kaum Gelegenheit. Bisher haben wir uns in einer Höhle und meinem Arbeitszimmer geliebt. Ich mag ein Wüstling sein, aber so berechnend bin ich nun auch wieder nicht."

„Immerhin hast du *diesmal* eines dabei", erwiderte sie und hob eine Braue.

„Touché." Spielerisch stupste er ihr auf die Nase. „Nach unserem äußerst befriedigenden Stelldichein in meinem Arbeitszimmer habe ich mir geschworen, in deiner Gegenwart immer vorbereitet zu sein. Nur für den Fall. Du verstehst es einfach, meinen Optimismus zu erwecken."

„Nicht nur den", merkte sie an und blickte demonstrativ hinunter auf seinen Schritt, wo seine Erektion steif und schwer hervorragte.

„Ich wünsche mir nichts sehnlicher, als in dir zu sein", sagte er ernst. „Aber nur, wenn du es auch willst. Es gibt viele verschiedene Arten, sich zu lieben, meine Maggie. Und ich wäre mit jeder von ihnen zufrieden, denn ich weiß, dass einfach nur bei dir zu sein mich zum größten Glückspilz auf Erden macht."

Einen Augenblick lang musterte sie ihn forschend, dann streckte sie unerwartet die Hand aus und schloss sie um seinen harten, heißen Schaft. Er stöhnte leise auf, als sie begann, ihn auf die Weise zu befriedigen, wie er es ihr beim letzten Mal gezeigt hatte. Gott, sie war ein verdammtes Naturtalent. Aber was ihn am meisten erregte, war die Tatsache, dass sie es war, die ihn berührte.

Er stützte sich auf der Matratze ab und warf den Kopf in den Nacken, während sie mit der einen Hand seinen Schwanz pumpte und mit der anderen seine Hoden zu massieren begann. Mit jeder festen, rhythmischen Bewegung quoll ein weiterer Lusttropfen aus seiner Eichel.

„Ah, du machst mich so unglaublich hart", stöhnte er.

„Und feucht", fügte sie mit einem wissenden Lächeln hinzu, wobei sie mit dem Daumen über seinen Schlitz fuhr.

Zu sehen, wie lustvoll und ungeniert sie ihn verwöhnte, brachte ihn beinahe um die Beherrschung.

„Das ist gut, denn der Vorsamen erleichtert mir das Anlegen des Präservativs." Auf ihren fragenden Blick hin fügte er erklärend hinzu: „Die zusätzliche Lubrikation fühlt sich gut an. So kann ich mir vorstellen, ohne Barriere in dir zu sein."

„Oh." Sie hielt inne und runzelte die Stirn. „Das heißt ... je feuchter, desto besser?"

„Genau. Ich denke, ich bin jetzt so weit ... Maggie, was ...? Ah, *verdammt!*"

Er stieß einen lauten Fluch aus, als sie sich über seinen Schoß beugte und ihre warme Zunge an seinem Schaft entlanggleiten ließ. Als sie die Lippen um seine geschwollene Eichel schloss und zaghaft daran zu saugen begann, verdrehte er vor Verzückung die Augen.

„Ist es so feucht genug?", murmelte sie anschließend.

„Es wird gleich richtig nass, wenn du nicht aufhörst."

Bevor sie etwas erwidern konnte, legte er ihr die Hände auf die Schultern und drückte sie sanft, aber bestimmt zurück in die Kissen. Dann kniete er sich zwischen ihre gespreizten Schenkel und streifte sich das Präservativ über. Diesen Teil des Liebesakts hatte er nie als sonderlich erotisch empfunden, aber wie jede Erfahrung war auch diese mit ihr völlig anders. Mit lustverhangenen Augen sah sie zu, wie er das Verhütungsmittel über seine Erektion zog und am Ende mit den roten Schnüren befestigte.

Anschließend beugte er sich über sie, darauf bedacht, sein Gewicht auf einen Arm zu verlagern, um sich mit der anderen Hand an ihrer feuchten Pussy positionieren zu können. Vorsichtig glitt er in sie hinein, hielt nach wenigen Zentimetern jedoch inne, als er spürte, wie sie zu zittern begann.

„Alles in Ordnung?", presste er schwer atmend hervor.

„Ja, aber bitte mach langsam", erwiderte sie keuchend. „Es, äh, ist schon eine Weile her."

„Ich lasse mir so viel Zeit, wie du brauchst." *Auch wenn es mich umbringt.*

Mit zusammengebissenen Zähnen drang er weiter in sie hinein, Zentimeter um qualvollen Zentimeter, bis er völlig in ihrer engen, pulsierenden Hitze versunken war. Das Bedürfnis, sie hemmungslos zu nehmen, war überwältigend, aber er verharrte reglos, bis er spürte, wie ihre Scheidenmuskeln sich um ihn herum entspannten.

„Wie fühlt sich das an?", fragte er und musterte sie forschend.

„Gut", seufzte sie. „Du kannst dich jetzt bewegen."

Gott sei Dank. Langsam ließ er die Hüften kreisen, und als er sich sicher war, dass ihr jeder Stoß nichts als Lust bescherte, erhöhte er das Tempo, gab sich völlig seiner glühenden Begierde hin, immer härter und schneller, bis der Raum von einer erotischen Symphonie aus kehligem Stöhnen, dem Knarren des Bettes und dem verruchten Klatschen von Haut auf nackter Haut erfüllt war.

Als er spürte, wie sich ein vertrauter Druck in ihm aufbaute, wusste er, dass er nicht mehr lange an sich würde halten können. Ohne seinen unerbittlichen Rhythmus zu unterbrechen, begann er, mit dem Daumen über ihren feuchten Kitzler zu reiben. Sie stieß einen kehligen Laut aus und hob ihm mit jeder Berührung ihre Hüften entgegen, bis er spürte, wie ihre Muskeln sich um ihn zusammenzogen ... keinen Moment zu früh.

Seine Hoden pulsierten heftig, und verzweifelt presste er seine Lippen auf die ihren, als er seinen heißen Samen zuckend und stöhnend in das Präservativ ergoss. Selbst nachdem er gekommen war, stieß er noch einige Male in sie, um die überwältigenden Nachbeben seines Orgasmus so lange wie möglich auszukosten.

Hinterher verließ er das Bett nur kurz, um das benutzte

Verhütungsmittel zu entsorgen. Anschließend schlüpfte er zu ihr unter die Decke, löschte das Licht und zog sie in seine Arme. Entspannt und zufrieden kuschelte Maggie sich an ihn.

Eine Weile lang lagen sie schweigend da, und gerade, als er dachte, sie sei eingeschlafen, vernahm er ihre leise Stimme in der Dunkelheit. „Rhys?"

„Ja, Liebling?"

„Ich wollte dir nur sagen ... dass du mir ebenfalls wichtig bist."

Ihre Worte schnürten ihm die Kehle zu. Er drückte sie noch fester an sich und flüsterte: „Danke ... meine Maggie."

Diesmal war es nicht nur ein Kosename, sondern auch ein Versprechen.

Kapitel Einundzwanzig

Maggie wurde von einem seltsamen Geräusch geweckt ... Dem Heulen des Windes, der an den Fensterläden rüttelte. Zog etwa ein Sturm auf? Silbernes Mondlicht fiel durch einen Spalt zwischen den Vorhängen herein und verlieh dem Zimmer eine unwirkliche Atmosphäre. Sie kam sich vor wie in einem Traum, eingehüllt in Wärme und mit der Wange auf etwas Hartem, Stetigem ruhend ... einer muskulösen Brust?

Rhys.

Ihr Körper kribbelte bei der Erinnerung an ihr intimes Liebesspiel. Ihre Schenkel schmerzten auf befriedigende Art und Weise, und ihre Brustwarzen waren nach all seiner Zuwendung noch immer überempfindlich. Ihre Haut prickelte an den Stellen, an denen sein Bart sie gereizt hatte.

Ein Gefühl tiefer Zufriedenheit steckte ihr in den Knochen, und mit einem wohligen Seufzer schmiegte sie sich noch enger an ihn, atmete seinen herben, betörenden Duft ein. Gerade, als sie im Begriff stand, wieder einzuschlafen, vernahm sie plötzlich einen dumpfen Schlag. Kam das Geräusch von unten aus dem Erdgeschoss?

Ihr stellten sich die Nackenhaare auf. Im gleichen Augenblick schreckte Rhys aus dem Schlaf hoch.

„Hast du das gehört?", fragte er mit schlaftrunkener, aber alarmierter Stimme.

„Ja", wisperte sie zurück.

Ein zweiter, dumpfer Schlag ertönte, gefolgt von etwas anderem. Geflüster?

Rhys sprang aus dem Bett, und Maggie tat es ihm gleich, wobei sie sich mit den Füßen in ihrem auf dem Boden liegenden Nachtgewand verhedderte. Hastig hob sie es auf und zerrte es sich über den Kopf. Er fluchte leise, während er mit seiner eigenen Kleidung kämpfte. Als sie nach der Lampe auf ihrem Nachttisch greifen wollte, hielt er sie zurück.

„Wir dürfen keine Aufmerksamkeit erregen", flüsterte er und ging hinüber zum Kamin, um sich den Schürhaken zu holen. „Du bleibst hier und rührst dich nicht vom Fleck, bis ich zurückkomme, hast du mich verstanden?"

Bevor sie protestieren konnte, war er zur Tür geeilt, die sich mit einem leisen Knarren öffnete. Sie hörte, wie seine Schritte sich den Gang hinunter entfernten.

Der Wind heulte. Ihr Herz hämmerte wie wild. War das eine ächzende Diele gewesen?

RUMMS. Der Schrei eines Mannes. Gepolter und Scheppern.

Panisch rannte sie die Treppe hinunter, so schnell ihre Füße sie in der Dunkelheit trugen. Die Haustür stand sperrangelweit offen und wurde vom Wind gegen die Wand geschlagen. Unter der geschlossenen Wohnzimmertür drangen schwaches Licht und die Geräusche eines Handgemenges heraus.

Gütiger Himmel, ich muss Rhys helfen. Ich ... ich brauche eine Waffe.

Maggie eilte den Korridor entlang in die Küche, wo sie geradewegs auf den Herd zusteuerte und sich eine gusseiserne

Pfanne schnappte. Dann näherte sie sich der Verbindungstür, die in den Salon führte, und öffnete sie einen Spaltbreit.

Zwei Schlägertypen hielten Rhys an die gegenüberliegende Wand gepresst. So sehr er sich auch bemühte, gelang es ihm nicht, sich zu befreien. Ein dritter Kerl näherte sich ihm mit erhobener Hand, in der die Klinge eines Dolches aufblitzte.

Die Feiglinge gingen gemeinsam auf *ihren* Rhys los! Wie konnten sie es wagen?

Von einem Impuls getrieben, stürmte sie ins Zimmer und stürzte sich, die Pfanne schwingend, auf den bewaffneten Mann.

Leggett, hinter dir!"

Alarmiert durch den Ruf seines Kameraden, wirbelte der Schurke herum ... doch es war zu spät. Maggie konnte gerade noch einen Blick auf seine grimmige Miene und die gelben Zähne erhaschen, bevor ihre Waffe ihn mit voller Wucht ins Gesicht traf. Der Aufprall jagte eine Schockwelle durch ihren Körper.

Stöhnend brach der Halunke zusammen. Das Messer, das ihm aus der Hand gefallen war, schlidderte über den Boden. Wie gelähmt starrte sie auf das Blut, das ihm übers Gesicht strömte. *Du lieber Himmel, habe ich ihn etwa umgebracht?*

„Ich schnappe mir die Schlampe! Kümmere du dich um diesen Bastard", durchbrach eine raue Stimme ihren Schock.

„Maggie, lauf!", brüllte Rhys.

Sie wirbelte zu ihm herum und sah, wie er mit einem der beiden übrigen Männer rangelte, während der andere, ein massiver Rohling mit der Statur eines Bullen, auf sie zusteuerte. Drohend hob sie ihre Pfanne über den Kopf.

„Glaub bloß nicht, dass ich mich scheue, sie ein zweites Mal einzusetzen", warnte sie ihn.

Ihr Angreifer ließ den Blick über ihr Nachtgewand wandern und verzog das Gesicht zu einem anzüglichen Grinsen, bei dem sich ihr der Magen umdrehte. „Mit dir werd ich mich ein bisschen vergnügen, nachdem ich dir 'ne Lektion erteilt hab."

Er stürzte sich auf sie, und sie versuchte, ihm auszuweichen, doch er packte sie am Ärmel und riss ihn ihr mit einem lauten Ratschen ab. Als sie den lauernden Blick bemerkte, mit dem er ihren entblößten Arm betrachtete, schwang sie die Pfanne mit aller Macht in seine Richtung.

Der Rohling fing sie jedoch ab und entwendete ihr die Waffe, die er achtlos beiseite pfefferte. Bevor sie kehrtmachen und fliehen konnte, hatte er sie am Stoff ihres Nachtkleids gepackt und warf sie rücklings aufs Sofa.

„Mir gefallen Weiber, an denen was dran ist", knurrte er und krallte sich so fest in ihre Schultern, dass ihr vor Schmerz die Luft wegblieb. „Wollen wir doch mal seh'n, was du hier drunter versteckst …"

„Nimm die Finger von ihr!"

Rasend vor Wut stürzte Rhys sich auf den Koloss und riss ihn mit sich zu Boden, wo er mit den Fäusten wie wild auf das Gesicht seines Gegners einschlug. Gerade, als es so aussah, als hätte er die Oberhand gewonnen, griff der Kamerad des Mannes ihn von hinten an und begann, ihn zu würgen. Panisch sprang Maggie auf die Füße und sah sich nach ihrer Waffe um, als sie plötzlich aus dem Augenwinkel eine Bewegung wahrnahm.

Im Türrahmen stand ein Neuankömmling.

„Jeremy?", rief sie überrascht aus.

Ihr Bruder schien die Situation auf einen Blick zu erfassen: Maggies zerrissenes Gewand, der blutüberströmte Rohling auf dem Boden und die beiden Mistkerle, die sich gegen Rhys verbündet hatten. Die Goodes hatten praktisch einen sechsten Sinn für Ärger.

Wütend warf Jeremy seinen Seesack beiseite und stürzte

sich mit einem Schrei ins Gemenge. Er zerrte den Bastard, der Rhys im Schwitzkasten hielt, von diesem herunter und schlug auf ihn ein. Nur für den Fall der Fälle eilte Maggie zu ihrer Pfanne hinüber und hob sie auf ... keinen Augenblick zu früh. Der Mann, dem sie bereits eins übergebraten hatte, setzte sich auf und hielt sich den Kopf.

Vergiss es, dachte sie grimmig und marschierte auf ihn zu.

Bevor er wusste, wie ihm geschah, hatte sie erneut ausgeholt, und er fiel mit einem lauten Krachen hintenüber.

Schwer atmend drehte sie sich in der plötzlichen Stille um. Rhys und Jeremy standen schweißüberströmt und nach Luft ringend da und starrten sie mit großen Augen an. Ihre jeweiligen Gegner lagen stöhnend vor ihnen auf dem Boden.

Rhys hob eine Braue und sah fragend zu Jeremy hinüber. „Haben Sie ihr das mit der Pfanne beigebracht?“

Ihr Bruder schüttelte den Kopf. „Hat sie von unserer Mutter gelernt. Männer mögen mit eiserner Faust regieren, aber Ma und ihre gusseiserne Pfanne haben es noch mit jedem aufnehmen können.“

„Erinnern Sie mich daran, mich niemals bei Ihrer Schwester unbeliebt zu machen.“

Die beiden Männer wechselten einen wissenden Blick.

Maggie schnaubte irritiert. „Wenn ihr mit euren albernen Sprüchen fertig seid, könntet ihr dann bitte diese Einbrecher dingfest machen?“

„Das sind keine Einbrecher“, erwiderte Rhys.

„Kennst du sie etwa?“, fragte sie ungläubig.

Er presste die Lippen zusammen und ballte die Hände zu Fäusten. „Sie arbeiten für Adam Garrity, einen der Geldverleiher, bei dem ich Schulden habe. Das sollte eine Warnung an mich sein: Er will sein Geld ... sonst holt er sich sein Pfund Fleisch.“

Ein eisiger Schauer jagte ihr über den Rücken. Gleichzeitig schoss ihr noch ein anderer Gedanke durch den Kopf.

„Gütiger Himmel ... Hypatia und Mr Newton!", rief sie bestürzt aus, ließ die Pfanne fallen und rannte aus dem Zimmer, um nach den beiden zu suchen.

Kapitel Zweiundzwanzig

„Es ging alles so schnell", sagte Hypatia und nippte an ihrem Tee.

Nachdem die örtlichen Gendarmen die Angreifer am frühen Morgen in Gewahrsam genommen hatten, hatte Rhys darauf bestanden, Glory abzuholen und sie allesamt auf sein Anwesen zu verfrachten. Nun saßen er, Maggie, Hypatia, Newton und Jeremy gemeinsam im Salon, während Glory sich von Quince die Kuriositäten seines verstorbenen Onkels zeigen ließ.

Seltsamerweise hatte der Butler sich nicht darüber beschwert, das Kindermädchen spielen zu müssen. Im Gegenteil, Rhys glaubte, den Anflug eines Lächelns auf dem Gesicht des alten Griesgrams gesehen zu haben, während er Glorys munterem Geschwätz lauschte. Aber vielleicht lösten sich gerade auch nur ein paar festsitzende Winde.

„Mr Newton und ich müssen eingeschlafen sein, während wir die Pläne für London diskutierten", fuhr Patty fort. „Als ich wieder zu mir kam, wurde ich gefesselt und geknebelt ins Arbeitszimmer geschleift. Es war ein ziemlicher Schock."

„Das ist noch gelinde ausgedrückt", sagte Newton, dessen

Haar völlig zerzaust war, und himmelte sie regelrecht an. „Ich bewundere Ihre starken Nerven, Miss Foley. Sie sind nicht weniger beeindruckend als Ihr scharfer Verstand."

Hypatia errötete heftig. „Sie sind zu freundlich, Sir."

Maggie, die neben Rhys saß, erschauderte. „Ich bin nur froh, dass niemand verletzt wurde."

Der Gedanke, dass sie oder seine Freunde zu Schaden hätten kommen können, erfüllten Rhys mit unbändiger Wut. Am liebsten hätte er etwas oder jemanden geschlagen. Vorrangig sich selbst. Er erhob sich und begann, vor dem Kamin auf und ab zu schreiten, während er nach den richtigen Worten suchte.

„Ich muss mich dafür entschuldigen, Sie alle in solche Gefahr gebracht zu haben", begann er. „Hätte ich geahnt, dass Garrity über meinen Aufenthaltsort Bescheid weiß ..."

„Sie sind nicht verantwortlich für die Taten dieses Halsabschneiders", unterbrach Patty ihn.

Maggie nickte bekräftigend. „Und wir dürfen uns von dem Vorfall nicht von unserer eigentlichen Aufgabe ablenken lassen: den Schatz zu finden."

Trotz der Gewissensbisse, die ihn plagten, konnte Rhys nicht umhin, die Tapferkeit der beiden Frauen zu bewundern.

„Wann geht's los nach London?", fragte Jeremy mit vollem Mund. Er hatte den Platz neben der mit allerlei Köstlichkeiten beladenen Anrichte gewählt und holte sich regelmäßig Nachschub.

„Morgen." Es hatte keinen Sinn, das Unvermeidliche hinauszuzögern, insbesondere jetzt, da der Ärger ihnen auf den Fersen war. Je schneller Rhys den Schatz fand, desto früher konnte er seine Schulden begleichen. Zu Maggie zurückkehren. Zu ihrer gemeinsamen Tochter. Um sich das Leben mit ihnen aufzubauen, das er sich mehr als alles andere wünschte.

Diesmal darf ich nicht versagen.

„Ich komme mit dir“, verkündete Maggie.

Fassungslos starrte er sie an. War sie völlig verrückt geworden? Nach allem, was sich in dieser Nacht zugetragen hatte?

„Auf gar keinen Fall“, presste er hervor.

„Ich habe dir bisher bei jedem Hinweis zu einer Lösung verholfen.“ Trotzig schob sie das Kinn vor, auf genau dieselbe Art, wie Glory es zu tun pflegte. „Du brauchst mich.“

„Ich brauche dich *lebend*“, konterte er. „Verdammt, Maggie, ich lasse nicht zu, dass du dein Leben für mich riskierst. Ich bin es nicht wert. Du bleibst gefälligst hier, wo du in Sicherheit bist.“ Um seinen Worten Nachdruck zu verleihen, fügte er in seinem herzoglichsten Tonfall hinzu: „Und das ist mein letztes Wort.“

Davon ließ sie sich allerdings nicht beeindrucken.

„Was lässt dich glauben, dass ich hier sicher bin?“, fragte sie und stapfte zu ihm herüber. „Garritys Männer sind zu *meinem* Haus gekommen. Er weiß von unserer Verbindung. Vielleicht hat auch der andere Halsabschneider ...“

„Sweeney“, warf Newton ein.

Verräter, dachte Rhys grimmig.

„Vielleicht hat auch Sweeney bereits jemanden geschickt. Während du also in London herumscharwenzelst, sitze ich hier rum und bin leichte Beute für diese Halunken.“ Zur Bekräftigung bohrte sie ihm einen Finger in die Brust.

Die Wahrheit ihrer Worte durchfuhr ihn wie die Klinge eines Dolches. *Verdammt.*

„Dein Bruder wird dich beschützen“, erwiderte er kurz angebunden.

„Wie soll er mich vor einer Bande professioneller Halsabschneider beschützen?“, verlangte sie zu wissen. „Außerdem weißt du doch, dass man sich auf meine Brüder nicht verlassen kann. Sie sind Goodes. Jeremy ist vorhin nur deswegen aufgetauscht, weil Delilah ihn rausgeworfen hat und er eine Bleibe brauchte."

„Das ist also der Dank für meine Hilfe?", nuschelte dieser, den Mund voll Kuchen. „Ich hätte auch einfach nur zuschauen können, wie sie deinen feinen Freund hier vermöbeln."

„Ich wurde nicht vermöbelt." Rhys warf dem anderen Mann einen säuerlichen Blick zu. „Sie und Ihre Brüder werden sich doch um Maggie kümmern, nicht wahr?"

„Du hältst dich da raus, Jeremy", zischte sie.

Ihr Bruder hob beschwichtigend die Hände. „Ich bin zwar nicht das hellste Licht im Hafen, aber selbst ich weiß, wann ich mich aus anderer Leute Angelegenheiten rauszuhalten habe."

„Siehst du?", wandte Maggie sich triumphierend an Rhys. „Er will nichts damit zu tun haben."

Er versuchte es mit einer anderen Taktik. „Dann werde ich Wachen anheuern. Professionelle, *zuverlässige* Männer."

„Ich will nicht rund um die Uhr von Fremden beobachtet werden. Wenn du welche einstellst, vertreibe ich sie von meinem Grundstück, dessen sei versichert."

Langsam verlor er die Geduld. Warum konnte sie nicht akzeptieren, dass er sie einfach nur beschützen wollte? „Verdammt, Maggie, warum musst du so stur sein?"

„Weil ich den Gedanken nicht ertrage, dass mein Liebhaber sich ganz allein der Gefahr stellt!", rief sie aus.

Betretenes Schweigen legte sich über den Raum.

Nach einigen angespannten Augenblicken räusperte Hypatia sich. „Mr Newton, sagten Sie nicht, es gäbe da ein seltenes Artefakt draußen im Korridor, das Sie mir unbedingt zeigen wollten?"

„Sagte ich das?", fragte Arthur verwirrt. Patty stieß ihm vielsagend mit dem Ellbogen in die Rippen. „Ah, natürlich! *Dieses* Artefakt. Das draußen im ... äh ... Ich weiß nicht mehr genau, wo es ist, aber es ist definitiv nicht hier drin."

Wieder einmal musste Rhys sich fragen, wie der Mann es schaffte, sich als Anwalt über Wasser zu halten.

„Dann wollen wir mal." Hypatia erhob sich und warf Jeremy einen scharfen Blick zu. „Sie ebenfalls."

„Kommt nicht in Frage. Ich will mir das Spektakel nicht entgehen lassen", erwiderte dieser und schob sich ein Stück Sandwich in den Mund.

„Jeremy", sagte Maggie in warnendem Tonfall.

„Schon gut, schon gut." Ihr Bruder erhob sich und schlenderte gemächlich hinüber zu Rhys. „Bevor ich mich verkrümle, wollte ich mich nur noch mal dafür bedanken, dass Sie mich hier in Ihrem Palast unterkommen lassen."

„Gern geschehen. Und jetzt raus hier", erwiderte er.

Kaum, dass er und Maggie allein waren, bedachte sie ihn mit einem Blick, der Funken sprühte. „Du lässt ihn hier wohnen?"

„Der Mann hat an meiner Seite gekämpft. Das ist das Mindeste, was ich für ihn tun kann."

„Er hat es nicht für dich getan. Jeremy lässt sich nie einen Kampf entgehen."

Dem hatte er nichts entgegenzusetzen. „Jetzt lenk nicht von der Tatsache ab, dass du unseren Beziehungsstatus vor allen herausposaunt hast."

„Das war wohl kaum eine Überraschung. Ich bin mir sicher, jeder von ihnen wusste es längst."

„Trotzdem", beharrte er und stemmte die Hände in die Hüften. „Ich will deinen Ruf nicht gefährden."

„Aber du hast kein Problem damit, deine Liebhaberin zu verlassen?"

Ihre Worte trafen ihn mitten ins Herz.

„Verdammt, ich *will* dich ja nicht verlassen. Mir bleibt keine andere Wahl. Es ist doch nur zu deinem Besten ... Du wärst wegen mir fast gestorben!", rief er.

„Schreib du mir nicht vor, was das Beste für mich ist! Ich bin kein einfältiges Kind."

„Dann hör auf, dich wie eines zu benehmen", erwiderte er kühl. „Und tu gefälligst, was ich dir sage."

„Wage es ja nicht, mir zu befehlen, was ich zu tun habe und was nicht", zischte sie. „Jahrelang habe ich mich dem Rat meines Mannes gefügt … aber damit ist jetzt Schluss! Ich habe es satt, immer nur den Erwartungen anderer zu entsprechen. Wenn ich laut herausposaunen möchte, dass ich einen Geliebten habe, dann tue ich das auch. Wenn ich einen Mistkerl mit der Pfanne vermöbeln will, sollte er sich besser vorsehen. Wenn ich mich dazu entschließe, nach London zu gehen, kannst du mich nicht davon abhalten. Ich bin eine erwachsene Frau, die sehr wohl auf sich selbst aufpassen kann!"

Ihr Temperament war ebenso feurig wie ihr Haar. Gott, er hatte sie noch nie so wütend, so ungehemmt in der Darstellung ihrer Gefühle erlebt … und der Anblick brachte sein Blut in Wallung. Sie hatte die Beherrschung verloren, weil sie bei ihm bleiben wollte. Weil sie für ihre eigenen Interessen eintrat … und für ihn.

Ein süßer, quälender Schmerz durchfuhr ihn und ließ seinen Schwanz pulsieren.

Verdammt, ihr hitziges Wortgefecht wirkte wie ein Aphrodisiakum auf ihn.

„Ich weiß, dass du zu allem fähig bist, was du dir in den Kopf setzt. Diese eiserne Kompetenz bewundere ich ja so an dir." Als er die Hand nach ihr ausstreckte, wich sie zurück. Beschwichtigend fügte er hinzu: „Doch nicht einmal du schaffst es, dich mit einer Bande Halsabschneider anzulegen. Maggie, ich wünsche mir nichts sehnlicher, als dich mitnehmen zu können, aber deine Sicherheit ist mir nun mal *noch* wichtiger."

„Du kannst Wachmänner in London anheuern, die uns beide beschützen sollen." Obwohl sie Abstand zu ihm hielt, brachte der flehende Ausdruck in ihren Augen seine Standhaftigkeit zum Schmelzen. „Gemeinsam sind wir stärker als jeder von uns auf sich allein gestellt, Rhys. Ich *weiß*, dass wir den Schatz finden werden. Je eher es uns gelingt, desto schneller sind wir alle in Sicherheit."

Er ließ die Hand sinken und musterte sie nachdenklich. Nie zuvor war er so hin- und hergerissen gewesen zwischen seinen eigenen Bedürfnissen und dem, was er für richtig hielt. Er wollte doch ein besserer Mann für sie sein. Zähneknirschend rang er mit der Entscheidung.

„Da gibt es noch etwas, das du wissen solltest", sagte sie unvermittelt.

Er legte den Kopf schief und sah sie fragend an.

Sie atmete tief durch, blickte ihm geradewegs in die Augen und verkündete: „Glory ist unsere Tochter."

Kapitel Dreiundzwanzig

Was habe ich getan?

Maggie hatte nicht vorgehabt, ihr Geheimnis auf diese Weise zu enthüllen. Doch nun, da sie die Worte ausgesprochen hatte, konnte sie sie nicht mehr zurücknehmen. Ebenso wenig vermochte sie, Rhys' Reaktion zu deuten. Er stand da wie erstarrt. Sie beobachtete, wie ein Staubkorn über seiner Schulter schwebte, bevor es langsam auf die silbergraue Wolle seines Anzugs hinabsank.

Seine Miene war kühl. Gefasst. Herzoglich.

Sie hingegen kam sich vor wie eine ehemalige Kellnerin, die damit herausgeplatzt war, dass sie ein uneheliches Kind hatte ... Nein, Moment, genau das *war* sie ja auch!

Ihre früheren Zweifel kehrten mit voller Wucht zurück. *Was, wenn er Glory verleugnet? Wenn er nichts mit mir oder dem Kind, das er gezeugt hat, zu tun haben will? Was, wenn ich die ganze Zeit über nichts weiter als eine vergnügliche Ablenkung für ihn war ... damals wie heute?*

Der Gedanke schnürte ihr die Kehle zu. „Sag doch etwas", presste sie hervor.

„Ich weiß.“

Sie blinzelte verwirrt. „Was weißt du?“

„Dass Glory meine Tochter ist. Ich glaube, ein Teil von mir wusste es von dem Moment an, als ich ihr zum ersten Mal begegnet bin“, sagte er langsam. „Als der Pfarrer dann auf die Ähnlichkeit zwischen uns hinwies, bestätigte sich mein Verdacht.“

Nervös fuhr sie sich mit der Zunge über die Lippen, unfähig, etwas zu erwidern.

Sein Blick ruhte unverwandt auf ihr. „Ich hatte dich sogar darauf angesprochen.“

Und ich habe dir ins Gesicht gelogen. „Es tut mir leid“, flüsterte sie.

„Warum hast du mir die Wahrheit verschwiegen?“

Sie hatte Wut und Ablehnung erwartet. Stattdessen war er ruhig, undurchschaubar. Seine Emotionslosigkeit beunruhigte sie mehr, als sein Zorn es getan hätte.

„Anfangs tat ich es, um Gloriana zu beschützen. Paul hatte sie großgezogen, sie war die Tochter eines Gentlemans. Ich wollte nicht, dass ihre Achtbarkeit gefährdet wird.“ Sie hielt inne und schluckte schwer. „Außerdem wusste ich nicht, wie du reagieren würdest. Ich ertrug den Gedanken nicht, dass sie für meinen Fehler würde büßen müssen.“

„Glaubst du etwa, ich könnte ihr wehtun?“, fragte er, sichtlich angespannt.

„Nein. Zumindest nicht mehr. Aber als du nach so vielen Jahren plötzlich wieder aufgetaucht bist, kannte ich dich ja nicht wirklich“, erklärte sie aufrichtig. „Ich wusste nicht, ob dir Glorys Wohlergehen am Herzen läge. Aber nun, da ich euch zusammen gesehen habe, bin ich mir sicher, dass du ihr niemals wehtun würdest.“

„So ist es.“ Endlich flackerten Emotionen in seinen goldbraunen Augen auf. „Ebenso wenig wie dir.“

„Ich weiß." Das hatte sie schon vor geraumer Zeit erkannt und ihn dennoch weiterhin angelogen.

Warum war sie nur so töricht gewesen? Im Nachhinein könnte sie sich dafür ohrfeigen.

„Die Wahrheit ist, dass ich *mir* nicht vertrauen konnte", gab sie schließlich zu. „Um dich ging es am Ende gar nicht mehr."

Er runzelte die Stirn. „Was genau meinst du damit?"

„Ich war überzeugt, dass du kein Kind mit einer einfachen Kellnerin haben wollen würdest, mit der du eine flüchtige Nacht verbracht hast. Mit einer ... No-Goode." Beschämt senkte sie den Blick zu Boden. Das Licht, das sich in seinen polierten Stiefeln spiegelte, blendete sie schmerzhaft.

„Es stimmt. Ich wollte nicht, dass du mein Kind bekommst."

Eine Welle heftigen Schmerzes übermannte sie. *Warum bist du so überrascht? Natürlich will er nicht* dich *als Mutter seines Nachfahren. Du bist nicht gut genug. Ein Niemand.*

Er legte einen Finger unter ihr Kinn und zwang sie, zu ihm aufzusehen. Was sie ihn seinem Blick wahrnahm, ließ ihr den Atem stocken. Ein Ausdruck tiefer Reue lag darin.

„Ich habe dich geschwängert und bin einfach *verschwunden*", sagte er mit rauer Stimme. „Ich kann mir nicht einmal ansatzweise vorstellen, was du wegen mir durchstehen musstest. Wie viel Angst und Kummer ich dir bereitet habe. Es gibt keine Worte, die auszudrücken vermögen, wie leid es mir tut. Ich war ein selbstsüchtiger, gedankenloser Bastard, der nur auf sein eigenes Vergnügen aus war, ohne dabei an andere zu denken."

Seine Entschuldigung wärmte sie wie die Strahlen der Sonne und ließ das Eis in ihren Adern schmelzen. Sein Gesicht spiegelte aufrichtiges Bedauern wider. Von dem charmanten Wüstling war nichts mehr übrig. An seiner Stelle stand ein Mann, der seine Fehler offen zugab und nicht zu stolz war, um Vergebung zu bitten.

Sie wusste, dass es nicht gerecht war, ihn die alleinige Verantwortung schultern zu lassen. Immerhin hatten sie beide sich unbedacht der Leidenschaft des Augenblicks hingegeben.

„Die Verantwortung liegt nicht allein bei dir. Ich habe mich willentlich darauf eingelassen" sagte sie. Nun, da sie so ehrlich miteinander sprachen, brauchte sie nichts mehr vor ihm zurückzuhalten. „Es ... war mein erstes Mal. Dass ich mit einem Mann zusammen war, meine ich. Ich wusste nicht, welche Konsequenzen mich erwarten würden ..."

Rhys unterbrach sie mit einem lauten Fluchen. Bevor sie wusste, wie ihr geschah, hatte er sie in seine Arme gezogen und drückte sie an sich. Einen Augenblick lang standen sie einfach so da, eng umschlungen. Sie spürte seinen Herzschlag unter ihrer Wange. In Anbetracht der turbulenten Situation war es überraschend, wie sicher und geborgen sie sich fühlte.

„Bitte glaube bloß nicht, dass dich irgendeine Schuld trifft, Maggie", flüsterte er mit belegter Stimme. „Ich allein bin dafür verantwortlich, auch wenn du das Gegenteil behauptest. Mir hätte auffallen müssen, wie unerfahren du bist. Verdammt, ich bin ein solches Ekel. Ich redete mir ein, als Kellnerin in einer so zwielichtigen Hafenspelunke wüsstest du, wie die Dinge laufen."

„Das ist eine weit verbreitete Annahme", erwiderte sie trocken.

„Deshalb ist sie noch lange nicht richtig." Er begann, ihr sanft über den Rücken zu streicheln, während er mit vor Selbstverachtung triefender Stimme fortfuhr: „Gott, ich war ein verdammter Narr. Wenn ich zurückgehen und meinen Fehler geradebiegen könnte, würde ich es tun."

Sie lehnte sich zurück, um ihm in die Augen sehen zu können. „Du hättest dich nicht mit mir eingelassen?"

„Ich habe vieles getan, auf das ich nicht stolz bin." Seine Miene verfinsterte sich. „Aber meines Wissens habe ich nie mit einer Jungfrau geschlafen. Dass ich es mit dir tat, ohne zu realisieren ...“

„Weil ich mich nicht wie eine verhielt, nicht wahr?“ Bei der Erinnerung an ihre Hemmungslosigkeit schnitt sie eine Grimasse. „Ich bin dir willig aufs Zimmer gefolgt. Wir haben es nicht mal bis ins Bett geschafft ...“

„Gütiger Himmel.“ Reumütig schloss er die Augen. „Es war dein erstes Mal ... Und ich habe dich gegen eine verdammte *Tür* genommen.“

„Ist schon in Ordnung. Es hat mir gefallen“, beeilte sie sich zu sagen. „Dir etwa nicht?“

Er öffnete die Augen und musterte sie eindringlich. „Darum geht es nicht, Maggie. So hätte dein erstes Mal einfach nicht laufen dürfen.“

Jetzt, da die Wahrheit ans Licht gekommen war, fühlte sie sich erleichtert. Befreit. Und während sie zu schätzen wusste, dass Rhys die Verantwortung für jene Nacht übernahm – und keinen Zweifel mehr darüber hegte, dass er sie respektierte –, war sie bereit, mit der Sache abzuschließen.

„Was geschehen ist, ist geschehen, und nun sind wir hier“, stellte sie sachlich fest. „Wenden wir uns lieber wieder dem Thema London zu ...“

„Maggie, du hast meinetwegen einen hohen Preis bezahlen müssen“, unterbrach er sie mit entschlossener Miene. „Zwar bewundere ich deinen Mut und deine Stärke mehr, als ich auszudrücken vermag, aber du sollst wissen, dass du künftig nicht länger allein bist. Ich werde mich in Zukunft um Glory und dich kümmern. Es soll euch nie wieder an etwas mangeln.“

Was meinte er damit? Argwöhnisch löste sie sich aus seiner Umarmung und trat einen Schritt zurück.

„Wie willst du das anstellen?“, fragte sie. „Was genau bietest du mir hier an, Rhys?“

Einen Augenblick lang starrten sie einander schweigend an. Ein Muskel in seinem Kiefer zuckte.

„Wenn ich um deine Hand anhalten könnte, würde ich es tun", sagte er schließlich. „Aber das geht nicht."

~

Rhys war überzeugt gewesen, sich nicht noch mehr hassen zu können. Aber da hatte er sich geirrt.

Als er den Schmerz in ihren klaren, grünen Augen sah, verfluchte er sich erneut. „Maggie ..."

„Nein, ist schon in Ordnung. Ich habe nichts anderes erwartet." Mit einem stählernen, aufgesetzten Lächeln gestikulierte sie zwischen sich und ihm hin und her. „Du bist ein Herzog und ich bin ... ich. Natürlich ist eine Ehe zwischen uns nicht möglich."

„Mein Titel hat nichts damit zu tun ..."

„Du bist mir keine Erklärung schuldig. Immerhin hast du mir bezüglich unseres Verhältnisses von Anfang an reinen Wein eingeschenkt", fuhr sie fort, als hätte sie ihn gar nicht gehört. „Außerdem ist es für mich keine Notwendigkeit, erneut zu heiraten. Ich habe meine Unabhängigkeit und kann gut für mich selbst und meine Tochter sorgen."

„*Unsere* Tochter."

„Das muss sie nicht sein." Ihr kühler Tonfall jagte ihm einen Schauer über den Rücken. „Mein Gemahl war ihr ein fürsorglicher Vater. In den Augen der Welt ist sie das Kind eines Gentlemans. Besser als ein ungewollter Bastard."

„Aber ich will sie doch. Ich will *dich*!" Obwohl sein Magen sich vor Frustration verkrampfte, spürte er die Wahrheit seiner Worte tief in sich. Zum ersten Mal fühlte sich die Aussicht auf eine eigene Familie nicht so an, als würde er lebendig begraben. Im Gegenteil ... Es kam ihm *richtig* vor. „Nur kann ich weder

Ehemann noch Vater sein, wenn ich unter der Erde liege. Bis ich meine Schulden bei Garrity und Sweeney beglichen habe, kann ich dir in gutem Glauben keinen ehrbaren Antrag machen."

„Ich verstehe."

Ihr Tonfall verriet ihm, dass sie es nicht tat. Also kam er direkt zur Sache. „Newton hat eine reiche, amerikanische Erbin für mich ausfindig gemacht. Sollte ich den Schatz nicht finden, muss ich meinen Titel gegen ihre Mitgift tauschen und eine Zweckehe mit ihr eingehen. Aber das wäre alles, was mich mit ihr verbindet."

Er sah zu, wie seine Worte einsanken.

„Ich werde nicht die Mätresse eines verheirateten Mannes sein", erwiderte sie und schlang schützend die Arme um sich.

„Das würde ich auch nicht von dir verlangen." Die Tatsache, dass sie das glaubte, war wie ein Schlag in die Magengrube. „Ich weiß, dass ich dich für immer verlieren würde, wenn ich eine andere heiraten müsste. Dennoch sollst du wissen, dass ich Glory und dich finanziell unterstützen werde, egal, wie diese Geschichte enden mag."

„Ich brauche dein Geld nicht."

Unverhohlener Stolz flackerte in ihren Augen auf. Selbst wenn er noch hundert Jahre lebte, würde er nie wieder einer anderen Frau begegnen, die so mutig und unbezwingbar war wie sie.

Eine Frau mit der Seele einer Herzogin.

„Das weiß ich doch, aber ich möchte es dir trotzdem anbieten. Gütiger Himmel", presste er frustriert hervor. „Ich wünschte, ich könnte dir mehr geben als das. Am liebsten würde ich dir die Welt zu Füßen legen."

Nachdenklich nagte sie an ihrer Unterlippe. „Wenn also die Schulden nicht wären, würdest du mich heiraten wollen?"

„Wie oft soll ich es dir noch sagen ... Du bist mir wichtig."

Sie war die Erste, der er jemals ein solches Zugeständnis seiner Gefühle gemacht hatte.

Sie musterte ihn forschend. Er wartete mit angehaltenem Atem. Glaubte sie ihm etwa immer noch nicht?

„Du bist mir auch wichtig", flüsterte sie schließlich.

Auch beim zweiten Mal waren ihre Worte nicht weniger überwältigend. Unbekannte, aber nicht unwillkommene Gefühle durchfluteten ihn. Es dauerte einen Augenblick, bis er begriff, dass er … *glücklich* war.

Er räusperte sich und sagte: „Ich werde diese Juwelen finden. Und dann mache ich dich zu meiner Frau."

„Wenn du das wirklich ernst meinst, dann lass mich mit dir kommen. Lass mich dir helfen", flehte sie. „*Beweise* mir, dass du mich als würdig erachtest."

„Du bist zehnmal mehr wert als ich." Im Herzen wusste er, dass sie gewonnen hatte.

Das Einzige, was ihn noch zurückhielt, waren die Bedenken um ihre Sicherheit. Dennoch lag sie richtig mit dem, was sie zuvor gesagt hatte: Nun, da Garrity und Sweeney von ihrer Existenz wussten, wäre sie hier auch nicht weniger in Gefahr als in London. Womöglich wäre es sogar einfacher, sie dort zu beschützen. In seiner Nähe … und der eines ganzen Rudels an Wachmännern, das er anzuheuern gedachte. Ihr Leben stand bereits auf dem Spiel, also gab es kein Zurück.

Sie mussten nach vorne sehen. Und vor ihnen lag London.

Außerdem *wollte* er sie an seiner Seite haben, verdammt. Sie war ihm wichtiger als alles andere. In ihrer Nähe fühlte er sich fähig, selbst durch die dunkelsten Gewässer zu navigieren. Maggie war das Licht, das ihm den Weg nach Hause wies.

„Rhys?", hakte sie mit dringlicher Stimme nach.

Er betete, dass er die richtige Entscheidung traf.

Nachdem er sich geräuspert hatte, fragte er mit heiserer

Stimme: „Wie lange brauchst du, um deinen Koffer zu packen, meine Maggie?"

Kapitel Vierundzwanzig

S ich auf die Reise vorzubereiten, war wesentlich aufwendiger, als Maggie erwartet hatte. Nicht, dass ihre Ausflüge sie je über die Grenzen von Dorset hinaus geführt hätten. Eifrig machte sie sich daran, alles Notwendige einzupacken ... was ihr durch Glory erschwert wurde, die ständig etwas Neues anschleppte, das *unbedingt* mit musste.

Nachdem ihre Tochter mit ihrer Steinsammlung angetanzt war, hatte Maggie ein energisches Machtwort gesprochen.

Da Hypatia verkündet hatte, dass sie sich dem Trio ebenfalls anschließen werde – und niemand sie von einem Entschluss, den sie einmal gefasst hatte, abbringen konnte –, würde das Emporium für eine Weile geschlossen bleiben. Wenn Maggie ehrlich war, machte ihr das nicht allzu viel aus.

Drei Tage später brachen sie frühmorgens auf. Rhys hatte Newton vorausgeschickt, um alles für ihre Ankunft vorzubereiten, und der Rest von ihnen reiste in einer privaten Postkutsche, die nur anhielt, um die Pferde zu wechseln. Allerdings war das Gefährt so luxuriös und bequem, dass die Stunden nur so dahinzufliegen schienen. Maggie, eingelullt von dem sanften Rattern der Räder, verschlief den Großteil der Fahrt.

Bevor sie wusste, wie ihr geschah, verkündete der Kutscher, dass sie sich London näherten. Inzwischen war es dunkel geworden, und ihr erster Eindruck der Stadt war geprägt von blinkenden Lichtern sowie dem grauen Nebel, der sich um die Silhouetten der hohen Gebäude hüllte. Sie brachte es nicht übers Herz, Glory zu wecken, die friedlich zwischen ihr und Hypatia schlummerte. Rhys saß ihnen gegenüber, hatte die Beine übereinandergeschlagen und starrte nachdenklich aus dem Fenster.

Inmitten der hektischen Vorbereitungen für die Reise hatten er und Maggie kaum Zeit füreinander gehabt. Sie wusste, dass er noch immer Bedenken hegte, sie nach London mitgenommen zu haben. Sie hatte ihn regelrecht dazu gezwungen ... was ihr nicht sonderlich leidtat.

Du bist mir wichtig.

Sie hütete seine Worte wie einen Schatz in ihrem Herzen. Aus dem Mund eines Mannes mit seiner Vergangenheit bedeuteten sie *alles*. Rhys hatte in jungen Jahren seine Mutter verloren, war von seinem Vater misshandelt und von seinen Mitschülern schikaniert worden, und der einzige Mensch, der ihm hätte Trost spenden können – sein Onkel Horatio – hatte ihn ebenfalls im Stich gelassen. Als Erwachsener wurde er von denen ausgegrenzt, die ihm zur Seite hätten stehen sollen. War es da ein Wunder, dass er sich vor festen Bindungen scheute?

Je mehr sie über ihn erfuhr, desto überzeugter war sie, dass er überhaupt nicht der gefühllose Wüstling war, dem seine Freiheit über alles ging, sondern vielmehr ein Mann, der sich alles viel zu sehr zu Herzen nahm. Eine einsame Seele, die sich nach Zuneigung sehnte, aber gleichzeitig Angst hatte, verletzt zu werden.

Ich werde ihn niemals verletzen, schwor sie sich insgeheim. *Ich werde ihn beschützen, so wie er mich beschützt hat.*

Ihre Gefühle für ihn waren übermächtig und unbestreitbar.

Er war ihr wichtig, und sie ... Sie hatte sich in ihn verliebt. Trotz der Risiken und der Aussicht auf die schlimmsten Qualen ihres Lebens hatte sie ihr Herz an ihn verloren. Es war keineswegs der richtige Zeitpunkt, ihm ihre Liebe zu gestehen – sie wollte ihn nicht mit ihren Emotionen belasten oder ihn verschrecken. Aber sie war mit ihm nach London gekommen, damit sie gemeinsam für ihre Zukunft kämpfen konnten.

Sie räusperte sich, um seine Aufmerksamkeit zu erregen. „Begeben wir uns direkt nach Seven Dials?"

Er warf ihr einen amüsierten Blick zu. „So sehr ich deinen Tatendrang auch bewundere, werden wir erst einmal zu unserer Unterkunft fahren. Da ich mein Stadthaus leider aufgeben musste, werden wir uns Zimmer im Mivart's Hotel nehmen. Ich denke, es wird dir gefallen."

Maggie hatte noch nie in einem Hotel übernachtet. Die Vorstellung erschien ihr äußerst exotisch.

„Dann beginnen wir also morgen mit der Schatzsuche?", fragte sie. „Seven Dials ist ein ziemlich weitläufiges Gebiet."

„Wenn ich mich recht an meine Besuche in London erinnere, ist es nicht gerade ein angenehmer Ort für eine Aufgabe wie unsere", mischte Patty sich ein.

„Das ist noch sehr diplomatisch ausgedrückt, Miss Hypatia. Seven Dials gehört zum Elendsviertel St. Giles und ist eine wahre Brutstätte für Diebe, Säufer und Halsabschneider", sagte Rhys. „Wir werden uns nicht ohne Verstärkung dorthin wagen."

„Hast du vor, Wachmänner anzuheuern?", fragte Maggie.

„Damit habe ich Newton bereits beauftragt. Allerdings werden diese Wachen uns nur bis zu einem gewissen Grad beschützen können. Gegen ernst zu nehmende Feinde sind sie machtlos." Rhys hielt inne und presste die Lippen zusammen. „Bevor wir uns also auf die Suche begeben, werde ich einen Waffenstillstand mit Garrity und Sweeney aushandeln müssen."

Maggie musste an die Rohlinge denken, die sie in ihrem Heim überfallen hatten, und schluckte schwer. „Hast du keine Angst, dass sie erst angreifen und hinterher Fragen stellen werden?"

„Doch. Und deshalb brauche ich einen Vermittler, der die Macht besitzt, Garrity und Sweeney im Zaum zu halten. Newton hat für morgen bereits ein Treffen mit ihr arrangiert."

„*Ihr?*" Eine Frau sollte so viel Macht über zwei berüchtigte Halsabschneider besitzen?

„Tessa Black-Todd – seit Kurzem Mrs Harry Kent. Sie ist die Enkeltochter von Bartholomew Black, einem einflussreichen Kriminellen, der über die Londoner Unterwelt regiert."

„Woher kennst du sie?"

„Das ist eine lange Geschichte", sagte er ausweichend und spähte zwischen den Vorhängen hindurch. „Wir sind da."

Maggie machte sich in Gedanken einen Vermerk, später mehr über die mysteriöse Mrs Kent herauszufinden. Fürs Erste konzentrierte sie sich darauf, einen Blick auf ihre Unterkunft zu erhaschen ... und traute ihren Augen kaum.

Das war das Mivart's? Gütiger Himmel, das war kein Hotel, sondern ein *Palast*!

Die palladianische Fassade des vierstöckigen Gebäudes glänzte majestätisch im Licht der Straßenlaternen. Vor dem Eingang, der von geriffelten Säulen flankiert war, drängten sich prächtige Kutschen sowie livrierte Lakaien, die den eintreffenden Gästen beim Aussteigen halfen.

Als sie das Hotel betraten, kam es Maggie so vor, als habe sie Fuß in ein Märchenschloss gesetzt. Der Marmorboden glänzte so sehr, dass sie fürchtete, auf ihm auszurutschen. Selbst Glory war ausnahmsweise einmal sprachlos vor Staunen, während sie sich in dem opulenten Foyer umsah. Alles um sie herum war aus makellos poliertem Holz, Silber und Glas. Eine ausladende, mit samtrotem Teppich belegte Treppe führte in die oberen Stockwerke.

Während der Hotelier Rhys überschwänglich begrüßte, wanderte Maggies Blick über die Gäste, die sich in der Lobby aufhielten. Obwohl es fast Mitternacht war, schienen die meisten von ihnen bereit, auszugehen, gekleidet in edle Gewänder und mit Juwelen behangen, die eines Königs oder einer Königin würdig waren. Verunsichert zupfte sie an ihrem eigenen Reiseumhang herum, der bereits zweimal nachgefärbt worden war und am Saum ausfranste.

Glory griff nach ihrer Hand und drückte sie. „Bist du sicher, dass Rhys ... äh, ich meine, Ransom, sich nicht im Hotel geirrt hat, Mama?", flüsterte sie mit ehrfürchtiger Stimme. „Werden wir wirklich hier wohnen?"

Maggie und Rhys hatten entschieden, der Kleinen seine wahre Identität mitzuteilen, nicht jedoch die Tatsache, dass er ihr Vater war. Vorrangig diente es zu Glorys Sicherheit, denn sollten die Halsabschneider Garrity und Sweeney herausfinden, dass sie Rhys' Kind war, könnte sie ebenfalls zur Zielscheibe werden.

Außerdem gab es noch zu viel Ungeklärtes zwischen ihnen. Maggie wollte ihre Tochter nicht unnötig verwirren ... oder ihre Hoffnungen wecken.

Herauszufinden, dass er ein Herzog war, schien nichts an Glorys Zuneigung ihm gegenüber geändert zu haben. Vielmehr löcherte sie ihn mit gezielten Fragen über seinen Lebensstil. Wie viele Bedienstete er habe. Und wie viele Häuser er besäße. Ob er regelmäßig mit der Königin zu Abend äße ...

Wie immer beschönigte er seine Antworten nicht. Er erzählte ihr, dass er seine Häuser und Angestellten aufgrund von Fehlinvestitionen verloren hatte, und dass er tatsächlich manchmal am Königshof zu Gast war, sein letzter Besuch allerdings schon eine Weile her sei. Außerdem weihte er sie in den

Plan ein, sein Vermögen wieder anzuhäufen, indem er das Erbe seines Onkels aufspürte, zu dem auch der Diamant gehörte, den sie vor Kurzem in der Kirche St. Candida gefunden hatten.

In eine abenteuerliche Schatzsuche verwickelt zu sein, war für Glory das Größte überhaupt. Feierlich hatte sie Rhys geschworen, kein Sterbenswörtchen darüber zu verlieren. Keinesfalls sollte jemand anderes von den verschollenen Juwelen erfahren und sie ihnen womöglich streitig machen.

Um Gerüchte über Glorys Anwesenheit zu zerstreuen, wollten sie sie als Horatios ehemaliges Mündel ausgeben, dem Rhys sich nach dem Tod seines Onkels angenommen hatte. Außerdem wäre dadurch auch Maggies Gegenwart als verwitwete Mutter des Mädchens gerechtfertigt.

Beruhigend drückte sie ihrer Tochter die Hand.

„Ransom weiß, was er tut", versicherte sie ihr. „Wir dürfen sicher bald aufs Zimmer."

Sie wurden vom Hotelier höchstpersönlich zu ihren Gemächern im dritten Stock geleitet. Nachdem Rhys sich mit der Erklärung entschuldigt hatte, einigen Verpflichtungen nachgehen zu müssen, gingen Maggie, Hypatia und Glory dazu über, ihre neue Unterkunft genauestens in Augenschein zu nehmen. Zuerst war Maggies Wohnbereich an der Reihe. Der ganze Raum war in geschmackvollen Blau- und Beigetönen gehalten und über die Maßen prunkvoll. Maggie kam sich vor wie eine Königin, insbesondere, als sie feststellte, dass Rhys eine Kammerzofe für sie angeheuert hatte. Bertha, eine fröhliche, arbeitsame Frau mittleren Alters, begrüßte sie mit einem höflichen Knicks und bot an, sich sofort um das Auspacken der Koffer zu kümmern.

„Ich habe nicht viel dabei", gestand Maggie ihr verlegen und musste an die zwei schwarzen Kleider, das Nachtgewand und die zwei Paar schlichter Untergewänder in ihrem Gepäck denken.

„Oh, das meinte ich nicht, Ma'am. Ich sprach von den Paketen, die vorhin bereits für Sie angekommen sind. Sie befinden sich im Schlafgemach", erklärte Bertha mit einem Funkeln in den Augen. „Ein meterhoher Stapel, geliefert von den besten Geschäften Londons."

Als Maggie das Schlafzimmer betrat, sah sie, dass ihre Zofe nicht übertrieben hatte. Mehrere Schachteln stapelten sich vor dem riesigen Himmelbett. Obwohl sie die Namen der Etablissements, die auf das Packpapier gedruckt waren, nicht kannte, ließen die Schnörkel und Verzierungen keinen Zweifel zu, dass es sich um äußerst exklusive Marken handeln musste. Neugierig hob sie den Deckel eines flachen Päckchens an, auf dem „Maison de Rousseau" stand, schlug das Seidenpapier zurück und schnappte schockiert nach Luft.

Darunter befand sich das schönste Kleid, das sie je gesehen hatte. Es war ein prächtiges Abendgewand, und obwohl sie während ihres Aufenthalts keinen Anlass haben würde, es zu tragen, ließ sie ihre Finger ehrfürchtig über die weiche, smaragdgrüne Seide gleiten.

„Oh, Mama, die Farbe wird dir ausgezeichnet stehen!", verkündete Glory mit einem verträumten Seufzer.

„Aber wie ist das alles hierhergekommen?", murmelte sie.

„Seine Gnaden hat Mr Newton beauftragt, eine erlesene Auswahl an Kleidern, Hauben und Zubehör für Sie und die beiden Misses Foley zu besorgen", erklärte Bertha. „Die Modistin wird nachher vorbeischauen, um sicherzustellen, dass alles perfekt passt."

„Juhuuu!", jubelte Glory und stürmte aus dem Zimmer, um ihre eigene Garderobe in Augenschein zu nehmen.

„Wie großzügig von Seiner Gnaden." Selbst Hypatia klang beeindruckt.

Maggie wusste nicht, was sie sagen sollte. Die eleganten Gemächer, die prachtvollen Gewänder ... Das alles kam ihr so unwirklich vor. Als würde sie jede Sekunde aus einem märchenhaften Traum erwachen.

Und doch war es real. Rhys hatte sein Versprechen wahr gemacht.

Wenn ich könnte, würde ich dir die Welt zu Füßen legen.

Sie spürte, wie ihr die Tränen in die Augen stiegen. Nicht wegen des ganzen Prunks um sie herum ... sondern weil Rhys sie dessen würdig erachtete. Und zum ersten Mal in ihrem Leben tat sie es auch.

Mit dem konzentrierten Eifer eines Heerführers machte Bertha sich ans Auspacken. Da sie jede Hilfe verweigerte, Maggie und Hypatia jedoch viel zu aufgedreht waren, um ans Schlafengehen zu denken, ließen sie sich in Maggies Wohnbereich nieder. Patty hatte eine eigene Suite für sich, und Glorys Zimmer grenzte an das ihrer Mutter an. Durch die Tür hörten sie das Jauchzen des Mädchens, das offensichtlich nicht brav im Bett lag, sondern die Federkraft der Matratze austestete.

„Glaubst du, sie ist zu laut?", fragte Maggie verunsichert.

Patty hatte die Füße auf einer samtenen Fußbank abgelegt und nippte zufrieden an ihrem Kognak. Sie hatte sich nicht einmal die Mühe gemacht, den Drink mit ihrem Tee zu vermischen. „Ich bin mir sicher, das Mivart's hat schon wesentlich Schlimmeres erlebt. Niemand feiert so ausgelassen wie die Hautevolee."

„Es fühlt sich seltsam an, hier zu sein."

„Gewöhn dich besser dran." Hypatia warf ihr über den Rand ihrer Brille hinweg einen vielsagenden Blick zu. „Jetzt, da wir unter uns sind, wird es höchste Zeit für ein Tête-à-Tête. Hat Seine Gnaden sich dir gegenüber erklärt?"

Maggie überkamen Schuldgefühle. Patty war ihre Familie,

ihre engste Freundin, und dennoch hatte sie ihr nie ihr größtes Geheimnis anvertraut. Zwar hatte ihre Schwägerin längst erraten, in welcher Art von Beziehung sie zu Rhys stand und schien sich nicht daran zu stören ... Aber wie würde sie wohl reagieren, wenn sie erfuhr, dass er Glorys leiblicher Vater war?

Nicht Paul, ihr eigener Bruder.

Rhys hatte Maggie vor Kurzem als „außergewöhnlich" bezeichnet ... Gott, wie sehr sie sich wünschte, sie besäße ebenso viel Vertrauen in sich selbst. Nun bot sich ihr die Gelegenheit, ihren Mut unter Beweis zu stellen und der Frau, die wie eine Schwester für sie war, reinen Wein einzuschenken.

„Rhys ist mein Liebhaber", platzte sie heraus. Und bevor sie die Nerven verlieren konnte, fügte sie hinzu: „Außerdem ist er ... Glorys Vater."

Mit einem lauten Klirren stellte Hypatia ihre Tasse zurück auf den Unterteller. „Immer schön langsam. Fang bitte ganz von vorne an."

Und das tat Maggie auch. Sie ließ nichts aus, nicht einmal die fehlende Intimität zwischen ihr und Paul.

Nachdem sie geendet hatte, senkte sie den Blick und rang nervös die Hände in ihrem Schoß. Was würde Patty sagen? Würde sie sie verurteilen?

„Du armes Ding." Hypatia lehnte sich zu ihr herüber und drückte ihr sanft die Hand. „Was für eine Last du all die Jahre mit dir herumtragen musstest."

Vor Erleichterung traten ihr die Tränen in die Augen. „Glory war nie eine Last für mich. Aber ich hasste es, dich anlügen zu müssen. Paul hielt es jedoch für das Beste, alle glauben zu machen, dass sie seine Tochter sei ... einschließlich dir."

„Ich verstehe, was hinter der Entscheidung meines Bruders steckte. Er hatte großes Glück, eine Frau wie dich zu finden, Maggie. Und eine Tochter wie Glory."

„Also hasst du mich nicht?"

„Warum um alles in der Welt sollte ich das tun?"

„Weil ich ... in meiner Hochzeitsnacht keine Jungfrau mehr war", gab sie kleinlaut zu.

„Wenn ich dich dafür verurteilen würde, wäre ich eine Heuchlerin. Und du weißt, dass ich nichts mehr verabscheue als Heuchelei."

Maggie blinzelte erstaunt. „Soll das heißen ...?"

„Ich war auch einmal jung und ungestüm", sagte Patty. „Er war Soldat und kehrte leider nie aus dem Krieg zurück. Im Gegensatz zu dir litt ich jedoch nur an einem gebrochenen Herzen. Und wie könnte ich dich hassen, wenn du so gut zu uns Foleys warst?"

Eine Träne rann ihre Wange hinunter. „Ich habe Paul und dir so viel zu verdanken."

Hypatia reichte ihr ein Taschentuch. „Im Gegenteil ... Paul und ich stehen in *deiner* Schuld. Du hast dich aufopfernd um ihn, sein Geschäft und seinen Haushalt gekümmert. Du hast ihm ein Kind geschenkt, das er verwöhnen durfte. Du hast klaglos das akzeptiert, was er dir als Ehemann nicht zu geben gewillt war. Das hätte nicht jede Frau getan." Das wissende Funkeln in den Augen ihrer Schwägerin ließ sie erröten. „Was mich betrifft ... Ich könnte mir keine vernünftigere, loyalere beste Freundin wünschen."

Maggie schniefte laut.

„Ist ja schon gut. Setz bloß nicht das Hotel mit deinem Geheul unter Wasser", murmelte Patty.

Unter Tränen lachend, erwiderte sie: „Danke. Dafür, dass du mich so akzeptierst, wie ich bin."

„Das habe ich immer. Die wahre Kunst liegt darin, uns selbst zu akzeptieren", erwiderte ihre Schwägerin weise.

Damit hatte sie zweifellos recht. „Glaubst du, es gibt eine

Zukunft für Rhys und mich? Immerhin ist er ein Herzog, und ich ...“

„Du bist die Frau, die ihm dabei hilft, seine Zukunft zurückzugewinnen. Er braucht dich ebenso sehr wie du ihn.“ Hypatia hielt inne und musterte sie forschend. „Du liebst ihn, nicht wahr?“

„Ja, das tue ich.“ Gott, tat es gut, diese Worte endlich laut auszusprechen. „So sehr.“

„Dann verschwende keine weitere Minute.“ Patty griff nach ihrem Kognak und trank einen Schluck. „Dazu ist das Leben viel zu kurz und zu kostbar.“

Auch damit hatte sie recht. Maggie wusste zwar nicht, was die Zukunft für sie und Rhys bereithalten mochte, aber zumindest diese Nacht konnte ihnen gehören, wenn sie es zuließ. Jeder Augenblick zählte. Ihre Gedanken wanderten zu der luxuriösen Garderobe, die er für sie hatte anfertigen lassen, insbesondere zu einem ganz speziellen Kleidungsstück.

Ein Lächeln umspielte ihre Lippen. Sie wusste genau, was sie zu tun hatte.

Kapitel Fünfundzwanzig

Es war bereits zwei Uhr morgens, als Rhys endlich in seine Suite zurückkehrte. Er war müde, aber auch sehr zufrieden mit dem Ergebnis seiner Besprechung mit Newton, die unten in einem Privatsalon des Hotels stattgefunden hatte. Wieder einmal hatte sein Verwalter seine Kompetenz unter Beweis gestellt. Alles war genau nach Rhys' Anweisungen vonstattengegangen.

Arthur hatte den Diamanten für eine ansehnliche Summe verkauft und einen Trupp Wachmänner organisiert. Für die Damen hatte er eine Garderobe anfertigen und in ihre Gemächer liefern lassen, wo eine Zofe bereits darauf wartete, ihnen zur Hand zu gehen.

Außerdem hatte er für den morgigen Tag ein Treffen mit Tessa Kent arrangiert.

Bei dem Gedanken, der Frau wieder zu begegnen, die er einst heiraten wollte, schluckte er schwer. Aber im Nachhinein betrachtet, war das ganze Unterfangen ohnehin ein Fehler gewesen. Tessa und er hatten nicht zueinander gepasst, und im Grunde genommen war er erleichtert, noch mal davongekommen zu sein. Allerdings waren sie nicht gerade im Guten auseinandergegangen, und so, wie er sie kannte, würde sie ihn bestimmt dafür büßen lassen.

So sehr es ihm auch missfiel, brauchte er Tessas Schutz, wenn er den Schatz finden wollte, ohne dass Garrity und Sweeney ihm dabei im Nacken saßen. Um Maggies und Glorys Sicherheit zu gewährleisten, würde er also entweder vor Tessa zu Kreuze kriechen oder sogar eine Tracht Prügel von ihrem überfürsorglichen Ehemann einstecken müssen.

Es würde kommen, wie es kommen musste.

Gemächlich entledigte er sich seines Gehrocks und Krawattentuchs und legte beides über eine Stuhllehne in seinem Wohnbereich. Sein Kammerdiener würde sich schon um die Kleidung kümmern. Gott, es war herrlich, endlich wieder Geld zu haben. Er schenkte sich einen Scotch ein und genoss das brennende Gefühl des Whiskeys in seiner Kehle, während er ans Fenster trat und die Schönheit des nächtlichen Mayfairs bewunderte. Hier, im Schoß von Prunk und Luxus, fühlte er sich wieder ganz in seinem Element.

Allerdings würde der Erlös aus dem Verkauf des Diamanten nicht ewig währen. Je eher er die Gegend Seven Dials nach dem nächsten Hinweis absuchen konnte, desto besser. Von daher sollte er versuchen, ein wenig zu schlafen.

Er kippte den Rest seines Drinks hinunter und ging hinüber in sein Schlafgemach. Vor der Tür, die zu Maggies angrenzendem Zimmer führte, hielt er kurz inne. Sie so nah bei sich zu wissen, brachte sein Blut in Wallung. Aber sein Verlangen war nicht nur körperlicher Natur ... Maggie löste Gefühle in ihm aus, die er noch nie zuvor für eine andere Frau empfunden hatte. Er sehnte sich nach ihrer Gesellschaft, ihrer Wärme, wollte sie eng umschlungen halten, selbst wenn sie nur nebeneinander schliefen.

Nach der langen Reise war sie mit Sicherheit völlig erschöpft und vermutlich direkt zu Bett gegangen. Zudem musste er äußerste Vorsicht walten lassen, jetzt, da ihre Tochter dabei war. Was, wenn Glory in der unbekannten Umgebung erwachte und Trost bei ihrer Mutter suchen wollte ... nur um *ihn* in Maggies Bett vorzufinden?

Nein, das durfte er nicht riskieren. Morgen würde er sich mit Maggie beratschlagen, was sie bezüglich der Schlafsituation unternehmen könnten und sich einen narrensicheren Plan ausdenken. Ihm entging nicht, dass das wahrscheinlich der vernünftigste und sittsamste Gedanke war, den er als berüchtigter Wüstling je gehabt hatte.

Kopfschüttelnd betrat er sein Schlafgemach.

Umsichtigerweise hatte man eine der Nachttischlampen für ihn angelassen. Sein Herz machte einen Satz, als er im schwachen Licht die zimtfarbenen Locken auf seinem Kissen und die kurvige Figur unter seiner Decke bemerkte. Der tiefe, regelmäßige Rhythmus ihrer Atmung verriet ihm, dass Maggie eingeschlafen sein musste, während sie auf ihn gewartet hatte.

Ein triumphierendes Grinsen stahl sich auf sein Gesicht. *War ja klar, dass sie die Dinge selbst in die Hand nehmen würde.*

Lautlos entledigte er sich seiner restlichen Kleidung. Er wollte sie nicht wecken, es genügte ihm vollkommen, sie die ganze Nacht über in seinen Armen zu halten. Vorsichtig schlug er die seidene Decke zurück ...

Verdammt, verdammt, verdammt!

Schlagartig verließen ihn seine guten Vorsätze.

Sie räkelte sich genüsslich im Schlaf, wodurch das knappe Negligé aus weißem Satin, das sich an ihre sinnlichen Kurven schmiegte, leicht verrutschte und den Blick auf eine ihrer kirschfarbenen Brustwarzen freigab.

Ihre Lider flatterten, dann öffnete sie langsam die Augen und sah ihn schläfrig an. Ihr Anblick raubte ihm völlig den Atem. Sie war eine Sirene, eine erwachende Göttin, die ihm das

Bett warm gehalten hatte. Die vollkommene Erfüllung seiner erotischen Fantasien.

„Musstest du lange warten?", fragte er, um einen gelassenen Tonfall bemüht, was gar nicht so einfach war, da sämtliches Blut in seinem Körper sich an einer bestimmten Stelle gesammelt hatte.

„Lange genug, dass ich darüber eingenickt bin." Sie schenkte ihm ein verlegenes Lächeln. „Eigentlich wollte ich mich für die Geschenke bedanken."

„Gern geschehen. Jetzt, da ich dich in diesem Negligé sehe, bin ich derjenige, der sich bedanken sollte. Gott, ich kann dir gar nicht sagen, wie froh ich bin, dass du hier bist, meine Maggie."

Als er zu ihr aufs Bett kletterte, entging ihm nicht die anerkennende Art und Weise, auf die sie ihn musterte ... insbesondere seinen Schwanz, der unter ihrem glühenden Blick noch härter wurde.

„Das ist unschwer zu erkennen", merkte sie lachend an.

Ihm wurde bewusst, wie perfekt dieser Moment war. Sie beide in einem bequemen Bett. Seine Maggie, entspannt und atemberaubend schön, über zweideutige Witze lachend. Zum ersten Mal seit Langem fühlte er sich richtig ... frei. Gesegnet, diesen Augenblick erleben zu dürfen. Er würde nicht ewig andauern, warum also sollten sie ihn nicht ausnutzen?

Dennoch musste er sich vorher vergewissern. „Was ist mit Glory? Was, wenn sie aufwacht und ..."

„Keine Sorge." Ihr warmes Lächeln ließ seine Bedenken dahinschmelzen. „Hypatia schläft heute Nacht im Zimmer neben ihrem und passt auf."

„Du hast wirklich an alles gedacht."

„Ich bin gerne auf alles vorbereitet", erwiderte sie bescheiden.

Gleichzeitig streckten sie die Arme nacheinander aus. Ihr

Kuss war leidenschaftlich, zügellos. Vollkommen versunken in ihrer Lust rollten sie ineinander verschlungen über das Bett, bis Maggie die Oberhand gewann, sich auf seine Hüften setzte und ihn zurück in die Kissen drückte. Fragend hob er eine Braue.

„Heute Nacht will ich es auf meine Weise mit dir treiben", sagte sie verschmitzt.

Verdammt, er hätte nicht gedacht, dass er *noch* härter werden könnte.

Lässig verschränkte er die Arme hinterm Kopf und grinste sie an. „Nur zu."

Nur, weil er es gewohnt war, im Bett die Führung zu übernehmen, hieß das nicht, dass er nicht ab und zu ein wenig Abwechslung zu schätzen wusste. Außerdem wollte er die unverhohlene Begierde in ihrem Blick schüren, sehen, wozu sie fähig war, wenn sie ihre Hemmungen komplett fallen ließ.

Sie küsste ihn flüchtig, bevor sie damit begann, seinen Körper mit Lippen, Zunge und Zähnen zu erforschen. Es war offensichtlich, dass diese dominante Rolle eine neue Erfahrung für sie war. Schüchtern saugte und knabberte sie an seinem Ohrläppchen, bevor sie ihre Lippen über seinen Hals hinunter zu seiner Brust wandern ließ.

Als sie einen seiner Nippel mit der Zunge umkreiste, entwich ihm ein leises Stöhnen.

Neugierig hob sie den Kopf. „Fühlt sich das gut an?"

„Ich bin mir nicht sicher. Mach es noch mal, dann sage ich dir Bescheid."

Lächelnd senkte sie den Kopf und leckte erneut über seine Brustwarze, langsam und verspielt wie ein Kätzchen. Bevor er wusste, wie er reagieren sollte, biss sie sanft in die empfindliche Stelle.

Ein elektrisierender Schock durchfuhr ihn. Seine Erektion pulsierte heftig, und ein paar Lusttropfen perlten hinunter auf seine Bauchmuskeln.

Nun widmete sie sich seinem anderen Nippel, und das Gefühl ihrer schabenden Zähne brachte ihn völlig um den Verstand. Es kostete ihn seine gesamte Selbstbeherrschung, sie nicht zu packen, in die Kissen zu drücken und erbarmungslos zu nehmen.

Aus Erfahrung wusste er, dass man die Lust umso intensiver erlebte, je länger man sie hinauszögerte. Er durfte nur nicht wie ein Grünschnabel zu früh kommen.

Leichter gesagt als getan.

Durch halb geschlossene Augen beobachtete er, wie sie Küsse auf seinen Rippen und den harten Muskeln seines Bauches verteilte. Es waren nicht nur ihre sinnlichen Berührungen, die ihn erregten, sondern auch die Tatsache, wie sehr sie es genoss, ihn zu verwöhnen. Ihre Augen funkelten lustvoll, und mit jeder Minute wuchs ihr Selbstvertrauen. Schließlich rutschte sie hinunter zwischen seine Beine und legte die Finger vorsichtig um seine heiße, schwere Erektion. Rhys unterdrückte ein Fluchen, überzeugt, jeden Augenblick vor Erwartung zu vergehen.

„Du bist so groß", murmelte sie. „Ich kann dich kaum umschließen."

Sie übertrieb nicht, um ihm zu schmeicheln. Sein Schwanz war in der Tat von einer stolzen Größe, die sie an ihre Grenzen trieb.

„Nimm doch deinen Mund zu Hilfe", schlug er mit einem anzüglichen Grinsen vor.

Er musste ein Lachen unterdrücken, als er sah, wie konzentriert sie seinen Schaft studierte ... Als sei er ein seltenes Fossil, das sie entdeckt hatte. Gott sei Dank war seine Maggie keine Frau, die sich vor einer Herausforderung scheute.

Entschlossen beugte sie sich über ihn und schloss die Lippen um seine Eichel. Ihm stockte der Atem, als er spürte, wie ihre Zunge über seine heiße, samtige Haut fuhr, diesmal viel sicherer und selbstbewusster als beim letzten Mal. Noch nie hatte es ihn dermaßen erregt, oral befriedigt zu werden. Fasziniert sah er zu, wie die rosafarbene Spitze ihrer Zunge über die hervortretende Vene an der Unterseite seines Schwanzes glitt, bis sie seine Hoden erreichte. Als sie den Mund um einen von ihnen schloss, jagte ihm ein prickelnder Schauer durch den Körper.

Anschließend presste sie Küsse entlang seines Schafts, bis sie wieder oben angelangt war und den Lusttropfen aufleckte, der aus seinem Schlitz quoll.

„Mmm", murmelte sie mit einem koketten Lächeln.

Gottverdammt. Ihre verspielte Sinnlichkeit raubte ihm völlig den Verstand. Er konnte sich nicht länger zurückhalten. Instinktiv vergrub er die Finger in ihrem seidigen Haar und positionierte ihr Gesicht über seinem Schritt.

„Nimm mich in den Mund, Liebling", flüsterte er mit rauer Stimme. „So tief du kannst."

Einen Augenblick lang wirkte sie verwirrt, dann verstand sie, worauf er hinauswollte. Ihm blieb keine Zeit, sich über ihre liebenswerte Unerfahrenheit zu amüsieren, da sie im nächsten Moment die Lippen um ihn schloss und er tief in ihrer feuchten Hitze versank. Behutsam leitete er ihren Kopf mit den Händen an, bis sie einen Rhythmus fand, der ihn halb wahnsinnig machte vor Lust.

„Ja, so ist es gut", stöhnte er. „Gott, du machst das hervorragend, meine Maggie."

Sie stieß einen enthusiastischen Laut aus, dessen Vibrationen seinen Schwanz noch heftiger pulsieren ließen. Während sie mit der einen Hand ihren Mund unterstützte, begann sie mit der anderen, seine Hoden zu massieren. Verdammt, er musste sie schon bald stoppen, sonst würde er sich in ihre heiße Höhle ergießen. Als sie etwas zu tief sank, stieß seine empfindliche Eichel gegen ihren Rachen. Sie hustete und schluckte instinktiv, und der Druck entriss ihm ein kehliges Stöhnen.

Hastig zog er sie von sich ... keine Sekunde zu früh. Mit der Gewalt eines Erdbebens brach sein Orgasmus über ihn herein. Noch nie zuvor hatte er etwas so Intensives, Denkwürdiges empfunden.

Als er langsam wieder zu Atem kam, bemerkte er, dass Maggie ihn mit lustvollem Blick beobachtete. Obwohl er nicht in ihrem Mund gekommen war, hatte er seinen Samen über ihren Hals und ihre Brüste verteilt. Seine klebrige Substanz auf ihrer blassen Haut zu sehen, erfüllte ihn mit einer tiefen, beinahe schon animalischen Befriedigung.

Mit dem Daumen wischte er einen Spritzer von ihrer Wange. „Tut mir leid.“

„Du siehst nicht sehr zerknirscht aus“, erwiderte sie mit einem spitzbübischen Funkeln in den Augen.

Gütiger Himmel, wie er diese erblühende sinnliche Seite an ihr liebte! Sie war die perfekte Partnerin für ihn. Sein Bauchgefühl sagte ihm, dass er nie wieder eine andere Frau finden würde, die ihn so vortrefflich ergänzte.

„Du hast mich durchschaut. Aber wie könnte es mir leidtun, wenn du so umwerfend aussiehst, benetzt von meinem Samen?“ Er hakte einen Finger in den Ausschnitt ihres Negligés. „Und hierin hast du auch fantastisch ausgesehen.“

Sie runzelte die Stirn. „Ich trage es doch noch ...“

In einer einzigen, ruckartigen Bewegung riss er den dünnen Satinstoff entzwei, um ihren göttlichen Körper zu entblößen.

„Rhys!“, rief sie schockiert aus. „Das muss doch unglaublich teuer gewesen sein ...“

„Ich kaufe dir ein neues.“

Er packte sie an den Hüften und zog sie zu sich hinauf, positionierte ihre rosige Pussy über seinem Gesicht und begann, sie zu lecken und zu verwöhnen, bis sie vor Ekstase seinen

Namen keuchte. Bis auch er von ihrem süßen Nektar benetzt war.

Erst dann hob er sie von sich herunter, rollte sie auf den Rücken, streifte ein Präservativ über und vergrub sich in ihrer feuchten, pulsierenden Hitze. Immer schneller und heftiger stieß er in sie, verzweifelt bemüht, ihr so nahe wie möglich zu sein, und als sie erneut seinen Namen schrie, gab auch er sich den alles verschlingenden Flammen seiner Erlösung hin. Und für diesen einen, unbeschreiblichen Moment gab es kein Gestern, kein Morgen. Nur sie beide, miteinander verschmolzen im Hier und Jetzt.

Kapitel Sechsundzwanzig

„Hör auf, rumzuzappeln, meine Maggie", murmelte Rhys.

„Ich zapple nicht."

Na gut, sie *war* unruhig, das musste sie zugeben. Aber wer konnte es ihr verübeln, nach dem ereignisreichen Morgen? Ihn als ungewöhnlich zu bezeichnen, wäre untertrieben.

Dabei hatte der Tag so gut begonnen. Kurz nach Sonnenaufgang war sie in Rhys' Bett erwacht ... oder besser gesagt, von ihm in seinem Bett geweckt worden. Mit dem Rücken fest gegen seine Brust gepresst, spürte sie, wie seine Lippen ihren Nacken streiften, während seine Hände ihre Brüste kneteten.

Ungläubig hatte sie den Kopf gedreht, um ihm in die Augen zu schauen. „Schon wieder?"

Nicht, dass sie der Idee prinzipiell abgeneigt gewesen war. Ganz im Gegenteil. Aber soweit sie sich erinnerte, war er während der Nacht dreimal gekommen, und sie um ein Vielfaches mehr. Irgendwann musste der Mann doch an seine Grenzen stoßen ... oder nicht?

Statt einer Antwort hatte er nur teuflisch gegrinst und seine heiße Erektion an ihrem Hintern gerieben.

Gütiger Himmel, seine Ausdauer war wirklich beeindruckend.

Nach ihrem morgendlichen Stelldichein hatten sie die Pläne für den Tag besprochen. Rhys würde mit ihr, Hypatia und Glory frühstücken, bevor er zu seinem Treffen mit Tessa Kent aufbrach. Derweil würde Mr Newton mit den angeheuerten Wachmännern eintreffen und ihnen Gesellschaft leisten, bis Rhys zurückkehrte.

So lautete der Plan ... Bis Mrs Kent ihnen einen Strich durch die Rechnung machte.

Gerade, als sie sich an den Frühstückstisch gesetzt hatten, klopfte es an der Tür. Ein chinesischer Mann mit langem Zopf, Bart und drahtiger Figur war ins Zimmer marschiert und hatte sich als Ming vorgestellt. Anschließend eröffnete er ihnen, dass Mrs Kent ihn geschickt habe, um sie allesamt zu dem Treffen zu eskortieren. Als Rhys ihm sagte, dass er allein gehen würde, hatte Ming erwidert: „Meine Herrin will Frau und Mädchen auch sehen. Entweder gehen alle – oder keiner.“

Maggie, der Rhys‘ finstere Miene aufgefallen war, hatte diesen schnell beiseitegenommen und ihn überredet, sich Mrs Kents Forderungen zu fügen. Und so hatte man sie alle drei zur Residenz der Kents, einem palladianischen Herrenhaus im Herzen Mayfairs, kutschiert. Gegenwärtig saß Maggie auf einem Diwan aus aufgerautem Samt im Salon ihrer Gastgeber. Glory hatte neben ihr Platz genommen, während Rhys mit verschränkten Armen hinter ihnen stand. Durch die hohen Fenster strömte Sonnenlicht herein und spiegelte sich in den goldenen Bilderrahmen sowie den hochwertigen Mahagonimöbeln wider.

Welche Art von Frau mag diese Tessa Kent wohl sein? Wie kann sie Hausherrin eines solch luxuriösen Anwesens sein ... und gleichzeitig zur kriminellen Unterwelt gehören?

Übersprudelnd vor Neugier wünschte sie, sie hätte Rhys

über ihre mysteriöse Gastgeberin ausgefragt. Er hatte ihr nur erzählt, dass sie praktisch das Londoner Verbrechermilieu regierte, während ihr Gemahl als eine Art Wissenschaftler arbeitete.

Endlich öffnete sich die Tür. Maggie erhob sich erwartungsvoll, und Glory tat es ihr gleich.

Die junge Dame, die auf sie zusteuerte, war das genaue Gegenteil dessen, was sie sich vorgestellt hatte.

In ihrer Fantasie war Mrs Kent eine grimmig aussehende, ältere Frau gewesen, eine Amazone, die Schwert schwingend ihr Gebiet verteidigte. Stattdessen schien sie etwa Mitte zwanzig zu sein, also in Maggies Alter. Sie war ziemlich klein und zierlich, was durch das eng geschnürte Mieder ihres maisgelben Kleids noch betont wurde. Mit ihren schwarzen Ringellocken, in die seidene Blätter eingeflochten waren, bildete sie einen interessanten Kontrast zu dem großen, athletisch gebauten Gentleman neben ihr, dessen zerzaustes Haar und Brille ihm ein gelehrtes, aber auch leicht zerstreutes Aussehen verliehen. Zweifellos der Wissenschaftler-Gemahl. Sein Gesicht hätte Maggie als attraktiv und freundlich bezeichnet ... wenn er nicht versuchen würde, Rhys mit seinen Blicken zu erdolchen.

Dieser trat hinter dem Diwan hervor. Seine Miene war ruhig und gefasst, doch in seinen Augen lag etwas Wachsames.

Er verneigte sich tief. „Mr und Mrs Kent. Danke, dass Sie uns empfangen haben."

„Wäre es nach mir gegangen, hätte dieses Treffen in einer dunklen Gasse stattgefunden", knurrte Mr Kent.

Maggie schluckte schwer. Was mochte wohl zwischen ihnen vorgefallen sein?

„Komm schon, Harry, wir haben das doch besprochen", erinnerte seine Gemahlin ihn. „Würdest du bitte mir das Reden überlassen?"

Nach einem weiteren vernichtenden Blick zu Rhys wandte Kent sich Tessa zu. Die verliebte Art, auf die sie einander ansahen, ließ Maggies Herz höherschlagen. Die starken Gefühle zwischen den beiden waren offensichtlich. Als Harry die Hand seiner Frau küsste, errötete diese heftig.

„Also gut, Liebling. Aber sollte er sich auch nur einen Fehltritt leisten, fordere ich den Bastard heraus", sagte er und sah warnend zu Rhys hinüber.

„Nachdem das nun geklärt wäre, sollten wir uns am besten miteinander bekannt machen", verkündete Mrs Kent mit einem Lächeln und kam auf Maggie und Glory zu. Angesichts des unverhohlenen Interesses, mit dem sie ihre Gäste musterte, war Maggie froh, sich für ihr neues, fliederfarbenes Kleid entschieden zu haben. Es hatte ihr auf Anhieb perfekt gepasst. Als sie Rhys fragte, woher er ihre Maße so genau kannte, hatte er sie nur verwegen angegrinst. Das modische Gewand besaß aufgebauschte Puffärmel und mehrere Lagen geraffter Rüschen. Bertha hatte ihre Haare zu einem eleganten Knoten frisiert, der mit einem Paar hübscher Kämme aus Elfenbein fixiert wurde.

„Guten Tag, Ma'am. Mein Name ist Margaret Foley. Das hier ist meine Tochter Gloriana." Maggie knickste höflich, bemerkte jedoch, dass Glory es ihr nicht gleichtat. Tadelnd stupste sie das Mädchen an und raunte ihm zu: „Wo bleiben deine Manieren?"

„Aber, Mama", erwiderte Glory mit großen Augen. „Da *bewegt* sich etwas um ihren Hals!"

Maggie musste mehrmals blinzeln. Ihre Tochter hatte recht. Wie aus dem Nichts war etwas Pelziges um Mrs Kents schlanken Hals erschienen, gleich einem champagnerfarbenen Muff. Als es aufhörte herumzuzappeln, erkannte sie, dass es ein Frettchen war.

„Das hier ist Swift Nick Nevison", erklärte Mrs Kent, als

wäre es das Normalste auf der Welt, ein Frettchen mit sich herumzutragen. „Sag Hallo zu unseren Gästen, Nick."

Das kleine Tier stützte sich mit den Vorderpfoten auf der Schulter seiner Herrin ab und musterte die Anwesenden aus neugierigen Knopfaugen, die aus einer Art Fellmaske hervorlugten. Anschließend nickte es mit dem Kopf.

„Nein, was bist du für ein cleveres Bürschchen!", kicherte Glory und knickste zum Gruß. „Es freut mich, dich kennenzulernen, Swift Nick."

Das Frettchen stieß einen zufriedenen Laut aus, bevor es sich Rhys zuwandte ... und die Zähne bleckte.

„Sie haben ihn also immer noch nicht gegen einen Spaniel eingetauscht", stellte dieser trocken fest, eine Anspielung, die Maggie nicht verstand.

„Swift Nick besitzt ausgezeichnete Menschenkenntnis. Weder er noch ich haben Ihre Abneigung gegen Frettchen vergessen", erwiderte Mrs Kent mit glühenden Augen. „Wollen wir Tee zu uns nehmen und den Grund Ihres Besuchs besprechen?"

Auf ihr Geheiß hin wurden Erfrischungen serviert. Sie gab Glory einen Teller voll Lebergebäck, mit dem sie Swift Nick füttern konnte, und während das Mädchen sich „zum Tee" mit ihrem neuen, pelzigen Freund in eine Zimmerecke zurückzog, ließen sich die Erwachsenen um den Kaffeetisch nieder. Mrs Kent bedeutete Maggie, sich neben sie zu setzen, während die Männer ihnen gegenüber Platz nahmen.

„Kommen wir zum Geschäftlichen", sagte ihre Gastgeberin. „Sie haben ein Anliegen, Ransom?"

Rhys straffte die Schultern, als bereite er sich auf etwas Unangenehmes vor. „In der Tat. Aber zunächst möchte ich mich entschuldigen, für vergangene ... Missverständnisse."

„Mit Missverständnisse meinen Sie wohl die Tatsache, dass

Sie meine Frau entführt und als Geisel festgehalten haben, was?", knurrte Harry Kent.

Maggie starrte Rhys ungläubig an. „*Was* hast du getan?"

„Nichts dergleichen", erwiderte er mit angespannter Miene.

„Lügner", murmelte Kent ungehalten.

„Vielleicht sollten wir das hier doch besser in einer dunklen Gasse austragen", presste Rhys hervor.

„Gentlemen, bitte", mischte Mrs Kent sich ein und hob beschwichtigend die Hand. „Hier wird kein Blut vergossen, ist das klar?"

„Von uns würde nur einer bluten", erwiderte ihr Gemahl. „Und das bin garantiert nicht ich."

Mrs Kent seufzte und warf Maggie einen Blick zu, als wollte sie sagen: *Sehen Sie, womit ich mich herumschlagen muss?*

Sie fühlte sich ihrer Gastgeberin seltsam verbunden. Auch sie wollte nicht, dass die Männer sich duellierten. Gleichzeitig brannte sie darauf zu erfahren, was Rhys getan hatte, um den Zorn der Kents auf sich zu ziehen.

„Lassen Sie uns eines ein für alle Mal klarstellen", sagte Rhys kühl, aber gefasst. „Tessa war damals noch nicht Ihre Frau, als ich sie abgeholt habe. Sie kam aus freien Stücken mit mir nach London. In der Tat willigte sie sogar ein, meine Gemahlin zu werden."

Maggie schnappte hörbar nach Luft.

Rhys warf ihr einen Blick zu und sagte leise: „Das erkläre ich dir später."

„Da gibt es nicht viel zu erklären", warf Mrs Kent ein. „Ransom war an meiner Mitgift interessiert. Ich versprach nur, ihn zu heiraten, weil ich wütend auf Harry war ... Ein Streit unter Liebenden, Sie wissen ja sicher, wie das ist."

Ihre direkten Worte beschwichtigten Maggie ein wenig.

„Er hat dich gegen deinen Willen in seinem Stadthaus festgehalten", sagte Harry stirnrunzelnd. „Du musstest dich sogar aus einem verdammten Fenster im Obergeschoss abseilen."

„Stimmt, damit hast du recht", erwiderte seine Frau und musterte Rhys kühl. „*Diese* Schuld muss beglichen werden."

Rhys rutschte unruhig auf seinem Platz hin und her und murmelte: „Ich habe mich doch bereits entschuldigt."

„Hmm. Damit belassen wir es ... fürs Erste." Tessa hielt inne und strich ihre zartgelben Röcke glatt. „Nun aber zu dem Grund, weshalb Sie gekommen sind: Sie wollen, dass ich Garrity und Sweeney im Zaum halte, während Sie hier in London nach einem Schatz suchen."

Rhys versteifte sich, und Maggie blinzelte überrascht. *Woher wusste sie das?*

„Ich habe meine Augen und Ohren überall", erklärte Mrs Kent mit einem selbstgefälligen – und leicht bedrohlichen – Lächeln. „Die Frage ist nur: Warum sollte ich Ihnen helfen?"

„Wäre Geld kein Anreiz?", konterte Rhys.

„Kommt darauf an, wie viel."

„Sagen wir, eintausend Pfund?"

Ihre Gastgeberin verdrehte die Augen. „Bitte, Ransom. Beleidigen Sie mich nicht."

„Also gut, zweitausend. Mehr kann ich mir im Augenblick nicht leisten."

„Im Augenblick vielleicht." Mrs Kents Augen funkelten. „Wie viel ist dieser Schatz wert, hinter dem Sie her sind?"

„Das weiß ich nicht genau."

Nachdenklich tippte sie sich ans Kinn. „Hmm, wenn der Diamant bereits zehntausend wert war ... Wie viele Juwelen waren es insgesamt, sagten Sie?"

Maggie war gleichermaßen beeindruckt und schockiert über Tessa Kents Wissen. Sie war zweifellos eine gerissene, teuflische Frau, mit der man sich besser nicht anlegen sollte.

Offenbar war Rhys derselben Ansicht, denn er seufzte und

erwiderte resigniert: „Ich kann natürlich für nichts garantieren, aber meinem Onkel Horatio zufolge belief sich ihr Wert insgesamt auf eine halbe Million Pfund."

„Dann nehme ich dreißig Prozent", sagte Mrs Kent.

„Den Teufel werden Sie tun." Rhys starrte sie aus zusammengekniffenen Augen an. „Das ist ja wohl ungeheuerlich."

„Passen Sie gefälligst auf, wie Sie mit meiner Frau sprechen", warnte Harry ihn.

„Ich rede, wie es mir gefällt, wenn sie mir mit derart halsabschneiderischen Forderungen kommt."

Die beiden Männer sahen aus, als würden sie jeden Augenblick von ihren Plätzen aufspringen und eine Schlägerei anzetteln.

„Gewiss lässt sich über den Anteil verhandeln, nicht wahr?", platzte Maggie heraus.

Alle Augenpaare richteten sich auf sie.

Sie setzte ihr diplomatischstes Lächeln auf, das sie normalerweise für ihre schwierigsten Kunden bereithielt.

„Beide Seiten haben etwas, das die andere will", fuhr sie mit beschwichtigender Stimme fort. „Eine Zusammenarbeit würde sich also für Sie alle auszahlen. Bleibt nur festzulegen, unter welchen Bedingungen."

Mrs Kent hob die Brauen. „Was schlagen Sie vor, Mrs Foley?"

„Maggie", zischte Rhys und schüttelte vehement den Kopf, offensichtlich nicht erfreut darüber, dass sie sich einmischte.

Sie ignorierte ihn jedoch und erwiderte: „Während die Wichtigkeit Ihrer Unterstützung kaum zu unterschätzen ist, Mrs Kent, sind dreißig Prozent doch ein wenig viel."

„Der Betrag reflektiert die Seltenheit dessen, was ich anzubieten habe", sagte Tessa und betrachtete ihre Nägel. „Es sei denn, Sie kennen noch jemand anderen, der einen Waffenstillstand mit den beiden berüchtigtsten Geldverleihern Londons verhandeln kann."

Damit hatte sie zweifellos recht. Instinktiv ahnte Maggie, dass es besser wäre, ebenso offen und direkt zu antworten.

„Ihr Einfluss wird keineswegs in Frage gestellt, Ma'am", sagte sie. „Allerdings sind wir diejenigen, die sämtliche Hinweise entschlüsselt haben und die manuelle Arbeit der Suche auf uns nehmen. Gerechterweise sollte die Aufteilung des Gewinns den tatsächlichen Arbeitseinsatz reflektieren." Sie hielt kurz inne, bevor sie hinzufügte: „Die Wahrheit ist, dass Seine Gnaden mich aufgrund meiner Erfahrung als Fossilienjägerin angeheuert hat, um ihm bei der Schatzsuche zu helfen. Für meine Dienste bietet er mir fünf Prozent des Fundes an."

„Fünf?", schnaubte Mrs Kent. „Da hätten Sie aber einen besseren Deal herausschlagen können, meine Liebe."

„Mag sein. Aber fünf Prozent sind fair", erwiderte sie nachdrücklich.

Tessa Kent musterte sie aus zusammengekniffenen Augen. Obwohl Maggie ein Schauer durchfuhr, hielt sie dem Blick ihrer Gastgeberin stand.

„Zwanzig Prozent", sagte Mrs Kent schließlich.

„Zehn", erwiderte sie.

„Fünfzehn und wir haben einen Deal."

„Abgemacht."

Sie schüttelten einander die Hand.

„Wenn Sie damit fertig sind, mein Vermögen unter sich aufzuteilen, dürfte ich dann auch mal etwas dazu sagen?", fragte Rhys trocken.

„Das ist wirklich nicht nötig", konterte Tessa. „Mrs Foley hat soeben Ihr Dilemma gelöst. Sollten Sie etwas hinzuzufügen haben, dann hoffentlich nur Dank und Lob für ihr sachkundiges Eingreifen."

„Oh, ich beabsichtige, Mrs Foley bei der nächsten Gelegenheit zu zeigen, wie dankbar ich ihr bin, keine Sorge."

Maggie errötete heftig, als sie seinen bewundernden und verheißungsvollen Blick bemerkte. Flüchtig sah sie sich um und stellte fest, dass auch ihren Gastgebern die unterschwellige Andeutung in Rhys' Kommentar nicht entgangen war. Mrs Kent versuchte, ein Grinsen zu unterdrücken, während ihr Gemahl die Stirn runzelte.

„Ich werde ein Treffen mit Garrity und Sweeney einberufen." Als Mrs Kent sich erhob, taten alle anderen es ihr gleich. „Natürlich kann ich keinen allzu langen Waffenstillstand garantieren, aber ich werde Ihnen genug Zeit verschaffen, damit Sie Ihr Erbe finden können. Übrigens glaube ich nicht, dass die beiden von dem Schatz wissen, also würde ich diese Information an Ihrer Stelle tunlichst unter Verschluss halten."

„Danke für Ihre Hilfe. Und für den Rat", erwiderte Rhys und verneigte sich.

„Wir sind Ihnen zu tiefem Dank verpflichtet, Mrs Kent", beteuerte Maggie.

„Nennen Sie mich bitte Tessa, so wie alle meine Freunde."

Gerührt von der wohlwollenden Geste, erwiderte Maggie ihr Lächeln. „Und ich bin Maggie."

„Wunderbar", sagte ihre Gastgeberin mit funkelnden Augen. „Und da wir jetzt Freundinnen sind, Maggie ... Ich gebe in drei Tagen einen Ball. Darf ich Sie dazu einladen?"

Später an diesem Abend fand Harry seine Frau vor ihrem Frisiertisch sitzend vor. Sie trug einen pfirsichfarbenen Peignoir und ihre Zofe war gerade dabei, ihre langen, dunklen Locken zu bürsten. Obwohl er ein Mann der Wissenschaft war, rief ihr

Anblick poetische Assoziationen zu märchenhaften Feen in zarten Blütengewändern in ihm wach.

Nachdem er der Zofe bedeutet hatte, sich zu entfernen, trat er hinter Tessa und legte ihr die Hände auf die Schultern. Der Schauer, der sie durchfuhr, brachte auch sein Blut in Wallung. Ihre Schönheit und Sinnlichkeit schafften es immer wieder aufs Neue, ihn zu erregen.

„Was hast du vor, Liebling?", murmelte er.

„Ich wollte mich gerade fürs Bett fertig machen", erwiderte sie und warf ihm durch den Spiegel einen unschuldigen Blick zu.

Er jedoch kannte seine Frau viel zu gut, um darauf hereinzufallen. „Ich meinte in Bezug auf Ransom. Warum hilfst du diesem Mistkerl?"

„Er ist kein schlechter Mensch."

„Er ist ein gewissenloser Wüstling", knurrte Harry. „Nach allem, was er getan hat ..."

„Es ist ja nichts Schlimmes passiert. Du hast mich rechtzeitig gerettet."

„Zusehen zu müssen, wie du aus diesem Fenster geklettert bist, hat mich Jahre meines Lebens gekostet." Er mochte nicht einmal daran denken, wie kurz davor er gestanden hatte, sie zu verlieren. Seine geliebte Tessa. Sein Ein und Alles.

„Hoffentlich nicht." Sie drehte sich zu ihm um und lächelte ihn an. „Ich wünsche mir nämlich nichts sehnlicher, als mit dir alt zu werden."

Verdammt, wie sollte er ihr da noch widerstehen?

Statt seine Standpauke fortzuführen, hob er sie hoch und trug sie hinüber zu ihrem Bett. Seit sie verheiratet waren, schien sich ihre Leidenschaft füreinander mit jedem Tag zu steigern, und auch dieser Abend stellte keine Ausnahme dar. Harry liebte es, seine Frau auf dem Gipfel der Ekstase zu beobachten. Ihr Gesicht war ein offenes Buch, das jede Facette ihrer zügellosen Lust widerspiegelte. Also sorgte er dafür, dass sie so oft wie möglich in diesen Genuss kam ... Dreimal, sofern er sich nicht verzählt hatte.

Er selbst war zweimal gekommen, ohne zwischendurch groß Pause machen zu müssen. Seine Tessa war wie ein Aphrodisiakum, das ihn in einen immerwährenden Zustand der Erregung versetzte.

Hinterher lagen sie eng umschlungen im Bett, und er hatte eine Hand auf ihren Bauch gelegt, der sich langsam zu wölben begann. Ein erstes, äußerliches Zeichen des Kindes, das in ihr heranwuchs.

„Liebling?", fragte er leise.

„Hmm?"

Gut, sie klang schläfrig. In diesem Zustand war es leichter, ihre wahren Beweggründe aus ihr herauszukitzeln. Tessas Verstand war verworrener als die wissenschaftlichen Probleme, mit denen er sich als Mitglied der Royal Society auseinandersetzte. Und zudem wesentlich gefährlicher als die explosiven Stoffe, die er herstellte.

„Warum hilfst du Ransom?", wollte er wissen.

Sie schmiegte sich noch enger an ihn. „Ach, Harry. Du bist doch nicht etwa eifersüchtig, oder?"

„Natürlich nicht." In Wahrheit hasste er jeden, der es auch nur wagte, sie anzusehen. „Ich verstehe nur nicht, warum du ihn nicht seinem gerechten Schicksal überlässt?"

„Wegen der fünfundsiebzigtausend Pfund?"

„Das Geld brauchen wir nicht."

„Weil er mir leidtut?"

Harry schnaubte. „Du lebst nach dem Motto: Auge um Auge, Zahn um Zahn."

„Du kennst mich einfach zu gut", seufzte sie. „Also gut, was, wenn ich dir sagen würde, dass es mir gar nicht um Ransom geht?"

„Worum dann?"

„Du weißt doch, dass in der Londoner Unterwelt seit den Angriffen auf Großpapa ziemlich viel Unruhe herrscht."

Das wusste er in der Tat. Das teuflische Komplott hätte sie beinahe das Leben gekostet. Seitdem arbeitete Bartholomew Black, der König der Unterwelt, unermüdlich daran, sein Reich wiederaufzubauen, aber die Bündnisse zwischen den einflussreichsten Halsabschneidern blieben mehr als angespannt.

„Ich will ihm dabei helfen, den Frieden zu wahren", fuhr Tessa fort.

„Das tust du doch bereits", warf er ein. „Du leistest als Herzogin von Covent Garden hervorragende Arbeit."

Um seine Enkeltochter für ihre Loyalität zu belohnen, hatte Black ihr die Herrschaft über eines seiner Territorien übertragen, einschließlich des zeremoniellen Titels, der damit einherging. Tessa nahm sich ihre Aufgabe zu Herzen und kümmerte sich aufopfernd um die Menschen, die unter ihrem Schutz standen, insbesondere um die Frauen und Kinder, die sonst niemanden hatten, an den sie sich wenden konnten. Im Gegensatz zu der Obrigkeit, die das Leid der unteren Schichten ignorierte und den Armen die Schuld für ihre Situation zuschrieb, kämpfte sie für Gerechtigkeit innerhalb der Elendsviertel.

Sie trat ein für die Dirnen, die von ihren Zuhältern misshandelt wurden, für die Kinder, die man auf den Straßenstrich locken wollte, für die Ehefrauen, deren Männer sie auf offener Straße schlugen. All das bedeutete jedoch, dass Harry alle Hände voll zu tun hatte, *sie* zu beschützen. Aber es war eine ehrbare Tätigkeit, und er bewunderte den Mut seiner Frau ... zumindest größtenteils.

„Ich gebe mein Bestes", erwiderte sie bescheiden. „Leider sind mir Gerüchte über einen möglichen neuen Aufstand zu Ohren gekommen."

Seine Schultern verspannten sich. Verdammt, würde denn niemals Frieden herrschen?

„Wer steckt diesmal dahinter?", fragte er grimmig.

„Das ist ja das Problem: Ich weiß es nicht." Selbst im Halbdunkel konnte er die Frustration in ihrem Blick sehen. „Meinen Quellen zufolge hat der Anführer jedoch Geld und Einfluss, und er kontrolliert viele Mitglieder des *ton*, weil sie bei ihm verschuldet sind."

Harry begriff, worauf sie anspielte. „Ein Geldverleiher also. Und du glaubst, es handelt sich um Garrity oder Sweeney?"

Sie nickte. „Garrity hat zwar letztes Mal an unserer Seite gekämpft, aber er ist eine Schlange ... was natürlich nicht auf Gabby zutrifft."

Adam Garritys Gemahlin, Gabriella, war eine enge Freundin der Kents. Keiner von ihnen verstand, was den gutmütigen, arglosen Rotschopf dazu bewogen hatte, einen hinterhältigen Wucherer wie ihn zu heiraten. Dennoch war nicht zu übersehen, dass Gabby ihren Ehemann vergötterte.

„Und Sweeney?", hakte Harry nach. „Was weißt du über ihn?"

„Nicht genug. Allerdings beunruhigen mich sein plötzliches Auftauchen und sein schneller Aufstieg. Er kam gerade mal vor einem Jahr nach London, und schon spricht alle Welt über seine Grausamkeit und Gewaltbereitschaft."

„Also willst du die beiden zu einer Verhandlung einladen, um zu sehen, wer von ihnen für eine Rebellion verantwortlich sein könnte?", schlussfolgerte Harry.

„Ich muss einfach in Erfahrung bringen, wer meinem Großvater gegenüber loyal ist und wer nicht."

„Das sind gefährliche Männer, Liebling. In deinem Zustand ..."

„Ich bin gesund und munter, das weißt du doch. Außerdem habe ich dich an meiner Seite."

Es stimmte, dass die Schwangerschaft Tessa kaum beeinträchtigte. Sie aß wie ein Pferd und ging wie gewohnt ihrem Alltag nach. Im Bett allerdings war sie seit Neuestem unersättlich ... Eine Entwicklung, über die Harry sich nicht beschweren konnte.

„Also gut", lenkte er ein. „Aber beim ersten Anzeichen von Ärger ziehst du dich zurück und überlässt Ransom seinem Schicksal."

„Danke, Liebling", säuselte sie und küsste ihn erst auf die Wange, dann auf den Hals. „Ich wusste, dass du es verstehen würdest."

„Was ist mit Mrs Foley? Ist es ebenfalls Teil deines Plans, dich mit ihr anzufreunden?"

„Keineswegs", erwiderte Tessa und ließ ihre Finger über seine Brust und seine Rippen nach unten wandern.

„Warum ... *ah*." Er hielt inne und versuchte, seine Gedanken zu sammeln, als ihre Hand über seine Bauchmuskeln streifte und in gefährliches Territorium vordrang. „Warum hast du sie dann zu dem Ball eingeladen?"

„Weil ich sie reizend fand. Ich mag sie wirklich. Du nicht?"

„Ich ... *Verdammt*." Die Berührungen seiner Frau brachten ihn völlig um den Verstand. Sein Schwanz war bereits stahlhart und pulsierte heftig.

Tessa kicherte, als er sich über sie rollte. „Ich dachte, du wolltest meine Pläne besprechen?"

„Es gibt Wichtigeres, um das du dich gegenwärtig kümmern solltest."

Zum Beweis rieb er seine Erektion über ihre feuchten Schamlippen. Ihr Gelächter wich einem lustvollen Stöhnen, und jegliche Gedanken an Herzöge und Halsabschneider rückten in den Hintergrund – zumindest für den Moment.

Kapitel Siebenundzwanzig

Während Tessa Kent zweifellos eine teuflische Seite besaß, musste Rhys zugeben, dass sie eine Frau war, die zu ihrem Wort stand. Am nächsten Morgen erhielt er Nachricht von ihr, dass sie das Treffen mit Garrity und Sweeney für zwei Uhr nachmittags am selben Tag angesetzt hatte. Sie würden sich im Nightingale's treffen, einem Kaffeehaus in Covent Garden, wo die Mächtigen der Unterwelt bevorzugt ihre Geschäfte abwickelten.

Rhys zog los, um Maggie darüber zu informieren. Er fand sie in ihrem Wohnzimmer vor, gemeinsam mit Hypatia und Glory. Die beiden Frauen begrüßten ihn abwesend von ihren Plätzen am anderen Ende des Tisches aus, wo sie dem Anschein nach über einem Dokument brüteten. Also wandte er sich zunächst Glory zu, die ihm am nächsten saß und sich, einen Pinsel in der Hand haltend, diversen Blättern und Wasserfarbentöpfchen widmete.

Er musste ein Schmunzeln unterdrücken, als er den Farbfleck auf ihrer Nase bemerkte. Diskret reichte er ihr sein Taschentuch und bedeutete ihr, den Fleck wegzuwischen. Sie folgte seiner Aufforderung und schenkte ihm anschließend ein strahlendes Lächeln, das ihm ebenfalls eines ins Gesicht zauberte. Ein Gefühl tiefer Zuneigung überkam ihn, als er sich und Maggie in ihren großen, goldgrünen Augen reflektiert sah.

Mit jedem Tag wuchs sein Verlangen, sie als seine Tochter anzuerkennen. Nicht zum ersten Mal fragte er sich, wie sie wohl auf die Wahrheit reagieren würde. Wäre sie glücklich ... oder würde sie Foley, den einzigen Vater, den sie je kannte, umso mehr betrauern? Reue und Frustration lagen ihm wie schwere Steine im Magen.

Die Vorstellung, Vater zu sein, hatte ihn nie gereizt, weil er nicht wie sein eigener sein wollte. Aber war es nicht auf andere Weise grausam, Glorys Herkunft zu verleugnen und ihr die Fürsorge zu verwehren, die sie verdiente?

Langsam formte sich eine andere Möglichkeit in seinem Kopf: Was, wenn er die Art von Vater sein könnte, nach dem er sich stets gesehnt hatte? Ein Elternteil, das sein Kind niemals verletzen oder kleinreden würde, sondern ihm dabei half, seinen Weg durch das Labyrinth des Lebens zu finden. Rhys mochte zwar keine Erfahrung auf dem Gebiet haben, aber in ihm loderte das Bedürfnis, seine Tochter zu beschützen – vor Peinigern, vor Schmerz oder jeglicher Art von Kummer.

Er räusperte sich. „Was malst du da Schönes, Püppchen?"

„Erkennst du es nicht? Das ist mein Haustier!"

„Mir war nicht bewusst, dass du eines hast." Er hielt inne und studierte den unförmigen, braunen Klecks, der ihn eher an die Ausscheidung eines bauchkranken Pferdes erinnerte. „Was für ein schöner ... Hund?"

„Das ist kein Hund, sondern ein Frettchen. Und ich habe keins ... Noch nicht", fügte sie mit einem Blick in Maggies Richtung hinzu.

„Du kriegst auch keines", erwiderte diese, ohne aufzublicken.

„Wusstest du, dass sie sogar schlauer sind als Hunde?", fuhr

Glory unbeirrt fort. „Mrs Kent sagte, sie können allerlei Befehle erlernen. Swift Nick ist ein äußerst cleveres Kerlchen."

„Du willst kein Frettchen, glaub mir." Rhys war nicht sehr angetan von Tessas treuem Begleiter, und das Gefühl beruhte auf Gegenseitigkeit. „Das sind tückische, kleine Nager."

„Sind sie nicht. Sie gehören zur Familie der Wiesel. Das hat Mrs Kent mir erzählt."

„Ich würde nicht alles, was Mrs Kent sagt, für bare Münze nehmen."

„Warum?"

„Weil sie nicht die Sorte Frau ist, mit der du dich abgeben solltest", erklärte er.

In der Tat gefiel es ihm gar nicht, dass Tessa sich Maggie gegenüber so auffallend freundlich verhalten und diese sogar zu ihrem Ball eingeladen hatte. Letzte Nacht im Bett hatte er versucht, Maggie vor den Machenschaften der anderen Frau zu warnen, aber sie hatte erwidert, dass sie die Einladung nicht ausschlagen könne, da sie auf das Wohlwollen der Kents angewiesen seien. Außerdem fände sie Tessa ausgesprochen reizend.

Anschließend löcherte sie Rhys mit Fragen darüber, was zwischen ihm und der Herzogin der Unterwelt vorgefallen war.

Er hatte aufrichtig geantwortet, dass er von Tessas Eigenwilligkeit fasziniert gewesen war, mehr noch allerdings von ihrer Mitgift. Ihre „Verlobung" hatte gerade mal einen Tag gedauert und war überhaupt nur aus praktischen Gründen eingegangen worden.

„Sie ist ausgesprochen attraktiv, Rhys", hatte Maggie gemurmelt und den Blick auf die Stickereien ihrer Bettdecke fixiert. „Klug und ... zierlich."

Forschend hatte er ihr Kinn angehoben und ihren Ausdruck studiert, überrascht, dass sie es ernst zu meinen schien.

„Sie kann dir in keiner Hinsicht das Wasser reichen." Keine andere Frau konnte das.

„Ich bin nicht gerade zierlich und anmutig.“

„Glaubst du das wirklich?“

Er hatte seine Finger über ihren seidigen Hals und ihre blütenweichen Lippen gleiten lassen, bevor er sie in ihrem samtroten Haar vergrub. Sie war unter seinen Berührungen auf eine Weise erschaudert, die er hinreißend fand. Ihre Verletzlichkeit und Leidenschaft überwältigten ihn immer wieder aufs Neue.

„Ich finde, du bist so zart und sinnlich wie eine Rose“, murmelte er. „Die begehrenswerteste Frau, der ich je begegnet bin ...“

Und nur für den Fall, dass seine Worte allein sie nicht überzeugten, hatte er ihr mehrfach gezeigt, wie anziehend er sie fand. Die Erinnerung brachte sein Blut in Wallung ... bis er realisierte, dass seine Tochter ihn fragend musterte.

„Warum soll ich mich nicht mit Mrs Kent abgeben?“, wollte Glory wissen.

„Sie ist nicht gerade das, was man sich unter einer Dame der Gesellschaft vorstellt. Ich glaube, sie wäre kein guter Einfluss für dich.“

„Mama ist auch keine edle Dame“, erwiderte Glory mit einem Unschuldsblick. „Aber sie magst du doch, oder?“

Mehr als das.

Als sein Blick auf Maggie fiel, die konzentriert über ihr Projekt gebeugt war, wurde er von einem Strudel verschiedenster Emotionen erfasst. Diese Frau verkörperte so vieles für ihn: Leidenschaft, Kameradschaft ... ein Zuhause.

Die Erkenntnis traf ihn wie ein Blitz. *Ich bin dabei, mich in sie zu verlieben.*

Eigentlich hätte dieser Gedanke ihn vor Angst lähmen müssen. Es war genau das eingetreten, was er um jeden Preis hatte verhindern wollen. Dennoch wurde die Beklemmung von einer stürmischen Freude verdrängt. Er konnte und wollte seine Gefühle nicht verleugnen. Wollte nicht zulassen, dass die

Vergangenheit ihn daran hinderte, eine neue Zukunft für sich zu schaffen.

Je eher er diesen verdammten Schatz fand, desto schneller wäre er frei von Schulden und in der Lage, sich ein gemeinsames Leben mit seiner Maggie und seiner Glory aufzubauen.

„Das tue ich. Sehr sogar", sagte er leise.

„Das freut mich", flüsterte Glory mit einem verschwörerischen Grinsen zurück. „Ich glaube nämlich, sie mag dich ebenfalls."

Zärtlich strich er ihr übers Haar, bevor er sich zu Maggie und Hypatia gesellte.

„Und worüber zerbrechen die Damen sich die hübschen Köpfe?" Von Nahem sah er, dass sie eine Stadtkarte studierten.

„Hypatia hat diese Karte von London gekauft", erklärte Maggie. „Wir überlegen, wie wir bei der Suche am besten vorgehen sollen."

„Am klügsten wäre es, von hier aus zu beginnen", sagte Patty und tippte auf die Kreuzung, an der alle sieben Straßen des Seven Dials zusammenliefen. „Wir sollten uns vom Zentrum aus nach außen vorarbeiten."

„Wir klappern sämtliche Geschäfte ab und fragen jeden, der uns begegnet, ob er Horatio kannte", fügte Maggie hinzu.

„Ausgezeichnete Arbeit wie immer, Ladys", murmelte Rhys beeindruckt.

„Deswegen hast du uns ja auch angeheuert", erwiderte Maggie mit einem spitzbübischen Funkeln in den Augen. „Obwohl wir für fünf Prozent ein echter Fang waren, wie ich hörte."

„Du wärst für jeden Preis ein echter Fang", sagte er aufrichtig. „Darf ich dich für einen Moment entführen? Es gibt etwas, das ich mit dir besprechen möchte."

Er führte sie hinüber in sein eigenes Wohnzimmer. Kaum,

dass er die Tür hinter ihnen geschlossen hatte, zog er sie in seine Arme und küsste sie stürmisch.

„Verdammt, hab ich dich vermisst", flüsterte er heiser, während er sie gegen die Tür presste und die Finger in ihrem feurigen Haar vergrub.

„Es ist doch erst zwei Stunden her, seit wir uns das letzte Mal gesehen haben", murmelte sie.

Er ließ seinen Daumen über ihre volle Unterlippe gleiten und verlor sich einen Augenblick lang in der süßen Erinnerung an ihr morgendliches Liebesspiel.

„Das ist viel zu lange her. Wie konnte ich es nur jemals ohne dich aushalten, meine Maggie?"

„Äh ... Indem du dich wie ein Wüstling vergnügt und das Geld zum Fenster rausgeworfen hast?"

Gott, wie er diese Frau vergötterte.

„Touché." Lachend küsste er sie auf die Stirn, bevor er sich von ihr löste. „Und jetzt hör auf, mich abzulenken, damit ich dir meine Neuigkeiten mitteilen kann."

„Die da wären?"

„Tessa hat eine Nachricht geschickt. Das Treffen mit Garrity und Sweeney findet diesen Nachmittag statt."

Ihre Augen spiegelten Aufregung und Sorge wider. „Ich bin jederzeit aufbruchsbereit."

„Du kommst nicht mit." Er war entsetzt, dass sie glaubte, er würde sie einem solchen Risiko aussetzen. Bevor sie protestieren konnte, fügte er streng hinzu: „Die beiden sind berüchtigte Halsabschneider, Maggie. Ich werde dich nicht in noch größere Gefahr bringen, als ich es ohnehin schon getan habe."

„Was ist mit deiner Sicherheit?", argumentierte sie.

„Die Kents werden nicht zulassen, dass unter ihrer Aufsicht Blut vergossen wird." Zumindest hoffte er das. „Außerdem werde ich zwei der Wachleute mitnehmen."

Die vier Wachen, die sie seit gestern begleiteten, waren

kräftige, einschüchternde Burschen. Newton hatte eine hervorragende Wahl getroffen.

Maggie verschränkte die Arme vor der Brust. „Das alles gefällt mir ganz und gar nicht."

„Mir auch nicht, aber wir müssen verhindern, dass Garrity und Sweeney uns während der Suche nach dem Schatz ständig im Nacken sitzen. Einen Waffenstillstand auszuhandeln, ist der einzige Weg."

Er wusste, dass er gewonnen hatte, als sie still blieb und an ihrer Unterlippe nagte.

„Es wird alles gut werden." Sanft hob er ihr Kinn mit dem Finger an und sah ihr tief in die Augen. „Außerdem bist du mir hier weitaus nützlicher. Ich wette, bis ich zurückkehre, haben Hypatia und du längst die restlichen Rätsel gelöst und ihr wartet hier mit dem Schatz auf mich."

„Sehr witzig", murrte Maggie. Dann seufzte sie. „Also gut. Du wirst vorsichtig sein, versprochen?"

Jetzt, da er eine Familie hatte, zu der er zurückkehren konnte? Wo das Leben, das er sich immer gewünscht hatte, zum Greifen nahe war?

„Versprochen, meine Maggie."

Das Nightingale's war nicht das, was Rhys erwartet hatte. Eigentlich waren Kaffeehäuser Relikte längst vergangener Zeiten, und den wenigen, die es noch gab, sah man ihren verblichenen Glanz deutlich an. Dieses Etablissement schien jedoch neu erbaut worden zu sein. Sein Name prangte in frisch gemalten Lettern über dem Eingang, und blitzsaubere Fenster überblickten die geschäftige Straße. Vor der Tür stieß Rhys, in Begleitung seiner angeheuerten Wachmänner, auf die Kents.

„Waffen und Leibwächter bleiben draußen", sagte Tessa zur

Begrüßung. „Im Nightingale's gelten für jeden die gleichen Regeln."

Rhys ließ den Blick abwägend über ihr Gefolge wandern, von denen alle, einschließlich Ming, bis an die Zähne bewaffnet waren.

„Außer für Sie, wie es scheint", erwiderte er.

„Ich bin kein einfacher Gast", sagte sie und hob die Brauen. „Da ich das Treffen einberufen habe, spielen wir nach meinen Regeln."

„Schon verstanden."

Ohne Pistole und Wachen folgte er den Kents hinein. Obwohl die Einrichtung dem düsteren, aus der Mode gekommenen Bild entsprach, das er von Kaffeehäusern hatte, zeigten die Holzdielen und Wände kaum Abnutzung. Der aromatische Geruch von Kaffee hing in der Luft, und junge Keller flitzten mit ihren silbernen Kannen durch den großen Raum, um die Tassen der Gäste aufzufüllen, die an den langen Tischen saßen und sich angeregt unterhielten.

„Großpapa hat das Geschäft nach einem Brand wiederaufbauen lassen", erklärte Tessa. „Unser Treffen findet im neuen Flügel statt."

Sie begaben sich zu einer Doppeltür im hinteren Bereich, vor der zwei Wachen standen. Auf Kents Nicken hin wurden sie hindurchgelassen und betraten ein riesiges Zimmer mit hoher Decke. In der Mitte des Raumes stand ein massiver, runder Tisch, und Rhys' Puls schnellte in die Höhe, als er sah, dass seine Widersacher bereits auf sie warteten.

Sweeney, der sich zur Begrüßung erhob, sah noch genau so aus, wie Rhys ihn in Erinnerung hatte: fett, blass und gedrungen. Seine Augen waren von einem kühlen Eisblau, das einem Schauer über den Rücken jagte. Garrity, der neben ihm saß, stand ebenfalls auf. In gewisser Weise war er das genaue Gegenteil von Sweeney, ein großer, schlanker Mann, der eine skrupellose Eleganz ausstrahlte. Sein dunkles Haar war perfekt frisiert, und seine Augen waren kohlrabenschwarz. Während Sweeney hämisch dreinblickte, blieb Garritys Miene teilnahmslos ... aber nicht weniger bedrohlich.

Tessa wies Harry den Stuhl zu ihrer Rechten zu, Rhys den zu ihrer Linken. Zwischen ihm und Garrity war somit glücklicherweise ein Platz Abstand.

„Vielen Dank, dass Sie es einrichten konnten, meine Herren", eröffnete sie anschließend das Treffen. „Kommen wir gleich zur Sache: Ich möchte im Namen Seiner Gnaden, des Herzogs von Ranelagh und Somerville, einen Waffenstillstand verhandeln."

„Der Bastard schuldet mir Geld", knurrte Sweeney. „Keine Ahnung, was Sie das angeht. Halten Sie sich besser aus meinen Angelegenheiten raus."

„Als Herzogin von Covent Garden ist alles, was sich in *meinem* Gebiet abspielt, auch meine Angelegenheit", erwiderte Tessa scharf und sah sie nacheinander an. „Während seines Aufenthalts in Covent Garden – nein, in London –, ist Ransom mein Gast. Ich bitte Sie höflich, diesen Umstand zu respektieren."

Ihr Tonfall ließ keinen Zweifel daran, dass es sich mehr um einen Befehl als um eine Bitte handelte. Ausnahmsweise war Rhys für ihren Starrsinn dankbar.

„Verzeihung, Herzogin", mischte Garrity sich in kultiviertem Tonfall ein. „Mich würde nur interessieren, weshalb Sie es als nötig erachten, sich im Namen Seiner Gnaden einzumischen?"

„Ich muss mich vor Ihnen nicht rechtfertigen. Also, sind wir uns einig bezüglich des Waffenstillstands?"

Sweeney sprang auf und schlug mit der Faust auf den Tisch. „Der Mistkerl schuldet mir Kohle! Ich hab Schuldscheine über Schuldscheine, die das belegen. Seit Monaten bin ich hinter ihm her ... Ich hab's satt zu warten!"

„Da muss ich meinem ... geschätzten Kollegen zustimmen." Der Anflug von Ironie in Garritys Stimme war nicht zu überhören. „Ransom und ich hatten ein geschäftliches Abkommen, das er nicht einhielt. Außerdem hat er mir großen Ärger bereitet." Er fixierte Rhys mit einem lauernden Blick. „Gegenwärtig habe ich meine liebe Mühe damit, einige meiner Männer aus einem Gefängnis in Dorset zu befreien."

„Sie haben meinen Verwalter angegriffen", presste Rhys hervor.

Am liebsten hätte er noch hinzugefügt, dass die Mistkerle in Maggies Haus eingebrochen waren und sie und ihre Familie terrorisiert hatten, weswegen sie seiner Meinung nach weitaus Schlimmeres als das Gefängnis verdienten ... aber er hielt sich zurück. Falls die geringe Chance bestand, dass weder Garrity noch Sweeney von ihr wussten, sollte es auch so bleiben.

„Sie haben nur meine Befehle befolgt", erwiderte Garrity und legte die Fingerspitzen aneinander. „Ich erwarte bedingungslose Loyalität von meinen Männern ... und von denen, die mit mir Geschäfte machen."

„Sie werden Ihr Geld bekommen", sagte Rhys.

„Wann?"

„Geben Sie mir noch einen Monat ..."

„Es ist doch immer dieselbe Leier mit Ihnen", fiel Sweeney ihm ins Wort. „Ihre Versprechen sind einen feuchten Dreck wert."

Rhys' Magen krampfte sich zusammen. Er konnte die Erinnerungen an die grausamen Worte seines Vaters nicht zurückhalten, die in ihm aufstiegen: *Du bist ein Versager, eine bodenlose Enttäuschung ...*

„Zwei Wochen." Eisern verdrängte er die finsteren Dämonen. „Geben Sie mir vierzehn Tage, dann zahle ich zurück, was ich Ihnen schulde. Ansonsten können Sie Ihr Pfund Fleisch auf andere Weise einfordern."

„Dazu brauche ich wohl kaum Ihre Erlaubnis, Euer Gnaden", erwiderte Garrity mit einem messerscharfen Lächeln, das Rhys das Blut in den Adern gefrieren ließ. „Lassen Sie es mich anders ausdrücken: Was springt für mich dabei heraus, Ihnen erneut Aufschub zu gewähren?"

Rhys warf Tessa einen flüchtigen Blick zu. Diese zuckte nur mit den Schultern, als wollte sie sagen: *Es ist Ihr Schatz.*

„Ein zusätzlicher Zinssatz von zehn Prozent", sagte er.

Sweeney lachte höhnisch. „Sie können ja nicht mal den ursprünglichen Betrag zusammenkratzen. Und jetzt sollen wir Ihnen abkaufen, dass Sie zusätzliche fünftausend Pfund für jeden von uns auftreiben werden?"

Zumindest erweckte es nicht den Anschein, als wüssten die beiden Geldverleiher von seinem Erbe. Ein kleiner Trost, aber besser als gar keiner.

„Das werde ich in der Tat", versicherte er ihnen nachdrücklich.

„Bewilligen Sie Ransom den Aufschub", mischte Tessa sich ein. „Sie haben nichts weiter zu verlieren ... Und wer weiß, womöglich zahlt es sich aus und Sie stehen hinterher reicher da als vereinbart. Außerdem hätten Sie damit einen Gefallen bei mir gut." Sie legte eine bedeutungsschwangere Pause ein. „Im Gegenzug für Ihre Loyalität."

Ihren Worten folgte eine angespannte Stille, die Rhys die Luft abzuschneiden drohte. Sein Herz schlug wie wild, und seine Hände schwitzten. *Bitte, Gott, gib mir nur noch eine letzte Chance, meine Fehler auszubügeln ...*

„Eine Woche", sagte Garrity schließlich. „Zwanzig Prozent Zinsen."

„Oder wir holen uns Ihren Kopf", fügte Sweeney hinzu.

Sieben Tage, um die Juwelen zu finden. Sieben Tage, um

seine Freiheit wiederzuerlangen und sich seinen Platz an Maggies und Glorys Seite zu verdienen ... oder für immer in die Hölle zu wandern.

Rhys atmete tief durch. „Abgemacht."

„Ich erwarte Ihre positive Rückmeldung, Euer Gnaden." Garrity erhob sich und warf einen Blick auf seine goldene Taschenuhr, bevor er Rhys mit einem schmallippigen Lächeln bedachte. „Die Zeit läuft."

Kapitel Achtundzwanzig

Nach seiner Rückkehr versammelte Rhys Maggie, Hypatia und Mr Newton in seinem Wohnzimmer, um ihnen die Ergebnisse des Treffens mitzuteilen. Die neue Frist verursachte ihr ein mulmiges Gefühl in der Magengrube. Als sie jedoch die Anspannung in Rhys' Miene bemerkte, war sie umso entschlossener, den Schatz für ihn zu finden.

„Uns bleibt eine ganze Woche, um die Juwelen aufzuspüren", sagte sie. „Das ist mehr als genug Zeit, wenn wir uns sofort an die Arbeit machen."

„Vielleicht sollten wir die Wachen in die Suche einbeziehen?", schlug Newton vor.

Maggie mochte die vier Leibwächter, die auch in diesem Moment draußen im Gang postiert waren. Trotz ihrer einschüchternden Statur und Größe waren sie höflich und zuvorkommend. Insbesondere Victor, ein blonder Koloss, hatte eine Engelsgeduld im Umgang mit Glory bewiesen, als diese ihn mit unzähligen Fragen über seinen Beruf löcherte.

„Die kleine Lady hat wohl vor, Leibwächterin zu werden, wenn sie groß ist, was?", hatte Victor sie aufgezogen.

Ein unheilvolles Funkeln war in Glorys Augen getreten.

Rhys schüttelte den Kopf. „So sehr wir die Hilfe auch gebrauchen könnten, dürfen wir es nicht riskieren. Je weniger Menschen von den Juwelen wissen, desto besser. Sollte auch nur das kleinste Gerücht durchsickern, wird ganz London hinter dem Schatz her sein. Was unsere Sicherheit anbelangt, sollten wir während des Waffenstillstands nichts von Garrity und Sweeney zu befürchten haben."

„Dann machen wir vier uns unverzüglich auf den Weg", entschied Maggie.

„Zu so später Stunde ist die Gegend um Seven Dials kein sicherer Ort für eine Frau", widersprach Rhys. „Ihr beide könnt morgen mitkommen. Heute Abend gehen Newton und ich allein."

Diesbezüglich ließ er sich nicht erweichen, egal, wie sehr sie auch protestierte.

Als er in den frühen Morgenstunden zurückkehrte, wartete sie in seinem Bett auf ihn. Ein Blick in sein abgespanntes Gesicht verriet ihr, dass die Suche erfolglos verlaufen war.

„Morgen ist ein neuer Tag", tröstete sie ihn.

Nachdem er gebadet hatte, liebten sie sich. Ihre Küsse und Berührungen hatten etwas Dringliches, Verzweifeltes an sich. Hinterher, als Rhys bereits eingeschlafen war, lag Maggie noch lange wach, starrte hinauf in die Dunkelheit und betete, dass der nächste Versuch ihnen mehr Glück bringen möge.

Am folgenden Morgen ließen sie Glory in der Obhut von Bertha, Victor und den übrigen Wachmännern zurück und machten sich auf den Weg nach Seven Dials.

Als sie im Zentrum der sieben aufeinander zulaufenden Straßen ausstiegen, war Maggie von dem, was sie sah, schockiert. Dieses Viertel war das genaue Gegenteil zu dem eleganten Flair, den Mayfair bot. Obwohl sie in einer Hafenspelunke gearbeitet hatte und daher mit Elend vertraut war (zudem war sie eine Goode), öffnete ihr diese Erfahrung auf eine ganz neue Weise die Augen.

Überall auf dem Boden lagen schlafende Menschen. Tauben scharten sich um Pfützen von Erbrochenem, Überbleibsel der wüsten Gelage des Vorabends. Zwar war Maggie alles andere als zart besaitet, aber dennoch nahm sie dankbar das parfümierte Taschentuch an, das Rhys ihr reichte. Zu viert bahnten sie sich einen Weg durch die schmutzigen Straßen, in denen Kinder umherrannten, Betrunkene durch die Gegend torkelten und stark geschminkte Dirnen von der nächtlichen Arbeit heimkehrten.

„Newton und ich haben gestern zwei der Straßen abgeklappert", erklärte Rhys. „Castle, Queen, Lion, St. Andrew's und Earl Street sind noch übrig. Maggie und ich übernehmen die Castle Street. Newton, Miss Hypatia, würden Sie sich die Queen Street vorknöpfen?"

„Mit Vergnügen, Euer Gnaden", erwiderte Arthur.

„Hervorragend. Wir treffen uns in zwei Stunden wieder hier."

Rhys führte sie die enge Straße hinunter, die von dicht gedrängten Tavernen, Pfandhäusern und anderen Geschäften, die sich im Elendsviertel über Wasser halten konnten, gesäumt war.

„Bleib dicht bei mir", murmelte er ihr zu. „Und hüte dich vor Langfingern."

Mit dem Kinn deutete er in Richtung einer Gruppe Gassenjungen, die auf der gegenüberliegenden Straßenseite spielten. Maggie beobachtete, wie einer von ihnen mit einem wohlhabend aussehenden Gentleman zusammenstieß, und während er sich überschwänglich entschuldigte, entwendete einer seiner Kameraden unauffällig die Geldbörse des ahnungslosen Opfers.

„Sollten wir nicht etwas tun?", fragte sie schockiert.

„Nein, wir wollen keinen Aufruhr verursachen. Im Elendsviertel lautet die oberste Regel: Jeder ist sich selbst der Nächste.“

Maggie hielt ihren Pompadour fest an sich gedrückt, während sie ein Geschäft nach dem anderen abklapperten. Reaktionen auf ihre Fragen erstreckten sich von genervt bis drohend. Nach zwei erfolglosen Stunden kehrten sie zurück zu ihrem Treffpunkt mit Hypatia und Newton, die ebenfalls nichts vorzuweisen hatten, aber zumindest über einen Laden gestolpert waren, der köstliche Kidney Pies verkaufte.

Nach einer kurzen Stärkung machten sie sich erneut an die Arbeit.

Als Maggie ein paar Stunden später das gefühlt hundertste Pfandleihhaus verließ, stellte sie überrascht fest, dass es dunkel geworden war und zu regnen begonnen hatte. Sie und Rhys suchten Zuflucht unter einer Markise und beobachteten die Scharen betrunkener Männer, die ungeachtet der Feuchtigkeit und Kälte grölend durch die Straßen wankten.

„Fahren wir besser zum Hotel zurück“, schlug er vor.

Seine angespannte Miene verriet ihr, dass er ebenso frustriert war wie sie selbst. Ihre zermürbende Suche hatte keine Ergebnisse hervorgebracht, und die Uhr tickte.

„Wir haben uns noch nicht die Earl Street angesehen“, erwiderte sie.

Er schüttelte den Kopf. „Es ist zu nass und zu dunkel ...“

„Der erste Tag ist fast vorüber, Liebling“, sagte sie und berührte ihn sanft am Arm. „Wir dürfen keine Zeit verschwenden.“

„Hast du mich gerade Liebling genannt?“, fragte er, und der harte Ausdruck in seinen Augen verschwand.

„Was immer nötig ist, um die Sache voranzutreiben“, gab sie nüchtern zurück.

Seine Mundwinkel zuckten amüsiert. „Also gut, noch eine halbe Stunde, aber dann ist Schluss."

Er ging zurück in das Leihhaus und kaufte einen Regenschirm, unter dessen Schutz sie zur nächsten Taverne eilten. Das Sailor's Arms war ein dunkles, rauchverhangenes Etablissement, in dem es nach Bier und gebratenem Fleisch roch. Allerdings bemerkte Maggie sofort, dass die Kneipe wesentlich sauberer war als die meisten anderen Geschäfte, die sie zuvor besucht hatten. Der Boden war gefegt und die Tische waren gewischt. An den Wänden hingen Bilder exotischer Orte, die dem Schankraum ein gewisses Flair verliehen.

Rhys steuerte zwischen den voll besetzten Tischen hindurch auf den abgenutzten, aber polierten Tresen zu. Der Kneipenwirt war ein hünenhafter Mann mit buschigen Koteletten, der eine Schürze um seinen beachtlichen Bauch gebunden hatte. Er hätte ziemlich einschüchternd gewirkt, wenn nicht das Gemälde eines Pfaus hinter ihm es hätte aussehen lassen, als wüchsen ihm Federn aus dem kahlen Schädel.

„Was darf's sein?", brummte er.

„Wir sind auf der Suche nach Informationen", erwiderte Rhys.

Die Miene des Mannes verfinsterte sich. „Hier gibt's Bier und Hammelfleisch, mehr nicht. Wenn Sie was anderes woll'n, sollten Sie sich woanders umsehen."

„Bitte, Sir", mischte Maggie sich ein. „Es geht um eine äußerst dringliche Angelegenheit ..."

„War nie 'ne Ratte und werd auch nie eine sein", erwiderte der Wirt barsch.

„Nicht diese Art von Informationen", beeilte Rhys sich zu sagen. „Es geht um eine persönliche Angelegenheit. Mein Onkel Horatio ..."

„Horatio?" Der Mann hob die buschigen Brauen. „Doch nicht etwa Horatio Jones?"

Maggies Puls schnellte vor Aufregung in die Höhe.

„Doch, genau der", bestätigte Rhys. „Kennen Sie ihn?"

„Wie war Ihr Name noch gleich?"

„Edward Rhys Hugo Jones Cavendish."

"Donnerwetter, Sie sind also der Neffe! Horatio sagte, dass Sie herkommen würden. Wie geht's dem alten Knaben überhaupt?"

„Er ist gestorben."

Die Miene des Kneipenwirts drückte aufrichtiges Bedauern aus. „Möge Gott ihn auf seiner letzten Reise begleiten."

„Verzeihung, ich glaube, Sie hatten mir Ihren Namen nicht genannt", sagte Rhys. „Woher genau kannten Sie meinen Onkel, wenn ich fragen darf?"

„Seamus O'Flaherty, zu Ihren Diensten. Früher war ich Matrose und lernte Horatio Jones auf einer Reise nach Indien kennen. Ihr Onkel war ein waschechter Abenteurer. Auf der Fahrt – nach Indien ist's ja kein Katzensprung – kamen wir ins Gespräch und freundeten uns an. Nach meiner Zeit auf See ließ ich mich hier nieder und eröffnete die Kneipe. Horatio kam mich besuchen, wann immer er in London zu tun hatte." Der Wirt hielt inne, um zwei Krüge mit Bier zu füllen. „Zuletzt war er vor etwa sechs Monaten hier. Um ehrlich zu sein, wirkte er nicht wie er selbst. Aber wir haben wie immer ein Schwätzchen gehalten ... und da hatter Sie erwähnt."

„Was hat er gesagt?"

„Dass Sie ein guter Mann seien, der dringend ein Abenteuer in seinem Leben braucht."

Auf Fremde mochte Rhys teilnahmslos und gelangweilt wirken, aber Maggie wusste, wie tief seine Gefühle gingen. Auch jetzt konnte sie in seinem Gesicht deutlich die Emotionen sehen, mit denen er kämpfte – Schmerz, Sorge ... Reue. Wie sie vermutet hatte, war ihm sein Onkel trotz ihrer Konflikte sehr wichtig gewesen, und der Verlust hatte ihn tief getroffen. Wenn man bedachte, wie viel Mühe Horatio sich bei der Organisation dieser Schatzsuche gegeben hatte, bestand kein Zweifel daran, dass diese Liebe erwidert wurde.

„Nach seinem Tod hinterließ mein Onkel mir gewisse Anweisungen", fuhr Rhys fort. „Einer der Hinweise führte mich hierher. Hat er eventuell etwas bei Ihnen abgegeben, das Sie für mich aufbewahren sollten, Mr O'Flaherty?"

„Das hat er in der Tat."

Maggie hielt gebannt den Atem an.

„Darf ich es sehen?", fragte Rhys.

Der Wirt hob die Brauen. „Sie schauen geradewegs drauf, Sir."

„Warum um alles in der Welt hat er Ihnen ein Gemälde von einem Pfau vermacht?", fragte Hypatia.

„Ich habe nicht die leiseste Ahnung", sagte Rhys.

Nachdem die vier Schatzsucher ins Hotel zurückgekehrt waren, hatten sie sich gemeinsam mit Glory in Rhys' Wohnzimmer eingefunden. Das Bild, das Flaherty ihnen gegeben hatte, lehnte an der Wand vor ihnen. Sie hatten es bereits aus dem Rahmen genommen und untersucht, jedoch kein Geheimversteck hinter der Leinwand entdeckt.

Nachdenklich musterte Rhys die kräftigen, farbenfrohen Pinselstriche. Der Pfau schien ihn aus seinen gelben Augen streitlustig anzustarren, die Federn auf bedrohliche oder höhnische Art zu einem Rad aufgestellt.

Maggie, die neben ihm saß, studierte das Bild ebenfalls mit angestrengter Konzentration. „Könnte der Pfau eine symbolische Bedeutung haben?"

Wenn du glaubst, Kleider machen Leute, dann irrst du dich, mein Junge. Eines der letzten Gespräche, das er mit Horatio geführt hatte, kam ihm in den Sinn und füllte sein Herz mit Reue. Er wünschte, sie wären nicht im Zwist auseinandergegangen. Er wünschte, er hätte sich dazu überwinden können, seinem Onkel zu verzeihen, dass er ihn als Kind im Stich ließ. Dass er Horatio nicht andauernd abgewiesen hätte, als dieser versuchte, Wiedergutmachung zu leisten.

Laut sagte er: „Abgesehen davon, dass er sich über meine Eitelkeit lustig machte, fällt mir nichts ein."

Aber es musste sich mehr dahinter verbergen. Warum sonst hätte Horatio sie auf diese Verfolgungsjagd geführt?

Glory baute sich vor dem Gemälde auf und betrachtete es eingehend. Die Anspannung wich aus Rhys, als er sah, wie sehr sie ihrer Mutter ähnelte, wenn sie versuchte, sich zu konzentrieren.

„Warum ist da eine Drei in den Federn?", fragte das Mädchen schließlich.

„Eine was?", fragte Maggie.

„Die Zahl drei." Glory deutete auf eine Stelle zwischen dem Gefieder. „Genau da."

Die vier Erwachsenen drängten sich neugierig um das Bild.

„Gütiger Himmel", sagte Rhys, völlig verdattert. „Da ist tatsächlich eine Drei."

Die Ziffer war versteckt zwischen den Wirbeln aus Grün, Blau und Gelb ... aber sie war da. Winzig, jedoch deutlich sichtbar.

Hypatia kniff die Augen zusammen, rückte ihre Brille zurecht und murmelte: „Dem Himmel sei Dank für die Sehkraft der Jugend."

„Gut gemacht, Kleines", lobte Rhys und zupfte Glory spielerisch an einem ihrer Zöpfe.

Sie grinste ihn voller Stolz an.

Während Newton eine Lampe zu ihnen herübertrug, holte Patty eines ihrer Notizbücher. Rhys, Maggie und Glory inspizierten jeden Zentimeter der Leinwand und riefen die Ziffern und Buchstaben heraus, die sie entdeckten.

„Meine Güte, da ist doch tatsächlich eine Zwei in dieser Feder", stellte Rhys fest.

„Und ist das ein ‚N' auf dem Hals?", fragte Maggie zur gleichen Zeit.

„Da ist auf jeden Fall ein ‚F'!", rief Glory.

„Haben die Buchstaben und Zahlen eine bestimmte Reihenfolge?", überlegte Hypatia. „Oder ist das wieder ein Anagramm?"

„Wir sollten irgendwie markieren, wo sie sich auf dem Bild befinden", schlug Maggie vor. „Tinte wird auf der Ölfarbe nicht halten ... Aber ich weiß, was wir stattdessen verwenden können. Bin gleich zurück!"

Sie eilte aus dem Zimmer und kehrte kurz darauf mit einem Nadelkissen zurück.

„Da soll noch mal einer behaupten, ich wäre unvorbereitet", sagte sie.

Rhys' Mundwinkel zuckten amüsiert. „Wie ich dich kenne, wärst du sogar auf den nächsten Großen Brand vorbereitet."

„Gute Planung ist das A und O", erwiderte sie würdevoll, doch ihre Augen funkelten spitzbübisch.

Lächelnd griff er nach einer Handvoll Stecknadeln. Schon bald war das Gemälde von einer Spur aus winzigen Metallköpfen überzogen. Er trat einen Schritt zurück, um das Gesamtwerk in Augenschein nehmen zu können und die Buchstaben und Ziffern von links nach rechts zu verbinden ...

„32 Lincoln's Inn Fields", las er mit einem Anflug von Genugtuung vor. „Das ist unser nächstes Ziel."

Kapitel Neunundzwanzig

Früh am nächsten Morgen traf Rhys in Begleitung von Maggie, Hypatia und Newton vor der Adresse 32 Lincoln's Inn Fields ein. Es handelte sich um ein bescheidenes Stadthaus aus Backstein, das an eine kleine Grünfläche angrenzte. Die Eingangstür war von der Straße aus für jedermann sichtbar, ein Umstand, der sich als ungünstig erweisen könnte, da Horatio ihnen keinen Schlüssel hinterlassen hatte und Rhys sich womöglich anderweitig Zutritt würde verschaffen müssen.

Dank seiner Peiniger auf dem Internat hatte er jedoch Erfahrung damit, sich aus verschlossenen Räumen zu befreien. In der Tat erachtete er die Kunst des Schlossknackens als eine der nützlichsten Fähigkeiten, die er in den heiligen Hallen Etons erlernt hatte.

„Sollen wir lieber hintenrum gehen?", fragte Newton und sah sich nervös um. Mit seinem hochroten, schweißüberzogenen Gesicht wirkte er wie ein schuldbewusster Schuljunge, der ins Büro des Direktors zitiert wurde. „Hier vorne erregen wir womöglich zu viel Aufmerksamkeit."

„Wahrscheinlich würden wir weniger auffallen, wenn Sie

nicht so besorgt dreinblicken würden, Mr Newton", erwiderte Hypatia mit einem beschwichtigenden Lächeln und reichte ihm ihr Taschentuch, mit dem er sich dankbar das Gesicht abwischte.

„Ich fürchte, unsere Anwesenheit wurde bereits zur Kenntnis genommen", murmelte Rhys und nickte diskret zu dem kleinen, umzäunten Park in der Mitte des Platzes hinüber, wo ein paar ältere Damen in ihrem Spaziergang innegehalten hatten und argwöhnisch zu ihnen herüberschielten.

„Warum schauen wir nicht erst einmal, ob jemand zu Hause ist?", schlug Maggie vor.

Er nickte, und gemeinsam begaben sie sich zur Eingangstür, an die Rhys kräftig klopfte.

Zu seiner Überraschung öffnete sie sich wenige Augenblicke später, und sie fanden sich einer älteren Frau gegenüber, die die Dienstkleidung einer Haushälterin trug. Ihr Gesicht war schrumpelig wie ein Apfel, den man zu lange in der Sonne gelassen hatte, und ihr graues Haar war zu einem strengen Knoten gebunden.

„Wie kann ich Ihnen helfen, Sir?", fragte sie.

„Guten Morgen", erwiderte er. „Das mag jetzt seltsam klingen, aber ich bin der Neffe von Horatio ..."

„Oh, Mr Rhys, nicht wahr?", unterbrach sie ihn mit einem freudigen Funkeln in den Augen. „Da sind Sie ja endlich. Kommen Sie rein, kommen Sie rein!"

Sie winkte die vier Gäste in die bescheidene Eingangshalle des kleinen Stadthauses. Eine schlichte Holztreppe führte nach oben, ein schmaler Gang in den hinteren Bereich des Hauses, von dem zwei geschlossene Türen abgingen.

Nachdem die Haushälterin sich als Mrs Ingle vorgestellt hatte, machte Rhys sie mit Maggie und dem Rest der Truppe bekannt.

„Onkel Horatio informierte Sie also darüber, dass ich kommen würde?", fragte er.

Mrs Ingle nickte traurig. „Die letzte Anweisung meines Herrn war, auf Ihre Ankunft zu warten. *Halten Sie Ausschau nach einem attraktiven Burschen, der nach der neuesten Mode gekleidet ist,* sagte er. *Seine Gesichtsbehaarung ist penibler getrimmt als jede Hecke.* Nichts für ungut, Sir. Das waren seine Worte, nicht meine."

„Schon in Ordnung", erwiderte Rhys trocken.

„Mr Jones wies mich an, Sie geradewegs in sein Arbeitszimmer zu führen."

Mrs Ingle bat sie, ihnen den Gang hinunter zu folgen, wo sie die hintere der beiden Türen öffnete. Der Raum war eine beengte, kompaktere Version des Arbeitszimmers in Journey's End, mit dunklen Wandpaneelen und Vitrinen voller Kuriositäten. Über einem massiven Schreibtisch, der mit orientalischen Schnitzereien verziert war, prangte das Gemälde eines Pfaus, identisch zu dem, das sie im Sailor's Arms gefunden hatten.

„Seit dem Tod des Hausherrn habe ich hier drin nichts angerührt", erklärte die Haushälterin.

„Nur so aus Neugier, Mrs Ingle", mischte Newton sich ein. „Welche Maßnahmen hat Mr Jones ergriffen, um sicherzustellen, dass Sie nach seinem Tod weiter bezahlt werden? Hat er einen Anwalt eingeschaltet ... oder vielleicht eine Bank?"

Rhys begriff sofort, worauf Arthur hinauswollte: Zu wissen, mit welchen Geldinstituten Horatio Geschäfte machte, könnte einen wichtigen Hinweis liefern. So drollig die Idee einer Schatzsuche auch sein mochte, war sein Onkel gewiss kein Narr gewesen. Er hätte die Juwelen an einem sicheren Ort verwahrt ... beispielsweise in einer Bank.

„Nein, er traute weder Anwälten noch Banken", erwiderte Mrs Ingle nachdrücklich. „Aber er hat für mich ein Konto bei

Mr Gruenwald, dem Goldschmied auf der Fleet Street, einge-richtet."

„Ah, ich verstehe. Vielen Dank", sagte Newton.

„Dann überlasse ich Sie jetzt Ihren Geschäften. Rufen Sie mich, wenn Sie etwas benötigen."

Nachdem die Haushälterin die Tür hinter sich geschlossen hatte, sagte Rhys: „Gut mitgedacht, Newton. Jetzt wissen wir, wo Onkel Horatio zumindest einen Teil seines Vermögens verwahrt. Vielleicht befinden die Juwelen sich ebenfalls dort."

„Ein Goldschmied wäre ein sicherer Ort, um einen Schatz zu verstecken", stimmte Arthur zu. „Nachdem so viele private Geldinstitute in letzter Zeit bankrottgegangen sind und das Geld ihrer Investoren verloren haben, sind viele zu altbe-währten Methoden der Vermögenssicherung zurückgekehrt."

Maggie, die bereits begonnen hatte, den Schreibtisch zu durchsuchen, rief aus: „Hier liegt ein Brief für dich, Rhys!"

Er eilte zu ihr hinüber und nahm das Schriftstück entgegen, das seinen Namen sowie das Siegel seines Onkels trug. Nachdem er tief durchgeatmet hatte, brach er das Wachs auf.

Mein lieber Rhys,

Herzlichen Glückwunsch, dass Du es bis hierhin geschafft hast! Ich habe keine Sekunde daran gezweifelt. Die Leidenschaft für Abenteuer liegt uns im Blut. Egal, wie sehr Dein Vater auch versucht haben mag, diese Flamme zu ersticken, brannte sie doch stets in Dir weiter. Selbst, wenn Du Dein Möglichstes tust, sie hinter Deinem modischen Putz zu verbergen (verzeih einem alten Mann seine Späße!).

Aber im Ernst, fürchte Dich nicht vor diesem Feuer in Dir. Lass Dich von ihm leiten. Das Leben belohnt diejenigen, die abseits ausgetretener Pfade wandeln und sich ihren eigenen Weg bahnen.

Es gibt noch einen letzten Hinweis, den Du entschlüsseln musst ... Ein letztes Hindernis zwischen Dir und den Juwelen.

Manchmal müssen wir uns den Dämonen der Vergangenheit stellen, um in die Zukunft blicken zu können. Der Schatz erwartet Dich in London, und den Schlüssel findest Du hier:

梅林

Viel Glück und Gott sei mit Dir, mein Junge.

Dein Dich liebender Onkel

Horatio.

Rhys kämpfte gegen den pulsierenden Druck in seinen Adern an. Er hatte seine Dämonen unter Kontrolle, warum also sollte er zulassen, dass sein Onkel sie aufs Neue heraufbeschwor?

„Was meint er mit *Dämonen*?", fragte Maggie, die über seine Schulter mitgelesen hatte.

Dass ich meine Mutter nicht beschützen konnte. Dass sie wegen mir gestorben ist.

„Horatio hatte einfach eine exzentrische Art, sich auszudrücken", erwiderte er kurz angebunden.

Zu seiner Erleichterung musterte sie ihn zwar neugierig, hakte jedoch nicht weiter nach. „Und diese Symbole? Was bedeuten die?"

„Das sind chinesische Schriftzeichen." *Konzentrier dich gefälligst, Mann. Lass dich nicht von Dingen ablenken, die du nicht ändern kannst.* „Horatio schrieb, ich müsse mich der Vergangenheit stellen. Ich vermute, damit bezieht er sich auf einen Ort, der etwas mit meiner Mutter zu tun hat."

„Wir müssen jemanden finden, der uns ihre Bedeutung erklären kann", sagte Hypatia.

„Vielleicht sollten wir uns mal in Limehouse umhören", schlug Newton vor. Das Hafenviertel beherbergte viele chinesische Matrosen und Arbeiter.

„Oder wie wäre es mit Tessa Kents Leibwächter, Ming?", warf Maggie ein. „Ihn kennen wir bereits. Je weniger Leute wir einbeziehen müssen, desto besser."

„Gute Idee", stimmte Rhys ihr zu. „Ich schicke ihr eine Nachricht und bitte noch für heute um ein Treffen."

Als er den Brief auf den Tisch legte, konnte er sich des Gefühls nicht erwehren, etwas Wichtiges übersehen zu haben.

Das Leben belohnt diejenigen, die abseits ausgetretener Pfade wandeln und sich ihren eigenen Weg bahnen.

Langsam war er es leid, Horatios spärlichen Brotkrumen zu folgen. Er verspürte nicht das geringste Bedürfnis, sich seiner Vergangenheit zu stellen. Was, wenn es einen anderen Weg gäbe? Wenn er dieses alberne Spiel irgendwie umgehen könnte?

Instinktiv rüttelte er an den Schubladen des Schreibtischs. Verschlossen.

„Reich mir bitte mal den Brieföffner", sagte er, an Maggie gewandt.

Sie hielt ihm das kleine Messer mit dem Perlmuttgriff hin, und er nahm es an sich, steckte es in das oberste Schlüsselloch und rüttelte darin herum, bis er ein leises Klicken vernahm.

„Was für ungeahnte Talente du doch hast", merkte Maggie mit hochgezogenen Brauen an.

„Eton", war alles, was er als Erklärung von sich gab.

Er öffnete die Schublade und wühlte darin herum. Außer einigen Schreibutensilien und Kleinkram fand er nichts von Bedeutung. Auch die zweite Schublade enthielt nichts, das ihm hätte weiterhelfen können. Erst in der dritten wurde er fündig: In ihr lag Horatios Terminkalender.

Mit wild pochendem Herzen legte er das in Leder gebundene Buch auf den Tisch und begann, durch die Seiten zu blättern, die sämtliche Daten, Orte und Personen offenbarten, mit denen Horatio innerhalb des letzten Jahres zu tun hatte.

„Sieh mal." Aufgeregt zeigte er Maggie mehrere Seiten. „In

den Wochen vor seinem Tod hat er diesen Goldschmied, Gruenwald, fünfmal besucht.“

„Das erscheint mir etwas übertrieben, wenn er wirklich nur dort war, um Vorkehrungen für Mrs Ingle zu treffen“, erwiderte sie.

„Sehe ich auch so.“ Schnell überflog er die letzten, leeren Seiten, bis er zum Ende kam. Gerade, als er es noch einmal von vorne durchsehen wollte, fuhr er mit dem Daumen über eine winzige Erhebung auf der Innenseite des Einbands. „Da ist eine Unebenheit im Rückdeckel.“

Maggie beugte sich neugierig über den Tisch. „Ja, ich sehe sie. Eine erhobene Linie. Als hätte jemand beim Binden des Buches geschlampt oder ...“

„Oder jemand hat absichtlich etwas in dem Einband versteckt.“

Abermals benutzte er den Brieföffner, um das Leder vorsichtig vom Papier des Rückdeckels zu lösen. Dann steckte er die Finger in die schmale Öffnung ... und zog eine dünne Visitenkarte aus gehämmertem Gold heraus. Gruenwalds Schriftzug war auf der glänzenden Oberfläche eingraviert, ebenso wie die Worte *Edward Rhys Hugo Jones Cavendish*.

„Gütiger Himmel“, flüsterte Maggie. „Was ist das?“

Die Entdeckung jagte Rhys einen prickelnden Schauer durch den Körper. „Eine Mitgliedskarte für Gruenwalds Etablissement ... Und, wenn mich nicht alles täuscht, der Schlüssel zu Horatios Schatz.“

Nachdem er Nachricht an Tessa geschickt und um ein Treffen mit Ming gebeten hatte, begaben Rhys und der Rest seiner Truppe sich zu Gruenwalds Geschäft. Die Goldschmiede befand sich in einem unscheinbaren Backsteingebäude auf der

Fleet Street, direkt neben einem Verlag. Im Inneren bemerkte Rhys die Eisengitter vor den geschmackvoll dekorierten Fenstern sowie die bewaffneten Wachmänner, die diskret im Verkaufsraum postiert waren. Der Laden war besser geschützt als eine Zitadelle.

Er ging den anderen voran an beeindruckenden Schaukästen voll Gold und Silber zum Tresen, wo sie von einem Mann in Lederschürze empfangen wurden.

„Guten Tag", sagte der Verkäufer und verneigte sich. „Wie kann ich Ihnen helfen?"

„Ich bin der Herzog von Ranelagh und Somerville", erwiderte Rhys und zeigte ihm die goldene Visitenkarte. „Und ich bin gekommen, um etwas abzuholen, das mein Onkel mir hinterlassen hat."

„Selbstverständlich, Euer Gnaden", sagte der Mann in ehrerbietigem Tonfall. „Leider schreibt es die Hausordnung vor, dass nur zwei Besucher gleichzeitig den Tresorraum betreten dürfen."

Tresorraum. Rhys wechselte einen verheißungsvollen Blick mit Maggie.

„Mr Newton und ich warten hier", bot Hypatia an.

Der Verkäufer holte einen massiven Schlüsselbund aus seiner Schürzentasche, sperrte die Tür hinter dem Tresen auf und bat Maggie und Rhys, ihm zu folgen.

Im nächsten Zimmer befand sich eine große Werkstatt, in der ein gutes Dutzend Goldschmiede damit beschäftigt war, Tafelgeschirr sowie Ziergegenstände herzustellen. Auf den Tischen lag allerlei Handwerkszeug verteilt, und einer der Schmiede war dabei, Metall über einem riesigen Backsteinofen zu schmelzen. Der Verkäufer eilte an den Arbeitern vorbei auf eine weitere Tür zu, sperrte sie auf und führte seine Besucher hindurch.

In der winzigen Kammer dahinter saß ein runzeliger, alter

Mann an einem Schreibtisch. Er trug einen Anzug aus weinrotem Samt und wurde von zwei bedrohlich wirkenden Wachen flankiert, hinter denen sich eine massive Eisentür befand.

„Euer Gnaden, das hier ist Mr Gruenwald", sagte der Verkäufer. „Er wird Ihnen von hier an behilflich sein."

Mit einer respektvollen Verbeugung zog er sich zurück und schloss die Tür hinter sich.

Es dauerte ein paar Minuten, bis Gruenwald sich von seinem Stuhl erhoben hatte. Die Anstrengung wurde von dem protestierenden Ächzen alter Knochen begleitet, und am Ende hätte der Kauz sich die Mühe sparen können, da er im Stehen kaum größer war als im Sitzen.

„Darf ich Ihre Referenzen sehen, Euer Gnaden?", fragte Gruenwald.

Mit wachsender Aufregung reichte Rhys ihm die goldene Karte.

Der alte Schmied studierte sie sorgfältig. „Und der Schlüssel?"

„Wie bitte?"

„Der Schlüssel für das Schließfach im Tresorraum", erläuterte Gruenwald.

„Ich habe keinen Schlüssel. Sehen Sie, mein Onkel ist kürzlich verstorben und hat mir diese Karte hinterlassen ..."

„Dann kann ich Ihnen leider nicht weiterhelfen, Euer Gnaden. Sowohl Karte als auch Schlüssel müssen vorliegen, um auf die Konten zugreifen zu können. So lauten die Bedingungen."

Rhys' freudige Erwartung wich einem Gefühl unsäglicher Frustration. Verdammt, der Schatz war buchstäblich zum Greifen nahe.

„Mein Erbe befindet sich in diesem Tresorraum", sagte er in seinem herzoglichsten Tonfall.

„Ohne Schlüssel haben Sie keinen Zugriff darauf", wiederholte der alte Mann stur. „In diesem Raum verwahren wir über fünfhundert Schließfächer. Für jedes Fach gibt es einen entsprechenden Schlüssel. Unser Sicherheitssystem ist so ausgelegt, dass nicht einmal ich die Möglichkeit habe, die Schließfächer unserer Kunden zu öffnen, lediglich die Tür zum Tresorraum."

„Gibt es denn gar nichts, was Sie für uns tun können, Sir?", fragte Maggie.

„Nein, tut mir leid." Mit Knochen, die wie rostige Scharniere quietschten, ließ Gruenwald sich zurück auf seinen Stuhl sinken. „Kommen Sie wieder, wenn Sie den Schlüssel haben."

Verdammt noch mal. Eine tiefe, innere Unruhe machte sich in Rhys breit. Ihm blieb also keine andere Wahl ... Um an den Schatz zu kommen, musste er sich den Dämonen stellen, die Horatio wieder zum Leben erweckt hatte.

Kapitel Dreißig

Ein wenig später an diesem Abend betrat Maggie nervös das Wohnzimmer ihrer Hotelsuite und strich ihre schwarzen Satinhandschuhe glatt. „Wie findest du es?"

„Oh, Mama, du siehst einfach wunderschön aus!", rief Glory und klatschte in die Hände.

„Du bist eine wahre Augenweide", pflichtete Patty ihr bei.

„Kleider machen Leute", erwiderte Maggie und warf ihrer Zofe, die ihr aus dem Schlafgemach gefolgt war, ein dankbares Lächeln zu. „Aber das meiste war natürlich Berthas Verdienst."

„Es war mir eine Freude, Sie ankleiden zu dürfen, Ma'am", sagte diese und zupfte die aufwendigen Röcke des Ballkleids zurecht. „Sie sehen zauberhaft aus."

„Ich komme mir wie ein anderer Mensch vor", gestand Maggie.

Als sie einen Blick in den großen, ovalen Spiegel über dem Kamin warf, erkannte sie sich selbst kaum wieder. Die Dame, die ihr entgegenblickte, trug ein exquisites Gewand aus smaragdgrüner Seide, das mit filigranen Blüten und Zweigen bestickt war. Der Ausschnitt war tief, aber geschmackvoll, sodass ihre Schultern freilagen, und die kurzen Ärmel waren dezent aufgebauscht. Das Mieder schmiegte sich wie eine zweite Haut an ihre Taille und ging dann in volle Röcke über, die von einem hauchdünnen, goldenen Netzgewebe überzogen waren, das bei jeder Bewegung hypnotisierend funkelte.

Ihr dunkelrotes Haar war in der Mitte gescheitelt und an den Seiten zu kleinen Zöpfen geflochten worden, die ihr sanft über die Ohren fielen und am Hinterkopf zu einem kunstvollen Knoten zusammenliefen. Da sie keinen Schmuck besaß, der zu dem Ensemble gepasst hätte, war ihr einziges Accessoire ein dünnes Goldband, das Bertha in die Frisur eingeflochten hatte.

Noch nie in ihrem Leben hatte sie sich so elegant gefühlt.

„Ich wünschte, ich wäre alt genug, um dich zu begleiten", seufzte Glory. „Wie gerne würde ich die vielen schönen Gewänder und die Tänze sehen."

„Eines Tages wirst du das."

Trotz ihrer versichernden Worte kam Maggie nicht umhin, sich zu fragen, wie die Zukunft ihrer Tochter wohl aussehen mochte. Je näher sie dem Schatz kamen, desto größer wurden ihre Hoffnungen. Obwohl sie bei Gruenwald nicht weitergekommen waren, hatten sie zumindest eine Antwort von Tessa erhalten: Ming würde sich vor dem Ball mit ihnen treffen. Sobald sie erfuhren, auf welchen Ort die chinesischen Schriftzeichen hinwiesen, würden sie zweifellos den Schlüssel finden.

Die leidenschaftlichen Nächte und gemeinsamen Unternehmungen hatten ihre Liebe zu Rhys nur noch verstärkt. Ihr Herz gehörte ihm ... daran würde nichts je etwas ändern können. Vielleicht war es der Optimismus einer verliebten Frau, aber entgegen besseren Wissens hoffte sie, dass auch er eines Tages ihre Gefühle erwidern würde, dass er irgendwann mehr empfände als nur tiefe Zuneigung.

Doch auch wenn es ihr gelänge, sein Herz zu erobern, blieb die Tatsache, dass er ein Herzog war und sie eine ärmliche

Bürgerliche. Der Gedanke, in seiner Welt zu leben, war, gelinde gesagt, einschüchternd. Aber für ihn war sie bereit, alles zu tun, um die Herzogin zu werden, die er voll Stolz an seiner Seite haben wollen würde.

Dieser Abend sollte ein Test werden. Rhys hatte ihr erklärt, dass Tessa zwar nicht aus der Hautevolee stammte (ein Fakt, der sie Maggie noch sympathischer machte), die Familie ihres Gemahls jedoch Verbindungen zur Aristokratie hatte. Offensichtlich waren Harry Kents Schwestern berüchtigt dafür, vorteilhafte Partien zu heiraten, und da die Geschwister ein enges Verhältnis zueinander hatten, würden einige von ihnen sicherlich auf dem Ball anwesend sein. Folglich würde Maggie Bekanntschaft mit der Crème de la Crème machen und wollte ihr Bestes geben, um Rhys nicht zu enttäuschen.

Als hätten ihre Gedanken ihn heraufbeschworen, betrat dieser das Zimmer. Eigentlich hätte sie mittlerweile an sein verteufelt gutes Aussehen gewöhnt sein müssen, aber beim Anblick seines göttlichen Körpers in Abendkleidung wurden ihr die Knie weich. Das schwarz-weiße Ensemble betonte seine stattliche Größe und seine schlanke Statur. Sein Haar war zu eleganten, glänzenden Wellen zurückgekämmt und sein Bart bis zur Perfektion getrimmt. In seinem schneeweißen Krawattentuch funkelte eine diamantene Anstecknadel. Alles an ihm strahlte die Würde eines Herzogs aus.

Der glühende Ausdruck in seinen Augen war jedoch nach wie vor der eines verwegenen Piraten.

„Wie umwerfend schön du bist", murmelte er und küsste ihr die Hand.

„Du siehst auch nicht schlecht aus", erwiderte sie atemlos. „Sehr, äh, herzoglich."

Er schenkte ihr ein breites Lächeln. „Man versucht sein Bestes."

Glory kam zu ihnen herübergehüpft und musterte ihn mit

großen Augen. „Wirst du heute Abend mit Mama tanzen, Ransom?"

„Nur, wenn sie einen Walzer spielen, Kleines."

Maggie erstarrte. „Ich habe noch nie zuvor Walzer getanzt", sagte sie. Alles, was sie kannte, waren einfache Tänze vom Land.

„Ich werde dich führen. Du musst mir einfach nur folgen", beschwichtigte er sie. „Bevor wir aufbrechen, würde ich gerne kurz unter vier Augen mit dir sprechen."

„Wir sind schon weg, Euer Gnaden", sagte Hypatia und zog Glory mit sich aus dem Zimmer.

Als sie allein waren, fragte Maggie: „Glaubst du wirklich, dass ich mich so sehen lassen kann?"

„Jetzt, wo du es sagst, fällt mir auf, dass deinem Ensemble tatsächlich etwas fehlt", sagte er und strich sich nachdenklich übers Kinn. „Ein Schmuckstück."

Sie errötete heftig. „Ich habe keines."

Ein Lächeln umspielte seine Lippen. „Könnte es sein, dass zur Abwechslung ich derjenige bin, der auf alles vorbereitet ist?"

Er zog eine dünne, flache Schachtel aus der Tasche seines Gehrocks. Als er sie öffnete, weiteten sich ihre Augen. In einem Bett aus schwarzem Samt lag die atemberaubendste Kette, die sie je gesehen hatte: exotische Blumen aus durchscheinenden, grünen Juwelen, die von Verbindungsgliedern aus reinem Gold zusammengehalten wurden. Der Verschluss, eine blühende, goldene Chrysantheme, war ein Kunstwerk für sich.

„Diese Kette gehörte meiner Mutter", sagte er. „Sie ist aus antiker Jade der höchsten Qualität."

„Das ist zu viel, Rhys. Ich kann unmöglich ..."

„Dreh dich um", bat er sie sanft, aber bestimmt.

Sie folgte seiner Aufforderung und schluckte schwer, als sie das Gewicht des Schmuckstücks auf ihrer Haut fühlte. Er befestigte den Verschluss und küsste anschließend sanft ihren Nacken. Die sinnliche Berührung jagte ihr einen Schauer über den Rücken. Dann legte er ihr die Hände auf die Schultern und drehte sie in Richtung des Spiegels.

„Jetzt ist das Ensemble perfekt", sagte er, und ihre Blicke trafen sich im Spiegelglas. „Wie großartig du aussiehst."

Sie *fühlte* sich auch großartig. Das luxuriöse Collier betonte ihre grünen Augen und bildete einen eleganten Kontrast zu ihrer blassen Haut. Es erhob ihre Garderobe von modisch zu majestätisch. Unter seinem anerkennenden, besitzergreifenden Blick kam sie sich vor wie ... eine Herzogin.

Unwillkürlich musste sie an Horatios Brief und die Anspielung auf die Dämonen der Vergangenheit denken. Sie hatte gesehen, wie sehr die Zeilen seines Onkels ihn erschütterten. Und ihr war auch nicht entgangen, dass er ihrer Frage über diese Dämonen bewusst ausgewichen war. Ihre Intuition sagte ihr, dass es irgendetwas mit seiner Familie zu tun haben musste, mit seinen Eltern, über die er sich weigerte zu sprechen. Mit der Frau, deren Juwelen sie nun um den Hals trug.

Sie zögerte, da sie seine Privatsphäre achten wollte. Gleichzeitig ließ sich nicht bestreiten, wie sehr er ihr geholfen hatte ... wie viele Geschenke er ihr unaufhörlich machte. Ihre Fingerspitzen glitten über die edlen Jadeblumen. Vielleicht könnte sie ihm im Gegenzug auch etwas bieten.

Langsam drehte sie sich zu ihm um. „Rhys, es gibt da etwas, das ich dich fragen wollte ..."

„Ja, meine Maggie?" Er legte einen Finger unter ihr Kinn und hob es an. „Du kannst mich alles fragen."

Hier hast du deine Gelegenheit.

„Von welchen Dämonen hat dein Onkel in seinem Brief gesprochen?"

Er ließ die Hand sinken und sie sah, wie seine Schultern sich unter dem schwarzen Samt seines Anzugs verspannten.

„Ich sagte doch bereits, dass Horatio sich exzentrisch auszudrücken pflegte."

„Ich weiß. Aber ich glaube, dass mehr dahintersteckt", erwiderte sie und musterte ihn forschend. „Willst du nicht mit mir darüber reden, Rhys? Du kennst die ungeschminkte Wahrheit über meine Familie. Bitte vertrau mir doch – so wie ich dir vertraut habe."

„Vertrauen hat nichts damit zu tun." Frustriert fuhr er sich mit der Hand durchs Haar. „Es war keine gute Zeit, Maggie. Ich sehe keinen Sinn darin, die Vergangenheit erneut aufzurollen."

„Ich möchte es aber gerne hören", beharrte sie. „Da Horatio sich in seinem Brief darauf bezog, könnten uns diese Informationen vielleicht helfen, den Schatz zu finden. Er will, dass du dich diesen Dämonen stellst, was auch immer sie sein mögen. Aber du musst es nicht allein tun. Ich bin bei dir."

Einen Augenblick lang musterte er sie mit finsterer Miene, dann sagte er: „Für dieses Gespräch brauchen wir einen starken Drink."

Sie wartete geduldig, bis er mit einem Glas Whiskey für sich und einem Ratafia für sie zurückkehrte. Anschließend setzten sie sich gemeinsam auf den Diwan und er nahm einen großen Schluck von seinem Scotch, bevor er begann.

„Ich glaube, mit den Dämonen hat Horatio auf meine Eltern angespielt. Wie du weißt, hatten mein Vater, Phillip, und ich kein gutes Verhältnis."

„Er hat dich furchtbar behandelt", stimmte sie nachdrücklich zu. „Dich für seine Fehler verantwortlich gemacht und dich einen Schwächling geschimpft, obwohl du alles andere bist als das."

„Er hat mehr getan als das." Verbittert verzog Rhys den Mund. „Er versuchte, mir die Schwäche auszutreiben."

Seine Worte verursachten ihr Gänsehaut. „Inwiefern?"

„Er war der Ansicht, dass ein Mann von niemandem

abhängig sein sollte. Daher trennte er mich nach der Geburt von meiner Mutter. Wann immer er den Eindruck hatte, ich würde eine zu tiefe Bindung zu einem der Angestellten aufbauen, entließ er die Person auf der Stelle. Ich kann mich nicht einmal mehr an die Namen meiner Kindermädchen, Gouvernanten und Tutoren erinnern, es waren einfach zu viele."

Maggies Brust verkrampfte sich. „Oh, Rhys."

„Ich durfte keine Freunde haben. Mein einziger Spielgefährte war ein Jagdhund ... Bailey." Er hielt inne, und sie sah, wie sein Kiefermuskel zuckte, als versuchte er, seine Emotionen unter Kontrolle zu halten. „Bailey war der Schwächste seines Wurfes, deshalb durfte ich ihn behalten. Fünf Jahre lang war er mein treuster Gefährte. Eines Tages, als ich acht war, spielten wir zusammen und Bailey zerbrach versehentlich eine Vase. Mein Vater tobte vor Wut. Er zerrte Bailey nach draußen und ... erschoss ihn."

Maggie starrte ihn fassungslos an. Angesichts solcher Grausamkeit fehlten ihr die Worte.

„Ich stand einfach nur da und sah zu, wie er meinen Hund tötete", fuhr Rhys tonlos fort. „Vater sagte mir, es sei meine Schuld gewesen, dass ich den Köter besser hätte kontrollieren müssen. Als ich zu weinen anfing, nannte er mich einen erbärmlichen Schwächling. Er sagte, mein Mischlingsblut sei ein Schandfleck auf dem Stammbaum der Cavendishs."

„Was für ein elender *Schuft*!" Ihr Schock war brodelnder Wut gewichen. „Es war nicht deine Schuld, sondern seine! Er hat seinen Zorn an einem unschuldigen Tier ausgelassen und dich, seinen eigenen Sohn, dabei verletzt. Wenn er jetzt hier wäre, würde ich ihm eins mit der Bratpfanne überziehen!"

Ihr leidenschaftlicher Gefühlsausbruch entlockte ihm ein mattes Lächeln, das jedoch ebenso schnell wieder verschwand.

Er nahm noch einen Schluck von seinem Whiskey, bevor er fortfuhr.

„Das Ironische daran ist, dass Phillip Autarkie über alles stellte, sie jedoch nie selbst erlangte. Als junger Mann verspielte er das Vermögen der Familie und musste in fremde Länder reisen, um es zurückzugewinnen. In China hätte ihn eine Auseinandersetzung mit einer Gruppe Hafenarbeiter beinahe das Leben gekostet. Ein einflussreicher chinesischer Kaufmann wurde zufällig Zeuge des Disputs und bot an, die Angelegenheit für meinen Vater zu regeln. Dieser versprach im Gegenzug, die Tochter des Gentlemans zu heiraten. Gemeinsam mit meiner Mutter, Yu-Yan, kehrte er nach London zurück, und ein Jahr später wurde ich geboren. Zu diesem Zeitpunkt hatte er sie längst auf seinen Landsitz verfrachtet, um sie aus der Öffentlichkeit fernzuhalten.“

„Warum hat er das getan?“, fragte Maggie.

„Weil er sich für sie schämte. Dafür, das Blut seiner Ahnen mit ‚fremdem Einfluss‘ besudelt zu haben.“ Rhys hielt inne und starrte auf das halbleere Glas in seiner Hand. „Ich glaube, er hat sie deshalb so gehasst, weil er in ihr das Symbol seiner Verzweiflung und seines Versagens sah.“

Was für ein Mistkerl. Maggie hatte große Mühe, ihre Wut im Zaum zu halten. Vorsichtig fragte sie: „Was für ein Mensch war deine Mutter?“

„Ich weiß es nicht. Phillip schränkte meinen Kontakt zu ihr ein, ich durfte sie nur ein paar Mal pro Jahr sehen, und auch nur unter seiner Aufsicht. Er hatte ihr verboten, Englisch zu lernen, daher konnten wir uns nicht wirklich verständigen. Sie sah mich meistens nur an. Ihre Augen, sie hatten etwas so … Trauriges an sich.“ Sein eigener Blick wurde hart, abwesend. „Sie verließ nie ihre Gemächer, da sie Schmerzen hatte und nicht weit gehen konnte. Ihre Zofe, die mit ihr aus China gekommen war, eine junge Frau namens Show Me – das war nicht ihr richtiger Name, aber so klang er für mich –, beherrschte ein klein wenig Englisch und erzählte mir einmal, dass meiner Mutter als Mädchen die Füße gebrochen und abgebunden worden waren, um sie so klein und zierlich wie möglich zu halten."

„Das ist ja barbarisch", flüsterte Maggie entsetzt.

„Anscheinend ist es in der Kultur meiner Mutter Brauch. Kleine Füße gelten als Zeichen von Schönheit und Weiblichkeit. Mein Vater hasste diese ‚Missbildung', wie er es nannte ... So, wie alles andere an ihr." Er kippte den Rest seines Drinks hinunter. „Aber nichts von dem, was sie in ihrer Heimat durchmachen musste, war so schlimm wie die Schmerzen, die Phillip ihr zufügte, dessen bin ich mir sicher."

Sein kühler, distanzierter Tonfall jagte ihr einen eisigen Schauer über den Rücken. Sie ahnte, dass sie sich dem hässlichsten der Dämonen näherten, mit denen sein Onkel ihn konfrontieren wollte.

Obwohl sie die Antwort fürchtete, fragte sie: „Was hat er ihr angetan?"

„Er schlug sie. Regelmäßig. Als Kind verstand ich nicht, was zwischen ihnen vor sich ging, ich sah lediglich, wie traurig meine Mutter war, spürte ihre stille Verzweiflung. Nein, so ganz stimmt das nicht." Er schluckte schwer, und die diamantene Anstecknadel in seinem Krawattentuch glitzerte wie eine gefallene Träne. „Manchmal bemerkte ich die blauen Flecken auf ihrer Haut. Mein Vater pflegte dann zu sagen, dass sie ungeschickt sei, eine wandelnde Blamage, die auf ihren missgebildeten Füßen nicht richtig gehen könne. Und ich glaubte ihm, bis ich eines Tages sah ..."

„Was? Was hast du gesehen, Rhys?"

„Damals war ich zwölf und begann allmählich, gegen Phillip zu rebellieren. Ich beschloss, mich seinem Befehl zu widersetzen und meine Mutter zu besuchen. Sie war nicht in ihrem Schlafgemach, als ich anklopfte, aber dann hörte ich die Stimme meines Vaters, und von Panik getrieben versteckte ich mich in ihrem Kleiderschrank. Von dort aus konnte ich sehen, wie er sie ins Zimmer zerrte."

Eine schreckliche Vorahnung durchflutete Maggie wie Eiswasser. Obwohl sie liebend gerne irgendetwas getan oder gesagt hätte, wusste sie, dass es besser war, schweigend zuzuhören. Ihm die Chance zu geben, sich vom Herzen zu reden, was er so lange mit sich herumgeschleppt hatte.

„Durch den Spalt zwischen den Schranktüren beobachtete ich, wie sie weinte, während er sie so stark schüttelte, dass ich fürchtete, er würde ihr jeden Moment das Genick brechen. Er schrie: *Sei still, du wertlose Hure. Du bist mein Eigentum, hast du das verstanden? Du wirst gefälligst deine Pflicht erfüllen und mir einen richtigen Erben gebären.* Dann begann er, ihr die Kleidung vom Leib zu reißen, und als sie laut zu schluchzen anfing ... schlug er auf sie ein. Wieder und wieder." Seine Stimme war rau wie Stein. „Schließlich stürzte ich aus meinem Versteck hervor ... Ich weiß nicht, warum es so lange dauerte, bis ich mich bewegte. Warum ich mich wie ein Feigling verkrochen hatte. Vor Angst war ich wie in Trance, aber irgendwann kam ich zu mir und rannte auf Phillip zu, versuchte, ihn von meiner Mutter wegzuzerren. Ich brüllte irgendetwas, wahrscheinlich, dass er sie loslassen solle, und da wirbelte er herum und schleuderte mich quer durch den Raum."

„Gütiger Himmel", flüsterte Maggie. Was für eine Art von Monster misshandelte seine Frau auf so grausame Weise ... und seinen eigenen Sohn? So betrunken ihr Vater auch oftmals gewesen sein mochte, hatte er doch nie die Hand gegen ihre Mutter erhoben. Wahrscheinlich, weil er wusste, dass sie ihm ebenfalls eins übergebraten hätte.

Instinktiv legte sie Rhys eine Hand auf den Arm. Seine Muskeln zitterten unter ihrer Berührung, wie ein nervöses

Pferd, das drauf und dran war, durchzubrennen. Doch seine Stimme blieb stetig, geradezu unnatürlich ruhig.

„Ich stieß mit dem Kopf gegen etwas Hartes, und einen Augenblick lang lag ich völlig benommen auf dem Boden. Dann ging Phillip richtig auf mich los. So hatte ich ihn noch nie zuvor erlebt. Er war völlig außer sich ... noch wütender als bei dem Vorfall, bei dem er Bailey erschoss. Er schrie mich an, dass ich verschwinden solle, hob die Faust, als wollte er mich erneut schlagen. Ich versuchte, mich gegen die Schmerzen zu stählen ... Da stellte sich plötzlich meine Mutter zwischen uns."

„Was ... was ist dann passiert?"

„Sie sagte: *Geh, Rhys, geh.*" Klirrend stellte er das Whiskeyglas vor sich auf dem Kaffeetisch ab, stützte die Ellbogen auf die Knie und fuhr sich mit den Händen durchs Haar. „Und ich Feigling habe es getan. Ich habe sie einfach allein gelassen. Sie musste sterben ... *meinetwegen.*"

„Rhys, wie genau ist deine Mutter gestorben?"

Maggies Stimme schien von weit her zu kommen. Sie hörte sich gedämpft an, als würde sie durch eine dicke Eiswand zu ihm durchdringen. Er vergrub die Finger in seiner Kopfhaut, zerrte an seinem Haar, verzweifelt bemüht, sich an dem stechenden Schmerz festzuhalten, um nicht von den Strudeln der Vergangenheit in die Tiefe gezogen zu werden.

„Darüber habe ich noch nie mit jemandem gesprochen." Er mochte ja nicht einmal daran denken. „Es ist schon zu lange her."

„Erzähl es mir trotzdem."

Das aufrichtige Mitgefühl in ihrer Stimme durchbrach das taube Gefühl, das ihn umhüllte. Obwohl er sich dagegen sträubte, fühlte ein Teil von ihm sich versucht, sich ihr anzuvertrauen. Seiner Maggie konnte er sich einfach nicht widersetzen.

„Nach diesem Vorfall schickte der Herzog mich fort, um den Sommer bei Horatio zu verbringen. Das war mein erster Besuch auf seinem Anwesen in Dorset."

„Hast du deinem Onkel erzählt, was geschehen ist?"

„Nein, habe ich nicht." *Warum nur habe ich es nicht getan?* Diese Frage hatte er sich schon tausendmal gestellt, jedoch nie eine befriedigende Antwort darauf gefunden. Sein Magen verkrampfte sich, als er fortfuhr: „Ich hätte es tun sollen. Ich weiß, dass es meine Pflicht gewesen wäre. So unglaublich es auch klingen mag, es war, als hätte ich ... als hätte ich einfach vergessen, was passiert war." Frustration und Scham übermannten ihn gleichermaßen. „Ich kann es nicht richtig erklären."

„Manchmal verdrängt unser Verstand die Dinge, mit denen wir nicht umgehen können. So war es auch bei mir, als meine Mutter starb." Maggies sanfter, verständnisvoller Tonfall ermutigte ihn, mit seiner Geschichte fortzufahren.

„Der Sommer, den ich bei Horatio verbrachte, war ein einziges großes Abenteuer. Er erzählte mir von seinen Reisen in fremde Länder, wir spielten Spiele und suchten am Strand und in den Höhlen nach Fossilien. Dann starb plötzlich meine Mutter, und ich musste zurück nach Hause." Er hielt inne und schluckte den Kloß in seiner Kehle hinunter. „Mein Vater sagte, sie hätte eine Fehlgeburt erlitten und sei an dem Blutverlust gestorben. Aber ich wusste es."

„Was wusstest du?"

„Dass sie starb, weil ich sie nicht beschützt habe." *Weil ich sie im Stich ließ.*

Dunkelheit breitete sich in ihm aus und drohte, ihm die Luft abzuschnüren.

Er spürte, wie etwas seine Wange berührte. Sanft drehte Maggie seinen Kopf in ihre Richtung.

„Das ist nicht wahr", sagte sie mit fester Stimme. „Was deiner Mutter zugestoßen ist, war nicht deine Schuld."

„Ich hätte ihn aufhalten müssen." Er ballte die Hände so kraftvoll zu Fäusten, dass seine Fingernägel sich in seine Handflächen gruben. „Ich hätte *bleiben* und kämpfen sollen. Oder es zumindest jemandem sagen müssen."

Jeder Narr hätte gewusst, was zu tun war. Es war so offensichtlich. Nur ein Schwächling wäre zu feige gewesen, etwas zu unternehmen.

„Na gut, sagen wir, du hast recht. Dass du all diese Dinge hättest tun sollen."

Ihre Worte waren wie ein Schlag in die Magengrube. Gleichzeitig wusste er ihre Direktheit wie immer zu schätzen.

Er nickte schwerfällig.

„Was wäre deiner Meinung nach passiert, wenn du es getan hättest?"

Ihre Frage machte ihn stutzig. Für gewöhnlich gingen seine Gedanken nicht weiter als bis zu seinem eigenen Versagen.

„Meine Mutter ..." Er hielt inne und runzelte die Stirn. „Sie wäre nicht gestorben."

„Wirklich?" Maggie bedachte ihn mit einem skeptischen Blick. „Du glaubst, du hättest deinen Vater abwehren können? Ein zwölfjähriger Junge?"

„Ich hätte es zumindest versuchen müssen", beharrte er.

„Das hast du doch. Und wurdest für deine Bemühungen quer durchs Zimmer geschleudert."

Ein seltsames Gefühl brannte in seiner Brust. „Ich habe mich nicht genug angestrengt."

„Nehmen wir mal an, du hättest es jemandem erzählt. Deinem Onkel, zum Beispiel. Wie wäre seine Reaktion ausgefallen?"

„Ich nehme an, er hätte ...“ Abermals hielt er inne und runzelte die Stirn.

Teufel noch eins, was *hätte* Horatio in dem Fall getan? Gut, möglicherweise hätte er mit Phillip gesprochen ... Aber was hätte das gebracht? Der Herzog hatte nie den Rat eines anderen angenommen, schon gar nicht den seines jüngeren Bruders.

Und außerdem war Horatio nicht die Sorte Mann gewesen, die sich in die Angelegenheiten anderer einmischte. Er ging Konflikten und Verstrickungen aus dem Weg, hatte sich stets vor familiären Pflichten gedrückt und es vorgezogen, die Freiheit seiner Forschungsreisen zu genießen. Nicht einmal auf Rhys‘ Briefe antwortete er, obwohl dieser wusste, dass sein Onkel ihn auf seine Weise geliebt hatte.

„Nun, was glaubst du?“, hakte Maggie nach.

„Nichts.“ Die Wahrheit traf ihn wie ein Blitzschlag. „Er hätte rein gar nichts getan. Und selbst wenn er sich bemüht hätte, wäre er nicht in der Lage gewesen, den Herzog aufzuhalten.“

Weil niemand ihn hätte aufhalten können. Nicht einmal ... ich.

Die Erkenntnis breitete sich in ihm aus wie Risse in einer meterdicken Eisschicht. Seine Brust und seine Augen brannten. Wortlos zog er Maggie in seine Arme und drückte sie fest an sich, ließ ihre Stärke und Fürsorge durch sich hindurchrollen wie klärende Wogen, die ihn von den dunklen Flecken seiner Vergangenheit reinwuschen.

Nach einer Weile löste sie sich von ihm, um ihm tief in die Augen sehen zu können. „Du bist nicht mehr allein, Rhys. Du hast mich. Und Glory. Wir werden dich nicht im Stich lassen.“

Er fand nicht die richtigen Worte, um seine Gefühle auszudrücken, also küsste er sie. Es war ein zärtlicher, inniger Kuss, der ihr zeigen sollte, was in seinem Herzen vor sich ging, jetzt, da sie es aufgebrochen, ihm die Wahrheit vor Augen geführt und es wieder zusammengeflickt hatte. Und das alles auf ihre eigenwillige, pragmatische Art, die ihn jedes Mal zum Lächeln brachte.

Diesmal jedoch ging er lieber wieder dazu über, sie zu küssen, bis ihnen die Luft wegblieb. Seine Maggie. Sein Ein und Alles.

Kapitel Einunddreißig

Nach den düsteren Enthüllungen des Abends wünschte Maggie, Rhys und sie hätten etwas mehr Zeit für sich. Dass er ihr seine qualvollen Geheimnisse anvertraut hatte, war das größte Geschenk, das er ihr hätte machen können. Endlich begriff sie, welche Gestalt die Dämonen seiner Vergangenheit annahmen, und war entschlossener denn je, ihm dabei zu helfen, sie zu bekämpfen. Sie wollte ihn trösten und unterstützen, ihm zeigen, dass er die Bürde um die Grausamkeit seines Vaters und die Tragödie um das Leben und den Tod seiner Mutter nicht länger allein mit sich herumschleppen musste.

Aber ihnen blieb keine Zeit. Sie mussten sich mit Ming treffen und herausfinden, was die chinesischen Schriftzeichen zu bedeuten hatten.

Unter den gegebenen Umständen kamen sie ohnehin zu spät zu Tessas Ball. Die Orchestermusik und die ausgelassenen Gesprächsfetzen der Gäste verrieten ihnen, dass die Feierlichkeiten bereits in vollem Gange waren. Nachdem ein Lakai sie empfangen hatte, wurden sie die Treppe hinauf in einen luxuriösen Privatsalon geleitet, wo Ming sie erwartete. Er trug eine lange Tunika in chinesischem Stil und hatte das dunkle Haar wie zuvor zu einem strengen Zopf geflochten. Aufmerksam hörte er sich an, was Rhys zu sagen hatte.

„Wir glauben, dass mein Onkel den Schlüssel zu seinem Schatz irgendwo in London versteckt hat", erklärte dieser und zeigte dem drahtigen Chinesen den Brief. „Diese Schriftzeichen ... Können Sie mir sagen, was sie bedeuten?"

Ming überflog die Zeilen. „Natürlich."

Sichtlich darum bemüht, die Geduld zu wahren, hakte Rhys nach: „Und was? Beschreiben sie einen Ort hier in London?"

„*Mei-Lin*. Bedeutet Pflaumenwald." Ming hob die Brauen. „Solch einen Ort gibt es in London, ja."

„Wo?", wollte Rhys wissen.

„Warum Onkel Sie schickt dorthin?"

Er zögerte kurz. „Ich glaube, er wollte, dass ich etwas über meine Vergangenheit erfahre. Meine Mutter ... Sie war Chinesin."

„Hmm." Ming strich sich nachdenklich über den Bart, erwiderte jedoch nichts.

Rhys sah ihn aus zusammengekniffenen Augen an. „Haben Sie etwas zu sagen, Sir?"

„Ich nicht, Sie aber schon. Sie sind halb-chinesischer, halb-englischer Herzog. Was Sie sagen zu Konflikt zwischen China und Großbritannien wegen Opiumhandel?"

„Nicht, dass es Sie etwas angeht, aber ich halte mich grundsätzlich aus politischen Angelegenheiten raus", erwiderte Rhys kühl.

„Vielleicht besser einmischen. Vielleicht aktiven Part übernehmen, wie Gladstone." Der andere Mann hob die Brauen. „Vielleicht etwas bewegen."

Während Maggie in Sachen Politik nicht sehr bewandert war, las Hypatia gewissenhaft jeden Tag Zeitung und hielt sie über aktuelle Ereignisse auf dem Laufenden, einschließlich der Spannungen, die zwischen England und China herrschten. Patty zufolge war William Gladstone ein einflussreicher Politiker, der sich gegen Großbritanniens Strategie aussprach, Opium als Handelsgut zu verwenden, um heißbegehrte Waren aus dem Fernen Osten zu importieren, da es eine schädliche Substanz war, die zu Abhängigkeit führte. Obwohl der chinesische Kaiser die Einfuhr des Rauschgifts verboten hatte, fanden die Engländer immer neue Wege, es ins Land zu schmuggeln, was schwerwiegende Schäden und Probleme innerhalb der chinesischen Gesellschaft verursachte.

Täglich wuchsen die Spannungen zwischen den beiden Ländern, und es schien nur noch eine Frage der Zeit, bis ein Krieg ausbrechen würde.

Neugierig sah Maggie zu Rhys. Was mochte wohl seine Meinung zu diesem Thema sein? Jetzt, da sie mehr über die tragische Vergangenheit seiner Mutter wusste, fragte sie sich, wie er zu diesem Teil seiner Herkunft stand. Was es für ihn bedeutete, zu zwei verschiedenen Kulturen zu gehören.

Oder in seinem Fall, zu keiner von beiden, dachte sie mit einem Anflug von Mitgefühl.

„Ich werde darüber nachdenken", erwiderte Rhys steif. „Werden Sie mir nun helfen oder nicht?"

Ming zuckte mit den Schultern. „Das Pflaumenwald schon sehr alt. Ist ein Restaurant in Limehouse, nur unter Chinesen bekannt. Großteil der Gäste sind Matrosen. Essen dort ist sehr lecker."

Diese neue Information erfüllte Maggie mit Aufregung. „Sollen wir uns gleich auf den Weg machen?", platzte sie heraus.

Ming runzelte missbilligend die Stirn. „Mrs Kent sich mit dem Ball viel Mühe gegeben. Möchte unbedingt ihre Familie um sich haben ... und ihre *Freunde*."

„Verzeihung, ich wollte niemanden kränken“, beeilte Maggie sich zu versichern. „Mrs Kent war uns gegenüber ausgesprochen großzügig. Wir würden ihren Ball um nichts in der Welt versäumen wollen.“

Ihre Worte schienen den stoischen Chinesen zu beschwichtigen. „Bringt sowieso nichts, jetzt zu gehen. Das Pflaumenwald hat schon zu. Ich gebe Ihnen Adresse, dann Sie gleich morgen früh vorbeischauen können.“

„Das wäre sehr freundlich von Ihnen“, sagte Rhys und verneigte sich. „Vielen Dank, Sir.“

Ming verbeugte sich ebenfalls. „Genießen Sie Ihren Abend.“

„Maggie, da sind Sie ja! Ich habe schon überall nach Ihnen gesucht!“

Als Maggie, die sich gerade unter eine Topfpalme zurückgezogen hatte, sich umdrehte, sah sie Tessa Kent auf sich zusteuern. Ihre Gastgeberin sah atemberaubend aus in einem elfenbeinfarbenen Satingewand, das mit plüschigen Federn umsäumt war, und den dazu passenden Diamanten um den Hals und an den Ohren. Begleitet wurde sie von drei weiteren Damen: einer Brünetten, einer Blondhaarigen und einem Rotschopf, die allesamt ebenso einzigartig und schön waren wie Tessa.

„Ich wollte Sie meiner Familie und meinen Freundinnen vorstellen.“ Als Erstes deutete Tessa auf die vollbusige Brünette. „Emma, Herzogin von Strathaven, das hier ist Margaret Foley.“

„Es ist mir ein Vergnügen, Euer Gnaden“, sagte Maggie und knickste höflich.

„Bitte nennen Sie mich doch Emma. Tessa hat uns erzählt, dass Sie die Förmlichkeiten bereits hinter sich gelassen haben.“

Das warme Lächeln und die unverblümte Art der Herzogin nahmen Maggie die Befangenheit.

„Und ich bin Polly", stellte die blonde Dame sich schüchtern vor. Ihr aquamarinblauer Schmuck war von derselben Farbe wie ihre außergewöhnlichen Augen. „Ich bin ebenfalls eine von Tessas Schwägerinnen."

„Außerdem ist sie die Herzogin von Acton", fügte Tessa hinzu.

Rhys hat nicht übertrieben ... Die Kent-Schwestern haben sich in der Tat vorteilhafte Partien geangelt.

„Und ich stelle mich lieber gleich selbst vor, weil ich immer nervös werde, wenn ich neue Menschen kennenlerne, und wenn ich nervös bin, tendiere ich dazu, ohne Punkt und Komma zu reden", schnatterte die rundliche Rothaarige drauflos, deren Augen ebenso himmelblau waren wie das Rüschenkleid, das sie trug. „Darf ich Ihnen sagen, wie hinreißend ich ihr Collier finde? Es ist so ungewöhnlich und bezaubernd. Oh, ich bin übrigens Gabriella Garrity."

Gütiger Himmel! Innerlich zuckte Maggie zusammen. Gabriella war doch nicht etwa mit dem berüchtigten Geldverleiher, Adam Garrity, verwandt, oder?

„Ich bin nicht mit Tessa verschwägert, sondern eine gute Freundin. Mein Gemahl hat des Öfteren geschäftlich mit ihr und ihrem Großvater zu tun", erklärte Gabriella unbefangen.

Doch, allem Anschein nach *war* die gutmütige Plaudertasche mit eben jenem Garrity verheiratet. Dem Mann, der seine Rohlinge auf Rhys gehetzt hatte. Der ihnen nur eine Woche Zeit gewährte, um die Juwelen zu finden.

„Es freut mich, Ihre Bekanntschaft zu machen, Mrs Garrity", sagte sie vorsichtig.

„Gabby, bitte. So nennen mich meine Freunde, und ich hoffe doch sehr, dass wir Freundinnen werden", erwiderte die rothaarige Frau mit ernster Miene. „Sie wirken wie ein netter

Mensch auf mich, und dafür habe ich gewissermaßen einen sechsten Sinn, wissen Sie? In der Tat begegnete ich Emma vor Jahren auf einem Ball und wusste sofort, dass wir Busenfreundinnen werden würden. Genauso hat es sich mit Polly und Tessa verhalten." Ihr Lächeln war strahlender als die funkelnden Kronleuchter über ihren Köpfen. „Offensichtlich habe ich eine Vorliebe für Kents."

„Und wir kriegen nicht genug von dir, meine Liebe", mischte Emma sich ein. „Aber vielleicht sollten wir uns bei Maggie erkundigen, wie ihr der Abend gefällt."

„Du meine Güte. Ich habe es schon wieder getan." Gabby wirkte so aufrichtig bestürzt, dass Maggie sich ein Lachen verkneifen musste. Sie fand die junge Frau äußerst charmant.

„Ist schon in Ordnung", sagte sie. „Bislang war es ein schöner Abend, der noch viel besser geworden ist, jetzt, da ich Sie alle kennenlernen durfte."

„Wo steckt denn Ransom?", fragte Tessa. „Warum begleitet er Sie nicht?"

„Er ist gerade auf der Tanzfläche. Wir haben bereits miteinander getanzt", beeilte sie sich zu erklären.

Seit sie den Ballsaal betreten hatten, war Rhys von einer Schar Bewunderer umringt ... hauptsächlich derer, die dem weiblichen Geschlecht angehörten. Offensichtlich hatte seine Abwesenheit aus London das Interesse zahlreicher Damen nur noch verstärkt. Sein unerwartetes und höchst attraktives Auftreten hatte die Gerüchteküche unter den anwesenden Gästen zum Brodeln gebracht.

Trotz seiner schwärmenden Gefolgschaft hatte Rhys demonstrativ zuerst mit Maggie getanzt, zwei Walzer hintereinander. Und er hatte recht gehabt: Unter seiner Führung war es kinderleicht gewesen, dem Rhythmus der Musik zu folgen ... Und es hatte sich himmlisch angefühlt. Sie hätte ewig so in seinen starken Armen dahinschweben können. Sich im Takt der

Geigen wiegend, seinen eindringlichen Blick auf sich allein spürend, war sie sich vorgekommen wie eine waschechte Märchenprinzessin.

Nach ihrem letzten Tanz war er sofort wieder umringt gewesen, also hatte sie ihn seinen gesellschaftlichen Verpflichtungen überlassen und sich zurückgezogen, um kurz zu verschnaufen. Gegenwärtig tanzte er mit einer bezaubernden Brünetten. Er sah so umwerfend und kultiviert aus ... und schrecklich gelangweilt.

Als ihre Blicke sich über den Kopf seiner Tanzpartnerin hinweg trafen, fuhr Maggie ein elektrisierender Schock durch den Körper. Er zwinkerte ihr diskret, aber unmissverständlich zu.

„Seine Gnaden mag mit einer anderen tanzen, aber er hat zweifellos nur Augen für Sie", merkte Emma mit einem wissenden Lächeln an.

Maggie errötete, als sie realisierte, dass ihren neuen Freundinnen die knisternde Anziehungskraft zwischen ihr und Rhys nicht entgangen war. „Er ist nur freundlich, weil er weiß, dass ich mich in gehobenen Kreisen ein wenig unwohl fühle", sagte sie mit einem verlegenen Schulterzucken. „Die Wahrheit ist, ich bin nur eine graue Maus vom Lande."

„Polly und ich sind ebenfalls in einem ländlichen Dorf aufgewachsen", erwiderte Emma. „Im Herzen bleiben wir immer Landmäuse."

„Ich zwar nicht, aber eine Maus bin ich trotzdem", platzte Gabby heraus und brachte damit alle zum Lachen.

„Wie gefällt Glory ihr erster Besuch in London?", fragte Tessa, immer noch lächelnd.

„Sie würde gern so viel mehr von der Stadt sehen", sagte Maggie und zögerte kurz, bevor sie hinzufügte: „Leider war ich nur ziemlich, äh, beschäftigt."

So gern sie ihre neuen Freundinnen auch mochte, war es

zwingend erforderlich, die Schatzsuche geheim zu halten, insbesondere vor Gabbys Gemahl, Mr Garrity. Sie hoffte, dass auch Tessa den anderen Damen gegenüber Diskretion hatte walten lassen.

„Ach, stimmt ja, Tessa erwähnte, dass Sie eine Tochter haben. Soweit ich weiß, war sie das Mündel des Onkels Seiner Gnaden, und deswegen haben Sie sich kennengelernt, nicht wahr?"

Gabbys unschuldige Frage verriet ihr, dass Tessa in der Tat nichts weiter über den wahren Grund hatte verlauten lassen, aus dem Maggie und Rhys zusammenarbeiteten. Erleichtert nickte sie.

„Können wir Ihnen irgendwie behilflich sein?", fragte Emma mit einem gutmütigen Lächeln. „Wenn Sie viel zu tun haben, können wir Ihrer Tochter die Sehenswürdigkeiten zeigen. Wir drei haben selbst Kinder, und ich sage immer, je mehr, desto besser!"

„Vielen Dank für das großzügige Angebot", sagte Maggie, die sich nichts sehnlicher wünschte, als die Hilfe der Herzogin anzunehmen. Glory könnte wirklich ein paar Freundinnen in ihrem Alter gebrauchen. „Aber wir bleiben wahrscheinlich nicht allzu lange in der Stadt."

„Sagen Sie uns einfach Bescheid, wenn Sie es sich anders überlegen sollten", erwiderte Polly auf ihre sanftmütige Art. „Acton und ich wollen mit unseren Jungs und ein paar ihrer Cousins nächste Woche ins Astley's Amphitheater. Es ist noch genug Platz für weitere Gäste."

„Ich habe meine Rabauken für den Ausflug angemeldet, oder?", fragte Gabby besorgt.

„Ja, hast du, meine Liebe."

„Gott sei *Dank*."

Gabbys Stoßseufzer löste erneutes Gelächter aus.

„In der Zwischenzeit habe ich genau das Richtige, um

Glory die Zeit zu vertreiben. Ich schicke es gleich morgen früh ins Hotel", sagte Tessa.

„Oh, Sie brauchen sich wirklich nicht ..."

„Ich bestehe darauf."

„Worauf bestehst du, Liebling?", fragte Harry Kent, der sich in dem Moment zu der Damenrunde gesellte. Allerdings war er nicht allein.

Zwei außergewöhnlich attraktive Gentlemen, die ebenso groß und gut gebaut waren wie er, begleiteten ihn. Maggie bemerkte, dass viele der weiblichen Gäste ein begehrliches Auge auf die drei Männer warfen, deren Aufmerksamkeit jedoch ausschließlich ihren Gemahlinnen galt.

Harry stellte seine Begleiter als den Herzog von Strathaven und den Herzog von Acton vor. Mit seinem hochwertigen Anzug und den perfekt frisierten, dunklen Haaren strahlte Strathaven eine lässige Eleganz aus. In seinen jadegrünen Augen lag Wärme und unverhohlene Zuneigung, als er Emma ansah. Auch Acton, ein bronzehaariger Adonis, trat umgehend zu seiner Herzogin und legte ihr besitzergreifend einen Arm um die Taille.

Die knisternde Anziehungskraft zwischen den Paaren und die öffentliche Zurschaustellung ihrer Gefühle faszinierten Maggie. Es war unschwer zu erkennen, dass es sich bei jedem von ihnen um eine Liebesheirat gehandelt haben musste. Genau die Art von Beziehung, die sie sich auch mit Rhys wünschte. Wenn es Emma und Polly, zwei selbsternannten Landmäusen, gelungen war, sich Herzöge zu angeln, die sie vergötterten, warum sollte es dann nicht auch für Maggie möglich sein?

„Wir haben uns nur unterhalten", erwiderte Tessa fröhlich.

„Bist du zu beschäftigt, um zu tanzen?", fragte ihr Gemahl.

„Für dich habe ich immer Zeit, Darling."

„Entschuldigen Sie uns", sagte Harry in die Runde, bevor er seine Frau auf die Tanzfläche entführte.

Die beiden Herzöge schnappten sich ihre Gemahlinnen und taten es ihm gleich.

„Jetzt sind wohl nur noch wir beide …", setzte Gabby an, brach jedoch abrupt ab, als ihr Blick auf etwas oder jemanden hinter Maggie fiel. Als diese sich umdrehte, sah sie einen großen, schlanken Gentleman auf sie zusteuern, der eine skrupellose Eleganz ausstrahlte.

„Meine Teure." Er verneigte sich vor Gabby, die wie eine Frischvermählte errötete.

„W-was tust du denn hier?", stammelte sie. „Ich dachte, du hättest heute Abend einen anderen Termin?"

„Ich bin früher gegangen und dachte mir, ich könnte dich auf dem Weg mit nach Hause nehmen." Er hielt inne und hob eine Braue. „Es sei denn, du möchtest lieber hierbleiben … Mit deiner neuen Bekanntschaft?"

„Oh, wo sind nur meine Manieren geblieben?" Sichtlich erregt wandte Gabby sich an Maggie. „Mrs Foley, ich möchte Sie gerne mit meinem Gemahl bekannt machen, Mr Garrity."

Ein Schauer jagte Maggie über den Rücken, als der Geldverleiher sie mit undurchdringlicher Miene musterte. Etwas sagte ihr, dass er bereits wusste, wer sie war. Dass er, im Gegensatz zu seiner gutmütigen, etwas naiven Gemahlin, viel zu viel wusste.

„Es ist mir eine Freude, Ma'am", sagte er und küsste ihr höflich die Hand.

Plötzlich spürte sie die Präsenz und Wärme einer anderen Person hinter sich.

„Garrity." Rhys' Begrüßung klang mehr wie eine Drohung.

„Euer Gnaden", erwiderte der Geldverleiher mit einem messerscharfen Lächeln. „Ich glaube, Sie kennen meine Gemahlin noch nicht."

Nach kurzem Zögern verneigte Rhys sich. „Wie geht es Ihnen, Madam?"

„Ich hoffe, Sie genießen den Abend, Euer Gnaden", sagte Gabby fröhlich und schien sich der Anspannung zwischen den beiden Männern überhaupt nicht bewusst zu sein. „Ich muss gestehen, mir gefällt diese Soiree so viel besser, jetzt, da ich Ihre reizende Mrs Foley kennenlernen durfte."

„Das freut mich zu hören, Mrs Garrity", erwiderte Rhys, ohne den Blick von seinem Widersacher abzuwenden.

Dieser hielt seiner Frau den Arm hin. „Wollen wir, meine Teure?"

„Ja, natürlich." Mit verklärtem Blick ließ Gabby sich von ihm in Richtung Ausgang führen, drehte sich auf dem Weg aber noch einmal abrupt um und winkte ihnen zu. „Ich hoffe, ich sehe Sie beide bald wieder!"

Maggie winkte zurück.

„Was war das denn?", murmelte Rhys.

„Keine Ahnung", sagte sie stirnrunzelnd. „Tessa stellte mich ihren Schwägerinnen vor, und Mrs Garrity war bei ihnen. Sie macht einen netten Eindruck auf mich."

„Sie ist mit Garrity verheiratet", erwiderte er angespannt. „Hat Tessa etwas über den Schatz verlauten lassen?"

„Weder ihre Schwägerinnen noch Gabby schienen etwas darüber zu wissen." Als sie seine finstere Miene bemerkte, fragte sie zaghaft: „Sollen wir lieber gehen?"

Er sah sie an, und seine harten Züge entspannten sich ein wenig. „Bist du denn schon bereit?"

„Ich war es schon vor Stunden", gab sie zu.

„Tut mir leid, dass es nach unseren Tänzen so langweilig für dich war. Da muss ich mir wohl etwas einfallen lassen, um das wiedergutzumachen ... im Privaten."

Das verwegene Funkeln in seinen Augen ließ ihr Herz

höherschlagen. Sie wollte gerade etwas erwidern, als sie von einem Neuankömmling unterbrochen wurde.

„Sind Sie das, Ranelagh und Somerville?"

Rhys versteifte sich, als er die harsche Stimme mit dem amerikanischen Akzent vernahm. Sie gehörte zu einem beleibten Gentleman in äußerst pompöser Aufmachung. Das Gold seiner zahlreichen Taschenuhrketten, Manschettenknöpfe und sonstigen Accessoires blendete nahezu. Er war in Begleitung einer bildschönen Blondine, die ein weißes Abendkleid trug.

„Dachte ich es mir doch, dass Sie es sind, Euer Gnaden. Ich bin es, Thomas Sharpe. Das hier ist meine Tochter Gretchen", sagte der Mann in dröhnendem Tonfall. „Warum wurde ich nicht darüber informiert, dass Sie in der Stadt sind?"

„Guten Abend, Mr Sharpe. Miss Sharpe." Rhys verneigte sich steif vor den beiden Amerikanern. „Ich bin ganz unerwartet nach London zurückgekehrt."

Maggie wunderte sich über seinen beinahe schroffen Ton und darüber, dass er sie nicht vorstellte, wo er doch sonst so höflich war.

„Jetzt, da Sie wieder hier sind, müssen Sie uns einen Besuch abstatten", sagte Sharpe gebieterisch. „Gewiss hat Mr Newton Ihnen unsere Adresse zukommen lassen? Gott weiß, wir kommunizieren seit Ewigkeiten mit ihm. Wir haben das größte Haus am Berkeley Square gemietet und erwarten Ihre baldige Anwesenheit, damit Sie und Gretchen sich besser kennenlernen können." Er stupste seine Tochter vielsagend an. „Stimmt's nicht, Gretchen?"

„Ich würde mich sehr über die Gelegenheit freuen, etwas mehr Zeit mit Ihnen zu verbringen, Euer Gnaden", erwiderte die blonde Schönheit mit einem koketten Lächeln.

Unvermittelt schossen Maggie Rhys' Worte durch den Kopf. *Newton hat eine reiche amerikanische Erbin für mich ausfindig gemacht. Sollte ich den Schatz nicht finden, muss ich meinen Titel gegen ihre Mitgift tauschen und eine Zweckehe mit ihr eingehen ...*

Die Wahrheit traf sie wie ein Schlag ins Gesicht. Sie wusste, wer diese Leute waren.

Als sie Rhys ansah, bestätigte sein schuldbewusster Ausdruck ihren Verdacht.

„Maggie ...", setzte er an.

Ihr wurde schwummrig vor Augen. Es fühlte sich an, als würde sich der Ballsaal um sie herum auflösen.

„Ich brauche frische Luft." *Ich muss hier raus.*

Überwältigt von Schmerz und Demütigung eilte sie davon.

Kapitel Zweiunddreißig

„Maggie!"

Sie ignorierte Rhys' Stimme und stolperte blindlings vorwärts, ohne zu wissen, wie viele Häuserblocks sie bereits passiert hatte. Sie hatte nicht einmal daran gedacht, ihren Samtumhang zu holen, bevor sie geflohen war. Es war eine kühle, feuchte Nacht, aber sie spürte nichts davon. Schließlich holte Rhys zu ihr auf und versuchte, ihr seine Jacke umzulegen, doch sie schüttelte das Kleidungsstück ab und lief weiter, so schnell ihre Seidenpantoffeln sie und ihre aufgebauschten Röcke trugen.

„Du wirst dich noch erkälten", sagte er und beschleunigte ebenfalls das Tempo.

„Was kümmert dich das?", erwiderte sie verbittert.

Sie wusste nicht, auf wen sie wütender war: ihn oder sich selbst. Es war ja nicht so, dass er sie angelogen hatte. Wie schon zuvor, hatte sie sich willentlich und wissentlich in diese Situation begeben. Wie eine Närrin hatte sie ihr Herz an ihn verloren, obwohl sie wusste, wie das Ganze ausgehen würde. Und dennoch war es etwas völlig anderes gewesen, die amerikanische Erbin in Fleisch und Blut zu sehen ...

„Es kümmert mich, weil ich dich liebe", sagte er.

Sein Geständnis ließ sie innehalten, linderte für den Bruchteil einer Sekunde den Schmerz in ihrer Brust. Die Intensität in seinen goldbraunen Augen weckte eine tiefe Sehnsucht in ihr. Aber was würde das schon bringen? Allem Anschein nach hatte er bereits konkrete Vorkehrungen bezüglich der Eheschließung getroffen. Mit der bildschönen, blonden, *stinkreichen* Miss Sharpe ... Die in jeder Hinsicht alles verkörperte, was Maggie nicht war.

Ein Strudel aus Kummer und Eifersucht drohte sie in die Tiefe zu ziehen.

„Mit diesen leeren Schmeicheleien solltest du besser deine Verlobte umwerben", presste sie hervor.

Vielleicht hat er das bereits getan. Vielleicht hat es deshalb so lang gedauert, bis er dich endlich einholte.

„Sie ist nicht meine Verlobte. Und das sind auch keine leeren Schmeicheleien, sondern es ist die Wahrheit. Ich liebe dich, meine Maggie."

„Offensichtlich ist Liebe nicht genug." Verbittert setzte sie ihren Weg fort.

„Mit dir schon." Er griff nach ihrem Arm und brachte sie erneut zum Stehen, unter dem Schein einer Straßenlaterne. „Können wir mit dieser albernen Verfolgungsjagd aufhören?"

„Können wir ... Wenn du aufhörst, mir nachzulaufen."

„Das werde ich nicht. Ich kann es nicht." Im schwachen Licht der Laterne sah sie den verzweifelten und zugleich entschlossenen Ausdruck auf seinem Gesicht. Nie war er ihr so atemberaubend schön vorgekommen wie in diesem Moment. „So wahr Gott mein Zeuge ist, du bist die Richtige für mich, Maggie, und ich will keine andere außer dir. Deshalb hat es so lange gedauert, bis ich dich eingeholt habe: Ich musste den Sharpes begreiflich machen, dass zwischen uns kein Vertrag zustande kommen wird."

Sie schluckte schwer. „Das hast du ihnen wirklich gesagt?"

„Klar und deutlich. Ich werde mit niemandem mehr eine Verlobung in Betracht ziehen ... außer mit dir."

Eine Welle der Erleichterung übermannte sie. Völlig benommen registrierte sie, wie er ihr nun doch seine Jacke umlegte.

„Du wirst dich noch erkälten", sagte er leise. „Komm, wir reden drinnen weiter."

Erst jetzt bemerkte sie, dass seine Kutsche ihnen die ganze Zeit über gefolgt war. Sie ließ sich von ihm in den warmen, mit Samt verkleideten Kokon helfen, und nachdem er dem Fahrer die Anweisung gegeben hatte, einfach loszufahren, ohne ihm ein bestimmtes Ziel zu nennen, setzte er sich neben sie und nahm ihre Hand.

„Es tut mir leid", sagte er sanft. „Dass du diesen Zirkus mitansehen musstest. Dass ich dich in dieses Chaos hineingezogen habe. Aber am meisten tut es mir leid, dass ich dich nicht gehen lassen kann."

„Ich will nicht, dass du mich gehen lässt."

„Es ist nicht fair, dass du wegen meiner Liebe in solcher Gefahr schwebst." Seine Augen funkelten fieberhaft, seine Stimme klang rau und mitgenommen. „Ich könnte es nicht ertragen, wenn dir meinetwegen etwas zustieße. Dich kann ich nicht auch noch verlieren. Alles, nur das nicht, Maggie."

Plötzlich begriff sie, was wirklich hinter seiner Zurückhaltung gesteckt hatte: Es war die Angst gewesen, sie nicht beschützen zu können, entstanden durch den Verlust seiner Mutter. Die einzige andere Frau, die er geliebt und auf so grausame Weise verloren hatte.

Die Erkenntnis ließ ihre Wut dahinschmelzen.

„Mir wird nichts passieren", sagte sie nachdrücklich. „Morgen werden wir nach Limehouse fahren und den Schlüssel finden, und anschließend den Schatz. Alles wird sich zum Guten wenden.“

„Versprich mir, dass du mich niemals verlassen wirst.“ Er klammerte sich an ihre Hand wie ein Ertrinkender an ein Stück Treibholz. „Versprich mir, dass du nach dieser Tortur meine Herzogin werden wirst. Meine Gemahlin, meine Liebe bis ans Ende unserer Tage.“

„Ich verspreche es dir“, flüsterte sie mit erstickter Stimme. „Oh, Rhys, ich ... ich liebe dich so sehr.“

Erst als er erleichtert ausatmete, realisierte sie, dass er die Luft angehalten hatte. Das glückliche Leuchten in seinen Augen füllte ihr Herz mit überschwänglicher Wärme.

„Meine Maggie“, murmelte er und beugte sich zu ihr.

Ihr Kuss war tief, innig und lebensverändernd.

Nach einer Weile löste er sich von ihr und runzelte die Stirn. „Mist ... Mir ist gerade eingefallen, dass ich gar keinen Ring für dich habe.“

Ihn – diesen weltgewandten Herzog – so aufrichtig bestürzt zu sehen, ließ ihr Herz noch mehr dahinschmelzen.

„Das ist mir egal. Ich brauche keinen Ring. Ich will nur dich“, erwiderte sie sanft. „Und es tut mir leid, dass ich vorhin so überreagiert habe. Dass ich einfach weggerannt bin, ohne dir die Chance zu geben, dich zu erklären.“

„Daraus kann ich dir kaum einen Vorwurf machen. Wäre die Lage umgekehrt gewesen, hätte ich völlig den Kopf verloren“, sagte er und strich ihr mit dem Handrücken über die Wange. „Ich war noch nie zuvor verliebt, Maggie. Ich weiß nicht, ob ich zum Ehemann taugen werde. Du wirst mir beibringen müssen, ein guter Gemahl zu sein.“

Sein jungenhafter Ernst brachte sie zum Lächeln. Gleichzeitig erinnerte er sie daran, dass es noch eine Sache gab, die sie vor ihm zurückgehalten hatte. Aber jetzt, da ihre gemeinsame

Zukunft zum Greifen nahe war, wollte sie kein einziges Geheimnis mehr zwischen ihnen stehen lassen.

„Rhys ... Da gibt es noch etwas über meine Ehe, das du wissen solltest", begann sie zögerlich.

„Was denn, mein Schatz?"

„Wir waren in dem Sinne nicht richtig verheiratet."

Er blinzelte verwirrt. „Du meinst ...?"

„Es hat nie einen anderen Mann außer dir gegeben", sagte sie mit zitternder Stimme.

Er erstarrte. Blieb so lange ruhig, dass sie nervös wurde.

„Paul wollte es so", beeilte sie sich zu erklären. „Es war in vielerlei Hinsicht eine gute und vorteilhafte Verbindung, und ich werde ihm immer dankbar sein für das ..."

Sanft legte er ihr einen Finger auf die Lippen, um sie zum Schweigen zu bringen.

„Du bist mir keine Rechtfertigung schuldig", sagte er leise.

Er hatte recht. Dennoch kam sie nicht umhin zu fragen: „Du bist doch nicht ... verärgert, oder? Denn es ändert nichts an dem, was zwischen uns ist. Es fühlte sich nur irgendwie falsch an, es dir nicht zu erzählen."

„Das Einzige, was mich grämt, ist die Zeit, die wir verschwendet haben." Behutsam legte er die Hände um ihr Gesicht, als sei sie ein seltenes, kostbares Juwel. „Zeit, die wir nie mehr zurückbekommen, weil ich damals an jenem Abend, als wir uns kennenlernten, ein ahnungsloser Narr war, der nicht erkannte, was er vor sich hatte. *Dich*. Mein Leben, mein Ein und Alles."

Obwohl seine Worte ihr einen wohligen Schauer über den Rücken jagten, erwiderte sie aufrichtig: „Damals waren wir nicht dieselben Menschen, die wir heute sind. Vielleicht mussten wir getrennte Leben führen, um wachsen zu können und wieder zueinanderzufinden."

„Schon möglich." Er hielt kurz inne, bevor er mit rauer

Stimme hinzufügte: „Ich weiß, dass ich wie ein selbstsüchtiger Bastard klinge, aber ich bin froh, dass du niemals einem anderen gehört hast, sondern nur mir allein."

„Ich habe von Anfang an nur dir gehört", flüsterte sie.

„Verdammt, ich habe dich nicht verdient, aber dennoch werde ich dich nie mehr gehen lassen", verkündete er im Brustton der Überzeugung.

Gütiger Himmel, was sollte sie nur mit diesem Mann anstellen?

Den Rest meines Lebens mit ihm verbringen, was sonst?

Nie zuvor hatte sie sich so begehrt und *geliebt* gefühlt. Künftig würde es keine Geheimnisse mehr geben, keine Einsamkeit. Ein berauschendes Gefühl der Freiheit durchflutete sie ... und mit ihm ein überwältigendes Verlangen.

Sie beugte sich zu ihm und flüsterte ihm ins Ohr: „Was hältst du davon, wenn wir die verlorene Zeit wieder aufholen?"

Ihre Worte jagten einen elektrisierenden Schock durch seinen Körper und machten ihn augenblicklich hart.

Welchem Mann würde es nicht so ergehen, wenn die Frau, die er liebte – und die seine Gefühle erwiderte! –, ihn ansah, als wollte sie ihn hier und jetzt in einer fahrenden Kutsche verführen? Vergessen waren seine Bedenken, dass sie etwas Besseres verdient hatte als ihn. Jede Faser seines Seins vibrierte vor Lust und Liebe.

„Woran hattest du denn gedacht?", murmelte er.

Ihr Lächeln war das einer Sirene, die sich ihrer Macht gänzlich bewusst war. Es ließ seinen Schwanz pulsieren und anschwellen. Ein erster Lusttropfen benetzte den Stoff seiner Unterwäsche. Sie vergrub die Hände in seinem Haar und zog ihn an sich, ließ ihre Lippen zu einem Kuss verschmelzen, der so heiß und leidenschaftlich war, dass er fürchtete, die Kutsche könnte jeden Moment Feuer fangen.

Als sie sich von ihm löste, knurrte er missbilligend ... Doch sie lächelte nur und ließ sich zwischen seinen Beinen auf den Boden sinken. Ihr schien egal zu sein, dass ihr elegantes Abendkleid dadurch völlig zerknautscht wurde. Sie war zu sehr damit beschäftigt, seine Hose zu öffnen und seine Erektion aus ihrem qualvollen Gefängnis zu befreien.

Er liebte den aufgeregten, lustvollen Blick, mit dem sie ihn bedachte, liebte, wie ungehemmt und sinnlich sie durch ihre leidenschaftlichen Momente geworden war. Gott, er liebte *sie*.

Diese außergewöhnliche Frau, die niemals jemand anderem außer ihm gehört hatte. Er wusste, dass dieses besitzergreifende Gefühl unziemlich war, aber das war ihm egal. Er war bereit, jeden zu töten, der es wagen sollte, sie ihm wegzunehmen.

Ihre Gedanken schienen einen ähnlichen Weg eingeschlagen zu haben.

„Wenn ich allein die Deine bin, gehörst auch du mir", sagte sie und begann, ihn mit festen, selbstsicheren Bewegungen zu befriedigen. „Nur mir."

„Es gibt keine andere für mich", schwor er ihr.

„Gut." Sie klang so zufrieden mit sich selbst, dass er lachen musste, gefolgt von einem lauten Stöhnen, als ihre Zunge an seinem harten Schaft entlangfuhr.

Seine kleine Hexe neckte und reizte ihn mit kurzen, flüchtigen Berührungen, ohne ihm das zu geben, wonach er sich wirklich sehnte ... was er ihr während ihrer letzten Schäferstündchen beigebracht hatte, in denen sie sich als äußerst talentierte und enthusiastische Schülerin erwies.

Als sie ihre Zunge kokett um seine Eichel kreisen ließ, vergrub er die Finger in ihrem Haar und befahl in gespielt autoritärem Tonfall: „Lutsch meinen Schwanz gefälligst richtig, du Luder!"

Ihre Augen funkelten spitzbübisch. „Etwa so, Euer Gnaden?"

Seine Hüften zuckten unvermittelt, als sie den Mund um ihn schloss und ihn in sich sinken ließ, bis er mit der Spitze seines Schwanzes an ihren Rachen stieß.

„Gott, ja", keuchte er. „Genau so."

Sie begann, ihn in einem schnellen, harten Rhythmus zu verwöhnen, der ihm sowohl die Sinne als auch den Atem raubte. Er krallte sich in ihre Locken, während sie ihre Lippen mit einem erotischen Geräusch an seiner heißen, pulsierenden Erektion auf und ab gleiten ließ. Sobald er spürte, dass er sich seinem Höhepunkt näherte, versuchte er, sie von sich wegzuziehen.

„Liebling, ich komme gleich", warnte er sie.

„Gut." Ihre glühenden Augen und geschwollenen Lippen zogen ihn völlig in ihren Bann. „Ich will deine Ekstase kosten, wie du auch meine gekostet hast."

Er atmete immer schneller und flacher, während sie erneut dazu überging, ihn tiefer und tiefer in sich aufzunehmen, wobei ihre Nase in seinem drahtigen Schamhaar versank. Die stimulierende Massage ihrer Halsmuskeln, wenn sie schluckte, gab ihm schließlich den Rest. Seine Hoden zogen sich zusammen, und mit einem kehligen Schrei ergoss er sich in ihren willigen, wartenden Mund.

Maggie blieb kaum Zeit, den salzigen Geschmack seiner Erlösung auszukosten, da Rhys sie direkt auf seinen Schoß zerrte und ihre Röcke hochschob. Dabei zerriss der Stoff an einigen Stellen, und eigentlich sollte sie ihn dafür tadeln, das kostbare Kleid zerstört zu haben, aber es war ihr egal.

In diesem Moment war sie eingehüllt in den Nebel der

Lust. Begehren strömte wie flüssige Lava durch ihre Adern, und sie genoss den elektrisierenden Schock, der durch jede Faser ihres Körpers jagte, als ihre Scham seinen Schwanz berührte.

Trotz seines Orgasmus war er nach wie vor hart.

„Reib deine Pussy an mir", sagte er in diesem heiseren, befehlshaberischen Tonfall, den sie so liebte. „Verteil deinen Nektar auf meinem Schaft, ohne mich dabei in dich hineingleiten zu lassen."

Bebend vor Erregung folgte sie seiner Aufforderung. Ihn zu befriedigen, hatte sie ganz heiß und feucht gemacht, und mit jeder Bewegung benetzte sie seine pulsierende Erektion mit ihrer Essenz. Sie stützte sich mit den Händen auf seinen Schultern ab und stöhnte genüsslich auf, als ihre Perle bei jedem Kreisen ihrer Hüften über seine harte Männlichkeit rieb. Ein quälend süßer Druck baute sich in ihr auf, und sie spürte, wie sie ihrem Höhepunkt entgegenraste.

„So ist es gut", murmelte er und bedachte sie mit einem glühenden Blick. „Komm für mich."

Mit einem atemlosen Schrei gab sie sich ihrer Ekstase hin. Woge um Woge nicht enden wollender Lust überrollte sie, und sie war so gefangen in ihrer Verzückung, dass sie kaum mitbekam, wie er in sie eindrang, ihre flatternden Muskeln dehnte und mit jedem Stoß ihren Höhepunkt noch weiter hinauszögerte.

„Reite mich", knurrte er und umschloss ihre Hüften, leitete ihre Bewegungen, während sie sich erhob und mit zunehmender Dringlichkeit zurück auf seinen Schaft gleiten ließ. Sie sahen einander tief in die Augen, und Maggie fand die Tatsache, dass sie beide bei diesem sündhaften Akt vollständig bekleidet waren, ungemein erotisch. Unter den Lagen aus Stoff waren sie auf die intimste Art vereint, sein Schwanz tief in ihr, sein Herz an ihrem. Sie fügten sich zusammen wie zwei perfekt passende Puzzleteile. Während er sich jeder ihrer Bewegungen entgegenhob, spürte sie, wie sich das knisternde Verlangen zwischen ihnen zu einem überwältigenden Finale aufbaute.

„Verdammt, ich werde nie genug hiervon bekommen. Von dir", stöhnte er. „Ich will mich so tief in dir vergraben, dass ich für immer und ewig dort bleiben muss ..."

Seine Worte entrissen ihr die Kontrolle, trugen sie erneut auf den Gipfel der Lust. Er drückte sie an sich, flüsterte ihr sowohl liebevolle als auch schmutzige Dinge ins Ohr, während er verzweifelt seiner eigenen Erlösung entgegenstrebte. Völlig berauscht vor Begehren nahm sie alles an, was er ihr zu geben hatte, wollte ihn für immer in sich spüren, ihn bedingungslos lieben. In letzter Sekunde zog er sich aus ihr zurück, und sie spürte seinen heißen Samen gegen ihre Kehrseite spritzen, während er ihre Lippen mit einem leidenschaftlichen, fordernden Kuss versiegelte.

Anschließend küsste er sie sanft auf die Schläfe und flüsterte heiser: „Meine Herzogin. Meine Maggie."

Eingehüllt in seine Wärme und Liebe, schmiegte sie sich an ihn und lächelte zufrieden.

Kapitel Dreiunddreißig

„Hast du gut geschlafen, Mama?"

Bei der unschuldigen Frage ihrer Tochter hätte Maggie sich beinahe an ihrem Tee verschluckt. Gemeinsam mit Glory, Rhys und Hypatia saß sie in ihrem Wohnzimmer und nahm ein zeitiges Frühstück zu sich. Leider beging sie den Fehler, flüchtig zu Rhys hinüberzusehen, dessen zuckende Mundwinkel und funkelnde Augen ihr verrieten, dass er ebenso wie sie an die sündhaften Aktivitäten dachte, die sie die halbe Nacht wachgehalten hatten.

Nach ihrer Rückkehr ins Hotel hatten sie sich noch stundenlang geliebt, aber damit nicht genug: Bei Tagesanbruch hatte er sie mit sanften Küssen geweckt, seinen harten, heißen Schaft an ihrer Kehrseite reibend. Langsam, aber sicher war sie davon überzeugt, dass er jederzeit bereit war und einen unerschöpflichen Quell an Ausdauer besaß.

„Bonjour, mein Schatz", hatte er ihr ins Ohr geflüstert. „Ich hätte da eine Frage an dich."

„Eine Frage nennst du das also?" Sie drehte sich zu ihm um und warf einen demonstrativen Blick auf seinen von der Decke verhüllten Schritt.

Er grinste sie spitzbübisch an. „Damit befassen wir uns später. Erst will ich Folgendes wissen: Wie hast du dich um dich selbst gekümmert, als du verheiratet warst?"

Es dauerte einen Augenblick, bis sie begriff, worauf er hinauswollte, und als sie es tat, errötete sie bis zu den Haarwurzeln.

„Das werde ich dir sicher nicht auf die Nase binden", murmelte sie.

„Brauchst du auch nicht." Er hatte an ihrem Ohrläppchen geknabbert, und das Prickeln seiner Bartstoppeln auf ihrer Haut hatte ihr einen Schauer über den Rücken gejagt. „Ich würde es viel mehr genießen, wenn du es mir stattdessen zeigst."

Sie konnte immer noch nicht glauben, dass sie sich dazu hatte überreden lassen ... oder wie sehr es ihr gefallen hatte. Wie sehr es *ihm* gefallen hatte. Mittendrin hatte er die Darbietung unterbrochen, sie auf Hände und Knie manövriert und sie von hinten genommen, bis sie, das Gesicht in den Kissen vergraben, ihre Ekstase herausschrie.

„Du siehst etwas mitgenommen aus", merkte Hypatia an und musterte sie scharf.

„Es geht mir gut." Maggie trank ihren Tee in einem Zug leer, tunlichst bemüht, Rhys' amüsierten Blick zu meiden.

„Mr Newton sollte jeden Moment eintreffen", sagte Patty und griff nach dem silbernen Toastständer. „Wir fahren zum Pflaumenwald, sobald es aufmacht."

„Warum kann ich nicht mitkommen?", fragte Glory zum wiederholten Mal.

„Weil das kein Ort für Kinder ist", antwortete Maggie zum wiederholten Mal. „Hier bei Bertha und Victor wirst du viel mehr Spaß haben."

Glücklicherweise hatte ihre Tochter Gefallen an dem blonden Hünen gefunden, und da war sie scheinbar nicht die Einzige. Maggie glaubte, es zwischen dem Wachmann und ihrer Zofe gewaltig knistern zu spüren. Vielleicht lag es daran, dass sie selbst auf Wolke sieben schwebte und dadurch empfänglicher für die Gefühle anderer war.

„Ich habe keine Lust mehr, ständig im Hotel zu bleiben. Hier ist es langweilig", jammerte Glory und wandte sich hilfesuchend an Rhys. „Darf ich bitte mitkommen, Ransom?"

„Deine Mutter hat recht, Kleines. Du solltest hierbleiben, wo du in Sicherheit bist."

Das Mädchen schob schmollend die Unterlippe vor. „Du bist genauso fies wie Mama."

„Wir beide wollen doch nur das Beste für dich", erwiderte er in strengem, aber warmem Tonfall. „Aber ich mache dir ein Angebot. Sobald wir den geschäftlichen Teil unserer Reise erledigt haben, erkunden wir jeden Winkel von London. Wir sehen uns alles an, was du willst."

„Wirklich?", fragte Glory mit weit aufgerissenen Augen. „Selbst das Astley's Amphitheater?"

„Wenn ich alles sage, meine ich auch alles."

„*Juhuuu!*" Jubelnd warf sie die Hände in die Luft.

Maggie wechselte einen amüsierten Blick mit Rhys, als es an der Tür klopfte.

„Ah, das muss Newton sein", sagte er. „Pünktlich wie immer."

Bertha ging hinaus, um den Neuankömmling hereinzulassen, kehrte jedoch Augenblicke später allein zurück.

„Wo ist Arthur?", fragte Rhys.

„Es war nicht Mr Newton, Euer Gnaden", antwortete die Zofe. „Sondern eine Lieferung von Mrs Kent. Sie ist draußen im Gang bei den Wachmännern."

„Tessa erwähnte gestern, dass sie etwas für Glory schicken würde", sagte Maggie. „Wie großzügig von ihr."

„Ein Geschenk für mich?", rief die Kleine aufgeregt und sprang vom Tisch auf.

„Vergiss bitte nicht deine Manieren, Liebes“, ermahnte Maggie sie.

„Darf ich bitte aufstehen?“

„Ja ...“

Bevor ihre Mutter den Satz beenden konnte, war Glory an Bertha vorbei aus dem Zimmer gestürmt. Sekunden später ertönte begeistertes Gejubel aus dem Korridor.

Lächelnd wandte Maggie sich an ihre Zofe. „Was hat Mrs Kent ihr denn geschickt?“

„Ich glaube, das sollten Sie sich besser selbst ansehen, Ma'am“, erwiderte Bertha mit einem seltsamen Ausdruck im Gesicht.

„Ich kann nicht glauben, dass Tessa ihr ausgerechnet ein Frettchen geschenkt hat“, sagte Maggie.

Hypatia, die neben ihr auf der Kutschbank saß, erwiderte: „Es ist in der Tat ein höchst ungewöhnliches Geschenk.“

„Es ist kein Geschenk“, behauptete Rhys.

„Was soll es denn sonst sein?“, fragte Maggie.

„Rache“, erwiderte er trocken.

Das vermaledeite Tier – das Glory Ferdinand Frettchen, kurz F. F., getauft hatte –, hatte ihn bereits dreimal angefaucht, bevor sie das Hotel verließen. Da F. F. der Nachfahre seines Erzfeindes, Swift Nick Nevison, war, überraschte Rhys die feindselige Haltung des Mistviehs nicht allzu sehr.

Maggie schüttelte den Kopf und sagte: „Immerhin scheinen Glory und Ferdinand sich blendend zu verstehen. Und sie ist so glücklich über ihr neues Haustier, dass es ihr gar nichts mehr ausgemacht hat, im Hotel bleiben zu müssen.“

„Ein schwacher Trost“, murmelte Rhys.

Als die Kutsche zum Stehen kam, schob er den Vorhang

zurück und spähte hinaus. Sie waren in Limehouse angekommen, dem Hafenviertel im Osten Londons. Der Horizont war übersät von den sonnengebleichten Segeln und Masten unzähliger Handelsschiffe, die an den Docks ankerten.

Er öffnete das Fenster und fragte: „Warum haben wir angehalten?"

„Verzeihung, Euer Gnaden, aber vor uns hat es einen Zusammenstoß gegeben", erwiderte der Pferdeknecht. „Zwei umgekippte Karren blockieren die Durchfahrt, und es gibt keinen Weg drum herum."

„Wie weit sind wir von unserem Ziel entfernt?"

„Nur drei Blocks in östlicher Richtung, Euer Gnaden. Ein Fußweg von nicht mal fünf Minuten."

Rhys wandte sich fragend an die anderen. „Macht es Ihnen etwas aus, wenn wir zu Fuß weitergehen?"

Die Damen stimmten bereitwillig zu und ließen sich von ihm und Newton aus der Kutsche helfen. Der Fahrer würde sie vor dem Restaurant treffen, sobald die Straße wieder passierbar war. Rhys bot Maggie seinen Arm an und blieb dicht bei ihr, während er die Truppe durch die engen Gassen führte. Die schiefen Gebäude um sie herum waren heruntergekommen und schienen sich gegenseitig aufrecht zu halten. Sämtliche Geschäfte in diesem Viertel waren auf Matrosen und Hafenarbeiter ausgerichtet: Kneipen, Herbergen und Lebensmittelläden.

Überall entlang der staubigen Straße standen Händler mit ihren Karren und priesen ihre Ware an. Der Duft von Fleischpasteten vermischte sich mit dem fauligen Abwassergestank der Themse. Limehouse beherbergte Seeleute aus aller Welt, und auf ihrem Weg kamen sie an Männern aus Afrika, Spanien und China vorbei, die sich angeregt in ihrer Muttersprache unterhielten.

„Mings Beschreibung zufolge müsste das Pflaumenwald

direkt um die Ecke sein", sagte Rhys, als er sie um eine Kurve führte. „Er sagte, es befinde sich neben einer Fremdenpension ..." Schlagartig verstummte er und starrte mit hämmerndem Herzen auf die Szene, die sich ihm bot.

Maggie schnappte schockiert nach Luft. „Das ... das kann es nicht sein!"

Vor ihnen ragten die verrußten Überreste des Restaurants auf. Es war größtenteils eingestürzt, nur ein Teil der vorderen Fassade, an dem ein schiefes Schild hing, stand noch aufrecht.

Rhys holte den Brief seines Onkels hervor und hielt ihn hoch, um die Schriftzeichen mit denen auf dem Schild zu vergleichen. Sie stimmten überein. Das hier *war* das Pflaumenwald ... oder was davon noch übrig war.

Der letzte, entscheidende Hinweis ihrer Schatzsuche hatte sich vor ihren Augen in Rauch und Asche aufgelöst.

„Wir lassen uns etwas anderes einfallen", sagte Maggie zu Rhys, als sie an diesem Abend die Treppe im Mivart's hinaufstiegen.

„Mhm", stimmte er zu, doch seine Miene war alles andere als hoffnungsvoll.

Sie hatten den gesamten Tag damit verbracht, in den schwelenden Ruinen des Restaurants nach einer Spur zu suchen. Von einem hilfsbereiten Händler erfuhren sie, dass das Pflaumenwald ein paar Tage zuvor aufgrund eines Küchenfeuers niedergebrannt war. Der Besitzer, ein chinesischer Mann, war in den Flammen umgekommen und besaß, soweit bekannt, keine Verwandtschaft in London. Maggie und Rhys war es gelungen, zwei der ehemaligen Kellner aufzuspüren, die das Feuer überlebt hatten, aber keiner von ihnen konnte sich daran erinnern, je einen Mann gesehen zu haben, auf den Horatios Beschreibung passte, noch wussten sie etwas von einem geheimnisvollen Schlüssel.

Während sie dieser Spur nachgegangen waren, die sich im Sand verlief, hatten Hypatia und Mr Newton die traurigen Überreste des Restaurants in Augenschein genommen. Was nicht durch den Brand zerstört worden war, hatten sich die Plünderer bereits unter den Nagel gerissen. Die beiden hatten schließlich sogar herumgefragt, ob es noch andere Etablissements oder Orte mit dem Namen Pflaumenwald gäbe, aber niemand konnte ihnen weiterhelfen.

„Morgen ist ein neuer Tag", pflichtete Hypatia ihr bei. „Wir waschen uns, ruhen uns aus und gehen das Problem morgen früh mit neuem Elan an."

Maggie wusste den Optimismus ihrer Schwägerin zu schätzen. In diesem Augenblick brauchte sie ihn dringender denn je, da sich langsam Zweifel und Panik einschlichen. Nach dem heutigen Abend blieben ihnen nur noch vier Tage, um den Schatz zu finden und Rhys' Schulden bei den Halsabschneidern zu begleichen.

Doch sie hatten weder neue Hinweise noch heiße Spuren ... nichts.

„Miss Foley hat recht", sagte Newton eifrig. Obwohl seine Brille verbogen war und sein Gesicht rußverschmiert, schaffte er es immer noch, fröhlich dreinzublicken. „Wir werden heute Abend eine Liste neuer Strategien erstellen. Beispielsweise könnten wir zurück zu Gruenwald gehen und versuchen, uns Zutritt zu seinem Tresorraum zu verhandeln ..."

„Vielleicht", erwiderte Rhys.

Vor Maggies Suite angekommen, zog er den Schlüssel heraus, um die Tür aufzuschließen.

Dabei warf er ihr ein schiefes Lächeln zu. „Hoffen wir, dass Glory und F. F. einen besseren Tag hatten als wir."

Sie lächelte zurück, erfreut, dass er sich um ein wenig Ungezwungenheit bemühte. „Ich bin mir sicher, wir werden uns jedes Detail ihres aufregenden Abenteuers anhören müssen."

Er öffnete die Tür ... und die Dunkelheit, die ihnen entgegenschlug, erfüllte sie augenblicklich mit Panik.

„Warum ist das Licht aus?", fragte sie alarmiert.

Rhys hielt sie zurück. „Newton, kümmern Sie sich um die Damen."

Mit diesen Worten zog er seine Pistole hervor und verschwand in der Dunkelheit.

Arthur hielt sie davon ab, ihm zu folgen. „Sie würden ihn nur ablenken, Mrs Foley. Ich bin mir sicher, alles ist in bester Ordnung und es gibt eine logische Erklärung. Vielleicht haben Bertha und die Wachmänner Ihre Tochter zum Essen mit nach unten genommen ..."

Maggie ertrug die Anspannung nicht länger und drängte sich an Newton vorbei, der vergeblich versuchte, sie aufzuhalten. Blindlings stolperte sie durch das dunkle Wohnzimmer in Richtung ihres Schlafgemachs, aus dem ein schwacher Lichtstrahl fiel. Auf der Türschwelle blieb sie wie angewurzelt stehen, gelähmt vor Angst bei dem Anblick, der sich ihr bot.

Bertha und die drei Wachen lagen gefesselt und geknebelt auf dem Boden. Rhys kniete im Schein einer Lampe neben ihnen und versuchte, sie wachzurütteln.

„Wo ist Glory?", fragte sie durch den erstickenden Dunst ihrer aufsteigenden Panik.

Langsam drehte er sich zu ihr um, und im schwachen Licht der Lampe wirkte sein Gesicht so grimmig, wie sie es noch nie zuvor gesehen hatte.

Das Herz schlug ihr bis zum Hals. Sie wusste es. Sie hatte es von der ersten Sekunde an gewusst.

Quälende Angst ergriff von ihr Besitz. „Sie wurde entführt."

Kapitel Vierunddreißig

Eine Stunde später kehrte Rhys in Maggies Schlafgemach zurück, wo er sie vor dem Kamin sitzend vorfand, den Blick unverwandt auf die Flammen gerichtet. Sie trug einen alten Morgenmantel aus Flanell. Hypatia musste ihr beim Umziehen geholfen haben, da die arme Bertha nicht in der Verfassung gewesen war, ihrer Arbeit nachzugehen. Als es ihm endlich gelungen war, die benommene Zofe und die drei Wachen aus ihrem Rauschgiftschlaf zu wecken, konnten sie sich nur noch daran erinnern, mit Glory zu Abend gegessen zu haben. Und dann ... nichts mehr.

In Anbetracht der Tatsache, dass Victor ebenfalls verschwunden war und Bertha ihnen unter Tränen gestand, dass er den Servierwagen hereingebracht hatte, war es nicht weiter schwierig zu erraten, wer für Glorys Entführung verantwortlich gewesen war. Ein Erpresserbrief, der bei den Geiseln lag, machte deutlich, für wen Victor arbeitete und aus welchem Grund man das Mädchen gekidnappt hatte.

Ihre Tochter im Tausch gegen den Schatz. Sie haben zwei Tage. Wenn Sie jemandem davon erzählen, stirbt das Mädchen ... qualvoll.

J. Erasmus Sweeney

Ein Sturm aus hilfloser Angst und Wut tobte in Rhys. Sweeney hatte die ganze Zeit über einen Spitzel in ihrer Mitte gehabt und wusste von dem Schatz, von Glory ... von allem.

Nun blieben ihm nur noch zwei Tage, um die Juwelen aufzutreiben, ansonsten würde seine Tochter mit dem Leben bezahlen müssen.

Der Gedanke schnürte ihm die Kehle zu. *Nur noch zwei Tage ... Und ich befinde mich in einer Sackgasse.*

Als hätte Maggie seine Präsenz gespürt, wandte sie sich ruckartig zu ihm um. Lieber hätte er sich eine Kugel eingefangen als zu wissen, dass er für die gequälte Panik in ihrem Blick verantwortlich war.

Ich habe ihr das angetan ... unserem kleinen Mädchen. Ich wusste, dass so etwas passieren, dass ich sie verletzen und im Stich lassen würde. Und dennoch habe ich es ignoriert und sie selbstsüchtig geliebt.

Eine Dunkelheit breitete sich in ihm aus, die von derselben Farbe war wie die Wut seines Vaters ... Wie die Flecken im Gesicht seiner Mutter ... Wie Baileys Blut. Sie überwältigte ihn auf dieselbe Weise, wie seine Peiniger es früher immer getan hatten. Sie legte sich wie klebriges Pech um sein Herz und stieg hinauf in seine Kehle, bis sie ihn zu ersticken drohte.

„Hast du vom Hotelpersonal etwas erfahren können?", fragte Maggie sorgenvoll.

Die Taubheit, die von ihm Besitz ergriff, war vertraut und fremd zugleich. Vertraut, weil dieses eisige, distanzierte Gefühl ihn den Großteil seines Lebens über begleitet hatte. Fremd, weil die Wochen, die er in Maggies Nähe verbracht, sich in ihrer Wärme und Liebe gesonnt hatte, ihn vergessen ließen, wie er zuvor ohne sie existieren konnte.

Nun aber war die Distanziertheit zurück, und dafür war er dankbar, weil sie die Dunkelheit in seinem Innern vertrieb und seinen Verstand schärfte. Er wusste, was er zu tun hatte ... wusste es von dem Augenblick an, als er den Erpresserbrief fand.

Ich darf nicht zulassen, dass unserer Tochter etwas zustößt. Ich werde nicht so sein wie mein Vater, dachte er grimmig. *Dieses Mal werde ich tun, was immer nötig ist, um meine Liebsten zu beschützen.*

„Hast du etwas in Erfahrung bringen können?", hakte Maggie nach und richtete sich auf.

Er schüttelte den Kopf und ließ sich auf dem Sessel ihr gegenüber nieder. Sich neben sie zu setzen, wagte er nicht. Ihr nahe zu sein, würde ihm das, was er tun musste – das einzig Richtige –, noch schwerer machen.

„Niemand vom Personal erinnert sich daran, Victor oder Glory gesehen zu haben", erwiderte er tonlos.

Maggie nickte enttäuscht. „Ich habe versucht, Bertha zu befragen, aber die Arme steht völlig neben sich. Sie gibt sich selbst die Schuld, obwohl sie nichts dafür kann. Sie konnte sich nur noch daran erinnern, dass Glory ihren Tee trank und Ferdinand sich in ihrer geheimen Rocktasche versteckte. Es beruhigt mich zu wissen, dass sie wahrscheinlich bewusstlos war und F. F. bei sich hatte, als man sie entführte. Dadurch war sie hoffentlich nicht ganz so ..." Sie hielt inne, als ihr die Stimme brach. „So allein und verängstigt."

Rhys bemühte sich verzweifelt, seine Gefühle unter Kontrolle zu halten. Er musste konzentriert bleiben, einen kühlen Kopf bewahren. Der Gedanke an seine Tochter, allein und verstört, womöglich in Lebensgefahr, war unerträglich. Er musste etwas unternehmen. Allerdings gab es, so wie er das sah, nur einen einzigen Ausweg.

„Was sollen wir nur tun?", flüsterte Maggie.

„Wir werden Sweeney sein Geld beschaffen."

„Aber wie? Er hat uns eine Frist von zwei Tagen gesetzt und wir haben noch keine Spur."

Er hasste sich für die Verzweiflung und die Qualen, in die er sie gestürzt hatte. Dafür, der Frau, die er über alles liebte, etwas so Schreckliches angetan zu haben. Und nun würde er sie noch tiefer verletzen müssen.

Er zwang sich, die nächsten Worte laut auszusprechen. „Es gibt noch eine andere Option."

„Welche denn?" Hoffnung flackerte in Maggies Augen auf.

Der Gedanke drehte ihm den Magen um, aber es war der vielversprechendste Versuch, Glory sicher und wohlbehalten zurückzubekommen, insbesondere in Anbetracht des Zeitlimits. Er holte tief Luft und sagte: „Gleich morgen früh werde ich mit Sharpe reden."

Er konnte es sehen, als bei ihr der Groschen fiel.

Unverhohlener Schmerz trat in ihren Blick, und sie schüttelte vehement den Kopf. „Nein, Rhys, es muss ... einen anderen Weg geben. Vielleicht könnten wir Tessa um Hilfe bitten ...“

„Sweeneys Worte lauteten: *Wenn Sie jemandem davon erzählen, stirbt das Mädchen ... qualvoll*", erwiderte er schroff. „Dieses Risiko will ich nicht eingehen. Du etwa?"

Maggie starrte ihn aus großen, glänzenden Augen an.

„Wie du schon sagtest, tappen wir, was den Schatz betrifft, nach wie vor im Dunkeln. Uns bleibt keine Option außer dieser. Wenn es mir gelingt, mich morgen mit Sharpe zu versöhnen, kann ich eine Sondergenehmigung des Bischofs einholen und Gretchen sofort heiraten", fuhr er tonlos fort. „Dann kann ich Sweeney die Mitgift liefern. Oder zumindest das Versprechen des Geldes. Sie mag nicht so viel wert sein wie die Juwelen, aber der Spatz in der Hand ist besser als die Taube auf dem Dach. Miss Sharpes Mitgift beläuft sich auf einhunderttausend Pfund. Den Fang wird Sweeney sich nicht entgehen lassen."

Eine vereinzelte Träne rann über Maggies Wange, und der Anblick rüttelte an den Säulen seiner Entschlossenheit. Er wollte sie wegwischen, ihr den Schmerz nehmen ... aber der einzige Weg, das zu tun, war, aus ihrem Leben zu verschwinden. Um ihre gemeinsame Tochter zu retten, musste er sie verlassen.

Es gab keine andere Möglichkeit.

Und Maggie, seine pragmatische, starrköpfige, über alles geliebte Maggie, wusste das auch.

Sie sagte nichts, als er ihre Hände nahm. Ihre Finger fühlten sich kalt und leblos an.

Genau so, wie er sich fühlte.

„Du sollst wissen, dass ich ...", setzte er an, hielt dann jedoch inne. Was brachte es ihm, ihnen die Situation noch zu erschweren? Warum die Worte aussprechen, wenn sie den Schmerz nicht zu lindern vermochten? Wenn seine Liebe wieder einmal nicht ausreichte?

„Es ... tut mir leid", sagte er stattdessen. *Ich liebe dich, meine Maggie, und daran wird sich niemals etwas ändern.* „Wegen allem."

„Du solltest jetzt gehen", erwiderte sie und entzog ihm ihre Hände. Abermals schimmerten Tränen in ihren Augen. „Bitte. Ich möchte allein sein."

Zu wissen, dass er der Grund für ihren Kummer war, füllte seine Adern mit ätzender Säure. Dennoch wusste er, dass ihm nichts anderes übrig blieb, um ihre Tochter zu retten und den beiden eine sichere Zukunft zu garantieren. Aber zu wissen, dass er das Richtige tat, machte die Sache auch nicht einfacher.

Und so zwang er sich, sie zu verlassen ... wieder einmal.

Kaum, dass Maggie allein war, ließ sie ihren Tränen freien Lauf. So verzweifelt wie in diesem Moment hatte sie schon lange nicht mehr geweint. Nicht, seit sie erfahren hatte, dass sie schwanger war, unverheiratet und auf sich allein gestellt. Sie ließ sich von den herzzerreißenden Schluchzern übermannen, die ihren Körper durchschüttelten, weil sie einfach keine Kraft mehr hatte zu kämpfen.

Keine Kraft mehr zu hoffen.

Sie weinte um Glory, ihre geliebte Tochter, deren Leben auf dem Spiel stand.

Sie weinte um Rhys, der ihre Liebe zerstörte, um das Richtige zu tun.

Und sie weinte um sich selbst. Weil sie keine gute Mutter war und ihr Kind im Stich gelassen hatte. Weil sie ihr Herz an einen Mann verloren hatte, den sie niemals würde haben können. Weil sie an Geigenmusik und Rosen und glückliche Märchenenden geglaubt hatte, obwohl ihre Mama sie stets eines Besseren belehrte.

Als keine Träne mehr übrig war, richtete sie sich auf, tupfte sich die Augen trocken, putzte sich die Nase und holte tief Luft. Dann tat sie, was eine Goode immer zu tun pflegte, wenn sie sich in die Enge getrieben sah.

Sie fand einen Weg, um zu überleben.

Kapitel Fünfunddreißig

Am nächsten Morgen schickte Rhys eine Nachricht an Thomas Sharpe und erhielt auch prompt eine Antwort. Nach einem Zwischenstopp beim Erzbischof, um das Dokument zu ergattern, das für seinen Plan von größter Wichtigkeit war, traf er vor dem Stadthaus der Sharpes am Berkeley Square ein. Umgehend wurde er in ein pompös eingerichtetes Arbeitszimmer geführt, wo Thomas ihn mit Kaffee und übermäßig selbstgefälliger Manier erwartete.

„Nun, ich kann nicht sagen, dass ich überrascht bin. Ich wusste, dass Sie zur Vernunft kommen würden. Ein Blick auf mein Gretchen reicht aus, um die meisten Männer in die Knie zu zwingen und mir ihre Dankbarkeit auszusprechen. Was mehr als angemessen wäre, wenn man bedenkt, wie schäbig Sie sich ihr gegenüber letzte Nacht verhalten haben." Sharpe musterte ihn mit der Schadenfreude eines Mannes, der einen Wurm am Haken beim Zappeln beobachtete. „Ein bisschen Unterwürfigkeit hat noch keinem Gentleman geschadet, nicht wahr?"

„Ich werde tun, was immer nötig ist", erwiderte Rhys tonlos. Offensichtlich hatte der Amerikaner den Grund seiner

Entschlossenheit falsch gedeutet, denn er grinste süffisant und nahm einen Schluck von seinem Kaffee. „Es freut mich, dass Sie zur Besinnung gekommen sind, Ransom. Ich wollte unserem Stammbaum ja schon lange einen Titel hinzufügen. Nach Ihrer Hochzeit müssen Sie und Gretchen unbedingt nach New York kommen, damit wir Ihnen die Sehenswürdigkeiten zeigen können."

Und um mich Ihren Freunden vorzuführen wie einen blaublütigen Hengst, den Sie bei Tattersall's ersteigert haben. Ja, ich weiß ganz genau, worauf ich mich einlasse.

So abstoßend die Vorstellung auch sein mochte, ließ Rhys sich nicht von seinem Entschluss abbringen.

„Bevor wir über die Zukunft sprechen, möchte ich erst die gegenwärtigen Verhandlungen zum Abschluss bringen", erwiderte er ruhig.

„Zum Abschluss bringen? Ihr Verwalter und ich hatten bereits einen Vertrag ausgearbeitet, der meines Wissens Ihre Zustimmung fand." Im Nu war Sharpes heitere Stimmung verpufft, und er musterte Rhys mit den scharfen Augen eines erfahrenen Geschäftsmannes. „Wir werden ganz sicher nicht in letzter Minute die Bedingungen ändern, o nein! Ich bin doch nicht von gestern, Euer Gnaden."

„Es wird sich nichts Wesentliches ändern. Ich möchte nur den Prozess beschleunigen. Aus diesem Grund habe ich eine Sondergenehmigung des Erzbischofes erworben, mit der Miss Sharpe und ich umgehend vermählt werden können."

„Meine Frau besteht auf einer großen Hochzeitsfeier", erwiderte der Amerikaner und stellte seine Tasse mit solcher Wucht ab, dass der Kaffee über den Rand schwappte. „Eine, die in St. George's stattfindet oder einer anderen dieser feinen Örtlichkeiten, die Ihresgleichen für derartige Anlässe nutzt. Sie will das Beste vom Besten für unsere Tochter ... und ich ebenso."

„Wir können später noch eine richtige Zeremonie abhalten

und den gesamten *ton* dazu einladen, wenn Sie es wünschen. Aber ich möchte so schnell es geht heiraten.“

„Warum?“, verlangte Sharpe zu wissen.

„Weil ich schon morgen auf die Mitgift Ihrer Tochter zugreifen muss.“

„Ich rücke nichts heraus, bis die Tinte auf dem Trauschein getrocknet ist.“

„Ich verstehe. In dem Fall benötige ich eine unterschriebene Zusicherung von Ihnen, in der Sie die Höhe der Mitgift sowie das Datum der Übergabe bestätigen. Und ich erwarte, das Geld am Tag der Vermählung zu erhalten.“

„Diese Eile ist gänzlich unnötig und geschmacklos“, erwiderte Sharpe aufgebracht. „Und dieses ständige Gerede um Geld ...“

„Ist der Grund, aus dem wir unsere Familien zusammenschließen“, erwiderte Rhys kühl. „Meinen Titel und meine gesellschaftlichen Beziehungen im Tausch gegen Ihr Vermögen. Wie ich schon sagte, am Kern unserer Abmachung ändert sich nichts.“

Der Amerikaner trommelte mit den Fingern auf der Lehne seines Stuhls herum. Womöglich hatte sich nun doch sein Gewissen gemeldet und er bereute es, seine einzige Tochter in eine lieblose Zweckehe zwingen zu wollen.

Der Gedanke erinnerte ihn schmerzlich an Glory, daran, wie sehr er sein kleines Mädchen mit den zimtfarbenen Locken liebte, wie sehr er sich um ihr Wohlergehen sorgte. Wäre ihm die Chance vergönnt gewesen, ihr ein richtiger Vater zu sein, hätte er sie niemals wie Vieh an den Höchstbietenden verhökert. Ihm wäre allein ihr Glück am Herzen gelegen. Es brachte ihn schier um zu wissen, dass er nicht Teil ihrer Zukunft sein würde ... Aber wichtiger als alles andere war, dass sie überhaupt eine Zukunft *hatte*.

Er würde alles tun, um sie zu beschützen, auch wenn das

bedeutete, sich auf dieses widerwärtige Abkommen einzulassen.

Sobald er das nötige Geld besaß, um Sweeney zu bezahlen, wäre sie frei. Daran musste er einfach glauben. Denn die Alternative war zu schrecklich, als dass er auch nur daran denken wollte. Er zwang sich, die aufsteigende Panik zu unterdrücken und sich auf das Gespräch zu konzentrieren.

„Ich bin mit Ihren zusätzlichen Bedingungen einverstanden", sagte Sharpe schließlich. „Allerdings hätte ich da auch noch eine von meiner Seite aus."

Natürlich. Fragend hob Rhys die Brauen.

„Ich will innerhalb eines Jahres das erste Enkelkind."

Die Vorstellung, eine andere Frau als Maggie zu berühren, verursachte ihm Übelkeit. Aber genau darauf ließ er sich ein: auf ein Leben ohne die Frau, die er liebte ... die Einzige, die er je lieben würde.

„Darauf habe ich keinen Einfluss", entgegnete er.

„Dann versprechen Sie mir, dass Sie Ihr Möglichstes tun werden."

Er bemühte sich nicht, sein Missfallen zu verbergen. „Ich gebe Ihnen mein Wort."

„Hervorragend." Es fehlte nur noch, dass Sharpe sich vor Genugtuung die Hände rieb. „Lassen Sie mich Gretchen und meine Gemahlin herbeirufen, um ihnen die frohe Botschaft zu überbringen."

„Jetzt, da wir einen Moment für uns haben, würde ich gerne etwas klarstellen, Euer Gnaden."

Miss Sharpes Stimme riss ihn aus seinen Grübeleien. Sie spazierten gerade gemeinsam durch den Garten, ohne Anstandsdame. Nach dem Mittagessen hatte Mrs Sharpe mit einem verschmitzten Zwinkern gesagt: „In ein paar Tagen findet die Hochzeit statt. Bis dahin können Sie sich bestimmt zurückhalten, hmm?"

Damit hatte Rhys in der Tat kein Problem.

„Ich war der Ansicht, wir hätten bereits alles geklärt", erwiderte er.

Gretchen bedachte ihn mit einem kühlen Blick. Sie trug eine weiße Pelisse aus Satin, die mit weichem, weißem Fell umsäumt war und ihre frostige Aura noch verstärkte. „Auf Sie und meinen Vater mag das zutreffen, auf uns beide jedoch nicht."

Er hatte bereits vermutet, dass sich hinter ihrer schüchternen, naiven Fassade eine scharfsinnige, berechnende Frau verbarg. Um ehrlich zu sein, war er darüber erleichtert, denn es bedeutete, dass keiner von ihnen sich irgendwelchen Illusionen hingab, was ihre Ehe betraf.

„Was möchten Sie den klarstellen?", fragte er, während sie ihren Weg durch den Garten fortsetzten.

„Ich würde es vorziehen, kein Blatt vor den Mund nehmen zu müssen."

„Lassen Sie uns meinetwegen die vorgetäuschte Höflichkeit ablegen."

„Die Frau, mit der Sie auf dem Ball waren ... Ist das Ihre Mätresse?"

Die Frage riss die Wunden auf seinem Herzen auf, die er zuvor durch Verdrängung der Tatsachen notdürftig verbunden hatte, um diesen Plan durchziehen zu können.

„Nein, das ist sie nicht", erwiderte er knapp.

„Ihre Liebhaberin dann?"

Er sah keinen Sinn darin, die Umstände zu leugnen. „Die Affäre wird nach der Hochzeit nicht fortgeführt."

Einen Augenblick lang rüttelte sein überwältigender Kummer an seiner Standhaftigkeit. Ich werde Maggie verlieren ... für immer.

„Beenden Sie sie bitte nicht meinetwegen", erwiderte Miss Sharpe.

Irgendwie überraschten ihn ihre Worte nicht. „Sie erwarten keine Treue von mir?"

„Ich erwarte die Vorzüge Ihres Titels, den Vater für mich und für sich zu einem hohen Preis erworben hat." Sie bedachte ihn mit einem messerscharfen Lächeln. „Zusätzlich erwarte ich, dass Sie meine Freiheit und Unabhängigkeit respektieren, die ich auch als verheiratete Frau weiterhin genießen möchte. Auf Kosten anderer zu leben, ist so kleinstädtisch. Sie werden schnell merken, dass ich so kultiviert bin wie sämtliche jungen Damen Londons."

Als er darauf nichts erwiderte, fügte sie hinzu: „Natürlich wird das alles erst in Kraft treten, nachdem ich Ihnen Ihren Erben und einen Zweitgeborenen geschenkt habe."

„Natürlich", erwiderte er steif.

Diese Art von liebloser Verbindung war in seinen Kreisen weitverbreitet. Eigentlich sollte er dankbar sein für Miss Sharpes weltgewandte Einstellung. Aber die letzten Wochen mit Maggie hatten ihn verändert, eine tiefe Sehnsucht nach mehr in ihm geweckt.

Er wollte sich nicht länger mit einer Zweckehe zufriedengeben. Er wollte *alles*.

Seine Brust verkrampfte sich schmerzhaft. Wäre Maggie an Gretchens Stelle, würde sie ihm zweifellos eins mit der Bratpfanne überziehen, wenn sie erführe, dass er mit einer anderen Frau anzubandeln gedachte. Eine verständliche Reaktion, denn auch er würde jedem Bastard den Hals umdrehen, der es auch nur wagen sollte, sie anzusehen.

Aber dazu hast du kein Recht, denn sie wird niemals die Deine sein. Deine zukünftige Herzogin ist der wandelnde Eiszapfen neben dir.

Die Erinnerungen, die er zu unterdrücken versucht hatte,

brachen erneut hervor. Er konnte nicht aufhören, die magischen Momente mit Maggie Revue passieren zu lassen, darin zu schwelgen, wie lebendig er sich mit ihr gefühlt hatte. Wie würdevoll und zugleich leidenschaftlich sie gewesen war. Wie verletzlich und dennoch stark. Ihr Lachen hatte das Leben lebenswert gemacht, und ihre Tränen ... Er würde alles tun, um sie zum Versiegen zu bringen.

Als er daran dachte, wie herzzerreißend sie geweint hatte, schnürte es ihm die Kehle zu.

Ihr Glück war ihm wichtiger als alles andere. Er würde dafür kämpfen und, wenn nötig, sein Leben dafür lassen.

Der Gedanke ließ ihn innehalten. Maggies Glück *war* das Wichtigste überhaupt.

Warum um alles in der Welt war er dann hier, drauf und dran, sich mit einer anderen zu verloben?

Die prickelnde Erkenntnis durchfuhr ihn wie kleine Nadelstiche, die man spürte, wenn eine eingeschlafene Gliedmaße wieder erwachte. Die Taubheit in ihm löste sich auf, und endlich erkannte er, dass er keineswegs einen klaren Kopf bewahrt hatte ... ganz im Gegenteil. Es war eine Panikreaktion gewesen, die sich wie ein Nebel um ihn gehüllt und ihm den richtigen Weg verschleiert hatte. Er hatte sich wie ein Feigling zurückgezogen, statt entschlossen vorwärtszudrängen.

Er musste um Maggie *kämpfen* ... Um die Familie, die er, sie und Glory sein könnten.

Diese Einsicht befreite seinen Verstand aus dem Klammergriff der Angst. Verdammt, er hatte *doch* noch andere Optionen als diese! Er könnte sich an Tessa wenden. Sie war eine scharfsinnige, berechnende Frau ... Vielleicht wäre sie in der Lage, ihm dabei zu helfen, mit Sweeney fertig zu werden. Vielleicht könnte er sie und Kent sogar um das Lösegeld für Glory anflehen. Die beiden waren anständige Leute. Gewiss würden sie nicht zulassen, dass ein Kind zu Schaden kam?

Es müsste doch möglich sein, Tessa eine Nachricht zukommen zu lassen, ohne dass Sweeney etwas davon mitbekam ...

„Hören Sie mir überhaupt noch zu, Euer Gnaden?"

Miss Sharpes schrille Stimme riss ihn aus seinen grüblerischen Gedanken.

Zerstreut wandte er sich ihr zu. „Wie bitte?"

„Ich fragte, ob Sie damit einverstanden sind, dass jeder von uns nach den Geburten der Kinder seine eigenen Wege geht", sagte sie. „Ich hoffe, meine Direktheit beunruhigt Sie nicht. Mir ist es nur lieber, diese Dinge deutlich zu kommunizieren. Worte können mehrdeutig sein, und ich will nicht, dass zwischen uns Missverständnisse aufkommen. Insbesondere, was unsere Zukunft anbelangt."

Worte können mehrdeutig sein ...

Mehrdeutig ... Sie können mehrere Bedeutungen haben ...

Traf das dann nicht auch auf ... chinesische Wörter zu?

Die Erkenntnis schlug ein wie ein Blitz. Verdammt, warum hatte er nicht schon früher daran gedacht? Was, wenn die Schriftzeichen für „Pflaumenwald" sich auf etwas anderes bezogen als das Restaurant? Sie hatten zwar herumgefragt, ob es sich um ein anderes Geschäft handeln könnte, aber vielleicht gab es noch eine weitere geheime Bedeutung, hinter die niemand gekommen war.

Oder, spann er den Gedanken mit wachsender Aufregung fort, vielleicht musste man die beiden Zeichen *umdrehen*, ähnlich wie bei dem Anagramm, das sie zuvor gelöst hatten ... und dann würden sie einen völlig neuen Ort offenbaren.

Was, wenn die Spur doch nicht im Sand verlaufen war? Wenn sie einfach nur der *falschen Fährte* gefolgt waren?

„Sind wir uns einig, Euer Gnaden?"

Er fokussierte sich auf Miss Sharpe, die ihn mit geneigtem Kopf musterte. Ihr siegessicheres Lächeln verriet ihm, dass sie glaubte, alle Trümpfe in der Hand zu halten und ihn da zu haben, wo sie ihn haben wollte: am Geldhahn.

Ihm wurde klar, dass sie genau das repräsentierte, was aus ihm geworden war. Ein Mann, der seinen Sinn fürs Abenteuer verloren hatte ... seine Liebe zum Leben. Eine Liebe, die erst Maggie und Glory wieder in ihm zu erwecken vermochten.

Ich bin nicht mein Vater. Ich werde nicht die Frau verletzen, die ich liebe. Unter keinen Umständen werde ich Maggie oder unsere Tochter aufgeben.

Ich werde einen Weg finden, mir ihre Liebe zu verdienen ... oder dabei draufgehen.

Die Wahrheit durchfuhr ihn wie ein heftiger Windstoß und riss die Wurzeln der Angst und Panik heraus, die sich in ihm festgesetzt hatten. Er starrte geradewegs ins Auge des Sturms ... furchtlos und zu allem bereit.

„Ich muss gehen", sagte er.

„Wie bitte?", fragte Miss Sharpe ungehalten.

„Verzeihen Sie die Unannehmlichkeiten. Ich hoffe, Sie finden eine angemessene Partie, die Sie heiraten können."

Ohne auf eine Antwort zu warten, machte er kehrt und eilte seiner Zukunft entgegen. Hoffentlich war es noch nicht zu spät.

Auf dem Weg zum Anwesen der Kents achtete Rhys darauf, dass niemand ihm folgte. Er wählte Umwege durch belebte Straßen und Gebäude, wobei er ständig über die Schulter blickte. Als er ankam, schien das Glück endlich einmal auf seiner Seite zu sein: Tessa und Ming waren zu Hause. Rhys wurde in ihr Arbeitszimmer geführt, wo sie, von ihrem Gemahl und dem chinesischen Leibwächter flankiert, an ihrem Schreibtisch saß.

„Was verschafft uns die Ehre dieses Besuchs?", fragte sie

und hob die Brauen. „Es ist nicht nötig, sich für Glorys Geschenk zu bedanken. Das war mir ein besonderes Vergnügen."

Rhys hatte sich bereits lang und breit den Kopf darüber zerbrochen, wie er am besten vorgehen sollte. Er wusste, dass er ein hohes Risiko einging. Sweeney hatte damit gedroht, Glory etwas anzutun, wenn er es wagen sollte, jemandem von der Entführung zu erzählen. Andererseits hatte seine Vergangenheit ihn gelehrt, dass Schweigen den bösen Männern ihre Macht verlieh.

Er würde nie wieder schweigen.

„Sweeney hat Glory entführt", sagte er daher, bevor er es sich anders überlegen konnte. „Er hält sie als Geisel und verlangt Lösegeld. Mir bleiben zwei Tage, den Schatz zu finden und gegen ihre Freiheit einzutauschen."

Nach wie vor plagten ihn Zweifel darüber, ob er das Richtige tat. Konnte er auf die Hilfe dieser Menschen vertrauen?

„Dieser abscheuliche Bastard!", rief Tessa erzürnt aus. „Wie kann er es wagen, ein unschuldiges Kind zu involvieren? Und ein unschuldiges Frettchen?"

„Wann genau ist das passiert?", fragte Harry Kent mit angespannter Miene.

Ihre aufrichtige Empörung zerstreute Rhys' Bedenken ein wenig. „Gestern. Wir waren unterwegs, um in Limehouse nach dem letzten Hinweis zu suchen. Als wir zurückkehrten, war sie fort. Sweeney hat einen Erpresserbrief hinterlassen." Er hielt kurz inne, bevor er hinzufügte: „Er hat herausgefunden, dass sie meine Tochter ist."

Tessa warf ihrem Ehemann einen demonstrativen Blick zu. „Siehst du? Ich hab's dir doch gesagt."

„Du hattest wieder einmal recht, Liebling."

„Sie wussten es?", fragte Rhys.

„Glory hat Ihre Augen, und sie vergöttert Sie ... warum

auch immer", erklärte Tessa und musterte ihn scharf. „Außerdem sind Sie in ihre Mutter verliebt."

Waren seine Gefühle so offensichtlich? Hitze schoss ihm ins Gesicht, doch er machte sich nicht die Mühe, die Fakten zu leugnen. „Sweeney hat mich zudem angewiesen, niemandem etwas von der Sache zu erzählen ... andernfalls wird er meiner Tochter etwas antun."

Sowohl Harry als auch Ming fluchten leise.

„Damit hat der Schuft ganz klar mich gemeint." Tessa erhob sich und schlug mit den Handflächen auf den Tisch. „Es war richtig von Ihnen, sich an mich zu wenden, Ransom. Keine Sorge, ich kenne Sweeney, und ich weiß, dass er nur blufft. Er würde Glory nichts antun. Bis er den Schatz in Händen hält, dient sie ihm als Druckmittel ... Was bedeutet, dass sie fürs Erste in Sicherheit ist."

Ihre Worte bestätigten seine eigenen Vermutungen. Er nickte erleichtert.

„Allerdings hat er durch die Entführung eines Kindes ein unverzeihliches Verbrechen begangen", fuhr Tessa hitzig fort. „Und meine Ehre damit beleidigt, indem er diejenigen unter meinem Schutz angegriffen und meine Autorität in Frage gestellt hat. Wenn er glaubt, sich mit mir anlegen zu können, muss er auch die Konsequenzen tragen."

„Liebling", mischte Harry sich ein, „denk bitte an deinen Zustand."

Unvermittelt wanderte Rhys' Blick zu Tessas Bauch. War sie rundlicher geworden ...?

Missmutig starrte sie ihren Gemahl an. „Wir hatten uns doch darauf geeinigt, meinen *Zustand* nicht anzusprechen."

„Du hast das beschlossen. Ich habe mich enthalten", neckte er sie und stupste sie unters Kinn. „Sei mir lieber dankbar, dass ich es nicht laut von den Dächern rufe."

Sie verdrehte nur die Augen.

Nach kurzem Zögern hielt Rhys Harry die Hand hin. „Herzlichen Glückwunsch."

Voller Stolz schüttelte Kent sie. „Danke."

„Können wir uns jetzt wieder damit beschäftigen, wie wir Glory retten?" Trotz ihres forschen Tonfalls waren Tessas Wangen sichtlich gerötet. „Wo ist überhaupt Maggie?"

Rhys erklärte ihnen knapp, wie er sich in einem Moment geistiger Umnachtung dazu hinreißen ließ, die Sharpes aufzusuchen.

„Was für ein selten *dämlicher* Plan", stellte Tessa fest.

„Sehr diplomatisch formuliert", sagte ihr Gemahl trocken. „Aber du kannst dem Mann wohl kaum vorwerfen, dass er versucht hat, das Richtige zu tun."

„Der Plan war dämlich, und ich habe aus Panik gehandelt", gab Rhys zu. „Nun möchte ich jedoch nicht ohne den letzten Hinweis zu Maggie zurückkehren. Aus diesem Grund bin ich hier. Ich hoffte, Ming könnte mir vielleicht weiterhelfen."

Er zog den Brief seines Onkels heraus und legte ihn auf den Tisch.

An Ming gewandt, sagte er: „Sir, könnten diese Zeichen auch noch etwas anderes bedeuten als Pflaumenwald? Beispielsweise, wenn man sie umdreht, wie bei einem englischen Anagramm?"

„Ist schwer zu glauben, aber nicht alles wie Englisch", erwiderte der Leibwächter mit einem Anflug von Sarkasmus. „Pflaumenwald kein Anagramm." Als Rhys' Hoffnung bereits zu sinken begann, fügte er hinzu: „Aber ist nicht nur Name von Restaurant, sondern auch Frauenname."

Gottverdammt. „Warum haben Sie das nicht schon früher erwähnt?", platzte Rhys heraus.

„Sie haben nicht gefragt", erklärte Ming achselzuckend. „Sie nur sagen: *Ist Pflaumenwald ein Ort in London?* Und nicht: *Kennen Sie Frau namens Mei-Lin?*"

Rhys holte tief Luft, um nicht die Geduld zu verlieren. „Also gut, dann frage ich Sie jetzt: Kennen Sie eine Frau namens Mei-Lin?"

Ming schüttelte den Kopf.

„Es muss einen Grund geben, warum Ihr Onkel wollte, dass Sie diese Frau finden, Ransom", sagte Tessa. „Sie muss irgendeine wichtige Rolle spielen. Sind Sie sicher, dass Sie ihr nie begegnet sind, nicht einmal flüchtig?"

„Meine Mutter war die einzige Chinesin, die ich kannte. Ihr Name war *Yu-Yan*", erwiderte er, wobei er unbeholfen über die fremden Silben stolperte.

„Und Sie kennen sonst wirklich keine anderen chinesischen Frauen?", hakte Tessa nach.

Plötzlich fiel ihm etwas ein. „Meine Mutter hatte eine Bedienstete, die mit ihr nach England kam." Er versuchte, sich an die junge Frau mit dem runden Gesicht, den funkelnden braunen Augen und dem schwarzen Haar, das sie über den Ohren zusammengerollt trug, zu erinnern. „In meiner Kindheit sprach ich ab und zu mit ihr. Ihren tatsächlichen Namen kenne ich nicht, aber ich nannte sie immer *Show Me*. So klang es für mich, wenn meine Mutter sie rief."

„Meinen vielleicht *Xiao Mei?*", fragte Ming mit wachsamer Miene.

Das Echo der vertrauten Silben jagte ihm einen Schauer über den Rücken. „Ja, so klingt es richtig!"

„*Xiao Mei* bedeutet Kleine Pflaume. Ist nicht ungewöhnlich, dass Herrin Dienerin so nennt."

Auf Rhys' verständnislosen Blick hin fügte er hinzu: „Ist Kurzform von *Mei-Lin*."

„Gottverdammt", flüsterte Rhys.

„Offensichtlich wollte Ihr Onkel, dass Sie das Dienstmädchen Ihrer Mutter finden", schlussfolgerte Tessa, die vor ihrem

Schreibtisch auf und ab lief. „Haben Sie eine Ahnung, wo sie sich aufhalten könnte?"

„Einmal bekam ich mit, wie die Angestellten sich unterhielten", sagte er mit wachsender Aufregung. „Es hieß, nach dem Tod meiner Mutter wollte Mei-Lin nicht nach China zurückkehren, also sei sie nach London gegangen." Er hielt inne und ballte die Hände zu Fäusten. „Bei Gott, ich werde sie finden!"

Die Jagd geht weiter.

„Ich fragen herum. Gibt nicht viele chinesische Frauen in London", bot Ming an.

„Wir hören uns ebenfalls um", sagte Kent. „Mit unseren Kontakten in der ganzen Stadt werden wir sie sicher bald aufspüren."

„Ich stehe tief in Ihrer Schuld. Allerdings möchte ich Sie bitten, äußerste Diskretion walten zu lassen ..."

„Sweeney wird nicht mitbekommen, dass wir ihm auf die Schliche gekommen sind", versprach Tessa.

Um die Emotionen zu kaschieren, die ihn zu überwältigen drohten, verneigte er sich tief. „Vielen Dank. Wenn ich den Gefallen je erwidern kann ..."

„Oh, das werden Sie. In Form von *zwanzig* Prozent des Gewinns", erwiderte Tessa zuckersüß.

„Ihr hattet euch doch auf fünfzehn Prozent geeinigt", murmelte Kent ihr zu.

„Die extra fünf sind für den zusätzlichen Ärger", sagte sie.

„Abgemacht", stimmte Rhys zu. Er war bereit, jeden Preis zu zahlen, um Glory – und Maggie – wohlbehalten zurückzukriegen. „Wenn Sie mich jetzt entschuldigen würden ... Ich möchte Maggie über den neuen Plan in Kenntnis setzen."

„Bringen Sie sie her, wenn Sie fertig sind", sagte Tessa. „Es gibt noch viel zu besprechen."

„Was denn?"

Ein blutrünstiges Funkeln war in ihre Augen getreten. „Beispielsweise, was wir mit diesem Bastard Sweeney anstellen werden, sobald Glory in Sicherheit ist."

~

Der Weg zurück zum Mivart's war von Angst und Vorfreude begleitet. Mit seiner impulsiven Entscheidung, Miss Sharpe zu heiraten, hatte Rhys ein ziemliches Chaos angerichtet. Er hatte Maggie tief verletzt ... und das auch noch im denkbar schlimmsten Moment, als ihre Welt durch die Entführung ihrer Tochter ohnehin aus den Fugen geraten war.

Dafür hatte er ein paar ordentliche Peitschenhiebe verdient. Er konnte nur hoffen, dass sie ihm diese Dummheit ebenso verzeihen würde wie all seine anderen Unzulänglichkeiten. Er betete, dass seine Liebe – und die neue Spur, die er gefunden hatte – ausreichen würde, um ihr Vertrauen zurückzugewinnen.

Im Hotel angekommen, legte er die Strecke zu ihrer Suite im Laufschritt zurück, ohne irgendwen zu grüßen, was ihm mehr als einen schockierten Blick einbrachte. Hier und da hörte er aufgebrachtes Getuschel. „Das kann doch unmöglich *Ransom* sein ... Der sorglose Wüstling?"

Sollten sie doch denken, was sie wollten.

„Maggie, ich bin zurück!", rief er, als er in ihr Wohnzimmer stürzte. „Und ich habe gute Neuigkeiten ..."

Er hielt abrupt inne, als er Hypatia und Newton auf dem Sofa erblickte, die sich ihm bei seinem Eintreten zugewandt hatten. Ihr Anblick ließ ihm das Blut in den Adern gefrieren.

Pattys Augen waren gerötet, Arthurs Gesicht von Sorgenfalten überzogen.

„Was ist passiert?", wollte er wissen. „Wo ist Maggie?"

„Sie ist fort", flüsterte Hypatia. Erst jetzt bemerkte er den zerknitterten Zettel, der auf ihrem Schoß lag. „Sie ist losgezogen, um allein nach dem Schatz zu suchen."

Kapitel Sechsunddreißig

Nachdem ihr Kind entführt worden war und ihr Liebhaber sie verlassen hatte, um eine andere zu heiraten, wäre es für Maggie ein Leichtes gewesen, sich von ihrer Verzweiflung überwältigen zu lassen. Oder in Ohnmacht zu fallen. Doch das war wider ihrer Natur.

Wenn es hart auf hart kommt, blickt eine Goode immer nach vorn.

Nach diesem Motto hatte Ma gelebt, und Maggie würde es ihr gleichtun.

Sie nahm Rhys seine Entscheidung nicht übel, denn ihr war klar, dass er nur tat, was getan werden musste. Letztendlich hätte sie nicht anders gehandelt. Müsste sie zwischen Glorys Leben und ihrem eigenen Glück wählen, wüsste sie, wofür sie sich entscheiden würde ... Selbst wenn das bedeutete, den Mann, den sie liebte, für immer zu verlieren.

Doch ihr Herzschmerz konnte sie nicht von der Tatsache ablenken, dass Rhys' Plan keineswegs narrensicher war. Wenn Sweeney von dem Schatz wusste, war anzunehmen, dass er auch über die Höhe des Betrags informiert war ... Ein Betrag, der die Mitgift der amerikanischen Erbin um ein Vielfaches überstieg.

Als Geschäftsfrau wusste Maggie um das Verhältnis zwischen Kosten und Nutzen. Dadurch, dass Sweeney sich dem Waffenstillstand widersetzt hatte, riskierte er es, Tessas Zorn auf sich zu ziehen. Sein gewagter Schachzug kostete ihn einiges … was bedeutete, dass der Nutzen umso größer sein musste.

Was, wenn der Halsabschneider sich nicht mit weniger als den Juwelen zufriedengeben würde?

Nach wie vor war der Schatz die Lösung ihres Problems. Und Maggie blieben nur noch zwei Tage, um ihn zu finden.

Nachdem Rhys sich an diesem Morgen zu den Sharpes aufgemacht hatte, hatte Maggie vor Hypatia eine Migräne vorgetäuscht und sich in ihre Suite zurückgezogen. Dort war sie in eines ihrer alten Kleider geschlüpft und heimlich aus ihrem Zimmer nach unten gehuscht, wo sie sich eine Mietdroschke gerufen hatte, die sie zurück nach Limehouse bringen sollte.

Zwar hatte sie keine neuen Ideen, dafür aber ein wenig Geld, eine Kopie der chinesischen Schriftzeichen und die Entschlossenheit einer von Liebe getriebenen Mutter.

Erneut klapperte sie die Gegend um das niedergebrannte Restaurant ab, nur diesmal noch gründlicher als zuvor. Sie ließ keine Kneipe, Fremdenpension und auch kein Freudenhaus aus.

Stundenlang arbeitete sie unermüdlich an ihrer Forschungsmission, jedoch ohne Erfolg. Die Männer, mit denen sie sprach, sagten ihr entweder das, was sie längst wusste – „das Pflaumenwald ist abgebrannt" – oder gar nichts.

Als es dunkel wurde, füllten die Gassen sich mit Matrosen und Hafenarbeitern, die sich nach Feierabend vergnügen wollten. Dirnen schlängelten sich durch die Menge und versuchten, mit ihren stark geschminkten Gesichtern und leicht bekleideten

Körpern die Aufmerksamkeit der feierwütigen Rohlinge zu erregen. Maggie hielt den Blick fest auf den Boden gerichtet, während sie in die nächste Gasse einbog.

Auch diese war gesäumt von Freudenhäusern und Fremdenpensionen, die aussahen, als würden sie ihre Zimmer stundenweise vermieten. Manche Paare machten sich allerdings nicht einmal die Mühe, für ihre Privatsphäre zu zahlen, und trieben es stattdessen in den schattigen Durchgängen zwischen den Gebäuden.

Gerade, als sie den Mut gefasst hatte weiterzugehen, zog ein Krawall auf der anderen Straßenseite ihre Aufmerksamkeit auf sich.

Sie sah, wie zwei Jugendliche auf einen älteren chinesischen Verkäufer losgingen und seinen Maronenstand samt langstieliger Pfanne umwarfen, während er sie in seiner Muttersprache anschrie und sich anschickte, seinen über den schmutzigen Boden verteilten Lebensunterhalt aufzusammeln. Die jungen Männer grölten nur und schubsten ihn durch die Gegend, wann immer er versuchte, sich zu bücken.

Am klügsten wäre es gewesen, wie alle übrigen Passanten einfach weiterzugehen und sich um ihre eigenen Angelegenheiten zu kümmern. Aber der Anblick hatte eine unbändige Wut in ihr ausgelöst. Sie hatte es satt, tatenlos zuzusehen, wie hinterhältige Rüpel ihre wehrlosen Opfer drangsalierten und andere ausnutzten, nur weil sie es konnten. Mehr noch hatte sie genug davon, sich ohnmächtig und machtlos zu fühlen.

Energisch sprintete sie auf die Gruppe zu, kurz innehaltend, um die heruntergefallene Pfanne aufzuheben.

Drohend baute sie sich neben dem Verkäufer auf. „Lasst ihn in Ruhe!"

Einer der Halbstarken lachte hämisch. „Was haben wir denn hier für'n hübsches Täubchen? Vielleicht sollten wir dich ebenso rupfen wie den alten Chinesen."

„Hier wird niemand gerupft." Grimmig verstärkte sie den Griff um den Pfannenstiel. „Ihr solltet euch was schämen, einfach auf einen wehrlosen alten Mann loszugehen."

„Ja, Mama", erwiderte der andere Jugendliche mit Pickelgesicht und kampflustiger Miene spöttisch. Dann deutete er gebieterisch auf den Verkäufer. „Jetzt rück endlich den Geldbeutel raus, wenn du weißt, was gut für dich ist, Schlitzauge."

„Lasst ihn in *Ruhe*", zischte Maggie erneut.

„Danke, Miss", sagte der Maronenhändler in einwandfreiem Englisch. Sein runzliges Gesicht strahlte Wärme und Güte aus. „Ich will keinen Ärger."

„Schluss mit dem Geschwafel. Her mit dem Geld!"

Der erste Bastard stürzte sich auf den alten Mann, und Maggie holte instinktiv aus. Eigentlich hatte sie ihn nur abwehren wollen, aber er senkte den Kopf geradewegs in die Flugbahn der Pfanne.

Eisen kollidierte mit Schädel. Eisen war der klare Sieger.

„Aaah, sie hat mir die Birne zerschmettert!", stöhnte der Rohling und hielt sich den blutenden Kopf.

Ups. Wirklich leid tat es ihr nicht.

„Dafür wirst du bezahlen", knurrte Pickelgesicht und zog ein Messer aus seiner Tasche.

Klick. Überrascht wandten sie und ihr Gegner sich dem leisen, unheilvollen Geräusch zu.

Der alte Verkäufer hatte ein Steinschlossgewehr entsichert und zielte genau zwischen die Augen seines Angreifers.

„Ich bin ein hervorragender Schütze", sagte er ruhig. „Zwingen Sie mich nicht dazu, es zu beweisen."

Maggie konnte sehen, wie der Halbstarke zwischen Gewaltbereitschaft und Selbsterhaltungstrieb schwankte. Schlussendlich siegte letzterer, und so steckte er fluchend sein Messer ein und bedeutete seinem verletzten Kumpan, ihm zu folgen.

Innerhalb weniger Sekunden waren die beiden im Gedränge verschwunden.

„Warum haben Sie die Waffe nicht schon früher eingesetzt?", fragte Maggie.

„Ich wollte keinen Ärger", erwiderte der alte Chinese achselzuckend. „Aber wenn der Ärger zu mir kommt, bin ich vorbereitet. Andernfalls hätte ich nie so lange in Limehouse überlebt."

Er legte sein Gewehr beiseite und begann, das Chaos, das die beiden Rohlinge verursacht hatten, aufzuräumen. Hastig stellte Maggie die Pfanne ab und half ihm dabei, den Karren wiederaufzurichten. Als alles wieder an Ort und Stelle war, schürte der Verkäufer, der sich als Mr Jiang vorgestellt hatte, die Kohlen an und setzte eine neue Ladung Maronen auf.

„Die gehen aufs Haus", sagte er zu ihr. „Das sind die besten Maronen in ganz Limehouse."

Bei der Erwähnung von Essen knurrte Maggie der Magen. Aber sie hatte bereits wertvolle Zeit verloren und es gab noch viel zu tun. „Vielen Dank für das Angebot, Mr Jiang, aber ich muss los. Ich habe noch etwas Wichtiges zu erledigen."

„Es muss wirklich von großer Bedeutung sein, wenn Sie deswegen auf diese Köstlichkeit verzichten." Er rührte die gerösteten Nüsse um, von denen ein betörender Duft aufstieg.

„In der Tat. Wo wir gerade davon sprechen ... Vielleicht können Sie mir weiterhelfen?" Von einem Impuls getrieben, holte sie den Zettel mit den chinesischen Schriftzeichen hervor. „Ich suche nach einem Ort namens Pflaumenwald."

Er besah sich das Stück Papier, das sie ihm hinhielt. „Ah, Sie sind leider zu spät. Das *Mei-Lin*-Restaurant ist niedergebrannt."

„Ja, ich weiß", seufzte Maggie und versuchte, gegen die aufsteigende Verzweiflung anzukämpfen. „Ich hatte nur gehofft, dass es vielleicht noch einen anderen Ort mit diesem Namen gibt."

„Nicht, dass ich wüsste." Abermals rührte der alte Mann die Maronen um. „Aber Mei-Lin kenne ich."

Sie runzelte die Stirn. „Das verstehe ich nicht. Sie sagten doch gerade, Ihnen sei kein Ort bekannt ..."

„Ich meinte ja auch eine Frau. Die meisten Leute hier kennen sie als Madeline Smith, aber ich als Urgestein traf sie damals, als sie noch Wong Mei-Lin war. Sie und ihr Mann betreiben eine Seilerei nicht weit von hier."

Eine Welle der Aufregung erfasste Maggie. „Mr Jiang, könnten Sie mir freundlicherweise sagen, wie ich dorthin komme?"

Es dauerte zwanzig Minuten, bis sie die Adresse der Seilerei Smith & Co. fand, die in einer winzigen Seitengasse der Three Colt Street versteckt lag. Das Geschäft war geschlossen, aber zwischen den Vorhängen des Fensters im oberen Stock drang ein schwacher Lichtstrahl nach draußen. Da sie keinen Eingang zu der Wohnung entdecken konnte, vermutete sie, dass er sich am rückwärtigen Teil des Gebäudes befinden musste.

Als sie die dunkle Hintergasse betrat, stellten sich ihr die Nackenhaare auf. Die Finsternis schien die Geräusche um sie herum zu schlucken. Der Gestank von Unrat stieg ihr in die Nase, und sie hätte beinahe laut aufgeschrien, als etwas gegen den Saum ihres Kleids streifte.

Es war bestimmt nur eine Ratte. Geh weiter. Du bist fast da.

Sie wünschte, sie hätte eine Laterne mitgenommen. Stattdessen musste sie mit dem spärlichen Mondlicht vorliebnehmen. Lautlos zählte sie die Häuser ab, in dem Versuch, Smith & Co. wiederzufinden. Als sie ein Rascheln hinter sich vernahm, wirbelte sie herum. In den Schatten konnte sie nur schemenhafte Umrisse ausmachen ... Dann, plötzlich, ein Paar bernsteinfarbener Augen.

Mit hämmerndem Herzen eilte sie weiter, bis sie zum Hintereingang der Seilerei gelangte, der von einem Tor bewacht wurde.

Gerade, als sie sich anschickte, den Riegel zurückzuschieben, legte sich ein Arm von hinten um ihre Taille. Blanke Panik übermannte sie. Sie versuchte zu schreien, doch ihr Angreifer presste ihr eine behandschuhte Hand auf den Mund und erstickte den verzweifelten Laut, der sich ihrer Kehle entriss.

Kapitel Siebenunddreißig

„Ich bin es, meine Maggie", vernahm sie eine vertraute Stimme an ihrem Ohr.

Rhys ... Es ist Rhys.

Obwohl ihr Verstand diese Tatsache anerkannte, war ihr Körper nach wie vor starr vor Angst. Langsam nahm er die Hand von ihrem Mund, hielt sie jedoch weiter fest an sich gedrückt, bis sie zu zittern aufhörte.

„W-was tust du denn hier?", brachte sie schließlich heraus, als sie sich zu ihm umdrehte.

„Ich habe nach dir gesucht."

Sie sah die tiefen Sorgenfalten in seinem Gesicht. Moment mal ... Wieso konnte sie sein Gesicht überhaupt so deutlich sehen? Woher kam das Licht?

Ein Blick über seine Schulter offenbarte Ming, der hinter ihm stand und eine Laterne hochhielt.

„Hallo, Ming", rief sie ihm mit gedämpfter Stimme zu.

Der chinesische Leibwächter verneigte sich.

„Wie hast du mich gefunden?", fragte sie anschließend, an Rhys gewandt.

„Du bist nicht gerade unauffällig, mein Schatz. Eine

wunderschöne Frau, die allein durch Limehouse wandert, beharrliche Fragen stellt und halbstarke Halunken mit einer Pfanne verprügelt", erwiderte er, und seine Mundwinkel zuckten amüsiert, als er ihr eine lose Haarsträhne hinters Ohr strich. „Ich habe deinen Freund, Mr Jiang, kennengelernt. Er berichtete mir, wohin du unterwegs warst. Ich hatte gerade eine Gruppe zusammengestellt, um nach Mei-Lin zu suchen ... Aber wie immer bist du mir einen Schritt voraus."

Fragen über Fragen wirbelten ihr durch den Kopf. *Was für eine Gruppe? Woher weiß er von Mei-Lin?*

Sie löste sich von ihm, trat einen Schritt zurück und platzte mit der Frage heraus, deren Antwort sie am dringlichsten erfahren musste. „Bist du verheiratet?"

„Nein. Diesen Plan habe ich aufgegeben", erwiderte er und hielt ihrem forschenden Blick stand. „Auch, wenn es richtig gewesen wäre, wurde mir klar, dass ich keine andere zur Frau haben will als die, die ich liebe."

Heiße Tränen stiegen ihr in die Augen. „Meinst du etwa ... mich?"

Er blinzelte verwirrt, dann lachte er laut auf und zog sie in seine Arme. „Ja, Maggie, natürlich meine ich dich. Ich liebe dich. Für immer und ewig."

Ein warmes, wohliges Glücksgefühl durchflutete sie, das selbst die dunkelsten Winkel ihres Herzens erhellte.

Doch die Dunkelheit ließ sich nicht so einfach verdrängen.

„Aber was ist mit der Mitgift?", flüsterte sie.

„Die kann uns gestohlen bleiben. Wir werden diesen Schatz finden. Für Glory. Und für uns", erwiderte er mit vor Entschlossenheit blitzenden Augen. „Wir werden uns unsere Tochter von diesem Bastard Sweeney zurückholen, und dann werden wir drei endlich eine richtige Familie sein. Vertraust du mir?"

„Ja, Darling. Immer." Als sie das Zittern in ihrer Stimme

bemerkte, bemühte sie sich, die Fassung zu wahren. Es würde ihnen auch nicht weiterhelfen, wenn sie jetzt zusammenbrach. „Wir müssen mit Mrs Smith reden ..."

In dieser Sekunde flog das Tor auf.

Ein Koloss von einem Mann erschien vor ihnen und schlug sich bedrohlich mit einem Holzknüppel gegen die Handfläche.

„Wer will mit meiner Frau reden, hm?", donnerte er.

„Vielen Dank, dass Sie uns anhören", sagte Rhys.

„Ich habe Sie bereits erwartet, Euer Gnaden. Mr Horatio sagte mir, dass Sie kommen würden", erwiderte Madeline Smith, ehemals Mei-Lin, in akzentuiertem, aber deutlichem Englisch.

Lächelnd goss sie Tee in chinesische Tassen ohne Griffe und reichte sie nacheinander ihm, Maggie, Ming und ihrem Gemahl. Sie saßen um einen runden Tisch in der kleinen, gemütlichen Wohnung, auf dem ein Teller mit Keksen bereitgestellt worden war.

Rhys erkannte in ihr die Frau aus seiner Kindheit wieder. Sie hatte noch immer dasselbe rundliche Gesicht, und in ihren klaren, kognakfarbenen Augen funkelte noch immer ein gewisser jugendhafter Übermut. Allerdings trug sie das rabenschwarze Haar nun in einem geflochtenen Knoten statt zweien. Als kleiner Junge dachte er stets, dass sie viel älter sei als er, aber nun realisierte er, dass sie vermutlich erst Ende dreißig war.

Er nahm einen Schluck von dem Tee und stellte erfreut fest, dass es sich um einen ausgezeichneten Oolong handelte. „Mein Onkel hat Sie also besucht?"

Mrs Smith nickte. „Vor etwa sechs Monaten. Er sagte mir, dass er schon länger nach mir gesucht habe und froh sei, mich gefunden zu haben, bevor ihm die Zeit davonlief. Da Sie jetzt hier sind, vermute ich, es ist angebracht, Ihnen mein herzliches Beileid auszusprechen.“

„Danke“, erwiderte er schroff. „Warum hat Horatio nach Ihnen gesucht?“

Ein Schatten legte sich über ihren Blick. „Er wollte über die Vergangenheit sprechen.“

„Wenn du nicht darüber reden willst, Liebling ...“, begann ihr Ehemann.

„Ist schon in Ordnung“, versicherte sie ihm mit einem Lächeln, das den Muskelprotz erröten ließ. „Was geschehen ist, ist geschehen, und die Überlebenden müssen nach vorne blicken. Mr Horatio glaubte, dass ich Informationen habe, die Seiner Gnaden womöglich von Nutzen wären. Einen Schlüssel, der Ihnen helfen würde, Ihre Vergangenheit zu verstehen.“

Mit hämmerndem Herzen machte Rhys sich auf das gefasst, was als Nächstes kommen mochte.

Unter dem Tisch griff Maggie nach seiner Hand, und er war dankbar für ihre Stärke.

„Welche Art von Informationen?“, fragte er.

„Über Ihre Mutter, meine geliebte Herrin“, erwiderte Mrs Smith mit bekümmerter Miene. „Darüber, was wirklich geschehen ist ... zwischen ihr und dem Herzog.“

„Ich weiß, was passiert ist“, sagte er, und sein Magen krampfte sich zusammen. „Ich habe einmal miterlebt, wie er sie misshandelt hat.“

Maggies Griff um seine Hand verstärkte sich.

Mrs Smith seufzte tief. „Etwas so Schreckliches hätte ein kleiner Junge niemals mit ansehen dürfen, ebenso wenig wie eine Dame es hätte ertragen müssen. Dennoch hat meine Herrin alles erduldet, was er ihr angetan hat.“

„Ich weiß nicht, wie sie das geschafft hat.“ Ihm schnürte sich die Kehle zu, als er an die hässlichen, blauen Flecken auf der blassen Haut seiner Mutter zurückdachte. Wie Tinte auf Reispapier. „Sie war so zart und gebrechlich."

„Ihre Mutter? Gebrechlich? *Ai-yah!*", rief Mrs Smith aus. „Wie kommen Sie nur auf diese haarsträubende Idee? Meine Herrin war die stärkste Frau, die mir je begegnet ist!"

„Ich meinte nur … Körperlich war sie …" Er hielt inne und schluckte schwer. „Sie war recht schwach, und selbst das Gehen fiel ihr schwer."

„Wegen ihrer Füße", erklärte Mrs Smith nüchtern. „In China gelten kleine Füße als Zeichen weiblicher Schönheit. Deshalb werden sie bei vielen Frauen schon in jungen Jahren abgebunden, so auch bei Ihrer Gnaden. Ihre Knochen wurden immer wieder aufs Neue gebrochen, sodass man die Zehen unter die Fußsohlen biegen konnte." Sie legte die Hand auf den Tisch und ballte sie zur Faust, um ihre Worte zu veranschaulichen. „Ich musste die Verbände täglich wechseln und weiß, wie große Schmerzen ich ihr dadurch bereitet habe."

„Wie grausam, eine solche Missbildung absichtlich zu erzwingen!", platzte Maggie heraus, bevor sie beschämt die Augen aufriss. „Oh, es tut mir leid, Mrs Smith. Wurde bei Ihnen etwa auch …?"

Die andere Frau lachte. „Gütiger Himmel, nein. Als Bedienstete brauchte ich meine riesigen Füße, um meinen Tätigkeiten nachzugehen."

„Deine Füße sind nicht riesig", murmelte ihr Gemahl. „Und wir Engländer haben es gern, wenn unsere Frauen normal gehen können."

„Aber atmen müssen sie anscheinend nicht. Hast du jemals ein Korsett getragen?", gab Mrs Smith zurück und verdrehte die Augen. „Wie dem auch sei … Der springende Punkt ist, dass meine Herrin sich ihren Qualen stets mit Würde und Tapferkeit gestellt hat. Und damit meine ich nicht nur den Schmerzen ihrer gebrochenen Füße. Ursprünglich wollte sie China nicht verlassen, sondern bei ihrer geliebten Mutter bleiben. Aber ihr Vater bestand darauf, dass sie den Herzog heiratete, um seinen geschäftlichen Erfolg zu sichern, und sie fügte sich ohne Widerspruch. Für die Ehre ihrer Familie hätte sie alles getan. Alles ertragen."

Rhys' Brust verkrampfte sich schmerzhaft. Noch nie hatte er seine Mutter aus diesem Blickwinkel betrachtet. Mrs Smiths Worte warfen ein völlig neues Licht auf ihre gebrechliche Porzellanfassade ... und enthüllten ein Herz aus Stahl, das sich dahinter verbarg.

„Ich wünschte, sie hätte nicht so schrecklich leiden müssen", sagte er mit rauer Stimme. „Ich wünschte, ich hätte meinen Vater aufhalten, sie beschützen können ..."

„Sie waren doch noch ein Kind. Was hätten Sie schon ausrichten können?"

Mrs Smiths Antwort spiegelte das wider, was Maggie ihm auch schon gesagt hatte. Dennoch wollte ein Teil von ihm nicht akzeptieren, dass er nicht schuld war am Leid seiner Mutter. „Ich hätte mehr tun sollen. Irgendetwas, egal was." Aufgewühlt erhob er sich und fuhr sich mit der Hand durchs Haar. „Ich hätte mich jemandem anvertrauen sollen oder sie dazu bringen müssen, ihn zu verlassen ..."

„Jetzt verstehe ich, warum Mr Horatio Sie zu mir geführt hat", unterbrach die frühere Bedienstete ihn sanft. „Ich soll Ihnen helfen, die Wahrheit zu sehen über das, was geschehen ist. Sie glauben, Sie haben Ihre Mutter im Stich gelassen, nicht wahr?"

Er nickte knapp.

„Das haben Sie nicht. Die Wahrheit ist, dass Sie die Quelle ihrer Kraft waren."

Eine Welle der Scham überrollte ihn. „Das kann ich mir nur schwer vorstellen."

„Weil Sie die Vergangenheit immer noch mit den Augen

eines Kindes betrachten. Ihre Mutter hat Sie geliebt. Sie waren das einzig Gute, das aus ihrer Ehe hervorgegangen ist, und obwohl der Herzog ihr verbot, Zeit mit Ihnen zu verbringen, fand sie ihr Glück in den seltenen Momenten der Zweisamkeit, die Ihnen und ihr vergönnt waren. Wenn wir allein waren, sprach sie voll Stolz über Sie. Was für ein hübsches Kind Sie waren. Wie schnell Sie sprechen lernten, auch wenn sie Ihre Sprache nicht verstand. Wie mutig es von Ihnen war, sich zwischen sie und Ihren Vater zu stellen." Sie hielt kurz inne, als ihr Tränen in die Augen traten. „Sie war stolz auf Sie, Euer Gnaden. Sie haben ihrem Leben einen Sinn gegeben."

Er schluckte schwer. Die Emotionen, die ihn übermannten, schnürten ihm die Kehle zu.

Mrs Smith legte die Hände flach auf den Tisch und lehnte sich vor. „Der Herzog hat Ihrer Mutter verboten, Englisch zu lernen, so wie er es ihr verbat, Ihnen Chinesisch beizubringen. Dennoch hat sie Ihnen heimlich einen chinesischen Namen gegeben. Wussten Sie das?"

Wortlos schüttelte er den Kopf.

„*Nan-Di*", sagte Mrs Smith. „Wörtlich übersetzt heißt das etwa so viel wie: ‚unbezwingbar'. Es ist der Name eines Jungen, der stark und mutig ist, der selbst die größten Ungerechtigkeiten übersteht. Das ist das Bild, das Ihre Mutter von Ihnen hatte."

Ihre Worte lösten die giftige Pfeilspitze aus seinem Herzen, die seit seiner Kindheit darin steckte. Schmerz und Kummer quollen aus der freiliegenden Wunde, doch gleichzeitig legte sich ein schützender, grausam schöner Film darüber. Einer, der Heilung brachte, ihn gleichzeitig aber auch in den Grundfesten seines Wesens erschütterte.

Maggie erhob sich und kam zu ihm, legte ihre Arme um seine Taille, und er zog sie an sich, suchte Trost und Unterstützung in ihrer Nähe, während die Vergangenheit ihn durchflutete, aus ihm herausströmte ... und ihn endlich freiließ.

Nach einer Weile hatte er sich so weit gesammelt, dass er sich wieder Mrs Smith zuwenden konnte, die ebenfalls von ihrem Platz aufgestanden war.

„Vielen Dank, Madam", sagte er und verneigte sich über ihrer Hand. „Für Ihre Güte und Loyalität meiner Mutter gegenüber. Und mir."

„Es war mir eine Ehre, der Herzogin zu dienen. Wäre ihre Reise nicht gewesen, hätte ich niemals mein eigenes Ziel gefunden." Sie lächelte ihrem Gemahl zu, der beschützend an ihrer Seite stand.

„Eine Frage hätte ich noch", sagte Rhys. „Hat mein Onkel zufällig etwas hier hinterlassen, das Sie mir geben sollten?"

„Ah, ja. Er sagte mir, ich solle es Ihnen erst geben, nachdem wir uns unterhalten haben. Augenblick, ich hole es schnell."

Wenige Augenblicke später kehrte sie zurück, und Rhys schlug das Herz bis zum Hals, als er sah, was sie in seine Handfläche legte.

„Vielen Dank, dass Sie uns zu so später Stunde noch empfangen", sagte Rhys.

„Es tut uns sehr leid, falls wir Ihre nächtliche Ruhe gestört haben", fügte Maggie hinzu.

„Ich bin alt." Als wollte er seinen Worten Nachdruck verleihen, erhob Gruenwald sich schwerfällig von seinem Tisch vor dem Tresorraum. „Wie meine Großmutter immer zu sagen pflegte: Schlafen kann man, wenn man tot ist. Also, haben Sie ihn?"

Rhys holte den Schlüssel hervor, den Mrs Smith ihm überreicht hatte. Auf dem polierten, goldenen Schlüsselkopf waren Gruenwalds Schriftzug sowie die Zahl 108 eingraviert.

„Hervorragend", sagte der Goldschmied. „Und die Karte?"

Rhys reichte ihm das dünne, geprägte Goldblatt.

Nachdem Gruenwald beides ausgiebig studiert hatte, nickte er. „Alles scheint in bester Ordnung zu sein. Wenn Sie mir dann bitte folgen würden."

Er führte sie langsam und mühselig hinüber zu der massiven Tür des Tresorraums. Die beiden Wachen, die auch diesmal anwesend waren, öffneten das Metalltor, das den Eingang schützte, und traten anschließend respektvoll beiseite, während Gruenwald einen Schlüssel aus seiner Jackentasche zog.

Rhys bemerkte, dass das Schloss zwei Schlüssellöcher aufwies, von denen der Goldschmied das untere benutzte.

„Stecken Sie Ihren bitte in das obere Schlüsselloch", wies der alte Mann ihn an. „Bei drei drehen wir sie gemeinsam um."

Rhys folgte seiner Aufforderung. Ein leises Klicken ertönte, dann schwang die schwere Tür auf und offenbarte die stockfinstere Dunkelheit im Innern des Tresorraums.

Gruenwald gestikulierte zu einem der Wachmänner, der hineinging und für Licht sorgte. Innerhalb von Sekunden war die Kammer hell erleuchtet, und sie konnten die endlosen Reihen aus eisernen Schließfächern sehen, die sich darin befanden.

„Fach hundertacht befindet sich zu Ihrer Rechten, ziemlich mittig", sagte der Goldschmied. „Zum Schutz Ihrer Privatsphäre schließe ich die Tür hinter Ihnen."

Rhys bedankte sich bei ihm und betrat gemeinsam mit Maggie den Tresorraum. Ein unheimliches Schweigen lag über der höhlenartigen Kammer, während sie die Reihen entlangschritten und nach ihrer Nummer suchten. Die entnehmbaren Schließfächer waren rechteckig, etwa einen Meter breit und bis unter die Decke gestapelt. Rollleitern waren entlang der Wände angebracht, um die obersten Reihen erreichen zu können.

Auf jedem Fach war ein Bronzeschild befestigt, das eine

Nummer anzeigte. Die hundertacht fanden sie genau dort, wo Gruenwald es ihnen beschrieben hatte.

Rhys und Maggie wechselten einen bedeutungsvollen Blick.

„Ich hoffe, mein Onkel hat nicht übertrieben, was den Wert des Schatzes anbelangt."

„Es gibt nur einen Weg, das herauszufinden", sagte sie.

Trotz der Anspannung, die ihn innerlich zu zerreißen drohte, musste er angesichts ihrer pragmatischen Antwort lächeln.

Er atmete tief durch, schickte ein Stoßgebet zum Himmel und steckte den Schlüssel ins Schlüsselloch. Er ließ sich drehen, und als die Tür sich öffnete, fanden sie dahinter ... eine große, hölzerne Kiste, gegen die ein Blatt Papier lehnte, auf dem in der schnörkeligen Handschrift seines Onkels stand:

Herzlichen Glückwunsch, mein Junge! Du hast Dir redlich verdient, was diese Kiste enthält.

Ich bin außerordentlich stolz auf Dich, Rhys. Und das war ich schon immer.

Ich hoffe, Du hast auf der Jagd nach dem Schatz gefunden, was wirklich zählt: die Liebe, denn Du hast sie seit jeher in Dir getragen. Die Liebe Deiner Mutter ... und auch die meine. Mögest Du Deinen Reichtum weise einsetzen und Dich von ihm durch kommende Abenteuer leiten lassen.

Dein Dich liebender Onkel
Horatio.

„Er hat dich geliebt", sagte Maggie leise.

„Ja." Rhys räusperte sich, um den Kloß in seinem Hals loszuwerden. „Ich wünschte, ich hätte es ihm gesagt ... Dass ich ihn auch liebe."

Danke, Onkel. Für alles.

Vorsichtig hob er die Kiste heraus, die verheißungsvoll schwer war, und setzte sie auf dem Boden ab.

„Übernimm du das", sagte er zu Maggie.

Mit zitternden Händen öffnete sie den Verschluss und hob den Deckel an. Erst starrte sie völlig überwältigt hinein, dann schnappte sie hörbar nach Luft.

Vor ihnen lag ein atemberaubendes Sortiment aus verschiedensten Juwelen: Diamanten, Smaragde, Saphire, ein funkelnder Regenbogen aus riesigen, erstklassigen Edelsteinen, ordentlich nebeneinander aufgereiht. Jeder von ihnen war ein Vermögen wert, aber gemeinsam bildeten sie einen Schatz von unvorstellbarem Ausmaß.

Und das war nur einer von mehreren Einsätzen, den die Truhe enthielt.

„Dafür erhalten wir eine Riesensumme", hauchte Maggie.

„Und unsere Tochter zurück", erwiderte er mit eiserner Entschlossenheit. „Es wird Zeit, Glory nach Hause zu holen."

Kapitel Achtunddreißig

Nachdem sie sich einen Überblick über die Juwelen verschafft hatten, beschlossen Maggie und Rhys, sie zur Sicherheit im Tresorraum zu lassen. Sie kehrten ins Mivart's zurück, und nachdem sie eine Nachricht an die Kents geschickt hatten, versuchten sie, ein paar Stunden Schlaf abzubekommen. Am nächsten Morgen um Punkt acht Uhr trafen sie vor Harrys und Tessas Residenz ein, wo ihre Gastgeber bereits im Salon auf sie warteten ... Doch sie waren nicht allein.

Die Garritys waren ebenfalls anwesend.

Als Rhys und der Geldverleiher einander anblickten, legte sich eine Anspannung über den Raum, die dichter war als der Nebel an der Küste Dorsets. Maggie fragte sich, warum um alles in der Welt Tessa Rhys' Widersacher dazugebeten hatte, doch sie wurde aus ihren Gedanken gerissen, als Gabriella auf sie zustürmte und sie mit einer Umarmung überrumpelte.

„Was mit Ihrer Tochter geschehen ist, ist einfach furchtbar, Maggie." Ihr Tonfall spiegelte aufrichtige Anteilnahme wider.

Der Schmerz, den sie die ganze Zeit über zu verdrängen

versucht hatte, übermannte sie, und ein leises Schluchzen entfuhr ihr.

Gabby trat einen Schritt zurück und musterte sie besorgt. „Oh, das war wirklich taktlos von mir, nicht wahr? Es tut mir so leid! Seit Tessa mir davon erzählt hat, konnte ich kein Auge mehr zutun. Wenn ich nur daran denke, dass meine eigenen Kinder ...“ Sie brach ab und atmete zitternd ein. „Ich hoffe, es stört Sie nicht, dass wir hier sind. Mein Gemahl und ich möchten Ihnen unsere *bedingungslose* Unterstützung anbieten. Ist es nicht so, Mr Garrity?“

Die Miene des Geldverleihers war undurchdringlich. „In der Tat, meine Teure.“

„Sehen Sie?“, wandte Gabby sich mit einem aufmunternden Lächeln an Maggie. „Mr Garrity ist äußerst clever und bewahrt selbst in heiklen Situationen immer einen kühlen Kopf. Gemeinsam wird es uns gelingen, Ihre Glory wohlbehalten zurückzubringen.“

In diesem Augenblick begriff Maggie, warum Tessa ihre rothaarige Freundin hinzugezogen hatte. Gabby war eine gutmütige, einfühlsame Person ... und was noch viel wichtiger war, sie übte einen gewissen Einfluss auf ihren Gemahl aus. Obwohl Maggie nach wie vor nicht verstand, wie es zu der Verbindung zwischen dem skrupellosen Geldverleiher und seiner naiven Frau kommen konnte, ließ sich nicht leugnen, dass es zwischen den beiden knisterte.

Wenn die Garritys ihnen dabei helfen wollten, Glory zu retten, würde sie sich nicht über die großzügige Geste beschweren. Allerdings nahm sie sich vor, die Gefälligkeit zu erwidern, sobald es ihr möglich war.

„Wir sind Ihnen äußerst dankbar für Ihre Unterstützung“, sagte sie. „Nicht wahr, Ransom?“

Rhys hielt den Blick nach wie vor unverwandt auf seinen Widersacher gerichtet. „Mir war nicht bewusst, dass Mr Garrity die Angewohnheit hat, anderen zu helfen. Wenn er jemandem ein Rettungsseil zuwirft, ist es normalerweise gerade lang genug, um sich damit zu erhängen."

Garritys Lächeln erinnerte eher an das Zähnefletschen eines Raubtiers. „In der Tat bin ich kein Wohlfahrtsverband, Euer Gnaden. In diesem Fall geht es mir vielmehr um Vergeltung. Sweeney hat es darauf abgesehen, mir meinen Anteil des Schatzes zu stehlen. Diesen Affront kann ich nicht tatenlos hinnehmen."

„Ihr Ziel ist es also, Sweeney zu ruinieren, und nicht, mir zu helfen", konterte Rhys trocken.

„Sagen wir einfach, so schlage ich zwei Fliegen mit einer Klappe."

„Denken Sie nur nicht, Sie könnten mir wegen Ihrer Hintergedanken noch weitere Schulden aufhalsen."

Garrity hob eine Braue. „Das werde ich nicht ... solange Sie sich an unsere Abmachung halten. Wenn ich mich recht erinnere, schulden Sie mir sechzigtausend Pfund?"

Maggie warf Rhys einen besorgten Blick zu. Mr Gruenwald hatte ihnen am Abend zuvor eine grobe Einschätzung hinsichtlich des Werts der Juwelen genannt: etwa sechshunderttausend Pfund, wenn nicht sogar mehr. Selbst nach Rückzahlung der Schulden wäre die Gesamtsumme noch weitaus mehr, als sie sich hätten träumen können. Sweeney, der keine Ahnung hatte, würde sich hoffentlich mit dem Lösegeld zufriedengeben.

„Abgemacht", sagte Rhys.

„Es ist mir ein Vergnügen, mit Ihnen Geschäfte zu machen", erwiderte Garrity und hielt ihm eine gepflegte Hand hin.

Rhys schüttelte sie, und Maggie seufzte innerlich vor Erleichterung auf.

Ein Hindernis weniger. Nun sind wir einen Schritt weiter, was Glorys Rettung anbelangt.

„Wenden wir uns nun dem Thema zu, wie wir mit Sweeney abrechnen sollen", sagte der Geldverleiher.

Ein Schauer durchfuhr Maggie. Es würde sie nicht wundern, wenn Garritys Pläne für Sweeney damit endeten, dass dieser die Radieschen von unten betrachtete. Aber da der Mistkerl ihre Tochter entführt hatte, verspürte sie kein allzu großes Mitleid mit ihm. Der Schurke hatte verdient, was auch immer auf ihn zukommen mochte.

„Lasst uns beim Frühstück darüber sprechen", schlug Tessa vor.

Auf ihren Befehl hin wurden Servierwagen hereingebracht, und jeder von ihnen lud sich einen Teller voll, bevor es daran ging, Strategien zu diskutieren.

„Sobald ich Sweeney darüber informiert habe, dass der Schatz gefunden wurde, wird er eine Übergabe vereinbaren wollen. Irgendeine Idee, wo diese stattfinden könnte?", fragte Rhys.

„Er wickelt die meisten seiner Geschäfte in Bluegate Fields ab, seit er das Revier von einem anderen Mistkerl übernommen hat", sagte Tessa. „Ich vermute, dass er die Sache dort durchziehen will."

Rhys nickte knapp. „Wenn Sie so freundlich wären, für die nötige Sicherheit zu sorgen, werde ich den Schatz von Gruenwalds Geschäft dorthin transportieren und mich um die Übergabe kümmern."

„So einfach wird das nicht werden", sagte Garrity und nahm den Kaffee entgegen, den Gabby ihm eingeschenkt und mit Zucker sowie Sahne versehen hatte. „Ich kenne Sweeney. Der Mann hat keinen Funken Ehre im Leib, das zeigt schon die Tatsache, dass er ein unschuldiges Kind in seine Machenschaften hineingezogen hat. Sobald er den Schatz in Händen hält, gibt es keine Garantie dafür, dass er Ihre Tochter freilässt."

Ein eisiger Schauer durchfuhr Maggie. „Aber was sollen wir dann tun?"

„Wir umzingeln den Übergabeort und stellen sicher, dass er nicht mit Glory abhauen kann", sagte Tessa.

„Ist das nicht viel zu gefährlich? Was, wenn er wütend wird und ihr etwas antut?", protestierte sie.

Rhys griff nach ihrer Hand und drückte sie beschwichtigend. „Sobald Sweeney den Schatz hat, kann ihn ohnehin nichts daran hindern, sie zu verletzen. Zumindest haben wir auf diese Weise Verstärkung in den Startlöchern, falls er sich weigert, unsere Kleine herauszurücken."

„Ich sollte vielleicht auch noch darauf hinweisen, dass Sweeney nichts daran hindern wird, Seine Gnaden anzugreifen, sobald er die Juwelen übergeben hat", merkte Garrity an.

„Ich werde Ransom begleiten", verkündete Harry. „Als sein Sekundant."

Zum ersten Mal wirkte Tessa sichtlich besorgt. „Ich weiß nicht, ob das so eine gute Idee ist, Darling ..."

„Mir wird schon nichts passieren. Außerdem wird Sweeney es sich zweimal überlegen, eine Offensive zu starten, wenn ich dabei bin."

„Vielen Dank, Kent", sagte Rhys.

„Das ist alles viel zu gefährlich", warf Maggie nervös ein.

„Mach dir keine Sorgen, mein Schatz", erwiderte Rhys mit grimmiger Miene. „Sweeney ist der Einzige, der etwas zu befürchten hat, wenn er es wagen sollte, sich zwischen meine Tochter und mich zu stellen."

Nachdem Rhys seine Nachricht abgeschickt hatte, dauerte es nicht lange, bis die Antwort eintraf.

*Heute Abend, zehn Uhr. Underhill & Son Tischlerei, Bluegate
Fields. Kommen Sie allein.*

~

Im schummrigen Licht der Kutsche warf Rhys Maggie einen
beschwörenden Blick zu.

„Versprich mir, dass du mit Tessa in der Kutsche wartest",
sagte er zum gefühlt hundertsten Mal. „Du wirst ihr keine
Sekunde lang von der Seite weichen."

Sie näherten sich ihrem Ziel, einem Lagerhaus im Herzen
des Hafenviertels, einer äußerst zwielichtigen Gegend. Maggie
hatte darauf bestanden, mitzukommen. Keinesfalls wollte sie
untätig zurückbleiben, während die Leben ihrer Tochter und
ihres Liebhabers auf dem Spiel standen. Allerdings sollte sie mit
Tessa und einer Truppe Wachmänner in sicherem Abstand
warten.

„Ich bin nicht diejenige, die einem Halsabschneider gegen-
übertritt", erwiderte sie und klammerte sich an sein Revers, als
die Kutsche zum Stehen kam. „Rhys, versprich mir, dass du
vorsichtig sein wirst."

„Ich verspreche dir, dass Glory sicher und wohlbehalten zu
dir zurückkehren wird", sagte er mit glühendem Blick.

„Solange du das ebenfalls tust."

Zärtlich legte er ihre eine Hand an die Wange. „Wie könnte
ich nicht, in Anbetracht dessen, was mich erwartet?"

„Ich liebe dich, Rhys", flüsterte sie mit zitternder Stimme.

„Und du bist die Einzige, der mein Herz gehört. Vergiss das
nie. Dein Licht wird mir den Weg nach Hause weisen."

Er küsste sie, leidenschaftlich und voller Verzweiflung.
Einen Augenblick lang hielten sie einander fest umklammert,
nicht gewillt, loszulassen, da keiner von ihnen wusste, was die

nächsten Stunden mit sich bringen würden. Sie umarmten einander auch dann noch, als es an der Tür klopfte.

„Es ist so weit", drang Harry Kents Stimme zu ihnen herein.

„Ich muss jetzt gehen, meine Maggie", sagte Rhys leise und musterte sie eindringlich, als wollte er sich jeden Zentimeter ihres Gesichts einprägen.

Sie schloss die Augen, als er sich vorbeugte und sie noch einmal sanft auf die Stirn küsste.

Als sie sie wieder öffnete, war er fort.

Kapitel Neununddreißig

Die Tischlerei Underhill & Sons befand sich im schlimmsten Elendsviertel von Bluegate Fields, in einer beengten Straße, die so heruntergekommen war, dass ihre Bewohner betrunken im Dreck lagen oder schliefen, umgeben von Ungeziefer und Müllbergen. Das Backsteingebäude balancierte gefährlich nahe am Ufer der Themse, und zwischen den mit Holzbrettern vernagelten, zerbrochenen Fenstern drang schwaches Licht heraus.

„Ist jeder auf seiner Position?", murmelte Rhys.

Kent nickte, und bei der Bewegung glänzten seine Brillengläser im Mondlicht. „Wir haben das Lagerhaus vorhin bereits ausgekundschaftet und an allen sechs Ausgängen Wachen positioniert. Garrity und seine Männer behalten den Kai hinter dem Gebäude im Auge, für den Fall, dass Sweeney versuchen sollte, übers Wasser zu entkommen."

Rhys umklammerte den Lederbeutel, in dem er die Juwelen transportierte. „Dann sehen wir besser zu, dass wir die Sache hinter uns bringen."

„Moment noch", sagte Kent und zog etwas aus seinem

Mantel, das aussah wie ein riesiges, gefaltetes Taschentuch. „Hier, für Sie.“

Fragend hob Rhys die Brauen. „Wofür?“

„Als Absicherung“, erwiderte Harry knapp. „Sie werden schon wissen, wann Sie es einsetzen müssen.“

Wann denn? Wenn ich das dringende Bedürfnis verspüre, mir die Nase zu putzen?

Verwirrt nahm er das Taschentuch an und steckte es in seinen Mantel.

Dann setzten sie ihren Weg in Richtung des Kontors fort, vor dem eine Bande Rohlinge herumtigerte und die Umgebung im Auge behielt. Ein Wachmann am Eingang nahm ihnen die Waffen ab, was nicht sonderlich überraschend war. Bereitwillig warf Rhys seine Pistole in den Sack, der ihm hingehalten wurde. Anschließend beobachtete er mit hochgezogenen Brauen, wie Kent sich zweier Pistolen, einem kleinen Knüppel und diverser Dolche entledigte.

„Was’n das?“, fragte der Wächter und schüttelte einen Flachmann, den er in einer von Harrys Manteltaschen gefunden hatte.

„Schnaps“, erwiderte dieser leichthin. „Hab ich selbst gebrannt. Nehmen Sie ruhig mal ’nen Schluck.“

Der andere Mann schraubte den Deckel ab, schnupperte an der Öffnung und verzog das Gesicht. Nachdem er den Behälter wieder verschlossen hatte, begutachtete er das nächste Objekt, das Kent aus seiner Tasche hervorbrachte. „Und das?“

„Nur eine Streichholzschachtel.“

Nach einer kurzen Inspektion gab der Typ ihm die Sachen zurück und öffnete ihnen die Tür.

Im Inneren des Lagerhauses stand Sweeney, flankiert von zwei weiteren bewaffneten Männern, einschließlich Victor, der Rhys höhnisch angrinste. Er ignorierte den blonden Bastard und ließ den Blick durch den Raum wandern. Kein Anzeichen von Glory. Außerdem schien es keine weiteren Ausgänge zu geben, außer der Tür, welche die Wachen hinter ihnen schlossen. Schränke und Vitrinen in verschiedenen halbfertigen Stadien säumten die Wände und warfen im flackernden Licht der Wandleuchten geisterhafte Schatten auf den Boden.

Wo zum Teufel hielten sie Glory versteckt?

„Wie schön, dass Sie's einrichten konnten, Euer Gnaden", sagte Sweeney mit einem aalglatten Lächeln und trat auf sie zu. „Leider haben Sie es versäumt, meinen Anweisungen zu folgen."

„Kent ist hier, um sicherzustellen, dass die Übergabe problemlos verläuft."

„Das wird sie." Der Blick des Geldverleihers fiel auf den Lederbeutel. „Sobald Sie mir den Schatz ausgehändigt haben."

Rhys hielt die Griffe der Tasche fest umklammert. „Erst will ich meine Tochter sehen."

Sweeney schnippte mit den Fingern.

Einer der Wachmänner ging nach hinten zur rückwärtigen Wand, öffnete einen der Schränke und tastete darin herum. Plötzlich löste sich das Stück Mauer dahinter und begann, sich zu drehen. Die Vitrine verschwand, und was auf der anderen Seite zum Vorschein kam, war ... *Glory*.

Rhys blieb beinahe das Herz stehen, als er sah, dass sie an einen Stuhl gefesselt war, einen Knebel über dem Mund. Ihre Zöpfe waren zerzaust, ihre Augen zwei riesige, dunkle Flecken in ihrem blassen Gesicht. Etwas bewegte sich auf ihrem Schoß ... Ferdinand! Das hellbraune Frettchen hüpfte fauchend auf und ab.

„Keine Angst, Kleines!", rief Rhys ihr zu. „Ich bin da, um dich zu holen."

Die Mauer rotierte weiter, bis Glory verschwunden war und der Schrank wieder seinen ursprünglichen Platz eingenommen hatte.

„Da, seh'n Sie? Das Kind ist gesund und munter", sagte Sweeney und kniff die Augen zusammen. „Und jetzt her mit den Klunkern."

Überkochend vor Wut, trat Rhys auf den Halsabschneider zu. „Sie wollen das hier? Nur zu."

Verächtlich warf er Sweeney die Tasche vor die Füße.

Eifrig kniete der Bastard sich nieder, öffnete sie und wühlte durch die schützenden Samtlagen. Als er die Juwelen erblickte, schnappte er hörbar nach Luft, und ein Ausdruck unverhohlener Habgier machte sich auf seinem Gesicht breit. Behutsam zog er einen Smaragd von der Größe eines Taubeneis heraus und hielt ihn hoch. Selbst im Halbdunkel des Warenhauses strahlte er eindrucksvoll.

„Wahrlich bemerkenswert", sagte Sweeney mit einem zufriedenen Grinsen.

„Da haben Sie Ihre Juwelen", presste Rhys hervor. „Jetzt geben Sie mir Glory."

Der Halsabschneider legte den Smaragd zurück, schloss die Tasche und erhob sich. „Die Klunker sind wirklich exquisit, und ich würde gerne lange genug leben, um sie genießen zu können. Nur bin ich mir ziemlich sicher, dass Tessa Kents Männer da draußen auf mich warten. Um meine Sicherheit zu gewährleisten, werde ich das Mädchen mitnehmen." Er zog eine Pistole hervor und richtete sie auf Harry. „Und Sie kommen ebenfalls mit."

„So war das nicht abgemacht", zischte Rhys.

„Die Bedingungen haben sich geändert, Euer Gnaden", erwiderte Sweeney mit einem hinterlistigen Funkeln in den Augen. „Derjenige, der die Waffe hält, macht die Regeln. Sie sollten sich glücklich schätzen, dass ich Ihnen nicht das Gehirn wegpuste, bevor ich gehe."

Aus dem Augenwinkel sah Rhys, wie Kent diskret in seiner Manteltasche herumkramte, während der Halsabschneider sprach. Wie er den Wissenschaftler kannte – und weil ihm wieder einfiel, dass dieser vorhin von irgendeiner „Absicherung" sprach –, beschloss er, etwas mehr Zeit herauszuschinden.

„Ich bitte Sie ... Haben Sie etwas Angst davor, einen Mord zu begehen?", höhnte er.

„Ich habe vor nichts und niemandem Angst, schon gar nicht vor Ihnen", erwiderte Sweeney barsch. „Aber warum sollte ich mir die Mühe machen, Sie umzubringen, wo Sie doch völlig unvorbereitet und wehrlos sind?"

„Sie waren mir die ganze Zeit über einen Schritt voraus, was?", stichelte Rhys.

„Allerdings! Wussten Sie, dass meine Männer Sie bis nach Dorset verfolgt haben? Gut, sie kamen zwar erst an, als Sie schon wieder weg waren, aber die Mühe war nicht vergeblich. In einer der Tavernen hörten sie einen Betrunkenen damit prahlen, dass seine Schwester sich einen Herzog geangelt habe und mit ihm nach London gereist sei, um sein Erbe aufzuspüren: einen Schatz, geborgen aus einem gesunkenen Schiff, der ein unvorstellbares Vermögen wert sein müsse."

Gottverdammt, Jeremy. Sollte Rhys die Nacht überleben, würde er Maggies Bruder eigenhändig erwürgen.

Als er bemerkte, wie Kent unauffällig die Streichholzschachtel aus der Tasche zog, fragte er Sweeney mit vor Verachtung triefender Stimme: „Wenn Sie doch wussten, dass ich in London war, warum haben Sie mich dann nicht gleich geschnappt, hm?"

„Weil ich an den Schatz ranwollte, Sie einfältiger Narr!", schnaubte Sweeney und musterte ihn von oben herab. „Von Anfang an hatte ich Ihre kleine Schutzpatrouille infiltriert. Der gute Victor hier lauschte bei jeder Gelegenheit, und was er mir berichtete, bestätigte meinen Verdacht: Sie suchten nach einem

Schatz ... und Sie waren nah dran, ihn zu finden. Alles, was Sie brauchten, war ein klein wenig Ansporn."

„Ein unschuldiges Kind zu entführen, nennen Sie Ansporn?", erwiderte Rhys kühl und warf einen flüchtigen Blick zu Kent hinüber, der kaum merklich nickte.

Er sah wieder nach vorn und bereitete sich innerlich auf das vor, was als Nächstes passieren würde.

„Hat doch funktioniert, oder nicht?" Sweeney grinste selbstgefällig und fügte hinzu: „Jetzt ist aber Schluss mit dem Geschwafel ..."

In diesem Augenblick ging Kent zum Angriff über. Er warf etwas in die Luft ... Den Flachmann, aus dem nun eine brennende Zündschnur ragte. In der nächsten Sekunde ertönte ein lauter Knall, und dichter, schwarzer Rauch füllte den Raum.

Rhys stürzte sich auf Sweeney und riss ihn mit sich zu Boden, hörte, wie die Pistole des Halsabschneiders über den Beton schlidderte. Obwohl er nichts sehen konnte, begann er, auf seinen Gegner einzudreschen, und als dieser vor Schmerz aufheulte, wusste er, dass er einen Treffer gelandet hatte. Gerade, als er ihm erneut die Faust ins Gesicht rammen wollte, wurde er von Sweeney hinuntergestoßen und landete unsanft auf dem Rücken.

Victor hatte ihn attackiert. Verbissen rangelte Rhys mit dem Hünen. Sie rollten über den Boden, während Victor die Hände um seinen Hals schloss und versuchte, ihm die Luft abzuschnüren. Verzweifelt tastete Rhys um sich, bis seine Hand gegen etwas Metallisches stieß ... *Sweeneys Pistole.*

Instinktiv griff er danach, richtete sie auf seinen Gegner und drückte ab.

Ein erstickter Schrei ertönte ... Dann spürte er totes Gewicht auf sich.

Hustend und nach Luft japsend stieß er den leblosen

Körper des Wachmanns von sich hinunter und sprang auf. Geistesgegenwärtig erinnerte er sich an das Taschentuch, das Kent ihm gegeben hatte, zog es heraus und presste es sich vor Mund und Nase. Es half, den dichten, erstickenden Rauch zu filtern. Durch den Dunst sah er, wie Harry gegen zwei Rohlinge gleichzeitig kämpfte, und sprintete zu ihm hinüber, um ihm zu helfen. Gemeinsam gelang es ihnen, die Mistkerle zu überwältigen, sich ihre Waffen zu schnappen und sie damit in Schach zu halten.

Schwer atmend versuchte Rhys, sich in dem rauchverhangenen Warenhaus umzusehen. „Wo ist Sweeney?"

„Da drüben bei der Drehmauer!", rief Kent durch sein eigenes Taschentuch. „Er und einer der Wachmänner versuchen zu fliehen!"

In dieser Sekunde flog die Eingangstür auf und ein weiterer Trupp von Sweeneys Handlangern stürmte herein.

„Retten Sie Glory!", brüllte Harry ihm zu. „Ich bleibe hier und verschaffe Ihnen Zeit."

Rhys zögerte, hin- und hergerissen. „Aber es sind zu viele ..."

Bevor er den Satz beenden konnte, ertönte ein markerschütternder Kampfschrei, jedoch nicht aus Sweeneys Reihen, sondern aus denen der Kents. Ming kam durch die Tür gestürzt, dicht gefolgt von seinen Männern, mit denen er ihre Gegner in Sekundenschnelle umzingelt hatte.

„Wir schaffen das schon", sagte Kent und entsicherte seine Pistole.

Ohne eine weitere Sekunde zu verschwenden, eilte Rhys auf die rückwärtige Wand zu und schob die Hand in den Schrank, wie er es vorhin bei dem Wachmann beobachtet hatte. Seine Finger fanden einen Hebel, den er ruckartig nach unten zog. Er hörte, wie die Steinmauer sich bewegte. Sobald der Spalt in der Wand groß genug war, zwängte er sich hindurch, und fand sich umzingelt ... von sich selbst.

Er war in einem Raum gelandet, in dem Spiegel hergestellt wurden. Jeder Zentimeter Wand war mit ihnen zugepflastert. Frisch versilberte Spiegelgläser hingen auf großen Trockengestellen und verwandelten diesen Teil des Lagerhauses in ein unheimliches, verwirrendes Labyrinth. Vorsichtig bewegte er sich durch die Reihen, die Pistole im Anschlag haltend, und verspannte sich bei jeder Bewegung, die er aus dem Augenwinkel wahrnahm. Als er ein Scharren hinter sich hörte, wirbelte er herum … Doch da war niemand außer ihm.

Mit hämmerndem Herzen setzte er seinen Weg fort. Gerade, als er um eine Ecke biegen wollte, sah er etwas Metallisches in einem der Spiegel glitzern … eine Waffe. Gerade noch rechtzeitig duckte er sich und spürte, wie eine Kugel haarscharf an seinem Ohr vorbeizischte. Um ihn herum regneten Glasscherben nieder, als er sich umdrehte und das Feuer erwiderte.

Stöhnend sackte sein Angreifer zu Boden.

Rhys stieg über den leblosen Körper hinweg und warf seine leere Pistole beiseite. Wohin er sich auch drehte und wendete, sah er endlose Spiegelungen seiner selbst, blutverschmiert und zerkratzt, wo die winzigen Splitter ihn gestreift hatten. Dieser ganze Raum diente dazu, ihn abzulenken und zu täuschen … Ihn daran zu hindern, den richtigen Pfad zu finden.

Mit einem Mal wusste er genau, was er zu tun hatte.

Er trat an eines der Trockengestelle heran, legte beide Hände auf die kühle Scheibe und drückte mit aller Macht dagegen. Das schwere Gerüst schwankte einen Augenblick, bevor es gegen das dahinter stürzte, welches wiederum das nächste mit sich riss, bis sämtliche Spiegel wie eine Reihe Dominos zu Boden gegangen waren. Schweißüberströmt marschierte er durch den glitzernden Staub, der um ihn aufstob, und wiederholte den Vorgang bei jedem Gestell, bis er das gesamte Spiegellabyrinth zum Einsturz gebracht hatte.

Dann, endlich, erspähte er Sweeney am anderen Ende des

Raumes, über eine Falltür gebeugt, die er mit sichtlicher Mühe zu öffnen versuchte. Glory kauerte gekrümmt neben ihm auf dem Boden und weinte. Sie versuchte, die Hände nach dem Frettchen auszustrecken, das ein paar Meter entfernt reglos dalag. Es dauerte einen Augenblick, bis Rhys begriff, warum sie sich so hilflos wand ... Sweeney stand mit einem Fuß auf ihren Zöpfen.

Der Bastard hatte seine Tochter an den *Haaren* auf den Boden gepinnt.

Er ist ein toter Mann.

Rasend vor Wut stürmte Rhys auf ihn zu. Sweeney hatte gerade noch Zeit, zu ihm aufzublicken, bevor er ihn mit sich zu Boden riss und einen Augenblick lang darum kämpfte, die Überhand zu gewinnen. Schließlich gelang es Rhys, seinen Gegner zu überwältigen und niedergedrückt zu halten.

„Du willst kämpfen? Dann such dir gefälligst jemanden, der es mit dir aufnehmen kann!", brüllte er, bevor er dem Halsabschneider eine Faust ins Gesicht rammte.

Und dann noch einmal. Und immer wieder.

„Rhys, hör auf damit! Er ist bewusstlos", rief Maggie ihrem Liebhaber zu, während sie Glory fest an sich drückte, doch er schien sie nicht zu hören. Er schien nicht einmal zu registrieren, dass der Kampf vorüber war. Von einem Wachtrupp begleitet, hatten Tessa und sie vor wenigen Minuten diesen geheimen Raum betreten, und Glory kam sofort auf sie zugerannt ... Nur Rhys ließ sich nicht davon abbringen, Sweeney zu Tode zu prügeln. Auch jetzt noch schlug er verbissen weiter auf den bewusstlosen Bastard ein.

Als sie sich ihm nähern wollte, hielt Harry Kent sie zurück.

„Lassen Sie ihn das auf seine Weise verarbeiten", sagte er.

„Wenn er fertig ist, bin ich an der Reihe", murmelte Tessa mit finsterer Miene.

Maggie wollte jedoch nicht, dass Rhys eines *Mordes* bezichtigt wurde, jetzt, da Glory endlich in Sicherheit war.

„Mama?"

Sie blickte auf ihre Tochter hinab, die ihr Frettchen schützend an sich gedrückt hielt. Ferdinand war noch immer etwas benommen, nachdem er versucht hatte, das Mädchen vor Sweeney zu verteidigen. Tessa hatte die Verletzungen des heldenhaften Tiers eingehend untersucht und festgestellt, dass die Beule an seinem Köpfchen nicht allzu schlimm war. Nun richtete F. F. sich auf und leckte schwach über den blauen Fleck auf Glorys Wange.

Der Anblick der beiden schürte die Wut in ihrem Herzen.

Vielleicht sollte ich Rhys doch gewähren lassen. Sweeney muss für seine Taten bezahlen.

Sanft strich sie ihrer Tochter übers Haar. „Ja, Liebling?"

„Der böse Mann, Mr Sweeney ... Er hat gesagt, Rhys sei mein leiblicher Vater. Stimmt das?"

Maggie schluckte schwer. Konfrontiert mit den fragenden, goldenen Augen des Mädchens – die denen von Rhys so sehr ähnelten –, konnte und wollte sie nicht länger lügen.

„Ja, es stimmt. Ich kannte Ransom von früher, bevor ich deinen Vater heiratete ... Ich meine, den Mann, der dich großgezogen hat. Aber Rhys wusste nichts von deiner Existenz, bis er vor ein paar Wochen nach Dorset zurückkehrte." Sie hielt inne und musterte besorgt das Gesicht ihrer Tochter. „Ich weiß, wie verwirrend das alles für dich sein muss. Es ist vor langer Zeit passiert ..."

„Ich verstehe schon."

Die gefasste Antwort des Mädchens überraschte sie. „Wirklich?"

Glory nickte. „Will Ransom denn jetzt mein Vater sein?"

„Das will er, mein Herz." Maggie zögerte kurz, bevor sie fragte: „Möchtest du das denn ebenfalls?"

Statt einer Antwort wandte Glory sich in Rhys' Richtung und rief: „Papa! Papa! Hör auf zu kämpfen!"

Dieser hielt mitten in der Bewegung inne und drehte sich zu ihnen um.

Maggie sah, wie er langsam aus seinem Blutrausch erwachte und sie mit ungläubiger Miene anstarrte.

„Hat Glory mich gerade ... Papa genannt?", fragte er mit heiserer Stimme.

„Ja, hat sie." Maggie lächelte ihn unter Tränen an. Ihr Herz drohte, vor Glück zu zerspringen. „Jetzt, da wir deine Aufmerksamkeit haben, dürfte ich dich bitten, das Morden zu unterlassen und dich deiner Familie anzuschließen?"

Er sprang auf die Füße, wobei er eine glitzernde Staubwolke aufwirbelte. Das dunkle Haar hing ihm schweißverklebt in die Stirn. Seine Wangen waren aufgekratzt, seine Kleidung zerrissen, und von seinen Knöcheln tropfte Blut.

Nie hatte er schöner ausgesehen als in diesem Moment.

„Für meine Mädels würde ich alles tun!", rief er und eilte auf sie zu.

Glory und sie liefen ihm entgegen und stürzten sich in seine wartenden Arme.

Kapitel Vierzig

Drei Tage später wurde Maggie von Tessa in deren Kutsche zurück ins Mivart's gebracht. Die beiden hatten die meiste Zeit bei Gabby verbracht, um mit ihr Krankenwache zu halten. Denn leider war der Sieg gegen Sweeney – der sich gegenwärtig in Bartholomew Blacks Obhut befand und das Urteil der Unterwelt erwartete – nicht ohne Verletzungen errungen worden.

Adam Garrity hatte während des Gefechts eine Kugel abbekommen.

Den Erklärungen des Arztes zufolge war es ein glatter Durchschuss gewesen, der keine lebenswichtigen Organe erwischt hatte. Garrity hätte sich ohne Weiteres davon erholt ... Wenn er durch die Wucht des Schusses nicht durch die Gegend geschleudert worden wäre. Leider hatte er sich dabei heftig den Kopf gestoßen und war in den Fluss gefallen.

Glücklicherweise hatte sein Hauptwächter, ein Mann namens Wickham, den Unfall mit angesehen und war seinem Arbeitgeber nachgesprungen, um ihn aus dem Wasser zu ziehen. Diese Heldentat hatte dem Geldverleiher das Leben gerettet, behauptete der Arzt. Hätte man ihn nur eine Minute später geborgen, wäre er vermutlich noch an Ort und Stelle gestorben.

Nichtsdestotrotz ging seine Genesung nur schleppend voran.

Maggie und Rhys hatten die Garritys seitdem jeden Tag besucht. Sie würden nie vergessen, was der Geldverleiher für sie getan hatte. Er war ihretwegen verletzt worden, eine Schuld, die nicht leicht wiedergutzumachen wäre. Zudem war Gabby ihr ans Herz gewachsen, und Maggie war fest entschlossen, der neuen Freundin in dieser schweren Zeit beizustehen.

„Mr Garrity sah heute schon etwas besser aus, findest du nicht?", fragte sie leise.

„Zumindest scheint es ihm nicht schlechter zu gehen", erwiderte Tessa seufzend. „Ich hoffe, er erholt sich schnell wieder, nicht nur um seinetwillen, sondern auch um Gabbys. Die Arme versucht, sich nichts anmerken zu lassen, aber ..."

Sie musste ihren Satz nicht beenden. Jeder, der auch nur eine Minute in Gabbys Anwesenheit verbracht hatte, wusste, wie sehr sie ihren Gemahl vergötterte.

„Vielleicht sollte ich Glory morgen mitnehmen", überlegte Maggie. „Sie könnte F. F. mitbringen und die Kinder der Garritys ein wenig von ihrem Kummer ablenken."

Glory und das Frettchen waren seit dem Vorfall mit Sweeney unzertrennlich geworden, und selbst Rhys war das possierliche Tierchen, das seine Tochter so tapfer verteidigt hatte, mittlerweile ans Herz gewachsen. Am Abend zuvor hatte Maggie ihn beim Essen dabei erwischt, wie er Ferdinand unter dem Tisch ein paar Happen zusteckte.

„Ich wusste, dass F. F. das perfekte Geschenk für sie sein würde", sagte Tessa mit einem selbstgefälligen Lächeln.

„Geschenk ... oder Rache?", konterte Maggie und hob die Brauen.

Die Augen ihrer Freundin funkelten verschmitzt. „Da wir

gerade von Geschenken sprechen ... Wann findet die Hochzeit statt? Ich brauche Zeit, um etwas Besonderes für dich und Ransom vorzubereiten."

„Das ist doch nicht nötig", erwiderte Maggie ernst. „Wir schulden euch bereits mehr, als wir jemals zurückzahlen können. Außerdem wird es eine kleine, intime Zeremonie werden."

Als Rhys und sie die Angelegenheit diskutierten, hatte sie eine schlichte Trauung vorgeschlagen, nach der es lediglich Erfrischungen für die Gäste geben sollte. So erschien es ihr am pragmatischsten, und er hatte ohne Einwände zugestimmt.

„Deshalb musste Ransom heute auch früher von den Garritys aufbrechen", fügte sie hinzu. „Er sieht zu, dass er eine Sondergenehmigung des Erzbischofs erhält."

„Eine Hochzeit in kleinem Kreise? Aber du wirst eine Herzogin!", protestierte Tessa. „Du verdienst eine große, pompöse Feier."

„In erster Linie werde ich Rhys' Frau. Das genügt mir völlig", erwiderte sie lächelnd.

„Moment mal ... Wie intim soll die Trauung denn werden? Harry und ich sind aber schon eingeladen, oder?"

Tessas enttäuschter Gesichtsausdruck entlockte ihr ein Lächeln. Vielleicht lag es an den Gefahren der letzten Tage, die sie gemeinsam durchgestanden hatten, aber die verwegene Herzogin der Unterwelt war ihr wirklich ans Herz gewachsen.

Sie lehnte sich nach vorne und ergriff die Hand ihrer Freundin. „Natürlich seid ihr das."

Vor dem Mivart's angekommen, lud Tessa sich selbst zum Tee ein und folgte ihr in die Lobby ... wo Maggie abrupt stehen blieb. Das gesamte Foyer war mit Rosen geschmückt.

Rosen, wohin man auch sah. Rote, rosafarbene, weiße und in allen Abstufungen dazwischen. Riesige Bouquets standen auf sämtlichen Tischen und Tresen, während üppige Girlanden sich um das Geländer der Treppe rankten und von der Decke hingen. Den Treppenaufgang säumte ein Spalierbogen, der von exotischen Treibhausblumen überquoll.

Die übrigen Hotelgäste bewunderten das außergewöhnliche Spektakel mit Ausrufen des Staunens. Die Luft war vom Duft tausender Blüten erfüllt. Bevor sie fähig war, den atemberaubenden Anblick zu verarbeiten, setzte leise Geigenmusik ein.

„Was um alles in der Welt ...?", murmelte sie.

Ihr stockte der Atem, als sie Rhys am oberen Treppenabsatz erscheinen sah. Er trug formelle Kleidung, die ihm ein derart umwerfendes und prinzenhaftes Aussehen verlieh, dass mehrere der weiblichen Gäste vor Verzückung seufzten. Langsam kam er die Stufen herunter, ohne den Blick von Maggie zu wenden.

Das Herz schlug ihr bis zum Hals.

Unter dem Blumenbogen blieb er stehen und streckte eine Hand nach ihr aus.

„Geh zu ihm", flüsterte Tessa mit einem breiten Grinsen und stupste sie an. „Bevor eine der anderen Damen dir zuvorkommt."

Wie eine Schlafwandlerin steuerte Maggie auf Rhys zu. Das alles fühlte sich an wie ein Traum ... bis seine Hand die ihre umschloss. Sein Griff war fest und warm ... und real.

Voller Verwunderung starrte sie ihn an. Dann kniete er vor ihr nieder.

„Margaret Goode Foley", begann er laut und deutlich, sodass man ihn in der gesamten Lobby hören konnte. „Deine Schönheit verzaubert mich mehr, als ich auszudrücken vermag. Aber noch mehr verzauberst *du* mich, mit deiner Stärke, deiner Entschlossenheit und deiner Würde. Du bist der Anfang und das Ende meiner Reise, das einzige Abenteuer, nach dem ich mich je sehnen werde. Mit dir an meiner Seite bin ich niemals verloren, denn du bist mein Zuhause."

Sie war so überwältigt, dass sie nichts erwidern konnte.

Um sie herum tuschelten und seufzten die weiblichen Gäste hingerissen.

„Die Wahrheit ist, dass ich dich brauche", fuhr er mit ernster Miene fort. „Jetzt, da ich ein Vermögen sowie Ländereien zu verwalten habe und mich meinen lange vernachlässigten Pflichten widmen muss, brauche ich eine Gemahlin an meiner Seite, die dafür sorgt, dass ich nicht aus der Reihe tanze. Die mir Vorträge über die praktischen Vorzüge einer schlichten Hochzeitsfeier hält, während ich plane, sie mit all dem zu verwöhnen und zu überhäufen, das sie nicht benötigt, aber zweifellos verdient hat."

Maggies Augen glitzerten verdächtig, aber noch immer brachte sie keinen Ton heraus.

Rhys lächelte sie liebevoll an und zog einen Ring aus seiner Tasche. Eine Träne rollte über ihre Wange, als sie den Edelstein erkannte, der darauf prangte: Es war ein riesiger, funkelnder Smaragd aus dem Schatz seines Onkels. Der unvergleichliche Stein war eingefasst in winzige, weiße Diamanten, die den Ring zu einem einzigartigen, unsagbar wertvollen Schmuckstück machten.

Ein Schmuckstück, das einer Herzogin würdig war.

„Ich liebe dich, meine Maggie. Mein Herz, mein Respekt und meine Hingabe gehören dir, bis ans Ende meiner Tage", sagte er mit rauer Stimme. Die Emotionen standen ihm deutlich ins Gesicht geschrieben. „Erweist du mir die Ehre, meinen Namen anzunehmen ... meine Frau zu werden?"

„Ja", erwiderte sie schluchzend.

Andächtig streifte er ihr den Ring auf den Finger. Er passte wie angegossen. In der makellosen Oberfläche des Smaragds spiegelten sich die Lehren der Vergangenheit, die Freuden der

Gegenwart und die Versprechen einer rosigen Zukunft wider. Rhys erhob sich und zog sie in seine Arme. Um sie herum brachen Jubelrufe und Glückwünsche aus, vermischten sich mit der zarten Geigenmusik in der Luft, als er sie küsste und sie den Kuss ihres Herzogs mit jeder Faser ihres Herzens erwiderte.

Epilog

Acht Wochen später

„Rhys, du bist einfach unmöglich! Die Gäste treffen jeden Augenblick ein ..."
Der Protest seiner frisch gebackenen Herzogin ging in einem Stöhnen unter, als sein harter Schwanz in ihre enge, feuchte Hitze glitt. Sie stand mit dem Rücken gegen die Tür ihres Ankleidezimmers gedrückt, nackt bis auf ihre Strumpfhalter, Strümpfe und die Perlenkette, die er ihr zur Hochzeit geschenkt hatte. Eines ihrer Beine hielt er gegen seine Hüfte gepresst, und ihre Scheidenmuskeln zogen sich bei jedem Stoß stimulierend um ihn zusammen.

„Die Gäste können sich zum Teufel scheren", knurrte er mit kehliger Stimme.

Vor gut einer Stunde waren sie von ihrer pompösen, offiziellen Trauung in St. George's zurückgekehrt, wo sich trotz der winterlichen Kälte mehrere hundert Gratulanten versammelt hatten, um der Zeremonie beizuwohnen. Jetzt, da Rhys sein Vermögen zurückerlangt hatte – und die Gerüchte um eine abenteuerliche Schatzsuche ihm eine noch verwegenere Aura verliehen –, lag der *ton* ihm wieder zu Füßen. Zwar scherte er sich einen feuchten Dreck um diese Heuchler, aber dennoch wollte er Maggie zeigen, wie stolz er darauf war, sie zu der Seinen zu machen. Die Hautevolee wollte platzend vor Neugier mitverfolgen, wie der Herzog von Ranelagh und Somerville die geheimnisvolle Witwe heiratete, der es gelungen war, sein Herz zu stehlen.

Und Maggie hatte die Erwartungen nicht enttäuscht. Andächtiges Schweigen hatte sich über die Menge gelegt, als sie in einem himmelblauen Kleid, das über und über mit Saatperlen bestickt war, auf den Altar zuschwebte, der Inbegriff von Anmut und Würde. Glory war wie eine niedliche kleine Fee vor ihr hergehüpft und hatte Rosenblüten gestreut, selbstverständlich in Begleitung ihres treuen Gefährten F. F.

Er hatte seiner über das ganze Gesicht strahlenden Tochter verschmitzt zugezwinkert.

Vor dem Altar angekommen, hatte Maggie den Schleier gelüftet, und als er in ihre warmen, funkelnden Augen blickte, wusste er, dass er der größte Glückspilz auf Erden war.

Nach der Zeremonie waren sie in ihr neues Stadthaus in Mayfair zurückgekehrt, wo sie ein intimes Abendessen für ihre engsten Freunde ausrichten würden. Sie waren nach oben gegangen, um sich umzuziehen, und da Rhys schneller fertig war, hatte er beschlossen, Maggie in ihrem Ankleidezimmer aufzusuchen, wo er sie nackt – bis auf die Strümpfe und Perlenkette – vorfand.

Als Bertha seinen glühenden Blick bemerkte, hatte sie sich hastig zurückgezogen.

Und so fanden sie sich in ihrer gegenwärtigen Position wieder.

Mit einer Hand stützte er sich an der Tür ab, um das Gleichgewicht zu halten, während er immer schneller und heftiger in ihre feuchte Pussy stieß. Ihr Blick verklärte sich, und eine liebliche Röte überzog ihre blasse Haut, unbestreitbare Anzeichen dafür, dass sie kurz vor dem Höhepunkt stand. Während er unerbittlich die Hüften kreisen ließ, begann er, ihre empfindliche Perle zu liebkosen und zu reizen, bis sie sich mit einem lauten Schrei ihrer Ekstase hingab.

Er stöhnte auf, als ihre Scheidenmuskeln sich um ihn zusammenzogen und seinen harten Schaft massierten. Es war zu viel … und gleichzeitig nicht genug. Er wollte so tief wie möglich mit seiner Herzogin verbunden sein, sich so vollständig in ihr vergraben, dass sie ihn immer in sich spürte, wie auch er sie in sich trug.

Er packte ihre Hüften und hob sie hoch, sodass sie die Beine um seine Taille schlang und in dieser Position noch zugänglicher für ihn war. Sie stöhnten gleichzeitig auf, als er so tief wie nie zuvor in sie eindrang.

„Alles in Ordnung?", presste er hervor.

„Du bist so … *tief*", hauchte sie, halb von Sinnen vor Lust.

„Und ich möchte noch tiefer in dich eintauchen, meine Maggie", keuchte er. „Ich will in dir kommen und meinen Samen in dir verteilen."

Seit ihrer ersten gemeinsamen Nacht hatten sie sich nicht mehr ohne Präservativ geliebt. Aber nun, da sie die Seine war und er der Ihre, wollte er sie ohne Barrieren spüren, während er auf den Wogen der Verzückung ritt. Sie erschauderte, und ihr Nektar, der seinen Schwanz benetzte, verriet ihm, dass sie es auch wollte.

Mehr Bestätigung brauchte er nicht. Er hob sie an und ließ sie ruckartig zurück auf seine pulsierende Erektion sinken, wieder und wieder, bis er vor Lust zu vergehen drohte. Sein ganzer Körper fühlte sich an, als stünde er in Flammen. Er nahm sie so hart, dass seine Hoden mit jedem Stoß gegen ihre triefende Pussy klatschten. Ihre leisen Laute und Seufzer der

Verzückung spornten ihn immer mehr an, bis er sich nicht länger zurückhalten konnte.

„Nimm mich in dir auf, so tief du kannst, meine Maggie", stöhnte er.

„Komm in mir", flüsterte sie mit einem lustvollen Blick. „Ich will dich spüren."

Gemeinsam erreichten sie den Gipfel der Ekstase und sahen einander tief in die Augen, während Woge um Woge der Befriedigung sie überrollte. Rhys war noch nie zuvor so heftig gekommen, eine gefühlte Ewigkeit lang schien er sich in die pulsierende Hitze seiner geliebten Herzogin zu ergießen.

Schwer atmend setzte er sie schließlich wieder auf dem Boden ab und lehnte seine Stirn gegen die ihre.

„Das nenne ich mal eine richtige Hochzeitsfeier", murmelte er mit rauer Stimme. „Sag mir doch noch mal, warum wir diese Leute eingeladen haben?"

„Das war deine Idee", erinnerte sie ihn. „Ich wollte eine kleine Zeremonie, schon vergessen?"

„Der Schuss ging eindeutig nach hinten los."

Widerwillig zog er sich aus ihr zurück. Der Anblick seines Samens, der an ihren blassen Schenkeln hinunterrann, brachte sein Blut erneut in Wallung. Was er nicht dafür geben würde, die restlichen Aktivitäten des Abends abzublasen und stattdessen ihre private Feier fortzusetzen ...

„Lass das!" Spielerisch ernst schlug Maggie seine wandernde Hand fort.

Das Problem war, dass ihre Geziertheit den gegenteiligen Effekt auf ihn hatte. Mit großen Augen betrachtete sie seine erneut zum Leben erwachte Erektion. Nein, das stimmte nicht ganz, sie war nie wirklich abgeklungen.

„Diesmal beeilen wir uns auch", sagte er mit einem verwegenen Grinsen.

„Nein, wir haben keine Zeit." Sichtlich bemüht, nicht zu

lächeln, bückte sie sich, hob seine Hose auf und reichte sie ihm. „Zieh dich wieder an."

„Ach, komm schon, die Gäste können sich auch ein wenig ohne uns vergnügen", sagte er in einschmeichelndem Tonfall.

Kichernd entzog sie sich seinen Armen und schlüpfte in ihre Chemise. „Die Gäste meinte ich nicht. Ich möchte dir endlich dein Hochzeitsgeschenk geben."

„Hast du das nicht gerade getan?", fragte er und wackelte anzüglich mit den Brauen.

„Das andere ist von Glory und mir. Sie wartet schon den ganzen Tag darauf, es dir überreichen zu können."

Bei der Erwähnung seiner Tochter wurde Rhys warm ums Herz. Von Tag zu Tag wurde das Band zwischen ihnen stärker. Bereits vor der Hochzeit hatte er die nötigen Adoptionspapiere vorbereitet, und nun, da Maggie und er verheiratet waren, würde er Glory offiziell als sein Kind anerkennen, und alle Welt würde es erfahren.

Seufzend kleidete er sich an und wartete dann, bis Maggies Zofe sie zurechtgemacht hatte.

Anschließend begaben sie sich gemeinsam zu Glorys Zimmer.

Die Kleine erwartete ihn bereits und hielt ihm mit strahlenden Augen sein Geschenk entgegen. Rhys musste die Tränen der Rührung wegblinzeln, als er den kleinen Welpen in ihren Händen sah, einen Jagdhund mit braunen Hängeohren und einer großen, roten Schleife um den Hals.

Sie setzte ihn auf den Boden, und Rhys ging in die Hocke und streckte die Hand aus. Mit wedelndem Schwanz tapste das Hündchen auf ihn zu und beschnupperte ihn neugierig.

„Gefällt er dir?", fragte Glory aufgeregt.

Er musste sich räuspern, bevor er etwas erwidern konnte. „Sehr sogar. Vielen, vielen Dank."

„Gern geschehen. Es war meine Idee", verkündete sie.

„Mama hat behauptet, ich wolle ja nur einen Hund für mich selbst, aber ich brauche gar keinen mehr, weil ich doch F. F. habe.“

Wie aufs Stichwort kam das Frettchen angewuselt, kletterte an Glory hoch und legte sich um ihren Hals, von wo aus es den Welpen argwöhnisch beäugte.

„Wie willst du ihn nennen?“, fragte Maggie sanft.

Als er in die lächelnden Gesichter seiner Frau und seiner Tochter blickte, und dann hinunter auf seinen neuen, kleinen Gefährten, sprach er den ersten Namen aus, der ihm in den Sinn kam. „Lucky.“

~

Journey's End

Ein paar Jahre später

Rhys wusste, dass er seine Frau im Garten finden würde.

Die Herzogin von Ranelagh und Somerville war mittlerweile berühmt für ihre prachtvollen Blumengärten auf dem Anwesen in Northumberland sowie hier in Dorset. Ihre exquisiten Züchtungen zogen das ganze Jahr über zahlreiche Bewunderer an. Ein Klatschblatt hatte sogar geschwärmt, dass ihre gelungenen Kreuzungen aus einheimischen Wildblumen und Zuchtrosen „eine originelle Ode an die Vereinigung von Mensch und Natur“ seien.

Er und Maggie hatten sich köstlich darüber amüsiert, ebenso wie über den neuen Spitznamen, den der *ton* ihm verliehen hatte, nachdem er sich im Oberhaus gegen den Opiumkrieg aussprach. Seine Rede war bei der Öffentlichkeit äußerst gut angekommen, und nun nannte die Hautevolee ihn einstimmig *Ransom, den Rhetoriker*, was absolut lächerlich war, aber er ließ sie gewähren.

Schnellen Schrittes durchquerte er in Begleitung seines treuen Gefährten Luckys das sattgrüne Heckenlabyrinth, in dessen Zentrum er Maggie und die Kinder vorfand. Selbst nach mehreren Jahren Ehe brachte ihr Anblick sein Blut noch immer in Wallung. Sie trug ein modisches Kleid aus weißem Taft und hatte die Haube neben sich abgelegt, sodass ihr rötliches Haar im Sonnenlicht glänzte. Gerade war sie dabei, ihrem dreijährigen Sohn, Horatio, den Namen einer Blume beizubringen, während Glory mit ihrem jüngsten Familienzuwachs, dem kleinen Theo, auf einer Decke saß und ihm aus einem Buch vorlas.

Als sie Rhys' Ankunft bemerkten, wandten sie sich ihm zu.

„Papa!", rief Horatio erfreut aus und rannte zu ihm hinüber.

Rhys hob den dunkelhaarigen Jungen auf seine Schultern. „Wie geht's meinem Kleinen?"

„Huuunger", jammerte sein Sohn.

Horatio war immer hungrig.

„Das Mittagessen ist bereit", verkündete Rhys.

„Sind Hypatia und Arthur schon da?", fragte Maggie, die sich zu ihnen gesellt hatte.

Er küsste sie sanft auf die Schläfe und genoss ihren süßen, rosigen Duft, der ihm einen wohligen Schauer über den Rücken jagte. „Ja, und deine Brüder auch. Wir sollten uns beeilen, bevor das ganze leckere Essen weg ist."

„Und das Silber", murmelte sie.

Mit einem amüsierten Lächeln ging er zu Glory hinüber. „Was liest du da, Kleines?"

„Ich bringe Theo Chinesisch bei", erklärte sie ernsthaft.

Seit sie von ihrer wahren Herkunft wusste, hatte seine Tochter eine Vorliebe für die chinesische Kultur entwickelt. Rhys hatte einen Tutor für sie engagiert, und sie stellte sich als wahres Naturtalent heraus, was das Erlernen der Sprache anbelangte. Selbst Ming wirkte beeindruckt, wann immer Glory sich in seiner Muttersprache mit ihm unterhielt.

„Ich glaube nicht, dass Theo das schon versteht, Liebling", sagte Maggie.

„Er lächelt aber, wenn ich ihm die Zahlen vorsage. Sieh nur!" Eifrig wandte Glory sich ihrem neugeborenen Bruder zu. „*Yi, er, san* ... Schau, er tut es schon wieder!"

Und tatsächlich: Theo blinzelte und schenkte ihnen ein zahnloses Lächeln.

Maggie wirkte nicht überzeugt. „Bist du sicher, dass er nicht einfach nur in die Windel macht?"

Rhys wusste nicht, ob sein jüngstes Kind auf den Klang der chinesischen Sprache oder die liebevolle Zuwendung seiner Schwester reagierte, aber das spielte auch keine Rolle.

„Gut gemacht, Kleines", lobte er seine Tochter. „Du hast dir das Mittagessen redlich verdient."

„Huuunger", warf Horatio ungeduldig ein.

Glory erhob sich und überreichte Theo ihrer Mutter.

Rhys legte die Arme um seine Herzogin und seine Tochter, und gemeinsam gingen sie zurück in ihr Heim.

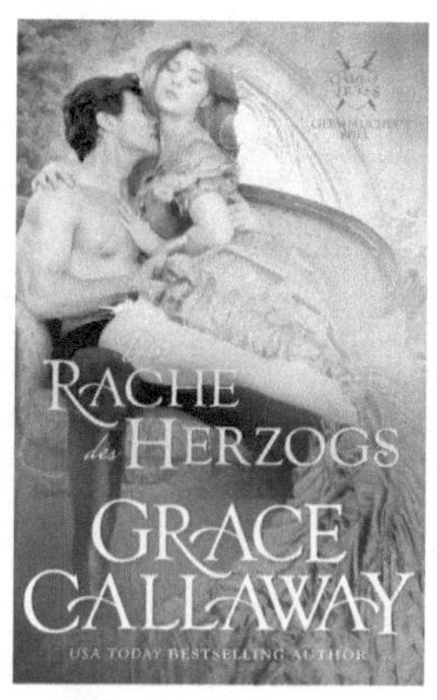

Die Rache des Herzogs (Buch 3, Game of Dukes
- Gefährliches Spiel)

Sie heiratete ihn aus Liebe, er sie wegen ihres Geldes. Kann eine Ehe, die auf Lügen basiert, am Ende zur größten Liebesgeschichte aller Zeiten werden?

In acht Jahren Ehe gab es keinen Tag, an dem die gutmütige, naive Gabriella Garrity ihren einflussreichen und verteufelt gut aussehenden Gemahl Adam nicht vergöttert hat. Durch sein erfolgreiches Geldverleiher-Imperium hat er sich den Titel „Herzog des Finanzviertels" gesichert und seiner Familie zu einem Leben in Luxus verholfen. Doch Gabbys häusliches Glück zerbricht, als Adam einen traumatischen Unfall erleidet. Obwohl er überlebt, muss er einen bitteren Preis bezahlen: Er verliert sein Gedächtnis. Gabby versucht alles, um ihn wieder gesund zu pflegen ... bis eine schockierende Enthüllung die Illusion ihrer glücklichen Ehe zerstört.

Von dem Augenblick an, als er der hübschen, rothaarigen Gabriella zum ersten Mal begegnete, wusste Adam, dass sie die perfekte Gemahlin abgeben würde. Nicht nur war sie arglos, gehorsam und sich ihres eigenen Charmes gänzlich unbewusst, sie hielt zudem den Schlüssel zu seinen Racheplänen in Händen. Als Mann, der es aus eigener Kraft aus den dunkelsten Gassen Londons bis ganz nach oben geschafft hat, ist ihm Kontrolle wichtiger als alles andere, und er würde vor nichts zurückschrecken, um seine Gerechtigkeit zu erhalten – bis ein Unfall ihm seine Erinnerungen raubt. Während er sich inständig darum bemüht, diese wiederzuerlangen, wird ihm eines bewusst: Wer auch immer er sein mag, er ist leidenschaftlich verliebt in seine eigene Frau.

Eines nach dem anderen kommen nicht nur die dunklen Geheimnisse seiner, sondern auch Gabbys Vergangenheit zum Vorschein. Verzweifelt versuchen unsere Liebenden, ihre Beziehung wieder auf die richtige Bahn zu lenken ... Dabei entdecken sie jedoch sinnlich-heiße Seiten an sich, mit denen sie nie gerechnet hätten. Währenddessen lauert ein gefährlicher Feind in den Schatten, der nur darauf wartet, zuzuschlagen. Wird es Adam und Gabby gelingen zu lernen, ihrer Liebe und einander zu vertrauen, bevor es zu spät ist?

Finden Sie es heraus in DIE RACHE DES HERZOGS, der langersehnten, erotischen Liebesgeschichte über Antiheld Adam Garrity und seine Gabby!

Anmerkung der Autorin

Fans des großartigen Bruce Lee wird hoffentlich die in dieses Buch eingeflochtene Hommage an den Kung-Fu-Klassiker „Der Mann mit der Todeskralle" aufgefallen sein. Bruce Lee war der Kindheitsheld meines Ehemannes (Mr C.s selbstgebastelte Nunchakus aus Jugendtagen liegen noch immer bei uns im Schrank) und einer der wenigen asiatischen Männer, die in den Medien seiner Zeit als stark und maskulin dargestellt wurden. Lees Vermächtnis lebt nicht nur in seinen Martial-Arts-Filmen weiter, sondern auch in seinen zahlreichen Niederschriften über die Philosophie und das Leben. Um mehr über ihn zu erfahren, empfehle ich Ihnen, die Internetseite der Bruce Lee Foundation zu durchstöbern.

Danksagungen

An meine LeserInnen: herzlichen Dank, dass Sie mich auf dieser Reise begleiten. Ihre Unterstützung bedeutet mir unendlich viel. Ich bin jeden Tag aufs Neue dankbar und überwältigt, das Schreiben meinen Beruf nennen zu dürfen.

Dank gilt auch meiner Lektorin, Veronica Nelson, für ihren Überblick und die Fähigkeit, genau zu wissen, wohin ich mit meinen Geschichten will ... Selbst wenn ich den Wald vor lauter Bäumen nicht mehr sehe.

Besonderer Dank gilt meinen Eltern (die auch in die nächste Kategorie fallen), für ihre Hilfe mit allen chinesischen Referenzen. Alle Fehler sind meine eigenen.

Und zu guter Letzt: Dieses Buch wäre nicht ohne die Hilfe und Unterstützung meines Dorfes entstanden. Ihr wisst, wer ihr seid. Und ich hoffe, ihr wisst auch, wie sehr ich euch liebe.

Über die Autorin

Die internationale *USA-Today*-Bestsellerautorin Grace Callaway schreibt heiße, herzerwärmende, historische Liebesromane voller Spannung und Abenteuer. Ihr Debütroman schaffte es unter die Finalisten der Romance Writers of America®, Golden Heart® sowie auf Platz eins der National Regency Bestseller, und ihre weiterführenden Romane führen regelmäßig die nationalen und internationalen Bestsellerlisten an. Aktuell ist sie Gewinnerin des Daphne du Maurier Award for Excellence in Mystery and Suspense, des Maggie Award for Excellence in Historical Romance, des Golden Leaf sowie des Passionate Plume Award. Sie hat einen Doktorabschluss in klinischer Psychologie von der University of Michigan und lebt mit ihrer Familie und ihrem Adoptivhund in einem Tal nahe dem Meer. In ihrer Freizeit liebt sie es zu tanzen, in gemütlichen Restaurants zu essen und mit ihrem Sohn Abenteuer zu erleben, die auf dessen sonderpädagogische Bedürfnisse angepasst sind.

Erfahren Sie mehr über Grace:
Deutscher Newsletter:
https://gracecallaway.com/deutschernewsletter
Website: www.gracecallaway.com

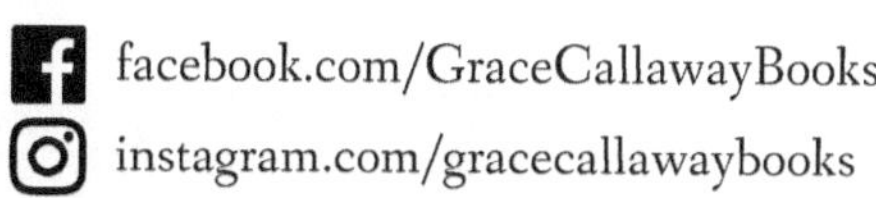